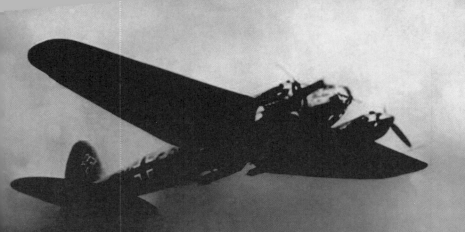

C. G. Sweeting

O PILOTO DE HITLER

A VIDA E A ÉPOCA DE HANS BAUR

tradução: Elvira Serapicos

Título original:
Hitler's personal pilot : the life and times of Hans Baur

Copyright © 2011 by Potomac Books, Inc.

9ª reimpressão - Março de 2019

Grafia atualizada segundo o Acordo Ortográfico da Língua Portuguesa
de 1990, que entrou em vigor no Brasil em 2009

Editor e Publisher
Luiz Fernando Emediato

Diretora Editorial
Fernanda Emediato

Capa
**Alan Maia
Genildo Santana/Lumiar Design**

Projeto Gráfico
Alan Maia

Diagramação
Kauan Sales

Preparação
Suiang Guerreiro de Oliveira

Revisão
**Marcia Benjamim
William Guedes**

**DADOS INTERNACIONAIS DE CATALOGAÇÃO NA PUBLICAÇÃO
(CIP)(Câmara Brasileira do Livro, SP, Brasil)**

Sweeting, C. G.
O Piloto de Hitler – A vida e a época de Hans Baur / C. G. Sweeting ;
[tradução Elvira Serapicos]. -- São Paulo : Jardim dos Livros, 2014.

ISBN 978-85-63420-04-6

1. Aviadores militares - Alemanha - Biografia 2. Baur, Hans, 1897-1945
3. Chefes de Estado - Alemanha - Biografia 4. Hitler, Adolf, 1889-1945 -
Amigos e associados I. Título.

11-01383   CDD: 943.086092

Índice para catálogo sistemático

1. Alemanha : Aviadores militares : Biografia :
943.086092

EMEDIATO EDITORES LTDA
Rua João Pereira, 81 – Lapa
CEP: 05074-070 – São Paulo – SP
Telefone: (+ 55 11) 3256 -4444

E-mail: geracaoeditorial@geracaoeditorial.com.br

www.geracaoeditorial.com.br

Impresso no Brasil
Printed in Brazil

Esquecer Hitler é um perigo.
Hitler nos mostrou como é fina a camada
de verniz da civilização.

Anthony M. D'Agostino
Time, 24 de janeiro de 2000

SUMÁRIO

Prefácio 9

Introdução 13

1 **Asas da Guerra:** 1915-1921 19

2 **Asas da Paz:** 1922-1931 41

3 **Asas do Destino:** 1932-1933 55

4 **Asas para o Führer:** 1933-1934 71

5 **Asas da Mudança:** 1935-1937 111

6 **Asas do Destino:** 1938-1939 137

7 **Asas da Vitória:** 1939-1941 175

8 **Asas do Desafio:** 1941-1942 223

9 **Asas da Derrota:** 1942-1944 283

10 **Asas do Desastre:** 1944 317

11 **Asas do Armagedom:** 1945 341

12 **Asas Quebradas:** 1945-1993 379

Epílogo 413

Tabela de Equivalência de Patentes 421

Índice Onomástico 423

Créditos das Ilustrações 435

Sobre o Autor 439

PREFÁCIO

O século XX assistiu a uma carnificina maior do que qualquer outra na história, e a 2ª Guerra Mundial foi o maior banho de sangue de todos. Mais de 50 anos depois do fim dessa guerra, a Era Nazista continua a exercer fascínio. Neste livro, vamos tentar entrar nesse capítulo notável da história moderna a partir da experiência de Hans Baur, piloto particular de Adolf Hitler, que estava numa posição única para observar os acontecimentos importantes que terminaram nas ruínas do Terceiro Reich.

Nessa época de ditadores, novas palavras entraram para o nosso vocabulário, como "Führer", "pacto", "colaboracionista", "Wehrmacht", "*Blitzkrieg*", "Stalingrado", "Panzer", "Dia D". Alguns desses termos são usados até hoje, enquanto outros ficaram obsoletos.

Foram utilizadas muitas fontes na preparação deste livro e muitas delas aparecem nas notas. Incluem, principalmente, as de origem americanas e alemãs, mas a história oral também foi de valiosa informação. Nesse sentido, quero agradecer especialmente à Sra. Centa Baur, viúva de Hans Baur, que forneceu informações e fotos e, até mesmo, um exemplar do livro de memórias de Baur. Também agradeço a Klaus J. Knepscher, executivo aposentado da Lufthansa e historiador da aviação alemã, que entrevistou a Sra. Baur em meu lugar. Hans Baur não se incomodava em relatar suas experiências para repórteres e historiadores, de forma que a Sra. Baur ouviu as histórias tantas vezes que as conhecia de cor. Knepscher também ajudou muito com a revisão do livro, além de contribuir com informações valiosas e imagens. Knepscher estava particularmente qualificado para isso, pois morou em Berlim e testemunhou muitos dos dramáticos acontecimentos da década de 1930. Recrutado durante a guerra como *Luftwaffenhelfer* (auxiliar da força aérea), serviu num batalhão de defesa antiaérea antes de entrar para o RAD, o Serviço de Emprego do Reich, para realizar trabalho compulsório. Depois se apresentou como voluntário na força aérea alemã, frequentou a escola de aviação e acabou por se formar como piloto, no fim da guerra.

O Dr. Hardesty, curador da Divisão de Aeronáutica do Museu Aeroespacial do Instituto Smithsoniano, fez sugestões importantes e, gentilmente, concordou em examinar os originais. O Coronel Walter J. Boyne, historiador conhecido, ajudou na preparação do livro. Entre as inúmeras pessoas que colaboraram para esta obra está o falecido general Adolf Galland, que serviu durante a guerra como Inspetor Geral das Aeronaves de Caça. Também quero agradecer ao capitão aposentado Christian Cichorius, que pilotou os aviões Junkers Ju 52/3m da Lufthansa em dois continentes, e também é uma autoridade em aviação civil e militar. Alex Spencer, do Museu Aeroespacial, ajudou com seus conhecimentos de informática, enquanto Albert T. Keeler, Tenente-Coronel, e Richard Morris, Major — ambos aposentados da força aérea americana —, que pilotaram o B-17 durante a 2ª Guerra Mundial, me permitiram aproveitar seus vastos conhecimentos sobre aviação. Como sempre, o Dr. Denys Volan proporcionou estímulo e inspiração. Karl Ries, historiador da força aérea alemã e autor de vários livros sobre a *Luftwaffe*, forneceu detalhes importantes e várias fotos de sua notável coleção. Bo Widfield, da Suécia, forneceu uma imagem e relatos, assim como o Coronel Raymond Tolliver. Agradeço, também, a Andrew Mollo pelo uso de uma fotografia valiosa. Sou muito grato à *Nation Europa Verlag*, sucessora da K. W. Schuetz KG, editora do livro de memórias de Hans Baur, pela autorização do uso do conteúdo iconográfico e informações. O Arquivo Nacional americano foi excelente fonte de fotografias, incluindo algumas raras, pertencentes à grande coleção de fotos de Heinrich Hoffmann, recolhidas na Alemanha no final da 2ª Guerra Mundial e de álbuns pessoais de Eva Braun; como também, os arquivos do Museu Aeroespacial, graças à ajuda de Daniel Hagedorn.

E por último, mas não menos importante, meus agradecimentos sinceros à minha esposa Joyce, pela ajuda e paciência inestimáveis.

GLEN SWEETING

INTRODUÇÃO

O avião prateado surgiu do meio das nuvens e circulou lentamente sobre a antiga cidade de Nuremberg. A multidão festiva que se aglomerava nas ruas reagiu ao barulho dos motores, olhou para cima e gritou: *Der Führer kommt! Der Führer kommt!*

Adolf Hitler, líder do Partido Nacional-Socialista e chanceler do Reich, chegava para a celebração anual do Dia do Partido. Escolhera esse meio de transporte não apenas pela velocidade e conveniência da viagem aérea, mas também por seu efeito dramático. Descendo do céu, como um deus teutônico, Hitler aumentava o suspense e a expectativa criados pelos desfiles, cerimônias e discursos elaborados que tomavam conta da cidade todos os anos, no mês de setembro.

No comando do Junkers Ju-52/3m estava Hans Baur, piloto pessoal da confiança de Hitler. Baur era aviador experiente, que havia aprendido muito em rotas difíceis da *Deutsche Lufthansa AG*, a companhia aérea alemã, nos anos 1920 e início dos anos 1930.

O que teria reunido essas duas personalidades tão diferentes? Baur, aviador condecorado na 1ª Guerra Mundial e piloto experiente da aviação civil, e Hitler, político radical, revolucionário e líder do Partido Nacional-Socialista. A história de Hans Baur está de tal maneira entrelaçada com a de Hitler que é impossível descrever sua notável vida sem falar da vida de Hitler. A história da ascensão do Führer ao poder durante os dias turbulentos da República de Weimar foi contada inúmeras vezes. O mesmo ocorreu com os principais líderes alemães — existem biografias e estudos aprofundados sobre todas as personalidades políticas e militares que estiveram no comando durante os doze anos do Terceiro Reich, mas pouco se falou de Hans Baur, que foi muito mais do que piloto pessoal de Hitler. Desde o início da década de 1930, até a morte de Hitler na Berlim sitiada em 1945, Baur foi seu companheiro e confidente e era quase tão amigo do líder alemão quanto qualquer outra pessoa de seu círculo mais próximo.

Qualquer estudo sério do Terceiro Reich deve se concentrar primeiro em Adolf Hitler, porque o Führer controlava quase tudo do Estado Nacional-Socialista. Sua personalidade, talento e estado mental foram estudados, pela primeira vez, no início dos anos 1930, mas a maior parte desses estudos é superficial; muito elogiosos ou muito depreciativos. Um estudo psicanalítico sério sobre Hitler foi elaborado como documento secreto para a *U.S. Office of Strategic Services (OSS)* em 1943, pelo Dr. Walter C. Langer e seus colegas. Esse documento foi publicado em 1972 com o título *A Mente de Adolf Hitler*. O estudo concluía que Hitler era, entre outras coisas, "um psicopata neurótico beirando a esquizofrenia". Desde então, dezenas de livros e artigos investigaram esse homem extraordinário, mas há muita coisa inconclusiva. Teria tido uma infância problemática, ou teria algum acontecimento drástico ou traumatizante deflagrado o comportamento demoníaco e violentamente antissemita?

Historiadores respeitados, como o professor Robert G. L. Waite, insistem que Hitler era uma personalidade psicopata de complexidade extraordinária. Alan Bullock, em sua abrangente biografia de Hitler, considera-o cínico, oportunista, desonesto e político ardiloso e não louco ou gênio maligno. O eminente historiador britânico Hugh Trevor-Roper, autor de um dos primeiros livros do pós-guerra sobre Hitler e seus últimos dias, afirma que ele era inescrupuloso, mas sincero. Trevor-Roper afirma que Hitler realmente acreditava que o destino da

Alemanha seria o de controlar a Europa e que ele estava destinado a liderar a nação. Ele também acreditava que os judeus eram inimigos implacáveis dos arianos e que por isso deveriam ser destruídos.

Hitler reconhecia a importância da aviação e costumava usar aviões nos anos 1930, época em que poucas pessoas haviam voado, o que muitos consideravam uma ousadia. Ele foi o primeiro chefe de Estado a usar um avião, não apenas para transporte, mas para propaganda política. Hitler também foi o primeiro líder nacional a ter seu próprio avião e pilotos pessoais e, para esse trabalho importante, escolheu Hans Baur, que era considerado o principal comandante de voo da Lufthansa.

Baur levou famosos e infames, como chefe do esquadrão do transporte governamental. Quando a maré começou a se voltar contra a Alemanha e as relações entre Hitler, Hermann Goering e o comando da Luftwaffe pioraram, Hitler voltou-se para Baur em busca de conselhos sobre a força aérea, a política de guerra aérea e desenvolvimentos técnicos de modo absolutamente desproporcional com a posição e conhecimento de Baur. O impacto da influência e dos conselhos de Baur sobre as decisões de Hitler ainda precisa ser determinado.

Hans Baur era uma figura paradoxal. Não há dúvida de que realmente acreditava no Nacional-Socialismo e que foi completamente devotado a Hitler até o amargo fim. Continuou filiado à SS, embora fosse uma filiação mais formal, apesar das atividades e atrocidades cometidas por essa organização. Em sua vida pessoal, no entanto, era um homem corajoso, íntegro, confiável e patriótico. A lealdade de Baur a Hitler foi sua falha mais grave, mas indicativa da paixão em servir seu país. Infelizmente, ele, como milhões de outros alemães, não compreendeu que a ascensão de Hitler ao poder seria desastrosa para a Alemanha e para o mundo.

As limitações de espaço não nos permitem fazer uma avaliação completa do Terceiro Reich antes e durante a 2ª Guerra Mundial. Por isso, este livro não deve ser visto como uma história abrangente do regime nazista ou da 2ª Guerra Mundial na Europa. É um relato dos acontecimentos e de personalidades importantes, a partir das observações de Hans Baur ou provenientes de várias fontes. Acrescentou-se um pano de fundo com informações suficientes para tornar a narrativa coesa e compreensível.

Enquanto retomamos os acontecimentos que levaram ao Armagedom alemão, deveríamos refletir sobre as seguintes questões: O que podemos ganhar, na virada do século XXI, revendo a trágica história da 2ª Guerra Mundial e os eventos que levaram a ela? O que podemos aprender com a análise dos homens que conduziram a pior de todas as guerras e quase a venceram para o fascismo? Pode a experiência de Hans Baur fornecer lições que ajudem na compreensão dessa época terrível e orientar nossas ações no futuro?

Hans Baur viveu uma vida longa e extraordinária, tão excitante quanto a imaginação de um escritor de ficção poderia conceber. Nas páginas seguintes, examinaremos os acontecimentos significativos que moldaram a vida de Baur e analisaremos seu papel no destino de Adolf Hitler e do Terceiro Reich.

Hans Baur no uniforme de oficial da SS (Coronel), por volta de 1937.

1
ASAS DA GUERRA:
1915-1921

O Major Hans Baur desligou o motor do avião enquanto se aproximava da tenda que fazia as vezes de hangar. Saiu da cabine e, com seu observador, o Tenente von Hengl, e o chefe da tripulação, o soldado Neff, examinou o biplano Hannover à procura de marcas de balas. O avião precisava seguir para a manutenção imediatamente na eventualidade de surgir outra missão. Os dois oficiais caminharam até a casa da fazenda perto da pista para apresentar seu relatório na saleta lotada que servia de escritório para a unidade. Enquanto tomavam uma xícara de café artificial, foram informados de que não precisariam mais voar naquela tarde devido à aproximação de uma tempestade. Essa era uma boa notícia, porque já haviam saído três vezes naquele dia e enfrentado ataques de artilharia, incluindo um logo ao amanhecer, e Baur estava pronto para descansar. Depois de comer alguma coisa, ele foi para sua barraca e deitou. Mas em vez de dormir, ficou olhando para o teto, enquanto sua mente vagava pelos acontecimentos que o haviam trazido até esse campo de pouso atrás do *front*, na França devastada pela guerra.

Hans Baur sempre fora fascinado por aviação. Quando criança ficara muito impressionado com os gigantescos dirigíveis que sobrevoavam a Baviera ao saírem da fábrica da Zeppelin, em Friedrichshaffen. Ficou ainda mais curioso com os aviões que começaram a aparecer depois, sonhando com o dia em que se tornaria um piloto. Nascido na cidadezinha de Ampfing, em 19 de junho de 1897, ele se mudou com os pais para Munique, capital da Baváría, dois anos depois. Após concluir o ensino secundário, começou a trabalhar como aprendiz de vendedor, carreira que provavelmente seguiria se não fosse um grande acontecimento que mudaria sua vida, assim como a de milhões de pessoas: a 1ª Guerra Mundial.[1]

Baur tinha apenas dezessete anos em agosto de 1914 e, com milhares de outros jovens patriotas, quis servir seu país. As unidades do exército bávaro estavam com excesso de voluntários. Baur foi rejeitado pela infantaria porque era muito pequeno para os padrões físicos da época. Recomendaram que esperasse um ano e tentasse novamente, quando estivesse mais alto e mais forte.

Foi preciso ter muita paciência para ficar em casa fazendo trabalho rotineiro quando tantos amigos estavam no exército vivendo a maior aventura de sua juventude. Baur recebia cartões através do *Feldpost* (correio militar) e tinha inveja daqueles que estavam servindo no front. Muitos esperavam a vitória antes do Natal e Baur acompanhava as notícias das grandes batalhas com enorme interesse. No lado oeste, o exército alemão havia atravessado a fronteira e lutava na França e na Bélgica. No leste, os exércitos da Alemanha e da Áustria-Hungria enfrentavam as forças da Rússia imperial. A vitória alemã na Batalha de Tannenberg no final de agosto levou à expulsão dos invasores russos da Prússia Oriental, mas isso exigiu a transferência de algumas divisões do exército alemão que estavam no norte da França. As forças alemãs, incluindo unidades bávaras, tinham avançado para a Bélgica e a França, afastando-se do plano de invasão original, elaborado pelo general

---

[1] Flugkapitän Hans Baur, *Mit Maechtigen Zwischen Himmel und Erde* (Oldendorf, Alemanha. Verlag K.W. Schuetz KG, 1971), 13, e esboço biográfico original manuscrito, datado de 7 de agosto de 1926, assinado por Hans Baur, agora nos arquivos do *National Air and Space Museum, Smithsonian Institution*. Nesse documento, Baur declara que nasceu em 1896. Isso conflita com suas memórias de 1971 e com o registro oficial dos oficiais da SS de 9 de novembro de 1944, que aponta 1897 como seu ano de nascimento. Quando perguntada a respeito do assunto em entrevista de 1995, sua viúva, Centa Baur, não soube explicar essa diferença.

Alfred von Schlieffen. A ofensiva foi finalmente interrompida no rio Marne, perto de Paris, com os alemães incapazes de avançar, e os franceses e ingleses incapazes de expulsá-los. Com a guerra de movimento estagnada, os dois lados cavaram trincheiras para se proteger do fogo da artilharia. A guerra de trincheiras se desenvolveu com todas as suas frustrações, miséria, destruição e morte. Somente nos céus do front ocidental havia liberdade de ação e deslocamento, o que era percebido pelo público como aventura.

O que Baur realmente queria era tornar-se piloto do exército e por isso se esforçou muito para melhorar a condição física nos meses seguintes. Em setembro de 1915 foi até a seção de recrutamento, fez o exame e apresentou-se como voluntário na *Koeniglich Bayerischen Fliegertruppen* (Real Força Aérea da Bavária).[2] Ele teve a ousadia de escrever uma carta ao imperador alemão, Imperador Guilherme, em Berlim, pedindo sua interferência. Baur acabou recebendo uma resposta do quartel-general em Schleissheim informando que todos os postos estavam ocupados e que seria notificado quando houvesse vaga. Para sua satisfação, em novembro finalmente recebeu ordem para apresentar-se e, depois de dois meses de extenuante treinamento militar básico, foi enviado ao *Fliegerabteilung 1B*, na França, destacamento aéreo do exército bávaro. Depois de uma longa viagem de trem, ele chegou à sua unidade e descobriu que iria trabalhar no escritório. Havia simplesmente trocado sua mesa em Munique por outra na aviação. Baur ficou decepcionado, mas seu trabalho no escritório lhe deu a oportunidade de ver anúncios das escolas de pilotagem convocando voluntários para as aulas. Seu comandante finalmente concordou e enviou o jovem para a banca de examinadores em Verviers com o grupo seguinte de pilotos potenciais.

---

[2] Na Alemanha Imperial, o Royal Bavarian Air Service era um braço do Royal Bavarian Army, que por sua vez era componente do Imperial German Army. As unidades aéreas bávaras acabaram operando em conjunto com as German Army Air Forces. Para mais detalhes, ver Peter Pletschacher, *Die Koeniglich Bayerischen Fliegertruppen, 1912-1919* (Stuttgart, Alemanha; Motorbuch Verlag, 1978); Bayerischen Luftfahrwesens, *Bayerische Flieger im Weltkrieg* (Munique, 1919); Georg Paul Neumann, *Die Deutschen Luftstreitkraefte im Weltkrieg* (Berlim, E.S. Mitler & Sohn, 1920); Alex Imrie, *Pictorial History of the German Army Air Service 1914-1918* (Chicago, Henry Regnery Co., 1973); e Walter von Eberhardt, *Unsere Luftstreitkraefte 1914-18* (Berlim, C.A. Miller, 1930).

Era o dia de sorte de Baur. Ele não só passou nos difíceis testes escritos, como foi um dos 36 que conseguiram passar nos rigorosos testes físicos entre 136 candidatos ao treinamento de pilotos. Depois de um mês, ele seguiu para a escola na Bavária, primeiro para aulas de mecânica e, depois, aulas de pilotagem em velhos aviões Albatros B.I, biplanos de dois assentos. Baur revelou-se um piloto nato e terminou o treinamento básico em tempo recorde — executou voo solo e completou os três exames necessários para a obtenção da licença para pilotar.[3] Foi realmente um momento de muito orgulho quando a insígnia prateada foi colocada em seu uniforme cinza.

Em 1916, a aviação de guerra ou perseguição estava se tornando uma das principais atividades dos serviços aéreos militares. Pilotando aviões ágeis, de um único assento, equipados com metralhadoras sincronizadas para atirar para frente através da hélice, os pilotos de caça levavam uma vida excitante, mas perigosa. Tinham que proteger seus aviões de observação e bombardeiros no front, além de atacar aeronaves inimigas para impedir que executassem suas missões. A maioria dos pilotos novos queria ser designada para o *Jagdstaffel* (esquadrilha de caça), onde enfrentariam mais combates do que em outros setores importantes, mas menos glamurosos, como os bombardeios, observação e detecção de artilharia. Muitos achavam que era melhor ser o caçador do que a presa. Apesar do desempenho de Baur no treinamento, era preciso atender às necessidades militares e ele foi designado para a escola de artilharia aérea de Grafenwoehr, na Alemanha, para seis semanas de treinamento avançado em detecção de artilharia e direcionamento de ataque. Baur pediu permissão para falar com seu

---

[3] Deve-se observar que nos serviços aéreos alemães e de outros países europeus, muitos praças e suboficiais recebiam treinamento de pilotos. Isso contrastava com os Estados Unidos, onde os cadetes normalmente eram comissionados como oficiais depois de terem concluído o treinamento para pilotos com sucesso. O sistema europeu provavelmente partiu do fato de que os pilotos de veículos conduzidos por cavalos, no velho exército, e até mesmo os motoristas dos veículos automotores, com a introdução dos carros, eram sempre praças. Quando surgiram os aviões, eles eram usados apenas para reconhecimento. Parecia lógico que o "motorista" continuasse a ser um praça; enquanto o observador, um oficial; e comandante do avião fosse considerado como passageiro. Esse procedimento foi mudando conforme a guerra foi avançando, e as aeronaves e as lutas aéreas se tornando mais complexas e precisas.

comandante e disse que não entendia por que não haviam permitido que fizesse treinamento para piloto de caça. O comandante sorriu e o lembrou de um antigo ditado: *Das Denken ueberlassen wir den Pferden — die haben einen grosseren Kopf dazu!* ("Deixe o pensamento para os cavalos — eles têm cabeça grande para isso"). Baur treinou para piloto de artilharia.

Esse treinamento era realizado num modelo de avião mais antigo, o biplano A.E.G. C, usando munição de verdade. O piloto voava a baixa altitude, enquanto o observador dirigia o fogo da artilharia. Depois de concluir o curso, Baur conseguiu voltar para sua antiga unidade no front francês, onde foi bem recebido por seus camaradas e saiu imediatamente com o avião com que sua unidade havia sido recentemente equipada, o A.E.G. J I.

Alguns dias de tempo ruim favoreceram o treinamento local com essa aeronave, que havia sido construída pela Allgemeine Elektrizitaets Gesellschaft, ou A.E.G., a companhia de eletricidade alemã. O biplano de dois assentos J I foi desenvolvido a partir do velho A.E.G. C IV, e os dois eram muito parecidos. Era equipado com um motor Benz Bz IV de seis cilindros, refrigerado a água e de 200 HP. O principal armamento era composto por duas metralhadoras Maxim LMG 08/15 7.9 mm instaladas no piso da carlinga traseira e operadas pelo observador, com ângulo de tiro para baixo de até 45º. As metralhadoras eram acionadas por controles duplos perto da mão direita do observador. O observador também tinha uma metralhadora Parabellum L.M.G. 14 7.9 mm montada num anel removível para defesa. Além disso, o avião levava granadas, que podiam ser atiradas individualmente ou em grupos de seis. Com velocidade máxima de apenas 150 km/h, o avião era muito lento e pouco ágil, em razão, principalmente, da blindagem de aço para proteção do motor e da carlinga.[4] A blindagem de 5.1 mm de espessura podia evitar disparos de armas pequenas, o que era importante

---

[4] Peter Gray e Owen Thetford, *German Aircraft of the First World War* (Londres, Putnam, 1962), 9-11. As metralhadoras Maxim, as mais comumente encontradas e capturadas pelos Aliados, eram chamadas de "Spandau" devido ao nome da fábrica que as produzia, Gewehrfabrik Spandau, num subúrbio de Berlim.

para a segurança, porque muitos voos eram feitos em baixa altitude sobre as linhas. O teto de um A.E.G. J I era de 4.500 metros e sua autonomia de voo era de duas horas e trinta minutos.

Nessa época, Baur, ainda um *Gefreiter* (soldado raso), foi designado para piloto de um jovem observador bávaro, o *Leutnant* (Tenente) Georg von Hengl, comandante da aeronave. Juntos, logo veriam mais ação do que jamais haviam imaginado.

Certa manhã, Baur e von Hengl receberam ordem para decolar com cinco outros aviões de sua unidade, para apoiar uma grande ofensiva alemã. Eles deveriam observar e lançar mensagens de um determinado local, durante um assalto terrestre, que seria acompanhado por uma barragem de artilharia. Depois de terem voado para frente e para trás ao longo do front por cerca de duas horas, eles puderam ver que o avanço alemão ia bem e por isso decidiram descer e atacar uma coluna de tropas francesas que recuava. De uma altitude de aproximadamente 150 metros, eles metralharam soldados e veículos que se espalhavam pela estrada de terra, com sucesso devastador. Os franceses abriram fogo contra as asas e a fuselagem do avião, mas eles intensificaram o ataque. No fim, a hélice e o motor acabaram atingidos. Com óleo quente e vapor atingindo seu rosto, Baur subiu o avião, desligou o motor e voltou, planando em direção ao território ocupado pelos alemães. Conseguiu evitar uma colina, uma aldeia e trincheiras, enquanto se dirigia a uma plantação de aveia, mas atingiu um cabo de telégrafo na reta final. Isso fez com que o avião virasse e batesse, mas felizmente não pegou fogo. Baur e von Hengl sobreviveram e conseguiram sair dos destroços sofrendo apenas ferimentos leves. Usando mapas e instrumentos, conseguiram chegar a terreno seguro, enquanto balas de rifles zuniam em seus ouvidos.

Depois de alguns dias num hospital de campo, eles retomaram suas atividades e a rotina extenuante que exigia duas ou três saídas por dia, de mais duas horas cada uma. A primeira obrigação da artilharia aérea era fazer o reconhecimento das posições inimigas e atacar e, nesse velho e lento modelo A.E.G., eles tinham poucas possibilidades de manobra e defesa quando perseguidos. Baur confiava na habilidade de

1. Homens da infantaria americana perto de Cunel, França, examinam os destroços de um avião alemão A.E.G. J I. Este avião, semelhante ao pilotado por Hans Baur, foi usado para observação e ataque do solo.

von Hengl para usar a metralhadora, que ficava na parte de trás da carlinga, para a defesa. Nos meses que se seguiram, Baur e von Hengl conquistaram reconhecimento como tripulação de destaque nesse trabalho difícil. Entre os dois homens se desenvolveu um forte laço de respeito e confiança, pois sabiam que dependiam um do outro para continuarem vivos.

Quando as condições meteorológicas impediam os voos, Baur pegava sua pistola P.08 9 mm, ou uma carabina Mauser 98 de 7.9 mm do arsenal, e atravessava o terreno enlameado ao lado dos hangares montados em tendas ao longo da pista para praticar tiro. Às vezes, von Hengl juntava-se a ele para praticar também com uma metralhadora, em alvos móveis. Nas horas vagas, eles também estudavam cuidadosamente os manuais de identificação de aeronaves

2. Dois pilotos do exército da Bavária descansando diante da central de operações e quartel-general da sua unidade aérea, no front ocidental, verão de 1919. Observe a tabela de reconhecimento aéreo perto da porta.

para reconhecer facilmente os novos aviões alemães ou aliados que encontrassem.[5]

A vida de piloto no front durante a Grande Guerra era dura, mas tolerável quando comparada às dificuldades enfrentadas pela infantaria nas trincheiras das linhas de frente. Os pilotos estavam sempre ocupados com uma rotina exaustiva de voos sobre as linhas inimigas, pontuada por horas de tédio, diante de condições meteorológicas adversas. Em 1916, as baixas entre pilotos estavam aumentando, pois, ao contrário dos observadores em balões, as tripulações dos aviões não tinham paraquedas. Mas, na primavera de 1918, a força aérea do exército alemão introduziu o primeiro paraquedas para pilotos e atiradores, o *Heinecke Fallschirm*,

---

[5] Kriegsministerium, *Flugzeug Abbildungen* (Berlim, Reichsdruckerei, 1918). Manual confidencial de identificação das aeronaves em dois volumes: Ausgabe A (para homens alistados) e um maior, Ausgabe B (para oficiais). Inclui cartelas coloridas mostrando as insígnias.

3. Suboficiais e praças num Fliegerabteilung (Destacamento Aéreo) da Bavária descansam e bebem no confortável refeitório de um campo na França, em 1917. O sargento (terceiro, a partir da esquerda) está tocando cítara para distrair seus camaradas.

projetado por Otto Heinecke, suboficial, que também participou dos primeiros testes em Adlershof, perto de Berlim, no início de maio de 1917. Esse paraquedas podia ser usado nas costas ou como assento e era aberto por um cabo ligado ao avião depois que o piloto se atirava. Baur nunca precisou usar um, mas era um equipamento de segurança muito bem-vindo diante da perspectiva de arder num avião em chamas ou saltar para uma morte certa se o avião explodisse no ar.

Além do perigo constante representado pelos inimigos no ar, pela artilharia antiaérea e pela possibilidade de falha estrutural ou do próprio motor, os aviadores estavam sujeitos à ulceração provocada pelo frio quando voavam com a carlinga aberta e a grandes altitudes, ou durante o inverno. Precisavam vestir roupas pesadas e uniformes de lã, além de botas e luvas, como proteção. Capacetes, máscaras e óculos eram acessórios necessários para cobrir toda a área exposta. Como

Baur normalmente voava a altitudes mais baixas, não precisava usar os aparelhos de oxigênio líquido produzidos pela Ahrend und Heylandt, para uso dos pilotos alemães.[6]

As unidades aéreas alemãs iam mudando seus alojamentos atrás do front em resposta às ofensivas de ambos os lados. O pessoal da aviação vivia em barracas próximas às pistas de pouso ou, de preferência, em grandes casas de fazenda, se houvesse alguma por perto. Se a área estivesse próxima de uma aldeia, os homens podiam se hospedar em hotéis ou residências particulares e isso era um luxo muito bem-vindo, especialmente no inverno. Em cada campo aéreo era organizado um *Kasino* (clube de oficiais), onde os oficiais jantavam com o oficial comandante, segundo os costumes militares. Troféus das aeronaves inimigas derrubadas atrás das linhas costumavam adornar o lugar, que normalmente era decorado com mobília feita no local ou obtida onde fosse possível. Os suboficiais também costumavam montar um restaurante no mesmo estilo, embora menos formal, onde podiam descansar num ambiente de camaradagem quando não estavam em serviço. O refeitório dos soldados rasos também era mobiliado, e era bastante confortável.

Apesar de sério e concentrado quando voava, o carismático Baur era popular e tinha vários amigos entre os membros de sua unidade. Feriados, aniversários, promoções e vitórias eram celebrados no salão com música, canções e, sempre que possível, cerveja, vinho e algo especial para comer. Sempre havia alguém para tocar acordeão ou violino. As canções de soldados, de bebidas e de música folclórica e popular alegravam as longas noites. Os esportes também eram encorajados para aliviar a tensão. As rações do exército frequentemente eram complementadas por compras ou trocas com os camponeses franceses da região. Às vezes, eram concedidas licenças para ir em casa, especialmente para aqueles que precisavam descansar da tensão do combate aéreo. O oficial comandante informava seus homens sobre os acontecimentos importantes. As notícias chegavam através dos jornais do exército. Às vezes eram realizados debates para ajudar a manter o moral dos homens, como quando os

---

[6] C.G. Sweeting, *Combat Flying Equipment* (Washington, D.C., Smithsonian Institution Press, 1989), 150-53.

Estados Unidos entraram na guerra, em 6 de abril de 1917, causando surpresa e confusão, e exigindo explicação. Alguns dos homens da unidade de Baur tinham parentes nos Estados Unidos e ninguém considerava a América um inimigo como a França.

Comparada às terríveis condições das trincheiras, a vida nos campos aéreos militares era geralmente mais segura e mais confortável. Mas os aviadores tinham sua cota de trabalho pesado, assim como inspeções e funções militares rotineiras. Além disso, o estresse do combate aéreo e o choque da perda de um amigo em ação frequentemente cobriam de sombras as atividades de todos os envolvidos. Manter o moral e a eficiência independentes dos acontecimentos era preocupação constante dos comandantes. À medida que avançava a guerra, aumentava a ameaça de ataque aéreo às bases. Trincheiras individuais e metralhadoras de defesa antiaérea foram montadas para proteção em caso de ataque. A confraternização entre os oficiais e os praças não era autorizada, mas com a pressão constante dos combates durante vários meses, Baur e von Hengl estavam muito menos preocupados com a hierarquia e o protocolo do que com o êxito de sua missão e sua sobrevivência.

Baur não sentia prazer em matar, mas a perseguição era excitante e isso era a guerra. Era basicamente sua Alemanha natal e os dois aliados mais fracos, a Áustria-Hungria e o Império Otomano dos turcos, contra o resto do mundo. O combate também era desgastante para Baur, mas ele tinha nervos fortes, ótimas condições físicas, excelente coordenação e visão e, o mais importante, era motivado pelo patriotismo, pela dedicação a seus camaradas e à sua causa. Na verdade, lealdade e devoção ao dever eram fatores que influenciariam toda a sua vida, para o bem e para o mal.

Ao longo da guerra, as grandes potências fizeram muito progresso na tecnologia de motores e aviões. As frágeis gaiolas do início da guerra, colocadas em serviço de aferição e observação, foram relegadas a escolas de aviação ou descartadas como sucata, sendo substituídas por aviões mais eficientes, especializados, projetados para perseguição, bombardeamento, observação e ataque terrestre.

4. Baur pilotou este Hannover CL IIIa, avião caça escolta, em 1918. Equipado com um motor Mercedes D III de linha, refrigerado a água, de 160 HP, este Hannover atingia velocidade máxima de 165 km/h e altitude de 7.500 metros. A cauda do biplano, única para um monomotor, proporcionava um campo de fogo maior para o observador na carlinga traseira.

A unidade de voo de Baur e von Hengl, agora *Fliegerabteilung* (A) 295, foi reequipada com uma aeronave nova e melhor, o Hannover CL IIIa. Além de avião de reconhecimento, observação e artilharia, esse biplano compacto, de dois assentos, podia atuar como caça escolta. Sua fuselagem, coberta de madeira compensada macia, era extremamente forte, capaz de resistir bastante. Equipado com um motor Argus As III de seis cilindros de linha, refrigerado a água, de 160 HP, era capaz de fazer 165 km/h e era muito mais ágil do que os A.E.G. Sua autonomia era de três horas em circunstâncias normais. O Hannover tinha uma cauda incomum para um biplano, que reduzia bastante o vão elevado, oferecendo campo de fogo muito maior para o observador da carlinga traseira. O armamento consistia numa metralhadora fixa Maxim 7.9 mm LMG 08/15 para o piloto, sincronizada para atirar para a frente, através do arco da hélice, e uma metralhadora Parabellum 7.9 mm modelo 14/17, montada no anel da carlinga traseira e operada manualmente pelo observador.[7] As duas metralhadoras eram, é claro, refrigeradas a ar. A Parabellum de von Hengl, como mostra uma fotografia da época da guerra, era equipada com uma grande mira ótica, bastante útil para o combate aéreo e ataque no solo; há muito ele havia mostrado ser perito atirador, além de excelente observador.

Antes, o que se esperava da tripulação dos aviões de observação era que se defendesse quando atacada, mas o jovem Baur e von Hengl logo começaram a voar ao longo do front para atacar a artilharia de defesa antiaérea francesa depois de completar sua missão de localização. Um artigo intitulado "O piloto aéreo de Herr Hitler", descrevendo a batalha aérea mais bem-sucedida de Baur, foi publicado na revista *Popular Flying* de março de 1939:

> "Em 17 de julho de 1918, Baur e seu observador (von Hengl) receberam instruções para localizar algumas baterias francesas que vinham perturbando há algum tempo. Eles decolaram às dez da manhã e cruzaram as linhas a cerca de 3.000 metros nas vizinhanças de Epernay, mas foram localizados pelos 'arqueiros' franceses. Baur entrou numa nuvem, mas ao emergir viu seis Spad de caça abaixo dele. Enquanto eles estivessem por perto, von Hengl não poderia localizar nada. Duas mentes com um único pensamento! Sem serem vistos pelo inimigo, Baur deu a volta e, no mergulho, ficou com o sol atrás dele; então atacou.
>
> Uma rajada da metralhadora de von Hengl derrubou um dos Spads. Os outros cinco só perceberam o que estava acontecendo quando viram as asas do avião de seu companheiro despencar ao lado deles. Fazendo uma curva, eles derrubaram outro Spad em chamas, enquanto Baur manobrava no meio deles com tanta destreza que eles não conseguiam apontar suas metralhadoras contra ele, com medo de atingirem uns aos outros. Um Spad fez um giro e quase bateu neles, mas von Hengl focou sua mira nele, e o avião caiu como uma pedra.

---

[7] Gray e Thetford, 150-53.

Três contra um, e os três estavam começando a acertá-lo. Estilhaços voavam das asas, balas raspavam a madeira da fuselagem; Baur e von Hengl começaram a achar que a qualquer momento seria o fim.

Então se envolveram com um Spad, numa batalha de círculos. As bandeiras indicavam que era o líder da formação. O piloto sabia o que estava fazendo, e os outros ficaram de lado para ver os alemães irem de encontro às suas vítimas no solo. Mas muitos pilotos de caça perderam a vida descobrindo que não se podia brincar com a tripulação de um avião que sabia se defender. O francês deve ter se descuidado ligeiramente ao ter certeza da vitória, e Baur viu ali a oportunidade. Quando as duas aeronaves se cruzaram no céu, von Hengl disparou com tamanha rapidez que por um momento o Spad parecia levitar; então rodopiou e caiu. Os dois Spads sobreviventes desapareceram da cena e Baur achou que von Hengl agora poderia realizar seu trabalho. Como o sistema de comunicação sem fio tinha sido destruído, tiveram que voltar ao método primitivo de lançar mensagens atrás das linhas inimigas, de onde poderiam ser enviadas por telefone à artilharia alemã. As duas incômodas baterias francesas foram colocadas fora de ação, e Baur levou o avião danificado, em segurança, até o campo de pouso. A confirmação da vitória foi obtida facilmente, e Baur foi recompensado com a Medalha de Valor."[8]

É admirável que quatro aviões de caça tenham sido derrubados por um avião de observação de dois lugares, num confronto.

Baur raramente se queixava das condições difíceis, das privações e problemas da vida militar em tempos de guerra. Reconhecia suas responsabilidades e lutava para cumprir seu dever da melhor maneira possível. Sua coragem conquistou o respeito e a admiração de seus colegas aviadores.

---

[8] "Herr Hitler´s Aerial Chauffeur", *Popular Flying* (março 1939), 591-92. Segundo o livro *Bayerns Goldenes Ehrenbuch* (Livro de Honra de Ouro da Bavária), preparado pelo Bayrischen Kriegsarchiv, a unidade de Baur, a Bayerische Flieger-Abteilung 295, estava apoiando uma divisão da infantaria prussiana perto do Bosque de Courtton, durante a ofensiva do Marne, e foi atacada por sete monoplanos inimigos. Baur e seu observador derrubaram duas aeronaves inimigas em território alemão e duas atrás das linhas inimigas. Pela ação, Baur recebeu a Bayrische Silberne Tapferkeitsmedaille (Medalha de Prata por Mérito da Bavária). Essa informação também consta do arquivo pessoal de Baur na SS, em microfilme, no U.S. National Archives, College Park, Maryland.

5. O Segundo Sargento Baur (à direita) e seu observador, o Tenente Georg Ritter von Hengl, diante do Hannover CL IIIa depois de terem derrubado quatro caças Spad franceses em 17 de julho de 1918. No CL IIIa, Baur tinha uma metralhadora Maxim 7.9 mm 08/15 de tiro dianteiro. Repare na mira ótica da metralhadora Parabellum 7.9 mm 14/17 de von Hengl na carlinga traseira.

As saídas aconteciam praticamente todos os dias, dependendo do tempo. Isso incluía voos de reconhecimento noturno para localizar a posição exata da artilharia inimiga pelas luzes dos disparos. Num desses voos, um biplano surgiu da neblina nas linhas francesas, voando a cerca de 400 metros de altura. Baur atacou imediatamente e abriu fogo a curta distância, derrubando um dos novos bombardeiros Breguet. Outra vitória em data posterior foi sobre um piloto americano num Nieuport de caça.

É claro que algumas vezes escaparam por pouco, inclusive de um combate com três caças Spad, também descrito no artigo da *Popular Flight:*

"Com a metralhadora do Tenente von Hengl destruída, eles foram obrigados a fazer uma aterrissagem precária, perto de uma posição da artilharia alemã. Mas sentiram uma espécie de consolo ao verem um de seus adversários fazer uma aterrissagem forçada a apenas alguns quilômetros de distância. Em outra ocasião, um problema no motor forçou Baur a pousar nas linhas britânicas, onde foram feitos prisioneiros. Mas isso aconteceu durante a ofensiva de Aisne e eles logo foram salvos pelas tropas de um regimento de infantaria de Wuerttemberg que invadiu a posição."[9]

Em seus muitos voos sobre as linhas de batalha, Baur não tinha ideia de que nas trincheiras enlameadas abaixo dele estava um cabo do 16º Regimento de Infantaria da Reserva do exército bávaro que teria influência profunda sobre seu futuro. Esse homem era Adolf Hitler.

Com os russos fora da guerra e às voltas com a Revolução Bolchevique, no final de 1917, a Alemanha pôde transferir suas tropas e armas do *front* oriental ao *front* ocidental para uma grande ofensiva na primavera de 1918. Esse último grande avanço da Alemanha começou em 21 de março e ficou conhecido como "Ofensiva Michael". Os ataques, usando novas táticas e unidades de "tropas de assalto", acabaram forçando os franceses e ingleses a recuarem até o Marne, a apenas setenta quilômetros de Paris, mas os Aliados conseguiram deter o avanço graças, principalmente, às tropas americanas que chegaram à França em grande número. Em 18 de julho, os Aliados começaram uma contraofensiva poderosa, que só terminou com o armistício de 11 de novembro. Enquanto as defesas alemãs começavam a ruir, um braço do Exército Imperial se manteve eficiente e efetivo até o último dia de batalha, o *Deutschen Luftstreitkraefte*, a força aérea do exército alemão, que incluía as unidades bávaras que lutaram bravamente até receber ordem para voltar à Alemanha e entregar suas aeronaves aos Aliados.

O Tenente von Hengl foi agraciado com a Ordem Militar de Max Joseph, do exército bávaro, em 29 de outubro de 1918. Baur não pôde receber essa alta condecoração por bravura porque era concedida apenas a oficiais. No entanto, em 1918, sua coragem e suas realizações em voos, bombardeiros, os ataques de solo e as batalhas aéreas foram reconhecidos

---
[9] Ibid., 608.

6. O segundo sargento Baur, 21 anos, no final de 1918. Ele está usando a Cruz de Ferro de Primeira Classe e o Distintivo de Piloto do exército bávaro no bolso esquerdo de seu uniforme de campanha. A fita da Cruz de Ferro de Segunda Classe está na dobra do casaco e uma pequena barra de fitas referentes a outras condecorações está acima do bolso.

e isso resultou em sua promoção na hierarquia a *Vizefeldwebel* (segundo sargento) recebendo a medalha Cruz do Mérito do exército bávaro, a Medalha do Valor de Prata Bávara, Cruz de Ferro de Primeira e Segunda Classe Prussiana, e o cobiçado Cálice de Honra, por vitória em combate aéreo. Ele poderia ter solicitado transferência para um esquadrão de caça em 1918, mas decidiu ficar na identificação de artilharia com seu amigo de confiança e companheiro de luta, Georg von Hengl.[10] No final da guerra, Baur recebeu crédito por nove vitórias em combate aéreo. Isso foi considerado um recorde para um piloto de infantaria e artilharia pilotando um avião de observação de dois lugares. Baur recebeu a recomendação para promoção a Tenente da reserva, mas o armistício de 11 de novembro de 1918 cortou a possibilidade de ascensão. No entanto, embora a maioria dos soldados estivesse sendo dispensada pela grande desmobilização, Baur teve permissão para permanecer no serviço ativo do exército depois de voltar para a Alemanha.

A maior guerra da história finalmente havia acabado. No oriente e no ocidente, as tropas alemãs iniciaram a longa viagem de volta para casa, deixando para trás cidades e vidas destruídas. Depois de quatro longos anos de terríveis batalhas, poucos ainda se lembravam dos motivos da guerra. Os veteranos exaustos estavam irritados e se sentiam traídos. Os imperadores arrogantes haviam envolvido suas nações no conflito com discursos pomposos e, agora, a maioria dos soldados sentia que havia lutado por nada.

A paz acabou com o derramamento de sangue no front, mas trouxe pouca alegria ao povo alemão. O bloqueio aliado ainda estava em pé, mantendo a escassez de alimentos e outras mercadorias. O governo imperial havia renunciado, e o Kaiser e todas as famílias reais de todos os estados alemães, incluindo a Baviera, tinham abdicado, deixando inicialmente um grande vácuo. As províncias alemãs do oriente e do ocidente estavam perdidas, junto com suas colônias, graças ao odiado Tratado de

---

[10] Pletschacher, 173-74. Georg Ritter von Hengl fez carreira militar e chegou à patente de general das Tropas de Montanha, em 2 de janeiro de 1944. Combateu no comando das Tropas de Montanha de 1940 a 1944, e recebeu a Cruz de Cavaleiro da Cruz de Ferro. Membro do Partido Nazista, foi designado para a equipe de liderança do OKH em 15 de maio de 1944.

Versalhes. Enquanto os comunistas e extremistas de todas as ideologias políticas tentavam assumir o controle do inexperiente governo republicano, o desemprego, as greves, a inflação, a pobreza e o trabalho de reconstrução arrasavam a classe média, criando terreno favorável para a agitação e a revolução. Esse era o futuro desolador que aguardava Hans Baur e milhões de veteranos alemães da 1ª Guerra Mundial.

Os ex-soldados empobrecidos guardavam lembranças amargas da guerra. Tinham dado tudo de si, mas agora parecia ter sido em vão — sacrifícios, dor, sofrimento. A brutalidade das trincheiras foi trazida para as ruas de Berlim e de outras cidades, e centenas morriam na luta entre os revolucionários de esquerda e membros do direitista *Freikorps* (Corpo de Voluntários), organizado por ex-soldados desempregados para esmagar a revolução. Foi uma época de decadência, fome e desesperança, em que a Alemanha e boa parte da Europa do pós-guerra permaneceram mergulhadas em conflito. A criação da Liga das Nações pouco fez para ajudar a Alemanha em relação à democracia.

No sul, um ex-sargento do exército, Benito Mussolini, havia fundado um novo movimento e lutava para varrer a velha ordem da política italiana e estabelecer um sistema de governo autoritário radical chamado fascismo, do qual seria o líder. Os radicais direitistas alemães iriam se inspirar nos métodos bem-sucedidos de Mussolini, que o levaram ao poder em 1922. Mas nas ruas da Alemanha, o que havia era confusão, frustração e preocupação com o futuro tanto entre os que haviam servido como entre os civis.

A redução drástica do tamanho do exército alemão, de acordo com as determinações do armistício e do Tratado de Versalhes, assinado em 28 de junho de 1919, segurou Baur apenas temporariamente. A aviação militar logo seria proibida na Alemanha pelo Tratado de Versalhes, mas um pequeno número de aviões havia recebido autorização para uso comercial. Em 15 de janeiro de 1919, foi estabelecido o primeiro serviço postal aéreo militar, e Baur foi um dos seis, entre quinhentos pilotos do exército bávaro, selecionados para voar nessas rotas. Alguns aviões de caça Fokker D-VII foram desmilitarizados para serem usados em rotas postais, mas acabaram confiscados pela Comissão Aérea Interaliada, e Baur e os outros

7. Baur com o Fokker D-VII que pilotou na rota postal de Fuerth a Weimar, na Alemanha, em 1919-20. O D-VII havia sido o avião de combate mais importante da Alemanha no último ano da 1ª Guerra Mundial. Para uso civil, foram retiradas as metralhadoras Maxim 7.9 mm 08/15, a mira e os compartimentos para munição. A correspondência era transportada em sacos dentro da fuselagem.

pilotos tiveram que pilotar os obsoletos biplanos Rumpler C I. Essa ação não tinha objetivo definido e estava entre as muitas exigências impostas pela Comissão de Controle Interaliada que causaram dificuldades e ressentimentos nos anos do pós-guerra.

Depois de alguns meses fazendo as rotas postais para Weimar, onde havia sido sediada a nova República Alemã, Baur se viu no meio de uma tentativa de revolução perpetrada pelos comunistas e soldados insatisfeitos em Fuerth, perto de Nuremberg. Os insurgentes "vermelhos" tinham capturado os aviões do correio, com intenção de bombardear as autoridades "brancas" de Nuremberg. Baur, com a ajuda do mecânico-chefe da sua unidade aérea na época da guerra, conseguiu desativar os aviões, escapar voando e ajudar a frustrar a revolta. Usando a mesma aeronave, Baur depois se uniu ao general Franz Ritter von Epp, do Corpo de Voluntários, para acabar com a insurreição comunista em Munique. Essa foi a primeira experiência de Baur com a política do pós-guerra e serviu para afirmar suas profundas convicções anticomunistas. Entre os informantes pagos por von Epp, em Munique nessa época caótica, estava um homem chamado Adolf Hitler, que havia chamado a atenção do capitão Ernst Roehm, assistente de campo de von Epp. Von Epp e Roehm ajudaram a financiar o pequeno Partido Nacional-Socialista dos Trabalhadores Alemães, o NSDAP, desde o seu surgimento.[11]

A dissolução final das últimas unidades da força aérea do exército alemão foi relutantemente concluída de acordo com o Tratado de Versalhes, apresentando a Baur um dilema. Ele poderia continuar a servir como sargento numa unidade de terra do exército de cem mil homens do pós-guerra, ou ser dispensado e procurar trabalho na aviação civil. Voar era a grande paixão de Baur, por isso a decisão não foi difícil. Com o início dos serviços de aviação civil na Alemanha, em 1922, Baur deixou o exército e começou um novo capítulo em sua vida — uma carreira de piloto da aviação comercial.

---

[11] Robert Wistrich, *Who's Who in Nazi Germany* (Nova York, MacMillan Pub. Co., 1982), 67-68.

2
ASAS DA PAZ:
1922-1931

Diante do fim iminente da aviação militar alemã, Baur teve a prudência de entrar em contato com o diretor da Bayerischer Luft-Lloyd, companhia aérea que estava surgindo em Berlim. Com seu excelente histórico na guerra, numerosas recomendações e a ajuda do diretor da Luft-Lloyd, Baur obteve a licença de piloto civil, número 454, do Ministério do Transporte Nacional, em outubro de 1921.

Ao deixar o exército, em abril de 1922, começou a trabalhar imediatamente como piloto da Luft-Lloyd e se juntou a outros veteranos da guerra nos voos entre Munique e Constança, perto da fronteira suíça. Isso significava voar por uma região montanhosa e pelo Bodensee, também conhecido como Lago de Constança, sob qualquer condição meteorológica e sem instrumentos de navegação. As primeiras aeronaves eram velhos biplanos militares Rumpler C I e Albatros B II, modificados para o transporte de pequenas cargas e um ou dois passageiros. Essas gaiolas de madeira, que partiam de pistas gramadas, eram lentas, tinham autonomia limitada e eram desconfortáveis, pois tinham as carlingas abertas, tanto para os pilotos quanto para os passageiros. Por serem velhos, eram também difíceis de pilotar e controlar.

Um novo avião surgiu no final daquele ano e foi um grande progresso. Era o Junkers F 13, primeira aeronave alemã projetada especificamente para uso na aviação civil. Foi construída na cidade livre de Dantzig porque a produção de aviões ainda era proibida na Alemanha. O F 13 era surpreendentemente moderno. Com asas baixas de monoplano, foi o primeiro avião totalmente metálico.

Foi o primeiro avião comercial com uma cabine fechada e viabilizou o transporte de passageiros. Tinha lugar para quatro passageiros e dois para a tripulação, ou cinco passageiros, se fosse preciso apenas um piloto. Equipado com um motor BMW IV de 180 HP, era lento, mas robusto e fácil de manter. Batizado oficialmente como *Die Nachtigall* (O Rouxinol), o F 13 era chamado de *Der Blechesel* (O Asno de Lata) até a instalação de um motor mais potente, de 310 HP. Sua carreira foi longa e chegou à 2ª Guerra Mundial.[12] Esse avião também recebeu o primeiro registro numérico nacional: D-1.

Em 1923, a companhia bávara Luft-Lloyd foi incorporada a Junkers Luftverkehr, companhia de aviação da Junkers Flugzeugbau AG, que era a empresa fabricante do avião. Essa companhia, maior e mais próspera, expandiu o negócio, permitindo a construção de aeroportos melhores e o estabelecimento de novas rotas, na Alemanha e em vários países. O progresso ocorreu apesar das limitações impostas pelo Tratado de Versalhes à aviação comercial e à fabricação de motores e aeronaves alemãs.[13]

Novas rotas aéreas para Viena, na Áustria, e Zurique, na Suíça, foram abertas na primavera de 1923. Baur fazia as duas rotas alternadamente, usando uma bússola e pontos de referência em terra para a navegação, sempre atento aos campos que poderiam ser usados para um pouso de emergência em caso de falha do motor. O tempo ruim podia impedir ou interromper um voo, porque não havia instrumentos na época.

A vida de piloto exigia longas horas de trabalho e muitos dias em lugares distantes. No entanto, Baur encontrou tempo para casar

---

[12] Wulf Bley, *Deutschland zur Luft* (Viena, Friedrich Bohennberger Vlg., 1939), 277-78.
[13] Ibid., 275-85.

8. Baur, na asa de um Junkers F 13, depois de levar Eugenio Pacelli (quarto a partir da direita) de Munique a Oberammergau, na Alemanha, no final de 1922. Os outros são desconhecidos. Pacelli foi o núncio papal da Baviera de 1917 a 1929, e tornou-se o Papa Pio XII, em 1939. O moderno F 13 foi o primeiro avião alemão de passageiros construído após a 1ª Guerra Mundial. Todo feito em metal tinha carlinga aberta, mas oferecia uma cabine fechada para quatro passageiros.

e estabelecer residência em Munique, onde sua esposa, Elfriede, permaneceu pacientemente enquanto ele construía sua carreira na aviação. Nesses dias difíceis, a Sra. Baur se sentia feliz pelo fato de seu marido ter um trabalho fixo e bom, que ele adorava. Em 1924 nasceu sua filha Ingeborg. Apesar da sua ausência frequente, a vida familiar de Baur era feliz.

Baur estava firmando sua reputação como piloto seguro e pontual. Em pouco tempo surgiu a oportunidade de transportar seu primeiro passageiro célebre, o núncio Pacelli, depois Papa Pio XII, num voo de ida e volta, Munique-Oberammergau, onde Sua Reverência acompanhou uma apresentação de A *Paixão de Cristo*. Ao voltar no fim da tarde, Baur fez um voo turístico e mostrou ao seu distinto passageiro o espetáculo composto pelo Zugspitze, montanha mais alta da Alemanha, e os Alpes cobertos de neve na bela paisagem da Bavária. Outro passageiro famoso foi o futuro rei Boris, da Bulgária, primeiro passageiro real de Baur, que foi de Zurique a Munique e depois a Viena.

O ano de 1923 foi um pesadelo para quase todos os alemães. Em janeiro, tropas francesas ocuparam a área industrial do Ruhr para forçar a Alemanha a pagar a dívida de 132 bilhões de marcos, deixada pela guerra. A Alemanha também foi obrigada a abrir mão de metade da região industrial da Alta Silésia, para a Polônia. A inflação ficou completamente fora de controle e só em novembro o governo conseguiu estabilizar o sistema monetário. Foram emitidos novos Rentenmarks, um para cada trilhão de marcos, e isso interrompeu a inflação mais extrema da história. Mas era tarde para salvar grande parte da classe média da ruína financeira: muitos precisaram vender mobília e roupas para comprar comida. O caos, a miséria e a humilhação abriram espaço para as promessas dos nacional-socialistas, comunistas e outros radicais. Muitos alemães começaram a expressar a ideia de que era preciso encontrar um salvador que tirasse a nação do caos do pós-guerra.

Munique, como quase toda a Alemanha no início da década de 1920, estava tomada por tumultos. Uma tentativa de golpe dos comunistas havia sido derrotada pelo corpo de voluntários, com a ajuda de Baur, mas radicais direitistas de todos os tipos também ameaçavam a estabilidade do governo cambaleante. O Partido Nacional-Socialista dos Trabalhadores Alemães, ou NSDAP, chefiado pelo ex-cabo Adolf Hitler, sentia-se forte o bastante em novembro de 1923 para tentar assumir o controle do governo da Bavária. O golpe tentado por Hitler e seus correligionários ficou conhecido como *Marsch auf die Feldherrenhalle* na Alemanha, e como "Putsch da Cervejaria" no exterior. A tentativa de 9 de novembro foi frustrada pela polícia e Hitler foi preso, julgado por traição e sentenciado a cinco anos na prisão de Landsberg, na Bavária. Após o malsucedido Putsch, o NSDAP foi proibido de funcionar, de 23 de novembro de 1923 a 27 de fevereiro de 1925, quando foi refundado e viveu um surto de novas atividades sob a liderança enérgica de Hitler, que havia sido libertado em dezembro de 1924, nove meses apenas depois de ter sido confinado.

Baur não se envolveu com esse golpe ambicioso, mas ficou bastante impressionado com a propaganda nacional-socialista, amplamente divulgada durante o julgamento dos conspiradores. Nessa época difícil, ele estava bastante ocupado, fazendo rotas que haviam sido estendidas até Genebra, na Suíça, Budapeste, na Hungria, e mais além. Isso exigia aeronaves maiores, com mais autonomia, e em 1925 três novos modelos do Junkers foram produzidos pela Junkers Luftverkehr.

O Junkers G 24 era um monoplano de três motores feito de alumínio, parecido com o futuro Ju 52/3m. Inicialmente, os motores eram Junkers L2a de 230 HP cada um, o que permitia velocidade de aproximadamente 160 km/h. Por causa da baixa potência dos motores, eram necessários três motores para um avião do tamanho do G 24 e do Ju 52/3m. O G 24 era equipado com rádio, mas não tinha freios. Na época, isso não era tão importante porque o avião tinha uma cauda que o segurava e quase todos os campos de pouso eram de grama ou terra. Com dois ou três tripulantes, tinha assentos confortáveis para nove passageiros na cabine fechada, e era o avião comercial mais moderno da época. Como nos outros aviões, a carlinga da tripulação era aberta e exposta às condições do tempo. Em 1925, as restrições em relação à fabricação de aviões na Alemanha foram relaxadas pelos Aliados, que permitiram a construção de pequenos aviões civis para atividades comerciais ou esportivas. Mas os grandes G 24 tiveram que continuar a ser fabricados pela subsidiária da Junkers, a A-B Flygindustri, em Limhamn-Malmoe, na Suécia.[14]

Para dominar a complexidade do G 24, Baur visitou a fábrica da Junkers em Dassau. Os técnicos lhe mostraram toda a fábrica e ele presenciou os preparativos para a construção de aeronaves muito maiores, inteiramente de metal. Ali ele recebeu informação sobre a operação e a manutenção do novo avião.

---

[14] Ibid., 283.

9. Baur na frente do Junkers G 24, da Lufthansa, por volta de 1926. Ele está com o uniforme completo de inverno porque esse tipo de avião ainda tinha a carlinga aberta. Observe a hélice de madeira com duas lâminas no centro do motor Junkers L2a, e a hélice com quatro lâminas do motor lateral.

O treinamento de voo foi feito com vários pilotos de testes da empresa e Baur realizou muitos voos, pousos e decolagens em condições variadas. Só depois recebeu o certificado que o qualificava a pilotar os grandes G 24.

A Junkers Luftverkehr, uma das companhias aéreas mais bem-sucedidas da época, sabia que para ser um empreendimento viável, a companhia precisava oferecer aviões eficientes, com facilidades para compra e manutenção, que fossem economicamente duradouros e grandes o bastante para transportar passageiros ou carga que tornassem a operação lucrativa. Também era preciso ter boa infraestrutura aérea, pessoal competente e ótima administração. A Alemanha havia começado muito bem em 1910, quando os grandes dirigíveis Zeppelin da DELAG *(Deutsche Luftschiffahrts-Aktiengesellschaft)* começaram a transportar passageiros e a fazer o serviço de correio em segurança por todo o país. Isso, é claro, terminou com o início da 1ª Guerra Mundial, em agosto de 1914. A primeira empresa aérea a usar aviões foi a Deutsche Luft-Reederei, que inaugurou seus serviços em 5 de fevereiro de 1919. Foi verdadeiramente a primeira companhia aérea do mundo.

Enquanto a Alemanha superava a crise inflacionária e conseguia melhorar a economia, em meados da década de 1920, crescia a concorrência entre as companhias europeias e alemãs. Na Alemanha, havia cerca de trinta companhias aéreas, a maioria delas pequenas e ineficientes. Boa parte se fundiu com outras ou desapareceu, restando apenas duas grandes: a Junkers Luftverkehr AG e a Deutscher Aero Lloyd AG. No final de 1925, o governo alemão cortou drasticamente os subsídios, forçando a fusão que resultou na Deutsche Luft Hansa AG. A partir de 1º de janeiro de 1934 as duas palavras se juntaram para formar Lufthansa. Usaremos apenas essa forma neste livro, para facilitar.

Sediada em Berlim, a Lufthansa foi fundada em 6 de janeiro de 1926 e passou a operar no transporte de passageiros, carga e correio, no dia 6 de abril. A nova companhia expandiu sistematicamente seus serviços nacionais e internacionais, incluindo melhoria nos aeroportos de várias cidades, com a colaboração de autoridades locais. Desde o início, pioneira nos voos noturnos e sob mau tempo, as operações da Lufthansa foram um laboratório para a melhoria permanente dos voos sem visibilidade e também para a navegação, a tecnologia de instrumentos e o controle do tráfego aéreo.[15]

Como resultado da fusão, a Lufthansa iniciou suas operações equipada com nada menos do que dezenove tipos de aeronaves, totalizando 165 aviões, com motores de dezessete tipos diferentes. Pilotos como Hans Baur e várias equipes de voo e de terra adquiriram vasta experiência operacional, concentrando-se no domínio de um tipo de aeronave. Muitos aviadores, técnicos e líderes da nova força aérea alemã, a Luftwaffe, começaram ou desenvolveram suas carreiras voando para a Lufthansa.

---

[15] Deutsche Lufthansa AG, *The History of Lufthansa* (Colônia, Alemanha, Deutsche Lufthansa, 1975), 7.

10. Baur posa com o Rohrbach Ro VIII Roland I, chamado Hohentwiel. Ele começou a pilotar esse avião em 1928, ano em que a Lufthansa o promoveu a Flugkapitän (capitão de voo). Equipado com três motores BMW Va, atingia 180 km/h, oferecia aquecimento para dez passageiros e era equipado com um lavatório. Havia oxigênio extra, disponível para os passageiros somente nos voos sobre os Alpes. Baur continuou a voar em carlinga aberta até que Kurt Tank, então trabalhando para a Rohrbach Company, criou uma cabine para proteger a tripulação do vento congelante.

Baur começou a trabalhar na Lufthansa na época da fusão e, no verão de 1926, já tinha voado mais de 300 mil quilômetros como piloto comercial.[16] Esse feito foi noticiado em vários jornais da Alemanha e da Áustria. A publicidade em torno desse fato foi ainda maior devido a seus inúmeros passageiros famosos, como o Dr. Hainisch, presidente da Áustria, e Fridtjof Nansen, explorador do Ártico. Baur também chamou a atenção do novo diretor da Lufthansa, Erhard Milch, por causa de uma bem-sucedida aterrissagem de emergência. Milch, que depois se tornaria marechal de campo da Luftwaffe e secretário de Estado no Ministério da Aviação do Reich, elogiou Baur pela grande habilidade

---

[16] Esboço biográfico de Hans Baur, datado de 7 de agosto de 1926, 2.

demonstrada na aterrissagem segura do avião num campo aberto sem ferir os passageiros.

De vez em quando, os pilotos eram contratados por companhias de cinema para filmar cenas do ar. Durante o Rally Aéreo Transalemão, para aviões esportivos, Baur pilotou o avião com a câmera que filmou os aviões contornando o Zugspitze. Nessa época, ele conheceu Rudolf Hess, que se tornaria adjunto de Hitler e, mais tarde, ministro do Reich e seu Führer substituto, antes de fazer um voo misterioso em missão de paz até a Inglaterra em 1941. Hess era piloto amador e foi o primeiro a voar sobre o Zugspitze numa competição de aviões esportivos patrocinada pelo jornal do Partido Nacional-Socialista, o *Voelkischer Beobachter*. O filme foi amplamente exibido em cinemas alemães, com objetivos propagandísticos. Talvez por ter conhecido Hess e outros líderes do partido, ou por uma combinação de motivos, Hans Baur decidiu filiar-se ao Partido Nacional-Socialista por volta de 1926, com o número de inscrição 48.113.[17]

Visando padronizar sua frota com novos equipamentos para melhorar a eficiência, a Lufthansa havia comprado alguns Junkers G 24. Nesse período a Alemanha finalmente recebeu permissão para fabricar motores e aeronaves de grande porte para uso comercial. O primeiro avião Rohrbach, o Ro VIII "Roland I", foi adquirido pela Lufthansa em 1927. Era outro avião, totalmente de metal, equipado com três motores BMW IV.[18] Apesar de ter um modelo pouco elegante, o Roland representava um avanço em relação ao Junkers G 24. Tinha melhor razão de subida e atingia 180 km/h, levando nove ou dez passageiros. Além do rádio, o Roland I também tinha aquecimento na cabine e lavatório. Sua asa era alta, permitindo que os passageiros tivessem uma visão melhor do solo, o que agradava principalmente aos que nunca tinham tido o prazer de ver a paisagem do ar. Um modelo

---

[17] SS-Personalhauptamt, *Dienstaltersliste der Schutzstaffel der NSDAP* (Berlim, Alemanha, 1944), p. 21. Documento confidencial oficial relacionando todos os oficiais da SS com a patente de general e Coronel em 9 de novembro de 1944. Esse registro também fornece outras informações pessoais de cada oficial.

[18] Karl Ries, Recherchen zur Deutschen Luftfahrzeugrolle (Mainz, Alemanha: Dieter Hoffmann, 1977), 74-75.

ligeiramente aperfeiçoado desse avião, o Roland II, apareceria nas viagens da campanha política de Hitler, em 1932, com Baur pilotando. A Lufthansa usou nove aviões Roland II, modelo que também foi testado como bombardeiro no teste secreto da *Reichwehr* (Defesa do Império), hoje em Lipetsk, na União Soviética. Não foi considerado satisfatório como o avião de guerra na ainda clandestina Luftwaffe, e em seu lugar foi escolhido o Dornier Do 11.

Em setembro de 1927, a Lufthansa concedeu a Baur seu primeiro *pin* (alfinete de lapela) Golden Honor por ter voado 400 mil quilômetros em voos comerciais. Ele continuou a fazer as rotas para Berlim, Munique e Zurique, em todas as estações e em todos os tipos de situação, mesmo para Viena, durante a greve geral e a sangrenta tentativa de golpe. Essa situação havia impossibilitado a circulação de trens e ônibus, e a única maneira de entrar e sair da cidade era pelo ar.

O ano seguinte trouxe novo desafio para Baur: pilotar numa rota pioneira através dos Alpes até a Itália. Essa nova rota era particularmente difícil por causa da altitude exigida para ficar acima dos picos, da falta de instrumentos de navegação e das condições meteorológicas sempre ruins, que incluíam ventos fortes e variáveis. Também havia limitações frustrantes impostas pelos governantes italianos, que suspeitavam espionagem da parte dos alemães. A rota ligava Munique a Milão, passando pela passagem de Brenner, onde mais tarde ocorreria um encontro importante entre Adolf Hitler e o ditador italiano Benito Mussolini. Baur foi escolhido para fazer essa rota perigosa em razão de sua grande experiência e de seu excelente histórico em questão de segurança. Também deve ter ocorrido a algumas pessoas que ele era um homem que gozava de muita sorte. De qualquer forma, as realizações de Baur seriam reconhecidas em 20 de julho de 1928, quando a Lufthansa o promoveu de piloto de primeira classe a capitão aviador. Na época, poucos pilotos conquistavam essa posição e a empresa fez grande publicidade do fato na ocasião, enfatizando a questão da segurança. No outono, Baur obteve outra conquista, ao completar 500 mil quilômetros no serviço comercial aéreo.

Durante os primeiros três meses, a rota experimental sobre os Alpes levava apenas carga e correspondência, mas o serviço de passageiros se iniciou em 1929. Com tempo bom, essa rota era certamente uma das mais belas do mundo. No entanto, a maioria dos passageiros tinha dificuldade para respirar, quando o avião subia a mais de quatro mil metros. Decidiu-se que os passageiros deveriam receber um suprimento extra de oxigênio, mas os membros da tripulação deveriam estar acostumados a voar a grande altitude. Os tubos de oxigênio instalados nos aviões Rohrbach Roland I ficavam presos ao braço de cada assento e o oxigênio chegava ao passageiro através de um tubo flexível. Cada pessoa recebia um bocal descartável, de borracha, e podia girar a válvula e usar o oxigênio conforme a necessidade. Crianças também recebiam equipamentos apropriados e todo o processo era supervisionado pelo operador de rádio.

Outra inovação importante para o piloto foi o instrumento com o horizonte artificial, em 1930, seguido pelo novo indicador de curva e inclinação. Esses dois instrumentos, quando usados em conjunto, permitiam que o piloto voasse em segurança, por longas distâncias, baseando-se nos instrumentos à noite, sob neblina ou em condições climáticas adversas. Gelo também representava grande perigo e a invenção de equipamentos como as *deicing boots,* instaladas nas asas, proporcionaram grande avanço para a segurança do voo. Os relatórios de Baur sobre o uso desses novos equipamentos foram de grande interesse para os altos funcionários da Lufthansa.

Todas essas melhorias permitiram a ampliação das rotas aéreas, incluindo um novo trecho, de Milão a Roma. Baur foi escolhido para o voo inaugural, que levou altos executivos da Lufthansa e do governo alemão, além de repórteres. Em Roma, os festejos e o jantar formal foram comandados por Ítalo Balbo, ministro da aviação italiana, e contaram com a presença do embaixador alemão von Schubert. Voo semelhante foi realizado no mesmo dia, de Roma a Berlim, onde Itália e Alemanha assinaram o acordo aéreo, numa cerimônia especial. Depois disso, Baur passou a fazer a rota de oitocentos quilômetros entre Munique e Roma com frequência, fazendo o voo de volta no dia seguinte.

A aviação aos poucos se tornava mais conhecida e apreciada pelo grande público. Ao completar cem voos pelo Alpes, em 1931, Baur recebeu um troféu especial da Lufthansa, uma águia de prata. Nessa ocasião, concedeu entrevista a uma rádio de Munique para falar de sua experiência nos voos alpinos e das melhorias feitas no Rohrbach Roland, então usado pela Lufthansa.

Enquanto isso, a política alemã esquentava. Como resultado da grande depressão, com grandes índices de desemprego, pobreza e miséria, os partidos políticos grandes e pequenos ficaram cada vez mais estridentes em seus esforços para influenciar os eleitores alemães. O governo democrático parecia indeciso e incapaz de controlar a violência crescente nas ruas, especialmente entre nacional-socialistas e comunistas, ou de enfrentar a situação econômica cada vez pior. Baur estava ocupado demais para se envolver na política partidária, mas ficava imaginando qual seria o impacto da turbulência governamental, política e comercial sobre a indústria aeronáutica.

Apesar das dificuldades crescentes tanto na Alemanha quanto no exterior, Baur continuou cumprindo sua intensa escala de voos. Ele obteve sua premiação civil de maior prestígio no início de março de 1932, ao receber o Prêmio Lewald pela atuação de destaque na aviação. O prêmio levava o nome do Dr. Lewald, secretário de Estado alemão, e foi concedido a Baur e a outros dois homenageados com longa e brilhante carreira como pilotos comerciais.

Nessa época, Baur já tinha voado mais de 900 mil quilômetros em voos comerciais diurnos e noturnos. A rota alpina era considerada a mais difícil da Europa, e ele já a havia feito cento e cinquenta vezes, com 96% de regularidade.[19]

O Prêmio Lewald representou um momento de orgulho para o capitão aviador Hans Baur, porém mal sabia ele que em poucos dias sua vida mudaria drasticamente.

---

[19] Baur, 79.

11. Este é o troféu especial concedido a Baur pela Lufthansa em 1931, para celebrar seu centésimo voo pelos Alpes, entre Alemanha e Itália.

3
ASAS DO DESTINO:
1932-1933

O capitão aviador Hans Baur saiu do Rohrbach, sorriu e ajudou o passageiro especial a sair. Adolf Hitler, líder do Partido Nacional-Socialista e candidato a presidente do Reich nas eleições nacionais de 1932, saiu da cabine, apertou a mão de Baur e disse: "Excelente, Herr Baur. Não se pode negar a experiência de um velho combatente de guerra". Baur respondeu: "Isso também vale para o senhor, o *Inntaler* (originário do Vale do Rio Inn) durão, Herr Hitler. Eu moro a menos de uma hora do lugar onde o senhor nasceu".

Essa conversa foi retirada literalmente de um artigo sobre Hans Baur, publicado na revista da força aérea alemã, *Der Adler*, em 17 de dezembro de 1940.[20] Teria ocorrido logo depois do primeiro voo de Hitler com Baur e seria apenas uma das muitas que viriam nos meses seguintes, de intensa campanha política, quando Hitler visitou cidades, grandes e pequenas, em toda a Alemanha, tornando-se depois o chanceler da nação.

A situação na Alemanha naquela época era turbulenta. A frágil economia havia sofrido as consequências da Grande Depressão e a estabilidade política e econômica surgida no final dos anos 1920 tinha terminado. Os

---

[20] "Der Flugkapitän des Führers", Der Adler (17 de dezembro de 1940): 18.

vários partidos políticos lutavam por votos e manobravam nos bastidores, enquanto a população enfrentava desemprego crescente, intranquilidade e desesperança. Os nacional-socialistas e os comunistas prometiam soluções políticas e econômicas, e fanáticos de ambos os lados sempre se enfrentavam nas ruas e em encontros. Muitos alemães, pouco habituados à autodeterminação, temiam um sistema democrático que conferisse responsabilidade ao cidadão. O fim da democracia e da República de Weimar era iminente.

Adolf Hitler, o homem que logo se tornaria chanceler do Reich, e posteriormente ditador da Alemanha, nasceu no dia 20 de abril de 1889, em Braunau, na Áustria, no vale do Inn — daí o *Inntaler* — perto da fronteira com a Alemanha. Depois da infância problemática, foi para Viena, onde tentou sem sucesso entrar para a Academia de Belas Artes. Viveu muitos anos na pobreza, tentando viver como artista. Esses foram seus anos de formação, quando aprendeu a odiar marxistas, judeus, intelectuais e, eventualmente, a democracia.

Em 1913, Hitler se mudou para Munique, então capital do Reino da Baviera, e quando estourou a guerra, em agosto de 1914, conseguiu se alistar no 16º Regimento de Infantaria da Reserva do exército bávaro *(List Regiment)*. Após semanas de treinamento militar, foi enviado ao front francês, onde demonstrou ser um soldado capaz e corajoso, cumprindo a perigosa função de *Meldegaenger* (mensageiro), levando relatórios e ordens de um posto de comando a outro, sob fogo inimigo.

Hitler recebeu a Cruz de Ferro de Segunda Classe, em 1914, e a Cruz de Ferro de Primeira Classe, em 4 de agosto de 1918, condecoração raramente concedida a um soldado comum no Exército Imperial Alemão. Esta última medalha foi concedida pela captura de um oficial inimigo e mais quinze homens. No entanto, Hitler jamais foi promovido além de *Gefreiter* (subcabo). Foi ferido duas vezes: em 17 de outubro de 1916, na perna e em outubro de 1918, ficou gravemente enfermo por inalação de um gás venenoso, e ficou internado três meses, sofrendo num hospital militar perto de Berlim. Ele recebeu, então, a *Verbunsdetenabzeichen* (condecoração por ferimentos de guerra) que, com a Cruz de Ferro de Primeira Classe e o distintivo dourado do

12. Baur cumprimenta Adolf Hitler (à direita) no dia 3 de março de 1932, antes da decolagem do primeiro voo de sua campanha eleitoral pela Alemanha. O avião, emprestado pela Lufthansa e pilotado por Baur, era o Rohrbach Ro VIII Roland II, D-1720, batizado de Niederwald. Hitler ficou tão impressionado com a habilidade de Baur que jamais voaria com outro piloto.

NSDAP, eram as únicas condecorações que ele usava regularmente em seu uniforme do partido.

A guerra influenciou profundamente a vida de Hitler porque lhe deu o objetivo que tanto desejara. Ele descobriu a organização e a violência, e como poderiam ser usadas. Quando voltou a Munique, depois do armistício, começou a participar das reuniões de um pequeno grupo nacionalista que se encontrava semanalmente na cervejaria Sterneckerbraeu. Ele se integrou oficialmente ao novo partido político no dia 1º de janeiro de 1920, como membro número sete. Com esse início modesto surgiu o *Nationalsozialistische Deutsche Arbeiterpartei* (Partido Nacional-Socialista dos Trabalhadores Alemães), também chamado NSDAP, ou Partido Nazista, que teria milhões de membros.

Dispensado do exército, Hitler se concentrou na política, onde encontrou o canal perfeito para sua habilidade na organização e agitação. Nessa época de vacas magras, ele dedicou todo seu tempo e energia ao partido e encontrou aos poucos uma plataforma política. Hitler sentiu a necessidade de um símbolo característico para o novo movimento e adotou a suástica, símbolo antigo, como emblema oficial do NSDAP. O programa do partido atraiu pessoas de formações diversas, a maioria infeliz com o resultado da guerra e com a pobreza, e a instabilidade que caracterizavam a vida da Alemanha pós-guerra. Entre os primeiros membros contribuintes do partido estavam Julius Streicher, o raivoso editor antissemita; Josef Goebbles, doutor em filologia com dom para relações públicas; Hermann Goering, ás oportunista da 1ª Guerra Mundial; e Rudolf Hess, camarada de Hitler da época da guerra. A organização do partido seguia a linha militar, o que atraía muitos ex-combatentes.

As cavernosas cervejarias de Munique serviam de palco para discursos políticos emocionados e para demagogia. Hitler e outros oradores nacional-socialistas eram protegidos por homens durões, vestidos com camisas marrons, das *Sturmabteilung* (Divisão de Assalto) e depois pela SS *(Schutzstaffeln)*, força de elite criada pelo próprio Hitler. Os *Saalschutz* (Defesa do Salão) empregados pelas cervejarias, normalmente não conseguiam manter a ordem. A pesada caneca de um litro, a *Bierkrug* ou *Masskrug*, como a chamavam, tornava-se uma arma perigosa, e quando os comunistas e outros opositores forçavam a entrada nas reuniões, canecas começavam a voar e, em seguida, travavam uma luta corporal sangrenta.

Foi uma época de atividade constante e de tumultos exacerbados pelos comunistas, nacional-socialistas e outros grupos radicais. Hitler não lutava apenas contra democratas, socialistas e comunistas, mas contra membros ambiciosos de seu próprio partido, a fim de garantir sua posição de líder e de implementar sua versão do programa partidário. É bem provável que as crenças políticas de Hitler, sua *Weltanschauung* (visão de mundo) e sua filosofia de vida, tenham se fortalecido durante esse período turbulento em Munique, muito mais do que durante os anos que antecederam a guerra, ainda em Viena. Não há dúvida de que o talento notável de Hitler para oratória dramática, aliado à sua performance, atraía novos membros e o empurravam para a liderança do movimento de ultradireita e a estrada pedregosa que levaria ao malsucedido Putsch da Cervejaria.

Apesar de ter visto a tentativa dos comunistas ser reprimida, Hitler acreditava que naquele momento o NSDAP estava forte o suficiente para enfrentar a oposição. Na noite de 8 de novembro de 1923, ele entrou na Buergerbraeu Keller, em Munique, atirou para o alto e audaciosamente declarou para a multidão que a revolução tinha começado.

A tentativa repentina e improvisada de derrubar o governo bávaro durante a noite tropeçou diante de resistência determinada. Às onze da manhã do dia 9, Hitler, o general Erich Ludendorff, o famoso líder da 1ª Guerra Mundial; Goering, Streicher e cerca de dois mil membros das tropas de assalto, além de partidários carregando estandartes com a suástica marcharam em direção ao centro da cidade. A coluna foi parada pela polícia armada perto do Feldherrnhalle, monumento no centro de Munique, e Hitler exigiu que a polícia se rendesse. Eles responderam com fogo, ferindo Goering e deixando vários nacional-socialistas mortos no asfalto. Três policiais também morreram durante o confronto, mas a tentativa de golpe foi reprimida a bala. Goering fugiu para a Suécia e Hitler acabou preso.

Em fevereiro de 1924, Hitler foi julgado por alta traição e sentenciado a cinco anos de prisão na fortaleza de Landsberg. Apesar do insucesso, o *putsch* e a grande publicidade em torno do julgamento levaram Hitler e seu insignificante movimento às manchetes de toda a Alemanha e do mundo.[21]

Na prisão, Hitler ditou o primeiro volume de *Mein Kampf* ao seu devotado secretário, Rudolf Hess, e o livro se tornaria a bíblia política do movimento nacional-socialista. Foram impressos milhões de exemplares, proporcionando ao seu autor uma renda considerável. Durante o Terceiro Reich, o livro era presenteado até a recém-casados, embora

---

[21] Dr. Louis L. Snyder, *Encyclopedia of the Third Reich* (Nova York, Paragon House, 1989), 20-21.

pouca gente o lesse. Isso é lamentável, porque cada detalhe de seus planos sinistros podem ser encontrados ali. Ao sair de Landsberg, em dezembro de 1924, depois de apenas nove meses de prisão, Hitler começou a trabalhar arduamente para reconstruir o partido desorganizado. Sua campanha incansável recebeu grande ajuda de um quadro de seguidores leais.

Hitler percebeu a grande importância da propaganda desde o início e, sempre que possível, fazia exibições dramáticas, enfatizando a música patriótica, bandeiras e uniformes. Acreditava-se que o alemão médio respeitava a autoridade representada pelo uniforme e os braços armados do Partido Nacional-Socialista vestiam roupas bastante distintas, com elaborado sistema de hierarquia e insígnias. Os membros comuns do partido não usavam uniforme. Mas deve-se observar que os membros dos quadros uniformizados, como as Tropas de Assalto, ou SA (Sturmabteilung), deveriam comprar seus uniformes e suas insígnias. Vendidos apenas em pontos de venda autorizados, os itens oficiais do NSDAP tinham a marca "RZM", indicando que haviam sido confeccionados de acordo com as especificações do *Reichszeugmeisterei der NSDAP*, escritório oficial do partido. Desnecessário dizer, os contratos para a confecção das roupas e acessórios eram celebrados apenas com empresas que apoiavam a causa nacional-socialista. Nos primeiros anos do partido, o barulho e a visibilidade das Tropas de Assalto tendiam a exagerar o tamanho e a popularidade do movimento.

É claro que Hitler foi habilmente assessorado, durante o que ele chamou de *Kampfzeit* (tempo de luta), por inúmeros partidários, zelosos e ardilosos. Os camaradas dos primeiros dias do partido, chamados de *Alte Kaempfer* (velhos lutadores), foram autorizados a usar um emblema na parte superior da manga direita do uniforme do partido, a partir de 1933. Hans Baur usou essa insígnia em seu uniforme da SS depois de ter sido aceito como membro da *Schutzstaffel*, em 14 de outubro de 1933. O Dr. Josef Goebbels, que se tornou um dos conselheiros mais influentes de Hitler, entrou para o partido em 1922. Esse intelectual de pequena estatura, transbordando de ódio, acabou por tornar-se *Gauleiter* (líder distrital) de Berlim e, a partir de 1929, chefe de propaganda do NSDAP. Redator talentoso e esplêndido orador, foi um dos mais próximos de Hitler e exerceu grande influência em todos os aspectos da vida cultural da nação.

Hitler e o NSDAP conquistaram o apoio nacional gradualmente e muitos nacional-socialistas e simpatizantes foram eleitos para cargos da esfera local e estadual, por meios legais. Em 1930, as táticas e a notável habilidade retórica de Adolf Hitler atraíram a atenção do eleitorado alemão. O início da Grande Depressão, com desemprego crescente, acabou com o lento desenvolvimento da economia alemã. Isso proporcionou a Hitler nova oportunidade para enfatizar as falhas do governo democrático da República de Weimar e para oferecer suas soluções radicais aos problemas da nação. Os nacional-socialistas se tornaram, enfim, o segundo maior partido político do país, com 107 delegados eleitos para o *Reichstag* (Parlamento) em Berlim. Os comunistas também obtiveram vitórias, e o número de seus representantes subiu para setenta e sete. Entretanto, forjara-se um vínculo entre um messias militante e seu povo.

Hitler finalmente adquiriu a cidadania alemã através do estado de Braunschweig, no dia 25 de fevereiro de 1932, e com isso conquistou oficialmente o direito de concorrer a um cargo público. Decidiu testar a força de seu partido imediatamente, concorrendo à presidência da Alemanha contra o envelhecido ocupante do cargo, Paul von Hindenburg. Hitler sabia que von Hindenburg era um homem honrado e respeitado pelo povo, mas acreditava que sua imagem estava ligada às malsucedidas tentativas do governo de resolver a grave crise econômica e os problemas políticos que assolavam o país. Hitler pretendia lançar uma campanha eleitoral enérgica para espalhar sua mensagem e isso exigia que visitasse rapidamente muitas cidades do país. Para isso, precisava voar.

Quando Hans Baur pousou o avião em Munique, no dia 1º de março de 1932, o gerente local da Lufthansa lhe disse que Herr Hitler estava interessado em fretar um avião e queria falar pessoalmente com Baur, assim que fosse possível. Baur entrou imediatamente em seu Ford e foi até a *Braunes Haus* (Casa Marrom), quartel-general do NSDAP, que ficava no centro. Hitler recebeu-o educadamente em seu escritório particular

13. Hitler e membros de sua equipe preparam-se para embarcar no Roland II e iniciar a viagem da campanha eleitoral, em 3 de março de 1932. Da esquerda para a direita: o Dr. Putzi Hanfstaengl, Hitler, um Major da SS, General Julius Schaub, Heinrich Hoffmann, o fotógrafo de Hitler, Baur e o Tenente-General da AS Wilhelm Brueckner.

e explicou os planos, que incluíam voar de uma cidade para outra durante a campanha eleitoral, parando em pelo menos cinco cidades, entre a tarde e a noite. Afirmou que o chanceler Heinrich Bruening controlava a rádio estatal, e que ele não conseguiria superar essa vantagem visitando uma ou duas cidades por noite, de carro ou trem. Precisaria voar pelo país e Baur havia sido recomendado como piloto de inúmeros recursos.[22] O fato de Hans Baur ser antigo membro do NSDAP foi, sem dúvida, um fator de peso na sua escolha como piloto de Hitler durante essa eleição duramente disputada.

Muitos dos discursos duravam apenas 15 minutos e precisavam ser feitos no fim do dia. Isso exigia que se fizessem três longas viagens de

---

[22] Baur, 82.

campanha à noite, que durariam entre duas e três semanas cada uma. Hitler estava bastante impressionado com Baur e seu histórico e lhe disse que ele seria o piloto de toda a campanha. Encaminhou Baur ao seu ajudante pessoal, o *SA-Gruppenführer* (cargo da Tropa de Assalto equivalente a General de Divisão) Wilhelm Brueckner, para os detalhes. Brueckner mostrou a Baur um plano para visitar até sessenta e cinco cidades em cada uma das três viagens de campanha. Baur assinalou as cidades que não tinham campos de pouso; o plano foi finalizado com o acréscimo de datas e Baur, então, saiu para cuidar dos preparativos necessários para o fretamento, e o preparo da aeronave para o primeiro voo, programado para 3 de março de 1932.[23] Baur seria auxiliado por sua tripulação habitual: Max Zintl, mecânico de voo, e Paul "Lecy" Leciejewski, operador de rádio e navegador.

A primeira viagem de campanha começou pontualmente ao meio-dia de 3 de março de 1932, com um voo de Munique a Dresden num Rohrbach Ro VIII Roland II, número de trabalho 46, número de registro D-1720, chamado *Niederwald*. Era equipado com três motores BMW Va e, à velocidade de 195 km/h, sua performance era um pouco melhor que a do Roland I. O tempo estava bom; Hitler e sua equipe não tiveram problemas e usaram o tempo a bordo para trabalhar detalhes de última hora. Depois do discurso e de uma pequena cerimônia, o grupo voou para Leipzig para outra fala rápida, depois para Chemnitz e, finalmente, Plauen, aonde chegaram bem depois do anoitecer. Depois de falar em Plauen, Hitler foi de carro até a cidade de Zwickau, para outro comício eleitoral. Na manhã seguinte voaram para Berlim, onde uma multidão entusiasmada recebeu Hitler no aeroporto de Tempelhof. Naquela noite foi realizado um grande comício no *Lustgarten* (Jardim das Delícias) de Berlim, onde Hitler falou novamente, sem aparentar o cansaço motivado pelo ritmo extenuante, exultante pelos relatos de sucesso de sua campanha.

A campanha enérgica de Hitler garantiu-lhe máxima exposição alcançada pelos voos a tantos lugares. Nas eleições de 13 de março, ele

---

[23] Josef Berchtold, Hitler ueber Deutschland (Munique, Franz Eher Verlag, 1932), 5.

conseguiu mais de 30% dos votos e tirou do favorito, Paul von Hindenburg, a maioria absoluta, exigindo um segundo turno eleitoral.

Era óbvio que o ritmo acelerado exigia precisão e planejamento cuidadoso, além da coordenação de cada detalhe, em cada pouso. Era importante que a aeronave estivesse sempre em ordem e que oferecesse condições de pontualidade. Uma equipe avançada cuidava de todos os detalhes de última hora para questões de propaganda e transporte. Para isso, um pequeno Junkers F 13 da Lufthansa foi fretado para levar o velho camarada de Hitler, Joseph "Sepp" Dietrich, um ajudante, e alguns repórteres. Dietrich e membros do NSDAP local esperavam por Hitler em cada parada e o colocavam a par da situação. Então, Dietrich voava para o próximo destino, para garantir que tudo estivesse em ordem. Embora alguns voos tivessem que ser feitos sob tempo ruim, Hitler parecia gostar disso e ficava impressionado com a paisagem. A primeira fase da campanha terminou no aeroporto Oberwiesenfeld, em Munique, no dia 10 de abril, onde havia uma multidão que recebeu Hitler gritando "Heil!".[24]

No segundo turno das eleições, em 10 de abril, von Hindenburg, a popular figura paterna e velho herói de guerra, foi reconduzido à presidência com 53% dos votos, ou 19.359.650; Hitler teve 13.418.011 e Ernst Thaelmann, o candidato comunista, 3.706.655.

A segunda viagem de campanha pela Alemanha começou no dia 18 de abril e terminou no dia 24 de abril, depois de pousos em inúmeras cidades. Entre abril e início de julho, Baur voltou a fazer voos regulares da Lufthansa para Berlim, Veneza e Roma.

O último estágio da viagem de campanha foi de 15 a 30 de julho, com Baur assumindo novamente os controles do Rohrbach D-1720. O itinerário incluía voos para dezenas de cidades de todo o país, com muitos pousos noturnos em campos mal iluminados. Como aconteceu na primeira rodada da campanha, eles enfrentaram algumas complicações devido a chuvas fortes, vento e neblina intensa, mas Baur completou os voos sem incidentes. Em cada comício político, uma

---

[24] Ibid. Este livro fornece um relato com fotos das viagens da campanha de 1932.

banda da SA local tocava músicas marciais e patrióticas, as Tropas de Assalto marchavam empunhando bandeiras, e Hitler animava a multidão com sua notável retórica.

Foram feitos discursos até em cidades reconhecidas como redutos comunistas. Certa vez, quando se deslocavam, em caravana, do aeroporto até o centro da cidade de Freiburg, Hitler foi atingido na cabeça por uma pedra atirada do meio da multidão. Nada interrompeu o ritmo da viagem, e os voos continuaram, rendendo publicidade à aviação e à Lufthansa. Durante boa parte desse período, Hitler e seus partidários vestiam roupas civis, porque o governo havia proibido o uso de uniformes durante a campanha eleitoral. Nas eleições de julho de 1932, o NSDAP conquistou 230 cadeiras no *Reichstag* e se tornou o maior partido político da Alemanha.

Baur ficou bastante familiarizado com Hitler e outros líderes do nacional-socialismo durante as muitas horas que passaram juntos. Hitler fez perguntas a Baur sobre sua experiência de voo na guerra e na aviação comercial. Tiveram tempo para conversar não apenas durante as viagens, mas quando Hitler passou a convidá-lo para almoçar ou jantar, nas paradas para descanso. Seu apreço por Baur e a confiança em sua perícia como piloto cresciam a cada dia. Baur, por sua vez, achava Hitler um indivíduo fascinante e se sentia lisonjeado por receber atenção de um homem tão famoso.

Nessa época a Lufthansa recebeu novo avião, que se tornaria a espinha dorsal do transporte aéreo comercial, na Alemanha e em muitos outros países na década de 1930. Logo ganharia importância também por equipar a Luftwaffe, a nova força aérea alemã. A aeronave notável era o Junkers 52/3m de três motores, carinhosamente chamado de *Tante Ju* (Tia Ju) pelo pessoal civil e militar. De uma linhagem que remontava ao Junkers F 13, de 1919, foi concebido originalmente como monomotor para o transporte de carga.

Projetado pelo *Diplom Ingenieur* (engenheiro certificado) Ernst Zindel e equipe, o novo avião foi fabricado pela Junkers Flugzeug und Motorenwerke AG em Dessau, começando com o protótipo, matrícula 4007, em abril de 1931. Como os Junkers anteriores — G 24, G 31, W 33 e W 34 —, era um monoplano robusto, de asa baixa, com fuselagem revestida de chapas de duralumínio ondulado. A carlinga do trimotor Ju 52/3m era fechada e os primeiros modelos foram equipados com três motores Pratt & Whitney Hornet 525/600 HP de nove cilindros refrigerados a ar, depois fabricados sob licença na Alemanha pela BMW, a Bayrische Motoren-Werke. Os Ju 52/3m também tinham freios a ar, equipamento de rádio, cabine isolada e aquecida, além de assentos confortáveis, ajustáveis. A Lufthansa depois passou a oferecer oxigênio aos passageiros, nos voos a grandes altitudes. Outra inovação introduzida posteriormente foi a comunicação entre os passageiros e o solo. Radiogramas puderam ser enviados através de código Morse, enquanto a aeronave voava.

O primeiro novo Junkers foi registrado como Ju 52/3mce, matrícula número 4013, registro nacional D-2201 (depois D-ADOM). Registrado em maio de 1932, foi prontamente entregue à Lufthansa. O D-2201 era equipado com três motores P&W Hornet americanos sem cobertura do motor. Mais tarde seriam instalados capôs do tipo NACA. Quando equipado com cobertura nas rodas, foi chamado de Ju 52/3mfe. Sua velocidade máxima atingia 290 km/h e sua velocidade de cruzeiro era de 255 km/h. O primeiro modelo levava tripulação de dois pilotos e um operador de rádio e acomodava quinze passageiros. Uma de suas características importantes era a *Hilfsfluegel*, ou asa auxiliar, que incluía flaps e ailerons nos bordos de fuga das asas. Quando os flaps eram baixados, os ailerons desciam automaticamente.[25] A Lufthansa começou a dar nomes aos aviões logo depois de sua fundação, em 1926. O primeiro Ju 52/3mce, D-2201, recebeu o nome de *Boelcke*, pintado no nariz, em homenagem ao famoso ás da 1ª Guerra Mundial, o piloto de combate capitão Oswald Boelcke, morto em acidente aéreo no front francês, em 1916.

Baur pilotou um dos novos Junkers e constatou que era muito melhor que os anteriores. Um segundo Ju 52/3mce, semelhante ao primeiro, foi

---

[25] Ries, 155. Ver também *Ju 52/3m*, folheto de fábrica ilustrado publicado pela Junkers Flugzeug- und-Motorenwerke AG (Dessau, n.d., ca. 1935); "European Airliners , Junkers Ju 52/3m", *Aeroplane Monthly* (fevereiro 1985), 97-101; e William Green, *Warplanes of the Third Reich* (Garden City, N.Y., Doubleday & Co., 1970), 405-13.

entregue a Lufthansa em setembro. Seu número de matrícula era 4015, número de registro D-2202, e foi chamado de *Richthofen*, em homenagem ao "ás dos ases" da 1ª Guerra Mundial, Manfred *Freiherr* (barão) von Richthofen, morto em ação em 1918.[26]

Hermann Goering, então presidente do Reichstag, decidiu que os Junkers novinhos deveriam ser colocados à disposição do NSDAP, que queria fretá-los para o transporte de Hitler em sua última viagem de campanha, que começaria em 13 de outubro de 1932. Goering usou sua influência e, provavelmente com a ajuda de Erhard Milch, conseguiu que o D-2202 e Hans Baur fossem colocados à disposição de Hitler nessa última etapa da campanha, que visava a beneficiar os candidatos do nacional-socialismo em todo o país.

A nova série de voos cobria cerca de sessenta cidades e, apesar de terem enfrentado várias tempestades, Baur chegou a todas as paradas programadas sem atraso até o final da viagem, em 5 de novembro. Baur conseguiu contornar várias complicações e dificuldades de última hora, causadas por mudanças nos planos, tempo ruim e outros fatores, demonstrando flexibilidade, imaginação e engenhosidade. A vida de Hitler estava literalmente em suas mãos, em voos sob fortes tempestades e pousos noturnos em pistas precárias ou, mesmo, em campo aberto, detalhe que não passou despercebido ao homem que se tornaria líder da Alemanha.

Hitler agradeceu a Baur profusamente depois do último voo e lhe pediu para ir até a Casa Marrom. Ele confidenciou a Baur que logo seria o líder da Alemanha e que pretendia ter um avião para seu uso pessoal. Disse que pretendia criar um esquadrão aéreo do governo e queria que Baur fosse seu piloto pessoal e comandante da unidade. Para mostrar seu apreço pelo excelente trabalho de Baur durante as três viagens de campanha, Hitler o presenteou com um serviço de chá, de prata, com uma inscrição elogiando os voos e agradecendo por seus serviços. Baur conquistara a confiança e o respeito de Hitler. A partir daquele momento Hitler se recusou a voar com qualquer outro piloto. Sabe-se de apenas um voo sem Baur pilotando, em agosto de 1939.

---

[26] Ibid., 155.

14. A última viagem de campanha de Hitler em 1932 começou no dia 13 de outubro, usando o novo Junkers Ju 52/3mce, matrícula número 4015, D-2202, batizado de Richthofen. Da esquerda para a direita: Martin Bormann, Heinrich Himmler, Ernst Roehm, Hermann Esser, Hitler, Franz Xaver Schwarz, Wilhelm Brueckner, Sepp Dietrich, Hans Baur e Paul "Lecy" Leciejewski, o operador de rádio e navegador do avião.

Com o fim dos voos da campanha política, Baur reassumiu as rotas normais da Lufthansa na Alemanha e para o exterior, mas agora acompanhava o resultado das eleições com interesse especial. Existem registros de que em 1932 Baur entrou para a *Sturmabteilung*, ou SA, o "exército" de voluntários de camisas marrom do NSDAP, que crescia rapidamente naquela época turbulenta da história política da Alemanha. Ele permaneceu filiado até o ano seguinte, provavelmente até ser nomeado oficial da *Schutzstaffel*, ou SS, em outubro de 1933.[27] Seu

---

[27] SS-Stammrollen-Auszug (Papéis de Registro na SS) fuer Hans Baur (SS-Hauptamt, Berlim, 29 de abril de 1935), e SS Service Record, Hans Baur, agora na coleção de microfilmes do U.S. National Archives, College Park, Maryland.

entusiasmo por Hitler e pelo programa nacional socialista, sem dúvida, motivou Baur a participar mais das atividades do partido, mas sua agenda como piloto de Hitler provavelmente o impedia de participar de qualquer reunião da SA. Sua filiação à *Deutscher Luftsportverband* (Federação Esportiva Aérea Alemã), ou DLV, no início de abril de 1933, mostrava-se mais apropriada a um piloto ativo.

O NSDAP sofreu um pequeno revés nas eleições de novembro, quando o número de deputados nacional-socialistas caiu para 196, enquanto o número de cadeiras ocupadas pelos comunistas subiu para 100. A isso se seguiram mais confrontos nas ruas entre os camisas marrom e os partidários da frente vermelha. Em cidades sofisticadas, como Berlim, ou em cidades pequenas e aldeias, a luta entre grupos de comunistas, nacional-socialistas e outros extremistas era vista como algo assustador e desmoralizante, corroendo a confiança no governo e no processo político democrático. A guerra de propaganda continuava, dia após dia, numa luta permanente pela conquista dos corações e mentes do povo alemão. Os líderes democráticos alertavam para o perigo do radicalismo e da ditadura, enquanto Hitler pregava que o comunismo ateu queria destruir a sociedade tradicional alemã. Hitler, talvez melhor que qualquer outro político da sua época, captou o descontentamento e o desespero crescente do povo alemão e os capitalizou para sua campanha. Foi uma época dura para os alemães, que acreditavam que algo drástico precisava ser feito.

Com a situação política se deteriorando rapidamente, o chanceler do Reich, Heinrich Bruening, se sentiu obrigado a governar por decreto. Foi uma decisão infeliz que, na verdade, preparou caminho para a ditadura. O presidente von Hindenburg destituiu Bruening no dia 30 de maio de 1932, precipitando uma luta política nos bastidores para determinar quem seria o sucessor. Franz von Papen foi nomeado em 1º de junho, mas não tinha apoio e, após seis meses conturbados, foi substituído em 3 de dezembro pelo general de exército Kurt von Schleicher, que evitara o uso do exército contra as Tropas de Assalto quando ministro da defesa. Mestre da intriga política, queria transformar o exército no centro de poder para manter os estridentes nacional-socialistas sob controle. Suas maquinações não tiveram muito resultado e ele foi destituído abruptamente por von Hindenburg, no dia 28 de janeiro de 1933.

Von Papen, ainda descontente com sua própria destituição, encontrou-se secretamente com Himmler e fez um acordo que não apenas mudaria a face política da Alemanha como poria fim à República de Weimar. Von Papen conseguiu se impor ao envelhecido von Hindenburg, para fazer de Hitler o chanceler. O presidente não tinha muito respeito pelo rude ex-cabo, mas apesar de relutante acabou concordando. No dia 30 de janeiro de 1933 nomeou Hitler chanceler do Reich da Alemanha, e von Papen vice-chanceler.[28]

Naquela noite, milhares de membros das Tropas de Assalto marcharam em triunfo pelas ruas de Berlim, carregando tochas e cantando o *Horst Wessel Lied*, enquanto Hitler acenava da janela da Chancelaria do Reich. O curso da história alemã havia mudado para sempre.

---

[28] Snyder, 154.

4
ASAS PARA O FÜHRER:
1933-1934

Como chanceler do Reich, Adolf Hitler não perdeu tempo na implementação de programas de grande alcance, que afetariam todos os aspectos da vida na Alemanha. Acreditando-se dono de um mandato para promover mudanças radicais, começou a agir imediatamente para consolidar seu poder e estabelecer uma ditadura absoluta. Hitler declarou que "O Terceiro Reich irá durar mil anos" e não pretendia deixar que nada o impedisse de construir uma sociedade nacional-socialista. Essa sociedade "ideal" iria não apenas alterar a política, como afetaria a educação, o emprego, o sistema de saúde, a religião, o serviço civil e militar e até mesmo a vida familiar. Ele acreditava, sinceramente, que os fins justificavam os meios para a realização de seus planos grandiosos, mas estava limitado pelas leis e constituição alemãs.

Quando o edifício do Reichstag pegou fogo em circunstâncias misteriosas na noite de 27 de fevereiro de 1933, os seguidores de Hitler viram no acontecimento a desculpa perfeita para assumir o controle total. Hitler recebeu poder emergencial, por decreto presidencial, e não hesitou em usá-los contra a oposição. Entre as medidas drásticas tomadas nos meses seguintes estavam a censura à imprensa, tarefa que o Dr. Goebbels executou com surpreendente facilidade, e a dissolução dos sindicatos e dos partidos políticos, com a prisão de muitos de seus líderes. Com isso, o NSDAP tornou-se o único partido legal. Membros de confiança do partido foram colocados em posições importantes para que pudessem controlar todos os setores do governo, inclusive a polícia.

Enquanto isso, nas eleições de 5 de março, os nacional-socialistas aumentaram sua representação no Reichstag de 196 para 288. Em 24 de março, o Reichstag aprovou obedientemente o chamado Ato de Habilitação ao Poder, *Ermaechtigungsgesetz,* a "Lei para remediar as dificuldades do Povo e do Estado". O novo *Deutsche Gruss* (cumprimento alemão), 'Heil Hitler', passou a ser obrigatório, a suástica foi declarada o símbolo do estado nacional-socialista, e o terror e a opressão silenciaram os opositores.

À medida que a realidade da ascensão de Hitler ao poder era reconhecida no exterior, os povos da Europa ficavam chocados e preocupados. Muitos esperavam que o regime radical dos nacional-socialistas fosse rejeitado pelos alemães moderados, mas logo se tornou evidente que a era de governo pacífico e democrático na Alemanha havia acabado.

No início de fevereiro de 1933, Hans Baur foi informado pela Lufthansa de que seria transferido de Munique para Berlim, para servir como piloto pessoal do novo chanceler do Reich. Tratava-se de solicitação específica de Adolf Hitler e assim começou um notável relacionamento de doze anos. Embora essa incumbência implicasse em afastamento da família por períodos maiores, Baur aceitou prontamente. Ele considerava uma honra servir ao novo líder da nação. A filha e a esposa de Baur continuaram em sua casa do Pilsensee, que ficava a cerca de uma hora do aeroporto de Munique.

A Lufthansa reservou dois Junkers Ju 52/3mce para uso pessoal do chanceler e de seus ministros: o *Oswald Boelcke,* matrícula 4013, D-2201, e o *Richthofen,* matrícula 4015, D-2202. Ambos tinham a configuração padrão dos aviões de passageiros da Lufthansa, mas só o D-2201 tinha calotas nas rodas.

Baur apresentou-se imediatamente à Chancelaria do Reich em seu uniforme azul-escuro e foi recebido cordialmente por Hitler, que o convidou para almoçar com ele, na chancelaria. Baur trabalhou com afinco para organizar sua equipe, tanto no aeroporto de Tempelhof quanto no cumprimento de movimentada agenda de voos. Hitler viajava muito e, como estava sempre tomando decisões em cima da hora, esperava que seu avião e tripulação estivessem prontos dia e noite. Baur trouxe com ele seu engenheiro de voo, Max Zintl, e seu operador de rádio, Paul "Lecy" Leciejewski. Assim que Baur retornava de uma viagem, o avião era vistoriado imediatamente e preparado para a missão seguinte. A manutenção do avião do Führer era prioritária. Além de pilotar o avião de Hitler, Baur às vezes era incumbido de pilotar para outros ministros do gabinete, políticos e funcionários do partido, que voavam para todas as partes do Reich. Hitler só viajava com Baur no comando e dizia aos seus associados mais importantes para viajarem apenas quando Baur estivesse disponível. Isso incluía Rudolf Hess, Hermann Goering e Josef Goebbels.

Depois de algum tempo, Baur foi autorizado a escolher outros pilotos experientes da Lufthansa, que seriam chamados para levar ministros do gabinete e oficiais graduados. Baur tinha autoridade para tomar todas as providências necessárias em relação ao avião e aos serviços necessários durante a viagem e no ponto de destino. A manutenção era feita por uma equipe especial da Lufthansa no aeroporto de Tempelhof. Apesar de seu escritório e de sua pequena equipe ficarem no aeroporto, ele passava boa parte do tempo na chancelaria e, por isso, tinha uma escrivaninha na sala de um dos auxiliares de Hitler.

Em abril de 1933 Baur recebeu ordens para se preparar para uma missão especial. Ele iria levar Hermann Goering, presidente do Reichstag, dirigente do partido, e recentemente designado ministro da Aeronáutica do Reich, de Berlim para Roma, para um encontro com o ministro da aeronáutica italiano, o marechal Ítalo Balbo.[29] Goering seria acompanhado nessa visita por Erhard Milch, ex-diretor da Lufthansa, nomeado recentemente secretário de estado do novo Ministério da Aeronáutica; Paul Koerner, que logo seria nomeado dirigente do novo Ministério da Aeronáutica; e o assistente pessoal de Goering. Nessa

---

[29] Baur, 95-97. O *Reichsluftfahrtministerium* (Ministério Nacional do Ar) foi criado oficialmente no dia 15 de maio de 1933.

viagem, toda a tripulação, incluindo Baur, vestiria o novo uniforme azul-claro aprovado pessoalmente por Goering para a *Deutscher Luftsportverband*, ou DLV, a Federação Esportiva Aérea Alemã, conhecida em 1922 e 1933 como *Deutscher Luftfahrtverband*. Usava a fachada civil de um clube para a promoção da aviação comercial e esportiva, mas era na verdade uma organização clandestina, que treinava pilotos e pessoal de apoio para a Luftwaffe, a nova força aérea alemã, que já funcionava clandestinamente. Esse uniforme, que Baur vestia, com pequenas alterações nas insígnias, seria adotado pela Luftwaffe ao ser anunciada oficialmente como força em exercício em março de 1935.[30] Baur foi nomeado *Fliegerkapitän* (capitão piloto) da DLV, com o posto de *Fliegerstaffelführer* (comandante de esquadrão).

Goering quis ocupar o lugar do copiloto e pilotar o Junkers Ju 52/3m. Em poucos minutos, o assistente de Goering chegou com sanduíches de presunto, café, bolo, Steinhaeger e laranjas, que Goering dividiu com Baur. Quando terminaram, o assistente trouxe mais pães, café e bolo, que Baur educadamente recusou, mas Goering não parou de comer até chegarem a Munique. Depois da parada para reabastecimento e checagem das condições meteorológicas, seguiram para o sul, sobrevoando os Alpes cobertos de neve, cuja vista Goering apreciou pela primeira vez. Ao voltar para a cabine de passageiros, o corpulento Goering constatou que não conseguia se sentar nas poltronas normais do Ju 52/3m, pois seu *Hinterteil* (traseiro) era muito largo; ele teve que se sentar num banco no fundo da cabine. Isso foi motivo de piada entre a tripulação, mas todos fingiram que não tinham percebido o que aconteceu.

Baur fez uma aterrissagem perfeita no aeroporto de Roma, Ciampino, onde uma guarda de honra aguardava no estacionamento. Goering saiu do avião primeiro e foi recebido calorosamente por Balbo, que o cumprimentou pela bela aterrissagem. Goering sorriu e piscou para Baur que, naturalmente, ficou em silêncio.

---

[30] Herbert Knoetel d.J., *Uniformfibel* (Berlim, Offene Worte, 1933), 40. Ver também: Eberhard Hettler, *Uniformen der Deutschen Wehrmacht* (Berlim, Otto Dietrich, 1939), 87-116. A regulamentação oficial relativa às insígnias e uniformes da Luftwaffe foi a L.Dv. 422. Uma referência moderna ampla é Roger James Bender, *The Luftwaffe* (Mountain View, Califórnia, Bender Publishing, 1972).

15. Hans Baur vestindo seu uniforme de Fliegerkapitaen na Deutscher Luftsportverband (DLV) em abril de 1933. Esse uniforme, aprovado por Hermann Goering, foi depois adotado pela Luftwaffe com pequenas modificações. Baur está usando sua insígnia de piloto da DLV e a Cruz de Ferro de Primeira Classe.

Os alemães tiveram uma noite festiva com o popular Balbo, indo a vários restaurantes e boates. Por volta da meia-noite, Baur recebeu uma mensagem da embaixada da Alemanha informando-o de que deveria voltar a Berlim imediatamente. Hitler queria ir para Munique e, como ele só viajava com Baur, ordenou que retornasse e que outro avião fosse enviado para buscar Goering e sua equipe, quando encerrassem a visita à capital italiana. Baur partiu logo de manhã, voltando pela mesma rota, e no dia seguinte levou Hitler de Berlim para Munique. De lá, Hitler seguiu de carro até a Haus Wachenfeld, depois chamada Berghof, sua residência nas montanhas de Obersalzberg, perto de Berchtesgaden.

Devemos lembrar que nesse mês de abril, o jovial e carismático Hermann Goering, ministro prussiano do interior, criou a temida *Geheime Staatspolizei*, ou *Gestapo*, a polícia secreta do Estado, que aterrorizou os alemães e, depois, as pessoas de toda a Europa até o fim da guerra, em maio de 1945.[31]

Foi uma época emocionante na Alemanha para os nazistas e seus seguidores, e Baur gostava de estar próximo do centro de poder. Os projetos de obras públicas começavam a gerar emprego e faziam-se contratos confidenciais com a indústria, para reequipar as forças armadas alemãs, que Hitler queria expandir. Tanto na Alemanha quanto no exterior, crescia a apreensão em relação aos planos grandiosos de Hitler; temiam que ele, como tirano ambicioso e malévolo, levasse a Alemanha novamente à ruína. A antipatia em relação a Hitler, e ao NSDAP, era alimentada pelas ações de repressão e antissemitismo perpetradas por membros da SA e da SS em toda a Alemanha. Baur e milhões de outros depositavam fé e confiança naquele líder complexo e messiânico, que prometia a resolução de todos os problemas e a recuperação da grandeza da Alemanha.

Baur considerava Hitler um homem fascinante, educado e generoso com as poucas pessoas que incluía em seu círculo íntimo. Ele observou que Hitler era gentil com as crianças e que gostava muito de animais. Hitler abominava o gosto de Goering pela caça e fez comentários

---

[31] Jacques Delarus, *The History of the Gestapo* (Londres, MacDonald, 1964), 24, 38.

sarcásticos quando Goering se tornou mestre de caça alemão. Hitler, na verdade, levava uma vida bastante frugal quando comparada à de Goering e a de outros líderes do partido, que gostavam de luxo e mordomias. No entanto, muitos milhões de marcos foram gastos nas residências de Hitler, nos vários quartéis-generais, em aviões, em sua segurança etc. *Geld spielte keine Rolle* (o dinheiro não tem importância) era a regra, e foi o que ouviu o arquiteto de Hitler, Albert Speer, enquanto trabalhava em seus projetos gigantescos, que visavam a agradar o ego de Hitler.

Depois de passarem tantas horas juntos no ar, Hitler não apenas desenvolveu grande confiança na capacidade de Baur como piloto, como confiava a ele todos os detalhes relativos à segurança da viagem. Com o passar dos meses, aumentou o medo de Hitler de ser assassinado; ele se sentia mais seguro no ar, do que num trem ou carro, onde era mais difícil garantir a segurança, que precisava ser muito mais ampla. Mas esse medo não o impedia de fazer inúmeras aparições públicas.

O relacionamento de Baur e Hitler se tornou firme e duradouro, até o suicídio de Hitler em 1945. Logo depois de se tornar chanceler do Reich, Hitler convidou Baur a visitá-lo. Enquanto a residência oficial estava sendo reformada, Hitler morou no Kaiserhof Hotel, no centro de Berlim, onde Baur também estava alojado na época. O presidente von Hindenburg continuou a viver num apartamento no edifício da chancelaria. Baur era bem-vindo na suíte de Hitler no Kaiserhof, no escritório da chancelaria e na Haus Wachenfeld. Desde o início Hitler estava certo de que continuaria no poder, e logo começou a ampliar sua casa em Obersalzberg para transformá-la na mansão conhecida como Berghof. Foram acrescentadas novas instalações, incluindo escritórios e dormitórios para a guarda da SS. Baur jantava com Hitler e seus colaboradores mais íntimos quase todos os dias. Isso, aliado ao seu trabalho, dava-lhe pouco tempo para viver uma vida pessoal.

Os invejosos e ambiciosos que viviam em volta de Hitler estavam sempre em busca de mais poder, mais influência e de favores do Führer, e Hitler parecia gostar disso. Por causa de sua vontade declarada de servir como piloto, Baur não era visto como rival perigoso e, por isso, era mais ou menos aceito como o colega amigável e bem-humorado que na verdade era. Apesar de estar quase sempre de bom humor, e de não se irritar facilmente, Baur era conhecido por seu temperamento explosivo, quando provocado.

Como seria fazer parte do círculo íntimo de Hitler? Várias memórias do pós-guerra descrevem a "corte" de Hitler e seu estranho estilo de vida. Logo depois de tornar-se chanceler, estabeleceu-se uma rotina que quase nada mudou ao longo dos anos, até pouco antes da guerra. Cada membro da equipe de Hitler, e de seu círculo mais íntimo, incluindo Baur, teve que ajustar a vida pessoal e sua rotina às do Führer. Seus convidados regulares tornaram-se conhecidos como "Grupo da Chancelaria do Reich". Depois seriam chamados de "Povo da Montanha", porque muitos deles visitavam ou trabalhavam em Obersalzberg, quando Hitler estava na casa. Todos também tinham que estar sempre atentos às constantes mudanças de humor de Hitler. Seu temperamento terrível era bastante conhecido, e ninguém queria desagradar ao Führer. Alguns, incluindo Heinrich Himmler, *Reichsführer-SS* e chefe da polícia alemã, permaneciam sob temor permanente.

Hitler era vegetariano e nunca ingeria bebidas alcoólicas. Suas preferências culinárias eram sem graça e sem imaginação. No início, o *chef* tentou introduzir pratos de carne mais saborosos, mas foi desencorajado. Hitler fazia piadas com os carnívoros, e se referia à sopa de carne como "chá de cadáver". Quando lhe ofereceram caviar pela primeira vez, apreciou a iguaria até o momento em que perguntou quanto custava. Então, proibiu que fosse servido na chancelaria, porque considerava impróprio que o Führer comesse caviar enquanto se pedia ao povo que fizesse sacrifícios. A vida doméstica na Chancelaria do Reich, e eventualmente em Berghof, acabou caindo na rotina. Hitler passou a receber com frequência, e os jantares geralmente consistiam de sopa, um prato de carne para os convidados e membros do círculo íntimo, batatas, sobremesa, e água mineral ou vinho. Na hora do chá, aos convidados serviam-se café, chá e chocolate, acompanhados de variedade de biscoitos e bolos, às vezes, seguidos de licores.

16. A velha Chancelaria do Reich na Wilhelmstrasse, em Berlim, em meados da década de 1930. Era não apenas a residência oficial do chanceler, mas também o centro do poder e da administração do governo. A varanda de onde Hitler assistia aos desfiles e saudava seus seguidores pode ser vista no segundo andar no centro de edifício principal.

Hitler também era contra o fumo e ninguém podia fumar em sua presença. Apesar de indiferente em relação às roupas civis, era bastante exigente com sua aparência e, normalmente, tomava dois banhos por dia. Nas aparições públicas, habitualmente usava um de seus uniformes marrons do partido sem as insígnias. Hitler foi um dos homens mais fotografados da história graças ao trabalho prolífico de Heinrich Hoffmann, fotógrafo oficial que lhe foi apresentado por sua amante, Eva Braun, que trabalhava em seu estúdio fotográfico em Munique. Dotado de grande consciência em relação à sua imagem, Hitler não se permitia ganhar peso. Sempre que possível, aprovava pessoalmente as fotos oficiais e descartava aquelas que o mostravam de óculos ou em posição desfavorável. Hitler jamais foi visto sem paletó e gravata. Mesmo quando estava descansando no terraço de Berghof, ou caminhando pela floresta, procurava manter o decoro usando gravata, desempenhando o papel de líder nacional.

Hitler não era bom executivo, reservando todas as decisões importantes para si. Era pior ainda em questões de organização e só depois da nomeação de Martin Bormann, personificação do burocrata, como secretário particular de Hitler, é que a administração da chancelaria finalmente foi organizada. Hitler não costumava manter um horário normal de trabalho. Apesar da imagem de líder dinâmico e intenso, era procrastinador e bastante apático nas tarefas diárias. No entanto, era muito rápido para ler e surpreendia as pessoas com sua notável memória para detalhes, especialmente no campo militar.

Insone, Hitler raramente levantava antes das dez ou onze da manhã. Seu dia típico de afazeres começava por volta do meio-dia, quando ia para o escritório na chancelaria, trocava algumas palavras com as secretárias, lia algumas cartas de fãs e examinava o resumo dos jornais preparado pelo assessor de imprensa, Dr. Otto Dietrich.

Às duas da tarde, ele cumprimentava os quarenta ou cinquenta visitantes que aguardavam na sala de recepção; a maioria das visitas era composta por *Gauleiters* (líderes provinciais) ou outros dirigentes, além de habituais, como Hans Baur, Sepp Dietrich, general da SS; alguns assistentes, às vezes o Dr. Josef Goebbles, ministro da propaganda; e Alfred Speer, arquiteto predileto de Hitler. Então, eles iam para a sala de jantar da chancelaria e almoçavam. Para os visitantes, comer na companhia do Führer, na Chancelaria do Reich, era grande honra e uma experiência memorável.

Depois do almoço, Hitler se reunia com Speer para discutir os projetos arquitetônicos em andamento e falar de novos projetos. Depois, com muita relutância, retornava ao seu escritório, onde lia os últimos relatórios e comunicados. Hitler não gostava das tarefas de rotina, mas, de vez em quando, assinava alguns documentos que não podiam ser ignorados. Esse precário método de trabalho, e mais a demora na tomada de decisões, especialmente em questões que o aborreciam, eram motivo de constante preocupação para o capitão Fritz Wiedemann, que serviu como ajudante pessoal de Hitler até

1938. Após a chegada de Martin Bormann, a "eminência parda", o trabalho ganhou eficiência.[32]

A cerimônia do chá da tarde ocorria pouco depois das cinco, normalmente com a presença do secretariado e, às vezes, de dois ou três convidados especiais. Ao pensar em Hitler, é difícil conciliar os modos educados à imagem do tirano arrogante e bombástico. Mas ele podia ser encantador e, quando encontrava, ou cumprimentava, mulheres casadas, inclinava-se e beijava-lhes a mão. As mulheres ficavam especialmente fascinadas com Hitler, o eterno solteirão. As pessoas que o conheciam falavam de seu olhar intenso, quase hipnótico.

Hitler era definitivamente um ser noturno e ficava mais bem-disposto depois do pôr do sol. O jantar na Chancelaria do Reich era servido às oito horas e costumava ser simples, a menos que houvesse alguma função diplomática programada. Os convidados da noite, em geral, pertenciam à indústria do entretenimento de Berlim, em vez de políticos ou funcionários do governo. Dois filmes recém-lançados eram exibidos e por volta da meia-noite, quando a maioria dos convidados já tinha ido embora, Hitler ficava ao redor da fogueira com seus camaradas. Entre eles podiam estar o Dr. Robert Ley, chefe da Frente Alemã de Trabalho; o Dr. Theodor Morell, médico pessoal de Hitler; Otto Hewel, partidário da primeira hora e representante do Ministério das Relações Exteriores de von Ribbentrop; Hans Baur; talvez Max Zintl ou um ajudante, e, por vezes, o Dr. Goebbels. Hitler nunca convidava cientistas, médicos (exceto Morell) ou pessoas de boa educação, que talvez não aceitassem seus monólogos e declarações simplistas, muitas vezes absurdas. Essas reuniões informais normalmente eram dedicadas às lembranças do *Kampfzeit*, dos primeiros dias de luta do nacional-socialismo e estimulavam extensos monólogos do Führer.

Hitler costumava falar longamente sobre sua filosofia de vida e comentar sobre todos os assuntos imagináveis. Goebbels se lembraria de uma fofoca, de um escândalo de Berlim, ou de uma boa piada política

---

[32] John Toland, *Adolf Hitler* (Garden City, N.Y., Doubleday, 1976), 375. Ver também: James Taylor e Warren Shaw, *The Third Reich Almanac* (Nova York, World Almanac, 1987), 351-52. Fritz Wiedemann foi ajudante do regimento do exército de Hitler na 1ª Guerra Mundial.

— normalmente à custa de Goering. Baur, às vezes, lembrava uma história engraçada dos seus anos de piloto. Em geral, por volta das quatro ou cinco da manhã, Hitler se despedia do último convidado. Às vezes, quando se sentia inspirado, Hitler ia até seu escritório e escrevia um discurso ou esboçava um plano ou programa, depois da meia-noite.

Outros dirigentes do partido, como Goering, Goebbels, Heinrich Himmler e (a partir de 1938) Joachim von Ribbentrop, tinham suas próprias cortes, porque estavam garantidos em suas importantes posições, e por serem leais a Hitler, seu líder supremo.

Em suas memórias, Speer faz observações interessantes e reveladoras sobre a estranha personalidade de Hitler. Explica sua própria conversão e lealdade ao movimento nacional-socialista pelo "elo místico" que o unia a Hitler. Speer afirmou que "Hitler não era apenas mais inteligente", ele era possuidor de extraordinário carisma — principalmente sob a forma de força de vontade incomparável que — como o mais "terrível simplificador" de toda a história —, sistematizou o futuro, o destino da Alemanha e do mundo, de maneira tão irresistível que não apenas seus seguidores mais imediatos, mas milhões de alemães, acreditaram e o seguiram até o fim da catástrofe.[33]

Rudolf Hess disse a Speer que Hitler tinha relacionamento próximo apenas com cinco homens. Depois da morte de Dietrich Eckart, o escritor, em 1923, restaram apenas quatro homens que Hitler tratava pelo pronome "Du" (tu), indicativo de amizade íntima: Hermann Esser e Christian Weber, membros desde os primeiros dias do partido; o Gauleiter Julius Streicher, e o chefe da SA, Ernst Roehm.

O relacionamento próximo, mas ainda formal, se estendia a Hans Baur e outros do círculo íntimo. Alguns membros do séquito, inclusive Baur, chamavam Hitler de *Chef*, mas, às vezes, Baur e outros se referiam a ele como *unser Vati* (nosso pai), mesmo os que eram mais velhos do que Hitler.[34] Subordinados importantes, que não faziam parte do círculo íntimo, como Heinrich Himmler e Joachim von Ribbentrop,

---

[33] Albert Speer, *Inside the Third Reich* (Nova York, MacMillan, 1970), 127-28.
[34] Ib Melchior e Frank Brandenburg, *Quest: Searching for Germany's Nazi Past* (Novato, Califórnia, Presidio Press, 1990), 26.

mantinham deferência ainda mais respeitosa. Mesmo depois de muitos anos, Himmler ficava muito nervoso quando tinha que falar pessoalmente com Hitler.

Sempre houve muita especulação, principalmente no exterior, a respeito da saúde física e mental de Hitler. Isso ocorreu especialmente após a eclosão da 2ª Guerra Mundial, quando especialistas ingleses e americanos — e, provavelmente, soviéticos — estudaram suas características e história pessoal para encontrar pistas sobre o que ele faria em seguida. Foram escritos muitos artigos e livros inteiros para analisar sua saúde e sua personalidade à luz de suas ações, ou ações em potencial. Indivíduo extremamente complicado, Hitler era temperamental e mal-humorado, mas relatórios médicos indicam que ele não tinha problemas físicos ou psicológicos importantes até quase o fim da guerra. Tinha 1,75 m de altura e pesava 70 kg. A única cirurgia séria ocorreu em 1935, quando foi submetido à simples retirada de um pólipo das cordas vocais. Sua voz aguda era um de seus principais atributos, e ele sempre se preocupou muito com o câncer, que havia matado sua mãe.

Depois da morte de Roehm e do assassinato de outros antigos camaradas e opositores, Hitler desenvolveu cólicas estomacais, que lhe causavam muita dor e contribuíam para a insônia. O Dr. Theodor Morell, médico da moda em Berlim na época, foi convidado a examinar Hitler e diagnosticou "exaustão intestinal". A ansiedade de Hitler em relação à saúde se transformou em hipocondria e pode ter contribuído com suas exigências para soluções rápidas, tanto em questões políticas, quanto diplomáticas e, também, nas campanhas militares. No início, o Dr. Morell tratou Hitler com uma combinação relativamente inofensiva de substâncias como glicose, vitaminas, cafeína e até um extrato de testículos de touro. O uso de anfetaminas pode ter contribuído para a condição de Hitler mais tarde, durante a guerra, que lembrava uma forma da doença de Parkinson. Hitler acreditava que os tratamentos médicos tinham salvado sua vida e, com o aumento do estresse, depois de 1939, tornou-se dependente das injeções e comprimidos de Morell.

Hitler acabou por dispensar Morell em 1944, mas nessa época ele já havia enriquecido, vendendo suas vitaminas, tendo até garantido um contrato com a Wehrmacht para fornecimento de um pó contra piolhos.

Acontecimentos novos, e muitas vezes dramáticos, passaram a ocorrer praticamente todos os meses. Em maio de 1933, Goebbels organizou a "Queima de Livros", realizada em cidades e escolas de muitas partes do país, para eliminar a chamada literatura decadente, indesejável e anti-Hitler. Foram aprovadas leis drásticas e, em junho, o brutal *SS-Standartenführer* (Coronel da SS) Theodor Eicke foi nomeado comandante do primeiro campo de concentração, localizado em Dachau, nas redondezas de Munique. Um ano depois, Eicke se tornaria inspetor de todos os campos de concentração. Entre as ações positivas do novo regime estavam a *Winterhilfswerk* (Socorro de Inverno), campanha anual para obras humanitárias e a estabilização da propriedade das pequenas fazendas.

O Quinto Congresso do Partido Nacional-Socialista, realizado na cidade medieval de Nuremberg, de 31 de agosto a 3 de setembro, foi chamado de *Reichsparteitag des Sieges,* ou Congresso da Vitória, e celebrou a chegada ao poder. Milhares de membros uniformizados do NSDAP marcharam pelas ruas, enquanto no estádio de Luitpoldhain, nos arredores da cidade, realizavam-se grandes cerimônias, noite e dia; cada dia dedicado a um ramo do partido, como a SA e a SS. Hitler, como sempre, conclamaria os fiéis e incitaria as massas com discursos inflamados, amplificados por alto-falantes e transmitidos pelo rádio para toda a nação.

A consagração das bandeiras foi uma cerimônia particularmente dramática. Um único membro da SS subiu até a plataforma sob o rufar dos tambores e exibiu a *Blutfahne* (Bandeira do Sangue), supostamente manchada com o sangue daqueles que morreram no Putsch da Cervejaria em Munique, em 1923. O público de sessenta mil pessoas assistiu parado, enquanto Hitler consagrava novas bandeiras tocando-as com uma das mãos enquanto segurava a bandeira do sangue com a outra. A multidão ouviu em silêncio os nomes da longa lista de mártires do nacional-socialismo, lida pelo chefe da SA, Ernst Roehm, que sequer imaginava que seria sacrificado no expurgo de junho de 1934. As cerimônias eram encerradas todas as noites com música marcial e grande exibição de fogos de artifício, enquanto milhares de partidários uniformizados, carregando tochas, marchavam em grandes colunas para fora do campo.[35] Baur, como milhões de pessoas de todas as linhas políticas, ficou profundamente impressionado com essas grandes demonstrações de devoção a Hitler e ao movimento nacional-socialista.

Durante o conturbado setembro de 1933, Baur estabeleceu novo recorde ao ultrapassar a marca de um milhão de quilômetros voados. Por esse feito, a Lufthansa concedeu-lhe o Prêmio da Bússola de Ouro. A Junkers Aircraft Company também o honrou com um relógio de ouro. O fato de o piloto do Führer ter voado um milhão de quilômetros foi mencionado pela imprensa, que disse que equivaleria a dar 25 voltas na Terra na altura do equador.

Enquanto Baur desfrutava a satisfação obtida com suas realizações, que incluíam cumprimentos efusivos de Hitler, acontecimentos significativos eram desencadeados pelas ações do Führer. Em outubro, Hitler acabou nas manchetes dos jornais ao retirar a Alemanha da Liga das Nações, atitude audaciosa com uma série de desdobramentos. As suspeitas e a animosidade eram cada vez maiores, especialmente na França e na Inglaterra, ocupadas com os problemas decorrentes da Grande Depressão. Mas no mês seguinte foi realizado um referendo na Alemanha, e 95% dos eleitores aprovaram a política de Hitler. O povo alemão ainda não havia percebido, mas estava segurando um tigre pelo rabo.

Hitler foi ficando cada vez mais preocupado com a possibilidade de ser assassinado por inimigos internos ou externos. A SS e a Gestapo aumentaram ainda mais a segurança em torno do Führer, e a investigação e prisão de inimigos conhecidos e potenciais. Por vontade própria, Baur criou o hábito de inspecionar cuidadosamente o Ju 52/3m, fazendo voos curtos antes de qualquer viagem com Hitler a bordo. Ele também começou a fazer viagens sem passar o plano de voo para o

---

[35] Heinrich Hoffmann, *Der Parteitag des Sieges* (Berlim, Zeitgeschichte Vlg., 1933).

17. Capitão Baur em uniforme da Lufthansa, outubro de 1933. Na lapela, o broche de ouro do partido, que foi dado aos primeiros cem mil membros do NSDAP.

comandante do aeroporto. Isso ia contra as determinações do ministro dos transportes do Reich, que queria ser notificado para que fossem tomadas medidas de segurança no local de chegada. Hitler ordenou pessoalmente que alguns voos fossem secretos. Não apenas por questão de segurança, mas para evitar multidões e formalidades, na chegada, quando estava com pressa para ir ao seu destino em terra, ou quando tinha um encontro confidencial, ou outra atividade especial. Hitler achava que voar com Baur e chegar sem ser anunciado era muito mais seguro do que viajar de carro ou de trem, em razão da inevitável publicidade e da oportunidade de sabotarem o percurso por terra.

Como Baur costumava levar consigo oficiais graduados, era o único a saber, com certeza, se o Führer estaria a bordo de sua aeronave num dos voos que pilotava. Baur normalmente chegava ao aeroporto com aproximadamente trinta minutos de antecedência e costumava solicitar informações e cartas meteorológicas de todo o país, e não apenas as que tivessem relação com seu plano de voo ou destino. Apesar de sua popularidade na Alemanha, Hitler sabia que era grande o número de interessados em acabar com o Führer e com o Terceiro Reich, dentro e fora do país.

O tumultuado ano de 1933 terminou tranquilamente. Pouco antes do Natal, Baur levou Hitler para Munique, onde a Sra. Baur e sua filha de nove anos, Ingeborg, esperavam no aeroporto. Hitler tinha feito o convite para que o visitassem em seu apartamento na cidade e elas chegaram na véspera de Natal, sem avisar. Além de Hitler, no apartamento estava também uma jovem chamada Eva Braun, e os dois cumprimentaram a família Baur com certo embaraço. Essa foi, na verdade, a segunda vez que Baur encontrou Eva Braun; ele já a tinha visto no estúdio fotográfico de Heinrich Hoffmann, em Munique, quando foi buscar algumas fotos. Hitler presenteou a jovem Inge com uma grande caixa de doces e a família Baur se despediu, depois de breve visita.

Baur levou Hitler de volta para Berlim depois das festas, e só então ficou sabendo detalhes do relacionamento secreto de Hitler com Eva. Baur a achava atraente, modesta e agradável. Depois disso ele a encontraria várias vezes, em Berghof, Munique e Berlim, e também como passageira em seus voos.[36] Ela sempre ficou escondida do povo e só aparecia, em particular, quando Hitler estava cercado por seu círculo mais íntimo. Mesmo os altos dirigentes do partido só souberam de sua existência anos depois.

Sempre houve boatos e especulação a respeito da vida pessoal de Hitler, inclusive a respeito de sua orientação sexual. Afinal, uma das pessoas mais próximas a ele, seu velho camarada Ernst Roehm, era sabidamente homossexual. Mas Hitler não era homossexual, e não há provas de que tivesse qualquer problema sexual. Não se deixava influenciar por mulheres, como muitos homens faziam. Seu primeiro, talvez único e verdadeiro amor foi sua sobrinha, Geli Raubal, que cometeu suicídio em circunstâncias estranhas, em 1931. Hitler ficou abalado com o trágico acontecimento e, apesar de todas as conjecturas, sua morte é um mistério até hoje. Quanto à Eva Braun, Hitler havia dito que sua vida seria dedicada à Alemanha, e que ele nunca se casaria enquanto fosse líder da nação. Eva concordou em ser amante do homem por quem se apaixonara e foi leal a ele até o amargo fim. Hitler finalmente se casou com Eva pouco antes do suicídio dos dois em Berlim, em abril de 1945.

Para satisfazer a curiosidade do povo em relação ao seu Führer, Heinrich Hoffmann, com a colaboração de Josef Goebbles, preparou vários álbuns de fotografias, intitulados: *Hitler wie ihn keiner kennt* (*O Hitler que ninguém conhece*), publicados com grande tiragem na década de 1930, e nos primeiros anos da 2ª Guerra Mundial.[37] Como outros livros de propaganda e artigos de revistas, esses álbuns mostravam Hitler como uma pessoa calma, compenetrada, contemplativa, que ponderava e resolvia com brilhantismo importantes problemas; capaz de administrar complicados negócios de Estado. Era mostrado como uma pessoa amigável e até alegre, cumprimentando crianças e pessoas

---

[36] Baur, 113-16. Para todos os detalhes, ver Glenn Infield, *Eva and Adolf* (Nova York, Grosset & Dunlap, 1974), e Glenn Infield, *Hitler's Secret Life* (Nova York, Grosset & Dunlap, 1979).

[37] Prof. Heinrich Hoffmann, *Hitler wie ihn keiner kennt* (Berlim, Zeitgeschichte, n.d., ca 1936). Também de Hoffmann, Hitler abseits vom Alltag (Berlim, Zeitgeschichte, n.d., ca 1937), e Das Antlitz des Führers (Gutenberg/Berlim, Buechergilde, n.d., ca 1939).

comuns, e reagindo modestamente à admiração do público. Durante a guerra, a propaganda de Goebbels declarou que Hitler era um gênio militar. Nenhuma publicação do Terceiro Reich mostrou qualquer detalhe significativo da vida pessoal de Hitler, para não dizer que jamais revelou indício do lado mais obscuro de sua complexa personalidade. O Hitler criado pela máquina de propaganda de Goebbels, na verdade, jamais existiu.

A luta cada vez mais acirrada pelo poder dentro do NSDAP não interferiu nos programas de revitalização da nação. A indústria aeronáutica alemã, por exemplo, continuou aumentando sua produção e apresentou novas máquinas para a aviação comercial e esportiva, todas com potencial de uso em operações e treinamento militar.

Para atender às necessidades crescentes do transporte aéreo do novo regime, em junho de 1933, o Führer recebera um novo avião para seu uso pessoal, o Junkers Ju52/3mfe, matrícula 4021, número de registro nacional D-2600, batizado de *Immelmann*, em homenagem ao *Oberleutnant* (Primeiro-Tenente) Max Immelmann, famoso ás da aviação alemã na 1ª Guerra Mundial, que também deu nome à "manobra de Immelmann". A nova *Führermaschine*, ou *Führer-Ju* como era chamada, às vezes, era equipada com três motores americanos Pratt & Whitney A-2 Hornet de nove cilindros, refrigerados a ar. (Depois de ter recebido uma licença da P&W, a BMW alemã refez o projeto do motor, e ele recebeu o número BMW 132.) O interior do D-2600 tinha a mesma configuração dos aviões de linha da Lufthansa, exceto pela pequena mesa dobrável no assento preferido de Hitler, no lado direito da cabine. A pedido dele foram instalados um relógio, um altímetro e um indicador de velocidade no lado direito do banco da frente, para que ele pudesse verificar os dados do voo e a hora da chegada.

Esse avião foi a principal *Führermaschine* até o início de 1935, quando passou a ser usado como avião de linha da Lufthansa sob o registro D-AHUT e rebatizado como *H.J. Buddecke*, herói da 1ª Guerra Mundial, com treze vitórias aéreas. Em fevereiro de 1935 foi adquirido um novo *Regierungsflugzeug* (avião do governo), o Ju52/3mge, matrícula 4053, registrado em junho de 1934, como D-AXAN, com o nome

H.J. Buddecke, também para voos de linha da Lufthansa. Esse avião foi registrado como D-AHIT, e recebeu o nome de *Immelmann I*, mas é possível que tenha servido durante algum tempo sob o registro D-2600 e o nome *Immelmann II*, como principal avião de Hitler.[38] Em janeiro de 1938 foi registrado novamente como D-ANAO, rebatizado de *Joachim von Schroeder*, e usado como *Reserveflugzeug* (avião de reserva). O avião de matrícula 4053 foi transferido para a Luftwaffe, em novembro de 1939, e usado para treinamento pela *Blindflugschule 3* (Escola de Treinamento da Luftwaffe 3) com a *Stammkennzeichen* (marca militar) DD+MF. Foi destruído em 20 de março de 1942 durante missão no front russo, quando levava suprimentos para as tropas alemãs cercadas em Demjansk.

Outro Ju 52/3mge, matrícula 4065, registrado como D-AGAL, tornou-se D-2600, *Immelmann II*, e serviu no *Staffel* (esquadrão) de Baur como avião principal de Hitler até ser substituído por novo Focke-Wulf Fw 200A-0 (S-9) (V3), matrícula 3099, registro D-ARHU, batizado de *Ostmark*. Esse avião Condor de quatro motores, sem armamento, foi registrado de novo como D-2600 e chamado de *Immelmann III*.[39] A grande mudança ocorreu em 19 de outubro de 1939, logo depois que o *Regierungsstaffel* (esquadrão do governo) foi rebatizado de *Fliegerstaffel des Führers*, ou F.d.F. (Esquadrão de Aviação do Líder). Observe que os nomes dos aviões da Lufthansa, às vezes, eram trocados ou transferidos quando os aviões eram vendidos, ou destruídos.

Baur conseguiu do ministro dos transportes que o velho número de registro "D-2600" fosse mantido, permanentemente, para os aviões de uso pessoal de Hitler. Por um lado, Hitler era supersticioso e gostava do número "2600". A manutenção do registro também era feita para que o avião do Führer fosse reconhecido no ar e em terra, em todos os

---

[38] Carta de Guenter Ott, 21 de abril de 1994, para Klaus J. Knepscher, Neusasess, Alemanha, e cartas para o autor, 25 de março de 1995 e 25 de novembro de 1997. As informações sobre o Immelmann II foram obtidas através de carta de Werner Bittmer, do Lufthansa Firmenarchiv, de 6 de dezembro de 1995, via carta de Knepscher para o autor, 25 de novembro de 1997.

[39] Klaus J. Knepscher, carta para o autor, 25 de março de 1995. Knepscher, executivo aposentado da Lufthansa e historiador da aviação, afirma que os nomes dos aviões da Lufthansa, às vezes, eram trocados ou transferidos quando os aviões eram vendidos ou destruídos.

aeroportos da Alemanha, tendo prioridade nos serviços e em questões de segurança. Todas as aeronaves da aviação civil alemã, exceto uma, mudaram para outro sistema de registro em 1934.[40] Aparentemente, quando Hitler queria fazer um voo secreto, usava outro avião. Esse procedimento logo seria testado.

O ano de 1934 começou em clima otimista. Baur manteve-se ocupado levando Hitler por todo o país, para participar de funerais e casamentos de membros proeminentes do partido, e para discursar nos muitos comícios e cerimônias, para cidadãos entusiasmados que cobravam a esperança no futuro. Os projetos de obras públicas estavam fazendo as pessoas voltarem a trabalhar; além disso, o rearmamento clandestino estava começando a criar empregos na indústria e na construção. Isso agradava aos industriais por causa dos novos contratos e da possibilidade de lucro em tempos de depressão econômica; os membros das Forças Armadas estavam satisfeitos, porque finalmente viam oportunidade de promoção; e, é claro, muita gente estava feliz por encontrar trabalho e poder sustentar suas famílias de novo. O Führer estava começando a cumprir uma de suas principais promessas de campanha — emprego —, o que ajudou Goebbels a criar um culto de "adoração do Führer".

Entretanto, nos bastidores, a situação política estava fervendo e Hitler logo teria que enfrentar o primeiro desafio, desde que se tornara chanceler do Reich, que não fora lançado por opositores de fora do NSDAP, mas por um de seus camaradas de maior confiança.

Na manhã do dia 14 de junho de 1934, uma grande limusine Mercedes-Benz preta, de propriedade da Chancelaria do Reich, chegou ao portão de embarque do aeroporto de Tempelhof, em Berlim, passando rapidamente pela guarda. O carro seguiu pelo asfalto e parou ao lado de um Ju 52/3mfe preparado para a ocasião. Hans Baur cumprimentou Hitler com um animado *Guten Morgen mein Führer!*, e o acompanhou até o interior do avião para seu costumeiro relatório sobre o plano de voo e a hora aproximada da chegada. O destino era

---
[40] Ries, 10-13.

Veneza, na Itália; seria o primeiro encontro entre o chanceler alemão e o ditador fascista italiano Benito Mussolini. Devido à desconfiança e oposição de quase todas as nações europeias, Hitler sentia que a Alemanha precisava de um aliado forte e os dois ditadores tinham realmente muita coisa em comum.

O bombástico Il Duce imaginava-se um imperador romano contemporâneo. Muito mais do que Hitler, era uma figura cômica, no início, para as pessoas de fora. Mas um ditador no comando de um grande contingente de forças armadas não pode ser considerado um personagem inofensivo ou risível. Seu regime fascista se gabava de fazer os trens cumprirem os horários, mas não havia nada de louvável ou divertido nos métodos brutais usados na repressão política. Seu "tratamento com óleo de rícino" era um mecanismo de intimidação notório, para não dizer letal. Nas colônias italianas da África, a ordem era mantida sob dura opressão. Dizia-se que na Líbia os dissidentes nativos eram embarcados em aviões e obrigados a saltar sem paraquedas sobre suas cidades-natais; terrível lição que os habitantes locais não esqueceriam facilmente.

Essa foi a primeira viagem de Hitler sobre os Alpes e sua primeira missão diplomática no exterior. O tempo estava bom e Baur circulou sobre a cidade dos canais durante cinco minutos para pousarem ao meio-dia, exatamente como estava programado. Contrariando a habitual coordenação, preparação e cuidadoso planejamento, Hitler saiu do avião em trajes civis e foi cumprimentado por Mussolini, resplandecente em seu uniforme com cordões dourados. A postos, havia altos dirigentes fascistas e militares, uniformizados, e uma companhia de honra formada por tropas alinhadas para inspeção.

Apesar da aparente cordialidade, as coisas não correram bem desde o início. Hitler não se sentia muito à vontade e Mussolini, do alto de sua reputação e pretensão, mostrou-se paternalista, dominando as conversas que se seguiram. Il Duce declarou, em meio a discussões acaloradas, que era firmemente contrário às intrigas do nacional-socialismo na Áustria, e fez comentários francos a respeito da situação interna da Alemanha, oferecendo conselhos não solicitados. As cerimônias públicas e o desfile formal na Praça de São Marcos não conseguiram compensar a falta de acordo. Os dois líderes ficaram com uma impressão bastante ruim um do outro. Isso foi, é claro, encoberto pelo relatório oficial da visita preparado pelo barão Konstantin von Neurath, então ministro das relações exteriores da Alemanha, que havia acompanhado Hitler na viagem. Hitler voltou deprimido e irritado de sua primeira tentativa diplomática em solo estrangeiro. Hans Baur parece ter sido o único a apreciar a visita. Mussolini era piloto amador e quis conhecer o Junkers Ju 52/3m. Baur ficou satisfeito em poder mostrá-lo e conversou com Mussolini de piloto para piloto.

Logo após o retorno a Berlim, a agenda errática de Hitler ficou ainda mais complicada devido ao turbilhão provocado por intrigas políticas que se vinham formando há meses. Havia apenas um obstáculo no caminho de Hitler para que se tornasse ditador absoluto — os radicais do Partido Nacional-Socialista. O problema estava nas Tropas de Assalto, ou SA, a força das camisas pardas, composta basicamente por desempregados, arruaceiros e desordeiros, que, em 1934, chegavam a quase quatro milhões e meio. Essa enorme organização era muito maior do que o exército regular alemão ou a polícia.[41] Boatos e suspeitas em relação a uma revolta dentro do partido implicavam Ernst Roehm, chefe da SA e um dos primeiros colaboradores de Hitler. Embora a situação estivesse fervilhando há algum tempo, Hitler relutava em se colocar contra Roehm; primeiro porque ele era poderoso, e também devido à longa e antiga amizade entre eles.[42] Em se tratando de golpe, Roehm não era aprendiz, tendo participado com Hitler do abortado Putsch de Munique em 1923.

Nessa época, Hitler considerava fundamental a aliança com líderes militares e industriais para manter o poder, e sabia que precisava preservar esse laço, que possibilitara sua ascensão por meios legais e pacíficos. Mas o ambicioso Roehm e sua tropa clamavam por "revolução contínua"; muitos dos Alte Kaempfer, do NSDAP, exigiam recompensa

---

[41] Taylor e Shaw, 277.
[42] Ibid., 276.

por sua importante contribuição, incluindo a absorção das Tropas de Assalto pelo exército alemão. Os generais do exército deixaram claro para Hitler que ele perderia o apoio deles, se não freasse o poder crescente e as exigências inaceitáveis da SA.[43] Nesse confronto, Hitler contava com apoio de Goering, Goebbels e da maioria dos membros mais antigos do partido e, mais importante, de Himmler e da SS. As *Schutzstaffeln* (SS) eram uma formação especial da elite do NSDAP, fundada em 1925 por guarda-costas dos líderes do partido. Heinrich Himmler foi indicado Reichsführer-SS (líder nacional - SS) em 1929, mas a SS continuou subordinada à SA até o expurgo de Roehm. Hitler logo encontrou uma maneira de agir em relação ao que ficou conhecido na Alemanha como *Roehm Putsch* (Golpe de Roehm), e no exterior como "A Noite das Facas Longas".[44]

Hitler lançou seu plano para prender Roehm, e os líderes rebeldes da SA, em reunião no hotel de Bad Wiessee, na Baviera, marcada para o dia 30 de junho. Baur foi informado de que deveria preparar a partida para uma longa viagem até a Alemanha Ocidental, o que exigiria o uso de três aviões. Hitler voaria com Baur, é claro, no Junkers Ju 52/3m D-2600, enquanto o Dr. Goebbels e outros dirigentes do alto escalão viajariam nos outros dois aviões. Durante o voo para Essen, em 29 de junho, Baur percebeu que um dos motores não estava funcionando em perfeitas condições, e disse a Hitler que teria que voltar a Berlim na manhã seguinte para trocá-lo. Hitler ordenou a Baur que enviasse outro piloto de volta a Berlim com o Führer-JU D-2600, e que ficasse em Essen para pilotar um dos outros dois Junkers.

Depois de uma visita à fábrica de armamentos Krupp, para inspecionar um dos novos desenvolvimentos militares, o grupo chegou de carro ao Hotel Dreesen, em Bad Godesberg. O jantar, como sempre, foi

---

[43] Snyder, 155.

[44] Acredita-se que o expurgo teve esse nome, "Noite das Facas Longas", por causa das adagas que passaram a fazer parte dos uniformes da SA e do pessoal da SS, a partir de 15 de dezembro de 1933. Existe outra explicação possível: o nome "Die Nacht der Langen Messer" é uma expressão que já existia antes do surgimento dos nacional-socialistas. Havia sido usado em relação à "Noite de São Bartolomeu" (Bartholomaeusnacht — Die Pariser Bluthochzeit [Bodas de Sangue]), em 1572, quando foram assassinados entre cinco mil e dez mil huguenotes.

servido pontualmente às oito da noite na suíte de Hitler. Baur sentiu que estavam todos muito tensos, preocupados; pareciam estar esperando que acontecesse algo. Goebbels recebeu um telefonema durante o jantar e voltou para anunciar que Sepp Dietrich tinha chegado a Augsburg com várias companhias armadas da *Leibstandarten SS*. Às nove e trinta da noite, uma banda e um coral da *Bund Deustscher Maedel,* liga das moças alemãs da Juventude Hitlerista do NSDAP, começou uma apresentação sob a janela de Hitler. Hitler ficou sozinho na varanda, e Baur ficou surpreso ao ver que ele estava chorando. Baur tentou sair do quarto, mas Hitler lhe disse para preparar a decolagem naquela noite. Partidas súbitas não eram incomuns, por isso Baur manteve a tripulação de sobreaviso e, a pedido de Hitler, verificava as condições meteorológicas em Munique a cada meia hora.

Era uma hora da manhã, e Hitler deu ordem para partirem às duas. Goebbels voltaria imediatamente a Berlim no outro Junkers Ju 52. Hitler levou com ele apenas dois ajudantes, quatro policiais, seu criado e seu motorista. Apesar de ser um voo de rotina, na chegada ao aeroporto de Munique Baur reparou que o Gauleiter Adolf Wagner esperava por Hitler, sozinho em seu carro. Hitler foi rapidamente ao seu encontro e caminhou ao lado de Wagner por alguns minutos, falando com uma agitação incomum e gesticulando com o chicote que sempre levava com ele. Então, eles entraram no carro e foram embora, deixando o perplexo Baur e sua tripulação cuidando do avião.

Apesar de Baur não ter percebido na época, o problema no motor do avião de Hitler pode ter salvado a vida do Führer. Baur foi abordado pelo diretor do aeroporto de Munique, Major a.D. (aposentado) Fritz Hailer, que parecia bastante perturbado. Na tarde anterior, ele havia recebido ordem expressa, e ameaças, do próprio Ernst Roehm, exigindo que o avisassem imediatamente sempre que Hitler estivesse chegando a Munique. Porém, como não tinha qualquer aviso, e Hitler não tinha chegado no D-2600, Hailer só ficou sabendo de sua vinda quando o viu sair do avião. Hailer estava receoso do que Roehm faria quando descobrisse que Hitler chegara a Munique sem que ele tivesse sido notificado. Por isso, Roehm não pôde tomar providências e ficou surpreso quando Hitler entrou em um hotel de Bad Wiessee. Baur não tinha certeza do que estava acontecendo, mas disse a Hailer para não se preocupar, pois tudo seria esclarecido no dia seguinte.

Depois de cuidar do avião, Baur foi para casa sem saber o que tinha acontecido em Bad Wiessee, até ligar o rádio na manhã seguinte. Ele se vestiu rapidamente e foi direto para o aeroporto aguardar instruções. Baur havia visto Ernst Roehm, mas não o conhecia pessoalmente. Tinha ouvido falar que ele era homossexual; sabia que ele havia batido de frente com Hitler alguns meses antes, mas não imaginava que as diferenças entre o Führer e o antigo camarada de partido, chefe da SA, terminaria de maneira tão violenta. Baur levou Hitler de volta a Berlim às quatro horas daquela tarde onde foi recebido, no aeroporto, por Goering e Goebbels mais um contingente de tropas leais da aviação (provavelmente membros da DLV, a Federação Esportiva Aérea Alemã).

Muito se escreveu sobre esse episódio da história, mas, segundo Baur, a versão a seguir lhe foi transmitida pelo próprio Hitler durante jantar na Chancelaria do Reich.[45] Baur aceitou sem questionar a explicação de Hitler para suas ações drásticas.

O embaixador italiano, em Paris, ouvira dizer que Roehm pretendia insurgir-se contra Hitler e então avisou o embaixador alemão, que entrou em contato com Hitler imediatamente. Roehm havia entrado em negociação secreta com os franceses, que haviam dado a entender que não interfeririam caso houvesse mudança de governo na Alemanha. Roehm assumiria o controle do exército regular e substituiria o Alto Comando por líderes da SA.

Hitler, com ajuda de Goering, Goebbels e Himmler, organizou prontamente um contra-ataque para impedir o golpe. Assim que chegou a Munique, Hitler foi com o Gauleiter Wagner para a central de polícia e deu ordem de prisão a August Schheidhuber, chefe de polícia e SA-Obergruppenführer, por cumplicidade com Roehm. Dali, um pequeno grupo, incluindo policiais, seguiu direto para Bad Wiessee. Roehm havia colocado guardas protegendo a entrada, mas Hitler chegou

---

[45] Baur, 121-24.

às seis da manhã, no momento exato em que a nova guarda estava rendendo o turno da noite. Sua escolta policial desarmou o comandante e os guardas da SA e, depois de descobrirem o número do quarto em que Roehm estava hospedado, foram para o segundo andar. Bateram à porta e, quando Roehm perguntou quem era, Hitler respondeu: "Notícias de Munique!". Então, entraram e confrontaram Roehm, que ficou espantado ao ver Hitler. Baur ouviu de Hitler que encontrar Roehm nu, na companhia de um garoto, foi a coisa mais repulsiva que ele já tinha visto.

O atônito Roehm foi preso com todos os outros membros da SA que estavam dormindo no hotel; ficaram trancados num porão, sob vigia, até conseguirem um ônibus para levá-los à prisão de Stadelheim. Outros líderes da SA, que estavam na lista de Hitler, também foram presos e encarcerados quando se aproximavam de Bad Wiessee. Dois dias depois, Roehm foi executado com um tiro de pistola, em sua cela, pelo Coronel da SS Theodor Eicke, depois de ter se recusado a cometer suicídio.

Hitler explorou a situação telefonando para Berlim e dando ordens à SS e à Gestapo para lançar a "Operação Colibri". Velhos opositores e rivais foram levados à presença de Himmler e Goering e liquidados brutalmente, incluindo Gustav von Kahr, que havia se oposto a Hitler durante o Putsch de 1923; o general Kurt von Schleicher, ex-chanceler; e Gregor Strasser, antigo membro do Partido Nacional-Socialista, que rompera com Hitler em 1933. A chamada "Noite das Facas Longas" levou à morte setenta e sete líderes do partido e mais de cem membros menos importantes. O vice-chanceler von Papen foi investigado, mas não foi preso, sendo indicado como enviado alemão na Áustria. Victor Lutze, SA-Obergruppenführer, foi nomeado novo chefe da SA. Nos anos seguintes, o número de integrantes das Tropas de Assalto caiu, assim como sua influência, representando papel insignificante no Terceiro Reich, ao contrário da SS, que continuou a crescer em tamanho e poder. Sob o comando de Himmler, a SS se transformou em organização independente no dia 20 de julho de 1934. Muitos homens fisicamente capacitados da SA acabaram sendo admitidos pelas Forças Armadas e pela polícia. Para dar algo palpável à SA, que ainda tinha tamanho razoável, Hitler assinou um decreto em 19 de janeiro de 1939, confiando à organização todo o treinamento básico preliminar e pós-militar de todos os alemães aptos a pegar em armas a partir dos dezessete anos.[46]

A máquina de propaganda de Goebbels trabalhou dobrado para justificar o "expurgo sangrento" ao povo alemão. Hitler denunciou publicamente a liderança da SA como um bando de homossexuais traidores que fomentava um complô nacional para derrubar o governo. Muitas pessoas, chocadas com o banho de sangue, tiveram medo de protestar abertamente, enquanto outras aceitaram a explicação oficial.

Baur disse a Hitler que o fato de terem mudado de avião, e de terem chegado de surpresa a Munique, talvez tivesse contribuído para o resultado favorável do expurgo. Hitler teria respondido: "A mão do destino interferiu mais uma vez". Ele costumava dar crédito ao destino quando os fatos ocorriam a seu favor.[47]

Hitler emergiu do expurgo sangrento de Roehm como ditador inconteste da Alemanha. O governo da lei tradicional havia acabado. Com a morte do presidente von Hindenburg, no dia 2 de agosto de 1934, Hitler consolidou seu poder assumindo os títulos de *Führer und Reichskanzler* (líder e chanceler do Reich), que reunia também as responsabilidades e as obrigações que antes eram do presidente. Todo o pessoal das Forças Armadas foi obrigado a prestar juramento de obediência a Hitler. Esse golpe surpreendente (com a ajuda do general von Blomberg) jamais havia ocorrido na história da república. Até aquela data, prestava-se juramento à constituição, não a uma pessoa. Uma águia com a insígnia da suástica passou a integrar os uniformes navais e militares.

Hitler delegou a execução da política doméstica a seus subordinados, voltando a atenção para os negócios externos. Mas tomou providências

---

[46] Reichsorganisationsleiter der NSDAP, *Organisationsbuch der NSDAP* (Munique, 1937), 3ª ed., 360-93; 5ª ed., 1938, 358-93; 6ª ed., 1940, 358-93; 7ª ed. 1943, 358-93. Ver também: Heinrich Hoffmann, *Das braune Heer* (Berlim, Zeitgeschichte, 1932); Obersten SA-Fuehrung, *Handbuch der SA* (Berlim, 1939); e Alfred Vagts, *Hitler's Second Army* (Washington, D.C., Infantry Journal, 1943, 11-35).

[47] Baur, 124

para que houvesse equilíbrio entre todos os dirigentes e organizações de forma que ninguém se tornasse forte o bastante para ameaçar novamente sua autoridade suprema. A organização geral foi feita de acordo com o *Führerprinzip*, ou princípio de liderança, conceito delineado por Hitler em seu livro *Mein Kampf*. A nova Alemanha deveria ser um Estado autoritário cujo poder emanava do líder. O *Führerprinzip* foi descrito como um estilo de comando medieval — obediência explícita de baixo para cima e autoridade inquestionável de cima para baixo — uma hierarquia herdada de césares. Esse princípio constituía a lei no NSDAP, desde 1921.

Com as prisões cheias, graças à eficiência incansável da Gestapo, o Reichsführer-SS Himmler expandiu o sistema de campos de concentração para acomodar milhares de "inimigos" políticos domésticos e outros. Estes últimos incluíam, além de democratas, comunistas e homossexuais, *Berufsverbrecher* (criminosos profissionais), *Arbeitsscheue* (pessoas que evitavam trabalho regular), *Zigeuner* (ciganos) e *Bibelforscher* (testemunhas-de-jeová). Se nenhuma outra acusação pudesse ser aplicada, uma pessoa podia ser presa por ser um *Volksschaedling* (parasita antissocial).

E havia, também, boicote e perseguição a profissionais e comerciantes judeus, pelas Tropas de Assalto. Mas a maioria pensava que isso certamente iria acabar com a melhoria da economia, e quando o governo amadurecesse se envolvendo mais com importantes negócios internacionais. Baur, como milhões de outros, deu de ombros e não fez nada.

O regime pretendia fazer do nacional-socialismo muito mais do que um tipo de sistema ou partido político diferente — seria um novo modo de vida. A intenção era criar uma nova sociedade para a Alemanha, com nova forma de pensamento e comportamento. Leis e decretos foram promulgados, restringindo a liberdade individual e os direitos humanos, não apenas para as minorias, mas para todos os cidadãos. A abordagem "cenoura e bastão" foi usada com bons resultados. A propaganda tentou convencer as pessoas de que as mudanças drásticas em suas vidas visavam o seu bem, assim como o bem da nação.

Incluíam uma nova forma de expressão política e de conduta pessoal. Os esportes foram encorajados, e implementou-se a maior campanha antifumo jamais vista, com severas restrições a locais públicos, e mulheres grávidas eram proibidas de fumar. A mudança no comportamento público era ditada por leis e pela ação de funcionários menos graduados, que atuavam na cidade ou mesmo no quarteirão, por membros entusiasmados do partido, e pela polícia. Havia até uma *Sittenpolizei*, ou polícia moral, para controlar a prostituição e reforçar a manutenção da moral e do bom comportamento.

Josef Goebbels, mestre da propaganda, usou todos os meios de comunicação para "reeducar o povo" e convencê-lo de que o Führer era um gênio infalível que só pensava no bem do povo. Hitler sentia-se confiante o bastante para realizar um plebiscito sobre seus novos poderes e, em 19 de agosto de 1934, 89,93% dos alemães votaram sim.

Com a reorganização do governo, após a morte de von Hindenburg, foi decidido que se deveria estabelecer uma unidade de transporte aéreo permanente. Como a força aérea ainda não existisse oficialmente, a nova unidade foi organizada como *Flugbereitschaft RLM*, ou Unidade de Prontidão Aérea do *Reichsluftfahrtministerium* (Ministério do Ar). O capitão Hans Baur foi nomeado comandante do *Regierungsstaffel*, ou Esquadrão do Governo, com sede no aeroporto de Tempelhof, em Berlim. A unidade pode ser considerada o núcleo do que viria a ser o Esquadrão de Aviação do Líder, ou F.d.F., no outono de 1939. Também era chamada extraoficialmente de *Staffel Baur*. Baur obteve um hangar no aeroporto de Tempelhof e selecionou uma equipe composta pelos pilotos, engenheiros de voo, operadores de rádio e mecânicos mais experientes da Lufthansa, todos voluntários do novo esquadrão. Boa parte da manutenção das aeronaves ainda estaria nas mãos da Lufthansa.

O esquadrão original tinha cerca de seis Junkers Ju 52/3m, incluindo os seguintes aviões:

- Ju 52/3mce, matrícula nº 4013, D-2201, *Oswald Boelcke*, depois D-ADOM
- Ju 52/3mce, matrícula nº 4015, D-2202, *Richthofen*, depois D-ADYL

- Ju 52/3mce, matrícula nº 4019, D-2468, *Joachim von Schroeder*, depois D-AFIR
- Ju 52/3mfe, matrícula nº 4021, D-2600, *Immelmann*, depois D-AHUT

Também foi iniciado um programa de apoio à formação e ao treinamento clandestino de pilotos, especialmente da Lufthansa, para a nova Luftwaffe alemã, que seria fundada assim que fosse possível.

Estavam sendo assinados contratos com todos os fabricantes de motores e de aviões para acelerar projetos e o desenvolvimento de modernas aeronaves para uso militar. Alguns dos novos projetos podiam ser adaptados tanto para fins civis quanto militares, mas só eram divulgados os de uso comercial. Enquanto isso, podiam-se ver planadores sobrevoando calmamente as colinas e vales, especialmente nas montanhas da Baviera. Nas mãos da DLV e da SA, eles introduziram nova geração de jovens ansiosos pelo prazer de voar, ao mesmo tempo que proporcionavam treinamento para os futuros pilotos da nova força aérea alemã.

O posto de Hans Baur na nova organização do governo foi objeto de muita discussão na chancelaria. Por determinação de Hitler, em 14 de outubro de 1933, ele foi nomeado *SS-Standartenführer* (Coronel da SS) e no dia 4 de maio de 1934 foi designado para o novo *Leibstandarte SS Adolf Hitler (LSSAH)*, depois *LAH*, regimento de proteção pessoal do Führer. O número de filiação de Baur à SS foi 171.865.[48] Também foram colocados no time do *LSSAH* daquela época os motoristas de Hitler, Julius Schreck e Erich Kempka.[49] Muitos outros dirigentes do partido, como Rudolf Hess e Joachim von Ribbentrop, passaram a fazer parte da prestigiosa *Allgemeine SS* (SS Universal). O engenheiro de voo Max Zintl e o operador de rádio Paul Leciejewski, que tinham acompanhado Baur na saída da Lufthansa, foram integrados à SS.

---

[48] Dienstaltersliste der Schutzstaffel der NSDAP, 21.

[49] James J. Weingartner, *Hitler's Guard: The Story of the Leibstandarte SS Adolf Hitler, 1933-1945* (Londres, Feffer & Simons, 1968), 155. Ver também: "Personalbefehl Nr. 13", 4 de maio de 1934, "Führerliste der LSSAH", 20 de novembro de 1936.

Ao contrário da *Allgemeine SS*, composta principalmente por voluntários de meio período com pouco treinamento militar, o pessoal do *Leibstandarte SS* era escolhido a dedo: soldados político-militares armados e treinados para o cumprimento de tarefas militares e, em menor número, policiais, em período integral. Todos eram obrigados a ter a origem racial e orientação política exigidas, e gozarem de ótima condição física. A partir de 1933, passaram a executar uma série de tarefas como "guarda do palácio", ordenanças e guardas da chancelaria, e também em Obersalzberg, formando guardas de honra para dignitários estrangeiros, marchando com precisão em desfiles e cerimônias e participando de eventos especiais, como o expurgo de Roehm, a recuperação do território do Sarre e a anexação da Áustria ao Reich. Essa organização de elite, composta por voluntários fanáticos e leais, se expandiu muito durante a 2ª Guerra Mundial e, como parte da Waffen-SS (SS armada), participou de muitos combates como Divisão *Panzer* (blindada) sob o comando de Sepp Dietrich.

Baur disse que não foi considerado para um cargo na Luftwaffe, que estava sendo organizada secretamente, porque a força aérea ainda não existia oficialmente em 1934. O verdadeiro motivo talvez tenha sido que, por não ter tido um cargo no exército durante a 1ª Guerra Mundial, seria difícil encontrar um lugar para ele na *Ranglist* (lista de precedência) dos oficiais militares, que estavam de olho em indicações e promoções que não seguissem as velhas regras. De acordo com o sistema que vigorava há muito tempo, quem tivesse patente superior poderia "tentar" dar ordem a Baur mesmo que se chocasse com seus deveres, pois um dos princípios básicos do exército era: *der letzte Befehl ist heilig* (a última ordem é sagrada). Em outras palavras, se recebesse uma ordem contradizendo a que deveria executar, o fato poderia ser reportado, mas ainda assim ele teria que cumprir a nova ordem, mesmo que isso parecesse errado. Para o piloto pessoal de Hitler, isso simplesmente não funcionaria.

Foi proposto que Baur continuasse na Lufthansa, ou que fosse contratado como civil, sob as ordens do chefe da Chancelaria do Reich, Hans Lammers. Mas Hitler decidiu que Baur era "um velho soldado" que deveria vestir uniforme e ser designado para a polícia, de forma que Baur foi nomeado Major (depois Coronel) na *Schutzpolitzei* (polícia defensiva) "com objetivos administrativos" (além de seu cargo como Coronel no *Leibstandarte SS*).[50] Baur nunca usou o uniforme da polícia e jamais executou qualquer tarefa policial, apesar de manter o cargo na polícia até 1945. Depois de deixar a DLV, usou o uniforme preto e depois o cinza da SS.

Acredita-se, no entanto, que a segurança pessoal de Hitler foi o que motivou a entrada de Baur na SS e na polícia, pois essa condição lhe permitia portar arma e dar voz de prisão. Assim, ele poderia proteger Hitler efetivamente, além de ter prerrogativas e o tratamento preferencial necessário para cumprir sua tarefa única como piloto pessoal do Führer. Poucos membros da equipe pessoal de Hitler tinham um cargo na prestigiosa SS e, como membro antigo do partido e veterano de guerra responsável pela segurança de Hitler no ar, fazia sentido que Baur pertencesse à SS e à polícia. Como oficial uniformizado de período integral da SS, Baur também tinha direito a um salário muito bom e a benefícios para compensar sua saída da Lufthansa, onde era capitão aviador e tinha precedência na hierarquia.

Nos primeiros anos do regime de Hitler, foram feitas inúmeras indicações e promoções. Isso aconteceu devido à rápida expansão das Forças Armadas, e também para colocar simpatizantes leais em posições influentes. Hermann Goering, que terminou a 1ª Guerra Mundial com Primeiro-Tenente do exército – embora depois se referissem a ele como *Hauptamnn, a.D.* (capitão aposentado) –, foi nomeado *General der Infanterie* (general de infantaria) do exército pelo presidente von Hindenburg, a pedido de Hitler. Goering pulou todas as patentes passando por cima dos oficiais em serviço. Ernst Udet, Bruno Loerzer, Erhard Milch, e outros antigos oficiais foram depois atraídos para a nova Luftwaffe, com a patente de *Oberst* (Coronel). Por isso, não é de surpreender que Hans Baur tenha recebido na SS e na polícia patentes muito mais elevadas do que as que havia obtido no Exército Imperial

---

[50] Baur, 125.

18. Hitler sobrevoa Nuremberg no dia 4 de setembro de 1934, fazendo uma chegada dramática para a convenção anual do partido. Baur está no comando do Immelmann, primeiro avião pessoal de Hitler, um Junkers Ju 52/3mfe, matrícula nº 4021, D-2600.

durante a 1ª Guerra Mundial, onde a patente mais alta que conseguiu foi de *Vizefeldwebel* (terceiro-sargento). Essa prática não era desconhecida em outros países, nem nos Estados Unidos. Depois de ter completado o histórico voo solitário através do Atlântico, em 1927 e de ter se tornado celebridade internacional, Charles A. Lindbergh passou diretamente de capitão do exército americano a Coronel, para estar em posição de tratar com altos dignitários estrangeiros. Esse procedimento foi repetido com muitos outros, tanto na marinha quanto no exército americanos, quando irrompeu a 2ª Guerra Mundial, e foi necessário expandir rapidamente as Forças Armadas.

A criação do novo Esquadrão do Governo aumentou a carga de trabalho de Baur, que era requisitado para todas as viagens aéreas de Hitler. Ele era responsável pelas operações e pela manutenção, embora a maior parte fosse realizada pelo pessoal da Lufthansa, e pela segurança física da aeronave. Cada avião era protegido contra sabotagem por um SS do *Leibstandarte SS* e por um policial. Esse arranjo pretendia evitar conspirações. Os membros da equipe de terra só podiam trabalhar na manutenção ou reparo do avião na presença de um membro da tripulação. Os aviões eram mantidos em boas condições de voo e quando não estavam sendo usados, ficavam em área segura e protegida. Como medida de segurança adicional, cada avião fazia um voo de dez minutos antes de qualquer voo de Hitler ou de um de seus ministros. De vez em quando, um dos mecânicos era escolhido aleatoriamente para esse voo de verificação.

Os acontecimentos tumultuados do verão de 1934 culminaram num grande comício do partido sob o tema *Triumph des Willens* (Triunfo da Vontade), realizado em Nuremberg, de 4 a 10 de setembro. Baur levou Hitler de Berlim a Nuremberg, no Führer-Ju D-2600 *Immelmann*, e deu voltas sobre a cidade antes de pousar.

O Führer seguiu depois para a cidade numa caravana de carros. A programação apertada de Hitler seria basicamente a mesma do ano anterior, mas dessa vez haveria cobertura excepcional do evento.

Hitler e Goebbels haviam escolhido Leni Riefenstahl, atriz e diretora de cinema, para filmar todo o comício, o primeiro com a duração de uma semana. Seu filme, *Triumph des Willens*, é uma obra-prima do cinema e da propaganda, mostrando em tons dramáticos a pompa e a emoção daquele comício: a abertura wagneriana, as imagens aéreas da velha Nuremberg, Hitler chegando em seu avião, o tremular das 21 mil bandeiras com a suástica no estádio, a marcha ritmada das tropas diante de Hitler, os discursos enérgicos, a música amplificada, as procissões com tochas e os rituais pagãos. Tudo isso reunido para elevar o sentimento nacionalista dos alemães. Essa também foi a primeira vez que o exército alemão participou de uma comício em Nuremberg.[51]

Depois que Baur levou Hitler de volta a Berlim, para tratar de assuntos de Estado, Hitler pediu ao General de Exército da SS Julius Schaub, um de seus ajudantes, que garantisse a presença de Baur no almoço da chancelaria no dia seguinte. Era um almoço de rotina e Baur se perguntava por que Schaub teria ligado para confirmar sua presença. Quando todos terminaram a sobremesa, Hitler anunciou que Hans Baur havia sido promovido a SS-Oberführer, a partir de 9 de setembro de 1934. Era uma patente única na SS, SA e NSKK (Corpo de Motoristas Nacional Socialista), uma espécie de Coronel sênior. Todos cumprimentaram Baur e alguém brincou dizendo que agora ele poderia comprar seu próprio avião e viajar por conta própria. Mas como o Führer não achou graça, todos se calaram.

Pouco tempo depois, Hitler saiu de férias com Eva Braun; eles foram para Haus Wachenfeld, em Obersalzberg, perto da pitoresca cidadezinha de Berchtesgaden. Isso deu a Baur a tão esperada chance de descansar e visitar sua família em Munique. Felizmente para Baur, Hitler gostava de ir a Obersalzberg com frequência, não apenas para descansar e relaxar, mas para recepcionar visitantes importantes. Em Haus Wachenfeld, ou quando ficava longe da chancelaria por mais tempo, Hitler era acompanhado por membros de sua equipe, para que os assuntos essenciais pudessem continuar.

Hitler apreciava as montanhas, florestas e lagos dos Alpes bávaros e alugara um pequeno chalé em Obersalzberg, chamado Haus Wachenfeld.

---

[51] Taylor e Shaw, 276. Ver também: Das Reich Adolf Hitlers (Zentralverlag der NSDAP, Munique, 1940), e Friedrich Heiss, Deutschland zwischen Nacht und Tag (Berlim, Volk und Reich Vlg., 1934), 144-47.

19. A casa de Hitler em Obersalzberg, dando para a cidade de Berchtesgaden, nos Alpes bávaros, era originalmente um modesto chalé chamado Haus Wachenfeld. Passou por uma grande reforma e ampliação, tornando-se um palácio com o nome de Berghof. O projeto foi elaborado por Hitler e pelo arquiteto Albert Speer. Casas menores, para Goering e o Reichsleiter (líder nacional) Martin Bormann, também ficavam no extenso complexo guardado por tropas da Leibstandarte SS.

Mais tarde ele o comprou com os recursos obtidos com as vendas de *Mein Kampf*. Acredita-se que tenha ditado o segundo volume enquanto estava em Berchtesgaden, provavelmente na Pensão Moritz, também em Obersalzberg. Depois de assumir o poder, em janeiro de 1933, Hitler mandou fazer uma grande reforma em Haus Wachenfeld, que foi ampliada e chamada de Berghof, residência digna de um rei.

Foi projetada por Hitler, que se orgulhava de cada detalhe, incluindo a mobília e a decoração.[52] Berghof tinha um terraço, vários andares e, mais tarde, um sistema de *bunker* ligado por túneis à prova de ataque aéreo. O labirinto do *bunker* também continha quartos, banheiros,

---

[52] Prof. Heinrich Hoffmann, *Hitler in Seinen Bergen* (Berlim, Zeitgeschichte, 1938), 3.

cozinha, casa de força, salas para a guarda e despensa. O sistema de *bunker* foi completado em 1943, mas nunca foi usado por Hitler, ou Eva Braun, porque o complexo de Obersalzberg só foi atacado no final de abril de 1945. Este autor andou pelo *bunker* em 1956, antes de seu fechamento para visitantes.

O que mais chamava a atenção em Berghof era a grande sala de recepção, onde Hitler recebia os visitantes importantes. Tinha uma enorme mesa de reuniões octogonal e uma grande janela com vista magnífica para os Alpes e o belo vale que se estendia abaixo. O impressionante salão para banquetes formais era adjacente; a cozinha, a despensa e outros cômodos ficavam nos andares de baixo.

O complexo de Obersalzberg foi expandido em meados da década de 1930, sob a supervisão de Martin Bormann, ao custo estimado de quase 850 milhões de marcos. Todas as instalações, incluindo Berghof, foram bastante danificadas durante um bombardeio nos últimos dias da guerra. A SS, percebendo que o fim estava próximo, destruiu o que restou antes de se retirar. O local foi desenvolvido por Bormann, que seguiu ordem de Hitler para incluir um hotel elegante para convidados oficiais, o Platterhof, ampliando uma antiga construção chamada Pensão Moritz, ou Steinhaus. Depois da guerra, ele foi reformado pelo exército americano e passou a se chamar General Walker Hotel, para acomodar o pessoal em licença das Forças Armadas. Entre outras instalações construídas em Obersalzberg estava um quartel para o contingente da SS que ficava de vigia em período integral, cujos membros eram escolhidos nas fileiras da *Leibstandarte SS*; eles também serviam de guarda de honra e empregados na Berghof. Em Obersalzberg havia escritórios, um ginásio de esportes, garagem, gerador elétrico e dependências para o pessoal civil. Havia caminhos circundando campos e bosques para as caminhadas diárias de Hitler; caminhada era seu esporte favorito, e praticamente o único. Todo o complexo de Obersalzberg era cercado por arame farpado, e a entrada a essa área restrita era cuidadosamente controlada por guardas da SS. Junto a Berghof ficava o quartel-general do serviço de segurança e da Gestapo, localizado no velho Hotel Zum Tuerken, que havia sido

20. Hans Baur, sentado à direita, desfruta de um intervalo de descanso no terraço de Berghof. Hitler, ao centro, de costas para a câmera, fala com o Führer Adjunto Rudolf Hess, em pé, à esquerda. Os outros dois homens não foram identificados.

desapropriado pelo governo em 1933. Casas menores de veraneio foram construídas perto da casa de Hitler para Hermann Goering e, depois de 1938, para Martin Bormann. O ministro das relações exteriores Joachim von Ribbentrop tinha uma propriedade não muito longe dali, em Fuschl.

Acima do complexo de Obersalzberg ficava a *Teehaus* (casa de chá), chamada de Ninho da Águia, no topo do Kehlstein, um dos picos mais altos da região. Esse chalé de pedra, absolutamente notável e extremamente caro, foi construído em 1938 por ordem de Martin Bormann como presente de aniversário para o Führer. Às vezes, é confundido com Berghof. O Ninho da Águia deveria servir de retiro, um lugar onde Hitler poderia meditar com absoluta privacidade, mas ele fez pouco uso do lugar. Hoje chamado de Kehlsteinhaus, pode ser visitado em ônibus direto, que sai de Berchtesgaden.

Para conveniência de Hitler, foi construída uma pista de pouso, gramada, perto de Berchtesgaden, para evitar a longa viagem de carro entre o aeroporto de Munique e suas instalações. Baur ajudou a definir sua localização na região montanhosa, explorando os locais mais prováveis do ar, e depois inspecionando-os, de carro e a pé. As construções em torno do novo aeroporto, situado entre Bad Reichenhall e Ainring, incluíam um prédio para a administração e alfândega, reservatório de combustível e um hangar, suficientemente grande para acomodar três Junkers Ju 52/3m. Depois da união com a Áustria, em 1938, Hitler passou a usar com frequência o aeroporto de Salzburgo, muito maior.

O pequeno campo foi transformado em base de treinamento da Luftwaffe, mas o aeroporto de Reichenhall-Ainring, às vezes, ainda era usado para os aviões do Führer e, mais tarde, acomodou os grandes Focke-Wulf FW 200 "Condor".

Depois de quase dois anos de governo nacional-socialista, uma questão que preocupava muita gente na Alemanha e no exterior era a indicação de tantos fanáticos desagradáveis para posições de poder e influência no partido e no novo governo. Um exemplo clássico era Julius Streicher, veterano da 1ª Guerra Mundial, membro de primeira hora do partido e firme apoiador de Hitler. Seria difícil imaginar homem mais rude, vulgar e bruto, mas foi indicado Gauleiter da Franconia, em 1925, e membro do Reichstag, em 1933. Streicher e muitos outros parasitas do partido tinham algo em comum: lealdade absoluta ao Führer e disposição para executar suas ordens sem questionamentos. Num Estado que mantinha a imprensa sob controle e mantinha forte esquema de propaganda, somente as informações positivas eram divulgadas, enquanto corrupção e excessos eram escondidos do povo.

5
ASAS DA MUDANÇA: 1935-1937

A véspera do Ano-Novo de 1935 foi uma ocasião especialmente festiva nas cidades grandes e pequenas de toda a Alemanha. As fábricas estavam voltando a contratar gente, novos projetos de construção estavam sendo executados e aumentava o número de pessoas que conseguia obter uma renda. Até mesmo as Forças Armadas e o Serviço de Emprego do Reich estavam recrutando jovens. Havia um espírito crescente de otimismo à medida que o país emergia lentamente da Grande Depressão. Havia, também, um sentimento de alívio com o fim da violência nas ruas e os anos de instabilidade e crise política. Ainda assim, muitas pessoas estavam apreensivas com o poder crescente do aparato policial e partidário.

À meia-noite, Adolf Hitler saiu da festa de gala, em Berghof e enfrentou o ar frio da noite no terraço para ver os fogos de artifício no vilarejo de Berchtesgaden. Seus pensamentos não estavam nas festividades ou em problemas domésticos, como a situação econômica. Ele estava avaliando as ações que deveriam ser tomadas para que a Alemanha restaurasse a força nacional, sua influência na Europa, e alcançasse os objetivos que ele havia proposto em *Mein Kampf*. Hitler agora se sentia seguro como líder da Alemanha, e estava impaciente para levar adiante seus planos ambiciosos.

Seu primeiro sucesso chegou rapidamente, em 13 de janeiro, quando 91% do povo da região do Sarre votou a favor da volta para o Reich. O Tratado de Versalhes, de 1919, colocara Sarre sob o controle da Liga das Nações e concedera à França o direito de explorar seus recursos. Apesar de ter sido uma reunião pacífica, realizada através de um processo democrático que ele tanto desprezava, Hitler a apresentou ao povo alemão como uma vitória do nacional-socialismo e fez uma entrada triunfal na província alemã restaurada.[53]

Hitler sabia que, para colocar em prática sua política exterior agressiva, precisava primeiro rearmar a nação. Depois do Armistício de novembro de 1918, o Tratado de Versalhes, imposto pelos aliados vitoriosos, reduziu o exército alemão a um mero quadro militar, limitado a cem mil homens. O tratado proibiu a Alemanha de ter artilharia pesada, tanques, equipamentos de guerra químicos e aeronaves militares. Durante anos, os militares alemães desenvolveram secretamente planos para o rearmamento; o reaparelhamento e a expansão das Forças Armadas começaram logo depois de Hitler se tornar chanceler. Para ele, as restrições do Tratado de Versalhes e as exigências para as reparações de guerra eram um ultraje, uma injusta paz imposta, que visava destruir a Alemanha como grande força. Hitler atacou constantemente o tratado em toda sua campanha política e conquistou muitos aliados nesse processo.

Ironicamente, com o desmantelamento do gigantesco Exército Imperial Alemão e a destruição de quase todo seu arsenal, o Tratado de Versalhes proporcionou uma vantagem aos alemães. A falta de armas e de equipamentos obrigou os alemães a recomeçarem do zero, com armas novas e mais eficientes. O velho comando geral nunca admitiu que eles tivessem perdido a guerra; de acordo com sua visão, repetida incansavelmente por Hitler, a culpa foi dos políticos, incluindo o Imperador Guilherme II, que havia apunhalado o exército alemão pelas costas. Hitler também culpava os judeus pela derrota alemã.

---

[53] Heinrich Foerster e Hugo Wellems, *Der Führer in der Saarpfalz* (Saarbrueken, Saarbrueder Druckerei, 1939), 17-30. Ver também: Prof. Heinrich Hoffmann, *Hitler holt die Saar Heim* (Berlim, Zeitgeschichte Vlg., 1938).

No início de 1935, Hitler se sentia confiante para fazer seu primeiro movimento audacioso. No dia 16 de março, ele anunciou que a Alemanha não ficaria mais atada pelas "correntes da escravidão" do Tratado de Versalhes. A Alemanha iria reinstalar o serviço militar obrigatório e formar um exército de trinta e seis divisões, compostas por 550 mil homens. Ele declarou que a Luftwaffe, a nova força aérea alemã, existia e já era uma força poderosa, composta por 1.888 aeronaves de todos os tipos e um quadro de 20 mil homens. É claro que isso era um exagero na época. As forças europeias protestaram apenas moderadamente contra essa flagrante violação do tratado, o que encorajou Hitler em seu programa de rearmamento.

Durante essa época crítica de planejamento e tomada de decisões, Hitler certamente viu com satisfação a assinatura do Ato de Neutralidade dos Estados Unidos, pelo presidente Franklin D. Roosevelt, em abril de 1935. O objetivo era manter a neutralidade dos Estados Unidos em qualquer guerra futura, tanto na Europa quanto no Extremo Oriente. Autorizava o presidente a embargar a venda de armas, munições e material de guerra aos beligerantes em caso de guerra. O ato sofreu emendas em 1936, 1938 e 1939.

A reorganização das Forças Armadas alemãs incluiu a estrutura de comando. Sob a *Wehrgesetz* (Lei de Defesa) implementada pelo Führer, em 21 de maio de 1935, o velho *Reichswehr,* formado pelo exército e pela marinha, foi substituído pela *Wehrmacht,* que reunia o exército, a marinha e a força aérea (durante a 2ª Guerra Mundial o termo incluía também as *Waffen-SS,* braço militar armado da SS).

Hitler reconheceu a importância crescente da aviação e, desde o início, defendeu o poder aéreo. Depois de se tornar chanceler, indicou Hermann Goering, ás da aviação da 1ª Guerra Mundial, para ministro da aeronáutica, com ordem para criar uma nova arma aérea para o Terceiro Reich. Goering pode ter tido algum talento para a organização, mas esse oportunista pomposo não era um estrategista da guerra aérea. Como também estava envolvido em outras atividades políticas, industriais, governamentais e militares, delegou muitas de suas importantes responsabilidades para outros. A Batalha da Inglaterra, como ficou conhecida,

21. Hitler assina um documento para Viktor Lutze, chefe de equipe da SA. Na parede está sua pintura favorita, o famoso retrato do rei Frederico o Grande, da Prússia, de Anton Graf. Esse quadro ficava pendurado no escritório de Hitler e Hans Baur transportou pessoalmente essa pintura numa grande caixa de um quartel-general para outro, durante toda a 2ª Guerra Mundial. Foi o último presente de Hitler para Baur, pouco antes de seu suicídio.

mostrou pela primeira vez que as decisões tomadas antes da guerra foram equivocadas. Por exemplo, o fracasso do Bf 110 "Destroyer", como caça-escolta dos bombardeiros sobre a Inglaterra e a falta de um bombardeiro pesado de quatro motores, com grande autonomia, mostraram-se desastrosos enquanto avançava a guerra na União Soviética.

Goering convocou um homem de negócios eficiente, o oficial Erhard Milch, executivo-chefe da Lufthansa, para servir como adjunto na posição de secretário de Estado no Ministério da Aeronáutica. Milch foi responsável pelo desenvolvimento da nova força aérea alemã e chegou à patente de marechal do ar. Oficialmente, o crédito pela formação da Luftwaffe sempre foi dado a Goering, mas isso não passava de propaganda, usando um Alter Kaempfer e *Pour le Merite-Traeger* (portador da Ordem do Mérito, mais alta condecoração da Alemanha Imperial) em vez do pouco conhecido Erhard Milch. A altamente eficiente indústria aeronáutica alemã, e as novas e modernas instalações para pesquisa, construídas com pesados subsídios governamentais, em pouco tempo estavam desenvolvendo projetos avançados para equipar as futuras unidades táticas.

Nesse período inicial, a Luftwaffe era uma força apenas no papel. A maioria de suas aeronaves servia apenas para treinamento. Em 1935, o principal caça era o biplano Heinkel He 51 e, por causa de dificuldades de produção com os bombardeiros Dornier Do 11 e Do 23, um bombardeiro improvisado que precisou ser substituído. O único avião produzido na época com possibilidade de ser modificado era o Ju 52/3m. Graças à propaganda de Goebbels, a nova força aérea já era considerada uma ameaça poderosa pelas outras potências europeias. Ela iria se tornar um dos mais importantes instrumentos de terror de Hitler, impressionando e intimidando as nações vizinhas.

O plano de rearmamento de Hitler recebeu novo impulso em 18 de junho, com a assinatura do acordo naval anglo-germânico, permitindo que a marinha alemã fosse reequipada até 35% da força britânica. Entre os novos projetos programados para construção rápida, estavam submarinos modernos — os temidos U-boots, que se tornariam uma grande ameaça aos esforços dos futuros Aliados durante a 2ª Guerra Mundial.

Gostasse ou não, a maioria dos líderes europeus percebeu que Hitler e seu governo estavam ali para ficar. Muitos chefes de Estado queriam se encontrar com Hitler para entender com quem estavam lidando. Por um lado, ele falava de paz; por outro, estava rearmando abertamente a Alemanha diante da oposição unânime dos países vizinhos.

Um novo registro dos oficiais da SS foi publicado em 1º de julho de 1935. Nessa *SS-Dienstalterliste,* aparece a nomeação de Hans Baur para o Estado-Maior do Reichsführer-SS como "RF SS Kdo z.b.V" (*zur besonderen Verwendung* — para uso especial). Isso entrou em vigor em 27 de março de 1935.[54]

O verão de 1935 foi tranquilo, comparado ao ano anterior, quando acontecimentos chocantes relacionados ao expurgo de Roehm criaram um turbilhão que durou semanas.

Do dia 10 ao dia 16 de setembro, as ruas de Nuremberg tremeram sob a marcha de milhares de homens, na convenção anual do partido, que nesse ano foi chamado de *Reichsparteitag der Freiheit* (Dia Nacional do Partido da Liberdade). A ironia do nome da convenção logo ficaria aparente. O estádio gigantesco e o local do desfile, a sudeste da cidade, tinham sido aumentados e foram construídas imponentes estruturas de pedra para as grandes cerimônias. Hitler aprovou os planos preparados pelo arquiteto Albert Speer. As demonstrações diárias, tão cuidadosamente coreografadas, incluíam um discurso de Hitler na arena enfeitada com bandeiras e estandartes. Também chamava a atenção, nesse ano, em Nuremberg, a exposição dos resultados do rearmamento alemão no *Tag der Wehrmacht* (Dia das Forças Armadas). Centenas de novos tanques, carros blindados e peças de artilharia adentraram o estádio, enquanto dezenas de caças modernos e bombardeiros sobrevoavam a multidão que ovacionava. Como sempre, a impressionante celebração foi amplamente divulgada e explorada pelo inegável valor para a propaganda.

Durante o congresso, Hitler anunciou publicamente as famosas Leis de Nuremberg, destinadas basicamente a restringir a vida política,

---

[54] Dienstaltersliste der Schutzstaffel der NSDAP, 1º de julho de 1935 (Berlim, Reichsdruckerei, 1935), 14. Ver também: Registro do serviço da SS em microfilme, U.S. National Archives, College Park, Maryland.

profissional e social dos judeus alemães. As novas leis retiravam a cidadania de pessoas com sangue "não-alemão" e o casamento entre arianos (alemães) e não-arianos, especialmente judeus, tornou-se proibido. Quando a realidade dessa lei chocante foi percebida, a emigração de judeus, socialistas e outros opositores do nacional-socialismo começou de fato.

Houve grande agitação na Chancelaria do Reich e no Ministério do Exterior, em 3 de outubro, quando chegaram as notícias de que a Itália tinha invadido a Etiópia. O brutal ataque a esse país africano, totalmente indefeso, foi o principal assunto do jantar, e Hitler previu corretamente que a França, a Inglaterra e outros membros da Liga das Nações não tomariam qualquer medida efetiva para impedir a invasão. Isso sem dúvida reforçou a crença de Hitler de que as potências europeias, ainda às voltas com a Grande Depressão e com a trágica lembrança da 1ª Guerra Mundial fresca na memória, não iriam, ou não poderiam resistir aos seus planos agressivos. Mas enquanto as Forças Armadas cresciam, Hitler precisava esperar. O que antes era um simples quadro de cem mil homens, agora se transformava numa moderna máquina de guerra.

Para Baur, no entanto, o ano de 1935 guardaria tristes lembranças. Elfriede, sua esposa, morreu de câncer aos 35 anos. Depois do enterro, Baur teve que resolver o problema de como cuidar de sua filha de onze anos. Levá-la para viver com ele, em Berlim, era algo impensável, pois ele era muito ocupado, normalmente trabalhando sem descanso na chancelaria, no aeroporto de Tempelhof e sempre viajando. Felizmente, seus pais puderam tomar conta da pequena Inge, na Baviera, durante esse período difícil.

O Ano Novo de 1936 foi celebrado nos salões da Chancelaria do Reich, com uma recepção impressionante do Führer para os poderosos do Terceiro Reich e diplomatas estrangeiros. Hitler não gostava dessas celebrações formais, nas quais ficava entediado e pouco à vontade. Mas o ano de 1936 não seria nada entediante.

No dia 7 de março, Hitler ousou fazer a primeira grande aposta na política externa: a reocupação militar da Renânia, província alemã que havia sido desmilitarizada pelo Tratado de Versalhes. Enquanto os membros da Liga das Nações e, principalmente, as Forças de Locarno (Inglaterra, França, Bélgica e Itália) falavam e reclamavam, o povo alemão, num referendo realizado em 29 de março, conferiu 93,8% de aprovação à política externa de Hitler, inclusive à reocupação da Renânia e às propostas de paz da Alemanha.

Até mesmo as menores mudanças de indicação eram anotadas nos registros oficiais e no *SS-Ausweis* de Baur, cartão de identificação que ele carregava o tempo todo. Ele foi notificado de que havia sido designado permanentemente para o Estado-Maior do Reichsführer-SS a partir de 1º de abril de 1936.

O aniversário de Hitler, em 20 de abril, foi mais uma vez comemorado com uma recepção na chancelaria, à qual compareceram os membros da alta hierarquia do partido e das Forças Armadas, além de outros dignitários alemães e estrangeiros, que ofereceram presentes e cumprimentos. A partir de 1934, o dia passou a ser marcado por um desfile militar ao longo da Chalottenburger Chaussée pelo Tiergarten, um parque arborizado com zoológico no centro de Berlim, decorado com muitos monumentos e esculturas, formando um cenário primaveril, atraente para a ocasião. Enquanto as bandas tocavam música marcial, o comboio de Hitler e suas limusines Mercedes abertas chegavam ao palanque. Hitler subia ao pódio ao som da "Badenweiller Marsch", sua música favorita, executada sempre que chegava às cerimônias especiais.

Formações paramilitares não uniformizadas do NSDAP desfilavam com estandartes, enquanto unidades do exército, marinha e força aérea demonstravam sua precisão marchando e mostrando as armas mais recentes, até passarem pelo *Branderburger Tor*, o imenso Portão de Brandenburgo, testemunha de tantos acontecimentos importantes da história alemã. Os berlinenses gostavam de desfiles, e muitos assistiam com binóculos. Do desfile participavam também veículos puxados a cavalo. Cada peça de artilharia era puxada por seis cavalos magníficos, ricamente adornados. O pesado canhão com rodas de ferro ecoava pelo asfalto. Nenhum outro veículo produzia som igual à artilharia e

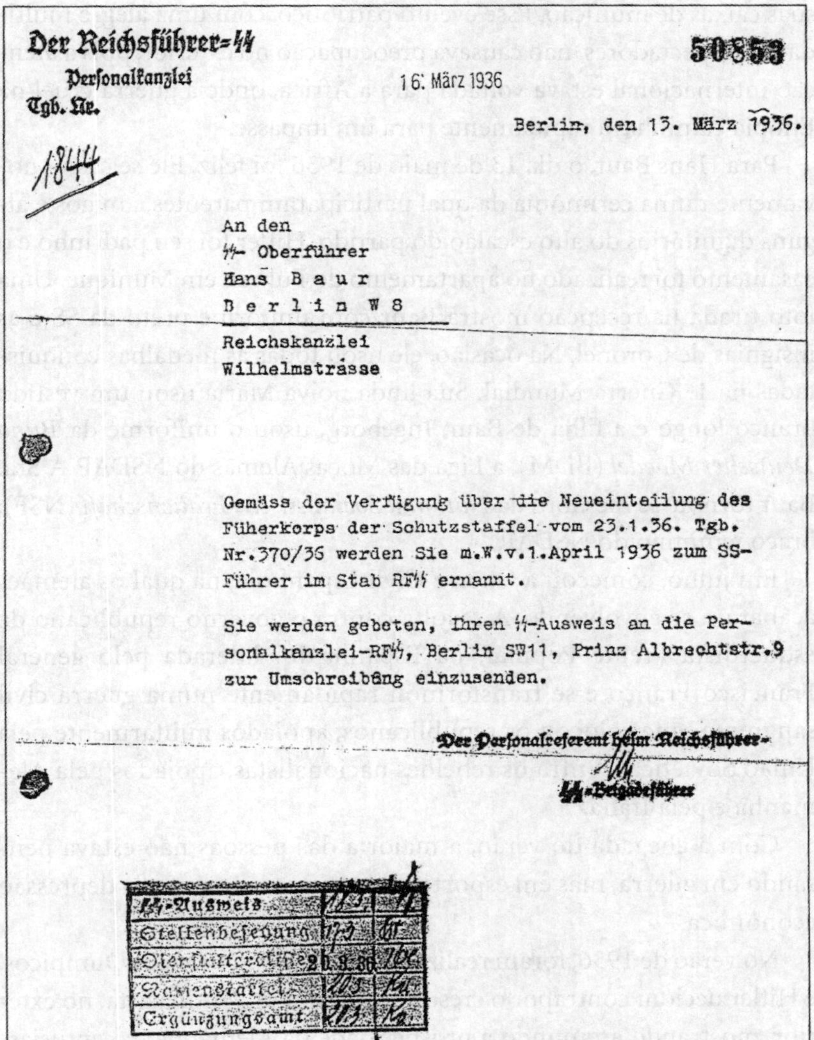

Der Reichsführer-SS
Personalkanzlei
Tgb. Nr.

50853

16. März 1936

Berlin, den 13. März 1936.

1844

An den
SS- Oberführer
Hans B a u r
B e r l i n W 8
Reichskanzlei
Wilhelmstrasse

Gemäss der Verfügung über die Neueinteilung des Füherkorps der Schutzstaffel vom 23.1.36. Tgb. Nr.370/36 werden Sie m.W.v.1.April 1936 zum SS-Führer im Stab RFSS ernannt.

Sie werden gebeten, Ihren SS-Ausweis an die Personalkanzlei-RFSS, Berlin SW11, Prinz Albrechtstr.9 zur Umschreibûng einzusenden.

Der Personalreferent beim Reichsführer-SS
SS-Brigadeführer

SS-Ausweis	17.3.	[illegible]
Stellenbesetzung	17.3	[illegible]
Dienstaltersliste	20.3.36	[illegible]
Namenskartei	20.3	Ku
Ergänzungsamt	21.3	Ka

22. Uma carta para Baur do Departamento de Pessoal do Reichsführer-SS, datada de 13 de março de 1936, informando-o de que, de acordo com a nova classificação do Corpo de Líderes da Schutzstaffeln (SS), em 23 de janeiro de 1936, ele havia sido nomeado líder no Estado-Maior do RFSS (Reichsführer-SS) a partir de 1º de abril de 1936. A carta também solicita que ele envie o cartão de identificação para o Departamento Pessoal do RFSS, para que fosse registrada a informação.

suas caixas de munição. Esse evento patriótico, com uma alegre multidão de espectadores, não causava preocupação no exterior, pois a atenção internacional estava voltada para a África, onde a guerra cruel na Etiópia caminhava rapidamente para um impasse.

Para Hans Baur, o dia 13 de maio de 1936 foi feliz. Ele se casou novamente numa cerimônia da qual participaram parentes, amigos e alguns dignitários do alto escalão do partido. Hitler foi seu padrinho e o casamento foi realizado no apartamento do Führer, em Munique. Uma foto tirada na recepção mostra Baur com uniforme preto da SS e as insígnias de Coronel. Na ocasião, ele usou todas as medalhas conquistadas na 1ª Guerra Mundial. Sua linda noiva Maria usou um vestido branco longo e a filha de Baur, Ingeborg, usou o uniforme da *Bund Deutscher Maedel* (BDM), a Liga das Moças Alemãs do NSDAP. A Sra. Baur tornou-se membro da *National Socialistische Frauenschaft* (NSF), braço feminino do NSDAP.

Em julho, começou a Guerra Civil Espanhola, na qual os alemães acabaram se envolvendo. A revolta contra o governo republicano da esquerdista Frente Popular, na Espanha foi liderada pelo general Francisco Franco e se transformou rapidamente numa guerra civil sangrenta, que colocou os republicanos, apoiados militarmente pela União Soviética, contra os rebeldes nacionalistas, apoiados pela Alemanha e pela Itália.[55]

Com a chegada do verão, a maioria das pessoas não estava pensando em guerra, mas em esportes para distrair a mente da depressão econômica.

No verão de 1936, foram realizados, em Berlim, os Jogos Olímpicos, e Hitler decidiu contrapor o crescente sentimento antinazista, no exterior, mostrando ao mundo a prosperidade da Alemanha e o entusiasmo dos alemães pelo Terceiro Reich. Apesar de uma pequena oposição, os Estados Unidos participaram, e os visitantes encontraram a cidade tomada por bandeiras com a suástica. Nacional-socialistas uniformizados fazendo a saudação "Heil Hitler" eram vistos por toda parte. Os

---
[55] Hugh Thomas, *The Spanish Civil War* (Nova York, Harper and Brothers, 1961).

23. Baur (à direita) e sua noiva Maria (ao centro) posam para foto durante a cerimônia de seu casamento, no dia 13 de maio de 1936. Hitler (à esquerda) foi o padrinho, numa cerimônia particular realizada no apartamento do Führer em Munique. Inge, a filha de doze anos de Baur com a primeira mulher, Elfriede, que morreu em 1935, está usando o uniforme da Bund Deutsche Maedel, a organização de moças nazistas.

jogos foram realizados em meio a um grande aparato, e o triunfo germânico, conquistando a maioria das medalhas, foi celebrado no estádio olímpico, numa grande cerimônia de encerramento, com uma multidão gigantesca gritando "Heil!", enquanto um radiante Adolf Hitler acatava a saudação. Leni Riefenstahl produziu *Olympia*, documentário notável, que registrou dramaticamente os jogos, além de proporcionar grande publicidade favorável a Hitler e ao confiante estado nacional--socialista, que sediou o pacífico evento internacional.[56]

Até mesmo o tempo colaborou para criar a mística hitlerista. Ao longo dos anos, boa parte das cerimônias, comícios e desfiles ao ar livre

---

[56] Richard D. Mandell, *The Nazi Olympics* (Nova York, MacMillan Co., 1971). Ver também: *Germany, The Olympic Year*, 1936, Anônimo (Berlim, Volk und Reich Vlg., 1936).

foi realizada em condições meteorológicas excepcionalmente boas. Os alemães acabaram por perceber esse fenômeno e começaram a se referir ao tempo bom como *Führerwetter* (tempo do Führer). Esse mito foi perpetuado pela mídia alemã até a véspera da 2ª Guerra Mundial.

Os projetos de construção eram evidentes em muitas partes do país. Em cidades como Berlim, casas populares estavam sendo substituídas por apartamentos modernos para os trabalhadores. As fábricas funcionavam novamente e havia muitos indícios de que a economia alemã estava melhorando e de que a nação estava superando a Grande Depressão em ritmo mais rápido do que a maioria dos países.

Os visitantes ficavam impressionados quando chegavam a Berlim. A cidade tinha uma arquitetura grandiosa e, apesar das obras para modernização de muitos edifícios e da construção de uma nova linha de metrô, a aparência da movimentada cidade era amenizada por árvores e fontes. Com quatro milhões e meio de habitantes, a capital da Alemanha era, na época, a quarta cidade mais populosa do mundo, superada apenas por Nova York, Londres e Tóquio. Berlim fervilhava com a indústria e o comércio; e era famosa, também, pelo entretenimento. Unter den Linden, a principal artéria leste-oeste, e a Friederichstrasse, exibiam lojas muito elegantes. Barcaças carregadas se multiplicavam pelos rios e canais que ligavam Berlim à Europa Ocidental, por um extenso sistema de vias navegáveis. As estradas de ferro foram renovadas, para maior eficiência, e o aeroporto de Tempelhof, localizado numa velha base militar, foi ampliado para atender ao crescimento do tráfego aéreo para toda a Europa. O gigantesco hangar curvo do aeroporto foi terminado pouco antes da 2ª Guerra Mundial. Os bombardeiros Junkers Ju 87 foram construídos em parte desse edifício, durante os primeiros anos do conflito. O transporte na cidade era excelente e os serviços públicos, eficientes, com os moradores da cidade recebendo quatro entregas de correspondência durante a semana, e uma no domingo.

Talvez, o mais surpreendente, para quem estivesse interessado em tecnologia avançada fosse o *Fernseh Sprechstelle* (comunicação pela televisão). Num escritório do correio, perto do zoológico, foi instalada a primeira TV comercial. Pagando o equivalente a alguns centavos de dólar, a pessoa podia fazer uma ligação para um amigo, ou contato comercial, no escritório da TV, em Leipzig, e travar uma conversa visual à distância.

Para os turistas, a Alemanha parecia bastante tranquila, nem parecia que estivesse em curso o ressurgimento da máquina de guerra e de um regime totalitário. Apesar de não óbvios, os sinais estavam lá e foram sentidos por diplomatas, observadores e correspondentes estrangeiros.

O ano de 1936, notabilizado pela realização pacífica dos Jogos Olímpicos, que enfatizaram a amizade internacional, foi marcado também por um acontecimento nefasto, o qual ajudou a sedimentar o controle repressivo do regime nacional-socialista. Todas as forças policiais alemãs foram completamente reorganizadas, centralizadas para ter controle e eficiência máxima, e reorientadas para servir o programa autoritário do partido. Sob a liderança do Reichsführer-SS, Heinrich Himmler, nomeado chefe da polícia alemã, todos os departamentos da polícia — a *Schutzpolizei*, guarda uniformizada municipal; a *Verkehrspolizei*, polícia do trânsito; a *Gendarmerie*, polícia rural; e a *Ordnungspolizei*, polícia estadual — foram padronizados, recebendo poderes policiais cada vezes maiores sobre todos os aspectos da vida alemã. Até mesmo aos bombeiros foram concedidos poderes policiais, como *Feuerschutzpolizei*. Deveres, responsabilidades, diretivas e até mesmo uniformes, equipamento e treinamento policiais foram padronizados em todo o país, segundo o modelo militar.

A Gestapo passou a ter status oficial nacional e, em setembro, mudou-se para um novo quartel-general, na Prinz-Albrechtstrasse, no centro de Berlim. A polícia secreta ficou sob o comando de Reinhard Heydrich, como Departamento IV da *Reichssicherheitshauptamt*, ou RSHA, escritório central de segurança do Reich. Heinrich Mueller foi nomeado chefe operacional da Gestapo, que já se transformara em sinônimo de terror, por combater com crueldade a oposição política e pela perseguição de liberais, judeus e homossexuais. Baseada originalmente na estrutura do serviço secreto da Alemanha Imperial, ela logo passou a ser temida como órgão burocrático com grande poder —

transformou-se num dos principais instrumentos de dominação política do regime. Posteriormente, acabou por estender suas operações policiais implacáveis para toda a Europa ocupada. A partir de então, a polícia seria responsável perante o Estado pelo cumprimento das aspirações e políticas nacional-socialistas.[57]

O uniforme sempre foi símbolo de autoridade. Nos anos 1930, as pessoas faziam piada com o fato de que todos no Terceiro Reich usavam um uniforme. Até mesmo Baur tinha dificuldade para reconhecer os diferentes uniformes e patentes no complexo e confuso sistema desenvolvido para os membros dos ramos uniformizados do NSDAP e departamentos do governo, como o Ministério do Exterior, polícia e Forças Armadas. As insígnias normalmente indicavam o tipo de serviço, a divisão, o ramo, a patente, o cargo, a especialidade, a primazia e as realizações de quem as usavam. As decorações mostravam as conquistas, serviços prestados, obtidos na carreira e durante a guerra. Como regra de ouro, os oficiais alemães, que eram sempre saudados, usavam cordões de prata, ou de ouro, acima da aba do quepe, enquanto os suboficiais e praças, usavam uma tira de couro no queixo. Os oficiais navais usavam folhas de ouro na aba dos quepes.

O uniforme também impressionava ou intimidava: o preto da SS, com a *Totenkopf* (caveira) no quepe; o verde, da polícia; o marrom, das Tropas de Assalto, com a onipresente braçadeira vermelha e branca, a suástica preta e as botas de couro de cano alto faziam estremecer os judeus e outros grupos perseguidos no Terceiro Reich. Quando começou a guerra, em 1939, o uniforme militar cinza aterrorizou milhões de pessoas em toda a Europa, enquanto um país atrás do outro ia caindo diante da poderosa Wehrmacht.

Mal terminaram os Jogos Olímpicos, realizou-se a convenção anual do partido, em Nuremberg, nesse ano chamada *Parteitag der Ehre*, Dia da Honra.[58] As celebrações foram realizadas durante o dia e à noite.

---

[57] Supreme Headquarters Allied Expeditionary Force, G-2 Counter Intelligence Sub-Division, *The German Police* (Londres, n.d., ca. 1944)

[58] Heinrich Hoffmann, *Parteitag der Ehre* (Berlim, Zeitgeschichte, 1936).

A noite se transformou em dia quando o imenso palanque e todo o terreno foram iluminados por uma "catedral de luz", criada por centenas de grandes luzes antiaéreas colocadas no perímetro e apontadas para o céu. As luzes, é claro, foram ligadas no exato momento em que o Führer terminou um discurso inspirador, para obter maior efeito dramático. Mais de 250 mil membros do partido e 70 mil espectadores assistiram aos desfiles e à revista dos ramos uniformizados do partido, mas o mais impressionante talvez tenha sido a gigantesca exibição do novo material de guerra da Wehrmacht.

No *Tag der Wehrmacht*, Dia das Forças Armadas, centenas de tanques modernos, veículos blindados, caminhões, batalhões de infantaria e até colunas de cavalaria fizeram manobras diante do trovejar da artilharia, enquanto batalhas bastante realistas eram encenadas no estádio, com munição falsa e nuvens de fumaça. O rugido sinistro de esquadrões da Luftwaffe voando baixo tornava ainda mais dramático esse evento minuciosamente ensaiado.

Gravações e filmes mostram multidões em Nuremberg quase delirando de entusiasmo por Hitler e seu programa dinâmico. Bandas, estandartes, discursos apaixonados, legiões marchando e outras cerimônias perfeitamente ensaiadas emocionavam milhares de espectadores e pessoas crédulas. Em toda a nação, milhões se deixaram levar pela excitação e pela ação de maneira nunca vista na Alemanha. Uma nação colocara-se em marcha, motivada pelos comícios e pela propaganda, mas motivada, principalmente, por Adolf Hitler. Quando o Führer chegou ao estádio, em Nuremberg, a multidão deu pulos de alegria, aplaudindo fervorosamente e gritando até ficar rouca, para mostrar aprovação ao líder político e nacional.

Depois dos Jogos Olímpicos e da convenção em Nuremberg, a publicidade deixou pouca dúvida, dentro e fora da Alemanha, sobre a força e a unidade crescente do Terceiro Reich.

O fascismo obteve outra vitória quando a Alemanha e a Itália formaram o eixo Roma-Berlim, em 25 de outubro, para a cooperação diplomática "no interesse da paz e da reconstrução". A isso se seguiu, em 25 de novembro, a assinatura do Pacto Anti-Comintern Japonês-Alemão, que pretendia se opor à Internacional Comunista e se defender das atividades subversivas dos comunistas, que eram "uma ameaça à paz mundial".[59]

No outono de 1936, Hitler teve que tomar uma decisão em relação ao que fazer para ajudar os nacionalistas fascistas sob o comando do general Francisco Franco, na Guerra Civil Espanhola. Hoje, pouco se considera que Hitler e seus líderes militares tenham ficado encantados por encontrar um campo de testes na Espanha para suas novas armas e táticas. Com exceção do impetuoso Hermann Goering, nenhum dos principais comandantes da Wehrmacht ficou entusiasmado com a intervenção na Guerra Civil Espanhola, e a maioria via sérios perigos para a Alemanha, que tinha acabado de se libertar dos grilhões do Tratado de Versalhes, e começava a se reconstruir econômica e militarmente. A principal razão do envolvimento da Alemanha na Espanha foi político, não militar. A Itália já tinha começado a enviar tropas para ajudar Franco. Hitler viu uma oportunidade para manter as democracias (até mesmo sua complicada aliada, a Itália) amarradas em esforços para evitar a escalada do conflito em guerra europeia, enquanto ele buscava seus objetivos políticos em outros lugares.[60]

Em 18 de novembro de 1936, a Alemanha e a Itália reconheceram formalmente o regime de Franco como governo legal na Espanha e, apesar de promessas anteriores em sentido contrário, começaram a mandar "voluntários" e armas para uso das forças nacionalistas na guerra civil. Os contingentes alemães, reunidos na Legião Condor, foram comandados a partir de 1º de novembro pelo (então) Brigadeiro Hugo Sperrle.

A Guerra Civil Espanhola adquiriu caráter internacional quando estrangeiros vieram combater em ambos os lados. A União Soviética enviou para os republicanos aviões modernos, tanques, armas e equipamentos, com uma força de oficiais, pilotos e conselheiros políticos comunistas. Voluntários de vários países formaram a Brigada Internacional, com cerca

---

[59] House Committee on Foreign Affairs, *Events Leading Up to World War II: Chronological History, 1931-1944*, 78th Congress, 2nd session, 1944, 107-109.

[60] Gen. Adolf Galland, "A History of the Luftwaffe", *Air University Review*, vol. VI (novembro-dezembro 1969), 101.

de quarenta mil homens, incluindo cerca de cinco mil imigrantes antinazistas, da Áustria e Alemanha, dos quais dois mil morreram em combate.

Uma unidade da Luftwaffe alemã, com o codinome "HISMA Ltda.", levou Franco e doze mil soldados do Marrocos para a Espanha, entre o final de julho e meados de outubro de 1936, considerada a maior ponte aérea militar da história, até então. Os aviões usados foram, é claro, os robustos Junkers Ju 52/3mge, que faziam essa ponte aérea bastante sobrecarregados, levando até quarenta e dois homens armados espremidos no interior da fuselagem.[61] Alguns autores afirmam que foram transportados cerca de vinte mil soldados no total.

Os aviões enviados pelos alemães para as forças nacionalistas logo participaram ativamente de combates em missões de apoio e em batalhas pela supremacia aérea com os aviões russos da Força Aérea Republicana. A guerra na Espanha foi brutal desde o início, mas um incidente deixou o mundo horrorizado. No dia 26 de abril de 1937, os aviões da Legião Condor, principalmente o Ju 52/3m, bombardearam a cidade basca de Guernica, matando mais de mil e seiscentos civis, segundo os primeiros relatos; e algo como mais de trezentos, segundo relatórios posteriores. Os números exatos talvez nunca sejam confirmados. Esse incidente chocante foi um prenúncio assustador do que estava por vir.

Quando o general aposentado da Luftwaffe, Adolf Galland, visitou o Museu Nacional Aeroespacial em Washington, D.C., em 1984, foi entrevistado pelo Dr. Von D. Hardesty, curador do Departamento de Aeronáutica. O general Galland participou de 280 combates como piloto de caça da Legião Condor, na Espanha, e de mais uma centena na 2ª Guerra Mundial. Com um total de 104 vitórias aéreas, tornou-se o segundo piloto da Luftwaffe a conquistar a Cruz de Cavaleiro com Folhas de Carvalho, Espadas e Diamantes. Ele foi nomeado *General der Jagdflieger* (general das esquadrilhas de caça) e terminou a guerra comandando e voando com um caça Me 262, JV 44 (Jagdverband 44).

---

[61] "12,000 Maenner flogen ueber Meer" ("12.000 Homens voaram sobre o mar"), Sonderheft (Special Edition) *Der Adler* (31 de maio de 1939), 22-23.

O Dr. Hardesty perguntou a Galland sobre o que aconteceu em Guernica — ele obteve essas informações de colegas da Legião, que realmente participaram do bombardeio de Guernica. Galland disse o seguinte, baseado no que ouviu quando chegou à Espanha, logo após o ataque:

> "Os bombardeiros fizeram um ataque tático sobre Guernica, como parte de uma ofensiva nacionalista contra o exército republicano. O objetivo era destruir uma ponte sobre o rio localizado a leste de Guernica. Destruindo a ponte, os nacionalistas esperavam bloquear ou atrasar a retirada dos republicanos, enquanto eles evacuavam Guernica.
> A primeira vaga de bombardeiros errou a ponte. As bombas caíram perto da ponte. À medida que foram chegando, as sucessivas vagas de bombardeiros jogaram as bombas sobre as colunas de fumaça e escombros. Resultou daí um tapete de bombas, à medida que cada vaga jogava suas bombas.
> Guernica foi bombardeada como resultado. A cidade basca não era o alvo principal, mas foi vítima de um ataque aéreo mal executado. (Lembre-se de que naquela época as miras eram precárias.) Isso foi lamentado por membros da Legião Condor."[62]

Fosse um ataque deliberado sobre a cidade, ou um ataque malfeito sobre um alvo militar legítimo, a publicidade sensacional que cercou a destruição de Guernica, e a trágica morte de civis serviram a um objetivo: exagerar a força e o poder da Luftwaffe alemã. Os relatos sensacionalistas e a especulação a respeito do futuro da guerra vinda dos céus provocaram medo e apreensão em toda a Europa. Isso ajudou Hitler a blefar nos acordos diplomáticos em Munique, e na anexação da Áustria e da Tchecoslováquia sem que houvesse resistência armada por parte da Inglaterra, França e até dos próprios tchecos. A força das bombas da temida Luftwaffe teve um efeito psicológico muito mais

---

[62] Major Brigadeiro do Ar (aposentado) Adolf Galland, entrevista com o Dr. Hardesty, National Air and Space Museum, Washington D.C., 1984.

profundo sobre os líderes e os cidadãos das nações vizinhas à Alemanha, no final da década de 1930, do que havia tido a divulgada ameaça dos ataques do Zeppelin alemão antes da 1ª Guerra Mundial.

Os últimos integrantes da Legião Condor voltaram para a Alemanha de navio, em maio de 1939 e foram recebidos como heróis no final da Guerra Civil espanhola. O treinamento em combate e as oportunidades para testar novas táticas e materiais de guerra seriam aproveitados na 2ª Guerra Mundial.[63] Muitos dos futuros líderes da Wehrmacht também adquiriram experiência valiosa na Espanha, o que certamente deu à Alemanha pelo menos uma vantagem inicial na guerra.

Apesar da trágica guerra na Espanha ter sido bastante divulgada na imprensa mundial, entre 1936 e 1939, na Alemanha não se sabia absolutamente nada sobre a participação militar alemã no conflito. Graças ao controle da imprensa e à censura das publicações estrangeiras, o povo alemão só soube oficialmente da existência da Legião Condor pouco antes da volta para casa.

A burocracia nacional-socialista estava agora bem enraizada e os oficiais que ocupavam altas posições gozavam de muitas prerrogativas. Nos primeiros anos do regime, cada líder partidário importante se achava no direito de ter não apenas um bom salário, um escritório e uma equipe, uma boa moradia e um carro oficial com motorista, mas também um avião para uso pessoal. Alguns conseguiram e acabaram formando o Esquadrão do Governo, chefiado por Baur, a partir de 31 de dezembro de 1936. Todos os aviões eram Junkers Ju 52/3mge, exceto o 4022, que era um Ju 52/3mfes.[64] (ver tabela 5.1)

O ano de 1937 foi talvez o período mais tranquilo da turbulenta história de doze anos do Terceiro Reich. Em 30 de janeiro, no quarto aniversário da indicação como chanceler, Hitler anunciou num discurso que "a paz é nosso tesouro mais precioso", mas que ele "iria reabilitar

---

[63] "Mit Lorbeer geschmueckt vor dem Führer" ("Condecorado com mil louros diante do Führer"), Sonderheft (Special Edition) *Der Adler* (13 de junho de 1939). Ver também: "Wir Kaempften in Spanien", Special Edition, *Die Wehrmacht* (30 de maio de 1939).

[64] Klaus J. Knepscher, Neusaess e Guenter Ott, Frankfurt, Alemanha, carta para o autor, 10 de novembro de 1994. Knepscher e Ott são historiadores da aviação alemã.

a honra do povo alemão". Hitler exigiu o retorno das colônias alemãs, perdidas no final da 1ª Guerra, determinou o fim das reparações e repudiou a cláusula de culpa pela guerra do Tratado de Versalhes.[65]

A notícia chocante, no dia 6 de maio, da destruição do zeppelin *Hindenburg* quando pousava na Base Naval de Lakehurst, em Nova Jersey, foi recebida na chancelaria com raiva e descrédito. Esse foi o primeiro, e único, acidente fatal envolvendo uma dessas aeronaves. Muitas pessoas, incluindo Heinrich Himmler, acreditavam que o fogo a bordo do zeppelin tinha sido um ato de sabotagem. O capitão Max Pruss, do Hindenburg, tinha feito cerca de novecentos voos e muito poucos com tempo ruim, mas as condições de visibilidade estavam boas em Lakehurst e aquele deveria ter sido um pouso de rotina. Henry Roberts, editor do *Aero Digest,* depois de ver o gigantesco zeppelin arder em chamas e se chocar contra o chão, afirmou que "o fogo parecia um milhão de chamas de magnésio". Milagrosamente, 71 pessoas escaparam da catástrofe, mas 36 passageiros e membros da tripulação perderam as vidas, inclusive Ernst Lehmann, diretor da empresa, a Deutsche Zeppelin Reederei.

As investigações que se seguiram não conseguiram esclarecer as causas do desastre. Apesar de haver alguma sugestão de raio ou faíscas no motor, nenhum raio foi visto e até o vice-almirante T.G. Settle, da marinha americana, disse que a causa mais provável era sabotagem. Hitler devia estar convencido de que algum artefato colocado a bordo, antes da decolagem na Alemanha, causara a destruição do *Hindenburg.* Mas o governo alemão não poderia reconhecer isso, pois indicaria a existência de discordâncias e equivaleria a admitir incapacidade para proteger suas aeronaves. Além disso, a Alemanha se ressentia com o fato de os Estados Unidos não venderem hélio, forçando o uso de hidrogênio inflamável nesses aviões civis para transporte de passageiros. De qualquer forma, o desastre finalmente pôs fim à era desses gigantescos balões.[66]

---

[65] *House Committee on Foreign Affairs,* n° 541, 117.
[66] W. Robert Nitske, *The Zeppelin Story* (Nova York, A.S. Barnes, 1977), 151-65. Ver também: A.A. Hoeling, *Who Destroyed the Hindenburg?* (Boston, 1962)

TABELA 5.1

ATRIBUIÇÕES DAS AERONAVES DO ESQUADRÃO DO GOVERNO

Matrícula Nº	Registro Nº	Nome da Aeronave	Atribuições
4065	D-2600	D-2600	Führer e Chanceler do Reich Adolf Hitler
4053	D-AHIT	D-AHIT	Aeronave de acompanhamento usada por Hitler e outros altos oficiais
4022	D-2527	D-2527	Ministro da Aeronáutica do Reich General Hermann Goering
4066	D-ABAQ	D-ABAQ	Ministro da Aeronáutica do Reich General Hermann Goering, também usado pelo Estado-Maior do RLM
4069	D-ABIK	D-ABIK	Ministro da Aeronáutica do Reich General Hermann Goering, também usado pelo Estado-Maior do RLM
5382	D-ARET	D-ARET	Führer Adjunto Rudolf Hess
5430	D-APAA	D-APAA	Reichsführer-SS Heinrich Himmler
5020	D-AZIS	D-AZIS	Chefe de Equipe da SA Viktor Lutze
4050	D-AJIM	D-AJIM	Ministro da Guerra do Reich GFM Werner von Blomberg
5371	D-AZAZ	D-AZAZ	Secretário de Estado da Aviação General Erhard Milch
5112	D-AQIT	D-AQIT	Líder de Organização do Reich Dr. Robert Ley
5412	D-AMYY	D-AMYY	Embaixador na Grã-Bretanha Joachim von Ribbentrop
5420	D-AVAU	D-AVAU	Avião de reserva

24. Baur (esquerda) e sua tripulação de voo, de uniforme preto da SS, foram para as ruas de Berlim a fim de arrecadar dinheiro para o Fundo de Ajuda de Inverno no Dia da Solidariedade Nacional, realizado todos os anos no dia 7 de dezembro. Max Zintl, engenheiro de voo, carrega uma placa com os dizeres: "Tripulação do avião do Führer, capitão aviador Baur".

Havia um sentimento antinazista cada vez mais forte entre os americanos, que enviavam cartas e faziam telefonemas para a embaixada alemã em Washington, D.C., ameaçando navios e aviões alemães com suásticas.

A segurança sempre foi motivo de preocupação para Hitler e outros líderes, assim como para os responsáveis por essa segurança. Baur foi oficialmente transferido, a partir de 1º de abril de 1937, para o *Reichssicherheitsdienst*, ou Serviço de Segurança Nacional, braço do Alto Comando da SS, embora permanecesse na equipe do Reichsführer-SS.

Para Hans Baur, as coisas não podiam estar melhores. Ele podia ir para sua casa na Baviera com frequência, enquanto Hitler visitava Berghof, em Berchtesgaden, ou realizava reuniões de negócios no quartel-general do Partido Nazista, a Casa Marrom, em Munique. O trabalho de Baur colocava-o no centro do poder, como observador e como participante importante dos acontecimentos excitantes que se desenrolaram nos anos de 1930.

Baur completou quarenta anos no dia 19 de junho e, ao chegar à chancelaria, foi avisado de que haveria uma pequena festa para ele naquela noite. Hitler pediu ao *chef* para preparar o prato favorito de Baur, porco assado com bolinhos de batata. Hitler sabia disso pelas conversas que tinham vez ou outra. Numa dessas ocasiões, dissera: "Baur, a minha dieta vegetariana também seria melhor para você. Acalma os nervos e é muito saborosa. Torne-se um vegetariano e será mais saudável". Com a franqueza de sempre, Baur respondeu: "Eu sou saudável e não faço parte do grupo de hipócritas que se passam por vegetarianos na sua presença, mas, ao deixarem sua mesa, vão até o *chef* Kannenberg e pedem um pedaço de salsicha. Eu lhe digo na cara que um pedaço de porco assado com bolinhos de batata é dez vezes melhor do que todos os legumes que o senhor come. Jamais conseguirá me transformar num vegetariano". Hitler soltou uma boa gargalhada e mandou que o *chef* preparasse esse prato no aniversário de Baur.

No jantar daquela noite, Hitler cumprimentou Baur e lhe agradeceu por pilotar seu avião com segurança durante cinco anos. Baur percebeu que Herr Werlin, diretor-geral da fábrica da Mercedes, estava entre os convidados, mas não pensou muito a respeito porque sempre havia pessoas importantes, de todas as áreas, nos jantares da chancelaria. Como sempre, Hitler, que comia pouco, acabou primeiro e, assim que Baur terminou sua sobremesa, Hitler anunciou que não podia mais esperar para lhe dar seu presente de aniversário. Baur foi levado até o jardim, imaginando que iria receber alguma escultura, ou algo especial, para sua nova residência comprada recentemente nos arredores de Munique. Para sua surpresa, encontrou uma Mercedes-Benz preta conversível novinha. Hitler abriu a porta, entrou e disse: "veja como o couro cinza dos bancos é confortável". Depois saiu, passou a mão no para-lama e comentou: "isso é que é um belo acabamento em verniz — uma preciosidade".[67]

---

[67] Baur, 138-39.

Hitler disse a Baur que, enquanto pensava no que lhe dar de presente, Bormann havia sugerido uma vara de pescar. Ele, então, se lembrou de que achava estranho que um capitão aviador alemão, e piloto do Führer, dirigisse um automóvel Ford americano. Por isso, pediu um Mercedes para ele e o diretor Werlin viera entregá-lo pessoalmente. Hitler comentou que, quando o sistema de superautoestradas, as *Autobahnen,* estivesse concluído, ele poderia ir de uma ponta à outra da Alemanha em algumas horas.

Na noite seguinte, Baur tirou folga e levou o carro novo para casa. Ele não havia contado nada sobre o presente e fez uma grande surpresa para sua esposa. Maria pediu a "Hansl", como o chamava carinhosamente, que a levasse para um passeio. Baur comentou então que não poderia estar mais feliz. Tinha uma bela casa, uma boa esposa, filhos e um ótimo emprego. Desejava que tudo continuasse como estava, mas isso não aconteceria. Até mesmo seu carro foi confiscado pelo exército americano nos primeiros dias da ocupação, logo após o término da guerra.

As obrigações de Baur com o Führer e o Esquadrão do Governo, — e a proximidade com outros líderes —, lembravam-no constantemente de que acontecimentos importantes iriam ocorrer na Alemanha e no exterior. No décimo congresso do partido, em Nuremberg, chamado *Parteitag der Arbeit,* ou Dia do Trabalho, Hitler declarou o fim do Tratado de Versalhes e que a "Alemanha estava livre, protegida pelo escudo da Wehrmacht!" Logo depois, preparou-se uma impressionante exibição do poder da Alemanha para a primeira visita oficial de Benito Mussolini.[68] O ditador italiano e seu séquito chegaram a Munique num trem especial, no dia 25 de setembro, e foram cumprimentados por Hitler e muitos dignitários importantes, incluindo Rudolf Hess, que havia ido ao encontro do trem na fronteira da Alemanha.

Em Mecklenburg, Mussolini assistira às manobras de outono, sendo cumprimentado pelo (então) tenente-coronel Goering, pelo almirante Erich Raeder, comandante-em-chefe da marinha, e pelo marechal de campo Werner von Blomberg, ministro da guerra. Esse

---

[68] Heinrich Hoffmann, Mussolini erlebt Deutschland (Munique, Heinrich Hoffmann Vlg., n.d., ca. 1938).

encontro com Blomberg talvez não tenha sido muito amigável. Blomberg assistiu às manobras de verão na Itália, em 1937, e depois, pressionado por jornalistas alemães, declarou profeticamente que qualquer que fosse o país vitorioso de uma futura guerra, "não teria a Itália como aliado".[69]

A visita do líder italiano à capital da Alemanha foi, no mínimo, tão wagneriana quanto à de Munique. Outro grande desfile de carros pela cidade, enfeitada com bandeiras, com a multidão ovacionando os dois líderes quando apareceram na famosa sacada da Chancelaria do Reich. Outros eventos incluíram: um desfile gigantesco, um jantar de Estado e uma cerimônia colossal à noite, iluminada por tochas, com discursos de Hitler e do convidado de honra no Estádio Olímpico. Bandas tocaram e dezenas de holofotes de busca antiaérea da Luftwaffe iluminaram o céu. Mas naquela noite não houve o "tempo do Führer" para Il Duce. Assim que Mussolini começou a falar, em seu alemão entrecortado, o céu abriu e despencou uma chuva torrencial.

A despedida de Hitler na estação ferroviária de Berlim foi cordial, e é certo que Mussolini teve muito que pensar na viagem de volta à Itália. A visita despertara nele um lancinante sentimento de inferioridade.[70]

Nesse período, houve muita atividade diplomática entre nações e a Liga das Nações, voltada principalmente para a manutenção da paz. A Segunda Guerra Sino-Japonesa em larga escala começou no dia 7 de julho, mas, ao contrário das outras grandes potências, a Alemanha não parecia preocupada com a invasão da China pelo Japão. Hitler estava concentrado no esforço de tornar a Alemanha autossuficiente em alimentos, combustível e matérias-primas, enquanto construía a Wehrmacht. No dia 5 de novembro, convocou uma reunião secreta na Chancelaria do Reich, à qual compareceram Goering, o ministro do exterior von Neurath e os principais líderes militares. Ele apresentou os passos que estava planejando para colocar em prática seus objetivos em relação à política exterior. Especialmente importante foi a declaração de que

---

[69] Richard Collier, Duce!: a Biography of Benito Mussolini (Nova York, Viking Press, 1971), p. 135.
[70] Ibid., p. 134.

pretendia resolver o problema de "espaço vital" a leste até no máximo 1943-45. Também disse que pretendia derrubar o governo da Áustria e da Tchecoslováquia em futuro próximo. Hitler avisou que suas decisões deveriam ser vistas como testamento político caso morresse. Em seus discursos públicos, Hitler sempre declarou que queria a paz, mas para as pessoas de sua confiança sempre falava de seu "dever com a guerra", para alcançar seus objetivos. Junto com os líderes mais antigos da Wehrmacht, estava presente o Coronel Friedrich Hossbach, seu assessor militar de 1934 a 1938, que preparou um relatório detalhado dessa reunião, conhecido como *Hossbach Protokoll*. Essas anotações, reveladas no julgamento de Nuremberg, depois da guerra, representam um dos mais completos e importantes documentos sobre as intenções de Hitler em relação à política externa.

Particularmente notável nessa época foi o envolvimento alemão nos negócios internos da Áustria, que vinha fermentando há anos e estava se tornando mais intenso, como resultado das maquinações políticas dos ativistas nacional-socialistas austríacos. A Itália se juntou ao Pacto Anti-Comintern Japão-Alemanha e se retirou da Liga das Nações, em 11 de dezembro de 1937.

Lentamente, os planos de Hitler estavam se desdobrando para sua grande satisfação.

6
ASAS DO DESTINO:
1938-1939

Hans Baur saiu do hangar do aeroporto de Tempelhof e observou o número cada vez maior de aviões comerciais alemães e estrangeiros ali estacionados. Apesar dos importantes acontecimentos no cenário nacional e internacional, ele estava preocupado com coisas mais mundanas. O Esquadrão do Governo precisava de um novo Junkers Ju 52/3m para substituir um avião velho e havia necessidade também de mais aviões para uso dos ministros e oficiais do alto escalão. No devido tempo, Baur visitaria a fábrica da Junkers, em Dassau, para assinar um contrato e acertar detalhes do equipamento e interiores dos novos pássaros.

Depois de encerradas as negociações, Baur foi convidado para almoçar na fábrica com Herr Tiedemann, diretor da Junkers. Tiedemann falou do problema que estava tendo para entregar os trinta Ju 52/3m vendidos recentemente para a África do Sul.[71] A Junkers não tinha um número suficiente de pilotos qualificados para levar os aviões para Joanesburgo. Havia apenas duas tripulações disponíveis, porque as outras precisavam ficar na fábrica para testar as aeronaves. A Lufthansa

---

[71] O total de 30 aeronaves pode não estar correto. Apenas 15 parecem estar na lista de registro. Ver: Baur, 39.

também estava com poucos pilotos experientes e não podia ajudar. Apesar de a Luftwaffe estar disposta a colaborar, suas tripulações não tinham experiência suficiente em navegação de longo alcance e em seguir o curso traçado por bússolas. Isso era vital por causa da falta de mapas adequados da África. Recentemente, dois aviões novos tinham feito pousos forçados na selva e, embora as tripulações tivessem sido resgatadas com vida, os dois aviões tinham sido perdidos.

O diretor Tiedemann perguntou se seria possível liberar pilotos do Esquadrão do Governo para levar alguns aviões até a África do Sul. Baur disse que, com a chegada do inverno, ele certamente poderia liberar dois pilotos experientes, e ele mesmo gostaria de levar um dos aviões. Mas explicou que teria de obter a aprovação do Führer. Baur discutiu o assunto com Hitler durante o jantar daquela noite na Chancelaria do Reich. O empréstimo de dois pilotos foi autorizado, mas Baur foi informado de que não poderia participar, por ser muito perigoso. Baur ficou muito decepcionado e, depois de perceber o quanto ele queria voar até a África, Hitler, relutantemente, aprovou a viagem.

Na manhã seguinte Baur foi até Dassau para cuidar dos preparativos na Junkers. No final de dezembro de 1937, foi informado de que o avião, os suprimentos e os mapas estavam prontos. Baur deixou as coisas do esquadrão em ordem e se aprestou para fazer o voo. Todas as informações sobre campos de pouso, combustível e acomodações haviam sido reunidas pela tripulação dos sete aviões que já tinham ido da Alemanha para a África do Sul. A Junkers ofereceu um pagamento a Baur, mas ele pediu que em vez disso lhe pagassem as despesas e lhe dessem autorização para levar sua esposa. Feito o acerto, Baur verificou cuidadosamente o novo Junkers Ju 52/3m; estava tudo pronto para iniciar a aventura.

Na fria manhã de 31 de dezembro, Baur levantou voo da pista de Junkers, em Dassau, com destino à África do Sul. Nessa longa viagem, ele foi acompanhado pela tripulação habitual: o engenheiro de voo Max Zintl, que também podia pegar nos controles e servir de operador de rádio, e Lecie Leciejewski, seu experiente operador de rádio. A bordo seguiu também um funcionário inglês da companhia aérea da África do Sul, que fizera um treinamento de três meses em metalurgia na fábrica da Junkers.

O avião era muito fácil de pilotar; Baur pousou em Munique, para abastecer e pegar a esposa, que não estava muito entusiasmada com a viagem, mas estava feliz por poder passar algum tempo ao lado do marido. A filha de Baur, Ingeborg, ficaria com os pais de Baur enquanto estavam fora. Eles decolaram rapidamente e chegaram a Roma naquela noite, depois de um voo esplêndido sobre os Alpes. A passagem do Ano Novo foi celebrada na Embaixada da Alemanha e, na manhã seguinte, eles receberam o ano de 1938 sobrevoando a Sicília, Malta e o Mar Mediterrâneo até chegarem a Trípoli, na Líbia. Durante a parada na capital da colônia italiana no norte da África, eles passearam e compraram artesanato.

O trecho seguinte da viagem levou-os para leste, sobre o deserto africano, com uma parada para reabastecimento em Benghazi, na Líbia. Voando até o Cairo, no Egito, eles passaram por um pequeno vilarejo de casas de pedra, marcados no mapa como El Alamein, mas é claro que ninguém imaginava que, dali a cinco anos, naquele local, iria ocorrer um dos confrontos cruciais da 2ª Guerra Mundial. No Cairo, os viajantes descansaram por um dia num hotel moderno e passearam pelas pirâmides, como bons turistas. Depois de comprarem suprimentos e roupas tropicais, eles se prepararam para o verdadeiro desafio — o voo para o sul, sobre o vasto continente africano.

Eles foram acompanhando o rio Nilo, atravessaram o árido deserto e continuaram sobre a floresta da África central. Com poucos campos de pouso, condições meteorológicas imprevisíveis e mapas incompletos, a viagem revelou-se uma aventura excitante, que desafiou a habilidade de Baur como piloto e sua capacidade de improvisação. Eles pararam na região que tinha sido colônia alemã antes de 1919, depois, perto do Lago Vitória e em Salisbury, na Rodésia do Sul, atual Zimbábue. As paradas para reabastecimento e pernoite eram feitas em locais isolados. Isso incluía dormir em cabanas em condições precárias. Algumas vezes, eles ouviram leões e elefantes na floresta. Sem ajuda para navegação, marcos terrestres ou comunicação por rádio com aeroportos,

Baur precisou colocar em prática toda sua perícia, pois um único erro poderia significar desastre total. O calor, os insetos, tempestades torrenciais e falta de alimentação e acomodações adequadas tornaram a viagem ainda mais memorável, mas eles conseguiram finalmente chegar ao seu destino, Joanesburgo, na África do Sul. Depois da entrega formal do avião, houve tempo para descansar e passear.

Poucos dias depois, Baur, sua esposa, Zintl e Leciejewski pegaram um trem expresso de luxo até a cidade portuária de Cape Town (Cidade do Cabo). Ali embarcaram num navio cargueiro e de passageiros para a longa viagem pelo oceano, com paradas em várias cidades da costa africana antes de chegar ao destino final, em Bremen, na Alemanha, onde foram recebidos pela tripulação de um dos aviões do Esquadrão do Governo e levados para Berlim num Junkers Ju 52/3m.

Quando chegaram ao aeroporto de Tempelhof, Baur se despediu da esposa, que seguiu num avião da Lufthansa para Munique. Ele foi levado para a Chancelaria do Reich e, enquanto atravessava a cidade de carro, depois de uma ausência de dois meses, observou com satisfação o contraste entre a capital do Terceiro Reich e a maioria das cidades que havia visto na viagem. Berlim era limpa, ordeira e imponente. As ruas eram emolduradas por grandes e sólidos edifícios de granito, grandes catedrais, edifícios do governo e palácios dos antigos monarcas Hohenzollern. As lojas eram ocupadas por cidadãos bem vestidos e bem alimentados de uma nação que crescia em prosperidade e autoconfiança. Quando o carro virou na Wilhelmstrasse, ele viu as bandeiras vermelhas e brancas com a suástica tremulando ao vento do inverno contra um céu azul. Os guardas do Leibstandarte SS, em uniformes pretos, saudaram-no quando ele desceu do carro e entrou na Chancelaria do Reich — o santuário sagrado do poder nacional-socialista.

Baur se apresentou ao ajudante do Führer e foi prontamente conduzido ao escritório de Hitler. Quando Baur entrou na sala, Hitler se levantou e o abraçou calorosamente. Baur havia levado uma câmera de 35 mm e também comprara uma filmadora de 16 mm, o que lhe permitiu fazer filmes coloridos da viagem. Na noite seguinte, um filme de duas horas foi apresentado a Hitler e a outros membros do círculo mais íntimo, que apreciaram o programa diferente. A viagem até o sul da África, sem dúvida, foi uma aventura que Baur e sua esposa jamais esqueceriam.

Baur logo retomou sua rotina. Mas as tensões dentro e fora da Alemanha só aumentaram ao longo de 1938. Hitler não tinha intenção de relaxar e aproveitar a boa vida tão desejada pelos povos de todas as partes. Ele pretendia prosseguir com seus planos ambiciosos, independentemente dos obstáculos ou das objeções, mesmo aquelas apresentadas por alguns oficiais do alto escalão.

A ascensão de Hitler e do nacional-socialismo criara um dilema para muitos dos membros conservadores mais antigos do corpo de oficiais do exército. Por um lado, viam Hitler e seus cúmplices como fanáticos políticos, cruéis e oportunistas, cujo aventureirismo representava uma séria ameaça para o futuro da Alemanha. Se Hitler insistisse em seus planos agressivos, delineados em *Mein Kampf*, e enfatizados em numerosos discursos, o confronto com a França, a Inglaterra, a União Soviética e outros países seria inevitável. Por outro lado, suas promessas de expandir as Forças Armadas e remilitarizar a nação certamente resultariam em promoções e a volta do prestígio e importância dos militares. Preocupados com a hostilidade exterior e a ameaça do comunismo muitos, honestamente, acreditavam que precisavam de Forças Armadas fortes para a defesa nacional.

A única organização poderosa o bastante para depor Hitler era composta pelas Forças Armadas alemãs. Os líderes militares alemães não destronaram Hitler, apesar de a maioria certamente ter percebido que isso era necessário, em 1942. Apegando-se ao voto de lealdade e à tradição de atividade não política, os líderes militares permitiram que o *Feldherr* (comandante em chefe) amador lançasse uma guerra e comandasse desde grandes campanhas até a ação de unidades pequenas, apesar de saberem que Hitler era inadequado por formação e temperamento para servir como comandante supremo.

Hitler continuou inteiramente confiante em seu gênio militar. Dizem que a liderança militar é antes de tudo uma questão de inteligência, tenacidade e nervos de ferro. Hitler acreditava firmemente que tinha todas essas qualidades, e em medida muito superior à de seus generais. Ao longo dos anos, muito se disse a respeito de sua intuição militar e política, mas a incapacidade para executar operações militares profissionais levou à derrota da Wehrmacht. Os ressentimentos mesquinhos e a sede de poder dos bajuladores do Alto Comando aprofundavam as rivalidades. Ninguém se beneficiava com isso, exceto Hitler, que tolerava essa situação e gostava de ter todas as divisões do poder em suas mãos, para conseguir manter o controle mesmo diante das sucessivas derrotas. Em 1788, ao voltar a Paris depois de uma missão diplomática infrutífera em Berlim, o Conde de Mirabeau escreveu: "A guerra é a indústria nacional da Prússia". O mesmo poderia ser dito a respeito do Terceiro Reich.

Vários oficiais antigos tentaram evitar que Hitler assumisse o controle total da máquina militar. Hitler sabia que precisava se livrar deles e, no início de 1938, surgiu uma oportunidade para isso. Entre esses oficiais respeitados estavam o general Ludwig Beck, chefe do *Truppenamt* (1933-35) e do Estado-Maior (1935-38) das Forças Armadas; o general Werner von Fritsch, comandante em chefe do exército (1933-38) e o general Werner von Blomberg, ministro da guerra (1935-38).

O general Beck tentou, sem sucesso, organizar a resistência a Hitler dentro do Estado-Maior do exército. Diante do fracasso, ele se demitiu do posto, em 18 de agosto de 1938. Como líder reconhecido da resistência alemã ao nacional-socialismo, foi forçado ao suicídio em 20 de julho de 1944, quando o complô para assassinar Hitler falhou. O general von Fritsch se demitiu em 4 de fevereiro de 1938, diante de uma armadilha armada pela Gestapo para acusá-lo de homossexualismo. Ele foi absolvido por um tribunal militar de honra, em 18 de março, e convocado para o serviço ativo quando irrompeu a guerra. Foi morto no front polonês em circunstâncias misteriosas, no dia 22 de setembro de 1939. Von Fritsch foi substituído pelo general mais complacente, Walter von Brauchitsch.

Werner von Blomberg teve um papel crucial na consolidação do poder de Hitler, durante o expurgo de Roehm, e depois da morte do presidente von Hindenburg. Como ministro da guerra, ele endossou o nome de Hitler para a sucessão, jurou lealdade ao Führer, em vez de à constituição, e impôs esse juramento aos colegas oficiais, confirmando o controle de Hitler sobre o exército. O Führer o recompensou por sua lealdade promovendo-o a general marechal de campo, em 1936, o primeiro com essa patente na nova Wehrmacht. Sua queda ocorreu por causa de um escândalo envolvendo sua nova esposa, e foi orquestrada por Goering, que cobiçava sua posição, e por Himmler, que estava tentando promover os interesses da SS. Von Blomberg se demitiu em 4 de fevereiro e permaneceu aposentado até sua morte, em 1946.[72]

A crise Blomberg-Fritsch representou uma oportunidade de ouro para Hitler se livrar dos últimos representantes do conservadorismo em altos postos e adquirir total controle das Forças Armadas.[73] Eliminada a principal oposição no Alto Comando do exército, Hitler forjou uma aliança entre a liderança militar e o regime totalitário nacional-socialista. Combinando essas forças, ele conseguiria alcançar o poder supremo e controle total da nação e sua força militar ressurgente. No entanto, o atrito e o eventual choque entre essas forças durante a guerra acabou contribuindo enormemente para a derrota da Alemanha.

Nessa época, Hitler apareceu em público, pela primeira vez, com um novo quepe, que integraria o uniforme marrom do partido. Tinha uma guirlanda e insígnia militar acima da aba, mostrando sua nova posição como *Führer und Oberster Befehlshaber der Wehrmacht* (líder e comandante supremo das Forças Armadas).

Para facilitar seu controle das Forças Armadas, Hitler reorganizou a estrutura do Alto Comando. Em 4 de fevereiro de 1938, ele nomeou o (então) general da artilharia Wilhelm Keitel, *Chef des Oberkommandos der Wehrmacht* (chefe do Alto Comando das Forças Armadas), posto que iria manter até o fim da guerra. Por sua lealdade, foi promovido a general de exército em novembro, e a general marechal de campo, em julho de 1940, depois da queda da França. O servil Keitel não tinha poder

---
[72] Wistrich, 168-69. Ver também: Correlli Barnett, Hitler´s Generals (Nova York, Grove Weidenfeld, 1989).
[73] Ibid., 83-84.

de comando e seguia apenas as ordens do mestre. Por causa disso, costumava ser chamado de *Lakaitel* (lacaio). Condenado como criminoso de guerra pelos Aliados, em Nuremberg, foi executado no dia 16 de outubro de 1946.[74]

A criação do *Obekommando der Wehrmacht* ou OKW (Alto Comando das Forças Armadas) subordinou o exército cada vez mais ao controle e à influência pessoal de Hitler. No futuro, o comando geral do exército perderia sua prerrogativa básica e histórica — decidir quando e como fazer uma guerra. Os três braços das Forças Armadas agora respondiam ao Führer e as principais decisões eram transmitidas aos chefes do exército, marinha e força aérea através de Keitel e do general Alfred Jodl, chefe de operações do OKW, que as transformavam em documentos formais e as enviavam aos oficiais competentes. Os generais conservadores não aprovaram esse novo arranjo de poder e comando, mas evitaram confrontar Hitler com objeções.

Hitler também nomeou ministro do exterior o arrogante e vingativo Joachim von Ribbentrop, em 4 de fevereiro de 1938, quando se preparava para seu golpe mais audacioso, a *Anschluss,* ou união da Alemanha e da Áustria.

Imediatamente após o retorno da África, Baur soube dos acontecimentos ocorridos durante sua ausência, incluindo a crise austríaca. Nos últimos anos, a pressão pela união dos dois aliados da 1ª Guerra Mundial havia crescido bastante. Depois que Hitler, austríaco de nascimento, ascendeu ao poder, a política austríaca ficou mais caótica e violenta. O Chanceler Engelbert Dollfuss fora assassinado por nacional-socialistas austríacos, no dia 25 de julho de 1934, numa tentativa de golpe malsucedida. Mussolini era contrário à Anschluss e enviou quatro divisões armadas do exército para a Passagem de Brenner, retardando o que Hitler considerava inevitável. Nos meses seguintes, o Dr. Arthur Seyss-Inquart, nomeado conselheiro de Estado, foi o Cavalo de Troia de Hitler na Áustria, influenciando o Chanceler Kurt von Schuschnigg e sabotando a independência austríaca. No dia 12 de fevereiro de 1938,

---

[74] Ibid., 168-69.

von Schuschnigg foi chamado por Hitler a Berchtesgaden e, sob pressão, Seyss-Inquart foi nomeado ministro do interior da Áustria, em 16 de fevereiro, com controle absoluto sobre a polícia e a segurança interna. No dia 11 de março, von Schuschnigg foi obrigado a renunciar e Seyss-Inquart foi nomeado chanceler. As tropas alemãs foram imediatamente convidadas a ocupar a Áustria, sob o pretexto de restaurar a lei e a ordem interna. Um plebiscito realizado sob a supervisão dos nacional-socialistas obteve a impressionante aprovação de 99,59% para a Anschluss, legitimando a união da Alemanha com a Áustria. Hitler fez o anúncio da Anschluss no dia 13 de março e afirmou: "Este é o momento de maior orgulho da minha vida".[75]

Enquanto a SS, a polícia e o exército alemães estavam entrando na Áustria, Baur e sua unidade estavam levando alguns dirigentes importantes do partido para Viena e outras cidades austríacas. A insígnia da águia do exército alemão logo passou a ser costurada no lado direito dos uniformes do exército austríaco, enquanto as tropas da ex-república eram absorvidas pela Wehrmacht. A união também conferiu uma capacidade de produção militar significativa para a Alemanha, com a inclusão das fábricas da Steyr Daimler-Puch, famosa por suas armas e veículos.

Em março, Hitler fez uma viagem triunfal pela Alemanha, enquanto o povo em júbilo comemorava a união pacífica dos dois países. A exultante mensagem proclamada pela máquina de propaganda era o slogan: *Ein Volk, Ein Reich, Ein Führer* (Um Povo, Uma Nação, Um Líder). No dia 3 de abril, Hitler atravessou a fronteira para sua terra natal, agora chamada de Ostmark. Depois de viajar pelo país num trem especial, que também levava as limusines Mercedes blindadas, além de seu conversível de seis rodas construído pela Daimler-Benz. Ele entrou em Viena, a capital, sob os aplausos de dezenas de milhares de pessoas e ao som dos sinos das igrejas. Milhares de austríacos esperavam que a união trouxesse prosperidade e, como sinal disso, em poucos dias começaram os trabalhos para

---
[75] Snyder, 157.

estender a Autobahn alemã, que chegaria a Viena e empregaria centenas de trabalhadores austríacos.

Depois do encontro de Hitler com os membros da nova liderança, Baur o levou de volta a Berlim junto com os assessores mais próximos. Um livro de propaganda com fotos de Heinrich Hoffmann intitulado *Hitler baut Grossdeutschland* (Hitler constrói a grande Alemanha), documenta vividamente esse notável capítulo da história.[76]

A Anschluss representou uma péssima notícia para os judeus da antiga República da Áustria. Em poucos dias, a Gestapo estava identificando os judeus, que eram logo submetidos às mesmas restrições daqueles que estavam na Alemanha. Certamente não há nada de engraçado no trabalho sombrio da infame Gestapo. Mas Samuel Rosenberg, em seu livro *Why Freud Fainted* (Porque Freud Desmaiou), descreve o encontro de Sigmund Freud com a polícia secreta quando solicitou permissão para deixar a Áustria após a Anschluss. O Dr. Freud e família receberam permissão para deixar Viena numa época em que os judeus já estavam sendo perseguidos e enviados para os campos de concentração, mas Freud foi informado de que precisaria assinar uma liberação formal. Nessa declaração ele afirmava que havia sido tratado pelas autoridades, e principalmente pela Gestapo, com todo o respeito, que poderia viver e trabalhar com total liberdade e que não tinha motivo algum para reclamar.

Freud assinou, mas não conseguiu se privar de deixar uma última linha matreira. Virando-se para os oficiais mal-humorados da Gestapo, ele perguntou se poderia acrescentar algumas palavras suas. Quando concordaram, Freud escreveu: "Recomendo sinceramente a Gestapo para todos".[77]

Nas semanas seguintes, a vida voltou ao normal na Chancelaria do Reich, em Berlim. Mas enquanto a Europa avaliava o significado da anexação da Áustria pela Alemanha, o ministro da propaganda já estava trabalhando, desta vez visando aos Sudetos, a área fronteiriça com a

---

[76] Heinrich Hoffmann, Hitler baut Grossdeutschland: Im Triumph von Koenigsberg nach Wien (Berlim, Zeitgeschichte, 1938).

[77] Samuel Rosenberg, Why Freud Fainted (Nova York, Basic Books, n.d.).

Tchecoslováquia ocupada principalmente por uma população de etnia alemã. No dia 24 de abril, Conrad Henlein, chefe do Partido Alemão dos Sudetos, exigiu a autonomia alegando perseguição das minorias eslovacas e alemãs. Em 20 de maio, o assustado governo tcheco iniciou uma mobilização parcial de suas forças armadas. A propaganda do NSDAP preparou o terreno psicológico para a agressão contra a Tchecoslováquia da mesma forma que fizera com a Áustria.[78]

Nesse meio tempo, Hitler teve que retribuir a aquiescência de Mussolini à união da Alemanha com a Áustria, aceitando um convite do rei Vitório Emanuel III para fazer uma visita formal à Itália. Essa visita foi planejada durante meses por Mussolini, que não economizou para poder suplantar tudo o que havia visto na Alemanha no ano anterior. Diante da previsão de condições meteorológicas desfavoráveis na rota, Hitler decidiu ir para Roma de trem; Baur o seguiu com três aeronaves.

Hitler chegou a Roma no dia 3 de maio, com sua comitiva de quinhentas pessoas, e foi recebido na recém-remodelada Estação Ferroviária Ostiense pelo diminuto rei e por Mussolini, iniciando uma visita de seis dias de muita pompa e circunstância, como não se via desde a época do Império Romano.[79]

Durante os vários desfiles, programas e demonstrações, Hitler passou muito tempo conversando com Mussolini e deu pouca atenção ao rei, que considerava irrelevante. Surgiu, então, uma situação embaraçosa envolvendo a visita de Hitler ao museu do Vaticano. O Papa Pio XI considerava Hitler um inimigo do catolicismo e barrou a Cidade do Vaticano aos visitantes alemães, retirando-se para Castel Gandolfo, a quase trinta quilômetros de Roma.

O primeiro grande desfile, realizado na primeira manhã em Roma, pareceu interminável. Milhares de tropas, compostas por militares e pela milícia fascista, passando em marcha acelerada pelo palanque, em

---

[78] Alexander G. Hardy, *Hitler's Secret Weapon: the "Managed" Press and Propaganda Machine of Nazi Germany* (Nova York, Vantage Press, 1967), 100. Ver também: Robert E. Herzstein, *The War that Hitler Won: Goebbels and the Nazi Media Campaign* (Nova York, Paragon House, 1987); Ward Rutherford, *Hitler's Propaganda Machine* (Nova York, Grosset & Dunlap, 1978); e Z.A.B. Zeman, *Nazi Propaganda* (Nova York, Oxford University Press, 1973).
[79] Collier, 139.

formações maciças ao som de tambores e de música marcial. Os italianos não usavam o "passo de ganso", a marcha com uma perna esticada durante os desfiles. (Os Bersaglieri, infantaria leve especial, corriam em vez de marchar). Mussolini ficou impressionado com a *Parademarsch* alemã e o passo de ganso, e ordenou a introdução do *Passo Romano*, um tipo de marcha meio ridícula, onde o pé não ficava alongado, como na marcha alemã, mas apontando para cima. Os russos e muitos outros países adotaram o passo de ganso dos alemães, usado até hoje em desfiles e cerimônias. As unidades de marcha italianas foram seguidas por tanques, veículos, artilharia motorizada e cavalaria. Hitler, o general Keitel e outros convidados alemães não ficaram impressionados com o armamento obsoleto, especialmente com algumas peças de artilharia sem o mecanismo de recuo, obviamente anteriores à 1ª Guerra.

A agenda corrida levou-os a uma revista da marinha na Baía de Nápoles, com Hitler e Mussolini ao lado do rei na ponte do navio de guerra Conte di Cavour. O brilho de ópera cômica da revista naval não enganou Hitler ou o almirante Erich Raeder, cientes de que três quartos da frota de Mussolini era obsoleta, além de sofrer com uma séria deficiência de oficiais treinados.[80]

Baur estava particularmente interessado na apresentação da força aérea italiana. Foi montado um grande palanque no aeroporto de Furbara, de frente para o mar, e centenas de dignitários alemães e italianos assistiram às formações de voo especiais e acrobáticas, que Baur, como piloto, considerou extraordinariamente habilidosas. Os italianos demonstraram uma técnica chamada de *Schief-Flug* (voo oblíquo) pelos alemães. Um grupo de seis ou mais aviões voava lado a lado com uma das asas abaixadas. Os pilotos sabem que é extremamente difícil, quando estão voando diretamente para frente, evitar que o avião vire no momento em que abaixam uma das asas. Em honra do Führer, uma formação composta por vinte e cinco caças formou uma suástica gigantesca no céu. Depois vieram os bombardeiros e simularam um ataque

---

[80] Collier, 141.

sobre a reprodução de uma cidade, enquanto a infantaria avançou por trás de uma barragem de artilharia usando cartuchos de verdade.

O ato final foi o bombardeio de dois velhos cargueiros ancorados na baía. Baur ouviu boatos de que os navios tinham sido afundados não pelos obuses, mas por cargas de explosivos colocadas e detonadas secretamente da terra. Ele não conseguiu confirmar tal boato, mas, no geral, o espetáculo aéreo, e não os aviões, impressionou bastante.[81]

Houve também uma demonstração de combate do exército, com muitos disparos verdadeiros nas colinas da Santa Marinella.

Hitler e comitiva finalmente voltaram para Berlim, onde foram recebidos por Hermann Goering, que os conduziu numa carreata até a Chancelaria do Reich, sendo saudados por uma multidão durante o trajeto. Para o barão Ernst von Weizsaecker, secretário de Estado, Hitler confidenciou: "Você não sabe como estou feliz por estar de volta à Alemanha".[82]

Heinrich Hoffmann, como sempre, publicou outro livro de propaganda com fotos da visita à Itália.[83] Como os outros, *Hitler in Italien* tinha pouco texto, mas exibia fotos muito interessantes, cuidadosamente selecionadas para mostrar Hitler sendo recebido por multidões de italianos entusiasmados com o distinto convidado. É claro que isso não aconteceu. A polícia italiana, junto com quinhentos agentes da Gestapo e da SS, prendeu centenas de dissidentes italianos antes da chegada de Hitler. Mussolini fez um grande esforço para impressionar o Führer com o poder, a solidariedade e a amizade italianos, mas no final, ambos os lados saíram com sérias dúvidas em relação à parceria do Eixo.

Hoffmann e seus assistentes não foram os únicos alemães a registrarem a visita em filme. Baur levou sua filmadora e fez alguns filmes em cor, especialmente durante a demonstração da força aérea e os desfiles.

No fim de maio, Baur levou Hitler a Essen, para uma visita à fábrica da Krupp, em mais uma de suas inspeções frequentes para conhecer os

---

[81] Baur, 163.
[82] Collier, 142.
[83] Heinrich Hoffmann, Hitler in Italien (Munique, Herinrich Hoffmann Verlag., 1938).

novos armamentos. Como sempre, o grupo seguiu depois para Bad Godesberg, hospedando-se no hotel favorito de Hitler, o Dreesen. Naquela noite, um jantar especial com salmão do Reno foi preparado para Hitler e sua comitiva. Mas enquanto todos esperavam por Hitler, seu ajudante da marinha, capitão Karl-Jesko von Puttkamer, atendeu um telefonema do almirante Raeder, que pediu para falar com o Führer. Ao voltar para a sala de jantar, Hitler quis saber de Baur em quanto tempo conseguiria preparar a volta para Berlim. Baur respondeu que poderiam partir às nove da noite. "Ótimo", disse Hitler. "Voltaremos para Berlim imediatamente".[84]

Eles deixaram o jantar de lado e foram para o aeroporto, chegando a Berlim às onze. Às onze e meia, Hitler já estava com o jornal do dia seguinte nas mãos. Baur foi para a sala de jantar, onde Hitler o encontrou logo em seguida. "Os russos (na Espanha) bombardearam o *Panzerschiff* (encouraçado) *Deutschland*. Isso exige ação imediata. Está vendo, Baur, como é importante que você esteja sempre por perto? Nunca sei o que vai acontecer em seguida. Como conseguimos voltar para Berlim rapidamente, as providências já foram tomadas. Quanto tempo teríamos perdido se eu fosse obrigado a voltar para Berlim de trem!"[85]

Apesar de a Legião Condor alemã estar ajudando as forças do general Francisco Franco na Guerra Civil Espanhola, os navios alemães participavam do Controle Naval de Não Intervenção. No final da tarde do dia 29 de maio, o *Deutschland* foi atacado por dois aviões das forças republicanas espanholas quando estava ancorado em Ibiza. Foram lançadas duas bombas, causando a morte de vinte e dois marinheiros e ferindo oitenta e três, dos quais nove morreriam depois. Hitler ficou irritado com a morte de tantos marinheiros alemães e ordenou uma represália. Ao amanhecer do dia 31 de maio, um cruzador alemão e quatro destróieres surgiram no porto de Almeria e dispararam sobre a cidade, destruindo 35 edifícios e provocando 19 mortes.[86] Franco e os

---

[84] Baur, 165.
[85] Ibid., 165-66.
[86] Thomas, 440-41.

nacionalistas conseguiriam a vitória final em 1939, com a ajuda dos alemães e italianos.

Os acontecimentos se desenrolaram com rapidez na primavera de 1938 e Hitler, sem perder tempo, avançou para o objetivo seguinte, a anexação dos Sudetos. Até 1919, essa região, ocupada principalmente por alemães, fazia parte do Império Austro-Húngaro, mas ficou com a Tchecoslováquia por determinação do Tratado de Versalhes. Hitler acreditava na fragilidade da determinação das democracias para defender a Tchecoslováquia, e em seu desejo ardente de paz; também acreditava que ela temia o avanço da União Soviética na Europa Central mais do que temia as exigências alemãs.

Depois dos tumultos inspirados pelos nacional-socialistas nos Sudetos, o governo tcheco foi acusado de opressão e tratamento desumano às minorias eslovacas e aos alemães. Durante todo o verão a propaganda continuou a divulgar histórias dos alemães indefesos.

Apesar dos acontecimentos emocionantes no cenário internacional, Baur viveu um acontecimento emocionante em sua vida com o nascimento de sua filha Helga, em 1º de setembro de 1938. Mas, por causa de seus deveres, teve licença para ficar em casa apenas alguns dias.

No Congresso de Nuremberg, em 12 de setembro, realizado em conjunto com o *Parteitag GrossDeutschland* (Dia do Partido da Grande Alemanha), Hitler atacou o presidente tcheco Eduard Beneš, chamando-o de mentiroso e acusando seu governo de criminoso. Gritando no microfone, ele disse: "Se essas criaturas (alemães) torturadas não conseguem obter seus direitos e a devida assistência, poderão ter as duas coisas conosco". Ele exigiu a autonomia dos Sudetos alemães e ameaçou mobilizar a Wehrmacht contra os tchecos.[87] Isso deixou em pânico a Inglaterra e a França. O primeiro-ministro Neville Chamberlain viajou para a Alemanha, em 15 de setembro, para encontrar-se com Hitler em Obersalzberg. Ele ofereceu os Sudetos se Hitler concordasse em não atacar a Tchecoslováquia, e Edouard Daladier, o *premier* francês

---

[87] Heinrich Hansen, *Parteitag Grosssdeutschland* (Munique, Raumbild-Verlag, 1939) (álbum fotográfico estereoscópico).

concordou com essa proposta. No dia 22 de setembro, Chamberlain encontrou-se com Hitler novamente, desta vez em Bad Godesberg, perto de Bonn. Para surpresa e consternação de Chamberlain, Hitler apresentou novas exigências: que os tchecos se retirassem em uma semana e que entregassem aos alemães dos Sudetos todo o material militar e outras mercadorias.

Baur havia levado Hitler para esse encontro no D-2600 e, com alguns membros da equipe, observou a reunião através de uma porta de vidro, na recepção do Hotel Dressen. A conversa com Chamberlain continuou no dia seguinte até, finalmente, chegar a um acordo satisfatório para Hitler. Segundo Baur, Hitler admirava o inglês e disse, muitas vezes, que desejava manter uma aliança amigável.

A famosa Conferência de Munique foi realizada em seguida, no dia 29 de setembro, e durante treze horas, Hitler, Mussolini, Chamberlain e Daladier trabalharam nos detalhes da rendição dos Sudetos à Alemanha. Não havia um representante tcheco na reunião. Esse foi um exemplo clássico de apaziguamento e, apesar de humilhantes para os franceses, ingleses e tchecos, a vitória sem derramamento de sangue, em 1938, contribuiu enormemente para elevar o prestígio de Hitler entre os alemães. Em menos de um ano, ele havia acrescentado dez milhões de pessoas ao Terceiro Reich. Depois de cada vitória, ele proclamava que não tinha mais exigências territoriais. Hitler, antes um obscuro agitador político, era agora o ditador mais poderoso da Europa desde Napoleão. O povo alemão o considerava um brilhante estadista, ainda maior do que Otto von Bismarck, enquanto as nações ocidentais o temiam, considerando-o um agressor perigoso.

O inevitável livro de propaganda de Heinrich Hoffmann cobrindo o último triunfo de Hitler chamou-se: *Hitler befreit Sudetenland* (Hitler libera os Sudetos).[88] A Conferência de Munique foi realizada no estúdio de Hitler no *Führerbau*, o grande edifício sede do partido. Era óbvio que Hitler mal conseguia conter a satisfação com a conclusão do acordo com os líderes ocidentais, que ele chamava de

---

[88] Heinrich Hoffmann, *Hitler befreit Sudetenland* (Berlim, Zeitgeschichte, 1938).

25. "Quando o Führer fala, todos ouvem!" Hitler dando instruções para altos dirigentes do partido e líderes do governo, incluindo (da esquerda para a direita): Hans Baur, Franz Seldte, ministro do trabalho; Rudolf Hess, Wilhelm Frick, ministro do interior; Martin Bormann e Viktor Lutze. Os homens ao fundo não foram identificados.

"pequenos vermes". Os alemães dos Sudetos pareciam em êxtase quando receberam as unidades militares alemãs no dia 1º de outubro.[89] Neville Chamberlain voltou imediatamente para Londres e, ao pousar, mostrou um papel que, segundo ele, representava "a paz em nossa época".

Apesar dessa garantia, a maioria das nações europeias começou a se rearmar. Munique foi o ponto mais baixo da oposição das democracias a Hitler. Winston Churchill declarou que "a Inglaterra e a França precisavam escolher entre a guerra e a desonra. Escolheram a desonra. Agora terão a guerra". Além de tropas e armas, os preparativos da Alemanha para a guerra incluíam a construção de refinarias de gasolina sintética,

---

[89] Generalkommando VII. Armee Korps, *Mit dem VII. Korps ins Sudetenland* (Munique, Zentralverlag der NSDAP), 1939).

novas fábricas e as Autobahnen, autoestradas que agilizariam a movimentação militar. Foram construídas fortificações para resistir ao avanço de veículos blindados e tropas ao longo da fronteira com a França, a chamada Linha Siegfried, que nunca foi tão elaborada ou forte quanto a Linha Maginot francesa, que fora construída durante anos.

Nem todos os alemães estavam entusiasmados com as conquistas audaciosas de Hitler. Em setembro, enquanto Hitler estava ameaçando invadir a Tchecoslováquia, o general Erwin von Witzleben, junto com o general Beck, e outros membros patriotas do Alto Comando, decidiu que Hitler deveria ser impedido, antes de levar a Alemanha à guerra. O almirante Wilhelm Canaris, chefe da *Abwehr*, serviço de inteligência e contrainteligência alemães, também se envolveu na oposição a Hitler. Eles planejaram um golpe militar para prender ou matar Hitler e assumir o governo com o apoio da marinha e do exército. O plano foi frustrado pelo sucesso diplomático de Hitler na Conferência de Munique e a resistência foi efetivamente silenciada até depois da guerra por causa da extrema popularidade de Hitler.[90]

O apaziguamento resolveu a "Crise de Munique" e deu seis meses de paz à Europa. Hitler chegou à conclusão de que as ameaças eram sua arma mais poderosa e previu outras conquistas jogando com os medos da Inglaterra e da França — medo de um ataque aéreo e medo de uma nova guerra, apenas 20 anos após o fim da 1ª Guerra Mundial. Deve-se notar que a União Soviética e os Estados Unidos não tiveram qualquer participação na Conferência de Munique.

Quanto a Hitler, depois de Munique, voltou para Berghof e se distraiu com os planos de Albert Speer para reconstruir Linz, a cidade austríaca onde ele estudara. Os líderes militares alemães ficaram aliviados com a resolução pacífica da questão dos Sudetos e solicitaram instruções para as atividades futuras. No dia 21 de outubro, Hitler ordenou que tomassem medidas defensivas. Não existem evidências de que Hitler tenha estabelecido um cronograma para ações agressivas. Ele

---

[90] Roger Manvell e Heinrich Fraenkel, *The Canaris Conspiracy: the Secret Resistance to Hitler in the German Army* (Nova York, Simon & Schuster, 1972), 77-83.

esperou que os acontecimentos lhe proporcionassem oportunidades para o futuro sucesso.[91]

Em 1938 ainda havia na Alemanha centenas de milhares de judeus, lutando para sobreviver com as injustiças impostas pelas leis de Nuremberg e outras limitações. Muitos achavam que a situação iria melhorar, e até alguns críticos acreditavam que as atitudes antissemitas dos nacional-socialistas tinham sido mero instrumento de campanha política, que talvez não fossem levadas adiante pelo governo. Então, no dia 7 de novembro, Ernst von Rath, terceiro secretário da embaixada alemã em Paris, foi gravemente ferido por um tiro disparado por Herschel Grynszpan, um judeu polonês. Acredita-se que Grinszpan queria matar o embaixador alemão para protestar contra a deportação de seus parentes para a Polônia junto com outros dez mil judeus. Von Rath morreu no dia 9 de novembro e, naquela noite, quadrilhas compostas, principalmente por homens da SA e SS, atacaram lojas, casas e sinagogas judias em toda a Alemanha. A quantidade de vitrines quebradas foi tanta que essa explosão de violência ficou conhecida como *Kristallnacht*, ou Noite dos Cristais.

Considerando o controle total do partido, da polícia e das forças de segurança, esse *pogrom* não poderia ter sido algo espontâneo. Acredita-se que Reinhard Heydrich iniciou os tumultos com a aprovação de Himmler, Goebbels, Goering e, provavelmente, Hitler. Em 11 de novembro, havia 74 judeus mortos ou seriamente feridos e 30 mil presos. A maioria foi enviada para Buchenwald e outros campos de concentração, onde foram mantidos até que suas famílias obtivessem a emigração. Cerca de 815 lojas e 171 residências foram destruídas, e 191 sinagogas incendiadas, com danos avaliados em 25 milhões de marcos. Os judeus alemães foram coletivamente multados em um bilhão de marcos, como "taxa de compensação", e muitos negócios e propriedades de judeus foram confiscados. Em 15 de novembro, estudantes judeus foram expulsos das escolas. A Noite dos Cristais marcou a transição dos ataques antissemitas isolados para o início de uma política nacional

---

[91] A.J.P. Taylor, *The Origins of the Second World War* (Greenwich, Conn., Fawcett, 1963), 186-87.

que levaria à "Solução Final", o extermínio dos judeus.[92] O governo alemão não só não lamentou o *pogrom*, como Goebbels também declarou que a "nação seguiu seus instintos saudáveis". A Noite dos Cristais e suas consequências geraram publicidade internacional desfavorável, mas a reação mais notável foi o discurso condenatório do presidente Roosevelt e a retirada do embaixador americano na Alemanha.

Os ânimos logo se acalmaram e Baur tirou licença para passar o Natal com a família. Em janeiro de 1939, voltou a Berlim, onde todos aguardavam ansiosamente a grande abertura do novo edifício da Chancelaria do Reich, no dia 10. Projetado por Albert Speer para realizar os sonhos de grandeza imperial de Hitler, foi construída perto da velha chancelaria em apenas um ano, sem preocupações com custo. A nova chancelaria era uma estrutura imponente, com grandes corredores, galerias elegantes e salas grandes, para impressionar os diplomatas e dignitários estrangeiros. Era uma construção sólida com mármore, mosaicos, madeira e outros materiais da melhor qualidade, ricamente mobiliada e decorada. Tudo foi feito em grande escala, com algumas portas medindo até cinco metros de altura e uma galeria principal com cento e quarenta e seis metros de comprimento, duas vezes o tamanho da Galeria dos Espelhos, do Palácio de Versalhes, na França. Hitler, um aspirante a arquiteto, acreditava que os edifícios monumentais fortaleceriam a autoridade do Estado. Seu primeiro ato formal na nova chancelaria ocorreu no dia 1º de janeiro, quando recebeu diplomatas e embaixadores estrangeiros lotados em Berlim no ostentoso grande salão, para fazer seu discurso de Ano Novo. Hitler dissera a Speer uma vez: "O ambiente que me cerca deve ser magnífico. Assim, minha simplicidade terá efeito marcante".[93]

No dia 15 de março, 65 dias após a inauguração da nova chancelaria, Hitler recebeu em seu escritório Emil Hacha, presidente da Tchecoslováquia, à uma hora e quinze minutos da manhã. Fazia alguns meses que a propaganda alemã vinha encorajando os movimentos de in-

---

[92] Taylor e Shaw, 85-86.
[93] Speer, 110 e 102-16. Ver também: Architekt Albert Speer, *Die neue Reichskanzlei* (Koenigsberg, Prússia, Kanter Verlag, 1939).

26. Entrada da nova Chancelaria do Reich, em Berlim, projetada por Albert Speer. Atrás do módulo central ficava a famosa galeria de mármore e o opulento escritório de Hitler. O edifício monumental, inaugurado no dia 10 de janeiro de 1939, tinha salas grandes. Hitler gostava especialmente da longa caminhada que diplomatas e convidados de Estado eram obrigados a fazer antes de chegarem ao salão de recepções. Hitler morreu no dia 30 de abril de 1945, no bunker localizado sob esse edifício.

dependência na Eslováquia e na Rutênia, o que levou à intranquilidade e à decretação da lei marcial na Tchecoslováquia. Hacha foi a Berlim para pedir a Hitler que não invadisse seu país. Albert Speer contou que o pobre velho foi tão agredido verbalmente por Hitler, Ribbentrop e Goering que seu sistema nervoso não suportou, e ele quase teve um ataque cardíaco. O Dr. Morell aplicou uma injeção para reanimá-lo e Hitler insistiu em continuar a conversa. Gritando, Hitler disse que já tinha se decidido pela invasão para proteger os alemães e acabar com a política antialemã do governo tchecoslovaco. Se isso acontecesse, Goering acrescentou, Praga seria destruída.

Finalmente, às quatro da manhã, exausto, Hacha cedeu às exigências de Hitler e assinou um documento permitindo que a Alemanha

27. O escritório de Hitler na nova Chancelaria do Reich, em Berlim. Em primeiro plano, a cadeira e a bela escrivaninha de madeira entalhada projetada por Albert Speer.

ocupasse a Boêmia e a Morávia, declaradas coletivamente protetorado alemão. A Eslováquia passou a ser um Estado separado. As notícias foram transmitidas a Praga pelo embaixador tcheco. Isso representava um decreto de morte para a Tchecoslováquia e, no início daquela manhã coberta de neve, Hitler deu a ordem e as tropas alemãs, já em formação de combate, atravessaram a fronteira sem encontrar resistência.

Baur foi chamado pelo ajudante pessoal de Hitler, general SA Wilhelm Brueckner, e informado de que deveria preparar vários aviões para uma viagem a Praga naquele mesmo dia. Baur levou vários líderes importantes do partido, inclusive o Dr. Wilhelm Frick, ministro do interior. Ele planejou a chegada para que ocorresse junto com a chegada das tropas alemãs. Hitler se encontrou com vários membros do OKW e do Alto Comando do exército, chefiados pelo general Keitel, além de dirigentes do governo e do partido, para acertar os detalhes da ocupação. No histórico Castelo de Praga, em Hradčany, ele proclamou que os Estados da Boêmia e da Morávia eram agora um protetorado do Reich Alemão.

A Alemanha adquiriu mais do que território. Apossou-se de todo equipamento, aeronaves, armas e bens e desmantelou as forças armadas tchecas. A produção de armas foi acelerada nas fábricas de armas, como na famosa Skoda, em Pilsen. O Dr. Hacha foi mantido como presidente títere do protetorado, agora sob controle rígido da Alemanha.

Mais uma vez, as democracias não tomaram qualquer medida concreta contra essa flagrante violação do Acordo de Munique.

Na verdade, uma bem-sucedida ação diplomática ocorreu logo em seguida. Klaipeda era um porto báltico com considerável população alemã. Havia passado da Alemanha para a Lituânia após a 1ª Guerra Mundial, pelo Tratado de Versalhes. Os partidários do nacional-socialismo locais exigiam sua volta para o Reich. Quando Hitler apresentou essa exigência, a Lituânia a acatou docilmente e as forças armadas alemãs ocuparam a cidade em 23 de março. Hitler viajou até Klaipeda a bordo do encouraçado *Deutschland*, e passeou pela cidade, enquanto esquadrões de caças e bombardeiros da Luftwaffe a sobrevoavam, numa exibição de força bastante alardeada. Para muitos, parecia que Hitler e a Alemanha nacional-socialista eram onipotentes.[94]

Há muito se discute se Hitler acreditava que a Inglaterra e a França estavam intimidadas e se submeteriam à sua vontade, ou se realmente sentia tanta confiança no poder da Wehrmacht a ponto de acreditar que venceria uma guerra, se viesse a ocorrer. O fato é que, em março de 1939, ele lançou uma grande ofensiva diplomática e de propaganda contra a Polônia, último Estado da Europa Central com minoria alemã considerável. O "corredor polonês", criado pelo Tratado de Versalhes, separou a Prússia do leste e Dantzig do resto da Alemanha. Isso representou uma fonte de dificuldades e humilhação para a Alemanha durante mais de 20 anos. Hitler exigiu que a Polônia cedesse uma faixa de terra para que todo o território alemão ficasse unido. A Polônia tinha

---

[94] Heinrich Hoffmann, *Hitler in Boehmen, Maehren, Memel* (Berlim, Zeitgeschichte, 1939).

se recusado a fazer isso no mês de outubro, mas agora Hitler pretendia impor-se, independentemente dos riscos.

No dia 3 de abril, Hitler emitiu uma ordem altamente secreta chamada *Fall Weiss* (Caso Branco), determinando que o Alto Comando da Wehrmacht, o OKW, se preparasse para iniciar as operações contra a Polônia, em 1º de setembro. Toda a campanha deveria ser concluída antes que as chuvas de outono transformassem o país num atoleiro. Ele também ordenou que cessassem as críticas à União Soviética e ao comunismo, o que causou grande confusão entre partidários leais ao partido.

Dessa vez, as democracias não tinham ilusões em relação às intenções de Hitler. Após uma consulta, a Inglaterra e a França ofereceram garantia de proteção militar à Polônia, assim como à Bélgica, Holanda e Suíça. Quando Mussolini invadiu a Albânia, em 7 de abril, a mesma garantia foi estendida à Grécia e à Romênia. Os europeus liam as notícias e ficavam preocupados, mas as crises anteriores haviam sido resolvidas pacificamente.

Quando irrompeu a primavera, naquele ano, poucas pessoas perceberam que aquela era a calmaria antes da tempestade. Hitler adorava um desfile e essa era a época ideal para mostrar a força da Alemanha. A Legião Condor logo voltaria dos combates na Espanha e seus integrantes seriam recebidos em Berlim como heróis. Mas a pródiga decoração tomou conta da cidade para uma celebração muito mais importante: o aniversário de 50 anos do Führer, no dia 20 de abril.

Comodamente instalado na nova e opulenta chancelaria, e do alto do sucesso diplomático, Hitler seria honrado com uma celebração digna dos césares. Outro livro-propaganda do onipresente Heinrich Hoffmann documentou vivamente esse espetáculo notável, que incluiu um dos maiores desfiles militares da história de Berlim.[95]

As festividades começaram na noite do dia 19 de abril, com um desfile de carros pelas ruas de Berlim e pelo Ost-West-Achse, o grande bulevar especialmente iluminado e decorado para a ocasião, com

---

[95] Heinrich Hoffmann, *Ein Volk ehrt seinen Führer: Der 20. April 1939 im Bild* (Berlim, Zeitgeschichte, 1939).

28. Um presente de aniversário para o Führer, no dia 20 de abril de 1939. Baur (à esquerda, com o uniforme da SS) mostra para Hitler (segundo, a partir da esquerda) detalhes de seu novo avião, o Focke-Wulf Fw 200 Condor, que seria adquirido em breve. O modelo em escala tinha um teto que se abria para que pudesse ser visto o interior da cabine, inclusive a cadeira tipo trono, a Führersessel. À direita está o NSKK (Corpo de Transporte Automóvel Nacional-Socialista) General Albert Bormann, irmão mais novo de Martin Bormann, secretário pessoal de Hitler. Os demais não foram identificados.

altos postes ostentando águias e suásticas. Depois, regimentos da SS e das Forças Armadas atravessaram a Wilhelmplatz carregando tochas, enquanto uma banda tocava e Hitler era saudado diante da nova Chancelaria do Reich. Lá dentro, no salão de mosaicos, reuniu-se a liderança do Partido Nacional-Socialista, comandada por Rudolf Hess, que cumprimentou Hitler efusivamente pelo aniversário e pelas notáveis realizações. Essa cerimônia foi seguida por pequenas recepções para dezenas de grupos de líderes de praticamente todos os braços do governo, do partido e das Forças Armadas, todos usando uniformes resplandecentes. Cada um trazia presentes, cumprimentava e agradecia seu Führer profusamente. Hans Baur estava presente, com um avião Focke-Wulf Fw 200 Condor, que logo se tornaria o avião oficial do Führer.

Na manhã seguinte, Hitler deixou a chancelaria em sua limusine aberta, acompanhado por outros veículos conduzindo os líderes mais importantes do partido e da Wehrmacht, e foi levado até um palanque especial, todo decorado com bandeiras, no Ost-West-Achse. No trajeto, foi saudado por dezenas de milhares de pessoas que gritavam "Heil, Heil!". O lugar de honra estava cercado por palanques ocupados por dignitários e diplomatas estrangeiros.

Às nove da manhã, pontualmente, o poderoso esquadrão da Luftwaffe sobrevoou o local dando início ao desfile. Durante horas, colunas de soldados armados de todos os braços das Forças Armadas desfilaram com precisão matemática, junto com veículos blindados, artilharia e exemplares dos mais modernos instrumentos de destruição. Hitler postou-se orgulhoso sob os estandartes e uma águia gigantesca, símbolo da Wehrmacht, observando a impressionante máquina de guerra que ele havia criado. Terminado o desfile, Hitler voltou à chancelaria para receber os cumprimentos dos diplomatas estrangeiros e mais convidados. Essa seria a última reunião em tempos de paz.

Pouco mais de um mês depois, no dia 22 de maio, a Alemanha e a Itália assinaram um acordo militar chamado de "Pacto de Aço". No dia seguinte, Hitler comunicou aos generais que considerava a guerra com a Polônia "inevitável". A Wehrmacht não poderia operar sem fornecimento de combustível confiável e Hitler sabia que a maioria das importações sofreria corte em caso de guerra. Esse problema crítico foi resolvido na primavera de 1939, com as novas fábricas de combustível sintético alemães. Usando principalmente o processo Fischer-Tropsch, inventado na Alemanha, em 1923, Hitler agora tinha combustível apropriado independente de qualquer embargo. Depois da guerra, esse processo foi usado pela África do Sul e está sendo agora estudado pelos Estados Unidos como fonte de combustível limpo.

Enquanto os acontecimentos internacionais e políticos ocupavam as manchetes dos jornais, Baur estava ocupado administrando o Esquadrão do Governo e levando Hitler e outras pessoas importantes para vários lugares, geralmente em cima da hora. Para enfrentar a crescente carga de trabalho, novos pilotos e mais três Junkers Ju 52/3mge foram agregados ao esquadrão, a partir do início de 1938, e o velho 4053, agora avião de reserva, recebeu novo registro e foi rebatizado de D-ANAO Joachim von Schroeder.

No verão de 1939, foram criados os *Kurierstaffeln* (esquadrões de correio), da Luftwaffe, para dar conta da transmissão rápida de ordens, documentos sigilosos, mapas e imagens, antes levados pelo Esquadrão do Governo, a partir do aeroporto de Tempelhof. Isso ali-

TABELA 6.1

AVIÕES ACRESCENTADOS AO ESQUADRÃO DO GOVERNO EM 1938

Matrícula Nº	Registro Nº	Nome da Aeronave	Atribuições
5673	D-AFAM	Max von Mueller	Ministro da Propaganda do Reich Dr. Goebbels
5860	D-AYHO	Peter Strasser	Comandante em Chefe da Marinha General Almirante Erich Raeder
?	D-ATUF	Graf Schlieffen	Comandante em Chefe do Exército General de Exército Werner von Fritsch (a partir de fevereiro de 1938, General de Exército Walter von Brauchitsch)
4053	D-ANAO	Joachim von Schroeder	Avião de reserva (ex-AHIT)

Acrescentado depois, Ju 52/3mge:

6093	D-ALUG	Josef Zauritz	Oberstgruppen-SS Kurt Daluege, Chefe da Polícia da Ordem

viou a carga de trabalho de Baur temporariamente. Esse serviço de correio da Luftwaffe foi estendido até as categorias mais baixas de comando, como as *Luftflotten* (frotas aéreas) e *Luftgaue* (distritos aéreos), e outros quartéis-generais.

Durante mais de um ano, um novo avião comercial alemão recebeu ampla publicidade na Europa e Estados Unidos. Tratava-se do esguio avião de quatro motores que estava sendo desenvolvido pela Lufthansa e, talvez, fosse exportado pela Focke-Wulf Flugzeugbau A.G., de Bremen, o Fw 200 Condor. Os primeiros desses aviões começaram a operar nas linhas domésticas da Lufthansa no verão de 1938.

O projetista-chefe da Focke-Wulf, o engenheiro Kurt Tank, e o engenheiro Wilhelm Bansemir começaram a trabalhar no projeto Condor em janeiro de 1936, e o primeiro voo foi realizado em 06 de setembro de 1937, com Tank nos comandos. O Condor era um monoplano moderno, com quatro motores, todo em metal e com trem de pouso retrátil, envergadura de 33m e comprimento de 23,85m. A tripulação normal era formada por dois pilotos, um operador de rádio/engenheiro de voo (chamado de *Funkermaschinist*) e um comissário de bordo. Podia transportar 26 passageiros com conforto, sendo equipado com um banheiro e uma pequena copa-cozinha. Os modelos "A" eram equipados com motores BMW 132G, de 760 HP, que lhes davam uma velocidade de cruzeiro de 325 km/h e teto operacional de 6.700m, com alcance de 1.250 quilômetros.

Baur acompanhou o desenvolvimento dessa nova aeronave com interesse e acabou indo até a fábrica da Focke-Wulf, para fazer um voo de teste. Ele recomendou a Hitler que adquirisse dois aviões para uso pessoal, para substituírem os Junkers Ju 52/3mge. Depois do ceticismo inicial em relação ao Condor, com tantas inovações, Hitler finalmente aprovou a aquisição.

Em dezembro de 1938, o Ministério do Ar (RLM) determinou que dois aviões Condor destinados a Lufthansa fossem transferidos para o Esquadrão do Governo, para uso pessoal do Führer: o Fw200A-0 (S-8), matrícula nº 3098, D-ACVH, *Grenzmark*, e o Fw 200A-0 (S-9), matrícula nº 3099, D-ARHU, *Ostmark*.

29. As linhas esguias do Focke-Wulf Condor podem ser vistas nesta foto do Grenzmark, Fw 200A-O (S-8), matrícula nº 3098, D-ACVH. Esse avião foi usado como aeronave de reserva e acompanhamento para Hitler até ser destruído, em 23 de dezembro de 1941, num acidente de aterrissagem em Orel, na Rússia.

Esses aviões já estavam pintados com as cores e o logotipo da Lufthansa e, como aviões civis, não transportavam qualquer equipamento militar ou armamento. Foi preciso fazer algumas modificações no interior do 3099 para que pudesse ser usado como principal meio de transporte executivo de Hitler. Por isso, o avião de matrícula nº 3098, D-ACVH, equipado como avião de linha normal, foi o primeiro Condor a ser usado pelo governo, em 30 de junho de 1939, como avião de acompanhamento do líder. Ele conservou seu registro civil ao ser entregue. Esse registro foi mudado no outono de 1939, depois que eclodiu a guerra, para "WL-ACVH" durante algumas semanas e depois para "AC+VH", acrescentando a Balkenkreuz (insígnia da cruz militar) entre as letras depois que o avião foi incluído no *Fliegerstaffel des Führers* ou F.d.F. (Esquadrão de Aviação do Führer), novo nome do *Regierungsstaffel*, a partir de 1939.

Na Focke-Wulf, os técnicos e pilotos da fábrica transmitiram a Baur instruções detalhadas para pilotar o Condor, avião maior e mais complicado. Ele realizou inúmeros voos, pousos e decolagens antes de aceitar a aeronave e levá-la para o aeroporto de Tempelhof, no fim de junho.

Baur e equipe esperavam por Hitler numa bela manhã do início de julho, quando ele chegou em sua limusine preta, acompanhado de seu ajudante da força aérea, o capitão Nikolaus von Below, e de seu ajudante pessoal, Brigadeiro Julius Staub. Hitler mostrou-se interessado e Baur explicou todos os detalhes do novo avião, comparando seu desempenho com o do velho Junkers Ju 52/3m. Hitler andou por todo o avião, deu uma espiada na cabine e, depois de fazer algumas perguntas, tomou seu lugar, enquanto Baur se preparava para a decolagem. O tempo de voo diminuiu por causa da velocidade maior do Condor. Uma viagem normal de Berlim a Munique, por exemplo, agora podia ser feita em uma hora e trinta minutos.[96] Hitler gostou desse primeiro voo a bordo do Grenzmark, e permaneceu na cabine durante alguns minutos para conversar com Baur depois do pouso, em Tempelhof.

No dia 5 de outubro, Baur levou Hitler nesse avião até um aeroporto próximo da recém-ocupada Varsóvia, na Polônia, para assistir a um desfile pela vitória alemã. O Grenzmark foi usado para transportar tropas durante a campanha da Alemanha na Noruega, em abril de 1940, quando teve sua marca mudada para "NK + NM", mas logo depois voltou a ser pintado com as cores da Luftwaffe, mantendo o registro "NK + NM". Depois de ter servido no F.d.F., o avião ficou destruído num acidente, durante a aterrissagem, na pista coberta de neve de um aeroporto perto de Orel, na Rússia, em 23 de dezembro de 1941, quando levava uma carga de presentes do Führer para os soldados alemães do front.[97] Baur não estava pilotando o avião.

As modificações no interior do avião principal de Hitler, o 3099, levaram algum tempo. A fábrica da Focke Wulf estava muito ocupada adaptando a produção do Condor às exigências militares. O interior

---

[96] Klaus J. Knepscher, Neusaess, Alemanha, carta para o autor, 25 de março de 1995.
[97] Ibid.

30. Cabine de Hitler a bordo do Immelmann III, Fw 200A-0 (S-9), matrícula nº 3099, vista a partir da cabine da tripulação. A poltrona especial de Hitler está à esquerda, atrás de sua mesa. À direita, um sofá, e atrás, duas poltronas normais.

do 3099 foi dividido em dois compartimentos. A cabine traseira lembrava a configuração padrão, mas tinha poltronas confortáveis para onze passageiros apenas. O compartimento da frente era reservado para Hitler e podia levar sete pessoas, inclusive o Führer em sua poltrona especial. A poltrona grande com braços (Führersessel) foi colocada no lado direito da cabine. Hitler aprovou pessoalmente a disposição, que incluía duas poltronas no fundo e um sofá, coberto com brocado verde, com três lugares no lado esquerdo.

Exatamente na frente da poltrona de Hitler, no lado direito, ficava uma mesa de madeira polida. Havia uma mesa menor na frente dos dois lugares que ficavam no fundo da cabine. Havia também um cofre de aço, para guardar documentos importantes ou coisas pequenas. Também foram incluídos um banheiro e uma despensa, com espaço para uma pia, geladeira e compartimentos para vários tipos de bandejas, pratos, copos e louça fina com a insígnia do NSDAP, a águia e a suástica. Como Hitler sempre estava interessado na duração do voo e dava grande importância à pontualidade, à sua frente foram colocados um altímetro, um indicador de velocidade e um relógio. Junto à parede da cabine havia também um aparelho de oxigênio, sob a mesa, diante da poltrona de Hitler. Também havia oxigênio para a tripulação e os passageiros.

A poltrona especial deveria ter um assento que se transformava em paraquedas, mas numa entrevista que deu ao voltar à Alemanha, depois de ter ficado preso na União Soviética, Baur afirmou que o paraquedas só fazia parte das poltronas especiais instaladas em algumas aeronaves Condor adquiridas durante a 2ª Guerra, como no Fw 300C-4/Ul, matrícula nº 137, marcas CE+IB.[98]

Para Hitler, o Fw 200A-0 (S-9) (V3), matrícula nº 3099, mudou o resgistro de "D-ARHU" para o tradicional D-2600, do velho Junkers Ju 52/3mge, e recebeu o nome de Immelmann III. Ele foi entregue no F.d.F. no dia 19 de outubro de 1939, e Baur viajou com Hitler pela primeira vez nesse avião no dia 10 de novembro. O número 3099 mudou para "WL-2600" no outono de 1939, e depois para "26+00", na época em que foi camuflado com as cores da Luftwaffe. Esse Condor, que não dispunha de armamentos, foi usado durante quase toda a guerra, mas nem sempre por Hitler, e foi destruído, junto com seu histórico livro de convidados, durante um ataque aéreo, em 18 de julho de 1944.

No fatídico verão de 1939, muita gente ainda esperava que o impasse com a Polônia fosse resolvido pacificamente. Os agricultores lavravam calmamente os campos, barcaças desciam tranquilamente os rios, as fábricas funcionavam, as pessoas comuns estavam tirando férias e aproveitando os dias ensolarados. No início de julho, Hitler e quase todos os poderosos do Terceiro Reich compareceram a um festival de arte com desfile, em Munique. Essa festa tão elaborada parecia transmitir um ar de normalidade.

---
[98] Ibid.

Mas a tensão internacional estava aumentando. A imprensa alemã e a propaganda no rádio descreviam os maus tratos sofridos pela população de etnia alemã dos antigos territórios alemães, que agora faziam parte da Polônia. A retórica venenosa de Goebbels exagerava os menores incidentes para despertar a indignação pública e ajudar a criar uma base de apoio para ações contra a Polônia. As exigências de Hitler em relação ao corredor polonês pareciam razoáveis para muita gente. Em Berlim, as luzes ficavam acesas durante a noite inteira no quartel-general da Wehrmacht, na Bendlerstrasse, enquanto os oficiais trabalhavam nos planos de guerra que a maioria desejava que jamais fossem implementados. Saindo de bases espalhadas por toda a Alemanha, as forças alemãs começaram a entrar em formação ao longo de toda a fronteira oriental.

Hitler não queria atraso no confronto com a Polônia. Andando de um lado para outro no escritório da chancelaria, ele sabia que dessa vez só iria obter o que queria através da força das armas. Ele também duvidava que a Inglaterra e a França fossem à guerra por causa da Polônia. Como confirmação disso, Baur se lembrou de uma conversa entre Hitler e Ribbentrop na manhã em que começou a guerra. Hitler disse: "Eu não acredito que a França e a Inglaterra irão impedir a queda da Polônia... eles estão blefando". Von Ribbentrop, que tinha sido embaixador na Inglaterra, apontou para os documentos que trouxera e deu a entender que os dois países estavam seriamente inclinados a declarar guerra. No dia 3 de setembro, quando foram recebidas as declarações de guerra, Hitler disse que, a longo prazo, aquela guerra seria inevitável e que era melhor começar logo, pois teria a chance de realizar seus planos para a expansão da Alemanha.

Mas antes de Hitler entrar em ação, ainda teria que lidar com a ameaça representada pelo grande colosso do leste — a União Soviética. O ódio ao comunismo e à U.R.S.S. sempre fora um dos pilares da política do nacional-socialismo, desde a fundação do partido, mas agora era hora de apelar para o pragmatismo. Nos bastidores, Hitler permitiu um contato confidencial com o ditador Josef Stalin, e os diplomatas estavam trabalhando num acordo secreto, que era muito mais do que um pacto de não-agressão. Hitler queria fazer um acerto com o Kremlin, que lhe permitisse ter as mãos livres para atacar a Polônia e reclamar os antigos territórios alemães. A União Soviética seria recompensada por isso.

No final de agosto, Hitler encontrava-se em Berghof. Observadores estrangeiros acreditavam que estivesse de férias e que a crise da Polônia tivesse sido superada. Na verdade, ele estava se encontrando diariamente com o ministro do exterior von Ribbentrop e outros, para finalizar seu plano de golpe diplomático com a União Soviética. Hitler caminhava todas as tardes pelas trilhas de Obersalzberg, apreciando o ar da montanha e a vista. Essas caminhadas eram seguidas de chá, bolo e conversa trivial com Eva Braun, mas, nesse momento, Hitler estava preocupado com planos de conquista.

Baur recebeu mensagem para apresentar-se em Obersalzberg imediatamente, deixando preparados dois aviões Condor para uma missão especial. Baur chegou prontamente na tarde de 21 de agosto, no campo de Reichenhall-Ainring e, ao reportar-se a Hitler em Berghof, foi informado de que levaria Ribbentrop até Moscou.[99]

Em Moscou, von Ribbentrop chegou a bordo do Grenzmark e, ao sair do avião, foi cumprimentado calorosamente por seu correspondente soviético, Vyacheslav M. Molotov, e pelo embaixador alemão von der Schulenburg. Bandeiras comunistas e com o símbolo da suástica decoravam o aeroporto, uma banda militar tocou os hinos nacionais de ambos os países; von Ribbentrop passou em revista a guarda de honra antes de seguir num comboio de carros do governo.

Enquanto os diplomatas se dirigiram a um hotel na cidade, Baur permaneceu no aeroporto para cuidar dos aviões. Essas belas aeronaves tinham se tornado o centro das atenções e foram muito elogiadas pelos mecânicos e aviadores russos. Os fotógrafos russos ficaram espantados quando Baur permitiu que fotografassem os Condor por dentro e por fora, enquanto era realizado o serviço nos aviões. Os soviéticos garantiram a segurança física, guardando as duas aeronaves num hangar com vigilância, entregando a chave a Baur.

---

[99] Baur, 173.

Baur e o outro piloto, o capitão aviador Liehr, passaram a noite na residência do general Ernst Koestring, adido militar alemão, enquanto os outros membros da tripulação ficavam num hotel. Baur e Liehr passearam pela cidade com um carro e motorista fornecidos pelo governo soviético. Eles também contaram com uma intérprete, funcionária da embaixada alemã, na visita aos pontos turísticos da cidade, como o Kremlin e a Praça Vermelha. Discretamente, ela mostrou a eles os agentes da polícia secreta, a NKVD, que os seguiam de longe por toda parte. Baur foi avisado que as fotografias, mesmo da cidade, eram proibidas, assim como qualquer gorjeta; nenhum cidadão soviético podia aceitar gorjetas de qualquer tipo sob pena de ir para a prisão. Era uma política de Estado que fazia o Terceiro Reich parecer liberal. O general Koestring disse a Baur que os alimentos e bens de consumo eram tão caros e difíceis de encontrar que o corpo diplomático importava praticamente tudo de que precisava.

Enquanto estava na embaixada, depois do passeio pela cidade, Baur viu quando Heinrich Hoffmann saiu de carro para ir até o Kremlin, onde faria o registro das conversas finais entre von Ribbentrop, Molotov e Stalin, culminando no Pacto Nazi-Soviético, chamado de "Pacto Hitler-Stalin". Esse tratado foi concluído pouco depois da meia-noite, no dia 23 de agosto, e a notícia foi imediatamente transmitida a Hitler.

Baur e Liehr chegaram ao aeroporto bem cedo, para preparar os aviões para a partida. Logo após a chegada de von Ribbentrop e de sua comitiva, acompanhados por Molotov, e de uma despedida amigável, eles decolaram em direção a Berlim, com uma parada para abastecimento em Koenigsberg. Nesse mesmo dia, Hitler foi de Berchtesgaden para Berlim com outro piloto. Até onde se sabe, esse foi o único voo de Hitler, a partir de 1932, sem Baur no comando.

Havia semanas que circulavam boatos sobre a crise polonesa e muitos comandantes militares mais antigos ficaram alarmados quando receberam ordens do OKW para suspender todas as licenças e remanejar as forças na fronteira oriental. Alguns entraram em contato com o general Walter von Brauchitsch, comandante em chefe do exército, com perguntas e sugestões. Alguns até falaram com o general Wilhelm Keitel, mas suas preocupações foram ignoradas por Hitler. O marechal de campo Albert Kesselring contou em suas memórias que Hermann Goering "ainda estava trabalhando no sentido de preservar a paz a qualquer custo" e que eles confiavam nos "esforços incansáveis de Goering para salvar a paz".[100] Apesar da oposição a agir militarmente e da recomendação para a continuidade dos esforços diplomáticos, feitos por Goering e outros líderes militares, Hitler já havia decidido declarar guerra à Polônia.

Hitler havia voltado para Berlim para encontrar-se com von Ribbentrop na chancelaria assim que o ministro do exterior chegou de Moscou. O tratado, às vezes chamado de "Pacto Molotov-Ribbentrop", foi um choque para o funcionalismo de Londres e de Paris. Além do pacto de não-agressão mútua, divulgado naquele dia, foi firmado um protocolo secreto estabelecendo uma divisão da Europa do leste entre as duas nações. Caso houvesse guerra generalizada, os estados bálticos — Estônia, Lituânia e Letônia —, a Moldávia e o leste da Polônia ficariam com a Rússia, enquanto a Alemanha ficaria com o lado ocidental da Polônia. Não há dúvida de que Stalin foi motivado mais pela ganância do que pelo medo de um ataque alemão. Naquele momento, esse acordo punha fim ao medo de Hitler de uma possível guerra com duas frentes de batalha ou de uma coalizão soviética com o ocidente contra a Alemanha. Ao receber a notícia da assinatura formal do tratado, Hitler ficou exultante e declarou: "Agora tenho o mundo em meu bolso".[101] Ele chamou von Ribbentrop de "um segundo Bismarck" e deu ordens para que Keitel e o OKW mobilizassem a Wehrmacht a fim de atacar a Polônia no dia 1º de setembro. A invasão ocuparia não apenas o corredor polonês, mas destruiria o exército polonês e ocuparia toda a parte ocidental do país. (O exército soviético deveria ocupar a metade oriental da Polônia.)

Em 24 de agosto, o Papa Pio XII fez um apelo pela paz; seguido de um apelo do presidente Roosevelt a Hitler no dia 25. O premier Daladier, da França, também fez uma súplica fervorosa pela paz no dia 26; e no dia 31 de agosto, o governo polonês anunciou sua disposição para negociar. Até

---

[100] Albert Kesselring, *Kesselring, a Soldier's Record* (Nova York, Morrow, 1954), 38-39.
[101] Snyder, 164.

31. "Não quero ser mais nada além do primeiro soldado do exército do Reich Alemão." Foi o que disse Adolf Hitler em 1º de setembro de 1939, quando se dirigiu ao Reichstag, em Berlim, para anunciar a invasão da Polônia. A 2ª Guerra Mundial começou formalmente três dias depois, quando a Grã-Bretanha e a França declararam guerra à Alemanha.

então, muitos alemães acreditavam que o Führer obteria outro grande sucesso diplomático. Afinal, Hitler não afirmara tantas vezes que desejava a paz, e não obtivera tantas vitórias sem recorrer às armas?

Apesar de a propaganda alemã ter alardeado durante meses a perseguição aos alemães e atos de agressividade ao longo da fronteira, Hitler ainda precisava de algum tipo de provocação específica. Himmler, então, convocou o general Reinhard Heydrich, chefe do serviço de segurança. Heydrich ordenou ao Major Alfred Naujocks que forjasse um incidente e, na noite de 31 de agosto, membros da SS usando uniformes poloneses simularam um ataque a uma estação de rádio alemã em Gleiwitz, perto da fronteira. Alguns desafortunados prisioneiros dos campos de concentração, vestidos com o uniforme do exército polonês, foram drogados e depois mortos no local. Seus corpos foram exibidos para a imprensa mundial como prova de que os poloneses haviam iniciado um ataque ao território alemão. A sorte estava lançada.

No início da manhã do dia 1º de setembro de 1939, sem uma declaração de guerra, forças de terra e do ar invadiram a Polônia pelas fronteiras do norte, sul e oeste, com mais de 55 divisões, numa ofensiva avassaladora, empregando a técnica que logo ficaria conhecida como *Blitzkrieg*, ou guerra-relâmpago. A Grã-Bretanha e a França exigiram que a Alemanha retirasse imediatamente suas tropas. Surgindo diante do Reich, naquela manhã fatídica, Hitler fez um discurso apaixonado, para tentar justificar a agressão. Ele declarou que soldados do exército regular polonês haviam atirado em território alemão e que "desde as cinco horas e quarenta e cinco minutos estamos revidando os tiros" (o ataque na verdade começou uma hora antes). Ele também afirmou: "Não quero ser mais nada além do primeiro soldado do exército do Reich Alemão".[102] Pela primeira vez, Hitler usou um novo uniforme militar de campo, cinza com uma insígnia dourada bordada com a águia no alto da manga esquerda. Como comandante supremo das Forças Armadas, ele nunca mais usou o uniforme do NSDAP, com a braçadeira branca, vermelha e preta com a suástica.

---

[102] Heinrich Hoffmann, *Hitler in Polen* (Berlim, Zeitgeschichte, 1939), 15-16.

7
ASAS DA VITÓRIA: 1939-1941

Um a um os motores começaram a rugir e a soltar fumaça, ganhando vida. Hans Baur taxiou o Junkers Ju 52/3m no campo de gramado do aeroporto de Tempelhof, e decolou com a luz da manhã de setembro. Sentado no compartimento dos passageiros estava Adolf Hitler, o Führer, chanceler do Reich e comandante supremo das forças armadas alemãs. Com ele estavam vários ajudantes e assessores, carregando as costumeiras valises com mapas e documentos necessários para uma reunião com os comandantes de campo. Poucos a bordo da aeronave eram do alto escalão, porque, de acordo com as ordens de Hitler, os líderes mais importantes tinham que viajar em aviões diferentes para não colocar em risco todo o Alto Comando, caso houvesse um acidente.

Um oficial do exército, jovem e elegante, sentado atrás de Hitler, era ninguém menos do que o *Generalmajor* (equivalente a general de brigada) Erwin Rommel, comandante do *Führerbegleitbataillon*, batalhão especial responsável pela segurança pessoal de Hitler e do quartel-general militar de guerra, o *Führerhauptquartier*. Rommel tinha sido promovido à patente de general recentemente e indicado para esse posto por ordem pessoal de Hitler. Ele acompanhou Hitler no trem especial que cruzou a Polônia durante os primeiros dias da guerra e

32. Da esquerda para a direita: General Georg von Kuechler, comandante do 3º Exército; oficial da Luftwaffe não identificado; General Albert Kesselring, comandante da Primeira Frota Aérea; General de Brigada Erwin Rommel, comandante do batalhão de seguranças do Führer; e Hitler sendo cumprimentado na chegada a um aeroporto, atrás do front na Polônia.

queria comandar uma unidade de combate em vez de realizar esse trabalho burocrático.[103]

Quando o Führer Ju se aproximou da fronteira, o avião foi alcançado por seis caças Messerschmitt Bf 109, que o escoltaram sobre o espaço aéreo polonês, onde ainda havia fumaça saindo das cidades e aldeias destruídas. Pela janela, Hitler espiou calmamente as cenas de batalha e a devastação abaixo, e mostrou pouca emoção. Seu destino era um campo de pouso capturado atrás do *front*, onde os exércitos alemão e polonês se enfrentavam nas batalhas finais da campanha. Esperando por ele estavam o general Georg von Kuechler, comandante do 3º Exército, e

---

[103] Desmond Young, *Rommel* (Londres, Collins, 1950), 66.

o general da Luftwaffe Albert Kesselring, comandante da *Luftflotte I* (Frota Aérea I). O encontro serviu para finalizar o plano de ataque a Varsóvia, capital polonesa, ato final da *Blitzkrieg* alemã que, em pouco mais de três semanas, conquistou a Polônia e deu início à 2ª Guerra Mundial. No encerramento do encontro, Hitler e sua comitiva voltaram para Berlim, onde Rommel havia ajudado a montar o primeiro quartel-general de guerra na Chancelaria do Reich.

Depois de iniciada a invasão da Polônia, Hitler ordenou que fosse montado um posto de comando alternativo num trem especial. O trem entrou na Polônia seguindo o avanço do exército alemão; ficou estacionado perto de Gogolin e de outras localidades. O *Führerzug* (trem do Führer) tinha um vagão com artilharia antiaérea em cada ponta, além de salas de reuniões para Hitler, o general Wilhelm Keitel, chefe do OKW; o general Alfred Jodl, chefe de operações do OKW; oficiais e do Estado--Maior dos três setores das Forças Armadas e da SS. O trem tinha, também, uma secretaria, um centro de comunicações, vagões-dormitórios e restaurante para os oficiais do Estado-Maior e os guardas. Boa parte dos Estados-Maiores do OKW e do OKH (exército) permaneceu em Berlim. Hitler passou dias a bordo do trem, observando e monitorando atentamente as operações de combate e a administração militar da guerra. Ele insistiu para que lhe mostrassem cada detalhe e cada ordem durante os três primeiros dias da campanha. Criticou muitas instruções e alterou algumas, deixando os profissionais aborrecidos. A contrariedade dos generais com as interferências de Hitler não foram abrandadas pelo fato de suas revisões se terem justificado no campo de batalha.

O Alto Comando do exército incluía o general Walther von Brauchitsch, comandante em chefe do exército, e o general Franz Halder, chefe do Estado-Maior. Outros líderes visitaram Hitler no quartel-general em várias ocasiões, entre eles o general Hermann Goering, o almirante Erich Raeder, Heinrich Himmler e o ministro do exterior, Joachim von Ribbentrop. Entre os membros do Estado-Maior de Hitler estavam o general Rommel, Martin Bormann, Julius Schaub e seus ajudantes nas Forças Armadas. Numa reunião com Hitler durante a campanha, o general Gerd von Rundstedt, aposentado, convocado em abril e agora comandante do Grupo de Exércitos Sul, pode ser visto numa foto, ainda portando um espadim.[104]

Hitler visitou as unidades alemãs em um comboio de automóveis blindados, com sua limusine Mercedes transportada a bordo do trem. Ele seria acompanhado de seus ajudantes e guarda-costas do Leibstandarte SS e das tropas do *Führerbegleitbataillon*. Existem fotos mostrando-o passar em revista os membros do Leibstandarte SS, comandados por Sepp Dietrich, que participara do combate. Era saudado por toda parte pelos soldados entusiasmados e pessoas de etnia alemã; chegou a fazer uma refeição com as tropas numa Gulasch-Kanone, cozinha móvel do exército. Hitler, às vezes, se aproximava tanto da linha de batalha que podia observar os combates com um binóculo. Nas fotos tiradas durante essas incursões, pela primeira vez Hitler pôde ser visto usando uma pistola de pequeno calibre no coldre do cinto. No dia 19 de setembro, o Führer foi até a cidade de Dantzig, onde foi recebido como libertador. Quando queria voltar para Berlim, Hitler convocava Baur, que ia até o campo de pouso mais próximo com um Junkers Ju 52/3m para buscá-lo.[105]

Baur era um piloto talentoso que gostava de pilotar todos os tipos de aeronave e nunca perdia uma oportunidade para conhecer outro tipo de avião. Um exemplo disso foi o Fieseler Fi 156 Storch (cegonha), avião de cooperação, resgate e reboque, leve, com um só motor, a primeira aeronave com capacidade para decolagem e pouso em pistas curtas *(STOL — Short Take-off and Landing)* da história. Uma foto, tirada durante a campanha polonesa, em setembro de 1939, mostra-o nos comandos de uma dessas aeronaves, com o general Walther von Brauchitsch, comandante em chefe do exército, como passageiro, para

---

[104] Hoffmann, *Hitler in Polen*, 61.
[105] Ibid. Ver também: Friedrich Heiss, *Der Sieg im Osten* (Berlim, Volk und Reich Verlag, 1940), e Major Robert M. Kennedy, *The German Campaign in Poland*, Department of the Army Pam. N° 20-255 (Washington, D.C., 1956).

33. Baur (à direita) prepara-se para levar o general Walther von Brauchitsch, comandante em chefe do exército, para um voo de observação sobre o front polonês em setembro de 1939. Baur está no comando de um Fieseler Fi 156 Storch (cegonha), cedido pelo Esquadrão do Governo, o Fliegerstaffel des Führers (F.d.F.).

um voo de observação sobre o front.[106] O Storch e outros tipos de aviões pequenos, com baixo consumo de combustível, foram adquiridos pelo esquadrão para uso em voos curtos. Alguns também eram mais rápidos do que o Junkers Ju 52/3m, e era muito mais fácil pousar com eles em pistas pequenas ou improvisadas durante a guerra.

A imprensa alemã referiu-se à guerra com a Polônia como a *Feldzug der 18 Tage*, ou "Campanha dos Dezoito Dias", porque, com exceção do cerco a Varsóvia e a limpeza, o conflito havia sido decidido e virtualmente encerrado nesse período de tempo. Invadindo a partir das

---

[106] Ernst Wisshaupt, et al., *Der grosse Deutsche Feldzug gegen Polen* (Viena, Verlag fuer Militaer und Fachliteratur A. Franz, 1939), 138.

fronteiras ao norte, oeste e sul, os alemães foram cercando os exércitos poloneses um a um. No dia 17 de setembro, as tropas soviéticas invadiram a Polônia pelo leste e ocuparam boa parte do território tirado da Rússia e entregue à Polônia no fim da 1ª Guerra Mundial, quando foi formado o moderno estado polonês. Hitler ordenou a tomada de Varsóvia em 3 de outubro, antes da chegada dos russos a Cracóvia, a leste, pelo rio Vístula.

Hitler queria observar o cerco de Varsóvia nos últimos dias da campanha. Baur saiu com um Junkers 52/3m, de Berlim, e pousou num campo grosseiro, a cerca de trinta quilômetros da cidade. Hitler chegou, logo em seguida, com um pequeno grupo de oficiais e embarcou rapidamente. Centenas de obuses de artilharia caíam sobre a capital sitiada e Baur sobrevoou lentamente a frente de batalha para que Hitler pudesse ver os efeitos devastadores do bombardeio. Apesar da força aérea polonesa ter sido destruída nos primeiros dias do conflito, foi providenciada uma escolta formada por caças Messerschmitt Bf 109. Baur depois levou Hitler diretamente para Berlim, aonde, pouco depois, chegou a notícia da rendição de Varsóvia, em 27 de setembro. O general Johannes Blaskowitz, comandante do 8º Exército durante a campanha, aceitou a inevitável capitulação da cidade de Varsóvia e do exército polonês, e se tornou o comandante em chefe do exército de ocupação, mas acabou sendo afastado do posto depois de reclamar das atividades brutais da SS e das unidades de polícia durante a ocupação.

Baur levou Hitler de Berlim para Varsóvia no Focke-Wulf Fw 200A-O (S-8) AC+VH Grenzmark, no dia 5 de outubro, para o desfile da vitória da Wehrmacht pela cidade. Hitler foi saudado ao lado de outros líderes importantes, enquanto as tropas desfilavam, ao som da música marcial tocada por uma banda militar. Depois o Führer voltou para Berlim em seu Condor, onde ofereceu uma recepção para agradecer aos comandantes militares pela vitória sobre a Polônia. Vários oficiais do alto escalão foram condecorados com a Cruz de Ferro e a Cruz de Cavaleiro.

A vitória alemã sobre a Polônia foi considerada por muitos especialistas como um exemplo clássico da cooperação ar-terra que fixou o padrão a ser seguido na luta pela Europa ocidental em 1940.

34. Hitler estava sempre indo de um lugar para outro durante a campanha polonesa: de trem, carro ou avião. Nesta foto, ele acaba de deixar seu Ju 52/3mge, D-2600, pilotado por Baur (em pé na carlinga). Da direita para a esquerda: General Wolfram Freiherr von Richthofen, primo do ás da 1ª Guerra Mundial e comandante de unidades especiais de apoio da Luftwaffe; General Walther von Reichenau, comandante do 10º Exército; Hitler e oficiais não identificados.

A conquista alemã popularizou o termo *Blitzkrieg*, ou guerra-relâmpago. Por toda parte se espalhou o medo desse novo tipo de estratégia, conceito pioneiro que foi aperfeiçoado pela Alemanha, na década de 1930, para evitar impasses ou guerras de atrito em várias frentes. Na prática, unidades blindadas e motorizadas atravessavam pontos mais fracos e lançavam ataques rápidos e concentrados em território inimigo, formando círculos ou bolsões dentro dos quais o inimigo era destruído. Os tanques eram usados agressivamente e não espalhados em pequenas unidades de apoio para a infantaria. As divisões *Panzer* (blindadas) criavam caos e pânico por trás das linhas inimigas. O sucesso era garantido pelo apoio aéreo da

Luftwaffe, que atacava unidades, concentração de tropas, pontos fortes, depósitos, pontes e trilhos. Deveria ser óbvio, mesmo para os não entendidos em assuntos militares, que o modelo de guerra de trincheiras da 1ª Guerra Mundial havia chegado ao fim, e que havia sido restaurado o elemento do movimento. Aparentemente, apenas alguns generais alemães perceberam isso.

Na verdade, apesar de ser considerada a primeira *Blitzkrieg*, a guerra na Polônia foi mais uma campanha convencional com 90% do exército alemão marchando a pé, seguido por artilharia e veículos puxados por cavalos. Mas muito se aprendeu e, na primavera seguinte, uma verdadeira *Blitzkrieg* seria lançada a oeste contra os Aliados.

Um dos primeiros objetivos da Luftwaffe era a destruição total da força aérea inimiga no solo. Em seguida, eles se concentravam no bombardeio aéreo e terrestre para ajudar a infantaria e os blindados alemães em seu avanço. Para isso, os bombardeiros Junkers Ju 87 Stuka e os caças Messerschmitt Bf 109 foram mortais enquanto a Luftwaffe manteve a supremacia aérea. As bombas alemãs normalmente tinham uma pequena sirene (chamada de "assobio de Jericó"), que fazia um barulho horripilante ao descer, aumentando o barulho e o horror dos ataques.[107]

Os dois primeiros alemães a receberem a famosa *Eisernes Kreuz*, condecoração da Cruz de Ferro da 2ª Guerra Mundial, foram oficiais da Lutwaffe: o *General der Flieger* (General da Aviação) Alexander Loehr, ex-comandante da força aérea austríaca e chefe da Frota Aérea 4 na Polônia, e o *Generalmajor* (Brigadeiro) Bruno Loerzer, então comandando uma divisão aérea. Hitler condecorou os dois homens pessoalmente em seu trem especial.[108]

A guerra mudou a vida de todos na Chancelaria do Reich e em todo o país. O congresso anual do partido em Nuremberg foi cancelado e nunca mais foi realizado. Até a famosa Oktoberfest de Munique, realizada todos os anos no final de setembro, foi cancelada e os recursos foram dirigidos para o apoio ao esforço de guerra. Baur e

---

[107] Kennedy, 130-35.
[108] *Der Adler* 16 (19 de setembro de 1939), 24. Ver também: Dr. F. Zierke, *Der Feldzug in Polen 1939* (Stuttgart, Dentsche Verlags-Expedition, n.d., ca. 1939), 48.

sua equipe estavam em constante movimento e, no dia 28 de setembro, ele voou novamente para Moscou com dois aviões Condor, levando Ribbentrop e seus conselheiros para outro encontro diplomático com Stalin e Molotov.

Dessa vez, a União Soviética exigiu a anexação das três repúblicas bálticas da Estônia, Letônia e Lituânia, que acabaram sendo ocupadas em junho de 1940. Em novembro de 1939, Stalin também exigiu que a Finlândia renunciasse a uma parte de seu território e, quando os finlandeses propuseram negociações, o ditador soviético ordenou que o Exército Vermelho atacasse, alegando autodefesa. A Guerra de Inverno, ou Soviético-Finlandesa, não teve nada de *Blitzkrieg*. Apesar da inferioridade numérica e de armamentos, os finlandeses lutaram bravamente com frio e com neve no terreno coberto de florestas. Mas a força das tropas, tanques e aviões soviéticos finalmente prevaleceu e os finlandeses foram obrigados a assinar o Tratado de Moscou, no dia 12 de março de 1940, entregando à Rússia bases e metade do seu território, além de outras concessões. As pesadas perdas soviéticas e o fraco desempenho do Exército Vermelho levaram Hitler a subestimar a verdadeira força e capacidade militar soviéticas, fator que ele iria lamentar depois que a Alemanha invadiu a União Soviética em junho de 1941.

O sucesso de Hitler na Polônia reforçou a confiança do Führer em suas próprias qualidades como estrategista militar, levando-o a depreciar os conselhos de seu Estado-Maior militar e comandantes mais experientes. Quando sua proposta de paz, feita no dia 6 de outubro, foi rejeitada pelos Aliados, ele decidiu atacar no oeste com uma campanha de movimentação rápida para subjugar a França, velha adversária da Alemanha, e derrotar a Força Expedicionária Britânica (FEB), que estava começando a se posicionar na França, como havia feito em 1914. A operação recebeu o nome de *"Fall Gelb"* (Caso Amarelo). Somente a chegada do inverno, tempo necessário para dispor as forças em posição de combate e as fortes objeções de seus conselheiros militares, conseguiu fazer com que Hitler adiasse sua campanha até a primavera seguinte.

Foi o começo da chamada *Sitzkrieg* ou "Guerra Parada", como é chamada, às vezes, que durou todo o inverno de 1939-40. Os franceses perderam a chance de desferir um golpe decisivo ao não invadirem a Alemanha quando o grosso da Wehrmacht estava completamente envolvido com a invasão da Polônia. Essa foi uma das maiores oportunidades perdidas da 2ª Guerra Mundial. Nem a Alemanha nem os Aliados tentaram qualquer ataque; os franceses continuaram atrás da Linha Maginot, que ia da Suíça até a Bélgica, enquanto a Real Força Aérea (RAF) britânica bombardeou a Alemanha principalmente com folhetos de propaganda e fez alguns ataques contra navios. Os devastadores ataques aéreos sobre Londres, Paris e Berlim não ocorreram durante esse estranho período de incerteza. Quando a RAF tentou atacar seriamente os navios alemães no porto de Wilhelmshaven, em 18 de dezembro, seus 24 bombardeiros Wellington foram detectados pelos radares alemães e interceptados por caças Messerschmitt Bf 109 e Bf 110. A RAF perdeu 15 aeronaves e não conseguiu causar grandes danos. O sucesso dos caças alertados por radares deveria ter servido de aviso para a Luftwaffe sobre o tipo de recepção que teria se atacasse a Inglaterra, mas, aparentemente, só os ingleses aprenderam algo com essa desastrosa missão.

Durante o outono de 1939, só houve alguma ação de verdade no mar. Os submarinos alemães começaram a afundar navios mercantes ingleses que traziam suprimentos vitais para as ilhas britânicas. O *Kapitaenleutnant* Günther Prien, comandante do submarino U-47, recebeu ordens do *Kapitaen zur See* (almirante) Karl Doenitz, chefe das operações com os U-boot, para atacar a frota britânica ancorada em Scapa Flow, nas Ilhas Orkney, na Escócia. Aos 27 minutos do dia 14 de outubro, Prien conseguiu passar pelos navios que bloqueavam as entradas estreitas da grande base naval e afundou o grande navio de guerra *Royal Oak*, escapando em seguida. Isso foi um grande choque para o orgulho e o moral britânicos, mas foi muito gratificante para os alemães, porque aquele era o local da grande derrota da frota alemã na 1ª Guerra Mundial.

No dia 5 de novembro, o general Walther von Brauchitsch visitou a Chancelaria do Reich para um encontro especial com Hitler. Ele queria solicitar, em nome do Alto Comando do exército, que o OKH fosse

35. O Kapitaenleutnant (comandante) Günther Prien (à esquerda, na frente), oficial comandante do submarino U-47, ao chegar a Wilhelmshaven, na Alemanha, logo depois de ter afundado o navio de guerra inglês Royal Oak, em Scapa Flow, no dia 14 de outubro de 1939. Hitler enviou Baur (à direita, na frente) para pegar Prien e sua tripulação e levá-los para Berlim no Immelmann III para uma audiência. Prien, agora herói nacional, foi condecorado com a Cruz de Cavaleiro da Cruz de Ferro.

responsável pela conduta adotada nas campanhas futuras. Hitler ficou enfurecido e acusou o Estado-Maior e von Brauchitsch de deslealdade, derrotismo, sabotagem e covardia. Von Brauchitsch saiu abalado e submisso, certamente lembrando o que sucedera a Blomberg e Fritsch. Essa foi a primeira vez que Hitler agrediu pessoalmente seus generais, mas não foi a última.

Em novembro de 1939, ocorreu um evento que não só deve ter agradado a maioria dos generais, como também quase mudou o curso da história — uma tentativa de assassinar Hitler. No dia 8 de novembro, Baur levou Hitler para Munique, onde ele participaria da celebração anual do Putsch da Cervejaria, ocorrido em 1923, realizada tradicionalmente no dia 9, na Buergerbraeukeller. Como Hitler precisava estar de volta em Berlim na manhã do dia 10 para uma reunião importante e com a expectativa de ocorrência de nuvens e neblina nesse dia, Hitler decidiu voltar de trem na noite do dia 9. Ele chegou à cervejaria como programado e, contrariando o hábito, fez um discurso breve para os velhos camaradas do partido. Saiu rapidamente e foi para a estação de trem. Cerca de 20 minutos depois, explodiu uma bomba na cervejaria, provocando a queda do teto sobre os presentes; sete pessoas morreram e 63 ficaram feridas. Hitler recebeu a notícia do ocorrido quando estava no trem.

O Reichsführer-SS Himmler, chefe da polícia alemã, começou as investigações imediatamente, e um carpinteiro chamado Johann Georg Elser foi preso tentando fugir para a Suíça. O *Sicherheitsdienst* ou *SD* (Serviço de Segurança) suspeitava que Elser estivesse envolvido num complô dos ingleses.

Depois de confessar, sem dúvida sob grande coação, que tinha feito e plantado a bomba, Elser conseguiu sobreviver durante cinco anos terríveis em campos de concentração até ser executado pela SS, em abril de 1945. Esse atentado continua a ser um mistério, pois alguns observadores, inclusive o pastor Martin Niemoeller, alegam que o incidente foi planejado por Himmler, com a aprovação de Hitler, para aumentar a popularidade do Führer entre o povo alemão e estimular o apoio à guerra. Ao contrário de 1914, havia pouco entusiasmo por uma segunda guerra na Alemanha ou em qualquer outra parte. Durante todo esse período, as pessoas ainda esperavam uma solução pacífica e rápida para a guerra.

Enquanto a tentativa de assassinato contra a vida de Hitler era vigorosamente investigada, Baur levou o Führer em seu primeiro voo a bordo do novo Focker-Wulf Fw 200A-O (S-9), matrícula nº 3099, WL 2600, rebatizado como Immelmann III. Na tarde do dia 10 de novembro, Hitler chegou ao aeroporto de Tempelhof e, depois de inspecionar o avião, sentou-se na Führersessel, sua poltrona especial com braços, e Baur o levou para um voo confortável a bordo da prestigiosa aeronave. Poucos dias depois, Baur foi convocado por Hitler para uma missão secreta usando esse Condor.

Baur recebeu instruções para voar sem escalas até Sofia, na Bulgária, no Immelmann III, pegar o rei Boris III, e levá-lo até Berchtesgaden para um encontro secreto. Com o velho Ju 52/3m, Baur teria que ter pousado para reabastecer no meio do caminho. Ao chegar ao aeroporto da capital búlgara, Baur apresentou-se ao adido alemão, Coronel Schoenbeck e recebeu instruções para voar até um aeroporto militar. A pista do aeroporto de Sofia era curta, e o avião atolou na lama no final do campo, exigindo esforço considerável para voltar à pista firme para a decolagem. Baur finalmente conseguiu chegar ao aeroporto militar ao amanhecer; logo depois, o rei Boris chegou calmamente com seu irmão e um general da força aérea búlgara. O rei reconheceu Baur imediatamente como o piloto que o levara de Zurique a Viena em 1924.[109]

O rei Boris ficou impressionado com o poderoso Condor, e pediu para se sentar na carlinga, em vez da confortável cabine de passageiros. Baur explicou o funcionamento da aeronave e até deixou que o rei pegasse os controles. O rei ficou surpreso com a sensibilidade do avião à menor pressão sobre os controles e permaneceu na carlinga durante todo o voo direto até o aeroporto de Reichenhall-Ainring. Hitler recebeu o rei Boris, que passou a noite no castelo Klessheim, perto de Salzburg, onde transcorreram as conversas. Na manhã seguinte Baur levou-o de volta para Sofia sem que houvesse qualquer tipo de publicidade sobre o encontro.

Sob o tenebroso ar do inverno, Baur levou Hitler até o Distrito do Sarre, onde visitou de carro várias unidades. Essas visitas receberam ampla cobertura pela imprensa alemã e as fotos geralmente mostravam Hitler jantando com as tropas. O Führer recebia sempre uma recepção entusiástica quando visitava os soldados no campo, e sua chegada representava um momento de quebra na rotina, muitas vezes monótona.

Ao contrário dos anos anteriores, Hitler não ofereceu uma recepção para celebrar o Ano-Novo. Num discurso de 1º de janeiro de 1940, Hitler declarou que estava lutando por uma "Nova Ordem" na Europa, mas poucas nações compreenderam as implicações de seus planos para o futuro.

---

[109] Baur, 186.

Ao examinar a situação política e militar com seus principais conselheiros, Hitler ficou irritado com a posição de neutralidade da Itália, sua aliada. Mas o pacto de não-agressão com a União Soviética diminuíra a preocupação com duas frentes de luta, deixando-o livre para lidar com a França e a Inglaterra.

A Grã-Bretanha, como a França, havia sofrido grandes perdas na 1ª Guerra e estava se recuperando dos efeitos econômicos adversos da Grande Depressão. O exército britânico era pequeno, mas bem treinado e eficiente, e a maioria das unidades de primeira linha havia sido deslocada para o norte da França. A Real Força Aérea britânica fora reequipada com uma nova geração de aviões excelentes e o Comando de Caça, em especial, estava se expandindo e treinando para enfrentar o desafio representado pela Luftwaffe. No entanto, somente no mar a Inglaterra gozava de superioridade, com o poder da Marinha Real.

O exército francês era maior do que o alemão, tinha mais tanques, além disso, poderosos; mas eles se destinavam principalmente ao apoio da infantaria. A França havia sido pioneira na aviação, mas em 1940 a força aérea francesa era surpreendentemente fraca. Haviam sido empregados muitos recursos e muita confiança na aparentemente inexpugnável Linha Maginot, sistema de fortificações ao longo da fronteira leste. Além disso, a maioria dos comandantes franceses ainda estava fazendo planos para uma guerra de desgaste, usando táticas e estratégia superadas da 1ª Guerra. Porém, o mais importante era a falta de liderança aliada a uma mentalidade defensiva. Logo a França descobriria que as guerras não são vencidas pela defesa.

As forças armadas alemãs, em contrapartida, estavam com excelente moral e motivação. A Wehrmacht, com a experiência dos combates na Espanha e na Polônia, estava crescendo rapidamente em tamanho e capacidade, e recebendo armas modernas muito mais eficientes do que o armamento obsoleto, boa parte da 1ª Guerra, dos outros exércitos europeus. E talvez o mais importante: ao contrário da França, os soldados alemães tinham confiança em seus comandantes e em si mesmos.

Hitler estudou numerosos planos e propostas para um ataque total sobre os Aliados a oeste, mas sabe-se que os líderes do exército alemão tinham pouca fé na ofensiva — que fariam a contragosto e por insistência de Hitler. Muitos ainda esperavam por um acordo de paz negociado. Apesar das deficiências dos Aliados, o resultado do conflito entre os dois lados ainda era muito duvidoso. Hitler ficou insatisfeito com os planos, baseados numa ofensiva convencional parecida com a de 1914. Ele estava determinado a ter um papel ativo no controle das operações militares na Europa ocidental. Pretendia demonstrar sua liderança e controle absoluto da Wehrmacht centralizando o poder sobre as Forças Armadas em seu quartel-general.

Embora a atenção de Hitler estivesse concentrada nos planos para uma campanha contra a França e a Inglaterra, eventos ocorridos mais ao norte iriam interferir. A Dinamarca e a Noruega, como a Bélgica e os Países Baixos, eram países neutros com pequenas forças armadas que esperavam evitar envolvimento no conflito. Com exceção da Bélgica, tinham mantido sua neutralidade durante a 1ª Guerra. Em 16 de fevereiro, a Marinha Real Britânica entrou em águas norueguesas e capturou o *Altmark*, navio auxiliar do couraçado Almirante *Graf Spee*, libertando vários prisioneiros ingleses. Além disso, os ingleses também aumentaram as operações para colocação de minas na costa norueguesa. O fornecimento do ferro sueco que chegava até a Alemanha, através do porto norueguês de Narvik, ficou ameaçado com o bloqueio naval inglês. Por sugestão do almirante Raeder, Hitler decidiu que antes de lidar com a França, a Alemanha precisava ir até a Noruega. A Dinamarca teria que ser ocupada apenas como expediente militar para que seus portos e aeroportos pudessem ser usados.

Num encontro secreto realizado em 21 de fevereiro, com Keitel, Jodl, Raeder e o general de infantaria Nikolaus von Falkenhorst, escolhido para comandante da operação, Hitler explicou que precisavam realizar essa operação para se antecipar aos ingleses, proteger o tráfego do ferro sueco e abrir a costa norte para as operações alemãs no ar e no mar. Ele enfatizou que os preparativos por ar, terra e mar tinham que ser feitos rápida e secretamente, para garantir a surpresa e retardar o contra-ataque dos Aliados.[110]

---

[110] Telford Taylor, *The March of Conquest* (Nova York, Simon & Schuster, 1958), 91.

Com Hitler ocupado em Berlim, Baur tirou alguns dias de folga para estar presente no nascimento de sua terceira filha, Heidi, no dia 29 de março de 1940. Quando estava em sua casa, perto de Munique, ele usava seu Mercedes. Em Berlim, ele tinha um motorista e um carro oficial à sua disposição.

A operação *"Fall Weseruebung"* teve início em 9 de abril, com a rápida conquista da Dinamarca. Simultaneamente, unidades de assalto alemãs começaram a chegar por mar em vários portos noruegueses.[111] As tropas foram transportadas em navios de guerra, por sugestão de Hitler, e entraram por terra perto de Oslo, a capital, e Stavanger, ocupando as duas cidades. As tropas alemãs também desembarcaram em Oslo pelo ar, para ocupar o aeroporto, que era vital. Uma parte do exército alemão chegou em pouco tempo ao castelo, de onde o rei Haakon, a família real e boa parte do governo haviam fugido para o norte. Houve luta feroz nas montanhas, diante da resistência de unidades do exército norueguês; a Grã-Bretanha e a França desembarcaram tropas em Narvik e em outros pontos do norte do país. Tropas da Luftwaffe e marinheiros de navios afundados ficaram na defensiva em Narvik. Entre 10 e 19 de abril, unidades do exército alemão continuaram a chegar ao país e foram gradualmente superando a resistência com o apoio de unidades navais e da Luftwaffe. Os dois lados perderam navios de guerra numa série de batalhas ao longo da costa nebulosa da Noruega e as últimas forças aliadas foram finalmente forçadas a abandonar suas posições na cidade ocupada de Narvik, em 8 e 9 de junho, movimento tornado ainda mais urgente pelo colapso na França.[112]

Os jornais da época deram ampla publicidade à traição da "quinta-coluna" no sucesso da aventura alemã na Noruega, e depois na França. O nome do colaborador norueguês Vidkun Quisling tornou-se sinônimo de traidor. Investigações do pós-guerra revelaram que, apesar de ter havido alguns

---

[111] U.S. War Department, *The German Campaign in Norway*, Campaign Study Nº 2 (Washington. D.C., 30 de setembro de 1942).

[112] Gerd Boettger, *Narvik im Bild* (Oldenburg-Berlim, Gerhard Stalling, 1941). Ver também: Friedrich Heiss, *Der Sieg im Norden* (Berlim, Volk und Reich, 1942), e Heinrich Hoffmann, *Fuer Hitler bis Narvik* (Munique, Heinrich Hoffmann Verlag, 1941).

episódios de espionagem e alguma colaboração de partidários locais com os alemães, a grande maioria das histórias é falsa. Até um historiador distinto como Winston Churchill colaborou para esses equívocos.[113]

A vitória alemã sobre os Aliados na Noruega foi ofuscada pela derrota da França. No entanto, ela deve ser lembrada como a primeira operação militar conjunta aérea, terrestre e marítima de verdade em toda a história militar.

Enquanto se desenvolvia a campanha militar na Noruega, o grosso da Wehrmacht estava se organizando ao longo da fronteira ocidental com a França, Luxemburgo, Bélgica e Holanda. Antes de partir para o front, muitas unidades faziam um desfile ou organizavam uma cerimônia. Esses eventos patrióticos eram bons para o moral, tanto dos soldados quanto do público.

A época era de apreensão para o povo da Alemanha e de outras nações, que previam o confronto iminente. Os alemães só recebiam as informações liberadas pelo ministério da propaganda, que controlava inteiramente os meios de comunicação, incluindo a imprensa, os filmes e a programação do rádio. A partir de 1º de setembro de 1939, passou a ser atividade ilegal ouvir qualquer transmissão estrangeira. A maioria dos aparelhos de rádio alemães recebia apenas transmissões em ondas médias e longas e menos de um terço dos aparelhos em uso na época conseguia receber transmissões em ondas curtas do exterior. Antes da guerra, haviam sido distribuídos dois tipos de aparelhos de rádio simples e baratos: o *Volksempfaenger* (receptor do povo) de três tubos, e o pequeno *Kleinempfaenger* (receptor pequeno). E claro que esses aparelhos não conseguiam receber transmissões em ondas curtas, limitando as informações que chegavam ao público. Dizia-se que isso era necessário para a segurança nacional e os alemães, assim como as pessoas de outros países, eram alertados para ficarem atentos a espiões e sabotadores.

Hitler tinha uma preocupação permanente com a questão da segurança, mas durante toda a guerra não descobriu que ordens altamente secretas, tanto dele quanto do Estado-Maior, para os comandantes no

---

[113] Taylor, 103. Ver também: Winston S. Churchill, *The Gathering Storm* (Boston, Houghton Mifflin, 1948), 590.

campo e todos os relatórios do campo para o Führer estavam sendo interceptados e decodificados pelos Aliados. Em 1939, pouco antes do início da guerra, agentes britânicos na Polônia, seguindo uma pista da inteligência polonesa, obtiveram uma cópia precisa da engenhosa máquina de criptografia alemã chamada Enigma. Os ingleses pegaram a Enigma e criaram, depois de muito esforço, uma outra máquina chamada Ultra, que decifrava as mensagens em código da Enigma. Assim, os líderes da Grã-Bretanha, e posteriormente dos Estados Unidos, sabiam com antecedência os detalhes da maioria das operações da Alemanha na guerra. Mais tarde, foram capturadas outras máquinas Enigma, e é possível que, sem esse serviço de inteligência, os Aliados tivessem perdido a guerra. Da forma como as coisas aconteceram, os Aliados tiveram uma tremenda vantagem, pois sabiam onde, quando, como e com que força os alemães pretendiam atacar ou se defender. Só depois do fim da 2ª Guerra Mundial é que o segredo da Ultra foi finalmente revelado.[114] Devemos lembrar que a inteligência alemã também conseguiu decifrar alguns códigos dos Aliados, inclusive o código da Marinha Real Britânica em uso na época da campanha norueguesa.

O planejamento da ofensiva "Caso Amarelo", no oeste, tinha começado a se desenvolver logo depois do fim da campanha na Polônia.[115] O plano original previa um ataque frontal através da Bélgica, Holanda e Luxemburgo, em 12 de novembro, antes que os franceses e os ingleses conseguissem preparar suas defesas. Mas o inverno e os preparativos militares atrasaram a ofensiva, que precisou ser adiada até a primavera seguinte. Parecia não haver muita preocupação com uma ofensiva dos Aliados contra a Alemanha. Em 1940, um avião correio da Luftwaffe, levando dois oficiais, se perdeu e fez um pouso forçado na Bélgica. Eles estavam com os papéis que continham as ordens referentes ao "Caso Amarelo" para o Grupo de Assalto B na frente norte e os belgas passaram essas informações para os Aliados.

---

[114] F. W. Winterbotham, *O Segredo Ultra*, Rio, Ed. Record.

[115] Len Deighton, *Blitzkrieg* (Nova York, Alfred Knopf, 1980), 180. Ver também: Alistair Horne, *To Lose a Battle, France 1940* (Boston, Little, Brown, 1969).

Pouco depois, o general Gerd von Rundstedt, comandante do grupo A do exército, e seu chefe do Estado-Maior, general Erich von Manstein, propuseram que o grosso do ataque alemão mudasse para o lado esquerdo, num ataque ousado pelo centro do front. Hitler, que nunca se satisfez com as propostas mais convencionais do início, logo aprovou esse plano e ordenou que um avanço maciço fosse feito, o mais rápido possível, pela floresta de Ardennes, ao norte da Linha Maginot, que os franceses acreditavam ser intransponível para os tanques. As divisões blindadas e mecanizadas estariam sob o comando do general Ewald von Kleist, enquanto o general Wilhelm Ritter von Leeb comandaria o Grupo C do exército, enfrentando a Linha Maginot no sul. Duas poderosas frotas da Luftwaffe serviriam de apoio, além de paraquedistas e infantaria leve. Durante meses foram sendo reunidas tropas, armas, tanques, combustível e munições, que iam sendo colocadas em posição ao longo da Linha Siegfried, esperando pela ordem de atacar. Essas forças incluíam uma poderosa falange blindada voltada para Ardennes.

Na tarde do dia 9 de maio, Baur recebeu ordens para voar para Hamburgo, naquela noite, com três aviões Condor (provavelmente usando um da Lufthansa) e ficar preparado para decolar às seis horas da manhã do dia seguinte. Suas instruções diziam para obter 50 coletes salva-vidas no aeroporto, por isso Baur e seus homens deduziram que Hitler queria ir até Oslo, na Noruega. No início da manhã do dia 10, enquanto tomava seu café, Baur recebeu um telefonema urgente do ajudante de Hitler na Luftwaffe, Nikolaus von Below, dizendo que o Führer queria falar com ele. Baur ficou surpreso com o telefonema e se perguntou por que Hitler estaria verificando, pessoalmente, se estava tudo em ordem, quando ele sabia que Baur sempre cumpria suas ordens a contento. Hitler explicou a Baur que ele havia sido enviado para Hamburgo para despistar os espiões estrangeiros e que deveria voltar imediatamente para o *Felsennest*, um dos quartéis-generais de Hitler, com um dos aviões. A campanha na frente ocidental havia começado naquela manhã.[116]

---

[116] Baur, 189.

Numa Ordem do Dia para a Wehrmacht, Hitler disse: "Soldados do front ocidental, sua hora chegou. A luta que hoje começa irá determinar o destino da Alemanha pelo próximo milênio!"

A grande ofensiva começou às quatro da manhã do dia 10 de maio, com intensos ataques aéreos em aeroportos e pontos importantes da Holanda, Bélgica e Luxemburgo. Às cinco horas e trinta minutos, forças terrestres atravessaram a fronteira ao norte. A Wehrmacht usou a clássica tática da *Blitzkrieg*, que combinava tanques, blindados, infantaria mecanizada e apoio aéreo.

Antes de amanhecer o dia, unidades de paraquedistas já estavam reunidas nas bases aéreas da Alemanha ocidental. Sua missão era capturar pontos vitais na Holanda para facilitar o avanço das forças terrestres. As tropas ouviram discursos inflamados de seus comandantes e depois cantaram o hino nacional, acompanhado por uma banda. As luzes se apagaram, as grandes portas se abriram e as tropas marcharam no escuro enquanto nos alto-falantes se ouvia "A Cavalgada das Valquírias", de Richard Wagner. Os jovens paraquedistas, imbuídos de zelo patriótico, embarcaram nos Junkers Ju 52/3m, partindo para a conquista ou para a morte.

Outro erro sério dos Aliados, além de sua letargia, desarmonia e táticas defensivas ultrapassadas, foi a corrida de ingleses e franceses para a Bélgica, indo ao encontro da invasão alemã. Confiando nas defesas da famosa Linha Maginot ao sul, eles avançaram sobre a Bélgica pelo flanco esquerdo, caindo nas mãos dos alemães e se enroscando numa armadilha, com sua retaguarda fatalmente exposta às unidades de von Rundstedt flanqueando pelas Ardenas.[117] Como o exército francês, sua força aérea era conduzida, sem competência, por oficiais despreparados para a guerra moderna. A maioria das aeronaves estava obsoleta, embora houvesse um número limitado de exceções, como o caça Morane-Saulnier MS 406 e o bombardeiro bimotor leve Brequet 691. A maior parte dos aviões aliados foi destruída no solo durante os primeiros dias da ofensiva.

---

[117] Capitão B.H. Lidell Hart, "How Hitler Broke Through in the West", *Military Review* (março, 1957), 57.

36. Hitler (à esquerda) com o Marechal do Ar Goering, comandante em chefe da Luftwaffe, saindo de um dos prédios bem camuflados do quartel-general Felsennest, nos arredores da cidade de Muenstereifel, na Alemanha, perto da fronteira belga. Deste local, Hitler e o Alto Comando dirigiram a *Blitzkrieg* na frente ocidental entre 10 de maio e 6 de junho de 1940.

O ataque-surpresa pela região montanhosa das Ardenas foi facilitado pelo conhecimento detalhado do terreno, por parte dos alemães, e pelos esforços dos engenheiros de combate para manter os veículos em movimento. E, como era esperado, o avanço das longas colunas de tanques foi camuflado pela floresta. Além disso, as formações dos caças da Luftwaffe proporcionaram uma excelente cobertura aérea. Relatos do avanço das colunas alemãs pela aparentemente intransponível Ardenas foram ignorados pelos franceses. No dia 18, o general Heinz Guderian, comandante em chefe das tropas blindadas, já tinha avançado até o velho Somme, palco de muitas batalhas da 1ª Guerra Mundial, e no dia 20 ele chegou até o mar. Guderian, na verdade, tinha desobedecido a ordens para interromper o avanço, mas com o apoio de von Rundstedt, ele e seus tanques dividiram os exércitos aliados e arrastaram o resto das forças alemãs atrás deles produzindo a vitória mais acachapante da história moderna até então. Essa foi a primeira verdadeira *Blitzkrieg*. Um dos registros mais impressionantes foi conseguido pela 7ª Divisão Panzer, comandada pelo general Rommel, que ficou conhecida pelo apelido de *Gespensterdivision* (Divisão Fantasma) por causa de seus ataques inesperados e extremamente eficientes. Em seu quartel-general, Hitler acompanhou com satisfação as realizações de seu ex-auxiliar.

Desde o início da campanha, os alemães apelaram para a guerra psicológica para confundir e enfraquecer o moral civil e militar. Espalhavam boatos sobre paraquedistas pousando por trás das linhas, atividades de espionagem e descobertas alemãs que causavam intranquilidade e terror na França e nos Países Baixos. Milhares de cidadãos assustados pegavam as estradas em direção ao oeste, causando ainda mais confusão e pânico.

Baur tinha ido diretamente de Hamburgo para o aeroporto de Euskirchen, no primeiro dia da campanha, e se apresentou imediatamente a Hitler no quartel-general de Felsennest. O lugar fervilhava de atividade, mas não havia muita coisa para Baur fazer nos primeiros dias. Os homens de Baur e os aviões Fieseler Fi 156 "Cegonha" do F.d.F., com sua capacidade de pouso e decolagem em pistas curtas estiveram muito ocupados levando ajudantes militares de Hitler até os comandantes de campo, para obter as últimas informações. Eles também transmitiam pessoalmente ordens secretas de Hitler e do OKW, evitando o uso do rádio para essa troca.

À medida que avançavam os exércitos, Baur levava Hitler até os aeroportos próximos do front para reuniões com os comandantes sobre assuntos vitais para as operações militares. As aeronaves aliadas não ofereciam perigo devido à supremacia da Luftwaffe, mas eles eram escoltados por caças alemães. Hitler ordenou que um novo quartel-general fosse montado o mais rápido possível. Baur levou o Coronel Rudolf Schmundt, ajudante-chefe de Hitler no OKW, num Fieseler Fi 156 para examinar os locais mais adequados. Um lugar obscuro à margem das Ardenas foi o escolhido. A construção foi concluída em pouco tempo, incluindo um bunker de concreto para Hitler, e foi chamada de *Wolfsschlucht* (Desfiladeiro do Lobo). Ficava num pequeno vilarejo de que haviam sido removidos os habitantes locais. Foi aberta uma pista de pouso a cinco quilômetros. Tendas e barracas para uma estação de rádio, suprimentos, combustível e dormitórios foram montadas apressadamente na margem da floresta. Os aviões foram escondidos na floresta e cuidadosamente camuflados, mas não houve qualquer ataque aéreo dos Aliados. Havia cerca de 40 aeronaves durante a campanha, nenhuma delas maior do que o Junkers Ju 52/3m.

Essa época foi atarefada para Baur, com voos para inúmeros locais. Goering, Keitel e Bormann acompanharam Hitler em várias ocasiões, incluindo uma visita às Colinas de Vimy, em que Hitler havia servido como mensageiro nas trincheiras durante a 1ª Guerra. As visitas de Hitler eram boas para o moral já elevado das tropas e para a propaganda interna. Baur teve a oportunidade de conversar com alguns dos pilotos da Luftwaffe, condecorados com a Cruz de Ferro, muitas vezes concedidas pelo próprio Hitler. Eles conversaram sobre combate aéreo e compararam as táticas usadas na 1ª Guerra com aquelas que estavam sendo usadas em 1940 e, é claro, sobre os grandes avanços nas aeronaves. Baur considerava essa nova geração mais habilidosa e tão corajosa e dedicada quanto os pilotos que conhecera na 1ª Guerra.

No front, as batalhas prosseguiam sem trégua. As tropas aliadas recuaram apressadamente no porto de Dunquerque, que foi, finalmente, capturado pelos alemães em 4 de junho, depois de uma demora controvertida, que permitiu uma evacuação heroica pelo mar, salvando a vida de 338 mil soldados ingleses e franceses, mas não armas e equipamentos. Isso foi feito com o uso de pequenos barcos, sob a proteção de caças da RAF. A promessa de Goering de que sua Luftwaffe poderia evitar sozinha a evacuação não funcionou. No livro de memórias publicado em 1962, o marechal de campo britânico Earl Alexander disse: "Se Hitler tivesse vindo com todo o peso de seus exércitos para destruir a Força Expedicionária Britânica, ela talvez não tivesse escapado".

Todo o peso da Wehrmacht voltou-se, então, para o desmoralizado exército francês no sul. A onda de refugiados que entupia as estradas complicava ainda mais a movimentação das tropas francesas e suas apáticas ações defensivas. Em 10 de junho, dia em que os alemães cruzaram o Sena, Mussolini declarou guerra à França e à Inglaterra. No dia 21, divisões italianas começaram a invadir a Riviera, sem esperar dificuldades diante da erosão da resistência francesa em todo o país. Nem mesmo Hitler ficou satisfeito com a entrada tardia da Itália na guerra. Em Washington, o presidente Roosevelt disse num discurso: "A mão que segurava a adaga cravou-a nas costas do seu vizinho".

Em 14 de junho, Paris foi declarada cidade aberta depois que o governo francês fugiu para Bordeaux. Pela primeira vez desde 1871, os coturnos alemães desfilaram pelo Arco do Triunfo e ecoaram pelo Champs-Elysées. Com o colapso da resistência francesa, até mesmo a gloriosa Linha Maginot foi golpeada por um ataque alemão ao sul de Saarbruecken. A França aceitou os termos do armistício proposto por Hitler, em 22 de junho de 1940. O envelhecido marechal Philippe Pétain, herói da 1ª Guerra, tornou-se o chefe do novo governo francês de Vichy, e assim começou a ocupação de boa parte da França, que duraria quatro longos anos. Nessa época, toda a costa ocidental da Europa, da Baía de Biscaia até o Cabo Norte, estava nas mãos de Hitler. Somente a Grã-Bretanha e a França Livre, sob o comando do general Charles de Gaulle, continuaram a se opor aos planos do Führer para uma Europa dominada pela Alemanha. Apesar de bastante enfraquecidos, a Inglaterra e seu império estavam agora sob a liderança determinada de Winston Churchill, que substituíra Neville Chamberlain como primeiro-ministro. Chamberlain renunciara no dia 10 de maio, data do início da ofensiva alemã no ocidente.

A capacidade de Baur para garantir a Hitler transporte aéreo quase que imediato foi, mais uma vez, de grande valor quando ele levou o Führer até Munique para um encontro com Mussolini, no dia 19 de junho. Baur depois o levou para o quartel-general de Wolfsschluchte na França, onde, alguns dias depois, Hitler recebeu a notícia de que a França queria um armistício.

Baur, então, levou Hitler até um aeroporto perto de Compiègne no dia 21, onde ele se juntou a Goering, Hess, Keitel, os chefes dos serviços armados e outros líderes importantes do Terceiro Reich, em Réthondes, para a leitura dos termos do armistício. Hitler ordenou que a cerimônia fosse realizada no mesmo trem em que o marechal Foch ditou os termos do armistício das forças aliadas para a Alemanha, em 11 de novembro de 1918. Uma grande bandeira com a suástica cobriu o monumento francês da vitória de 1918. Depois que Keitel concluiu as formalidades, Hitler ergueu-se impaciente, olhou para os representantes do inimigo, fez a saudação do partido e deixou a delegação francesa sentada no vagão com os oficiais alemães. Enquanto uma banda do exército tocava o hino *Deutschland ueber Alles*, Hitler declarou que a honra da Alemanha havia sido restaurada. Keitel ficou para assinar os documentos do armistício com a delegação francesa, no dia 22.

Hitler visitou Paris apenas uma vez, no dia 28 de junho. Ao amanhecer, Baur o levou até o aeroporto de Le Bourget, onde ele se juntou à sua comitiva para um passeio pela cidade ocupada. Baur também foi e filmou alguns lugares. A coluna de carros, incluindo guardas armados, atravessou as ruas silenciosas, quase desertas, enquanto Hitler, o aspirante a arquiteto, acompanhado por Albert Speer, visitava construções e lugares importantes como o Arco do Triunfo, a Torre Eiffel, o Museu do Louvre, a Ópera e, por fim, a tumba de Napoleão I, no Dôme des Invalides. Podemos imaginar o que passou pela cabeça de Hitler ao olhar para o sepulcro de mármore contendo os restos do grande general.[118]

Enquanto baixava a fumaça na França e nos Países Baixos, o impacto da guerra começava a ser sentido. Foi como uma forte tempestade que tivesse passado deixando morte e destruição por toda a parte. Centenas de milhares de prisioneiros de guerra foram desarmados e amontoados em campos de concentração improvisados, enquanto colunas patéticas de refugiados começavam a voltar para suas casas, para um futuro incerto sob a ocupação alemã.

No dia 25 de junho, o Führerhauptquartier foi rapidamente transferido da França para a Floresta Negra, no sudoeste da Alemanha, onde

---

[118] Heinrich Hoffmann, *Mit Hitler im Westen* (Berlim, Zeitgeschichte, 1940).

o OKW fez os preparativos para a chegada de Hitler. O local era formado por uma pousada isolada e algumas construções espalhadas por uma área coberta de árvores, perto de Freudenstadt. Esse quartel-general foi chamado de Tannenberg, e garantiu a Hitler um lugar sossegado e seguro, para descansar e estudar suas alternativas. No caminho de carro, Hitler e seu bem armado comboio aproveitaram para visitar algumas cidades e campos de batalhas das duas guerras, além de um forte na Linha Maginot. Antes de chegar a Tannenberg no dia 30 de junho, Hitler também visitou soldados feridos num hospital de campo militar e, é claro, isso foi filmado para o noticiário da semana. Baur também filmou essa visita ao hospital com sua câmera amadora.

Na manhã de 6 de julho, Baur e sua tripulação levaram Hitler para Berlim a bordo do Condor, e ele foi saudado entusiasticamente nas ruas enfeitadas com bandeiras. Sua dramática chegada ao aeroporto de Tempelhof foi registrada por câmeras, e Hitler manteve-se orgulhosamente em pé em sua limusine enquanto atravessava as ruas enfeitadas com flores, surgindo finalmente com Goering no famoso balcão da Chancelaria do Reich para responder à ovação da imensa multidão.[119] Goebbels comemorou abertamente a notável vitória sobre a França, velha rival da Alemanha. A *Sieg im Westen* (Vitória no Ocidente) foi alardeada como o maior triunfo militar da história e foi produzido um filme de propaganda com esse nome, baseado, principalmente, nas notícias dos combates. Hitler, é claro, foi considerado o gênio responsável por essa tremenda conquista. Keitel se referiu a ele como o "maior comandante de todos os tempos".

O mito acerca da infalibilidade de Hitler atingiu o auge. Os generais mais importantes sabiam que havia uma grande dose de sorte envolvida na derrota da França, mas quem poderia se opor ou até exercer alguma influência sobre o onipotente Führer? A confiança em Hitler – em sua sabedoria –, e a leal obediência a ele, e aos outros líderes na hierarquia, eram os pressupostos básicos do Führerprinzip. Hans Baur, como milhões de alemães, depositava toda a sua fé e confiança em Adolf

---

[119] Ibid. Ver também: Friedrich Heiss, *Der Sieg im Westen* (Praga, Volk und Reich, 1943).

Hitler. Ele havia conduzido a Alemanha de uma vitória a outra, mas agora, certamente, a paz seria negociada com o último adversário, a Grã-Bretanha.

Apesar da grande vitória, houve pouca celebração na Alemanha. As pessoas tinham a esperança de que um acordo de paz pusesse fim à guerra. Baur e outras pessoas notaram que Hitler parecia muito calmo e reservado, agora que chegara ao auge do poder e da popularidade. Raramente o Führer se mostrava indeciso diante de seus generais e auxiliares. Mas os últimos acontecimentos haviam transcorrido com tanta rapidez que até mesmo Hitler estava sem saber qual seria o próximo passo. Ele esperava ter alguma notícia de Londres em relação às negociações de paz, mas isso não aconteceu.

No dia 10 de julho, em Berghof, Hitler discutiu com o almirante Raeder a possibilidade de invadir a Inglaterra, caso os ingleses não buscassem a paz. Para Raeder, essa era uma atitude séria e bastante arriscada, que só teria êxito com a total supremacia aérea. Von Brauchitsch e os outros generais, que chegaram para essa reunião no dia 10 mostraram-se mais otimistas e Goering acreditava que sua Luftwaffe poderia derrotar a Real Força Aérea. Finalmente, em 16 de julho, Hitler emitiu a Instrução Nº 16, afirmando que "como a Inglaterra, apesar de sua situação militar desesperadora, não dá sinais de estar preparada para chegar a um entendimento, decidi preparar uma operação de desembarque contra a Inglaterra e, se necessário, ir até o fim... A invasão terá o codinome *Seeloewe* (leão marinho).

Os preparativos começaram imediatamente. Tropas e equipamentos da Wehrmacht foram deslocados para o norte da França, Holanda e Bélgica, enquanto o exército e a marinha começaram a requisitar batelões para levá-los até os portos na costa do Canal da Mancha. O moral das Forças Armadas estava alto. Os paraquedistas se reagruparam e treinaram; aviões Ju 52/3m e planadores foram reunidos para as operações aéreas. Armas de longo alcance foram levadas para perto de Calais e no início de agosto começou o bombardeio sobre Dover e outros pontos, ao longo da costa sul da Inglaterra. No dia 10 de julho, a Luftwaffe já atacara navios no Canal, tinha feito reconhecimento aéreo e efetuado alguns ataques menores na costa sul, por onde deveria ocorrer a invasão. Os preparativos alemães alimentaram o "nervosismo com a invasão" na Inglaterra, onde as defesas estavam sendo organizadas.

Mas do outro lado ainda era possível saborear a vitória. No dia 18 de julho teve início, em Berlim, uma celebração com a Divisão de Infantaria Brandemburgo, desfilando com todo seu equipamento através do Portão de Brandemburgo pelo Ost-West-Achse. Na manhã seguinte, numa cerimônia solene na chancelaria, os generais comandantes receberam os agradecimentos de Hitler e muitos oficiais foram condecorados, inclusive com a folha de carvalho na Cruz de Cavaleiro da Cruz de Ferro, que havia sido instituída em 3 de junho. Hitler também anunciou a promoção de vários oficiais que haviam se destacado na campanha ocidental. Onze generais foram promovidos a *Generalfeldmarschall* (general marechal de campo): Fedor von Bock, Walther von Brauchitsch, Wilhelm Keitel, Albert Kesselring, Günther von Kluge, Wilhelm Ritter von Leeb, Wilhelm List, Erhard Milch, Gerd von Rundstedt, Hugo Sperrle e Erwin von Witzleben. Hermann Goering foi promovido à patente única de *Reichsmarschall* (marechal nacional), mantendo-se como oficial mais graduado das Forças Armadas. Goering também recebeu uma condecoração única na época, a Grande Cruz da Cruz de Ferro, a única concedida durante a 2ª Guerra Mundial. Para essa nova patente, o vaidoso Goering mandou fazer um uniforme especial, cinza azulado, com as insígnias bordadas em dourado.

Na noite de 19 de julho, Hitler fez um longo discurso, há muito aguardado no *Reichstag*. O correspondente americano William L. Shirer descreveu a cena:

> Jamais tinha visto tantos generais com tantas insígnias douradas sob um único teto. Reunidos, o peito pesado com cruzes e outras condecorações, eles encheram um terço do primeiro balcão da Ópera Kroll. Hitler utilizou suas melhores técnicas oratórias. Suas mãos se moviam em movimentos eloquentes para enfatizar suas palavras; seu corpo se movia de modo quase hipnótico, e a multidão respondia com vivas e braços estendidos em saudação. Mas os generais,

políticos e diplomatas ficaram em silêncio quando ele chegou ao âmago de seu discurso.

"Nesta hora, eu sinto que é meu dever perante minha consciência apelar mais uma vez para a razão e o bom senso da Grã-Bretanha... Não vejo razão para prosseguir com esta guerra".

Shirer reparou na reação do *Reichstag:*

Não houve aplausos, ovações ou o barulho surdo das botas batendo no chão. Houve silêncio. E tensão. Pois, em seus corações, os alemães desejam a paz. Hitler esperou um pouco para que a tensão aumentasse, e então acrescentou com voz submissa, quase triste: "Sofro só em pensar nos sacrifícios que ela (a guerra) irá exigir. Gostaria de evitá-los, também por meu próprio povo."[120]

Sessenta minutos após o discurso de Hitler, a reação britânica à oferta de paz foi anunciada pela BBC. A declaração não-autorizada obteve uma rejeição determinada.

Quando ficou entendido que a guerra iria continuar, espalhou-se uma decepção mal disfarçada por toda a população alemã. Em casa, aproveitando alguns dias de folga, enquanto Hitler estava em Berghof, Baur disse a sua esposa para não se preocupar, que ele tinha confiança nas decisões tomadas pelo Führer.

A Batalha da Inglaterra começou efetivamente no dia 13 de agosto, quando a Luftwaffe, disposta em formação de combate no norte da França, nos Países Baixos e Noruega, lançou seus primeiros ataques em massa sobre alvos ingleses. O moral alemão estava alto no começo e muitos esperavam uma vitória fácil, como o triunfo sobre as forças polonesas e francesas. Os primeiros ataques danificaram portos, aeroportos, além de fábricas de motores e aviões. Apesar do estrago considerável, a *Luftflotten II* e *III* (Segunda e Terceira Frotas Aéreas) sofreram perdas pesadas inesperadas, em vidas e aviões. Pela primeira vez, a força aérea alemã havia enfrentado um

---

[120] William L. Shirer, *Berlin Diary* (Nova York, Alfred A. Knopf, 1941), 452-57.

sistema de defesa organizado, motivado e bem equipado com radares. As deficiências da Luftwaffe ficaram evidentes quase que imediatamente, exceto talvez para Goering. Os caças Messerschmitt Bf 109 de curto alcance, voando naquela época sem tanques de combustível auxiliares e os bombardeiros de mergulho e bombardeiros leves, desenvolvidos para dar apoio ao exército, funcionavam bem com a tática da *Blitzkrieg*, mas eram inadequados para a guerra sobre a Inglaterra. A experiência de combate logo mostrou que o armamento defensivo dos bombardeiros era inadequado. O Bf 110 *Zerstoerer* (destruidor), que, segundo Goering, deveria ser um caça escolta, junto com o bombardeiro Ju 87 *Stuka*, não tinha agilidade suficiente para enfrentar os ágeis Spitfires e Hurricanes da RAF. Por isso os bombardeiros defensivos dependiam do monomotor Bf 109, que não conseguia ficar durante muito tempo sobre o alvo e não conseguia escoltar os bombardeiros para os objetivos mais distantes das Ilhas Britânicas.

Os ataques aéreos alemães continuaram e, na noite de 25 e 26 de agosto, a RAF retaliou os ataques bombardeando Berlim. Esse ataque foi embaraçoso para Goering, apesar de ter causado poucos danos. Mas alguns civis foram mortos, além do único elefante do zoológico de Berlim. Hitler declarou em 4 de setembro: "Eu tentei poupar os ingleses. Eles confundiram minha humanidade com fraqueza e responderam matando mulheres e crianças alemãs. Se eles atacam nossas cidades, nós simplesmente apagaremos as deles". Em 7 de setembro começou a "Blitz Londres", quando os principais esforços aéreos alemães mudaram do ataque a RAF e suas bases para o bombardeio de Londres. Esse foi outro erro fatal de julgamento que levou ao inevitável fracasso da Luftwaffe na conquista da superioridade aérea, tão necessária para uma invasão da Inglaterra. Além disso, os ataques aéreos sobre Londres e outras cidades não afetaram o moral inglês e até aumentaram sua vontade de vencer. Não faltavam coragem e habilidade aos pilotos e tripulações de ambos os lados, mas no final, Churchill resumiu bem, referindo-se ao Comando de Caças da RAF: "Nunca, no campo dos conflitos humanos tanto foi devido por tantos a tão poucos".[121]

---

[121] Roger Parkinson, *Summer, 1940, The Battle of Britain* (Nova York, McKay, 1977), 149, e Winston S. Churchill, *Their Finest Hour* (Boston, Houghton Mifflin, 1949).

O grande almirante Raeder informou a Hitler que, ao contrário dos generais, ele não via uma invasão do outro lado do canal como a travessia de um rio, e que os preparativos para o Leão Marinho eram complicados demais e demandavam muita logística para poderem estar concluídos até o fim de agosto. A data foi finalmente marcada para 15 de setembro de 1940, a última data considerada viável porque a piora das condições meteorológicas provavelmente tornaria a travessia do canal impossível.

Diante da possibilidade de insucesso na invasão da Inglaterra, Hitler informou o OKW, pela primeira vez, sobre sua intenção de resolver o "problema russo". Agindo sob total sigilo através do marechal de campo Keitel, ele ordenou ao Estado-Maior que fizesse estudos preliminares para a guerra com a União Soviética.

Os bombardeios a Londres e depois a outros alvos na Inglaterra prosseguiram, mas quando ficou claro que o pré-requisito militar de superioridade aérea alemã seria impossível, Hitler ordenou que os preparativos para a operação Leão Marinho fossem encerrados em 9 de janeiro de 1941. Deu-se, então, prioridade aos preparativos para invadir a URSS, com o codinome *"Fall Barbarossa"*. Descrita por Hitler como uma "cruzada contra o comunismo que eliminaria a ameaça soviética", foi obviamente motivada pela necessidade de trigo, petróleo e minerais que permitissem à Alemanha desafiar o bloqueio inglês por um período mais longo.

Enquanto o povo da Inglaterra sofria bravamente com a "Blitz" em Londres e os devastadores ataques aéreos em Coventry e outros alvos, a vida na Alemanha adquiriu uma estranha normalidade no inverno de 1940-41. A situação de certa maneira lembrava a "Guerra de Mentira" do inverno anterior. Os ataques aéreos ainda não eram problema, e havia a esperança de que os ingleses pedissem um armistício. A indústria alemã lutava para produzir mais material de guerra, mas a economia não estava totalmente em ritmo de guerra. Os homens não convocados estavam ganhando muito dinheiro. Alimentos, bens de consumo e até perfumes franceses podiam ser encontrados facilmente e os únicos sacrifícios reais estavam sendo feitos pelos milhares de aviadores e pelo pessoal de terra nos aeroportos dos Países Baixos, norte da França e Noruega. A vida era dura para as tripulações dos submarinos que estavam no mar naquele inverno, mas essa foi uma época comparativamente fácil e bem-sucedida para eles, comparada com o que estava para vir, quando novas medidas defensivas dos Aliados seriam introduzidas na Batalha do Atlântico. Essa época relativamente tranquila na Alemanha terminaria em breve.

No final de outubro, Hitler informou a Baur que ele iria de trem para Hendaye, na fronteira franco-hispânica, para um encontro com o general Francisco Franco, o líder espanhol. Hitler queria que Franco declarasse guerra à Inglaterra em janeiro de 1941 e que lançasse um ataque imediato em Gibraltar que interditasse o Mediterrâneo definitivamente para a Marinha Real. Gibraltar acabaria por tornar-se parte da Espanha. A passagem de tropas alemãs através da Espanha também foi discutida. Depois de nove horas, as conversas foram encerradas sem que se chegasse a um acordo e um Hitler muito decepcionado, irritado com a ingratidão de Franco, foi para Tours encontrar-se com Pétain.

No trem, a caminho de Florença, na Itália, no dia 28 de outubro, Hitler soube que a Itália havia invadido a Grécia. Contrariado, Hitler gritou que o idiota do seu aliado representava mais perigo para o Eixo, ao qual se juntara recentemente o Japão, do que uma ofensiva aliada. Hitler teve que aceitar um "fato consumado", que acabaria por exigir o envolvimento da Alemanha. Em poucos dias, o mal-equipado exército italiano, enfrentando a resistência feroz dos gregos, afundou nas montanhas pantanosas, cobertas de neve, perto da fronteira com a Albânia, e algumas divisões tiveram que recuar. As ações de Mussolini irritaram Hitler, que queria que a Itália fizesse alguma coisa positiva, como atacar Malta ou talvez Creta. Mas nessa época, nenhum dos dois homens podia prever que, com esse gesto tolo, Mussolini havia condenado tanto o seu regime fascista quanto o Terceiro Reich.

Baur foi novamente despachado para Sofia, no dia 18 de novembro, para pegar o rei Boris III, czar da Bulgária, no Immelmann III, e trazê-lo para outro encontro breve com Hitler. A Bulgária, temendo a União Soviética, finalmente se juntou ao Pacto Tríplice em 1º de março de

1941; as tropas e aeronaves alemãs entraram no país no dia seguinte. Dando continuidade às manobras diplomáticas, Romênia, Hungria e Eslováquia se juntaram ao Pacto Tríplice em 20 e 21 de novembro de 1940. O pacto permitia que uma missão militar alemã assumisse o controle das comunicações, segurança interna e aeroportos, e em troca a Alemanha fornecia ajuda militar e promessas de ganhos territoriais.

Hitler percebeu que a invasão da Grécia pela Itália poderia precipitar um desembarque dos ingleses, que poderia ameaçar o flanco sul da Alemanha, quando lançasse a invasão da União Soviética. Além disso, bombardeiros da RAF, partindo das bases gregas, poderiam atacar os campos de petróleo da Romênia, que abasteciam a Alemanha. No dia 13 de novembro, Hitler emitiu uma Instrução do Führer Nº 20, que delineava uma invasão alemã na Grécia sob o codinome *"Fall Marita"*. Ela deveria ocorrer no início de 1941, assim que a Bulgária se juntasse ao Pacto Tríplice e os preparativos e a movimentação das tropas estivessem completos.[122]

Mesmo os melhores planos devem ser revisados com a mudança dos acontecimentos. No dia 15 de dezembro, os ingleses invadiram a Líbia, e as forças italianas ali presentes logo passaram a correr mais perigo do que aquelas do norte da Grécia. Para evitar um desastre, Hitler decidiu enviar uma força expedicionária para o norte da África. No dia 12 de fevereiro de 1941, o general Erwin Rommel desembarcou em Trípoli com elementos avançados do *Deutsche Afrika Korps*. As mesmas tropas, tanques e veículos desfilaram pela avenida principal da cidade, duas ou três vezes, para impressionar os espiões ingleses com a força dos alemães. O dinâmico e agressivo general Rommel, escolhido pessoalmente pelo marechal de campo von Brauchitsch, comandante em chefe do exército, e aprovado por Hitler para liderar as forças blindadas e mecanizadas alemãs, fora enviado para a Líbia para ajudar a defesa italiana. Em vez disso, ele iniciou uma guerra de movimento notável pelo deserto, que quase derrotou as forças inglesas e que logo

---

[122] U.S. Department of the Army, *The Campaigns in the Balkans, Spring 1941*, Dept. of the Army Pam. Nº 20-260 (Washington, D.C., 1953), 6.

lhe daria fama internacional, além de respeito e uma promoção a general marechal de campo em 22 de junho de 1942.

Apesar da necessidade de intervenção nos Bálcãs, Hitler estava mais interessado nos preparativos para a campanha contra a União Soviética. No dia 18 de dezembro de 1940, Hitler emitiu a Instrução do Führer N° 21, ordenando que tudo estivesse pronto para uma *Blitzkrieg*, em 15 de maio de 1941. Esse plano levaria a capacidade da Wehrmacht ao seu limite. Com esse objetivo em mente, Hitler tomou a péssima decisão de reduzir, adiar ou cancelar as pesquisas e desenvolvimento de aeronaves avançadas e outras armas e a introdução de modelos melhorados para se concentrar na produção em massa do que já existia e que seria necessária para executar o que ele esperava que fosse a ofensiva decisiva de 1941.

Mas a prioridade tinha que ser uma resolução rápida da situação nos Bálcãs. O interesse alemão na região era principalmente econômico: alimentos, petróleo e matérias-primas. Hitler agora queria controlar os Bálcãs, notório berço de intrigas, para apoiar a Itália, evitar a penetração inglesa pela Grécia e Iugoslávia, e manter bases de apoio para as forças italianas e alemãs que enfrentavam os ingleses no norte da África.

Romênia, Hungria e Bulgária agora estavam no campo alemão; faltava ainda contatar a Iugoslávia. No dia 14 de fevereiro de 1941, Hitler e von Ribbentrop se encontraram com o premier iugoslavo, e o resultado foi decepcionante. O Dia D da Operação Marita estava se aproximando, e a Iugoslávia ainda se recusava a cooperar ou permitir a passagem da Wehrmacht através de seu território. Hitler começou, então, a negociar com o príncipe regente Paulo, no dia 18 de março, o Conselho Iugoslavo decidiu juntar-se ao Pacto Tríplice, que foi assinado em Viena no dia 25 de março. O triunfo diplomático de Hitler durou pouco, pois durante a noite de 26 e 27 de março um golpe de estado militar em Belgrado derrubou o príncipe regente Paulo e instalou o rei Pedro II, de dezessete anos, no trono. O novo governo anunciou, então, que não iria ratificar o Pacto Tríplice.

No dia 27 de março, Hitler convocou uma reunião urgente com os comandantes da Wehrmacht e seus chefes do Estado-Maior, além de

Goering, Keitel, Jodl e von Ribbentrop. Ele afirmou que acreditava que a Iugoslávia era hostil à Alemanha e que havia decidido "destruir a Iugoslávia como poder militar e estado soberano".[123] Os três serviços ficariam responsáveis pelos preparativos necessários com o máximo de rapidez. Trabalhando sob pressão extrema, o OKH desenvolveu um plano combinado para as campanhas da Grécia e da Iugoslávia, 24 horas após a revolta militar na Iugoslávia, incluindo a participação dos satélites e aliados alemães. Os planos foram apresentados imediatamente na Instrução Nº 25, e Mussolini foi informado, junto com os ministros húngaro, romeno e búlgaro.

No dia seguinte, 6 de abril de 1941, a Luftwaffe lançou um ataque devastador sobre Belgrado, capital da Iugoslávia, causando muitos estragos e muitas mortes, e o exército alemão começou a invasão.

Para a campanha nos Bálcãs, o OKW e o *Führerbegleitbatallon*, mais uma vez, estabeleceram o *Führerhauptquartier* no trem especial de Hitler, ocupando os mesmos carros usados na campanha polonesa. O *Führerzug* deixou Berlim no dia 10 de abril e seguiu rapidamente para o sul através da Baviera, entrando no antigo território austríaco, agora chamado de Ostmark. Depois de Wiener Neustadt, 50 quilômetros ao sul de Viena, a estrada de ferro de Aspang atravessava um terreno montanhoso com vários túneis. O trem de Hitler foi parado entre dois túneis, com a locomotiva sendo alimentada constantemente para que o trem pudesse ir para o túnel imediatamente em caso de ataque. Logo se juntou a ele outro trem, com pessoal do OKW. Goering fixou seu próprio quartel-general perto de Semmering, a sudoeste. O general von Brauchitsch foi de Berlim para Wiener Neustadt com seu Estado-Maior do OKH para assumir o comando pessoal do 2º e 12º Exércitos, que conduziriam as campanhas contra a Iugoslávia e a Grécia. Mas Hitler acompanhou diariamente o planejamento e a execução das campanhas.[124]

Por causa das montanhas, não havia aeroporto disponível nas cercanias dos trens, e Baur teve que pousar no aeroporto de Wiener Neustadt,

---
[123] Ibid., 22.
[124] Ibid., 38-39

permanecendo aí com a aeronave. Os Fieseler Storch voaram até uma pradaria perto de Moenichkirchen, a cidade mais próxima do trem de Hitler, para deixar pessoas e papéis importantes. Hitler, Bormann, Keitel, Jodl e o Estado-Maior do OKW permaneceram a bordo dos trens pelo resto da campanha.

A campanha dos Bálcãs contribuiu para a lenda da *Blitzkrieg*. Com as primeiras luzes do dia 6 de abril, dois exércitos alemães, o Segundo, sob o comando do general Maximilian von Weichs, e a 1ª Divisão Panzer, sob o comando do general Ewald von Kleist, atacaram subitamente o norte e o sul da Iugoslávia, a partir da Áustria e da Bulgária, respectivamente. Apesar do terreno montanhoso e das estradas lamacentas, as unidades mecanizadas e blindadas alemãs, com apoio aéreo, cercaram e destruíram ou capturaram as desorganizadas unidades de infantaria iugoslavas. A resistência iugoslava desmoronou e, para complicar as coisas, contingentes croatas se amotinaram. No dia 10, a Croácia proclamou-se estado independente, disposto a cooperar com a Alemanha. Tropas da SS foram as primeiras a entrar em Belgrado, que caiu em 12 de abril, seguida por Sarajevo no dia 15. Representantes iugoslavos assinaram uma rendição incondicional em 18 de abril de 1941. Praticamente no mesmo momento em que terminou a campanha regular, fugitivos do exército, tanto pró-realeza quanto comunistas, embrenharam-se nas montanhas e começaram uma guerrilha contras as forças de ocupação alemãs e italianas que continuou até a evacuação alemã dos Bálcãs, em novembro de 1944.[125]

Também no dia 6 de abril, as forças alemãs invadiram a Grécia. As forças inglesas haviam chegado à Grécia pelo norte da África, no dia 5 de março, com a intenção de estabelecer um ponto de apoio permanente no continente. As tropas do 12º Exército alemão, deslocadas da Bulgária sob o comando do marechal de campo Wilhelm List, atacaram a Trácia e a Macedônia. Os gregos ofereceram forte resistência na Linha Metaxas, mas as fortificações foram derrubadas e ultrapassadas

---

[125] U.S. Department of the Army, *German Antiguerrilla Operations in the Balkans, 1941-1944*, Dept. of the Army Pam. Nº 20-243 (Washington, D.C., 1954).

e Salônica capturada, enquanto as forças alemãs avançavam rapidamente pelo sul da Iugoslávia. Isso obrigou as divisões gregas, a Divisão Australiana e a Brigada Blindada Britânica a recuarem para o sul.

Para os ingleses, isso representou outro recuo humilhante, com a retaguarda atrasando o avanço alemão durante todo o caminho até os portos do Peloponeso. O último foco de resistência inglesa foi derrubado nas Termópilas no dia 24, e no dia 26 tropas de paraquedistas da Luftwaffe tomaram o Istmo e a cidade de Corinto. As divisões Panzer entraram em Atenas no dia 27 e ergueram a bandeira com a suástica na Acrópole. Antes mesmo do fim das hostilidades, no dia 30 de abril, o exército alemão começou a retirada de tropas e equipamentos dos Bálcãs.

As perdas gregas e inglesas resultaram em grande parte dos ataques da Luftwaffe, que superava a RAF e a Grécia na proporção de dez para um. Os ingleses conseguiram evacuar 45 mil soldados, mas deixaram 11 mil mortos e a maior parte de seu equipamento no que representou uma segunda Dunquerque. Em compensação, as perdas alemãs foram de pouco mais de cinco mil homens na Grécia e de apenas 558 na invasão da Iugoslávia, quando foram mortos ou capturados quase um milhão de soldados iugoslavos.[126] Essa foi uma vitória notável sob todos os aspectos e Hitler afirmou: "Para a Wehrmacht alemã, nada é impossível". Como sempre, a vitória nos Bálcãs foi celebrada com um desfile. As tropas marcharam por Atenas, com o marechal List recebendo as saudações ao lado de outros comandantes, incluindo o Brigadeiro do Ar Wolfram von Richthofen, comandante do VIII Corpo Aéreo.[127]

Depois da expulsão da Grécia, os ingleses transferiram a maioria dos sobreviventes para a Ilha de Creta, que eles haviam ocupado seis meses antes. A posse dessa ilha era muito importante, pois permitia o controle das rotas no leste do Mediterrâneo e garantiria uma base aérea e naval próxima dos novos flancos alemães nos Bálcãs. Além disso,

---

[126] U.S. Department of the Army, Pam. N° 20-260, 36, 64 e 112. Ver também: Friedrich Heiss, *Der Sieg im Suedosten* (Berlim, Volk und Reich Verlag, 1943).

[127] Heiss, *Der Sieg im Suedosten*, 168. Ver também: Hauptmann W. Freiherr von Heintze, *Wir Kaempften auf fern Balkan — VIII. Fliegerkorps* (Dresden, Dr. Guentz-Druck, 1941).

suas defesas pareciam seguras, pois a superioridade naval inglesa na área tornava qualquer tentativa de invasão arriscada demais para os alemães. Hitler, no entanto, estava determinado a capturar a ilha. No dia 15 de abril, o general Kurt Student, comandante do XI Corpo Aéreo das Forças Aéreas Alemãs, apresentou a Goering um plano de ataque aéreo usando tropas de paraquedistas e planadores. No dia 25 de abril, Hitler emitiu a Instrução Nº 28, a *Fall Merkur*, para a tomada de Creta, a primeira invasão aérea da história.[128]

A invasão de Creta pelos alemães começou no início do dia 20 de maio, precedida por pesados ataques aéreos contra aeroportos, posições antiaéreas, defesas terrestres e navios, com intervalos de quinze minutos, mesmo quando as tropas de paraquedistas e planadores de assalto DFS 230 começaram a descer dos Junkers Ju 52/3m, em Maleme e Chania, no oeste, e em Heraklion e Rethymno, no centro-norte da ilha. As tropas de paraquedistas com armamentos leves sofreram pesadas perdas, em sangrentos combates corpo a corpo, mas seus esforços permitiram que as tropas alemãs desembarcassem no aeroporto de Maleme no dia 21 com aviões Ju 52/3m e planadores de carga DFS 230. Quando as forças alemãs começaram a se reunir, os ingleses foram obrigados a iniciar outra evacuação apressada pelo mar em Sfakia, na costa sul, salvando pouco mais da metade de suas tropas. A resistência organizada em Creta terminou em 30 de maio, e estava totalmente encerrada em 1º de junho.

Apesar da vitória alemã, as perdas de paraquedistas das tropas de elite foram tão pesadas que Hitler proibiu operações de larga escala com paraquedistas dali em diante. Os relatórios alemães registraram a perda de 6.453 homens. Cerca de 350 aviões, incluindo 150 Ju 52/3m, foram perdidos ou seriamente danificados pela ação do inimigo ou acidentes nas aterrissagens.[129]

---

[128] U.S. Department of the Army, Pam. Nº 20-260, 120. Ver também: British War Office, *XI Air Corps and the Attack on Crete*, Periodical Notes on the German Army Nº 38 (Londres, 1942 com suplemento), também Alan Clark, *The Fall of Crete* (Nova York, Wm Morrow & Co., 1962), e Gen. Der Flieger Kurt Student, *Kreta, Sieg de Kuehnsten* (Graz., Steirische Verlagsanstalt, 1942).

[129] Ibid., 139-41.

Durante a campanha nos Bálcãs, Baur foi enviado às pressas para Sofia, na Bulgária, para trazer o rei Boris para outro encontro com Hitler, desta vez em seu quartel-general no trem. Baur pousou o Immelmann III em Wiener Neustadt, e o rei fez o resto da viagem com um comboio de carros. A longa duração do encontro impossibilitou o retorno do rei ainda naquela noite, pois Baur tinha ordens para não voar depois que escurecesse por zonas de defesa antiaérea. O rei Boris, protegido por agentes da Gestapo e da SS, ficou num hotel em Viena, sendo levado de volta por Baur no dia seguinte. Sabe-se que ele ficou muito satisfeito com os ganhos territoriais concedidos à Bulgária por Hitler, em retribuição à cooperação com a operação nos Bálcãs. O Ministério das Relações Exteriores búlgaro, por ordem do rei Boris, concedeu a Baur sua segunda condecoração búlgara, provavelmente a Ordem Real de Santo Alexandre, que era usada no pescoço. O rei Boris, que simpatizava com Baur há muito tempo, também deu a ele um alfinete de gravata de ouro e abotoaduras com a insígnia real, decoradas com diamantes e rubis.

O almirante Miklos Horthy, regente da Hungria, também visitou Hitler para falar dos territórios concedidos. Baur foi enviado a Budapeste e levou Horthy para Wiener Neustadt, como havia feito com o rei Boris. Ao voltar para Budapeste a bordo do Immelmann III, Horthy presenteou Baur com a Cruz Komtur da Ordem do Mérito Húngara, também usada no pescoço. Baur carregava essas condecorações com ele, mas obedecendo ao costume, só as usava na presença de algum dignitário ou oficial do país que as havia concedido.[130]

Com a conclusão bem-sucedida da campanha nos Bálcãs, Hitler entregou o comando das forças locais aos oficiais do OKW. No final de abril, o Führer e sua comitiva pessoal estavam de volta a Berlim, ocupados com a Operação Barbarossa. O atraso causado pela guerra nos Bálcãs havia obrigado o adiamento da invasão da União Soviética e, no dia 7 de abril, Hitler relutantemente, concordara em retardar o início

---

[130] Baur, 197. Ver também: Dr. K. G. Klietmann, Pour le Mérite und Tapferkeitsmedaille (Berlim, Verlag Die Ordens-Sammlung, 1966), 71, 99-100, e figuras 14 e 17.

da Barbarossa até 22 de junho de 1941. Esse atraso pode ter tido consequências fatais para Hitler e o Terceiro Reich.

Havia pouco tempo para funções sociais na época, mas quando o documentário *Sieg im Westen* ficou pronto, foi organizada uma apresentação especial para Hitler no teatro da Chancelaria do Reich. Na data marcada, os convidados especiais chegaram, vestindo seus uniformes resplandecentes. Entre os presentes, estavam oficiais do alto escalão do partido, os chefes dos três braços das Forças Armadas, alguns diplomatas e alguns convivas constantes de Hitler, como Albert Speer. Membros do círculo íntimo, como Baur, ocuparam os lugares restantes. Como sempre, o Führer chegou atrasado e, como não era permitido fumar em sua presença, alguns dos fumantes estavam ficando impacientes. Por fim, Hitler irrompeu na sala e todos se levantaram. Depois, Goebbels falou sobre o documentário por alguns minutos, o teatro ficou no escuro e o filme começou com o rufar de tambores e o clangor de trombetas.

Sieg im Westen foi visto em toda a Alemanha e no exterior, assim como outros filmes de propaganda. Ele glorificava a vitória alemã no Ocidente. Simples compilação de notícias, incluía imagens dramáticas de combates no front, além de mapas. Obviamente mostrava, também, as visitas de Hitler aos soldados. Foi produzido pela Unidade de Propaganda do Alto Comando do Exército, com a colaboração do Ministério da Propaganda. As batalhas eram acompanhadas por efeitos sonoros autênticos e música vibrante. Um grande número de prisioneiros de guerra abatidos era exibido, incluindo africanos e outras tropas coloniais derrotadas pelos "arianos germânicos". Esse filme foi cuidadosamente estudado por especialistas militares, na Inglaterra, nos Estados Unidos e noutras partes, para a obtenção de pistas sobre as táticas militares, as técnicas e os armamentos alemães. Um folheto em tamanho grande era disponibilizado para o público a cada exibição. Nele se lia: "O filme mostra de maneira muito concisa o destino da Alemanha, e revela os valores pelos quais estamos lutando hoje: Führer, Povo, Nação".[131]

---

[131] Pressegruppe des Heeres, OKW/W Pr. V (Heer), *Sieg im Westen* (Berlim, Deutscher Verlag, 1941).

No dia 10 de maio de 1941, ocorreu um evento bastante controvertido, em que o Führer-Adjunto Rudolf Hess voou secretamente de Augsburgo até a Escócia, onde saltou de paraquedas. Ainda hoje se questiona o verdadeiro objetivo desse voo estranho. Hess esperava fazer contato com representantes dos conservadores na Grã-Bretanha que pudessem ajudar na negociação de paz com Hitler e, talvez, até se juntarem à Alemanha numa guerra contra o comunismo.[132] Hess foi encarcerado na Torre de Londres, prisioneiro de guerra, até 6 de outubro de 1945, quando foi enviado a Nuremberg para ser julgado como criminoso de guerra. Foi sentenciado à prisão perpétua e morreu na Prisão de Spandau, em circunstâncias misteriosas; pela versão oficial, cometeu suicídio no dia 17 de agosto de 1987. Muitos artigos e livros exploraram esse ato sensacional e aparentemente absurdo, por isso é interessante registrar o que Hans Baur soube a respeito desse fato como membro do círculo íntimo de Hitler.

Hess parecia insatisfeito com a diminuição de sua influência sobre Hitler. Desde 1939, Hitler dedicava seu tempo à guerra e aos generais, enquanto Hess se mantinha ocupado, no quartel-general do NSDAP, com questões menores. Hess pilotava desde a 1ª Guerra e tinha seu próprio Ju 52/3m. No entanto, recebera ordens de Hitler para voar apenas com um piloto experiente, e somente quando necessário. Um dia, Hess chegou à fábrica Messerschmitt e disse a Willi Messerschmitt que queria um Zerstoerer Bf 110, especialmente equipado para uma missão muito secreta. As modificações permitiriam que o próprio piloto cuidasse dos procedimentos pelo rádio. Messerschmitt sabia das restrições impostas a Hess em relação aos voos, mas devido à sua posição, não questionou o pedido.

Baur obtéve essas informações com o capitão de voo, Willy Stoer, chefe dos pilotos de teste da Messerschmitt e, apesar de perplexo com os voos estranhos de Hess no Bf 110, não disse nada a ninguém, por causa de sua amizade com Hess. Ele também soube, através do operador de rádio do Ju 52 de Hess, que ele tinha estudado navegação e

---

[132] Snyder, 143.

que aprendera como seguir, ele mesmo, os procedimentos e a localizar os pontos nos mapas. Várias semanas depois, Hess se aproximou de Baur e pediu, educadamente, uma cópia do mapa ultrassecreto com as zonas proibidas para voo, indicando a posição de armamento antiaéreo e as altitudes de voo autorizadas para as aeronaves alemãs. Baur não tinha autorização para fornecer cópia alguma do mapa, mas, devido à insistência de Hess, pediu ao marechal de campo Milch para entregar um a ele, o que fez, sem jamais esperar que Hess fosse usá-lo para um ato tão bizarro.

Baur levou Hitler para Munique dois dias depois; Hitler pretendia passar alguns dias em Berghof, e Baur poderia descansar, em casa, com a família. No domingo, 11 de maio, um lindo dia de primavera, Baur estava pensando em pescar. Às oito horas da manhã recebeu um telefonema urgente de Hitler, que queria voltar imediatamente para Berlim. Durante o voo, Hitler parecia muito agitado, mas permaneceu em sua poltrona e não disse nada. Quando chegaram a Tempelhof, Hitler foi de carro para a chancelaria, enquanto Baur supervisionava o serviço na aeronave. Como sempre, Baur foi almoçar na chancelaria e pela janela da sala de jantar viu Hitler conversando, animadamente, com Goering no jardim de inverno. Baur foi até o jardim e se aproximou lentamente, e ouviu Hitler dizer: "Ele deve estar louco! Senão, não teria feito uma coisa dessas comigo. Ele agiu pelas minhas costas. Uma pessoa normal não faria isso!".

Hitler notou que Baur se aproximava e perguntou: "O que você acha disso, Baur?". Como Baur não sabia do que ele estava falando, Hitler teve que explicar que Hess havia voado para o exterior, aparentemente para a Inglaterra. Goering disse que Hess tinha falado com seu ajudante, Karlheinz Pintsch, sobre seus planos, com instruções para entregar a Hitler uma carta informando-o sobre suas intenções, cinco horas após sua decolagem em Augsburgo. Hitler tinha decidido voltar a Berlim ao receber a carta de Hess, mas não sabia se tinha conseguido chegar ou se tinha sido atingido ao tentar entrar no espaço aéreo inglês.

Todos esperavam nervosamente o anúncio dos ingleses pelo rádio, mas não houve notícia de Hess. Durante o almoço daquela tarde, Hess foi o único tópico da conversa. Muitos acreditavam que Hess quisesse fazer uma última tentativa para evitar que a guerra se espalhasse e, através de suas ligações com a Inglaterra, evitar a escalada do conflito entre a Alemanha e a Inglaterra.[133]

Os serviços de notícias alemães finalmente contaram a história de Hess. Disseram que ele não havia desertado do Terceiro Reich, mas que havia perdido o juízo. Goebbels anunciou: "Parece que o membro do partido, Hess, vivia em estado de alucinação, e o resultado disso foi que ele começou a sentir que conseguiria criar um entendimento entre a Inglaterra e a Alemanha... Isso, no entanto, não terá qualquer efeito sobre a continuidade da guerra, que foi imposta à Alemanha".

A ideia de que o Führer-Adjunto, o líder número dois, pudesse ter enlouquecido deixou muitos alemães incrédulos. Baur acreditava que o voo de Hess serviria para confundir o sentimento público na Alemanha, e que muitos não ficaram satisfeitos com a breve explicação oficial, procurando causas ocultas.

Grandes acontecimentos logo atraíram a atenção do povo alemão. Entre eles, a invasão de Creta, no dia 20 de maio, e a dramática batalha no Atlântico, que resultou no afundamento do navio de guerra inglês *Hood* e, logo em seguida, do navio de guerra alemão *Bismarck*, no dia 27 de maio. Menos notável, mas de considerável importância, foi a abolição do posto de Führer-Adjunto e a nomeação de Martin Bormann como sucessor de Hess na chefia da chancelaria do partido, a partir de 12 de maio.

Hitler havia conversado com os principais líderes políticos e militares sobre a Operação Barbarossa. Ele explicou seu objetivo como guerra de "ideologias e diferenças raciais" que deveria ser conduzida com "dureza impiedosa, incansável e sem precedentes". Ele desculpou antecipadamente qualquer ruptura do direito internacional, uma vez que a Rússia não havia participado da Convenção de Haia. A "Ordem dos Comissários" foi transmitida ao exército em nome de Hitler, com a assinatura de Keitel, informando que todos os comissários políticos

---

[133] Baur, 202-206 e entrevista de Klaus J. Knepscher com Frau Centa Baur em 1995.

comunistas deveriam ser mortos quando capturados.[134] Hitler acreditava que a Alemanha deveria atacar a Rússia antes que Stalin se juntasse à Inglaterra para atacar a Alemanha. A decisão de Hitler de atacar a União Soviética imediatamente, antes mesmo de derrotar o Império Britânico, confundiu o Alto Comando. O território e os recursos do leste eram cobiçados pelos líderes alemães desde a época do Imperador Carlos Magno (742-814). O *Drang nach Osten* (Impulso para o leste), iniciado pelo imperador, havia sido descrito em *Mein Kampf* como importante objetivo a ser alcançado, à custa dos eslavos russos, "inferiores racialmente".

Outro fator pode ter levado Hitler a essa decisão fatal: a crença de que morreria jovem. Sua mãe, Klara Poelzl Hitler, morreu de câncer em 1908, com apenas quarenta e oito anos de idade, e seus problemas gastrintestinais crônicos e outras doenças reais e imaginárias podem tê-lo motivado a acelerar sua ambiciosa agenda. No meio da 2ª Guerra Mundial ele também pode ter manifestado sintomas iniciais da doença de Parkinson, assim como problemas cardíacos. Na verdade, a mórbida obsessão pela mortalidade pode ter influenciado suas ações durante toda a vida adulta.[135]

Em Berlim, os planos da operação Barbarossa estavam sendo colocados em prática, e nada poderia fazer o Führer mudar de ideia. Até mesmo os preparativos para a ocupação e exploração da Rússia tinham sido finalizados. A União Soviética forneceria alimentos, matérias-primas, como petróleo, e mão de obra necessária para a Alemanha durante a guerra e depois, quando o vitorioso Terceiro Reich estabelecesse a "Nova Ordem" e levasse sua versão de paz para a Europa. Isso seria realizado mesmo que as "pessoas inferiores" morressem de fome. Para preparar e executar esse programa sanguinário, Hitler encarregou Goering.

Na primavera de 1941, as formações da Wehrmacht estavam retomando a forma, treinando e colocando-se silenciosamente em posição no leste, diante da longa fronteira com a União Soviética. A campanha

---

[134] Marechal de campo Erich von Mannstein, *Lost Victories* (Chicago, Henry Regnery, 1958), 179.
[135] Walter C. Langer, *The Mind of Adolf Hitler* (Nova York, Basic Books, 1972), 160-63.

dos Bálcãs tinha não apenas atrasado o início da Barbarossa, como também havia interferido com a formação maciça, comprometendo as forças de algumas unidades. Mas todo deslocamento e movimentação de tropas nos Bálcãs haviam inadvertidamente ajudado a mascarar os preparativos para a invasão da Rússia. A movimentação para leste era realizada principalmente à noite e o disfarce e a camuflagem eram as grandes prioridades.

Apesar dos avisos dos espiões comunistas e até mesmo do governo inglês Stalin não esperava um ataque alemão.[136] O almirante Raeder havia feito grandes objeções à campanha na Rússia antes que a Grã-Bretanha fosse derrotada, e quase todos os oficiais mais antigos do Alto Comando do exército tinham, em algum momento, alertado Hitler para o perigo de atacar a Rússia enquanto ainda estivesse envolvido com o ocidente. Mas depois da queda da França, havia substância nos argumentos de Hitler de que a invasão da Rússia não seria um segundo, mas um primeiro, e último, front. Outros generais tinham sérias reservas em relação ao ataque à Rússia sob qualquer circunstância, mas é claro que prevaleceu a vontade do Führer.

Os oficiais do Estado-Maior estavam particularmente preocupados com problemas de logística, como falta de boas estradas e diferença de bitola das estradas de ferro russas, que exigiriam a adaptação dos trens alemães. A imensidão do teatro de guerra era assustadora e o terreno incluía grandes rios e áreas pantanosas. O clima na Rússia europeia também era particularmente inclemente: quente, seco e empoeirado no verão, quando começaria a Barbarossa. No outono, as chuvas pesadas criavam grandes lamaçais. No inverno fazia frio e nevava muito. Na primavera, alguns rios transbordavam com as chuvas e o derretimento da neve. Foram tranquilizados pelo Estado-Maior do OKW, que garantiu que esses problemas seriam pouco importantes, pois o Führer previa uma campanha rápida.

---

[136] Paul Carell, *Hitler Moves East, 1941-1943* (Boston, Little, Brown, 1963), 64. Depois da Guerra, tanto o marechal de campo Mannstein, quanto o general de brigada Herman Hoth afirmaram que as forças soviéticas estavam organizadas em profundidade para operações defensivas, mas o Exército Vermelho se poderia ter reagrupado para operações ofensivas em pouco tempo.

Hitler acreditava que os grandes expurgos de Stalin e mais de 20 anos de miséria sob o comunismo tinham enfraquecido enormemente o Exército Vermelho e a Nação. Tanto ele quanto seus conselheiros mais próximos acreditavam seriamente que a Alemanha poderia derrotar a União Soviética em três ou quatro meses.[137] Hitler disse ao descrente von Rundstedt: "Você só precisa chutar a porta, e toda a estrutura podre irá desabar".[138] Os membros do Estado-Maior do Exército não tinham tanta certeza. A maioria temia a força e os armamentos do Exército Vermelho apesar de seu fraco desempenho na Guerra Russo-Finlandesa. Hitler não acreditou nas estimativas do serviço de espionagem e subestimou não apenas o tamanho e a capacidade de luta das forças soviéticas como também a determinação do povo para defender sua mãe-pátria.

Com a aproximação do Dia D para a Barbarossa, a Wehrmacht se deslocou, formando três grandes grupos de exércitos ao longo da frente de 1500 quilômetros. Os grupos de exércitos eram formados por 145 divisões, incluindo 19 divisões blindadas, com 3.350 tanques. No início, havia duas divisões finlandesas e 14 divisões de infantaria romenas, às quais se juntaram depois contingentes italianos, húngaros, eslovacos e espanhóis. Cada grupo do exército tinha o apoio de uma frota da Luftwaffe, com um total de 2.000 aeronaves.[139]

O Exército Vermelho se modernizara rapidamente, incorporando as lições aprendidas durante a guerra com a Finlândia. Em junho, dispunha de um total de 203 divisões e meia, mais 46 brigadas blindadas e motorizadas, a maioria na Rússia ocidental. Muitos dos tanques eram velhos, mas os novos armamentos que agora estavam saindo das linhas de produção incluíam os primeiros tanques T-34, com uma placa frontal blindada inclinada e uma metralhadora de 75 mm, que logo se mostrariam inimigos formidáveis para os tanques das divisões Panzer alemãs. A força aérea soviética era ainda

---

[137] U. S. Department of the Army, *The German Campaign in Rússia — Planning and Operations, 1940-1942*, Dept. of the Army Pam. Nº 261a (Washington, D.C., 1955), 37.

[138] Alan Clark, *Barbarossa: the Russian-German Conflict, 1941-1945* (Nova York, WN Morrow, 1965), 43.

[139] Department of the Army Pam. Nº 261a, 38-41.

mais organizada do que a Luftwaffe e equipada para o apoio às forças terrestres. Sua força era avaliada em 8000 aviões, 6000 na Europa e o resto na Ásia, e apesar de muitos serem obsoletos, aviões mais modernos estavam entrando em produção.[140]

O plano geral da Barbarossa era basicamente simples: as forças Panzer cercariam as formações do Exército Vermelho rapidamente, a infantaria e a artilharia viriam em seguida para forçar sua rendição. O principal objetivo não era a ocupação do território, mas a destruição das Forças Armadas soviéticas. Na instrução Nº 21, Hitler afirmou: "As forças russas ainda capazes de confronto serão impedidas de recuar para os confins da Rússia. O objetivo final é criar uma barreira contra a Rússia asiática na linha geral do Mar Cáspio a Arcangel". A tomada de Moscou, apesar do seu simbolismo, não era a grande prioridade. Hitler não tinha vontade de lutar pelas cidades soviéticas ou dentro delas, e muitos dos seus generais concordavam com isso.

Adolf Hitler certamente estava certo a respeito de uma coisa, ele afirmou: "Quando começar a Barbarossa, o mundo inteiro irá prender a respiração".

---
[140] Ibid., 42-43.

8
ASAS DO DESAFIO: 1941-1942

Escondidos nas florestas, fazendas e campos ao longo do lado alemão de uma fronteira de 1500 quilômetros, que se estendia do Báltico ao Mar Negro, estavam três milhões de soldados fortemente armados, observando e esperando.

Por fim, na noite de 21 e 22 de junho de 1941, os comandantes começaram a reunir seus homens em pequenas unidades para um anúncio que esclareceria suas dúvidas e aplacaria sua curiosidade sobre o que estava acontecendo. Era a ordem do dia do Führer, que começava assim: "Soldados do Front Oriental". Em seguida, uma pequena explicação afirmando que a Rússia era uma ameaça que precisava ser eliminada e que eles iriam "salvar toda a civilização e cultura europeias. Soldados alemães! Vocês estão prestes a iniciar uma batalha, uma batalha dura e crucial. O destino da Europa, o futuro do Reich alemão, a existência da nossa nação estão agora em suas mãos. Que o Todo-Poderoso nos ajude nessa luta".[141] Os preparativos de última hora mantiveram todos ocupados e apenas os soldados mais experientes conseguiram cochilar nesses últimos momentos de tensão. As mensagens

---
[141] Carell, 14.

eram transmitidas, principalmente, por escrito ou oralmente, para manter o silêncio do rádio. Mas teriam os soviéticos percebido os extensos preparativos? Finalmente foi dada a ordem para que o ataque começasse às três horas e quinze minutos do dia 22 de junho.

Ao longo de toda a fronteira, o céu foi subitamente iluminado pelos disparos de 72000 peças de artilharia de todos os calibres, seguidos por um tremendo estrondo que fez a terra tremer. Os homens saltaram de seus abrigos e posições camufladas aos milhares, avançando pela fumaça e poeira que se formava atrás das colunas de tanques. Ao raiar do dia, centenas de aviões da Luftwaffe passaram por eles a caminho dos alvos soviéticos.

Do outro lado da fronteira, as tropas do Exército Vermelho acordaram subitamente em seus alojamentos com uma chuva de bombas e projéteis jamais vista desde as grandes ofensivas da 1ª Guerra Mundial. A cascata de explosivos estourava a terra, as armas e os equipamentos, jogando pedaços de corpos para o ar num cataclismo de aço.

A Operação Barbarossa estava sendo executada.

Nunca antes na história tanta força bruta havia sido comandada por um único homem. A força da Wehrmacht foi jogada contra a massa do Exército Vermelho por ordem do Führer, Adolf Hitler. Embora o Estado-Maior soviético tivesse previsto o ataque alemão, Josef Stalin continuara duvidando, e o resultado foi uma surpresa completa.

O Grupo de Exércitos do Centro, sob o comando do marechal-de-campo Fedor von Bock, atravessou as defesas soviéticas e avançou espetacularmente, com suas pinças blindadas, fechando-se sobre Minsk em meados de julho, capturando 290 mil prisioneiros, 2000 tanques e 1400 peças de artilharia. As garras aceleradas abriram então outra frente, com os Panzers cruzando o rio Dnieper e capturando mais 100.000 prisioneiros, 2000 tanques e 1900 peças de artilharia.[142] Posteriormente, até mesmo as fortificações da Linha Stalin foram invadidas.

O Grupo de Exércitos Sul, sob o comando do marechal de campo Gerd von Rundstedt, avançou mais lentamente, enfrentando resistência

---

[142] U.S. Department of the Army Pam. Nº 261a., 44.

em Kiev, mas também fez um avanço considerável. As dificuldades do terreno e alguns erros retardaram o Grupo de Exércitos Norte, sob o comando do marechal de campo Wilhelm Ritter von Leeb, que seguiu em direção a Leningrado, mas em toda parte as experientes tropas alemãs avançavam através de fazendas, florestas e aldeias em chamas. Em pouco tempo, o sistema de fornecimento de suprimentos chegou a um ponto crítico, agravado pelas estradas ruins e as longas distâncias, o que diminuiu o ritmo do avanço, assim como a obstinada resistência soviética. Todos esses fatores, no entanto, não teriam poupado Moscou do Grupo de Exércitos do Centro, que continuava avançando com rapidez, se o próprio Hitler não tivesse interferido para mudar os planos, apesar dos protestos vigorosos de seus comandantes de campo.[143]

A surpreendente notícia da invasão da União Soviética estampou as manchetes do mundo inteiro. Na Alemanha, o anúncio foi recebido com um sentimento de confusão e incredulidade. A campanha nos Bálcãs fora encerrada há pouco. As tropas alemãs estavam lutando no norte da África e a frota de submarinos estava envolvida no ataque a comboios no Atlântico. Os ingleses ainda não haviam sido derrotados e até haviam começado a retaliar, bombardeando a Alemanha. De fato, em abril os bombardeiros da RAF destruíram o prédio da Ópera durante um ataque a Berlim. Até o último dia, os russos mantiveram-se obedientes aos termos do tratado e estavam fornecendo grãos e outras matérias-primas que ajudavam a manter o padrão de vida na Alemanha. Até mesmo nacional-socialistas devotados tinham dificuldade para entender a nova linha do partido e sua explicação da necessidade de atacar a União Soviética. O Dr. Robert Ley, líder da Frente Trabalhista, declarou no dia 9 de agosto que a guerra representava o conflito historicamente inevitável entre o nacional-socialismo e o bolchevismo.

Qualquer um que reclamasse ou discordasse em voz alta corria sério risco de ser delatado à Gestapo pelos muitos informantes e funcionários do partido, como os *Blockleiters* (líderes de bairro). A Gestapo

---

[143] R. Ernest Dupuy e Trevor N. Dupuy, *The Encyclopedia of Military History*, edição revista. (Nova York, Harper & Row, 1970), 1078.

37. "Eu ou Tu!" diz a legenda desta foto da propaganda alemã tirada no verão de 1941. A guerra russo-alemã foi caracterizada por algumas das batalhas mais selvagens e brutais da história moderna.

estava sempre em ação, prendendo para interrogatório as pessoas que não fossem politicamente confiáveis. Depois de 22 de junho, os adversários políticos e ex-membros do Partido Comunista eram cercados e muitos eram enviados para campos de concentração. Essas medidas preventivas rígidas não conseguiram suprimir totalmente as atividades subterrâneas anti-Hitler. As pessoas queriam paz e não vitórias militares e a inquietação com a propagação da guerra não se dissipou.[144]

A ansiedade do povo alemão foi amenizada com as notícias das vitórias inacreditáveis no front oriental. Os comunicados oficiais frequentes do OKW eram precedidos por uma fanfarra de trompetes. O Ministério da Propaganda não precisava fabricar ou exagerar o sucesso

---

[144] Max Seydewitz, *Civil Life in Wartime Germany* (Nova York, Viking Press, 1945), 67-72.

da ofensiva alemã. A Wehrmacht estava no auge de sua força: bem treinada, armada e equipada, com experiência em combate, seus soldados confiavam em si mesmos e nos seus líderes. As notícias do front descreviam grandes batalhas em que os soldados soviéticos eram cercados e presos em armadilhas gigantescas. Milhares e milhares de prisioneiros de guerra marcharam para o cativeiro, ameaçando a capacidade alemã de guardá-los e lidar com eles. Fotos e notícias falavam em grandes quantidades de peças de artilharia, tanques, veículos e aeronaves destruídas ou capturadas. A liderança inepta de Stalin e dos generais do Exército Vermelho, durante esse período, também contribuiu para as pesadas perdas soviéticas. Mas as tropas alemãs no front sabiam que suas vitórias haviam sido obtidas com grande custo e que sempre havia mais unidades do Exército Vermelho esperando logo à frente, no vasto horizonte em direção do leste.

Sob todos os aspectos conhecidos na época, os alemães pareciam estar prestes a vencer a guerra contra a União Soviética no verão de 1941. Nenhuma outra nação na história tinha conseguido absorver as tremendas perdas impostas pelo Exército Vermelho e, ainda, continuar a lutar. Stalin introduziu a implacável política de "terra arrasada" durante a retirada, retirando e transportando os trabalhadores e equipamentos das fábricas para novas instalações além dos Urais e destruindo tudo o que não podia ser evacuado. No entanto, apesar da defesa obstinada dos soviéticos, os alemães continuavam a vencer. O general Halder expressou em seu diário, no dia 3 de julho, um otimismo justificado, compartilhado na época por quase todos os líderes militares alemães, em relação à destruição do Exército Vermelho a leste dos rios Dvina e Dnieper. Por isso, para ele não parecia exagero afirmar que a campanha russa havia sido decidida em menos de duas semanas, embora fosse levar ainda muitas semanas para ocupar o vasto cenário russo e derrotar os soviéticos que ainda teimavam em oferecer resistência.

Meses antes do início da Barbarossa, um pequeno grupo de engenheiros e projetistas da Organização Todt e alguns oficiais do OKW e do SD viajaram para a Prússia Oriental, para encontrar um local adequado para um novo Führerhauptquartier. Como sempre, Hitler queria estar perto do front, apesar de que, tratando-se de uma área tão imensa, a guerra poderia muito bem ser dirigida de Berlim ou do centro de comunicações militares de Zossen. A insistência do Führer em não apenas monitorar, mas realmente dirigir as operações militares, era motivo de considerável irritação entre os antigos comandantes. Durante as *Blitzkriegs* no Ocidente e nos Bálcãs, as vitórias rápidas tendiam a mascarar o atrito e a animosidade entre os generais e os oficiais do Estado-Maior e o *Boehmische Gefreite* (Cabo da Boêmia). A guerra com a União Soviética iria testar tanto sua competência profissional quanto seu relacionamento com Hitler.

O local do novo quartel-general de Hitler tinha que ser afastado, em terra firme, facilmente oculto, mas perto de uma estrada de ferro. Era preciso que tivesse também um aeroporto por perto, ou, pelo menos, uma área plana que pudesse ser transformada em pista de pouso. O local apropriado foi encontrado na densa floresta de Goerlitz, perto da cidade de Rastenburg. Os trabalhos começaram imediatamente para construir estradas, um desvio ferroviário, prédios, bunkers e construções auxiliares. O complexo, ou *Sperrkreis,* logo foi totalmente envolvido por cercas de arame farpado e mal podia ser visto do ar ou mesmo da estrada. Minas foram espalhadas do lado de fora da cerca para evitar a entrada de intrusos na área restrita. O território no interior do quartel-general era dividido em dois setores, ambos cercados, com uma distância de meio quilômetro entre eles.[145] Foram montados postos de guarda e todos eram revistados antes de terem permissão para entrar no conjunto principal, e depois para entrar no Sperrkreis I e II.

O setor especial Sperrkreis I, às vezes chamado de Sperrkreis A, ficava dentro do complexo maior. Aí ficava a casamata de concreto de Hitler e os dormitórios numa cabana de madeira. Outros semelhantes foram construídos nesse setor, para o pessoal do destacamento de campo do Estado-Maior operacional do OKW e para os líderes do partido. Somente os colegas de estado, partido e OKW mais próximos de

---

[145] Walter Warlimont, *Inside Hitler's Headquarters 1939-1945* (Nova York, Frederick A. Praeger, 1964), 172-75.

Hitler totalizavam 21 pessoas. Cada braço da Wehrmacht e organizações semimilitares tinham pelo menos um oficial de ligação no quartel-general. Construções pré-fabricadas, de madeira e de concreto reforçado, haviam sido projetadas e construídas para uso nos setores I e II, incluindo escritórios, centro de comunicações, salões para refeições, serviços e, posteriormente, até um cinema; o qual era uma das poucas possibilidades de entretenimento. Foram feitos todos os esforços para conservar as árvores e a folhagem para a camuflagem.

Nesse cenário rústico de madeira, os oficiais viviam e trabalhavam em bunkers de concreto, sem janelas, com portas de aço, alguns revestidos com madeira, que ficavam apenas parcialmente acima do chão e eram interligados por passagens subterrâneas. O bunker e a cabana de Hitler ficavam no extremo norte do Setor I, e todas as janelas, como sempre, eram viradas para o norte, pois ele detestava sol. Por ordens suas, seus aposentos eram espartanos. A única decoração do escritório era seu quadro favorito, o retrato de Frederico o Grande, que Baur se encarregava de levar pessoalmente para cada quartel-general. A sala de reuniões ficava nesse Führerbunker (casamata do Führer).

Os integrantes do comando da Wehrmacht — seus escritórios e outros serviços — ficavam principalmente no Setor II, que era maior, ao sul da estrada e da linha de ferro. Além do destacamento de campo do Estado-Maior, os integrantes do Batalhão da Guarda do Führer também ficavam no setor maior, e seu comandante também era o comandante do quartel-general. O quartel-general do OKH, na floresta de Mauerwald, ficava a cerca de uma hora de distância, em Angerburg, e Goering e seu OKL estabeleceram um quartel-general num campo próximo, assim como Himmler e a SS. Goering também tinha um escritório no Setor I. O OKW permaneceu em Berlim, mas logo enviou um almirante para representá-lo no quartel-general de Hitler. A maioria dos oficiais do Setor II ficava em cabanas de madeira em torno de uma construção que servia de refeitório.

As casamatas do complexo tinham tetos com mais de quatro metros de espessura e podiam suportar um ataque aéreo. Segundo Baur, nunca houve um ataque de verdade ao quartel-general, porém, mais tarde, algumas bombas russas caíram na zona-tampão sem causar grandes danos. As construções eram praticamente invisíveis do ar por causa da densa floresta e da camuflagem cuidadosa. Foram plantadas árvores nos tetos das casamatas, que eram cobertos de terra, e a folhagem caía sobre as paredes. O desvio ferroviário e a estrada dentro do complexo foram camuflados com redes verdes e cinza. Para a defesa, havia metralhadoras antiaéreas e um triplo anel de guardas mobilizados dentro da área. Quando um animal por acaso disparava uma das minas, as tropas iam imediatamente ao local perto da cerca para investigar. Junto com casamatas de concreto menores e barracas de madeira para as tropas, armazéns, uma central elétrica, uma central para fornecimento de água e uma garagem central — o complexo do quartel-general era autossuficiente.

Hitler batizou-o de *Wolfsschanze* (Toca do Lobo) e isolou-se nessa fortaleza. Parecia perfeitamente adequada a ele, que gostava de se passar por "rei-soldado", como Frederico o Grande, que ele lutava para emular. Ele costumava parar diante do retrato de Frederico e talvez o quadro servisse para inspirá-lo. A máquina do poder sempre o fascinara e, nesse posto de comando seguro, suas ordens eram obedecidas imediatamente em todo o seu grande império europeu. Assim teve início seu autoimposto encarceramento de três anos e meio em seu misterioso refúgio na floresta da Prússia Oriental.

A vida na Toca do Lobo era tudo, menos agradável. A floresta era escura e opressiva, uma região sombria, isolada, triste e melancólica, muito quente e propícia a insetos no verão, e fria e úmida no inverno. As casamatas de paredes grossas eram sempre úmidos e havia o barulho constante das bombas de ar usadas para a ventilação.

No começo, era bom o moral do pessoal destacado para o quartel-general, pois eles esperavam ficar ali alguns meses no máximo, mas à medida que a guerra se arrastava, muitos foram ficando melancólicos. Com as longas horas de trabalho, era uma vida muito solitária, monótona e deprimente. Principalmente para os oficiais mais novos e soldados, afastados de suas famílias, que eram obrigados a guardar e administrar as instalações semelhantes a uma prisão durante 24

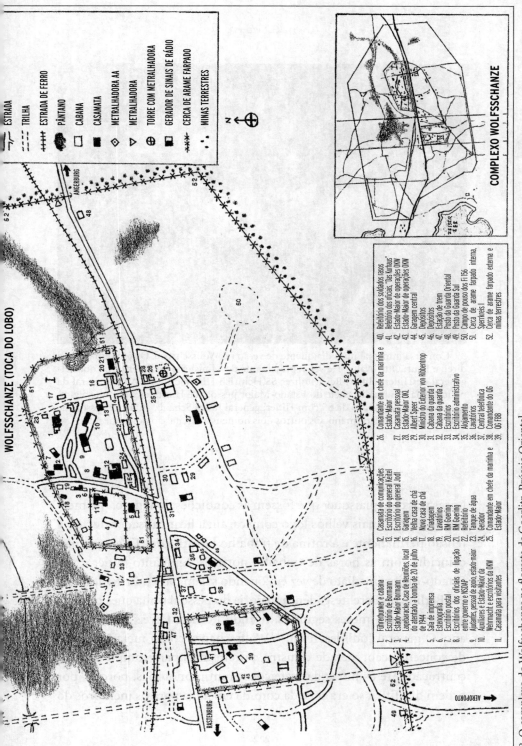

38. O complexo do Wolfsschanze na floresta de Goerlitz, Prússia Oriental

39. Conversa informal num dia quente de verão no Wolfsschanze. Da esquerda para a direita: Baur; Otto Walter Hewel, representante do Ministério do Exterior no quartel-general de Hitler; Hitler; Reichsführer-SS Heinrich Himmler; Karl Wolff, general da polícia e da SS armada, chefe do Estado-Maior pessoal de Himmler e durante algum tempo oficial de ligação da SS com Hitler; general Julius Schaub, ajudante pessoal de Hitler; e Heinrich Hoffmann. Os outros dois homens à direita são desconhecidos.

horas por dia, quaisquer que fossem as condições do tempo. Até mesmo os oficiais mais velhos logo começaram a ficar cansados devido à tensão permanente e à rotina de trabalho noturna de Hitler, que não coincidia com as horas de trabalho normais. Enquanto Hitler e seu Estado-Maior imediato de vez em quando saíam para uma temporada em Berlim, ou Berchtesgaden, a maioria do pessoal tinha que continuar trabalhando meses seguidos, tirando licença, talvez, uma vez no ano. O general Jodl descreveu o Wolfsschanze como metade campo de concentração, metade claustro, porém mais para campo de concentração. Até as horas das refeições eram monótonas, porque, por ordem de Hitler, só era servida comida enlatada para os membros do

Estado-Maior. O Führer, é claro, trouxera com ele seu cozinheiro pessoal, que preparava sua dieta vegetariana.

As tropas estacionadas no quartel-general de Hitler não podiam conquistar medalhas por heroísmo, mas quando o sofrimento dos soldados no front — durante o amargo inverno de 1941-42 e nas batalhas sangrentas travadas depois — ficou conhecido, a maioria dos soldados, especialmente os mais velhos, casados, sem dúvida perceberam que o trabalho no Wolfsschanze não era tão ruim assim.

Os outros assuntos, fora da esfera militar, eram controlados pelo Reichsleiter Martin Bormann. Ele se tornou o chefe da chancelaria do partido, além de secretário particular de Hitler, depois do voo de Rudolf Hess para a Grã-Bretanha, em maio de 1941. Como sombra de confiança de Hitler, ele controlou o acesso ao Führer no Wolfsschanze e em qualquer outro lugar até o fim da guerra. Silenciosamente, ele tomou as rédeas do partido em suas mãos, minando com inteligência todos os seus rivais na luta por poder e influência.

Baur levou Hitler de Berlim para o aeroporto de Rastenburg num Ju 52/3m, no dia 24 de junho, para que ele ocupasse sua residência no novo quartel-general e dirigisse a Operação Barbarossa. Com ele foi o indispensável Bormann, seu ajudante pessoal Julius Schaub, e a maioria do Estado-Maior que ainda não havia ido para o quartel-general. Blondi, cadela da raça pastor-alemão, presenteada por Bormann, também foi, e passou a ser treinada por um adestrador, para "servir no front". Hitler costumava levar Blondi em suas caminhadas pela mata e orgulhava-se de mostrar, para os dignitários que o visitavam, os truques que ela aprendia. O aeroporto era curto demais para os Fw 200 Condor, por isso eles tiveram que se acomodar no aeroporto de Gerdauen, a cerca de 35 km de distância, até que ficasse pronta a ampliação do aeroporto de Rastenburg. Uma ponte aérea foi operada durante cerca de seis meses por aeronaves Ju 52/3m. Baur e quase todos os membros de suas tripulações viviam na cidade de Rastenburg, pois os alojamentos do aeroporto só tinham condições de acomodar uma parte da equipe de terra e do pessoal de apoio. Os homens ficaram felizes por não terem que viver nas barracas que ficavam dentro do complexo de segurança de Wolfsschanze. O aeroporto era bem vigiado, mas a segurança não era tão rígida quanto a do quartel-general do Führer.

Baur e seus homens fizeram muitos voos de ida e volta a Berlim durante as primeiras semanas de Wolfsschanze. Baur conseguiu trazer sua escrivaninha e sua cadeira favorita para o novo escritório no aeroporto de Rastenburg, além de vários instrumentos, peças e equipamentos necessários para uso e manutenção das aeronaves. Vários membros do alto escalão não quiseram esperar pela chegada de trem de material urgente para seus escritórios, e Baur precisou trazer muita coisa de avião. O aeroporto de Rastenburg foi equipado e ficou muito melhor do que muitas instalações da Luftwaffe atrás do front na Rússia. O serviço de manutenção de rotina do F.d.F. (Esquadrão Aéreo do Führer) era feito em Rastenburg; os consertos maiores e a conservação geral eram realizados em Berlim pelo pessoal técnico da Lufthansa, no aeroporto de Tempelhof. Durante os primeiros meses, ninguém considerou que fosse necessária qualquer camuflagem no aeroporto. O front foi avançando para leste num ritmo bastante acelerado e a força aérea soviética havia sofrido um grande golpe. Mas na primavera de 1942, as redes de cor verde e cinza foram instaladas para esconder os Fw 200 Condor e outras aeronaves.

Em julho foi criado um destacamento da Luftwaffe chamado *Führer-Kurierstaffel* (Esquadrão Postal do Führer) como parte do F.d.F. Esse serviço consolidou o transporte de pessoal e documentos entre o quartel-general de Hitler e os escritórios de Berlim de outras organizações como o Alto Comando das Forças Armadas (OKW), do exército (OKH), da marinha (OKM), do Ministério do Exterior (AM), da Organização Todt (construtora) e do Reichsführer-SS (RFSS). Nessa época foi adotada uma insígnia com a cabeça da águia para o F.d.F., e Baur mandou pintá-la no nariz de quase todas as aeronaves, algumas com uma guirlanda de folhas de carvalho e as letras "F.d.F." no fundo.

A agenda de Baur ficou apertada. Ele era responsável por toda a operação do F.d.F. e precisava estar constantemente preparado para pilotar o avião de Hitler, pessoalmente, para qualquer lugar, mesmo

40. O antigo Grenzmark com uma nova pintura e código de identificação durante a guerra, NK+NM. Em serviço como avião de acompanhamento do Führer, aparece nesta foto quando levava passageiros do alto escalão, possivelmente em Rastenburg, na Prússia Oriental.

que avisado em cima da hora. Baur acordava cedo todos os dias e ia de carro da cidade para o aeroporto para supervisionar as atividades. Ao meio-dia ele ia para o Wolfsschanze e, depois do almoço, voltava para o aeroporto. Por volta das cinco ou seis horas da tarde, retornava para o quartel-general, onde jantava e, às vezes, cochilava enquanto aguardava o fim da reunião de estratégia realizada diariamente à uma ou duas horas da manhã. No Wolfsschanze, Baur ainda jantava com Hitler diariamente e muitas vezes participava da reunião informal que começava tarde da noite.

As reuniões diárias de estratégia ou para análise da situação, realizadas ao meio-dia e à meia-noite com Hitler e o Alto Comando, não envolviam Baur.

O Führer não gostava de ter conversas importantes ou discussões por telefone, por isso costumava chamar Baur frequentemente para levá-lo, ou outros oficiais, até os quartéis-generais atrás do front, sem sobreaviso. Baur também costumava ir até a Rússia para pegar algum comandante e trazê-lo para uma conversa com Hitler no Wolfsschanze. Depois ele era chamado para levá-lo de volta ao seu quartel-general, normalmente a uma distância considerável de Rastenburg. As condições meteorológicas eram importantes e alguns voos exigiam uma coordenação com a Luftwaffe para ter a escolta de caças. Entre os muitos comandantes importantes levados por Baur em muitas ocasiões, estão os marechais de campo Brauchitsch, Kluge, Mannstein, Kleist, Kuechler, Leeb e Rundstedt. Baur depois chamaria essa movimentação de "governo da ponte aérea".

Em Wolfsschanze não havia nada do conforto, do glamour ou da vida social de Berlim, mas havia muitos visitantes e convidados. O Führer acordava e almoçava, tarde; jantava à noite e depois havia uma longa sucessão de chá com bolos, geralmente bem depois da reunião da meia-noite, encerrando o dia de trabalho. A última refeição era a mais sociável e talvez o único luxo que Hitler se permitiu durante a guerra. Alguns membros do Estado-Maior do exército e líderes do partido, como Bormann e o chefe da imprensa do Reich, Dr. Otto Dietrich, jantavam regularmente com o Führer, junto com alguns membros do círculo íntimo, que incluía Baur. De vez em quando, convidados de honra e generais, oficiais, e dignitários alemães ou estrangeiros em visita eram convidados para o almoço ou jantar.

Em algumas ocasiões, jovens oficiais e soldados eram convidados quando trazidos do front para serem condecorados com a Cruz de Cavaleiro. Hitler mostrava-se sempre muito interessado em seus relatos, e a honra de estar sentado ao lado do Führer certamente era uma experiência inesquecível. Condecorações adicionais eram sempre concedidas pelo próprio Hitler. Isso era bom para a propaganda e para manter ocupado o fotógrafo Heinrich Hoffmann e seus assistentes. As fotografias selecionadas eram enviadas para o Ministério da Propaganda em Berlim, junto com comunicados do OKW e notícias especiais. Hitler insistia em aprovar todas as fotos e, quando não gostava de uma, cortava o canto direito com uma tesoura.

Não muito tempo depois de sua chegada ao Wolfsschanze, Hitler ficou doente. Suas dores de estômago ficaram mais fortes, talvez pelo stress excessivo ou por razões psicológicas. Ele estava sempre tomando muitos remédios receitados pelo Dr. Morell, incluindo sulfonamidas. Ele ingeria até 150 comprimidos por semana. Apesar dos cuidados normais e das medidas sanitárias, Hitler ficou com diarreia, como outros membros do Estado-Maior. Esse era um problema comum na floresta pantanosa que cercava Rastenburg, mas enfraqueceu ainda mais a saúde de Hitler, deixando-o ainda mais intratável.

Um dia, durante uma discussão acalorada com von Ribbentrop, que se opusera à Barbarossa desde o início, Hitler começou a gritar e a defender suas ações. De repente, ele parou no meio de uma frase, ficou branco, dobrou-se e sentou-se numa cadeira. Houve um momento de silêncio assustador. "Pensei que fosse ter um ataque cardíaco", ele disse, finalmente. "Jamais discorde de mim dessa maneira!"[146] O Dr. Morell ficou assustado e enviou um eletrocardiograma de Hitler para o Instituto do Coração de Bad Nauheim, informando apenas que o paciente era um "diplomata muito ocupado". O diagnóstico foi esclerose coronária de evolução rápida, uma doença cardíaca incurável. Morell aparentemente não disse nada a Hitler, mas acrescentou mais remédios, incluindo cardiazol, para aliviar sua condição.[147]

Foi nessa época que Hitler entrou em choque com seus comandantes do exército em relação à conduta a ser seguida na campanha. Os generais resmungaram, mas os acontecimentos estavam transcorrendo num ritmo veloz e aparentemente bem-sucedido. Apesar de tudo o que fora conquistado, Hitler estava em dúvida em relação à estratégia a ser usada para dar continuidade às operações, especialmente diante das recomendações e exigências dos generais. Hitler ainda se sentia muito debilitado, apesar de se ter recuperado da diarreia, mas fez um esforço tremendo para ficar a par da situação no vasto teatro de operações, visitando pessoalmente dois comandantes de grupos do exército.

Baur aqueceu o Immelmann III no dia 4 de agosto e levou Hitler, Keitel e os auxiliares de sempre para o quartel-general do Grupo de

---

[146] *Hitler's Secret Conversations, 1941-1944* (Nova York, Farrar, Straus & Young, 1953), xi-xii, com um ensaio introdutório sobre a mente de Adolf Hitler, de H. R. Trevor-Roper.
[147] Toland, 678.

Exércitos do Centro, onde se encontraram com o marechal-de-campo Bock e os generais Guderian e Hoth, comandantes do grupo Panzer, subordinados a ele. Bock era favorável ao avanço sobre Moscou o mais rápido possível.

Em 6 de agosto, Baur levou Hitler ao quartel-general do Grupo de Exércitos Sul para uma reunião com o marechal-de-campo von Rundstedt, que, como Bock, enfatizou a importância da tomada de Moscou para obter uma vitória rápida. No entanto, ao contrário de Bock, Rundstedt, respeitado estrategista, era a favor de uma concentração de esforços naquele momento no front sul. O marechal de campo Kluge, que comandava o 4º Exército no centro, tinha a mesma opinião. Assim, os generais não apresentaram a Hitler um front unido em suas conversas com o Führer, e isso ficou nas mãos de Hitler. Nesse momento da guerra, ele ainda tinha consciência de que era um amador e estava ansioso para fortalecer suas ideias estratégicas com a opinião de um profissional de peso fora do seu Estado-Maior.

O general Halder anotou em seu diário, no dia 11 de agosto, que os alemães tinham reconhecido 200 divisões russas no início da campanha, mas que, no dia 10, já haviam identificado 360 delas. Cada vez que a Wehrmacht destruía uma dúzia, os soviéticos simplesmente apareciam com mais doze. No dia 21 de agosto, Hitler decidiu rejeitar as recomendações de von Brauchitsch, von Bock, Halder e outros, que acreditavam que o exército deveria avançar sobre Moscou, destruindo as forças soviéticas pelo caminho. Em vez disso, ele espalhou as forças do exército em busca de outros objetivos, incluindo o cerco a Leningrado para se unir ao exército finlandês no norte, a liquidação dos exércitos russos e a tomada da Ucrânia oriental e a região industrial da bacia de Donetz, além de avançar sobre a Crimeia no sul para eliminar a ameaça dos ataques soviéticos sobre os campos de petróleo da Romênia, que eram vitais. O cerco a Kiev foi um grande sucesso, prendendo 600 mil russos na armadilha. Halder observou causticamente, embora não para Hitler, que essa "vitória" fora a maior asneira da campanha oriental.

A verdadeira data do início da invasão alemã sobre a União Soviética pegou Mussolini de surpresa, mas já há algumas semanas estavam sendo realizados o planejamento e os preparativos para um Corpo Expedicionário Italiano, empregando as unidades existentes. Todas as unidades eram pobres em termos de equipamentos, especialmente em relação a armamento pesado e transporte. Nenhuma das armas italianas podia usar munição alemã, complicando o sistema de fornecimento.

O Corpo Expedicionário Italiano ficou pronto para entrar em serviço no front oriental num período surpreendentemente curto e foi transportado por trem até a fronteira com a Hungria. A reunião das unidades deveria ocorrer na Moldávia, e daí avançariam pela vasta extensão da União Soviética. A maior parte das tropas italianas teve que marchar para o front com seus animais e equipamentos, levando um tempo considerável para entrar em ação. Deve-se lembrar, no entanto, que boa parte do exército alemão também não era motorizada e dependia de cavalos para o transporte da artilharia, munição, equipamento e suprimentos. A autotransportável Divisão Pasubio, que contava com caminhões e um grupo de carros blindados antiquados, conseguiu entrar em combate logo depois do Dniester, junto com unidades alemãs, antes do fim de julho.

Em agosto, Hitler convidou Benito Mussolini a visitá-lo em Wolfsschanze. Il Duce chegou num trem particular e foi recebido por Hitler e por Ribbentrop. Depois da costumeira sessão de fotos, o ditador italiano e seu Estado-Maior participaram da reunião sobre a situação da campanha oriental. Sempre interessado em armas e detalhes técnicos, Hitler quis ver o resultado do bombardeio à fortaleza de Brest-Litovsk pelo gigantesco Morteiro Moerser Karl, um imenso obus autopropelido com calibre de 60 cm. Mussolini aceitou prontamente a oferta para juntar-se à excursão.

No voo para Brest-Litovsk foram usados vários Ju 52/3m para transportar oficiais italianos, do OKW e do OKH, até uma pista de pouso perto de Terespol. Hitler, Mussolini, Keitel e seus ajudantes voaram num avião pilotado por Baur. Alguns minutos depois da decolagem, Baur percebeu que o motor central estava perdendo muito óleo, que logo cobriu o parabrisa e outras partes da aeronave. Baur optou por não voltar, mas desacelerou e continuou em direção ao destino.

41. O General Alfred Jodl, chefe de operações do OKW, explica a grande estratégia por trás da Operação Barbarossa a Benito Mussolini durante sua visita ao Wolfsschanze, em agosto de 1941. Esta foto tirada no Führerbunker mostra (na frente, da esquerda para a direita) um general italiano não identificado, Mussolini, Hitler, o General Jodl e o marechal-de-campo Wilhelm Keitel. Os oficiais ao fundo não foram identificados.

Ao desembarcarem, os dois ditadores foram imediatamente cumprimentados por vários oficiais do alto escalão, além do filho aviador de Mussolini, e só o ajudante pessoal de Hitler, Wilhelm Brueckner, parou para perguntar sobre o problema do óleo. Enquanto o grupo visitava a fortaleza e inspecionava o morteiro Moerser Karl, Baur e o engenheiro de voo Zintl descobriram o problema e trocaram a bomba de óleo. O avião então foi lavado e tudo parecia absolutamente normal quando Hitler e Mussolini voltaram para a pista.

O trabalho dos morteiros fora realmente impressionante. Os projéteis de duas toneladas disparados por esses monstros formavam crateras de 30 metros de largura e criavam tamanha devastação que ajudaram a romper as defesas. Durante a inspeção, Hitler descreveu entusiasticamente para Mussolini os efeitos do bombardeio sobre as tropas soviéticas. Mesmo no

42. Os poderosos chegam para uma visita ao Reichsmarschall Goering em seu quartel-general na Prússia Oriental, no final de agosto de 1941. O ditador italiano Benito Mussolini acabara de chegar num trem especial, após uma visita oficial a Hitler no Wolfsschanze. Da esquerda para a direita: Mussolini, Goering e Hitler, seguidos pelo marechal de campo Keitel e um grupo de oficiais da Wehrmacht.

interior das fortificações maciças de tijolo e alvenaria, o choque tremendo dos gigantescos projéteis explosivos produzia tamanha sucção de ar que rompia os pulmões dos soldados.

Depois de voltar para o Wolfsschanze, Mussolini quis visitar Goering no quartel-general da Luftwaffe, perto do Spitzingsee. Os dois ditadores e suas comitivas atravessaram a pequena distância no trem especial. Goering cumprimentou Hitler, Mussolini e Keitel e, junto com outros líderes da força aérea, inclusive o general Karl Bodenschatz, fez um breve resumo do avanço da guerra aérea e da supremacia conquistada pela Luftwaffe. Depois de encerrada a visita, Mussolini voltou a Roma em seu trem.[148]

---

[148] "Der Führer und der Duce im Stabsquartier der Reichsmarschalls", *Der Adler*, (2 de setembro de 1941).

A visita ao front oriental deixou Mussolini impressionado. Ele acreditava que a vitória sobre os soviéticos era inevitável e queria participar da derrota do comunismo e dividir o espólio. Por isso, logo marcou outra visita a Hitler com a intenção de oferecer a ampliação do Corpo Expedicionário Italiano.

Ele também queria passar em revista as tropas italianas que haviam recentemente combatido com sucesso ao lado do exército alemão na grande batalha perto de Uman, que resultara na destruição de 20 divisões soviéticas e na captura de mais de 200.000 prisioneiros.[149]

Para essa visita, Mussolini e comitiva viajaram em seu trem especial até Grózni, na Polônia, onde foram encontrados por Hitler, Keitel e Ribbentrop, que haviam ido para lá a bordo do Immelmann III, pilotado, é claro, por Baur. Foi a primeira vez que Mussolini viu o Condor e ficou impressionado. Ele entrou no avião e pediu a Baur para lhe explicar todos os detalhes. Mussolini, então, disse a Hitler que gostaria de pilotar o avião. Hitler teve que concordar, mas deixou claro para Baur que ele deveria permanecer no controle durante todo o tempo. Dois outros aviões Condor levaram os membros do Estado-Maior. O voo foi acompanhado por caças Bf 109.

Baur decolou para Uman, na Ucrânia, com tempo bom e, depois de recolher o trem de pouso, Zintl cedeu lugar na carlinga a Mussolini. O curso, passando por Vinnytsia, era mantido pelo piloto automático, por isso Mussolini só tinha o controle dos ailerons e flaps. Quando Mussolini realmente manobrou o avião, já perto do fim do voo, ficou impressionado com a resposta rápida e a facilidade de controlá-lo. Os mil quilômetros foram cobertos em três horas e trinta minutos sem escalas. Depois que Baur pousou o avião suavemente na pista de grama, Mussolini o cumprimentou com um aperto de mão e agradeceu pelo voo agradável.

Os dois líderes, seguidos por suas comitivas, foram então de carro até uma área próxima do quartel-general do marechal-de-campo von Rundstedt. Baur ficou com os aviões. Quando os dois líderes chegaram,

---

[149] U. S. Department of the Army Pam. N° 261a, 73.

43. O ditador italiano Benito Mussolini (à direita) recebe instruções de Hans Baur sobre como pilotar o Immelmann III. Hitler permitiu que Mussolini pegasse nos controles durante um voo a Uman, na Ucrânia, poucas semanas depois da invasão alemã, mas apenas sob a estrita supervisão de Baur.

só as tropas alemãs estavam prontas para a inspeção. Os soldados italianos não haviam aparecido — seus caminhões tinham ficado atolados numa antiga estrada russa durante uma chuva pesada e Mussolini teve que esperar durante duas horas. Nesse meio tempo, eles almoçaram ao ar livre e depois, para desgosto de Mussolini, Hitler o deixou com o taciturno Rundstedt enquanto visitava suas tropas e via os soldados soviéticos capturados sendo mantidos num poço de cascalho. Hitler conversou com um médico russo que estava cuidando dos prisioneiros feridos e ordenou que os ucranianos fossem libertados para voltarem para suas casas. Os soldados italianos finalmente chegaram, e Mussolini mostrou-se radiante de orgulho quando um destacamento de motocicletas passou por ele gritando "Duce! Duce!", seguido pela marcha das tropas que desembarcavam do comboio de caminhões.

No voo de volta a Grózni, Mussolini sentou-se de novo na carlinga. Ele estava fascinado com o quadrimotor e queria pilotar o avião de novo. Hitler, sentado em sua Führersessel, observava nervosamente enquanto Mussolini, maravilhado, pilotava o avião.

Depois, ele pediu ao seu aliado italiano que voltasse para a cabine para conversarem e, então, recusou seu oferecimento para aumentar as tropas italianas com base na logística. Mas o aumento da força seria aprovado após as pesadas perdas sofridas pela Wehrmacht, no inverno de 1941-42. Mussolini fez questão de notificar seu embaixador em Berlim que o relatório de sua visita, assim como o comunicado conjunto, deveria mencionar que "durante uma parte considerável do voo de volta do front eu mesmo pilotei o avião quadrimotor do Führer".[150]

Outros visitantes estrangeiros importantes estiveram no Wolfsschanze, entre eles o almirante Miklos Horthy, regente da Hungria, e o marechal Ion Antonescu, o chefe de estado da Romênia, a qual se juntou à Alemanha no ataque à União Soviética em 22 de junho; seguida pela Eslováquia, em 24 de junho; e pela Finlândia, em 25 de junho. A Hungria entrou na guerra contra a União Soviética em 27 de junho de 1941.

Logo após o início das operações em Rastenburg, o F.d.F., com seu pessoal especialmente escolhido, estava operando eficientemente. Em setembro, Baur havia estabelecido uma rotina e percebeu que, de vez em quando, podia tirar algumas horas para relaxar. Ele adorava pescar e, por isso, se informou na cidade sobre a pesca nos lagos vizinhos. Indicaram-lhe um pescador que vivia num lago e tinha não apenas um barco, mas também um telefone em casa, de forma que Baur poderia ser contatado caso precisassem dele. No caso de uma emergência, um dos homens de Baur poderia sobrevoar o lago num Fieseler Storch, e fazer um sinal de luz para que ele telefonasse para o aeroporto ou voltasse. Se Baur tivesse que voltar imediatamente, o Fieseler poderia

---

[150] Toland, 680. Ver também: Alan Bullock, *Hitler: A Study in Tyranny* (Nova York, Harper & Row, 1962), 658.

pousar no campo ao lado do lago e pegá-lo. Depois de obter uma licença para pescar, Baur foi rapidamente para a água.

Pouco depois, Baur adquiriu um meio de transporte ainda melhor para ir e voltar do lago. O protótipo de um novo veículo anfíbio foi trazido para o Wolfsschanze para uma demonstração de Ferry Porsche, filho do designer da Volkswagen, Ferdinand Porsche. Esse veículo singular foi chamado de *Schwimmwagen,* mas sua designação oficial era *Leichtes Personenkraftfahrzeug K166, le Pkw (Kfz 1/20gl/wg),* ou Veículo de Passageiros Leve, Tipo 166 (utilitário/anfíbio). Esse carro pequeno, mas versátil, foi construído pela fábrica da Volkswagen que fabricava o Kuebelwagen, le Pkw (Kfz 1), equivalente militar mais próximo do jipe americano. Baur obteve a posse do Schwimmwagen para sua unidade. Assim, podia ir até o lago e entrar na água. Os peixes pescados por Baur eram um acréscimo muito bem-vindo à ração do esquadrão, servida no refeitório.[151]

Em meados de setembro, tanto as tropas quanto os equipamentos alemães estavam dando sinais de desgaste, mas muitos dos objetivos imediatos da Barbarossa haviam sido conquistados. A destruição do Exército Vermelho, no entanto, não havia sido alcançada. Os alemães fizeram centenas de milhares de prisioneiros e se apoderaram de um grande espólio de guerra enquanto aniquilavam vários exércitos russos, mas a esperada desintegração da resistência soviética não se materializou. Para surpresa dos alemães, o Exército Vermelho continuava a lutar vigorosamente em todas as frentes enquanto recuava para o leste. A chegada da temporada de lama dificultou ainda mais as operações de combate, além de impedir a expansão do sistema de fornecimento dos suprimentos alemães. Os veículos do Exército Vermelho, seguidos pelos da Wehrmacht, transformavam as estradas da Rússia em rios de lama.

Algumas unidades alemãs, especialmente na Ucrânia, haviam sido recebidas como libertadoras, com pão e sal, mas os administradores

---

[151] Baur, 210.

políticos e as unidades especiais da SS e da polícia que vinham atrás do exército afastaram rapidamente a população com sua exploração impiedosa. Os administradores, em geral, eram Gauleiters ou outros funcionários do partido, indicados para exercer o controle sobre a economia local de modo a favorecer o esforço de guerra alemão. Eles eram chamados de *Goldfasanen* (Faisões Dourados) por causa da cor marrom claro de seus uniformes e insígnias douradas.

Logo ficou evidente que os alemães não vinham como libertadores da servidão comunista, mas como conquistadores. Isso contribuiu para que surgisse um movimento sério e bastante amplo a favor dos soviéticos e que passou a atacar linhas de suprimento, bases e hospitais alemães a partir das florestas e pântanos do território ocupado. Em pouco tempo, milhares de soldados alemães estavam envolvidas em operações de combate antiguerrilha, cada vez mais acirradas.[152]

Alfred Rosenberg, o "filósofo" do nacional-socialismo, foi designado ministro do Reich para os territórios ocupados da Europa Oriental, em 17 de julho de 1941. Mostrou-se um administrador incompetente e vacilante e, no outono de 1942, depois de reclamar com Hitler da piora das condições na Ucrânia e do bárbaro tratamento dos prisioneiros de guerra soviéticos, perdeu autoridade para rivais como o brutal Erich Koch, Himmler, Bormann e outros, tornando-se irrelevante.

O F.d.F., assim como a Luftwaffe, tinham que voar quaisquer que fossem as condições meteorológicas. A quantidade e a variedade de aeronaves do esquadrão de Baur foram aumentando ao longo do conflito. Bombardeiros Heinkel He 111H-16 foram adquiridos e modificados para levar até seis passageiros na parte central da fuselagem. Com uma velocidade de cruzeiro normal de 355 km/h e autonomia de 2.060 km, o He 111 era um meio de transporte bastante rápido e econômico para os oficiais do alto escalão. Entretanto, no inverno ou em grandes altitudes, era difícil manter o avião aquecido por causa do calor que escapava pelos lugares em que ficavam as armas.

---

[152] U.S. Department of the Army, *The Soviet Partisan Movement, 1941-1944*, folheto do Department of the Army N° 20-244 (Washington, D.C., 1956).

Baur fez um voo no He 111 até Mariupol, no Mar de Azov, com Hitler; o general Rudolf Schmundt, seu ajudante nas Forças Armadas; um criado e um médico a bordo. No caminho, Baur parou em Kiev e, enquanto todos se aqueciam na sala de operações, Hitler disse: "Baur, esse seu avião está muito frio. Meus pés estão virando pedras de gelo!" Hitler não estava usando roupas apropriadas para aquele frio, por isso Baur se ofereceu para pegar um par de botas dos pilotos para que ele usasse. Hitler, Führer e comandante supremo das Forças Armadas recusou, dizendo: "Não estou autorizado a usá-las".[153]

Ao chegar a Mariupol, Hitler foi recebido pelo marechal-de-campo Rundstedt e pelo general Sepp Dietrich, seu velho camarada de armas e agora oficial-comandante da 1ª Divisão Panzer da SS, a Leibstandarte SS Adolf Hitler. Enquanto Hitler e seus convidados passeavam pela cidade capturada de Taganrog e discutiam a situação militar, Baur ficou com sua tripulação no aeroporto. Vários esquadrões de caças estavam baseados ali e Baur visitou o escritório de suprimentos, onde requisitou um par de botas de pele para o Führer. O encarregado insistiu em ter o recibo assinado por Hitler, que concordou. Numa visita posterior, Baur viu o recibo emoldurado orgulhosamente pendurado na parede do refeitório dos oficiais.[154]

No voo de volta a Rastenburg, eles pousaram em Poltava para uma reunião com o marechal de campo Walter Reichenau, comandante do 6º Exército, cujo quartel-general estava localizado num castelo velho e dilapidado. Os dois tiveram uma longa conversa, que durou até tarde da noite. Reichenau havia substituído Rundstedt como comandante do Grupo de Exércitos Sul, em dezembro, mas morreu devido a um derrame em 17 de janeiro de 1942. O avião com a bagagem e os ajudantes de Hitler tinha seguido para Rastenburg; por isso, sem seus objetos de uso pessoal, na manhã do dia seguinte, Hitler dividiu a lâmina de barbear com Baur. Nem Hitler, nem Baur ou qualquer um dos membros da tripulação conseguiu dormir naquela noite por causa dos

---

[153] Baur, 212.
[154] Ibid., 212.

Kleine Partisanen (pequenos guerrilheiros), nome que os soldados alemães davam aos piolhos e vermes.

Tendo sofrido com piolhos na 1ª Guerra Mundial, Hitler anunciou uma noite, durante o jantar no Wolfsschanze, que concederia a Cruz de Cavaleiro da Cruz do Mérito de Guerra para quem conseguisse inventar uma forma de eliminar essa praga. Heinrich Himmler estava jantando com o Führer naquela noite e mencionou que os cavalarianos, e outros soldados que usavam cavalos e que dormiam sob os cobertores usados como selas, raramente tinham problemas com piolhos. O Dr. Morell, que também era químico, ofereceu-se para tentar encontrar uma solução para o problema. Posteriormente, ele chegou a declarar que havia conseguido desenvolver um pó contendo suor artificial de cavalo que era eficaz contra os piolhos. O pó foi fabricado e distribuído entre as tropas, mas não foi bem-aceito por causa do cheiro. Morell tentou melhorar o cheiro com o uso de perfume francês, mas sua eficácia permaneceu controvertida. Apesar disso, o Dr. Morell recebeu mais tarde a condecoração de Hitler, exibindo-a orgulhosamente em seu uniforme semioficial do partido.

Numa agradável manhã de outono, Baur estava trabalhando em seu escritório no aeroporto perto de Rastenburg quando chegou um visitante. Era um dos velhos colegas de Baur na Lufthansa, e Baur sentiu imenso prazer em rever o amigo, que agora estava servindo como capitão na Luftwaffe. Baur recebeu um presente mais do que bem-vindo, uma *Kiste* (caixa) de cerveja de Munique com 20 garrafas. Baur gostava de cerveja, e como a caixa fora transportada em grandes altitudes, ela estava fria e convidativa. Cada garrafa continha meio litro, fechadas com uma tampa de porcelana e borracha sintética. Baur abriu uma garrafa para cada um e eles ficaram relembrando os velhos dias, quando faziam as rotas da empresa pela Europa.

Naquela tarde, Baur dirigiu pela estrada empoeirada que saía do aeroporto, atravessava a floresta e chegava ao Posto da Guarda Sul, sendo admitido no complexo de Wolfsschanze. Ele foi revistado, de novo e como sempre, pelos guardas da entrada do Setor I e entrou na área restrita onde viviam e trabalhavam o Führer e seu Estado-Maior. Ele viu Hitler caminhando na direção do Führerbunker, acompanhado apenas pelo general Julius Schaub, seu ajudante pessoal. O cenário era tranquilo e pacífico; apenas o vento que batia na copa das árvores quebrava o silêncio. O ar recendendo a pinho era refrescante, e o sol, filtrado pelas árvores, formava pequenas manchas no terreno da floresta. Que contraste com a situação no front, onde os soldados dos dois grandes exércitos estavam se destruindo aos milhares enquanto a Wehrmacht tentava aplicar um golpe mortal em seu tenaz adversário.

Baur aproximou-se da dupla e esperou até que Hitler o visse e acenasse para que se juntasse a eles. Hitler poderia estar falando de algum assunto importante e ele sabia que não deveria interromper o Führer quando estivesse ocupado, nem fazer perguntas sobre acontecimentos políticos ou a situação militar. Hitler operava na base do "precisa saber" e, quando queria que ele soubesse de algo, lhe contaria. Mas desta vez ele estava apenas falando com Schaub da ameaça mundial representada pelos bolcheviques. Eles caminharam por algum tempo e depois entraram na sala para almoçar. Os membros do Estado-Maior em serviço naquele dia já estavam esperando por Hitler e, como sempre, todos ficaram em posição de sentido até que ele se sentasse. Só então a comida foi servida.

Enquanto as tropas alemãs se arrastavam pela aparentemente infindável vastidão russa, Hitler e o Alto Comando não conseguiam chegar a um acordo sobre os rumos do conflito. A grande batalha a leste de Kiev finalmente chegou a um bom termo no fim de setembro, apesar das estradas ruins e do tempo chuvoso terem diminuído o ritmo da manobra de cerco das unidades Panzer. Os exércitos alemães do front central, que estavam indo em direção a Moscou, tinham ficado parados durante os dois melhores meses do verão, enquanto o grosso de suas forças blindadas estava lutando no sul. Isso foi fatal para a perspectiva de alcançar a capital soviética antes do inverno.

Hitler finalmente ordenou que o tão esperado avanço de Bock sobre Moscou começasse em 2 de outubro. Os russos estavam atônitos com o fato dos alemães não terem avançado sobre Moscou no verão e foram pegos de surpresa, pois não estavam esperando uma grande ofensiva nesse momento. No dia seguinte, Hitler disse ao povo alemão: "Esse inimigo já está derrotado e jamais se reerguerá novamente". Na primeira fase, nas batalhas de Vyasma e Briansk, os russos foram derrotados, e outros 600 mil soldados foram capturados. Os soldados alemães, apesar de estarem precisando de descanso, avançaram lentamente pela lama em direção a Moscou, enfrentando uma resistência rígida. Muitos comandantes, lembrando o que acontecera com o exército de Napoleão, em 1812, começaram a perguntar quando poderiam parar o avanço e se proteger do inverno. Mais uma vez, houve desacordo sobre a estratégia. As tropas haviam chegado a apenas 60 km de Moscou, e até podiam ver as luzes das baterias antiaéreas à noite disparando contra os bombardeiros alemães. Rundstedt agora defendia que deviam interromper a ofensiva durante o inverno, recuando para uma boa linha de defesa, a fim de preservar a força militar alemã.

O marechal-de-campo Leeb, comandante do Grupo de Exércitos Norte, concordava, mas Bock, do Grupo de Exércitos do Centro, insistia que a ofensiva deveria continuar, Brauchitsch e Halder se alinharam a Bock, e no dia 15 de novembro Hitler ordenou que a ofensiva fosse retomada. As tropas, exaustas, chegaram até a Clareira Vermelha, a apenas 30 km de Moscou, mas não conseguiram avançar mais do que isso. Era possível ver o Kremlin através da tempestade de neve e, em 2 de dezembro, foi feito um último esforço para continuar o avanço. Alguns grupos da 258ª Divisão de Infantaria conseguiram chegar até os subúrbios de Moscou antes de serem detidos por uma resistência feroz. Naquela noite congelante, os soviéticos contra-atacaram e os elementos avançados tiveram que recuar. Agora era a vez dos russos, e o marechal Georgi Zhukov lançou uma forte contraofensiva, incluindo tropas da Sibéria que haviam sido muito bem escondidas, compondo uma força total de 100 divisões.

Isso enterrou de vez as pretensões alemãs em relação a Moscou. A decisão, tomada por Hitler, em agosto, de deixar de lado o avanço sobre Moscou e abrir caminho para a Rússia no sul não foi compensada pelo que se conseguiu nessa área. As forças desgastadas de Rundstedt foram obrigadas a recuar de Rostov sobre o Don, e quando Hitler proibiu a retirada até uma boa linha de defesa, Rundstedt pediu para ser liberado do comando. Hitler o substituiu, mas o front já estava comprometido de qualquer forma, e o Führer foi obrigado a aceitar a necessidade da retirada.

Apesar da seriedade da situação no front, ou por causa dela, Hitler ordenou a Baur que o levasse para Munique no Immelmann III, em 8 de novembro, para que pudesse falar, na noite seguinte, na reunião anual dos velhos partidários em Buergerbraeukeller. Hitler também fez um discurso apaixonado para Reichsleiters e Gauleiters na manhã do dia 9, e nesse discurso ficou claro, para os mais íntimos, que ele estava deprimido com o impasse no front oriental.

Como sempre, o cavernoso Buergerbraeukeller estava decorado festivamente com bandeiras brancas e vermelhas com a suástica e um estandarte que dizia: *Führer befiehl, wir folgen!* (O líder comanda, nós seguimos!). O velho lema do partido, sem dúvida, parecia vazio para os soldados que estavam lutando e congelando na neve diante de Moscou. Para a ocasião, a velha *Blutfahne* (Bandeira de Sangue) do Putsch da Cervejaria de 1923 foi tirada do seu lugar de honra na *Braunes Haus*, quartel-general do NSDAP em Munique e, junto com outras bandeiras e estandartes foi levada em desfile realizado por membros uniformizados da SA e de outras organizações partidárias, velhos demais para prestar o serviço militar. Depois eles ficaram alinhados ao lado do palanque. Uma banda tocou música patriótica e hinos do partido foram entoados ardorosamente pela imensa multidão aglomerada na enorme cervejaria.

Muitos homens das primeiras filas exibiam orgulhosamente o *Blutorder* (Ordem de Sangue), medalha de prata usada numa fita vermelha, maior honraria do partido, concedida em 1934 a 1500 membros que haviam tomado parte do Putsch de 1923. Desnecessário dizer que a Gestapo havia vasculhado o local à procura de bombas e feito uma revista de segurança em todos os que participaram do encontro especial.

44. Oberführer-SS (Coronel-Comandante) Hans Baur no outono de 1941. Essa foto foi provavelmente tirada em Rastenburg.

Depois de muito tempo, o Führer chegou, e os partidários mais leais colocaram-se em posição de sentido fazendo um coro retumbante: *Heil, Sieg Heil!* Energizado pela entusiástica recepção, Hitler foi até o alto-falante e começou um de seus discursos animados, durante o qual ele avisou o presidente Roosevelt de que, se um navio americano atacasse um navio alemão, "faria isso por sua própria conta e risco". Baur não participou desse encontro festivo. Depois de aterrissar, ele deixou o Condor nas mãos de sua tripulação e correu para casa, onde se reuniu com a família.

Hitler não se permitiu um descanso em Berghof. Em vez disso, fez com que Baur o levasse de volta para o Wolfsschanze no dia 10 de novembro onde tentou lidar com a difícil situação no front; além da crescente oposição aos seus planos, verbalizada por vários dos seus comandantes. Simultaneamente ao revés em Moscou, Brauchitsch, que havia sofrido um ataque cardíaco, pediu para ser liberado de seus deveres devido ao seu estado de saúde, e foi afastado do cargo de comandante-em-chefe do exército no dia 19 de dezembro. Na semana seguinte, Bock também pediu para sair e, perto do fim de dezembro, Leeb se demitiu quando Hitler rejeitou sua proposta de retirada no front norte, perto de Leningrado. Hitler não indicou um sucessor para Brauchitsch, tornando-se comandante em chefe do exército e comandante supremo das Forças Armadas. Perto do Natal de 1941, ele demitiu o general Heinz Guderian e alguns outros generais que considerava "fracos", ou que não estavam imbuídos da vontade nacional-socialista de vencer. A pressão finalmente obrigou Hitler a sancionar um pequeno recuo durante a primeira semana de janeiro de 1942, e, convenientemente, ele colocou a culpa dos reveses nas falhas dos antigos comandantes.

O inverno de 1941-42 foi um dos mais frios em 150 anos e as condições extremamente severas iriam testar homens e máquinas. Temperaturas de até -40 ºC eram comuns, tendo sido registradas temperaturas de -50 ºC. As estradas russas ficaram cobertas com tanta neve que os cavalos afundavam até a barriga. As desesperadas tropas alemãs tinham que abrir caminho com pás durante o dia no frio congelante ao longo das estradas pelas quais os veículos seguiriam à noite. Os soldados não podiam cavar trincheiras, porque o chão estava congelado, duro como concreto. Os equipamentos mecânicos eram extremamente difíceis de operar nesse frio quase insuportável. O óleo congelava e as baterias perdiam a força. Tanques e caminhões não andavam, os motores dos carros e aviões não davam a partida até serem aquecidos.

O frio implacável causava estragos nos pneus e equipamentos, os veículos e instrumentos militares eram canibalizados para a obtenção de peças sobressalentes. Até as peças de artilharia e artilharia pequena não funcionavam, porque seus mecanismos congelavam. O consumo de combustível aumentou, porque os motoristas tentavam manter os motores funcionando pelo maior tempo possível. Os trens ficavam paralisados pela neve e a comida, munição, combustível e suprimentos médicos não conseguiam chegar ao front em quantidade suficiente, aumentando o sofrimento e o perigo.

As tropas alemãs sofreram terrivelmente. Prevendo uma campanha breve, não haviam sido feitos preparativos adequados para que os soldados tivessem vestimentas próprias para o inverno rigoroso e muitos dos melhores soldados do exército pereceram de frio ou sofreram sérias ulcerações. Diante das temperaturas extremamente baixas, a pele simplesmente congelava. Como medida de emergência, foram recolhidos, em todo o país, agasalhos esportivos e de inverno, inclusive casacos de pele femininos. Brauchitsch foi responsabilizado por essa calamidade, embora o verdadeiro culpado fosse Hitler. No final do inverno, muitas divisões tinham sido reduzidas até um terço da constituição original e as perdas de tanques, veículos e armas para o tempo e as ações de combate defensivo prejudicaram consideravelmente a capacidade da Wehrmacht. O exército alemão nunca conseguiu se recuperar totalmente e o inverno de 1941-42, mais do que a derrota em Stalingrado um ano depois, foi provavelmente o momento decisivo da guerra no front oriental. No entanto, o marechal de campo Milch afirmou em suas memórias que a Luftwaffe estava equipada com roupas de inverno apropriadas.

O Exército Vermelho, em contrapartida, estava muito mais acostumado e muito melhor equipado para a guerra no inverno. Suas roupas tinham isolamento térmico e as botas eram um ou dois tamanhos maiores para que os soldados pudessem enchê-las com palha ou jornal, o que efetivamente isolava os pés do frio. Infelizmente para os alemães, quando eles finalmente receberam as botas de inverno, elas vieram no tamanho certo.[155] Os soviéticos produziam um óleo de girassol para lubrificar armas e equipamentos que resistia melhor às temperaturas baixíssimas e congelantes. O maquinário e as armas soviéticas também tinham uma tolerância maior, o que as tornava mais fáceis de operar no frio congelante. Os russos sabiam improvisar. Por exemplo, enquanto a Luftwaffe tentava usar aquecedores portáteis movidos à gasolina, para dar a partida em seus aviões, os russos simplesmente faziam fogueiras embaixo dos motores. Apesar de ser um pouco perigoso, especialmente quando ventava, os alemães logo aprenderam a fazer o mesmo para fazer funcionar seus motores, além de adaptarem outras técnicas russas.[156]

Um vento congelante soprava pelos pinheiros do Wolfsschanze no fim da tarde do dia 7 de dezembro de 1941. O Dr. Otto Dietrich, chefe de imprensa do Reich, foi o primeiro a receber a extraordinária notícia de que os japoneses haviam atacado Pearl Harbor. Ele atravessou a neve correndo até o Führerbunker levando o telegrama, e Hitler ficou não apenas surpreso, mas também encantado por saber que os japoneses e os americanos estavam em guerra. Hitler foi até a casamata militar, onde Keitel e Jodl estavam avaliando a seriedade da situação diante de Moscou, e anunciou: "Não podemos perder a guerra! Agora temos um parceiro que nunca foi derrotado em três mil anos". Depois de refletir sobre as implicações da ação japonesa, Hitler percebeu que a guerra entre o Japão e os Estados Unidos tinha aliviado Stalin da preocupação com um ataque japonês no extremo oriente. Agora os soviéticos poderiam transferir com segurança o grosso de suas forças na Ásia, para lutar contra a Alemanha. No dia

---

[155] U.S. Department of the Army, *Effects of Climate on Combat in European Russia*, folheto do Department of the Army N° 20-291 (Washington, D.C., 1952), 18.

[156] OKH, *Taschenbuch fuer den Winterkrieg* (Berlim, 1° de setembro de 1942).

seguinte, Hitler ordenou que a Wehrmacht adotasse uma posição defensiva "por causa do tempo e da situação difícil dos suprimentos".

Baur foi notificado de que Hitler queria voltar a Berlim imediatamente, o que eles fizeram a bordo do Immelmann III. Ribbentrop estava esperando por Hitler e avisou que, embora o Japão estivesse exigindo que a Alemanha declarasse guerra aos Estados Unidos imediatamente, o Pacto Tríplice não os obrigava a isso, a menos que o Japão fosse atacado diretamente. Hitler não se importava em romper tratados, mas decidiu cumprir esse pacto. Ele declarou que os Estados Unidos já estavam atirando contra seus navios e indo muito além do que permitia a neutralidade, ajudando a Inglaterra com alimentos e material de guerra. Além disso, ele queria declarar guerra total não só ao "marxismo internacional", mas também ao "capitalismo financeiro internacional", que eram "ambos criaturas do judaísmo internacional".[157] Sem conhecer ou entender alguma coisa dos Estados Unidos, Hitler afirmou que não acreditava que "uma nação mestiça, decadente" pudesse se organizar para tornar-se um sério adversário militar.

Hitler proferiu outro de seus discursos apaixonados no Reichstag em 11 de dezembro de 1941, em que anunciou sua declaração de guerra aos Estados Unidos. No Wolfsschanze, essa notícia foi recebida com inquietação. O desespero se espalhou entre os comandantes que tentavam lidar com os sérios reveses no front. Hitler havia despachado uma instrução em que ordenava que os exércitos "mantivessem uma defesa rígida e não dessem um passo atrás", o que acabou levando à demissão de vários comandantes. A ordem inflexível do Führer proibindo o recuo, chamada de *Starre Verteidigung* (defesa rígida), teria drásticas consequências sobre o curso da guerra.

Nem mesmo a mais convincente e eficaz propaganda poderia alterar a realidade sombria da guerra com os Estados Unidos. A contribuição dos americanos para a derrota da Alemanha na 1ª Guerra Mundial era bastante conhecida, e muitas famílias tinham vínculos estreitos com parentes e amigos nos Estados Unidos. Enquanto a propaganda

---

[157] Toland, 694-95.

nacional-socialista chamava os bolcheviques de *Untermenschen* (sub-humanos) primitivos no oriente, a tentativa de pintar os americanos como gângsteres cruéis foi muito menos convincente. A Alemanha agora estava realmente envolvida numa guerra mundial e as pessoas viam com apreensão as festas do Ano-Novo. No terceiro Natal da guerra, o moral estava baixo tanto em casa quanto no front. O desestímulo entre as pessoas era causado principalmente pela discrepância entre o que diziam a propaganda oficial e as cartas enviadas pelos soldados. A seriedade da situação do front também era divulgada pelos soldados trazidos de volta aos milhares para hospitais na Alemanha. Pela primeira vez, a fé cega do povo na estrela da sorte do Führer estava abalada. Além disso, o mito da invencibilidade da Wehrmacht explodiu com essa primeira grande vitória do Exército Vermelho.

Medidas drásticas tiveram que ser tomadas para deter a ofensiva de inverno soviética e estabilizar o front. Até mesmo Baur e seu esquadrão especial foram chamados em situações de emergência para transportar não apenas pessoas importantes, mas também cargas vitais. No final de 1941, um pedido de ajuda urgente do general Guderian chegou ao quartel-general do Führer informando que muitos de seus homens estavam com os pés congelados. Baur enviou imediatamente vários aviões para a cidade de Minsk, onde uma grande fábrica de feltro tinha começado a fabricar botas de inverno para a Wehrmacht. Milhares de pares foram levados diretamente para um aeroporto perto de Orel, para entrega imediata às tropas.

No dia 23 de dezembro, um dos aviões de acompanhamento do Führer, o Fw 200A-O (S-8), matrícula nº 3098, NK+NM, pilotado pelo capitão Ludwig Gaim, bateu ao aterrissar em Orel em meio a uma tempestade, quando entregava uma carga de *Führerpakete* — pacotes de Natal do Führer para os soldados no front. Dois homens morreram e dois ficaram seriamente feridos; estes foram levados para tratamento em Koenigsberg, na Prússia Oriental, duas semanas depois, quando estavam em condições de viajar.

O ano de 1942 começou com a Wehrmacht enfrentando sua maior crise na 2ª Guerra Mundial. A guerra com a União Soviética foi travada em grande escala; chocante no âmbito, de uma brutalidade quase inacreditável e com consequências catastróficas. Os erros cometidos durante os primeiros seis meses da campanha definiram o cenário de uma catástrofe que precisava ser evitada a todo custo. No final de janeiro, o marechal-de-campo Fedor von Bock foi reconvocado para substituir Reichenau como comandante do Grupo de Exércitos Sul e conseguiu parar a ofensiva russa no sul. Mas o Grupo de Exércitos do Centro só conseguiu estabilizar seu front com uma série de contra-ataques custosos.

Enquanto a Wehrmacht lutava para deter a ofensiva soviética, aumentavam os ataques aéreos ingleses sobre alvos na Alemanha e na Europa ocupada. No verão de 1942, aos bombardeios noturnos da RAF sobre cidades alemãs, somaram-se ataques diurnos a alvos específicos por unidades da força aérea americana que partiam de bases na Inglaterra. Os ataques ininterruptos trouxeram a guerra aérea para o coração da Alemanha e exigiram o deslocamento de mais caças da Luftwaffe e de artilharia antiaérea para a defesa do Reich. No front oriental, o ressurgimento do poder aéreo soviético com aviões melhores começou a ser sentido em algumas áreas.

A campanha dos submarinos no Atlântico foi mudada para atacar os navios ao longo da costa leste dos Estados Unidos, a partir de 13 de janeiro de 1942. O sucesso foi tão grande que parecia confirmar a crença de Hitler de que os Estados Unidos estavam totalmente despreparados para a guerra. A enorme quantidade de navios aliados afundados durante o ano seguinte levou otimismo ao Alto Comando alemão, que acreditava poder romper as comunicações entre Estados Unidos e Canadá e a Inglaterra. Acreditava-se que, se a Alemanha vencesse a batalha do Atlântico, os Aliados perderiam a guerra na Europa.

No início de 1942, uma versão militar do Focke-Wulf Fw 200 Condor, carregando armamentos, pousou no aeroporto coberto de neve em Gerdauen, na Prússia Oriental. Foi o primeiro dos Condors do F.d.F. e, de certa forma, foi uma admissão de que a Alemanha não detinha mais a supremacia aérea em seu território. O recebimento do novo avião manteve Baur e sua tripulação ocupados, e foi também nessa época que o esquadrão transferiu a operação dos Fw 200 de Gerdauen para as novas instalações camufladas do aeroporto de Rastenburg.

Esse primeiro Condor armado do F.d.F. era um Fw 200C-3/U9, matrícula nº 0099, prefixo militar KE+IX. Tinha uma longa nacela, ou gôndola, a estibordo (lado direito) sob a fuselagem dos Condors militares, empregados pela Luftwaffe para bombardeio e reconhecimento marítimo, em cooperação com os submarinos no Atlântico. Esse avião tinha sido especificamente modificado para o transporte de passageiros: recebera a instalação de assentos dentro da seção central da fuselagem, dotada de isolamento acústico. A mobília confortável e a disposição da cabine eram parecidos com o do Condor comum, matrícula nº 3098, que se acidentara na aterrissagem em Orel, em 23 de dezembro de 1941. Por causa da manutenção da aeronave e de outros compromissos, Hitler, às vezes, voava nesse avião como passageiro.

O primeiro Condor armado, prefixo KE+IX, foi seguido no início de 1942 por mais dois, melhores e mais potentes, especificamente modificados para uso do Führer. Eram eles:

Fw 200C-4/U1, matrícula nº 0137, prefixo CE+IB. Avião principal de Hitler.

Fw 200C-4/U2, matrícula nº 0138, prefixo CE+IC. Avião de acompanhamento.

Baur recebeu os dois aviões na fábrica da Focke-Wulf, em Bremen. Foram necessários vários voos de testes para resolver pequenos problemas, antes que pudessem ser aceitos pelo F.d.F. Baur depois os levou para o aeroporto de Tempelhof, para verificação pelo pessoal da manutenção da Lufthansa.

O Fw 200C-4/U1 foi o primeiro *Führermaschine*, ou avião pessoal, especialmente equipado para uso de Hitler. A Führersessel ficava no lado direito da cabine com isolamento, virada para frente, bem atrás da mesa de madeira. Havia uma saída de emergência no piso do avião, diante da cadeira de Hitler. Em vez do sofá do Immelmann III, foram acrescentadas mais duas poltronas. No lado esquerdo da cabine, mais

45. O primeiro Condor armado a entrar em serviço com o F.d.F. foi o Fw 200C-3/U9, matrícula nº 0099, prefixo KE+IX. Recebido no início de 1942, tinha a gôndola ventral dos bombardeiros comerciais, era mais forte e mais potente. Avião de acompanhamento do F.d.F., normalmente transportava membros do Estado-Maior de Hitler e convidados. Tinha uma grande cabine para passageiros e nenhuma Führersessel, mas era usado de vez em quando por Hitler, que gostava de sua alta velocidade.

quatro poltronas, dispostas duas a duas. Atrás da divisória, havia uma segunda cabine de passageiros com seis poltronas, duas do lado direito, uma de frente para a outra, e quatro do lado esquerdo, também de frente umas para as outras. Assim, o avião tinha uma capacidade máxima para treze pessoas. Cada passageiro tinha oxigênio disponível em sua poltrona.

Ao contrário da poltrona especial de Hitler no Immelmann III, esta nova Führersessel tinha uma blindagem de 8 mm, e um paraquedas localizado num compartimento embaixo do assento. Os arreios do paraquedas ficavam na parte de trás da almofada. O encosto era preso por cima, com dois botões, e tinha que ser arrancado para que se pudesse chegar ao paraquedas. Havia uma luz para leitura, como antes, na parte de cima, à esquerda do braço da cadeira.

Relatos publicados anteriormente diziam que a cadeira de Hitler tinha um paraquedas automático e era ejetada para baixo, por uma catapulta, caso fosse necessário soltá-la. Essa informação é incorreta e foi esclarecida por Baur durante uma entrevista no pós-guerra. Caso fosse necessário fugir do avião, Hitler colocaria os arreios do paraquedas que estavam no encosto do banco e, então, puxaria um

46. Focke-Wulf Fw 200C-4/U1, matrícula nº 0137, prefixo CE+IB, com camuflagem de inverno. Era um Condor armado e mais potente, especialmente modificado para uso pessoal de Hitler. Foi obtido pelo F.d.F. no início de 1942. A partir de então, tornou-se o avião favorito do Führer. Tinha a Führersessel modificada, a gôndola ventral mais curta e acomodação para 11 passageiros.

cabo vermelho da parede que abriria a saída de emergência, no piso bem à frente da sua poltrona. O encosto e o assento da poltrona estavam ligados ao saltador que pularia com os arreios do paraquedas que era do tipo manual, ou seja, precisava ser aberto com uma pequena alça pelo saltador, depois de deixar o avião. Hitler teria saído do avião pela abertura da saída de emergência.

Segundo Baur, o F.d.F. tinha à sua disposição 60 paraquedas, mas nenhum deles jamais foi usado numa emergência. Eles eram retirados das aeronaves a cada quatro semanas, para pegarem ar e serem testados, e eram substituídos por outros durante esse tempo. Isso quer dizer que havia para todos os passageiros e membros da tripulação. A instalação da saída de emergência, no piso à frente da poltrona de Hitler, exigiu o encurtamento da nacela sob a fuselagem do Condor CE+IB e CE+IC.

O Fw 200C-4/U2, matrícula nº 0138, CE+IC, era um avião de reserva, ou acompanhamento, usado principalmente para transportar os membros do Estado-Maior de Hitler e convidados, mas também foi usado pelo Führer em várias ocasiões. Tinha 14 lugares numa cabine grande, mas nenhuma poltrona especial. Acredita-se que o desempenho e o armamento das duas aeronaves, CE+IB e CE+IC, eram semelhantes. A altitude média era de 4.800 metros, o teto máximo de 5.800 metros, velocidade máxima de 330 km/h, velocidade média de cruzeiro 280 km/h, e 270 km/h a nível do mar. A autonomia, com carga normal, era de 3.556 km. Os primeiros modelos, como o Fw 200C--3/U9, KE+IX, eram um pouco mais rápidos, com velocidade máxima de 360 km/h. A tripulação normal era formada por piloto, copiloto, metralhador/engenheiro de voo, navegador/operador de rádio/metralhador e, às vezes, um comissário. Em algumas ocasiões, o engenheiro de voo ocupava o lugar do copiloto.

Havia apenas três Condors Fw 200C-4/U1 totalmente equipados com a versão para o Führer incluindo a Führersessel: o *Führerflugzeug*, prefixo CE+IB, matrícula nº 0137; o avião de Goering, usado depois por Himmler, prefixo GC+AE, matrícula nº 0176; e o avião de reserva, prefixo TK+CV, matrícula nº 0240, entregue ao F.d.F. em 1943.[158]

De acordo com Baur, no total foram usados 13 Condors armados e não-armados pelo F.d.F. até o fim da guerra. No entanto, é pouco provável que todos eles tenham sido alocados de uma só vez. Foram usados vários tipos, como mostrado a seguir.

Devido às muitas perdas de aviões em 1940-41 e às necessidades prementes para uso militar, as aeronaves destinadas ao uso pessoal de oficiais do Alto Comando do partido e do governo, foram recolhidas devido às prioridades militares. Quando precisavam de um avião para uso oficial, como uma visita ao quartel-general de Hitler no leste, precisavam solicitar ao escritório do F.d.F. em Berlim. Alguns comandantes militares importantes tinham aviões de transporte e observação, para seu uso pessoal. Esses aviões em geral eram menores, como o Ju 52/3m, o He 111, o Siebel Fh 104ª e o Fi 156. Muitos comandantes da Luftwaffe simplesmente usavam as aeronaves de suas próprias unidades, quando viajavam pelo ar.

---

[158] Guenther Ott, através de Klaus J. Knepscher, carta para o autor, 25 de outubro de 1995.

TABELA 5.1
ATRIBUIÇÕES DAS AERONAVES DO ESQUADRÃO DO GOVERNO

Tipo	Matrícula Nº	Prefixo	Data de Aquisição	Atribuições
Fw 200A-0 (S-8)	3098	D-ACVH NK+NM	1939	Avião de acompanhamento ou apoio para Hitler
Fw 200A-0 (S-9)	3099	D-ARHU 26+00	1939	Avião de Hitler
Fw 200C-3/U9	0099	KE+IX	1942	Avião de apoio
Fw 200C-4/U1	0137	CE+IB	1942	Avião de Hitler
Fw 200C-4/U2	0138	CE+IC	1942	Avião de acompanhamento ou apoio para Hitler
Fw 200C-4/U1	0176	GC+AE	1942	Primeiramente Hermann Goering, depois Heinrich Himmler
Fw 200C-4/U2	0181	GC+SJ	1943	Grande Almirante Karl Doenitz
Fw 200C-4/U1	0240	TK+CV	1943	Avião de apoio, também usado por Hitler. Levado para Berlim, por Baur, em 1945, para ser usado como avião de fuga do Führer
Fw 200C-6/U2	0216	TA+MR	1943	Albert Speer
Fw 200?	?	?	1944	Albert Speer. Recebeu novo Condor com autonomia ampliada.

A aquisição dos Condors armados aumentou a carga de trabalho de Baur e de seus homens. Foi preciso treinar o pessoal para cuidar da manutenção dos motores mais potentes, com hélices de ritmo variável com três lâminas, além das armas. Foi preciso organizar o fornecimento de peças sobressalentes nas novas instalações camufladas do aeroporto de Rastenburg. Até mesmo Max Zintl, experiente engenheiro de voo de Baur, teve que aprender a lidar com o armamento a bordo dos novos Condors. Suboficiais experientes, da Luftwaffe, precisaram ser incorporados para atuarem como metralhadores.

Enquanto essas questões práticas eram resolvidas, a guerra seguia violenta nas neves da Rússia, sobre a fortaleza de Malta no Mediterrâneo, nos desertos da África do Norte e nas águas geladas do Atlântico. Talvez a guerra com a União Soviética, com toda a destruição e mortes terríveis, tenha sido o catalisador que motivou Hitler a iniciar o ato final de violência contra o povo judeu. Desde 1933, ele havia eliminado quase todos os seus direitos civis como cidadãos alemães, e então começou o assédio, a perseguição e até a expulsão dos judeus da Alemanha. Agora, ele decidira que os judeus estavam no caminho da vitória, e que havia chegado a hora de eliminar todos os judeus, junto com os democratas, os comunistas e outros que ele considerava inimigos de seus planos grandiosos para uma "Nova Ordem" na Europa sob a hegemonia do nacional-socialismo.

Embora os nazistas já tivessem começado a matar judeus no leste, no dia 20 de janeiro de 1942 foi realizado um encontro secreto num subúrbio de Berlim, para formalizar o genocídio e selar o destino de milhões de judeus, ciganos e outros. Essa foi a infame Conferência de Wannsee, onde foi tomada a decisão de adotar o plano conhecido como *Die Endloesung* (Solução Final), o extermínio completo dos judeus na Europa. Heinrich Himmler, Reinhard Heydrich e seus homens da SS foram encarregados do plano, e apesar de ter havido outros planos antissemitas ao longo da história, nada se comparava a essa campanha sistemática, sem precedentes, de genocídio.

Para realizar o programa, foi expandido o sistema de campos de concentração e Auschwitz, na Polônia, recebeu novo equipamento — câmaras de gás foram instaladas para o assassinato em massa dos presos. Pouco depois, outros campos de morte começaram a operar na Polônia e trens lotados com homens, mulheres e crianças judias começaram a chegar de todas as partes da Europa ocupada.[159] Apesar da existência dos campos de concentração ser de conhecimento amplo, os campos de morte foram mantidos em segredo e nenhuma publicidade foi permitida.

Infelizmente, esse terrível programa não foi o único esquema montado para aterrorizar e promover a degradação e exploração em massa de seres humanos. Um amplo sistema de campos de trabalho escravo e de prisões estava em operação na União Soviética desde a década de 1920.

A mando de Stalin, cerca de doze milhões de pessoas foram presas de uma só vez, e inúmeras vítimas foram executadas ou morreram de fome, privações ou excesso de trabalho em condições desumanas.[160]

Mas na grande vastidão branca do front oriental, as tropas lutavam e congelavam, enquanto os generais de ambos os lados planejavam uma maneira de nocautear o inimigo. Durante uma emergência, Baur fez um voo até Demyansk, no Focke-Wulf Fw 200 KE+IX, com suprimentos desesperadamente necessários para as tropas do 2º Exército. A defesa da fortaleza sitiada roubou a vitória aos soviéticos pela pura teimosia em resistir.

No final de fevereiro, a crise parecia ter passado seu pico. A ofensiva russa fora detida e o front alemão havia aguentado, embora as perdas tivessem sido pesadas. A posição alemã, no fim do inverno, estaria muito mais forte se tivesse sido usado um sistema de defesa elástico, como recomendaram os generais, em vez da defesa rígida imposta por Hitler. O fato de a defesa rígida se ter mostrado bem-sucedida durante o inverno, quando os russos também cometeram uma série de erros, teve influência fatal sobre a conduta de Hitler nas operações dos anos seguintes. O Führer justificaria sua insistência na manutenção firme das posições, usando como referência a luta a oeste de Moscou e a chamada "Fortaleza Demyansk", embora as condições encontradas nas situações posteriores, como Stalingrado, não pudessem ser comparadas às do inverno de 1941-42. Vários generais, inclusive Jodl, concordavam que a insistência de Hitler em permanecer firme tinha salvado suas tropas de destino igual ao das tropas de Napoleão.

---

[159] Nora Levin, *The Holocaust* (Nova York, T. Y. Crowell, 1968).
[160] Ross McWhirter, *Guiness Book of Exceptional Experiences* (Nova York, Canopy Books, 1980), 11.

A necessidade de aumentar a produção de armamentos, e a adoção da postura de "Guerra Total", levaram Hitler a nomear Albert Speer ministro dos armamentos e da produção de guerra, em 9 de fevereiro. Ele sucedeu Fritz Todt, morto no misterioso acidente de seu avião em Rastenburg. Fritz Sauckel foi nomeado chefe do efetivo em 28 de março, com ordens para acelerar o recrutamento de trabalho forçado. A indústria da guerra alemã estava trabalhando no limite para a produção de armas, veículos, aeronaves e todos os outros instrumentos de guerra, enquanto introduzia modelos aperfeiçoados. A produção alemã aumentou, mas era simplesmente inadequada para uma longa guerra de atrito e, já em 1942, não conseguia acompanhar o ritmo da crescente produção soviética, para não falar da gigantesca capacidade americana e inglesa.

Outro fator não previsto por Hitler ou seus conselheiros foi a Lei de Empréstimos e Arrendamentos americana. No início de outubro de 1941, alimentos e uma grande variedade de material de guerra americanos começaram a chegar à União Soviética, através do Alasca e do Irã. Isso incluía armas, tanques, aeronaves, maquinário, combustível e matérias-primas. Até mesmo unidades inteiras de refinarias e fábricas foram fornecidas pelo "Arsenal da Democracia". Esse programa de ajuda transformou-se em fluxo maciço de armamentos, raramente mencionado pelos russos mesmo nos dias de hoje, e isso certamente contribuiu substancialmente para a derrota alemã no leste e, posteriormente, na 2ª Guerra Mundial.[161]

Em fevereiro de 1942, o general Erwin Rommel, agora conhecido como "A Raposa do Deserto", voltou da África do Norte para a Alemanha e, no dia 18, chegou de avião ao Wolfsschanze para uma reunião com Hitler e os Estados-Maiores do OKW e do OKH. Naquela noite, Rommel foi o convidado especial do jantar. Também estavam presentes Keitel, Jodl, Schmundt e o Coronel Siegfried Westphal, que tinha vindo com Rommel da África. Hitler estava afável e Rommel se sentou perto dele, no lugar de honra. Hitler falou longamente sobre Churchill,

---

[161] Edward R. Stettinius Jr., *Lend-Lease: Weapon for Victory* (Nova York, MacMillan Co., 1944), 259.

dizendo: "Ele é uma criatura profundamente amoral e repulsiva".[162] Baur, que também estava presente, depois comentou com Rommel que, em janeiro de 1938, pilotara um Junkers 52 de Trípoli, na Líbia, até o Cairo, no Egito, quando estava a caminho da África do Sul para entregar o avião. Ele se lembrava particularmente da paisagem no norte da África. Rommel descreveu as vantagens e desvantagens da guerra no deserto e disse que lembrava bastante a guerra em alto-mar. Os grandes espaços abertos eram bons para as manobras dos blindados, mas não ofereciam qualquer abrigo ou proteção, e nunca havia água fresca suficiente. A poeira também era ruim para os motores e revelava a movimentação das tropas. Durante sua visita, Rommel enfatizou a necessidade crítica de mais tanques, peças de artilharia antitanques, veículos com lagartas e combustível para garantir a vitória.

Poucas semanas depois, durante uma das conversas tardias em torno do chá, à qual Baur estava presente, foram discutidas as notáveis vitórias japonesas no Pacífico. Os ingleses haviam perdido Cingapura e a Malásia, e as forças japonesas tinham conquistado as Filipinas, capturando milhares de soldados americanos. Hitler afirmou com desdém que tudo nos Estados Unidos era controlado por judeus e que "os americanos não têm cultura. Vivem como porcos num chiqueiro de luxo". Os colegas ao redor da mesa riram quando ele disse que "os americanos têm cérebro de galinha".[163]

O descongelamento, na primavera, transformou a paisagem russa num pântano lamacento que impedia as operações militares. Tanto a Wehrmacht quanto o Exército Vermelho se reagruparam e reorganizaram para o inevitável confronto. Os alemães enfatizaram a reabilitação das divisões motorizadas e Panzer do Grupo de Exércitos Sul, mas muitos soldados recrutados recentemente e as armas mais modernas foram usados para formar novas divisões, à custa das unidades existentes no front. Por isso foi preciso fazer maior uso dos equipamentos, armas e veículos capturados.

---

[162] *Hitler's Secret Conversations, 1941-1944* (Nova York, Farrar, Straus & Young, 1953), 259.
[163] Ibid.

Uma das mudanças mais notáveis nas forças terrestres alemãs, durante a 2ª Guerra Mundial, foi a expansão do braço militar da SS, chamado de *Waffen-SS* (SS Armada). Em 1942, várias divisões da poderosa Waffen-SS estavam envolvidas na Rússia, e essa força de elite, bem armada e imbuída da ideologia nacional-socialista, foi reconhecida até pelo exército por suas qualidades de luta. Também ganhou fama por ser implacável. Himmler havia ordenado que todos os soldados da Waffen-SS tivessem seu tipo sanguíneo tatuado no braço para facilitar o atendimento médico imediato. No entanto, quando capturados, os alemães com essa marca recebiam tratamento mais duro dos soviéticos e dos outros inimigos. Eles também tiveram retardada sua repatriação no pós-guerra, e muitos foram executados. Baur era membro da *Allgemeine SS*, mas não da *Waffen-SS*, duas organizações relacionadas, mas separadas, sob o comando geral de Reichsführer-SS Heinrich Himmler. No Julgamento de Nuremberg, depois da guerra, a SS foi declarada organização criminosa, mas não a Waffen-SS.

Durante a breve estada de Hitler em Berghof, no final de abril de 1942, Baur foi chamado para um voo até Bucareste, onde pegou o marechal Ion Antonescu, ditador da Romênia, junto com sua esposa e comitiva, e os levou até Obsersalzberg para uma reunião com Hitler.

Estava tudo certo com o Condor até a partida da capital romena, mas pouco depois de terem decolado o sistema de aquecimento parou de funcionar. Depois se descobriu que uma mangueira quebrara por causa do frio, peça que pode ser facilmente substituída em terra. Sem aquecimento, a cabine do Condor tornou-se extremamente fria, enquanto Baur subia no meio de uma tempestade, a uma altitude de 4.000 metros sobre os Cárpatos. Quando a temperatura caiu a -28 ºC, a tripulação protegeu Antonescu e os outros passageiros com cobertores, e ofereceu-lhes café quente. O interior da cabine se transformou numa verdadeira caverna de gelo durante as três horas e meia de voo, e Baur só pôde se desculpar e prometer melhores condições no voo de volta. Com o sistema de aquecimento consertado, o voo de volta a Bucareste foi bastante agradável, oferecendo uma bela vista. Ao chegarem, Baur foi convidado para o jantar, onde foi surpreendido com a condecoração da Ordem da

47. Baur (à direita) era um ouvinte sempre atento quando estava na companhia de Hitler. Esta foto foi tirada no Wolfsschanze, no início do verão de 1942. Baur está usando a insígnia dourada do NSDAP sobre a Cruz de Ferro de Primeira Classe da 1ª Guerra Mundial. No bolso da esquerda está a insígnia de piloto bávaro da 1ª Guerra Mundial e, à direita, a insígnia de piloto da Luftwaffe.

Coroa da Romênia. O premier Antonescu também providenciou uma cesta com alimentos, tabaco e bebida para ser entregue à tripulação.

Na Instrução Nº 41 do Führer, *Fall Siegfried* (Operação Siegfried), Hitler apresentou seu plano para uma ofensiva de verão no oriente, mas o nome logo foi mudado para *Fall Blau* (Operação Azul), por questões de segurança. Enquanto os planos da Operação Barbarossa haviam sido preparados de acordo com os procedimentos do Estado-Maior do Exército, os da Operação Azul foram delineados pelo general Halder e seus auxiliares imediatos, de acordo com instruções detalhadas de Hitler, que ditou a versão final.

Depois de muitas revisões, o plano apresentava vários objetivos importantes, incluindo a tomada de Leningrado, no norte, e a tomada do Estreito de Kerch e Sebastopol, na Crimeia, possibilitando assim o uso desse importante porto do Mar Negro pelas forças alemãs. Os principais objetivos da Operação Azul eram captura e exploração rápidas da região produtora de petróleo do Cáucaso, para obter petróleo, vital para os alemães, e negá-lo à URSS. Stalingrado, importante cidade industrial do Volga, também seria tomada, com a destruição das unidades do Exército Vermelho, no Rio Don.

A Wehrmacht estava dispersa na grande vastidão do front oriental, assim como nos outros palcos da guerra. No entanto, Hitler insistiu no declaradamente ambicioso plano da Operação Azul. Ele aprovou algumas das ideias de Halder, em princípio, mas elaborou, ele mesmo, boa parte do planejamento, auxiliado pelo Estado-Maior do OKW. Hitler acreditava que os soviéticos estavam nas últimas e contemplava com otimismo a ofensiva de verão, finalmente marcada para o dia 28 de junho.

Nesse meio tempo, Hitler e o marechal de campo Keitel fizeram uma rápida visita à Finlândia, no início de junho, para cumprimentar o marechal Carl Gustaf Emil Mannerheim, comandante estimado e futuro chefe de Estado, por seu 75º aniversário. Baur decidiu usar o novo Condor armado Fw 200C-3/U9, KE+IX, devido à ameaça de aeronaves soviéticas na rota.

A visita de Hitler não foi inteiramente bem recebida pelos finlandeses, porque complicava suas já estremecidas relações com os Estados Unidos;

48. Hitler saúda a multidão enquanto segue em seu Mercedes-Benz blindado, igual ao Type 770 dado ao marechal Carl von Mannerheim, da Finlândia, como presente de aniversário, em junho de 1942. O General Julius Schaub segue atrás do motorista. O carro de trás leva guardas da SS.

e resultou na quebra de relações consulares, duas semanas depois. A Finlândia tinha entrado na guerra contra a União Soviética, em 25 de junho de 1941, para recuperar o território ocupado pelos soviéticos durante a Guerra Russo-Finlandesa de 1939-40. Depois de ocupar o território perdido, o qual foi chamado de "Guerra da Continuação", os finlandeses já não viam com tanto entusiasmo a permanência no conflito ao lado dos "cobeligerantes", como preferiam chamar os alemães, em vez de "aliados".

Como já havia concedido a Mannerheim a Cruz de Cavaleiro da Cruz de Ferro, Hitler resolveu dar ao líder finlandês um presente de aniversário muito especial, que havia sido enviado para a Finlândia pouco antes de sua visita.

Era um Grand Mercedes Type 770, ou 7,7 litros, para oito passageiros, conversível de quatro portas, uma versão personalizada do veículo pesado de passageiros, o *Schwerer Personnenkraftwagen* (s. Pkw).[164] Era um veículo realmente magnífico, especialmente construído para Hitler pela fábrica da Mercedes-Benz, incorporando muitas características únicas. Inúmeras fotos mostram Hitler, Goering e outros líderes importantes usando esse tipo de carro.

O carro era grande, com capô longo, compartimento para passageiros grande e porta-malas pequeno. A carroceria preta brilhante, com detalhes cromados, tinha seis metros de comprimento total e portas blindadas. O parabrisa e as seis janelas laterais tinham vidros a prova de balas. O escudo traseiro, formado por uma placa blindada controlada por manivela, era parte de uma proteção total que, com a blindagem, podia parar balas de calibre 7.9 mm. A largura total era de quase 2,10 metros e a altura, de 1,82 metro. A distância entre os eixos era de 3,90 metros, e o peso total, com todos os passageiros e tanque cheio, era de 4.535,92 quilos.

O motor preciso, de oito cilindros e 230 HP, alcançava a velocidade máxima de 200 km/h e Hitler gostava de dirigir em alta velocidade pela Autobahn. Esse carro foi levado para os Estados Unidos em 1948, e visto por este autor em 1949.[165]

De volta ao quartel-general do Führer, o planejamento para a ofensiva do verão de 1942 continuou durante 24 horas por dia. O elemento surpresa era essencial para o sucesso da operação, de forma que continuaram os esforços fúteis para esconder da Rússia as verdadeiras intenções dos alemães. No dia 9 de junho, o oficial de operações da 23ª Divisão Panzer foi de avião até o front, levando inúmeros documentos altamente secretos, violando o regulamento relativo à segurança. Seu avião sofreu um acidente em território ocupado pelos russos e os documentos, que incluíam uma ordem delineando todo o plano de ataque, foram apreendidos pelos soviéticos. Apesar da aparente perda do fator surpresa, Hitler decidiu prosseguir conforme o planejado.

---

[164] Supreme HQ Allied Expeditionary Force, *Recognition Handbook of German Technical Equipment, Section III Wheeled (Unarmored) Vehicles* (maio 1945), Prancha 55.

[165] Christopher G. Janus, *The Story of Hitler's Armored Car*, 2ª edição (Winnetka, Ill., Christopher G. Janus, 1948), 32-33.

A primeira fase da Operação Azul começou ao amanhecer do dia 28 de junho. Sessenta e cinco divisões foram reunidas para a ofensiva. Toda a artilharia disponível, lançadores de foguetes e aviões começaram um bombardeamento intenso em áreas-chave, para facilitar o avanço das divisões ponta de lança. O bombardeio preliminar durou apenas 30 minutos. O fogo bem posicionado da artilharia destruiu as posições soviéticas. A resposta da artilharia russa foi lenta e arrastada na maioria das áreas, indicando que eles talvez tivessem sido realmente pegos de surpresa. Quando as metralhadoras fizeram uma pausa, os blindados avançaram, varrendo a área em direção ao leste. O moral da Wehrmacht voltou a subir com esse avanço, em direção ao que se esperava fosse a vitória final.

No Wolfsschanze, durante os preparativos para a ofensiva de verão, Hitler observou que seu quartel-general agora estava a 1000 km do front. Como era então comandante-em-chefe do exército e supremo comandante das Forças Armadas, ele decidiu que poderia dirigir melhor as operações se estivesse mais próximo do cenário da ação. Assim, foi despachada uma equipe para encontrar um lugar adequado para um novo quartel-general de campo. Como a ênfase maior seria na ofensiva pelo sul da Rússia, o local deveria estar próximo do front sul.

Um local aceitável logo foi encontrado perto da cidade de Vinnytsia, na Ucrânia.[166] Ficava num pequeno bosque, perto da estrada para Jitomir, a 15 km a nordeste de Vinnytsia. Logo foram enviadas equipes para montar as barracas de madeira pré-fabricadas, que serviriam de centro de comunicações, escritórios, refeitórios e outras instalações necessárias. Na construção de dois postos de observação e um posto de comando foi usado concreto. Também foi construído um abrigo antiaéreo para Hitler e seu Estado-Maior e um para o pessoal de apoio que administrava o quartel-general. Como a Luftwaffe ainda detinha o controle aéreo da região, não foi necessária camuflagem especial. Apesar de terem sido instaladas metralhadoras antiaéreas, não houve ataque aéreo. No início, o complexo nem era cercado por arame farpado e era

---

[166] U. S. Department of the Army Pam. N° 261a, 149.

protegido apenas por sentinelas e patrulhas, pois a região era tranquila e as relações com a população civil eram boas. Depois, quando foi detectada a presença de guerrilheiros na região, a segurança foi reforçada.

Hitler chamou o novo quartel-general de *Wehrwolf*, mudando a grafia da palava *Werwolf*, que significa "lobisomem" em alemão, e aproximando-a de *Wehr* (Wehrmacht) que significa "defesa", e passou a morar nesse lugar sombrio a partir de 16 de julho de 1942, com seu Estado-Maior OKW, auxiliares e funcionários. Nesse dia, Baur colocou todos os Condors e várias outras aeronaves em uso. Hitler ficou no Wehrwolf até outubro, quando voltou a Wolfsschanze, e só voltou mais uma vez, em fevereiro e março de 1943. O pessoal do OKH montou seu quartel-general na própria cidade de Vinnytsia. Outros quartéis-generais e bases também foram situados nas proximidades de Vinnytsia. Goering tinha o seu quartel-general a 25 km de distância, e Hitler tinha uma residência particular, que raramente visitava, a cerca 50 km de Vinnytsia, não muito distante da ocupada por Ribbentrop.

O calor aumentava o desconforto e talvez tenha contribuído, junto com o estresse, para as inevitáveis discussões de Hitler com os generais sobre a estratégia e a política no final do verão.[167] O Führer continuou a receber um número cada vez maior de medicamentos e injeções, prescritos diariamente pelo doutor Morel, para tratar inúmeros problemas, incluindo pressão alta, dores de estômago e flatulência crônica, severa, problema bastante conhecido de seus auxiliares mais próximos.[168]

Um aeroporto foi construído às pressas perto de Vinnytsia, onde Baur e seu pessoal trabalhavam e viviam em novas barracas construídas nos arredores da cidade. Alguns dos membros das tripulações eram da Waffen-SS ou, como Baur, da Geral SS, enquanto a maioria do pessoal de terra era constituída por empregados da Lufthansa, em uniformes da companhia, ou por membros da Luftwaffe. A mudança de um quartel-general exigia esforço considerável por parte de todos

---

[167] Ibid., 165. Ver também David Irving, *The Secret Diaries of Hitler's Doctor* (Nova York, MacMillan, 1983), 100.
[168] Ibid.

49. O confortável escritório de Hitler no Wehrwolf, quartel-general ocupado durante alguns meses, em 1942 e 1943, na região florestal perto de Vinnytsia, na Ucrânia. Este quartel-general ficava quase 1000 km mais próximo do front do que Wolfsschanze. As reuniões para discutir a situação com o Führer, conduzidas pelo Marechal-de-Campo Keitel e pelo General Jodl, eram realizadas duas vezes ao dia em torno da mesa à esquerda.

os envolvidos. Peças e equipamentos para a manutenção das inúmeras aeronaves precisaram ser levados de Rastenburg e o escasso combustível teve que ser obtido, armazenado e vigiado. Também a mobília e os equipamentos de comunicação e dos escritórios precisaram ser transferidos de Rastenburg o mais rápido possível, mas nem tudo podia seguir de avião. A cada mudança, Baur recebia instruções diretas de Hitler sobre o transporte do valioso retrato de Frederico o Grande, em seu avião.

Agora era perigoso viajar, tanto de trem quanto pelas estradas da maioria das áreas ocupadas da União Soviética, e Hitler havia ordenado que as pessoas importantes só viajassem de avião. Isso manteve Baur e os membros do F.d.F. muito ocupados, viajando frequentemente para vários lugares na Rússia e na Alemanha. Eles descobriram que, na temporada de chuvas, os aviões que não estivessem nos hangares tinham que ficar estacionados em plataformas de madeira, para não atolarem no terreno macio. Posteriormente, foi preciso construir uma nova pista em terreno mais seco, e a velha passou a ser usada apenas em situações de emergência. No comando do *Fliegerstaffel des Führers*, Baur tinha seus privilégios. Ele conseguiu trazer seu *Schwimmwagen* para o novo quartel-general, para usar como veículo de transporte e, ocasionalmente, nas pescarias. O carro anfíbio e o moderno equipamento de pesca de Baur fascinavam os camponeses e os moradores da cidade.

Quando o trabalho permitia, Baur jantava com o Führer e seu Estado-Maior, e outros convidados. Ele participava das conversas do jantar quando o assunto dizia respeito à aviação, viagens aéreas comerciais e assuntos relacionados. Por exemplo, no jantar do dia 3 de julho, Baur e o vice-almirante Theodor Krancke, oficial de ligação naval no quartel-general, começaram a discutir o futuro da aviação e do transporte marítimo. Baur lembrou que um avião comportava 60 a 100 passageiros pagantes. Quando Hitler chegou, acrescentou que "em pouco tempo teremos aviões grandes o bastante para podermos instalar banheiros a bordo". Krancke afirmou que "apesar de todas as melhorias na aviação, o transporte marítimo nada tinha a temer da concorrência aérea". "Não necessariamente", disse o Führer. "É preciso julgar essas coisas à luz do progresso comum. O pássaro está um grau à frente do peixe voador, que está acima do peixe comum; da mesma maneira, o avião está à frente do navio — e o futuro pertence ao ar."[169]

Albert Speer observou em suas memórias que, mesmo nos quartéis-generais de campo, Hitler conservou o hábito de jantar com seus colaboradores mais próximos. Enquanto na Chancelaria do Reich eram numerosos os uniformes do partido, ele agora estava cercado principalmente por generais e oficiais. Os visitantes eram frequentes e traziam notícias atualizadas, assim como anedotas da Alemanha e de outras áreas de interesse do Estado-Maior. Ao contrário da luxuosa sala de jantar

---

[169] *Hitler's Secret Conversations*, 446-47.

da chancelaria, a sala de jantar no Wehrwolf parecia mais um restaurante de estação de trem de uma cidade pequena. Painéis de pinho formavam as paredes, e as janelas eram iguas às do alojamento dos soldados. Havia uma mesa grande para cerca de 20 pessoas. Hitler sentava-se do lado da janela, no meio da longa mesa; Keitel sentava-se à sua frente, enquanto os lugares de honra ao lado de Hitler eram ocupados por diferentes visitantes. Como na época de Berlim, Hitler falava longamente sobre seus assuntos favoritos, enquanto os convidados eram reduzidos a ouvintes.[170] Hitler nunca permitiu que Eva Braun visitasse o Wolfschanze ou o Wehrwolf.

A comida em Vinnytsia era farta, mas enfastiante. A abundância de trigo ucraniano representava a possibilidade de enviar grandes quantidades para o Reich e de fornecer farinha para a Wehrmacht. O *Kommissbrot* (pão da cozinha militar) era excelente, mas macarrão e ovos eram servidos com tanta frequência no refeitório que todos sonhavam com uma mudança. Um grande matadouro da vizinhança havia retomado suas atividades, sob supervisão alemã. Hitler, no entanto, mantinha seu cozinheiro pessoal, fiel à sua dieta vegetariana.

A rotina diária era bastante informal entre os frequentadores regulares do quartel-general. Não havia tanta posição de sentido e saudação, exceto, é claro, quando havia visitas e, nessas ocasiões, eram observadas as formalidades e o protocolo praticado pelos militares e líderes do Partido Nacional-Socialista. Todos, no entanto, observavam a deferência normal em relação ao Führer.

A reunião mais importante, tanto no Wolfsschanze quanto em Wehrwolf, era realizada todos os dias por volta do meio-dia, e durava de duas a três horas. A reunião cobria os acontecimentos das últimas 24 horas. Hitler era o único a ficar sentado. Os outros participantes ficavam em torno de um mapa sobre a mesa. Isso incluía os ajudantes de Hitler, oficiais do Estado-Maior do OKW e do Alto Comando do exército, e os oficiais de ligação da força aérea, marinha, e o Waffen-SS e o Reichsführer-SS Himmler. Eram principalmente homens jovens com

---

[170] Speer, 237.

50. A cabana de controle das operações no Wehrwolf. A placa com a letra "F" indica o caminho para o Fernsprecher (telefone) e a placa "Nafü" indica a localização do Nachrichtenführer, ou chefe de comunicações.

patentes de Major a Coronel. Keitel, Jodl e Halder (e a partir de setembro de 1942 o *Generaloberst* (Chefe do Estado-Maior) Kurt Zeitzler), ficavam entre eles. Às vezes Goering também comparecia, e, nessas ocasiões, Hitler ordenava que trouxessem um banco estofado para que o corpulento Reichsmarschall se sentasse ao seu lado.

Os mapas eram iluminados por lâmpadas de mesa, com cabos longos. Primeiro, discutia-se o cenário oriental com grandes detalhes, e Hitler fazia remanejamentos até mesmo de divisões, e discutia os mínimos detalhes. A preparação para essa reunião tomava muito tempo do Estado-Maior e de seus oficiais. A situação no cenário ocidental da guerra, especialmente na África do Norte, era apresentada pelo general Jodl. Speer observou que também aí Hitler constumava interferir em cada detalhe, mesmo que as informações fossem incompletas. Jodl, como chefe do Estado-Maior de operações da Wehrmacht, teria que coordenar as ações nos vários cenários da guerra. Mas Hitler atribuíra a si essa tarefa, apesar de não executá-la na prática.

Havia grande rivalidade entre as facções do Estado-Maior, e Hitler atuava como árbitro, em consonância com o princípio da divisão que fazia questão de manter. Uma vez analisada a situação do exército, eram apresentados os últimos relatos sobre a situação aérea e naval, normalmente pelo oficial de ligação da respectiva área, raramente pelo próprio comandante.

Perto do final da reunião, Keitel apresentava a Hitler alguns documentos que deveriam ser assinados; depois disso, era preciso preparar ordens e informativos, codificados se necessário, e despachá-los. A reunião era cansativa e, embora o cigarro fosse proibido, o ar ficava abafado por causa da quantidade de homens na sala relativamente pequena. À meia-noite havia outra reunião, para avaliar a situação, com um oficial mais jovem do Estado-Maior informando sobre os últimos acontecimentos.[171]

A vida no quartel-general de Hitler era movimentada, mas monótona. Como o Wehrwolf e o Wolfsschanze eram instalações supersecretas, as visitas do *Wehrmachtbuehne* (grupo de teatro da Wehrmacht) não eram permitidas. Muitos desses shows entretinham os soldados em vários pontos do front. Eles apresentavam peças, performances musicais, dança e até humor. Era o equivalente alemão da USO *(United Service Organization)* americana, e seus shows levantavam o moral das tropas, sempre e onde quer que se apresentassem. Não havia outra diversão no Wehrwolf além de alguns esportes e jogos entre os homens. O Wolfsschanze ainda tinha um pequeno cinema. O pessoal se revezava para assistir a novos filmes nos horários de descanso, e às vezes assistiam a mesma coisa, várias vezes, por falta de algo melhor para fazer. Além do filme principal, havia o noticiário oficial, o *Deutsche Wichenschau*, produzido semanalmente, trazendo notícias da pátria e as últimas novidades militares.

---

[171] Ibid, 242-43.

Em meados do verão de 1942, as notícias das zonas de guerra eram encorajadoras. A campanha dos submarinos contra os navios na costa leste dos Estados Unidos estava obtendo resultados esplêndidos. Na África, Rommel, promovido a general marechal-de-campo em 21 de junho, capturou Tobruk, venceu uma série de batalhas no deserto e empurrou as forças da Comunidade Britânica de volta para El Alamein, no Egito. Hitler, com súbito e inesperado bom humor, telefonou para o general Halder no dia 20 de julho para dizer que considerava a Rússia acabada.

No sul da Rússia, nuvens de fumaça se elevavam acima das longas colunas formadas pelas tropas alemãs avançando pela imensidão das estepes, retardadas apenas por ações menores das unidades da retaguarda soviética. Enquanto recuavam, os russos eram perseguidos pelas unidades táticas da Luftwaffe. A grande área ocupada esparsamente pelos alemães, naquele verão quente, só contribuía para a dificuldade de comunicação e suprimentos. O maior problema era a escassez crítica de combustível; haviam conseguido capturar muito pouco, e a Wehrmacht estava agora no limite de um sistema de fornecimento muito difícil. Alguns suprimentos transportados por via aérea aliviaram temporariamente a escassez que havia impedido o avanço, mas eles estavam esperando a transformação das estradas de ferro para a bitola alemã.

A princípio, o avanço alemão foi feito através de linhas consecutivas organizadas, mas com a tomada de Rostov sobre o Don, em 23 de julho, a ofensiva deu lugar a dois avanços simultâneos em direções diferentes — um para o sul, em direção à região do Cáucaso e ao petróleo vital, e o outro na direção da cidade industrial de Stalingrado, no Volga, com seu importante tráfego fluvial. Na Instrução Nº 45 do Führer, datada de 23 de julho de 1942, Hitler apresentou um plano ambicioso, que orientava apenas as operações locais dos Grupos de Exército Sul e Norte, e atribuía uma força relativamente fraca de blindados, divisões de montanha e divisões leves para o avanço no sul rumo ao Cáucaso. O principal avanço seria na direção de Stalingrado — para destruir as forças soviéticas que estavam se reunindo nessa região e bloquear o

51. Baur confraterniza com pilotos do seu esquadrão, do lado de fora do quartel-general do F.d.F., no aeroporto de Vinnytsia, no verão de 1942. A placa em cima da porta do escritório de operações diz: St. (Staffel) Baur, Sonderflugleitung (Esquadrão Baur, Controle Operacional de Voos Especiais).

corredor entre os rios Don e Volga. Mas os atrasos provocados pela falta de gasolina, de suprimentos e de pessoal permitiu que os soviéticos aumentassem seus esforços defensivos, enquanto recompunham as forças atrás do Volga.

O ataque britânico-canadense sobre Dieppe, na França, em 18-19 de agosto, foi uma grande surpresa, e apesar de ter sido repelido com facilidade, causou uma espécie de choque. A propaganda alemã, é claro, o alardeou como vitória, mas a reação imediata de Hitler foi fortalecer suas defesas no ocidente; objetivo que só poderia ser conseguido à custa do enfraquecimento no front russo e norte-africano.

Dois dias depois, um informativo alemão noticiava orgulhosamente que, às onze horas da manhã do dia 21 de agosto, um destacamento de divisões de montanha havia desfraldado a bandeira do Reich no Monte Elbrus, a montanha mais alta do Cáucaso, com 5.633 metros. Mas a conquista do pico não trouxe alívio para a escassez de combustível, munição e transporte, que brecou o avanço; e Hitler ordenara à 4ª Divisão Panzer que desse a volta e fosse para Leningrado.

Halder e outros generais perceberam que o Führer havia abocanhado mais do que conseguia mastigar. A Wehrmacht estava tropeçando na vastidão do espaço russo. Grandes espaços iam se formando entre as principais unidades alemãs, e a escassez de combustível e de suprimentos impedia a movimentação rápida das unidades Panzer e das tropas motorizadas para proteger os flancos e espaços de ataques. À medida que as forças alemãs iam se separando perigosamente, tanto em profundidade quanto em largura, as unidades isoladas ficavam expostas à atividade cada vez maior de guerrilheiros.

No final de agosto de 1942, o 6º Exército e a 4ª Divisão Panzer do general Friedrich Paulus finalmente alcançaram as cercanias de Stalingrado, com forças italianas e romenas se posicionando nos flancos.

Esse foi o ponto mais alto das conquistas do Eixo.

9
ASAS DA DERROTA:
1942-1944

Grandes nuvens de fumaça subiam dos subúrbios de Stalingrado enquanto as casas de madeira, lojas e oficinas queimavam furiosamente durante os maciços ataques aéreos de 23-24 de agosto de 1942. A Luftwaffe tinha recebido ordens para lançar milhares de bombas incendiárias sobre as casas e cabanas dos arredores da cidade, em apoio ao avanço do 6º Exército e da 4ª Divisão Panzer. Em pouco tempo, ondas de *Stukas* desciam sobre alvos específicos, no centro da cidade, junto ao Volga, transformando edifícios e fábricas de concreto e alvenaria em cascalho enfumaçado. A artilharia pesada do 6º Exército juntou-se ao bombardeio, mas não conseguiu silenciar as defesas russas, nas ruínas da cidade sitiada.

O assalto do Grupo de Exércitos B a Stalingrado encontrou resistência inesperada desde o início. As tropas soviéticas, lutando bravamente no meio dos escombros, contavam com um fluxo constante de reforços e suprimentos que vinham do outro lado do Volga, todas as noites. Tinham ordens para defender a cidade até a morte, e qualquer soldado que tentasse escapar ou se render era baleado por seu comissário político.

Os soldados alemães avançavam lentamente, mas a um custo muito alto, através de edifícios destruídos, ruas cheias de destroços e carcaças pretas de tanques e veículos queimados. No calor sufocante, nuvens de moscas cobriam as carcaças pútridas e inchadas dos cavalos mortos e os corpos inertes dos soldados caídos. Essa foi realmente a "Verdun no Volga", e no dia 20 de setembro, o general Halder observou, em seu diário, que as forças alemãs estavam sucumbindo gradualmente à exaustão.

Nos dois meses seguintes, a batalha se espalhou pela cidade, marcada por feitos de heroísmo em ambos os lados. Durante essas terríveis semanas de luta sangrenta, em meio à poeira e à fumaça sufocantes, Stalingrado perdeu seu significado original para os alemães como âncora de proteção nos flancos para sua ofensiva no Cáucaso. Em vez de meio para chegar a um fim, Stalingrado transformara-se num fim em si mesmo.[172]

Em setembro, era evidente que a ofensiva do verão de 1942 tinha chegado a um impasse e que nenhum dos objetivos havia sido alcançado. Como acontecera com a Operação Barbarossa no verão anterior, Franz Halder e outros generais haviam discordado veementemente dos planos excessivamente ambiciosos de Hitler, argumentando, entre outras coisas, que suas políticas violavam os princípios da concentração e manobra decisiva.

As divergências entre Hitler e seus generais, em relação à estratégia, chegaram a um ponto crítico. O marechal de campo Wilhelm List foi convidado a se demitir por não ter conseguido avançar rapidamente no Cáucaso, e o fez no dia 9 de setembro. Hitler assumiu então o comando do Grupo de Exércitos A, além de suas outras atribuições. O general Halder, que havia se oposto à guerra russa desde o início, recebeu a notificação de que "seria dispensado, porque já não correspondia às exigências psíquicas da sua posição". Halder foi substituído no posto de chefe do Estado-Maior do OKH pelo general de infantaria Kurt Zeitzler, a partir do dia 24 de setembro. Hitler também bateu de frente com outros generais, inclusive Jodl, a quem ele chamou de mentiroso, e até mesmo a posição de Keitel ficou temporariamente ameaçada. Para garantir que não houvesse incerteza em relação às suas ordens,

---

[172] United States Department of the Army Pam. Nº 261a, 168.

52. Hitler costumava visitar os comandantes no front oriental, mas normalmente não concordava com suas opiniões e recomendações. Nesta foto, Hitler acaba de chegar para uma visita ao marechal-de-campo Fedor von Bock, no quartel-general do Grupo de Exércitos Sul, em Poltava, Rússia, no dia 3 de julho de 1942. Nesta foto aparecem (da esquerda para a direita) Keitel, Hitler, Baur e Bock (de frente para Hitler). O avião é o Condor KE+IX blindado de Hitler.

Hitler ordenou que se fizesse um registro estenográfico de cada reunião de avaliação da situação.

Os membros do círculo mais íntimo perceberam que Hitler mostrava agora sinais de depressão profunda, cujas causas deveriam ser mais graves do que se imaginava. Pela primeira vez, o Führer parecia ter percebido que a Alemanha não poderia vencer a campanha na Rússia e que perderia assim toda a guerra.[173] Hitler ficou tão taciturno e desconfiado que parou de fazer as refeições com os colegas durante algum tempo. Aqueles poucos homens, como Bormann, Schaub e

---

[173] Ibid, 167.

Baur, cuja presença ele ainda tolerava, tiveram influência ainda maior sobre Hitler, resultando provavelmente em decisões desastrosas. De qualquer forma, passaram-se muitas semanas até que ele conseguisse recuperar totalmente a compostura e só conseguiu isso mergulhando nos detalhes políticos e militares de seu trabalho diário. Os acontecimentos dos meses seguintes não iriam contribuir para melhorar o moral de Hitler, nem o do povo alemão.

Baur assistiu em silêncio à crise no comando com uma mistura de emoções. Apesar de respeitar a maioria dos generais, ele ainda tinha fé total no Führer e sabia que ele estava trabalhando sob tremenda pressão. Baur tinha pouco tempo para pensar na situação porque estava sempre voando, inclusive para Immola, na Finlândia, com o Condor KE+IX no dia 4 de junho, e durante todo o verão para outros lugares, onde conseguia chegar sem escalas, devido à grande autonomia do Fw 200.

Ele também transportou muitos comandantes que vieram se reunir com Hitler no Wehrwolf. Baur foi convocado 10 vezes, em cima da hora, para pegar o marechal-de-campo Günther Hans von Kluge no quartel-general do Grupo de Exércitos do Centro, em Smolensk, trazê-lo até Vinnytsia e depois levá-lo de volta ao seu quartel-general. Algumas visitas eram tão rápidas que mal havia tempo para vistoriar o avião.

Foram feitos voos para vários lugares da Alemanha e até para a distante Iugoslávia, além de inúmeros pontos na Rússia. O professor Dr. Ferdinand Porsche, projetista do famoso automóvel Volkswagen e de sua variante militar, o Kfz I Kuebelwagen, Volkswagen 82, especializou-se em tanques, durante a 2ª Guerra Mundial, contribuindo para projetos importantes como o PzKpfw V "Panther" e o PzKpfw VI "Tiger". O Dr. Porsche foi chamado ao quartel-general de Hitler diversas vezes, para reuniões em que discutiram problemas de projeto e desempenho dos tanques. Semanas depois, quando Baur levou Hitler a Berlim, o Dr. Porsche convidou-o para ir ao seu escritório e o presenteou com uma pintura do conhecido artista Claus Bergen; a obra mostrava o Condor de Hitler sobrevoando Smolensk e o Rio Dnieper. Esse belo quadro ainda está pendurado na casa de Baur, na Baviera.

Hitler decidiu ir a Berlim novamente no dia 30 de setembro para fazer um grande discurso no Palácio de Esportes. Seu tom foi perceptivelmente defensivo, apesar de otimista, ao relatar os resultados da ofensiva de verão. Viagens rápidas como essa só davam a Baur tempo suficiente para fazer uma boa refeição. Ele gostava de tomar o desjejum num pequeno Café perto do aeroporto de Tempelhof, onde podia apreciar uma boa xícara de café e pão fresco com goiabada *(Broechten mit Marmelade)*. Enquanto tomavam café, os clientes podiam ler os jornais, presos por uma tira no centro para não serem levados por distração.

As notícias dos perigos e derrotas, em todos os fronts, chegavam quase diariamente no quartel-general do Führer. O marechal de campo Erwin Rommel havia chegado a El Alamein, no Egito, em julho, onde suas tropas famintas foram barradas pelo 8º Exército britânico. Hitler ordenou a ele que cavasse trincheiras e resistisse. Na ofensiva que começou em 23 de outubro, o 8º Exército conseguiu atravessar as posições do Eixo e criar uma rota, perseguindo incansavelmente o Afrikakorps e as poucas unidades italianas sobreviventes, em direção ao oriente até chegar à Tunísia.

Em Stalingrado, o 6º Exército alemão, lutando no centro da cidade, enfrentou a resistência selvagem dos soviéticos, que eles não conseguiam superar.

Em outubro, Baur e seu F.d.F. ficaram sobrecarregados, pois Hitler decidiu deixar o Wehrwolf, na Ucrânia, e voltar para o Wolfsschanze, na Prússia Oriental. Foram precisos muitos voos para transportar todo o pessoal, documentos e equipamentos essenciais para Rastenburg, com a maior rapidez possível. Baur trabalhou ininterruptamente supervisionando os preparativos para carregar e programar os voos. As tripulações de terra e o pessoal auxiliar do esquadrão de Baur também tiveram que empacotar todo o equipamento de manutenção e suprimentos, mas logo se estabeleceu uma rotina normal quando voltaram para o aeroporto de Rastenburg.

Ao saber que Hitler havia decidido ir a Munique em seu trem especial, para participar da celebração anual do Putsch da Cervejaria, Baur ficou radiante, pois sabia que deveria segui-lo com o Condor e poderia fazer uma breve visita a sua casa. No caminho entre Rastenburg e Munique, Hitler e sua comitiva receberam a notícia alarmante da chegada anglo-americana ao Marrocos e à Argélia, em 7-8 de novembro de 1942, mas decidiram contra o retorno imediato para o Wolfsschanze. As forças do Eixo na Tunísia, controlada pelo governo de Vichy, logo seriam atacadas a leste e a oeste, e Hitler entrou em contato com Mussolini para informá-lo da situação. A primeira resposta de Hitler foi enviar tropas alemãs para assumirem o controle da França não ocupada e remanejarem forças para a defesa, ao longo da costa mediterrânea. Ignorando os conselhos de seus generais, ele decidiu defender a Tunísia em vez de evacuar suas tropas para a Sicília e Itália. Depois do discurso para seus velhos camaradas na Buergerbraeukeller, ele seguiu imediatamente para Berghof de carro.

O próximo golpe foi recebido no dia 19 de novembro, quando o general soviético Georgi Zhukov lançou uma poderosa contraofensiva em Stalingrado. Fortes contingentes do Exército Vermelho conseguiram penetrar pelos flancos do norte e do sul, perseguindo unidades romenas e italianas enfraquecidas, e logo cercaram as forças alemãs na cidade. Os atacantes alemães tiveram então que se defender. Mas Hitler, a princípio, não estava tão preocupado. O general Friedrich Paulus teria seguido para oeste, nesse estágio inicial, mas Hitler, tendo recebido de Goering a garantia de que a Luftwaffe poderia levar mais de 500 toneladas de suprimentos por dia para as tropas cercadas, ordenou a Paulus e ao 6º Exército que defendessem a "*Festung* (fortaleza) *Stalingrad*", até receberem a ajuda de um contra-ataque. Na medida em que a gravidade da situação em torno de Stalingrado se tornou evidente, Hitler decidiu voltar para seu quartel-general na Prússia Oriental. Um auxiliar telefonou para a casa de Baur, este telefonou para Max Zintl e lhe disse que notificasse a tripulação a fim de que tudo estivesse pronto para a decolagem, ao amanhecer, no aeroporto de Salzburg.

Enquanto isso, na distante Stalingrado, os soldados alemães, exaustos, deram o nome de *Rattenkrieg* (Guerra dos Ratos) a essa batalha defensiva e desesperada, nas ruínas geladas da cidade. Stalingrado se havia transformado numa obsessão para Hitler, ofuscando sua capacidade de tomar decisões razoáveis. Isso, aliado à falha da inteligência alemã para detectar a recuperação dos soviéticos e suas intenções, acabou com as esperanças alemãs de sucesso em 1942 e resultou num desastre para as tropas presas no inferno de Stalingrado.

Para fornecer as 600 toneladas diárias de alimentos, munição e suprimentos indispensáveis para o sustento dos cerca de 250 mil soldados na cidade sitiada, seriam necessárias mais de 400 entregas ininterruptas, por dia, com os Junkers Ju 52. No outono de 1942, a Luftwaffe só contava com cerca de 750 Ju 52, espalhados por toda a Europa, África do Norte, escolas de treinamento do Reich e ao longo do front oriental. Problemas de manutenção no campo e condições meteorológicas normalmente reduziam a disponibilidade de aeronaves em 35%. As tempestades de inverno e a neblina na região de Stalingrado às vezes impediam qualquer voo e, por fim, os soviéticos usariam (e usaram) artilharia antiaérea e interceptação com caças.[174] A Luftwaffe não tinha alternativa senão prosseguir com o transporte aéreo, independentemente do custo. Os campos de pouso eram inadequados, os aviões chocavam-se em meio à neblina, e alguns pousavam acidentalmente perto de aeroportos soviéticos, sendo capturados intactos. Não só os aviões de transporte, mas também os bombardeiros acabaram sendo colocados em uso por ordem do marechal de campo Erhard Milch.

À medida que a situação ficava mais desesperadora, até mesmo Baur e o F.d.F. receberam ordens para ajudar na evacuação dos feridos mais graves. Todas as aeronaves, inclusive os Condors, foram colocadas em uso, e um Fw 200 foi perdido durante as operações. A maioria dos voos do F.d.F. levava cobertores e suprimentos médicos para os hospitais de campo e retirava os feridos. Um médico e uma enfermeira cuidavam deles durante a viagem até Koenigsberg, na Prússia Oriental, e dali eram transferidos para hospitais maiores. No decorrer de um ano, o F.d.F. levou milhares de soldados seriamente feridos no front oriental para a Alemanha. Nos voos para pegar ou levar de volta comandantes

---

[174] Dr. Hardesty, *Red Phoenix: The Rise of Soviet Air Power, 1941-1945* (Washington, D.C., Smithsonian Institution Press, 1982), 105-110.

aos seus quartéis-generais perto do front, os feridos eram transportados na volta para Rastenburg. Se não houvesse feridos ou oficiais em missões oficiais, então os soldados de licença teriam um voo inesperado, e muito bem-vindo, para a terra natal no conforto e prestígio de uma aeronave do F.d.F. Viajar a bordo de um dos aviões do Führer era uma experiência inesquecível.

Perto do final de 1942, Hitler enviou Baur numa perigosa viagem até a cidade sitiada de Stalingrado para pegar o general Hans Hube, comandante do 14ª Divisão Panzer, e levá-lo até o quartel-general do Führer, para que ele apresentasse seu relatório pessoalmente[175] Essa missão era tão perigosa quanto qualquer uma das que Baur realizou na 1ª Guerra Mundial. Baur e Max Zintl verificaram cuidadosamente as condições da aeronave e a carga formada por uma grande quantidade de medicamentos. Ambos receberam, de um oficial de ligação da Luftwaffe, informações relativas aos procedimentos e riscos do voo até o aeroporto de Pitomnik, então, a única saída do exército alemão cercado para o mundo exterior. Esse voo, como todos os outros, teve que ser feito apesar da neve, do gelo e do nevoeiro, que acabou oferecendo certa proteção contra a ameaça ainda pior dos caças e da artilharia antiaérea soviética.

Baur decolou de Rastenburg, na manhã seguinte, com a primeira luz do amanhecer e seguiu para leste pela vasta expansão branca da União Soviética. Com grande autonomia, o Condor podia voar sem escalas até os aeroportos que serviam como área de concentração para o transporte aéreo até Stalingrado. Durante o voo, havia sanduíches e café quente em garrafas térmicas, no pequeno refeitório. Baur pousou no aeroporto de Morozovskaya que, junto com Tatsinskaya, era um dos principais aeroportos de apoio para o transporte aéreo até Stalingrado, a 101 km e 250 km de distância, respectivamente.

Baur achou o aeroporto congestionado, com controle de tráfego ruim e instalações limitadas. Dezenas de Ju 52/3m e He 111 estavam sendo atendidos e carregados com suprimentos e munições, fruto de

---

[175] Toland, 728.

saques que haviam acumulado no campo. Depois de decolar da pista coberta de neve, ele voou acima e através das nuvens baixas, para evitar os caças e a artilharia antiaérea do inimigo. Não havia um caça de escolta disponível para esse voo e Baur não quis esperar por um. Seus atiradores estavam sempre alertas e, quando o avião estava no ar, eles disparavam algumas vezes para ter certeza de que suas armas funcionariam no frio congelante.

O voo até o *Kessel* (bolsão) normalmente era feito em 50 minutos por um Ju 52 ou por um He 111 e, apesar de Baur tê-lo feito em menos tempo, com o Fw 200 pareceu uma eternidade. Baur desviou da antena transmissora de rádio de Pitomnik para não ser enganado pelos operadores russos que poderiam transmitir procedimentos que o forçariam a pousar num aeroporto soviético. Descendo abaixo das nuvens, Baur procurou na estepe plana, coberta de neve, pelo antigo campo de pouso nos arredores da cidade. Logo viu alguns Ju 52 estacionados junto com várias carcaças, a cruz vermelha de pouso e, finalmente, as luzes sinalizadoras verdes. Ao pousar na neve, ele foi arrastado para fora da pista estreita, mas assim que parou o avião foi cercado por homens que vieram descarregar os suprimentos que transportava. Os feridos foram colocados rapidamente a bordo, junto com o general Hube, que estava envolto por um imundo casaco de camuflagem branco por cima do uniforme cinza. Baur decolou rapidamente, antes que o tempo melhorasse, o que teria atraído os caças inimigos, e não relaxou até atravessarem para o território controlado pelos alemães, fora do alcance dos interceptadores soviéticos.

Baur deixou o general Hube no quartel-general do Führer em tempo recorde, e ele apresentou a Hitler um relatório exato da situação do 6º Exército. Depois de prometer ajuda às forças alemãs cercadas, inclusive um aumento na entrega de suprimentos por via aérea, Hitler mandou Hube de volta a Stalingrado para prosseguir na batalha desesperada.

A missão da Luftwaffe mostrou-se impossível e, até janeiro de 1943, conseguiria levar para as tropas sitiadas em Stalingrado uma média de apenas 84,4 toneladas por dia de suprimentos necessários. Enquanto se fechava o cerco sobre as forças alemãs, as aeronaves não conseguiam mais pousar para entregar suprimentos e evacuar feridos e as entregas feitas por paraquedas e planadores tiveram que ser substituídas. Muitos dos *Nachschubbomben* (contêineres entregues com paraquedas) ou caiam atrás das linhas soviéticas ou não podiam ser recolhidos pelos exaustos soldados alemães sob tiroteio. A perda do aeroporto de Pitomnik, em 24 de janeiro de 1943, selou o destino dos soldados alemães.

A derrota em Stalingrado também comprometeu seriamente o moral da Luftwaffe, ao ficar evidente que não dispunham mais de vantagem numérica ou tecnológica sobre os soviéticos. As pesadas perdas sofridas com o desastre aéreo em Stalingrado representaram um golpe do qual a Luftwaffe jamais se recuperou.[176]

Os motivos que levaram Goering a prometer uma entrega de suprimentos que obviamente estava além da capacidade da Luftwaffe são assunto para conjecturas. O relato mais confiável em relação à postura do Reichsmarschall, que contrariou todos os pareceres, inclusive o do General do Exército Zeitzler, foi feito por seu amigo e camarada da 1ª Guerra Mundial, general Bruno Loerzer.

Goering, diria Loerzer depois, conversou com ele sobre a tragédia de Stalingrado e repudiou a ideia de que deveria ser responsabilizado. "Hitler me pegou pela bainha da espada e disse: 'Escute, Goering, se a Luftwaffe não puder abastecer o 6º Exército, então todo o exército estará perdido'. Eu não podia fazer outra coisa senão concordar, senão eu e a Luftwaffe seríamos responsabilizados. Só pude dizer: 'Certamente, meu Führer, faremos o trabalho!'"[177]

Em entrevista no pós-guerra com Colin Heaton, o general Günther Rall, ás da Luftwaffe, afirmou que ao ser ferido no Putsch de 1923, em Munique, Hermann Goering ficou viciado em morfina, que tomava para amenizar as dores. Isso deve ter mudado seu caráter. "Ele era um homem pomposo e não só eu, como também meus companheiros, todos nós achávamos que ele vivia fora da realidade. Ele não era respeitado como líder na força aérea. Na verdade, ele não era um líder, quem liderava era

---

[176] Cajus Bekker, *The Luftwaffe War Diaries* (Garden City, N.Y., Doubleday & Co., 1968), 294. Ver também: Von Hardesty, 110.

[177] Ibid., 280.

53. Uma imagem de Goering sem maquilagem, numa rara foto sem pose. Com certeza Hitler não está por perto, porque Goering está acendendo seu cachimbo bávaro, e ninguém, nem mesmo Goering, podia fumar na presença de Hitler. O motorista de Goering é um oficial da SS, provavelmente do RDS (Serviço de Segurança da SS) e, sem dúvida, com as qualificações de Personenschutz, formação em defesa e tiro especial. Um oficial da Luftwaffe jamais seria usado como motorista. Esta foto informal foi tirada na Rússia no verão de 1942, perto do quartel-general de Goering.

outra pessoa. Ele disse bobagens a Hitler durante a Batalha da Inglaterra e, de novo, quando prometeu o transporte aéreo em Stalingrado".

Fez-se uma tentativa determinada para chegar a Stalingrado por terra, quando o Grupo de Exército do rio Don, sob o comando do marechal-de-campo Erich von Mannstein, avançou pelo sul até 49 km das posições do general Paulus, mas foi obrigado a recuar sob intenso ataque soviético. No dia 8 de janeiro de 1943, os exércitos soviéticos comandados pelo general Konstantin Rokossovski lançaram o último e maciço ataque. Os alemães, exaustos, lutaram desesperadamente de todas as formas, sob o fogo intenso das aeronaves e da artilharia inimiga, mas, no dia 22 de janeiro, Paulus enviou a Hitler uma mensagem de rádio: "Rações esgotadas. Mais de 12.000 feridos sem atendimento médico no bolsão. Que ordens devo dar às tropas que não têm mais munição, e estão sendo submetidas a ataques maciços com o apoio de artilharia pesada?" Hitler respondeu: "A rendição está fora de cogitação. As tropas precisam se defender até o último homem".

No dia 30 de janeiro, Hitler promoveu o general Paulus a general marechal-de-campo. Paulus se rendeu no dia seguinte, e se tornou o único marechal-de-campo alemão a ser capturado. Os alemães perderam cerca de 140.000 soldados em Stalingrado, e tiveram também 91.000 feridos, doentes, com gangrena ou mortos de fome, executados ou capturados, incluindo Paulus e 23 generais. Os sobreviventes começaram uma longa e agonizante travessia, a pé e de trem, para campos de prisioneiros, através do rigoroso inverno russo. Alguns tiveram as roupas arrancadas e congelaram até a morte na neve. Apenas 6.000 sobreviveram ao cativeiro voltando para suas casas somente em 1956.[178] É preciso lembrar que o tratamento dado pelos alemães aos prisioneiros de guerra do Exército Vermelho também foi duro, fato amplamente divulgado pelo governo soviético. Acredita-se que mais 100.000 alemães foram mortos ou feridos tentando abrir caminho para chegar até o 6º Exército. As perdas civis e militares soviéticas em Stalingrado nunca foram divulgadas, mas certamente foram substanciais.

---

[178] Norman Polmar e Thomas B. Allen, *World War II* (Nova York, Random House, 1991), 764.

O desastre de Stalingrado irritou até mesmo Hitler. Baur e outras pessoas próximas perceberam que essa era a primeira vez que ele demonstrava tal emoção. Em sua última visita, Paulus dissera a Hitler que, se o enfrentamento piorasse, ele tinha veneno com ele, e também sua pistola. Depois de promover Paulus a marechal-de-campo, poucas horas antes do fim, o Führer esperava que ele cometesse suicídio. Quando Paulus preferiu o cativeiro, Hitler não coube em si de raiva. Desgostoso, declarou: "Um marechal-de-campo alemão não se rende!". Em 1944, Paulus começou a ajudar os soviéticos com propaganda anti-Hitler. Ele foi testemunha dos russos em Nuremberg, em 1946, e morreu na Alemanha Oriental em 1957. Para Hitler, em Stalingrado, nada além da vitória completa, ou da derrota total, era aceitável, e por isso o 6º Exército inteiro foi obrigado a perecer num ato de autoimolação.

Hitler depois declarou que o 6º Exército havia prestado um serviço inestimável num momento crítico, segurando várias centenas de milhares de soldados soviéticas e dando tempo ao exército alemão para reunir reforços e estabilizar o front sul, evitando o colapso total. O cerco de Stalingrado também conseguiu tempo para que as forças alemãs no Cáucaso recuassem de suas posições expostas através de Rostov, com o Exército Vermelho em seus calcanhares.

Nas semanas críticas que se seguiram à rendição, a Luftwaffe, que não podia ser forte em todas as partes, continuou a ser exigida até o limite. Aviões e tripulações estavam sendo usados como se fossem uma brigada de incêndio, e por isso não conseguiam descansar, se recompor ou absorver os substitutos inexperientes. Nessa época, a Luftwaffe também estava enfrentando o desafio de manter o transporte aéreo para a Tunísia e de dar apoio às forças do Eixo, em sua defesa contra os invasores anglo-americanos no Mediterrâneo.

A derrota em Stalingrado não foi divulgada imediatamente na Alemanha, supostamente por questões de segurança. Por fim, no dia 3 de fevereiro foi feito o anúncio declarando que todo o 6º Exército havia sido destruído e havia lutado heroicamente até o último homem. A máquina de propaganda, alinhada ao discurso de Hitler, recusou-se a admitir que tivesse havido rendição. O anúncio do Alto

Comando alemão, na noite do dia 3, afirmou que o sacrifício do exército não havia sido em vão e que, com sua resistência firme o 6º Exército havia conseguido segurar as forças inimigas, permitindo que fosse elaborada a contraofensiva.

O povo alemão nunca ficou inteiramente convencido. Os mapas de guerra da União Soviética logo desapareceram dos jornais, gerando desconforto e ansiedade. Para a maioria do povo, Stalingrado equivalia a desastre e, como consequência disso, Hitler perdeu prestígio como estrategista. A situação era muito diferente daquela do inverno anterior, porque dessa vez Hitler não podia substituir o comandante-em-chefe e seus generais, como fizera no revés sofrido em Moscou; agora ele era o comandante-em-chefe e havia dirigido pessoalmente as operações na Rússia. O ufanismo de Hitler em 1942 mostrava-se tão vazio quanto em 1941.[179]

Baur sentou-se à beira da cama, no início daquela manhã sombria de 2 de fevereiro e tentou evitar que seu pé tocasse o chão frio. Seria mesmo verdade ou o desastre de Stalingrado era apenas um pesadelo? Era uma realidade terrível, mas a Wehrmacht já havia superado grandes desafios antes. Enquanto as Forças Armadas lutavam para conter o avanço soviético e estabilizar o front sul, Hitler decidiu que precisava reunir-se com o marechal-de-campo Mannstein, comandante do recentemente renomeado Grupo de Exércitos Sul. A situação era tão crítica e mudava com tanta rapidez, que Mannstein não podia se afastar nem mesmo por um dia. Naquela noite, Hitler ordenou que Baur se preparasse para partir imediatamente para o quartel-general de Manstein, em Zaporozhe. Eles decolaram às duas horas da manhã do dia 6 de fevereiro e, depois de um voo tranquilo, o gracioso Condor tocou o solo do aeroporto a leste da cidade, às seis horas da manhã, sem qualquer incidente. Foram seguidos por dois outros Condors levando auxiliares.

A reunião de Hitler acabou se estendendo, pois ele se envolveu pessoalmente no planejamento do reagrupamento das forças alemãs e na

---

[179] Jay W. Baird, *The Mythical World of Nazi War Propaganda, 1939-1945* (Minneapolis, Minn., University of Minn. Press, 1974), 189.

defesa do front sul. Depois de cuidar da manutenção da aeronave, Baur e seus homens buscaram abrigo nas barracas frias do aeroporto. Na terceira manhã, ao sair para tomar café, Baur deu com uma movimentação incomum. Foi informado de que os soviéticos haviam atravessado as defesas alemãs em Dnepropetrovsk, e avançavam com tanques sobre Zaporozhe pela estrada que levava diretamente ao aeroporto. O tempo ruim, com neve e teto baixo, não permitia um ataque da Luftwaffe sobre a coluna blindada soviética e não havia unidades do exército alemão para detê-los. As informações logo foram confirmadas: os russos estavam se aproximando e chegariam ali em duas horas!

Ele pegou um carro e correu até o quartel-general de Mannstein na cidade, onde encontrou Hitler e disse que precisavam ir imediatamente para o aeroporto. Hitler concordou e Baur voltou ao aeroporto para preparar os Condors para decolagem imediata. O pessoal de terra da Luftwaffe assumiu suas posições para a defesa do aeroporto, mas não contavam com armas antitanques ou artilharia pesada. A situação era crítica porque havia mais de 100 aeronaves estacionadas no campo, além de valiosas toneladas de suprimentos e equipamentos, e Mannstein e todo o seu Estado-Maior estavam em Zaporozhe, alguns quilômetros a oeste.

As buzinas começaram a soar quando 22 tanques russos T-34 foram vistos a leste do aeroporto. Baur ordenou que aquecessem os motores, e nesse momento Hitler e sua comitiva chegaram nos carros, desceram e logo embarcaram. Os três Condors atravessaram a pista e decolaram no instante exato em que dois gigantescos Messerschmitt Me 323 de seis motores aterrissaram.

Eles foram depois informados do que aconteceu e do quão próximos estiveram do desastre. Os tanques do Exército Vermelho chegaram até as proximidades do aeroporto e, ao notarem a atividade frenética e tantas aeronaves estacionadas, imaginaram que o lugar tivesse defesas pesadas; então, decidiram retirar-se para uma posição defensável e acabaram ficando sem combustível. Eles poderiam ter conseguido combustível no aeroporto, mas logo chegaram os reforços alemães, que usaram a carga de armamento antitanques que tinha vindo a bordo dos Messerschmitt Me 323. O que os russos teriam feito se soubessem que Adolf Hitler estava embarcando em seu avião, do outro lado do aeroporto? Quando Hitler foi informado dos acontecimentos, simplesmente deu de ombros e disse: "pura sorte".

A melancolia e depressão que dominaram o Führerhauptquartier durante muitas semanas foram substituídas pela atividade frenética, com o Estado-Maior tentando lidar com a situação do front sul. A liderança do Reich, já dividida e contaminada pela inveja e pelo ciúme, não se uniu diante o perigo que estava batendo à porta. Ao contrário, naquele antro de intriga que Hitler havia criado, dividindo todos os centros de poder, os jogadores começaram a fazer apostas mais altas do que nunca. Bormann, Keitel e Hans Lammers, chefe da Chancelaria do Reich foram apontados "Comitê dos Três", um triunvirato que deveria cuidar dos detalhes, melhorar a eficiência da administração e facilitar as funções de Hitler como chefe de Estado.[180]

Esse teria sido o momento para Hitler delegar parte do seu trabalho e responsabilidade aos comandantes e ao Estado-Maior militar, mas aconteceu o contrário. Ele não apenas desconfiava dos generais mais importantes, como insistia em administrar todos os detalhes da guerra, até mesmo em termos locais, com resultados cada vez mais desastrosos.

Apesar de preocupado com o desastre de Stalingrado e com o recuo do Eixo na África do Norte, Hitler deu pouca importância à Conferência de Casablanca, à qual compareceram o presidente Roosevelt, com membros do seu ministério; o primeiro-ministro Churchill e membros do gabinete britânico. Após dez dias de discussões, os Aliados adotaram o plano inglês de invasão do sul da Europa. O lance mais sensacional do encontro foi a declaração de Roosevelt – prontamente endossada por Churchill –, de que a paz só seria alcançada com a eliminação do poder de guerra da Alemanha e do Japão, o que significaria a rendição incondicional do Eixo. Como declaração política dos Aliados, a exigência de "rendição incondicional" foi responsabilizada por tornar impossível a negociação de paz. A máquina de propaganda de Goebbels logo enfatizou que o povo alemão nada tinha a perder,

---

[180] Speer, 251-52.

lutando até a vitória ou a derrota. Muitos oficiais alemães, preocupados e insatisfeitos com o modo de Hitler de conduzir a guerra, agora acreditavam sinceramente que seu dever era proteger a Alemanha o máximo possível e lutar até o final.

Depois da visita a Mannstein, em fevereiro, Hitler havia voltado para o Wolfsschanze, mas logo decidiu transferir seu quartel-general de novo para o Wehrwolf, na Ucrânia, durante a crise no front sul. Aí ficou por quase dois meses, matutando sobre o recuo forçado da Wehrmacht no front oriental e sobre as batalhas que se desenrolavam na Tunísia entre as forças alemãs e italianas e os exércitos ingleses e americanos. Isso exigiu que Baur e sua organização levassem Hitler e sua equipe, mais uma vez, de Rastenburg para Vinnytsia, com toda a documentação, mapas, equipamentos de comunicação e a parafernália de comando. O Wehrwolf estava praticamente como havia sido deixado no mês de outubro anterior, por isso a mudança foi tranquila no que dizia respeito ao trabalho de Baur e do F.d.F. Contudo, ele notou que um dos problemas desse lugar era o aquecimento. No dia 13 de março, Baur e seus homens tiveram que repetir todo o processo e levar todos de volta para Rastenburg, com sua bagagem oficial e instrumentos pessoais. Hitler voltou a fixar residência no Wolfsschanze, onde ficaria até o final de 1944.

O *Fliegerstaffel des Führers* continuou com sua rotina movimentada, limitada apenas pelas condições meteorológicas. Em 1943, no entanto, os voos para os Bálcãs tornaram-se perigosos devido ao aumento de ataques guerrilheiros. Baur foi enviado em missão secreta para Agram (Zagrebe), na Croácia, estado teoricamente independente, formado por uma província da Iugoslávia depois da ocupação alemã em abril de 1941. A Croácia apoiava a Alemanha incondicionalmente e colaborou na luta contra os guerrilheiros favoráveis à Iugoslávia. O *Poglavnik* (equivalente a Führer em croata) Ante Pavelič iniciou uma perseguição implacável contra as minorias sérvias. Dos mais de dois milhões de iugoslavos mortos na guerra, os croatas são tidos como responsáveis pelo assassinato brutal de mais de 600 mil sérvios, na Bósnia. Foi uma carnificina tão grande que até mesmo a SS, que ficou conhecida por desrespeitar os direitos humanos, protestou junto ao governo croata. Muito da tensão étnica existente até hoje entre sérvios e croatas, provém desses anos da guerra.

Baur deveria levar Pavelič para Rastenburg, onde se reuniria com Hitler para discutir o aumento das operações antiguerrilha na antiga Iugoslávia, e depois levá-lo de volta. Quando Baur se aproximava de Zagrebe, com o Condor, foi informado de que o aeroporto nos arredores da cidade havia sido capturado por guerrilheiros e precisaria pousar em outro campo das proximidades, que estava em poder dos alemães. Os guerrilheiros estavam por toda a parte a essa altura da guerra, e Pavelič chegou à base alemã escoltado por um comboio pesadamente armado. A ida para Rastenburg foi tranquila, mas, na volta para Zagrebe, Baur pousou em Viena, e foi acompanhado no último trecho do voo por um caça da Luftwaffe. Tendo chegado ao anoitecer, Baur foi convidado a ficar na residência relativamente segura do líder croata. Baur, então, seguiu para a cidade com Pavelič, em comboio escoltado por tropas armadas com metralhadoras. Depois do jantar, Baur foi agraciado com a Ordem Croata.[181] Os comunistas, sob o comando do marechal Josip Broz Tito, destruíram brutalmente o regime títere da Uztazi, quando os alemães se retiraram dos Bálcãs perto do fim da guerra.

A experiência em Zaporozhe não foi a única em que Hitler passou perto da morte, em 1943. Um grupo de oficiais do exército alemão, que pertencia ao movimento de resistência anti-Hitler, planejou uma tentativa de assassiná-lo, no que pareceria um acidente de avião. O complô, liderado pelo Coronel Henning von Tresckow, envolveu a colocação de uma bomba a bordo do avião de Hitler, tarefa difícil por causa do sistema de vigilância e das inspeções mecânicas supervisionadas por Baur, membros do F.d.F. e segurança da SS.

A bomba, construída pelo próprio Tresckow, tinha um estopim programado para explodir em 30 minutos — mas não explodiu por causa

---

[181] A Ordem croata concedida a Baur foi provavelmente a Coroa Real Zvonimit. Ver: Dr. K. G. Klietmann, *Pour le Mérite und Tapferkeitsmedaille* (Berlim, Verlag Die Ordens-Sammlung, 1966), 82. Ver também: U.S. Army Pam. 20-243, 18-19.

do frio. Se isso tivesse acontecido, 20 pessoas, entre elas Hitler e Baur, teriam morrido. Baur, é claro, só soube a respeito dessa tentativa de assassinato muito depois do fim da guerra. Após desse fracasso, os conspiradores começaram imediatamente a planejar outro atentado contra a vida de Hitler.[182]

O ano de 1943 começou sombriamente no front oriental, não apenas ao sul, Stalingrado, mas também ao norte. Os soviéticos haviam aberto uma ofensiva, em 12 de janeiro, que atravessou as linhas alemãs e conseguiu ocupar uma área entre o Lago Ladoga e o flanco esquerdo do Grupo de Exército Norte, restabelecendo contato terrestre com Leningrado. Essa movimentação provocou reação imediata do marechal Mannerheim, que exigiu o retorno imediato das tropas finlandesas que estavam lutando no extremo norte, junto ao 20º Exército de Montanha alemão, e que agora eram necessárias para a defesa do sul da Finlândia.

Em março de 1943, Hitler despachou o general Jodl para uma reunião com o general Eduard Dietl, comandante do 20º Exército de Montanha e das forças alemãs na Finlândia. Dietl era um bávaro competente, carismático e um dos poucos generais de quem Hitler gostava e confiava. Baur foi encarregado de pilotar o avião e, na fria manhã de 17 de março, Jodl acomodou-se confortavelmente na cabine de passageiros do Condor para o voo de Rastenburg a Talim, na Estônia, onde Baur teria que pousar para tratar da documentação necessária para entrar no espaço aéreo finlandês. Jodl bateu o olho na *Fuehrersessel*, mas resolveu se sentar em outra poltrona. Seguindo pela rota autorizada, eles sobrevoaram Helsinque e continuaram a longa viagem sobre florestas, lagos e a tundra até a cidade de Rovaniemi, na Lapônia.

O general Jodl e Baur receberam acolhida amigável do general Dietl e foram instalados num antigo hotel para turistas. Dietl vivia numa pequena casa finlandesa decorada com peles de ursos e troféus adquiridos em caçadas ocasionais. Baur tomou uma vara de pesca emprestada de Dietl e, enquanto se realizavam as conversas, saiu para

---

[182] Peter Hoffman, *The History of the German Resistance, 1933-1945* (Cambridge, Mass., M.I.T. Press, 1977), 619. Devido à falta de aquecimento na carlinga das aeronaves, Baur normalmente usava um macacão sobre seu uniforme quando estava voando.

pescar. Em cerimônia informal, Baur foi condecorado por um general finlandês.[183] É provável que tenha sido a insígnia da Ordem da Cruz da Liberdade, Segunda Classe.

Ele também teve a oportunidade de telefonar para Georg von Hengl, seu observador durante tantos voos em combates na 1ª Guerra Mundial e que agora era general de divisão e comandante da 2ª Divisão de Montanha. Surpreso e satisfeito, ele convidou Baur a visitá-lo em seu quartel-general nos arredores de Rovaniemi, mas Baur não pôde aceitar porque deveria decolar bem cedo, na manhã seguinte.[184]

No voo seguinte, Baur levou Hitler a Obersalzberg para descansar em Berghof. Com ele, seguiu a comitiva habitual, incluindo Bormann, Keitel, Jodl e membros do Estado-Maior do OKW. Uma temporada na bela Obersalzberg, na primavera, significava para todos uma mudança agradável em relação às casamatas e cabanas da floresta no Wolfsschanze. Embora o Dr. Morell e os outros tivessem insistido para que Hitler tirasse férias, a essa altura da guerra era impossível para o Führer descansar, onde quer que estivesse. Em Berghof, Eva Braun ficou feliz por ter a companhia de Hitler nas refeições e também à noite. Como ele ainda sofria de insônia crônica, além de dores no estômago e outros problemas, deu-se atenção especial aos seus medicamentos e à sua dieta. Um cardápio típico em Berghof, nessa época, incluía: suco de laranja e mingau com semente de linhaça, pudim de arroz com molho de ervas, torradas com manteiga e pasta de nozes. Bormann e os outros conseguiam obter, da cozinha, salsichas e outras coisas mais substanciais. Enquanto Hitler esteve em Berghof, Baur pôde passar um tempo considerável com a família e apreciar a boa comida caseira. Nesse ano não houve uma grande festa de aniversário pelos 54 anos de Hitler, e no dia 20 ele visitou uma fábrica de armamentos que estava produzindo os tanques PzKpfw VI "Tiger".

---

[183] Essa medalha provavelmente foi a Insígnia Finlandesa da Ordem da Cruz da Liberdade, 2ª Classe. Ver: Dr. Klietmann, op. Cit., p. 75, e ilustrações. 239. Ver também: H. Taprell Dorling e Alec A. Purves, *Ribbons and Medals* (Londres, Osprey, 1983), 187-88. Acredita-se que Baur tenha recebido também a Ordem da Rosa Branca Finlandesa por ordem do marechal-de-campo Mannerheim, depois que o levou de volta a Helsinque após uma visita a Hitler, no Wolfsschanze.

[184] Baur, 236.

Na primavera de 1943, uma nefasta calmaria tomou conta do front oriental, mais uma vez localizado praticamente na mesma posição em que estivera um ano antes, quando Hitler lançara a Operação Azul, a malfadada ofensiva de verão. Mas neste ano a situação era diferente: as forças alemãs estavam bastante enfraquecidas, enquanto os soviéticos estavam cada vez mais fortes e agora superavam a Wehrmacht, tanto em homens quanto em material. Era preciso fazer algo para diminuir a força crescente do Exército Vermelho. Uma grande vitória alemã brecaria o avanço soviético, liberando as tropas para a defesa do sul da Europa contra a crescente ameaça da invasão aliada. Enquanto estudava a situação no leste, Hitler ordenou para que se preparasse uma contraofensiva a um avanço russo a oeste de Kursk.

Baur levou Hitler de volta ao Wolfsschanze no final de junho, enquanto o Alto Comando tentava lidar com a piora da situação na região do Mediterrâneo, além de preparar o esforço alemão para virar a mesa no front russo.

Depois da retomada de Kharkov, Hitler ordenou que o marechal-de-campo Kluge, comandante do Grupo de Exércitos do Centro, e o marechal-de-campo Mannstein, comandante do Grupo de Exércitos Sul, lançassem uma ofensiva chamada *Fall Zitadelle* (Operação Cidadela), em 5 de julho.

Com o trovejar de bombas e artilharia, mais de dois milhões de homens, e milhares de máquinas, se lançaram à luta, no calor e na poeira, noite e dia, numa batalha sangrenta de vida ou morte demasiadamente terrível de se ver. A bem planejada defesa soviética também incluía grandes forças e um novo conceito de guerra antitanques, especialmente centros de defesa fortificada antitanques. A Wehrmacht conseguiu conquistar terreno a muito custo, mas sua ofensiva acabou se transformando em grande desastre, com mais de 35 mil homens mortos e 550 tanques destruídos. As perdas incluíam muitos dos novos tanques PxKpfw V (Sdkfz-171) Panther, considerados talvez os melhores tanques construídos por uma nação durante a guerra.

Assim que a ofensiva alemã foi brecada, o Comando Supremo Soviético lançou uma contraofensiva arrasadora em duas frentes, no dia

12 de julho. Puxados por tanques, os soviéticos avançaram cerca de 140 km e terminaram recuperando a importante cidade de Kharkov, no dia 23 de agosto. O vasto campo de batalha era uma capela mortuária; centenas de tanques e veículos queimados, peças de artilharia espalhadas e, por toda parte, milhares de corpos retorcidos, inchando lentamente no calor sufocante. Grandes bandos de corvos sobrevoavam a área, pousando para bicar os olhos sem vida fixos no céu. Pequenos grupos de prisioneiros alemães cavaram covas para jogar os mortos, mas levou muito tempo para que os corpos rígidos fossem queimados ou enterrados, e para que o cheiro terrível desaparecesse da cena abominável. As grandes batalhas foram custosas para ambos os lados, mas no final a contraofensiva soviética rompeu a retaguarda do exército alemão à leste, obrigando-o a adotar uma postura de defesa estratégica ao longo de todo o front russo-alemão, desde o Mar de Barents, no extremo norte, até o Mar Negro, no sul.[185] A derrota em Kursk e Belgorod, mais do que em Stalingrado, representou, tanto para alemães, quanto para soviéticos, o momento da virada político-psicológica de toda a guerra.

Há indícios de que Hitler ficou tão preocupado com a movimentação dos Aliados no Mediterrâneo, e seus efeitos sobre os italianos, que ele estancou prematuramente a ofensiva em Kursk para disponibilizar tropas que pudessem ser transferidas para oeste. Stalin também foi ajudado pelo cada vez mais bem-sucedido sistema de espionagem soviético. De qualquer forma, as perdas da Wehrmacht, em Kursk, no norte da África e na Sicília marcaram o fim da capacidade ofensiva alemã em 1943.

Quando Keitel colocou Hitler a par da extensão do desastre, o Führer ficou enfurecido, andando de um lado para outro, agitando os braços. Baur e Julius Schaub eram bons ouvintes. Eles prestaram um bom serviço ao seu Führer simplesmente ouvindo quando ele precisava desabafar.

---

[185] Col. T. N. Dupuy e Paul Martell, *Great Battles on the Eastern Front, 1941-1945* (Indianápolis, Ind., Bobbs-Merrill, 1982), 95.

As perdas alemãs, tanto em homens quanto em material, foram tão severas quanto o foi seu efeito sobre o moral dos militares em todos os fronts. A perda da África do Norte e da Sicília foi anunciada como "retirada estratégica".

Em agosto de 1943, Baur voou novamente para Sofia, na Bulgária, num Condor blindado para transportar o rei Boris III ao que seria seu último encontro com Hitler, no Wolfsschanze. Boris havia reinado como monarca autoritário desde 1938 e relutava em se envolver no conflito europeu. Consciente do que acontecera na Tchecoslováquia e na Polônia, depositou sua confiança em Hitler, a quem chamava de "nosso Führer" e permitiu que as tropas alemãs passassem livremente pela Bulgária durante a campanha dos Bálcãs, em 1941. Declarou guerra à Grã-Bretanha e aos Estados Unidos em 1941, juntando-se à Aliança Roma-Berlim-Tóquio, em novembro. Entretanto, Boris não havia declarado guerra à União Soviética, devido ao amplo sentimento pró-russo de seu povo. Apesar de fornecer bases, alimentos e matéria-prima para a Alemanha, Boris se recusava a enviar tropas para combater o Exército Vermelho, mesmo em seu avanço nos Bálcãs.

Depois de um encontro tempestuoso com Hitler, no Wolfsschanze, no qual o rei não assumiu novos compromissos, Baur levou o monarca de volta para Sofia. Dois dias depois, o embaixador alemão informou a Hitler que Boris havia sofrido um ataque do coração e estava seriamente doente. Segundo Baur, Hitler ofereceu os serviços do Dr. Morell, em Sofia, imediatamente. A oferta foi recusada pelo rei e, no dia 28 de agosto, foi anunciada oficialmente a morte do monarca. Circularam boatos, na época, implicando os alemães na sua morte, mas Baur afirmou que: "Soubemos pelo nosso serviço de inteligência que Boris não havia morrido de angina, mas por causa do veneno colocado em seu café". O rei Boris foi substituído por seu filho de seis anos, Simeão II, tendo sido formado um conselho de regência que incluía o príncipe Cirilo e que foi aprovado pelo Parlamento. A situação permaneceu inalterada até a ocupação da Bulgária pelos soviéticos, sem qualquer resistência, em setembro de 1944.

Enquanto grassavam as batalhas no leste, os Aliados ocidentais mantiveram as ofensivas no teatro mediterrâneo. Ao longo de toda a guerra, a Inglaterra e os Estados Unidos contaram com a ajuda das informações obtidas pelo serviço secreto "Ultra", o extremamente bem-sucedido serviço de criptanálise que permitiu a leitura da maioria das mensagens trocadas por Hitler e seus generais.

Entretanto, a intranquilidade varria a Itália na sequência das perdas na Rússia, da conquista de todo o Império italiano no norte da África pelos Aliados, e da iminente perda da Sicília. No dia 25 de julho, Benito Mussolini foi deposto e preso pelo Conselho Fascista, sendo formado um novo governo chefiado pelo marechal de campo Pietro Badoglio. Posteriormente, Mussolini seria resgatado de um hotel distante, no Monte Gran Sasso, pelo capitão da Waffen-SS, Otto Skorzeny, sendo levado para o Wolfsschanze para um encontro com Hitler.[186]

Nesse meio tempo os acontecimentos se aceleraram. Os Aliados pousaram no continente italiano, em 3 de setembro, e a Itália se rendeu no dia 8; a Wehrmacht começou a desarmar meio milhão de soldados na Itália, França, Bálcãs e em toda parte. Muitos soldados italianos resistiram, especialmente nos Bálcãs e Ilhas Egeias, e cerca de 40.000 foram mortos lutando contra alemães e guerrilheiros. Outros milhares foram deportados para campos de trabalho na Alemanha.

Com a maior parte da Itália ainda sob controle alemão, Mussolini voltou para proclamar sua nova República Social Italiana, no norte, e começou a organizar um exército leal a ele e aos seus ideais fascistas. No dia 13 de outubro, o governo Badoglio declarou guerra à Alemanha. A longa batalha pela península italiana continuaria até o fim da guerra na Europa.

O recrudescimento dos bombardeios aliados, e a crescente ameaça de invasão no ocidente, aumentaram a preocupação dos membros do Alto Comando e dos alemães em geral. Em 1943, ficou óbvio que a decisão tomada por Hitler, em 1941, para retardar ou cancelar o desenvolvimento de novas armas, para focar na produção em massa de armas já

---

[186] Charles Foley, *Commando Extraordinary* (Londres, Longmans, Green, 1954), 62.

existentes, foi um erro grave. As pesquisas para novas "armas maravilhosas" eram agora ativamente encorajadas e inúmeros projetos progrediam rapidamente. Albert Speer, ministro de armamentos e munições, achava extremamente difícil exercer controle sobre os projetos de armas e concentrar os escassos recursos na pesquisa e fabricação das mais promissoras invenções.

Os crescentes ataques aéreos destruíam, atrasavam a produção e a distribuição das armas, fato que impulsionava a construção de fábricas subterrâneas. E, naturalmente, a escassez de mão-de-obra qualificada e de materiais, somaram-se às dificuldades em aumentar a produção que, no entanto, subiu bastante em 1944.

Apesar das dificuldades, a Alemanha conseguiu desenvolver armas bastante engenhosas e estava prestes a iniciar a produção, quando terminou a guerra. A Alemanha jamais alcançou a imensa capacidade de produção dos Estados Unidos, ou mesmo da União Soviética, mas se tivesse conseguido introduzir no conflito algumas de suas armas secretas mais avançadas, o resultado da guerra poderia ter sido bastante diferente.[187]

As últimas criações em aeronaves e equipamentos aeronáuticos foram mostradas a Hitler e outros líderes no aeroporto de Insterburg, na Prússia Oriental, no dia 26 de novembro de 1943. Quando Baur chegou com Hitler, notou que os homens mais importantes da aviação estavam presentes, inclusive Goering; Erhard Milch, inspetor-geral da Luftwaffe; o general Günther Korten, novo chefe do Estado-Maior da Luftwaffe; o general Adolf Galland, chefe da divisão de caças; o professor Willy Messerschmitt; o engenheiro Kurt Tank, da Focke-Wulf; e Albert Speer. Vários ases da aviação também estavam lá, todos usando a Cruz de Cavaleiro no pescoço. Estavam ocupados inspecionando os últimos modelos dos caças Focke-Wulf 190 e Messerschmitt Bf 109, que haviam sido alinhados na pista. Alguns tiveram permissão para pilotar os novos aviões e dar sua opinião sobre desempenho e características de manuseio. Baur aproveitou para conversar com os jovens pilotos e ouvir notícias sobre a real situação nas frentes de batalha.

---

[187] Coronel Leslie E. Simon, *German Research in World War II* (Nova York, John Wiley & Sons, 1947).

54. Militares saudavam Hitler com a Deutscher Gruss, durante a 2ª Guerra Mundial. Esses soldados e oficiais da Luftwaffe cumprimentaram seu Führer entusiasticamente, quando ele chegou, em seu Condor armado, a um aeroporto no front oriental. Baur está na extrema direita.

Entre os últimos modelos exibidos, estavam o Me 410, aviões de reconhecimento e ataque em terra, protótipos de aviões de transporte e grandes bombardeiros. O voo do protótipo do interceptador Messerschmitt Me 163 equipado com motor foguete foi dramático: ele passou como um raio, numa coluna de fumaça, à incrível velocidade de 4.877 metros por minuto. Hitler, no entanto, não foi informado das dificuldades experimentadas no manuseio do *Komet* ou *Kraft-Ei* (Ovo Poderoso), como era chamado. Com motor foguete Walter HWK 509 e combustível extremamente volátil e perigoso, o Me era muito difícil de pilotar e abastecer.

Os observadores mais práticos perceberam o grande potencial do novo caça Messerschmitt Me 262 com motor a jato, projetado como interceptador para derrotar os ataques dos bombardeiros aliados sobre o Reich. O general Galland contou a este autor que estava ao lado de Hitler naquele dia, vendo a passagem do veloz Me 262, quando Hitler de repente perguntou a Goering: "Esse avião pode transportar bombas?" Goering, que havia visitado a fábrica no mês anterior, respondeu: "Sim, meu Führer, teoricamente sim. Tem potência suficiente para carregar 450, talvez 800 quilos, mas..." Hitler não deu a Goering, a Messerschmitt, ou a qualquer outra pessoa, oportunidade para explicar as complicações e dificuldades no uso desse avião como caça-bombardeiro. Hitler disse: "Durante anos pedi a Luftwaffe um 'bombardeiro rápido', que conseguisse alcançar o alvo apesar dos caças da defesa inimiga. Nesse avião que você me apresenta como caça eu vejo um 'bombardeiro blitz', com o qual vou repelir a invasão (do continente) na primeira fase, a mais fraca. Independentemente do guarda-chuva aéreo do inimigo, ele vai atingir o material e as tropas que acabaram de desembarcar criando pânico, morte e destruição. Finalmente, eis o *blitz bomber!* É claro que nenhum de vocês pensou nisso!"[188]

Hitler recusou-se, obstinadamente, a pensar em termos de produção e defesa aérea, e o uso do jato Me 262, como caça-interceptador, foi postergado até ser tarde demais para fazer diferença. Essa aeronave revolucionária também nunca deu certo como "blitz bomber", em consequência das dificuldades operacionais, técnicas e de produção. Quando Galland finalmente recebeu permissão de Goering para usar um caça a jato, no início de 1944, os aviões e pilotos tiveram sucesso razoável, mesmo diante da tremenda superioridade aérea dos Aliados.

Naquele dia frio de novembro em Insterburg, Baur voltou sua atenção para dois novos Junkers. Ele estava pensando numa possível substituição dos Fw 200 usados pelo F.d.F. O primeiro a ser examinado foi um protótipo do Ju 390, um grande avião de seis motores com envergadura de 50,28 metros. Foi desenvolvido a partir do Junkers Ju 290 e concebido como transporte de longo alcance, avião de reconhecimento marítimo ou bombardeiro. Era o maior avião convencional já construído na Alemanha e, apesar de tê-lo achado impressionante, Baur

---

[188] Entrevista com o general Adolf Galland, realizada no National Air and Sapce Museum, Washington, D.C., e relato de Galland em seu livro *The First and the Last* (Nova York, Henry Holt, 1954), 334-34.

percebeu que a operação desse avião exigiria grandes aeroportos e muito combustível.[189]

Muito mais prático para o F.d.F., era o Ju 290, avião menor, de quatro motores, com envergadura de 42,05 metros, que vinha voando com sucesso há pouco mais de um ano. Naquele dia estava sendo exibido o protótipo do Ju 290A 5, matrícula número 0170, prefixo KR+LA, que havia feito seu primeiro voo, em 4 de novembro.

Baur estava examinando o interior do Ju 290, quando Hitler chegou. Baur o convidou a bordo e explicou que o avião havia sido usado, com sucesso, como avião de transporte e reconhecimento marítimo, e disse que estava impressionado com ele. Hitler concordou que em razão de seu potencial para transportar 50 passageiros, e de outras características, seria um grande acréscimo para o F.d.F. Goering conseguiu ir a bordo e Hitler disse a ele que queria um para seu uso pessoal. Goering respondeu que aquele avião já se destinava a um projeto especial, mas que lhe entregaria outro em breve. O Führer sempre tinha prioridade em tudo o que solicitasse. No entanto, nesse caso, o Ju 290 só foi entregue ao F.d.F. quase um ano depois.

O ano de 1943 terminou com notícias quase tão deprimentes quanto às do mês de dezembro anterior. As grandes batalhas haviam enfraquecido os exércitos alemães, mas as forças soviéticas estavam mais fortes do que nunca, tanto em terra quanto no ar, graças ao aumento no fornecimento de tanques, artilharia e armas de todos os tipos, pelas fábricas além dos Urais. Os novos itens do material de guerra estavam disponíveis não apenas em quantidade, mas com muitas melhorias em termos de projeto. A mobilidade cada vez maior do Exército Vermelho contava com a ajuda de tanques e equipamentos fornecidos pelos Estados Unidos. A qualidade da liderança soviética também melhorou muito, à medida que os jovens comandantes adquiriam experiência de

---

[189] O Messerschmitt Me 323 "Gigant", com envergadura da asa de 55 metros, era um pouco maior, mas era uma versão mais potente do planador Me 321.

batalha e substituíam os velhos oficiais mortos, feridos ou afastados nos expurgos durante as derrotas de 1941-42.

O avanço do Exército Vermelho no baixo Dnieper, no final de outubro de 1943, isolou todas as forças alemãs na Crimeia e, no dia 3 de novembro, o OKW teve que emitir uma instrução preparatória contra uma invasão aliada na Europa ocidental. As contraofensivas aliadas estavam vencendo a batalha contra os submarinos no Atlântico, e até o cruzador alemão *Scharnhost* naufragou no Mar de Barents, perda que não foi revelada publicamente na época.

Os alemães gostam de celebrar a passagem do Ano-Novo com fogos de artifício, mas a passagem para o ano de 1944 teria mais fogos do que qualquer alemão jamais havia esperado, juntamente com maciça destruição e mortes. Formações ainda maiores de bombardeiros aliados, escoltados por caças de grande autonomia, foram gradualmente destruindo cidades, indústrias e centros de transportes alemães; e os cidadãos do Terceiro Reich tiveram que enfrentar o fato alarmante de que, em 3 de janeiro, as tropas soviéticas que vinham abrindo caminho para o oeste, numa nova ofensiva, haviam chegado à antiga fronteira russo-polonesa.

Apesar da evolução militar desfavorável, Baur teve boas notícias. Seus serviços fiéis e o trabalho à frente do *Fliegerstaffel des Führers* foram recompensados por Hitler, no dia 30 de janeiro de 1944, com uma promoção à patente de *SS-Brigadeführer und Generalmajor der Polizei* (general de brigada SS e general de brigada da polícia). Sua atribuição oficial na época, como mostra a *Dienstalterliste der Schutzstaffel der NSDAP* (lista de precedência), de 9 de novembro de 1944, era o Estado-Maior do *Reichsführer-SS, RSD (Reichssicherheitsdienst* — Serviço de Segurança Nacional). A maioria, mas nem todas, as promoções de oficiais da SS entravam em vigor no dia 30 de janeiro, data em que Hitler havia sido apontado Chanceler do Reich em 1933; em 20 de abril, aniversário de Hitler; ou 9 de novembro, aniversário do Putsch da cervejaria de Munique, em 1923. Muitos outros oficiais da SS também foram promovidos junto com Baur, e alguns foram convidados ao Wolfsschanze para serem cumprimentados pessoalmente pelo Führer, pelo Reichsführer-SS Heinrich

> Führerhauptquartier, den 30.Januar 1944
>
> **50848**
>
> Ich befördere den
>
> SS-Oberführer und Oberst der Polizei
>
> Hans Baur
> (SS-Nr. 171 865)
>
> mit Wirkung vom 30.Januar 1944
>
> zum
>
> SS-Brigadeführer
>
> und
>
> Generalmajor der Polizei.
>
> F.d.R.   gez. Adolf Hitler
>
> SS-Gruppenführer und   nachrichtlich an:
> Generalleutnant der Waffen-SS   Hauptamt Ordnungspolizei
>   II/G
>   II A 2
>
> Pers.V.Bl. 1

55. Ordem de Adolf Hitler promovendo Hans Baur à patente de SS-Brigadeführer und Generalmajor der Polizei, equivalente a general de brigada do exército americano, em vigor a partir de 30 de janeiro de 1944. O documento foi assinado pelo general da SS Karl Wolff, representante de Himmler no Wolfsschanze na época.

Himmler, e outros líderes da SS, além de Keitel e membros do Estado-Maior do OKW. Alfred Jodl também recebeu uma promoção, em vigor a partir de 1º de fevereiro, quando foi elevado à patente de general de exército. Depois da cerimônia oficial, houve uma pequena recepção, durante a qual Hitler discorreu sobre vários assuntos e foram servidos canapés.

Em seu quartel-general, na floresta nevada da Prússia Oriental, Hitler lutava diariamente contra os problemas que se avolumavam em todos os fronts. Quando foi informado de que os bombardeiros das forças aéreas norte-americanas haviam atacado Berlim pela primeira vez, em 4 de março de 1944, ele declarou que em breve faria uso de armas secretas que puniriam os gângsteres americanos e os ingleses, que vinham bombardeando Berlim, periodicamente, desde 1940.

No início de março, Hitler decidiu passar alguns dias em Berghof, e Baur o levou com a comitiva de sempre, de Rastenburg para Salzburg, de onde seguiram de carro até Obersalzberg. A ansiada estadia de Baur em sua casa durou pouco, pois ele foi despachado para Minsk, pilotando o Condor de Hitler, para pegar o marechal-de-campo Ernst Busch, que havia assumido o comando do Grupo de Exércitos do Centro, em outubro de 1943, depois do acidente de carro do marechal Kluge. Busch deveria participar de uma reunião especial com o Führer, em Berghof, no dia 11 de março. Baur saiu de Minsk no dia 9 e voou até Breslau, onde Busch passou o dia seguinte com a família. No dia 11 foram para Salzburg, chegando por volta das dez da manhã. Do aeroporto, Busch seguiu para Berghof, na Mercedes de Hitler. Busch estava acompanhado pelo Coronel Peter von der Groeben, seu oficial de operações, e do capitão Eberhard von Breitenbuch, seu assistente pessoal. Breitenbuch tinha sido recrutado, recentemente, como conspirador anti-Hitler e estava determinado a matar o Führer.

Pouco antes do meio-dia, um pequeno grupo se reuniu na antessala do famoso grande salão de Berghof. Estavam presentes Busch, Breitenbuch, Groeben, Keitel, Jodl e Goebbels. Breitenbuch havia tirado o quepe e o cinto com a pistola de 9 mm usada em serviço, como era exigido, mas portava uma Browning carregada, escondida no bolso da calça. Infelizmente os assistentes não participariam da reunião e Breitenbuch, um feixe de nervos, aguardava na antessala enquanto os dissimulados homens da segurança da SS entravam e saíam. Depois da reunião, Busch e Breitenbuch foram levados para o Castelo Klessheim, em Salzburg, onde participaram de um jantar. Depois disso, Baur levou-os de volta a Minsk a bordo do Condor. Hitler escapara novamente.[190]

Enquanto prosseguia a infindável série de derrotas e reveses, a propaganda alemã foi mudando lentamente de conteúdo. Goebbels passou a declarar que a civilização ocidental corria perigo mortal. Aumentaram as exortações exigindo um esforço de guerra total para impedir o avanço das "hordas de mongóis" e alertas sobre o que aguardava a nação alemã caso as "bestas bolcheviques" triunfassem. Esse tipo de propaganda teve resposta considerável entre os civis, mas efeitos danosos no front. Para melhorar o moral, surgiram histórias sobre *Geheimwaffen* (armas secretas) que logo iriam inverter os rumos da guerra, a favor da Alemanha. Dessas, a bomba voadora V-1 e o foguete V-2 (A-4) foram os únicos a ter uso operacional.[191]

O general Dwight D. Eisenhower, comandante supremo dos Aliados na Europa, disse o seguinte, a respeito dos V-2 em seu livro 'Cruzada na Europa': "Parecia bastante provável que, se os alemães tivessem conseguido aperfeiçoar e usar essas novas armas seis meses antes, nossa invasão da Europa teria sido extremamente difícil, talvez impossível".[192] A bomba V-1 foi importante por ter sido a precursora do moderno míssil de cruzeiro, enquanto o foguete V-2 formou a base dos mísseis balísticos e veículos de lançamento espaciais de hoje.

Mas para Hitler e seus generais, a verdadeira preocupação, nessa época, era a defesa da Europa ocidental. O Alto Comando alemão tinha consciência de que a Inglaterra estava se preparando e de que uma grande invasão Aliada era iminente em algum ponto da costa norte da França.

---

[190] Peter Hoffmann, 330-32.

[191] Rudolf Lusar, *German Secret Weapons of the Second World War* (Londres, John Wiley & Sons, 1959), 134-35.

[192] Dwight Eisenhower, *Crusade in Europe* (Garden City, NY, Doubleday, 1948), 260.

Às vésperas do Dia D, Hitler acreditava que a invasão fracassaria e que a Wehrmacht poderia então ser reforçada, no leste, para uma ofensiva decisiva contra os soviéticos. Mas no início de junho, as marés e as previsões meteorológicas indicavam que não haveria uma tentativa de invasão através do Canal pelo menos por duas semanas. O marechal-de-campo Erwin Rommel decidiu tirar uma pequena licença do comando do Grupo de Exércitos B e foi para a Alemanha no dia 4 de junho. Seu principal objetivo era falar pessoalmente com Hitler, em Berchtesgaden e convencê-lo a transferir mais duas divisões blindadas e uma brigada de morteiros para a Normandia. Rommel sabia que as pessoas ao redor do Führer não lhe diziam toda a verdade, e o marechal-de-campo acreditava que poderia ser ele a pessoa indicada para esclarecer as coisas.[193] No dia 5 de junho, de sua casa em Herrlingen, Rommel telefonou para o general Schmundt, ajudante sênior de Hitler e soube que seria impossível ter um encontro com o Führer no dia 8. Mas o tempo estava se esgotando; sem que os alemães soubessem, o general Eisenhower havia ordenado o início da maior invasão marítima da história.

Hitler deveria encontrar-se no dia seguinte, 6 de junho, com Jozef Tiso, com o almirante Horthy e o marechal Antonescu, ditadores da Eslováquia, Hungria e Romênia, no Castelo Klessheim, em Salzburg. Na noite do dia 5 de junho de 1944, Hitler jantou com Eva Braun em Berghof, foi para a cama bem cedo e deu ordens para que não o incomodassem.

---

[193] David Fraser, *Knight's Cross: A Life of Field Marshall Erwin Rommel* (Nova York, HarperCollins, 1993), 478.

10
ASAS DO DESASTRE:
1944

Nas horas que precederam o amanhecer do dia 6 de junho de 1944, o inferno desabou sobre a Normandia. Paraquedistas desceram no meio da noite em áreas recuadas, enquanto uma grande armada começou a bombardear a costa francesa ao amanhecer. Ondas de aviões de guerra atacaram as defesas alemãs, enquanto centenas de soldados desembarcaram nas praias fortemente defendidas. Era o Dia D. A "Operação Overlord" havia começado.

Às três da manhã o centro de comunicações de Obersalzberg recebeu um comunicado do marechal Rundstedt informando sobre o pouso de grandes contingentes de paraquedistas e planadores na Normandia. Três horas depois, o chefe do Estado-Maior do general Rundstedt avisou o general Walter Warlimont, chefe-adjunto do Estado-Maior de operações das Forças Armadas, o OKW, sobre informações de que essa deveria ser a tão aguardada invasão. Foi solicitada permissão urgente para transferir as quatro divisões blindadas motorizadas do OKW que estavam perto da área de desembarque. Mas o general Jodl acreditava firmemente que essa era uma manobra diversionista, e que o principal ataque viria do norte, perto de Calais. Por isso, Jodl se recusou a acordar o Führer enquanto transcorriam horas críticas. Rundstedt ficou irritado e decidiu que não ligaria mais pessoalmente para implorar ao "cabo da Baviera". No entanto, ordenou que seu Estado-Maior entrasse em contato com o quartel-general do Führer inúmeras vezes, num esforço para tentar convencer Jodl de que essa era uma invasão em grande escala.

Por fim, às nove da manhã, Hitler foi acordado e informado do que estava acontecendo. Keitel e Jodl o encontraram muito bem-humorado, aparentemente aliviado com o fato de os Aliados ocidentais terem finalmente se movimentado. Na reunião de situação do meio-dia, realizada pouco antes de Hitler sair para o encontro marcado com os três ditadores-satélites no Castelo de Klessheim, o Estado-Maior estava ansioso e agitado. Para grande surpresa de todos, Hitler entrou confiante e com bom humor, como não se via há muito tempo. Sua intuição lhe dizia que a ação na Normandia era um estratagema dos Aliados e que a verdadeira invasão seria feita na costa mais ao norte. Ele anunciou que o que tanto queria finalmente se realizara: "Estou cara a cara com meus verdadeiros inimigos!"[194]

Hitler voltou para Berghof às quatro da tarde para um almoço tardio com alguns oficiais do partido e suas esposas. Eva teve permissão para juntar-se ao grupo. Ele parecia tranquilo e demorou-se tomando chá, depois dormiu durante uma hora e participou de outra reunião militar às onze horas da noite. Apesar dos relatos que chegavam continuamente, estava convencido de que essa não era a invasão verdadeira e ordenou que as forças de reserva permanecessem na retaguarda e nas proximidades de Calais. A essa altura, os Aliados tinham derrubado a muralha da *Festung Europa* (Fortaleza Europa), mas ainda havia tempo para destruir a invasão na cabeça-de-praia. Cometendo um erro de julgamento fatal, Hitler recusou-se a dar autoriade ao marechal Rommel, e a seus comandados, para reunir reforços e combater a ainda vulnerável cabeça-de-praia aliada no continente.

Quando o Führer finalmente se convenceu de que essa era a invasão principal, a batalha estava perdida. A invasão da Normandia pegou Hitler e o Alto Comando alemão de surpresa e deu aos Aliados total

---

[194] Toland, 785.

supremacia aérea e marítima. Em poucos dias, os Aliados tinham quase um milhão de soldados e meio milhão de toneladas de material em terra, embora a luta feroz continuasse nos campos e nas cidades. A partir de 9 de junho, a iniciativa passou para a mão dos Aliados. A maioria das tropas alemãs, especialmente as Waffen-SS, lutou duramente, até mesmo fanaticamente, mas falhou com seu Führer, que havia prometido à nação alemã que iria jogar os Aliados de volta ao mar. A Luftwaffe, diante da supremacia aliada, ficou visivelmente ausente do front da invasão.

No dia 6 de junho, Hans Baur estava em casa com a família. Na confusão, ninguém entrou em contato com ele até o fim da manhã e nesse momento ele já tinha ouvido as notícias pelo rádio. Ele foi imediatamente para Berghof e esperou durante dias, sem ter o que fazer além de conferir se Zintl e a tripulação haviam preparado o avião para decolar a qualquer momento. Com os aviões aliados sobrevoando o Reich, Baur tinha outras responsabilidades, além de suas tarefas habituais, como a verificação dos boletins meteorológicos. Ele tinha que obter as últimas informações da Luftwaffe sobre os ataques aéreos dos Aliados, e coordenar seus planos de voo para minimizar o perigo em relação aos interceptadores e à artilharia antiaérea alemã.

Uma vez que a situação da defesa alemã na Normandia era desesperadora, Hitler finalmente decidiu ceder aos pedidos de Rundstedt e Rommel e visitou o front ocidental, para poder receber as informações em primeira mão e talvez tomar novas decisões. Baur foi notificado, na tarde do dia 16 de junho, de que deveria se preparar para decolar naquela noite levando Hitler, Jodl e sua comitiva para Metz. Daí eles seguiram num comboio escoltado por uma guarda fortemente armada da SS até o quartel-general de batalha, o "W II", em Margival, 8 km a nordeste de Soissons, onde chegaram no início da manhã do dia 17 de junho. Esse quartel-general havia sido construído no verão de 1940 e deveria ser usado durante a planejada invasão da Inglaterra, o que nunca ocorreu em razão do cancelamento da Operação Leão-Marinho. O complexo reunia várias casamatas de concreto muito bem camuflados, e o Führerbunker tinha uma grande sala de trabalho a nível do solo, quartos com banheiro, salas para os ajudantes, e abrigos antiaéreos equipados para trabalho e descanso.

A reunião em Margival foi das nove da manhã até as quatro da tarde, interrompida apenas para o almoço, refeição de um só prato, em que Hitler comeu arroz com legumes, depois que a comida foi testada para ele. Também tomou seus comprimidos e vários outros medicamentos. Dois guardas da SS postaram-se atrás de sua cadeira, indicação de que desconfiava de seus próprios generais.[195]

A reunião terminou num clima de pessimismo e acrimônia. Numa estranha virada do destino, uma bomba V-1 caiu no quartel-general assim que os dois marechais saíram. Um defeito no mecanismo fez com que várias bombas mudassem o curso para leste depois de terem sido lançadas de suas bases costeiras. Não houve feridos e o prejuízo foi pequeno, embora a bomba tenha caído perto do abrigo antiaéreo do Führer. Não deixa de ser irônico que uma das armas mais secretas, em que Hitler depositava tanta fé, quase tenha sido a causadora de sua morte, mas o destino o poupara mais uma vez.

Hitler e sua comitiva partiram depois do anoitecer e voltaram para Metz de carro. Baur reparou que Hitler parecia sombrio e sequer devolveu seu cumprimento ao entrar no avião para o voo de volta a Berchtesgaden. Baur disse à sua esposa, alguns dias depois, que os nervos de Hitler continuavam firmes diante da ansiedade e das derrotas. Para piorar as coisas, em 20 de junho, Stalin lançou uma ofensiva total contra o Grupo de Exércitos do Centro, que desmantelou o front e logo estava avançando em direção às fronteiras do próprio Reich. Todas as reservas alemãs disponíveis, até mesmo a *Volkssturm* (Exército do Povo), ou Milícia Nacional, foi enviada para o front oriental para tentar deter a corrente.

No começo de julho, Baur levou Hitler e sua comitiva do conforto e beleza de Obsersalzberg para o sombrio Wolfsschanze. Em meados de

---

[195] Hans Spiedel, *Invasion 1944* (Nova York, Paperback Library, 1968), 90-93. Ver também: Cornelius Ryan, *The Longest Day, June 6, 1944* (Nova York, Simon & Shuster, 1959).

julho, quando a situação na Romênia ficava mais crítica, Baur foi despachado para Bucareste e trouxe o marechal Ion Antonescu, para o que seria seu último encontro com Hitler. No mesmo dia, ele levou o ditador romeno de volta.

No voo de Bucareste para Rastenburg, Baur enfrentara um problema de vazamento no motor do Condor de Hitler, logo após a decolagem. Antonescu ficou muito nervoso e começou a falar em sabotagem, pois não acreditava que a peça tivesse quebrado acidentalmente. Baur precisou tranquilizá-lo para convencê-lo a entrar no avião novamente. Os mecânicos consertaram o problema rapidamente e a viagem de quatro horas de volta a Bucareste transcorreu sem problemas. Ao pousar, Baur achou que o comandante do aeroporto e seu Estado-Maior estavam muito agitados. Além disso, havia um grande grupo de oficiais esperando por Antonescu; esperando por boas notícias que ele não tinha.

Pouco mais de um mês depois, as tropas soviéticas romperam as defesas romeno-alemãs e invadiram o país. Um golpe do rei Michael, em 23 de agosto, e a prisão de Antonescu levaram a tentativas da Alemanha para derrubar o governo do rei e ocupar a capital. Quando isso falhou, os alemães bombardearam Bucareste, incluindo um ataque com o Stuka sobre o palácio. O governo de "paz" romeno declarou guerra à Alemanha no dia 25, e a capital foi tomada pelo Exército Vermelho no dia 31, um dia depois da captura dos campos de petróleo de Ploesti. Os alemães foram obrigados a recuar, e foi instalado o regime comunista sob a dominação soviética. O marechal Antonescu foi executado por crimes de guerra em 1946.

A ameaça soviética se agravava a cada dia. Além do aumento da sua própria produção, a máquina de guerra soviética foi reforçada com grande quantidade de alimentos, combustível, aeronaves, tanques, veículos e outros materiais fornecidos pelos Estados Unidos, através do Programa de Empréstimos e Arrendamentos. No lado alemão, o recuo no leste simplificou seu sistema de defesa, diminuindo a frente de batalha e as linhas de suprimento. Mas a grande perda humana e material não podia ser reposta rapidamente. Além disso, a perda da Ucrânia e de suas abundantes fontes de alimentos representou um golpe terrível para a economia alemã.

A derrota arrasadora das forças alemãs em Babruysk, em junho de 1944, resultou no que pode ter sido a maior derrota de Hitler — o colapso do Grupo de Exércitos do Centro. Foi uma grande catástrofe, que praticamente se igualava à derrota da Wehrmacht, na Normandia. Os soviéticos retomaram Minsk em 3 de julho e a penetração da Letônia e da Lituânia pelo Exército Vermelho, em 11 de julho, enfatizou a difícil situação no front oriental. Combinado com o inevitável colapso das defesas alemãs no norte da França e o avanço dos Aliados na Itália, era óbvio para os observadores pensantes, na Alemanha e em todo lugar, que os Aliados logo estariam batendo às portas da própria Alemanha. Aqueles que haviam testemunhado ou que sabiam da depredação feita na Rússia pelos *Einsatzgruppen* (força tarefa) da SS e outras organizações implacáveis, contemplavam a retribuição com pavor crescente.

Além disso, não havia mais um teto sobre a "Fortaleza Europeia", pois a cada dia era maior a devastação da indústria alemã e mesmo de cidades inteiras sob os ataques poderosos das frotas de bombardeiros aliados. Em 23 de abril de 1943, Goebbels havia chamado os pilotos americanos capturados de "selvagens", ao divulgar o julgamento e execução de pilotos americanos pelos japoneses. Ele pensou em recomendar a Hitler que os *Terrorflieger* (pilotos do terror) americanos e ingleses fossem executados para desestimular as campanhas de bombardeamento dos Aliados. Essa política não foi adotada.

As forças anti-Hitler na Alemanha sabiam que precisavam eliminar o fanático Führer para que houvesse esperança de paz negociada. Os primeiros planos falharam, e muitos patriotas da oposição já tinham sido presos pela Gestapo e pela SS. No dia 16 de julho, o general aposentado Ludwig Beck encontrou-se pela última vez com o Coronel Claus Schenk Graf (conde) von Stauffenberg para finalizar os planos da "Operação Valquíria", golpe contra Hitler e seu regime. Beck tornar-se-ia chefe de Estado, depois que Hitler e seus seguidores foram removidos dos postos de poder por elementos do exército. Stauffenberg havia se apresentado como voluntário para assassinar Hitler e pretendia usar uma bomba de alto poder explosivo. Para colocar o plano em ação, Stauffenberg voou até o Wolfsschanze, em 20 de julho, e conseguiu levar a bomba dentro de sua valise para uma reunião que seria realizada numa das barracas de madeira, porque o teto da casamata de concreto de Hitler estava sendo reforçado. Stauffenberg deixou a reunião pouco antes da explosão e conseguiu sair do Wolfsschanze durante a confusão e voltar a Berlim.

Vinte e quatro homens, incluindo Hitler, estavam na sala de reuniões na hora da explosão. O grupo incluía Keitel, Jodl, quase todo o Estado-Maior militar de Hitler, assim como os representantes das Forças Armadas e oficiais que tinham vindo apresentar seus relatórios.

Hitler estava num dos lados da mesa de reuniões, perto do centro, inclinado sobre os mapas e apoiando-se num dos cotovelos com o queixo na mão enquanto ouvia atentamente o general Adolf Heusinger. O general Jodl contou depois que um barulho infernal sacudiu a sala, estourou as janelas, destruiu o teto e quebrou a mesa central. Uma espessa nuvem de fumaça, envolvendo uma chama amarela, irrompeu do interior do prédio destruído. Segundo Baur, Hitler estava a cerca de um metro da bomba que explodiu do lado oposto, perto do pé da mesa, atirando seu tampo para o ar e quebrando-o.

Hitler foi atirado para cima e caiu no chão, mas não se feriu e logo ficou em pé. Sua vida foi salva basicamente pela mesa sólida de madeira, que tinha um tampo de aproximadamente quatro centímetros de espessura, unido a pernas pesadas feitas com troncos de árvores.[196] Hitler estava perto da porta e as janelas estavam abertas. A construção leve de madeira também permitiu que a força da explosão se expandisse para fora e para cima, em vez de ficar confinada ao interior, o que teria ocorrido dentro do Führerbunker de concreto.

---

[196] Baur, 254-55.

56. A sala de reuniões no quartel Wolfsschanze depois da explosão da bomba, em 20 de julho de 1944. Hitler estava inclinado sobre o centro da mesa de reuniões na hora da explosão. Apesar da destruição, Hitler escapou à tentativa de assassinato com apenas alguns ferimentos leves.

Keitel começou a gritar no meio da poeira e da fumaça: "Onde está o Führer?" Julius Schaub, general da SS e assistente pessoal de Hitler, e Heinz Linge, *SS-Hauptsturmführer* (capitão da SS) e seu ordenança, correram para a sala destruída, enquanto outros tentavam sair do meio dos escombros. Todos ajudaram o abalado Hitler a chegar à sua casamata, onde tirou imediatamente as roupas e recebeu cuidados médicos do professor Dr. Hans Karl von Hasselbach e depois do Dr. Morell. Hitler sofreu contusão no cotovelo direito, escoriações na mão esquerda, hematomas e queimaduras nas coxas, além de ter ambos os tímpanos perfurados.[197] Uma sorte impressionante salvara-o novamente!

A explosão feriu seriamente quase todos os presentes e muitos precisaram ser hospitalizados. Alguns tiveram ferimentos leves e problemas

---

[197] Peter Hoffmann, 404. Seu livro sobre a resistência alemã dá muitos detalhes sobre o dia 20 de julho e outros complôs anti-Hitler. Ver também: Anton Gill, *An Honourable Defeat: A History of German Resistance to Hitler, 1933-1945* (Nova York, Henry Holt, 1944).

nos tímpanos, enquanto outros, como o general da Waffen-SS Hermann Fegelein, sofreram queimaduras e tiveram o cabelo queimado na explosão. O Coronel Heinz Brandt, do Estado-Maior, o general Günter Korten, da Luftwaffe e o Dr. Heinrich Schmundt, estenógrafo, morreram logo depois, por causa dos ferimentos. O general Rudolf Schmundt, antigo assessor de Hitler na Wehrmacht, sucumbiu aos ferimentos em 1º de outubro.

Depois de passado o choque inicial, Hitler ficou muito agitado, mas, ao mesmo tempo, parecia aliviado. Ele dizia que sempre soubera que havia traidores ao seu redor, e que agora havia a possibilidade de acabar definitivamente com todas as conspirações. Em pouco tempo Hitler estava fora da cama, vestido e com Bormann ao seu lado, conversando com Goering, Himmler, e depois com o grande--almirante Karl Doenitz, que tinham vindo prestar-lhe apoio. Hitler cumprimentou Benito Mussolini quando este chegou de trem ao Wolfsschanze e mostrou a ele a sala destruída. Hitler teria dito que "sentia ter perdido suas calças novas".[198] Um pedaço do teto que caiu havia rasgado seu casaco e machucado suas nádegas e ele depois disse que tinha o "traseiro de um babuíno".

Hans Baur estava no consultório dentário localizado no quartel--general de Himmler, com o capitão Doldi, outro piloto, no dia 20, depois do almoço, quando foi chamado ao telefone e recebeu ordens para voltar ao Wolfsschanze, com o capitão Doldi, porque eles levariam Himmler a Berlim. Doldi ia extrair um dente e tinha acabado de ser anestesiado, mas ambos saíram imediatamente e chegaram ao quartel-general do Führer em 20 minutos. Eles foram informados do que havia acontecido e viram a cabana em que a bomba havia explodido. Baur lembrou-se de ter ouvido rumores sobre um complô contra Hitler, e de ter sido instruído pelo chefe de segurança do Wolfsschanze para colocar o avião do Führer sob severa vigilância.

Foi realizada uma intensa investigação no Wolfsschanze e em outros lugares, e Stauffenberg, que ficou espantado ao saber que Hitler

---
[198] Hoffmann, 404.

havia sobrevivido, foi preso e executado, com o general Beck e outros conspiradores, enquanto o general Henning von Tresckow acabou com a própria vida. Diante do pelotão de fuzilamento, Stauffenberg gritou: "Vida longa à sagrada Alemanha".[199]

Teve início, então, um reino de terror sem precedentes na história da Alemanha. A vingança de Hitler foi terrível, e nas semanas seguintes cerca de 200 conspiradores foram localizados, torturados e levados perante a temida Corte do Povo. Até mesmo o marechal Erwin Rommel, um dos comandantes favoritos de Hitler e herói nacional, foi obrigado a se suicidar. Muitas das torturas excruciantes e execuções bárbaras foram filmadas pela Gestapo e vistas por Hitler, com grande satisfação.

Depois do complô de 20 de julho, o controle do estado policial sobre a população civil e militar alemã endureceu. O menor sinal de oposição, pessimismo, ou falta de fé no Führer ou na inevitável vitória era visto como ato de traição. Hitler e seus seguidores fanáticos estavam determinados a continuar a guerra e não iriam tolerar qualquer "derrotismo". *Klagen und Klatschen Verboten* (reclamações e fofocas proibidas) era a política oficial e as pessoas sabiam que era melhor tomar cuidado com a língua se quisessem evitar problemas. O conflito se arrastou e milhões de soldados e civis de ambos os lados morreram ou ficaram feridos durante o trágico último ano da guerra.

A vida no Wolfsschanze nunca mais voltou ao normal. A segurança foi reforçada com buscas e revistas constantes, que tornavam as atividades do dia a dia ainda mais difíceis, demoradas e desagradáveis para o pessoal e os visitantes. A responsabilidade de vigiar o complexo e a área ao redor, antes a cargo de um destacamento do exército, era dividida entre unidades da divisão do exército *Grossdeutschland* e unidades da Waffen-SS. Um destacamento da Luftwaffe foi trazido por ordem de Goering e ficou a postos como força móvel especial de combate a qualquer tentativa de desembarque aéreo. Foram espalhadas mais minas, e as fortificações foram preparadas para qualquer contingência. O reforço das casamatas continuou e a camuflagem foi melhorada. Hitler queria

---

[199] Ibid., 508

permanecer no Wolfsschanze pelo máximo de tempo possível, porque achava que sua presença era boa para o moral e ajudaria a estabilizar o front oriental.

A saúde de Hitler estava se deteriorando rapidamente. Seus acessos de raiva tornaram-se ainda mais intensos e imprevisíveis, por causa do estresse e dos medicamentos administrados pelo Dr. Morell. Goering uma vez chamou o médico de *Der Reichsspritzenmeister* (Mestre Nacional da Injeção), por causa das muitas injeções de vitaminas e de drogas duvidosas dadas a Hitler diariamente. Ainda assim, o Führer considerava que sua sobrevivência ao último atentado era um sinal claro de Deus de que estava destinado a vencer. Enquanto milhares morriam todos os dias, ele foi se fechando num mundo de autoengano, enfurecendo-se com quem se atrevesse a apontar a realidade militar. Sua insistência em não recuar e seu plano para uma grande ofensiva no oeste, para golpear os Aliados, continuava a desperdiçar recursos militares.

Porém, mesmo com os rumos da guerra cada vez mais ameaçadores, ainda existia fé considerável tanto nas Forças Armadas como no povo alemão no Führer. Sua reputação de fazedor de milagres, alimentada por anos de propaganda constante e notícias de armas maravilhosas que iriam reverter a situação, dava aos alemães algo a que se apegar durante essa época de ansiedade crescente.

Baur tinha suas preocupações. A operação do F.d.F. ficava mais complicada a cada mês. Era preciso prestar mais atenção à segurança. Estava cada vez mais difícil obter peças de reposição e combustível, mesmo com a prioridade dada à unidade de transporte aéreo do Führer. Em situações de emergência, Baur agora precisava pegar peças de um avião para manter o outro voando. A situação piorou muito, por causa das dificuldades no transporte da produção, e os voos, mesmo dentro do Reich, ficaram mais perigosos em virtude da atividade aérea aliada e das superzelosas tripulações antiaéreas alemãs. O Condor Focke-Wulf Fw 200A-O (S-9), matrícula 3099, 26+00, Immelmann III, tinha sido destruído em terra durante um bombardeio americano, no dia 18 de julho de 1944.

57. Baur é retratado na cabine do Condor Focke-Wulf Fw 200, de Hitler, durante a 2ª Guerra Mundial.

As aeronaves ainda usadas pelo F.d.F. incluíam os confiáveis Junkers Ju 52/3m, o Heinkel He 111, e os menores, com maior eficiência de combustível, como os Focke-Wulf Fw 58 "Weihe" e os Siebel Fh 104, que também podiam pousar em pistas curtas.

O F.d.F. agora contava com 12 pilotos e mais de 40 aviões. Somente alguns líderes muito importantes ainda tinham aviões para uso pessoal. Entre eles estavam Speer e Himmler, com Condors à sua disposição, e o marechal-de-campo Keitel, que tinha um Ju 52/3m, matrícula nº 7232, BD+DH.

Todas as manhãs, o Ju 52/3m postal vinha de Berlim para Rastenburg, transportando passageiros e correspondência para o Wolfsschanze e outros quartéis-generais da região. Vários pacotes de jornais e revistas eram descarregados e depois distribuídos, incluindo os jornais diários de Berlim e várias publicações oficiais e semioficiais, como o *Voelkischer Beobachter*, jornal oficial do NSDAP, *Der Angriff*, jornal da propaganda ferrenha de Goebbels, e *Das Schwarze Korps*, o jornal da SS.

Folheando os jornais, Baur percebeu que não havia mapas mostrando os vários palcos de combate com a localização dos fronts. Em vez disso, estavam sendo publicados mapas pequenos, detalhados, mostrando apenas a região de uma determinada batalha, ou cidade sob cerco. É claro que era uma tentativa de esconder do público o imenso território perdido nas ofensivas aliadas. Um exame dos vários jornais alemães da época da guerra, publicados a partir de 1942, mostra que os relatos de perdas e derrotas eram apresentados da maneira mais favorável possível. A defesa heroica era enfatizada. Recuos eram descritos como retiradas estratégicas ou como retorno para posições preparadas. Sempre que possível, as derrotas eram minimizadas e compensadas por uma história otimista sobre as pesadas perdas impostas ao inimigo. Pequenos sucessos eram apresentados como importantes vitórias.

No verão de 1944, os Aliados se aproximavam inexoravelmente das fronteiras do Reich, pelo front oriental e ocidental, e não havia propaganda otimista que conseguisse tranquilizar a crescente trepidação do coração do povo alemão. Enquanto os bombardeios aliados semeavam morte e destruição nas cidades alemãs, o regime exortava o povo a trabalhar e lutar pela sua sobrevivência, e avisava das consequências que a Alemanha sofreria caso perdesse a guerra. A partir de 1º de setembro de 1944, todas as casas de espetáculos, bares e teatros foram fechados, os feriados foram suspensos, os estudantes mobilizados, as rações reduzidas, e as horas de trabalho aumentadas. Mesmo as folgas dos membros das Forças Armadas foram interrompidas — era realmente o momento de fazer o esforço total para a guerra total. Mas as derrotas alemãs continuaram.

Os Aliados avançaram no norte da Itália, com a tomada de Florença, no dia 4 de agosto, pelos "Ratos do Deserto" do 8º Exército britânico. No dia 9, o general Eisenhower transferiu seu quartel-general da Inglaterra para a França, e no dia 15 as forças aliadas avançaram pela França. O desesperado contra-ataque alemão em Avranches, na Normandia, terminou em fracasso no dia 12 de agosto, seguido pela quase total destruição das forças alemãs no Bolsão de Falaise, quando morreram pelo menos 10.000 soldados alemães.

Os tanques americanos avançavam pelas estradas, passando por veículos queimados e corpos estraçalhados. Avançando para capturar os retardatários alemães, os tanques passavam por cima de corpos, rachando suas cabeças como melões. Alguns soldados americanos passavam mal, frente ao cenário medonho e ao cheiro da carnificina impostos ao exército alemão e às tropas da Waffen-SS, que tentavam desesperadamente escapar ao cerco dos dois exércitos aliados. Paris caiu nas mãos dos Aliados em 25 de agosto, e o general Dietrich von Choltitz desobedeceu as ordens de Hitler para destruir a cidade. Bruxelas e Antuérpia, na Bélgica, foram capturadas em 3 e 4 de setembro, enquanto a Wehrmacht tentava recuar para a fronteira alemã.

O Exército Vermelho, cada vez mais forte, enfrentava pouca resistência nos Bálcãs. A Romênia, com seus valiosos campos de petróleo, rendeu-se no dia 23 de agosto. A luta entre a Finlândia e a URSS terminou no dia 14 de setembro, forçando a Alemanha a recuar para a Noruega e a região do Báltico. Ainda mais assustador para o povo alemão era a chegada do Exército Vermelho às margens do rio Niemen, na fronteira com a Prússia Oriental, em 10 de outubro.

Com o colapso acelerado do Terceiro Reich, maior ênfase foi colocada na priorização do trabalho, instalações e produção de matérias-primas e bens essenciais para o esforço de guerra. Mas independentemente de quaisquer outras considerações, Himmler ordenou que o trabalho nos campos de concentração fosse acelerado apesar, ou provavelmente por causa, do avanço do Exército Vermelho.

Baur levou Hitler e seus auxiliares de Rastenburg até Berlim, em setembro de 1944, para reuniões importantes na Chancelaria do Reich, que incluíam o planejamento para a ofensiva das Ardenas, conhecida no Ocidente como a Batalha do Bolsão. Antes de uma dessas reuniões, Albert Speer aproximou-se de Baur e perguntou se ele gostaria de pilotar um caça Messerschmitt Me 262. Não se sabe o motivo, mas Speer disse que gostaria de ter a opinião de Baur sobre algumas características de voo. Talvez a verdadeira razão para a oferta fosse conquistar o apoio de Baur para que ele ajudasse a convencer Hitler a priorizar a produção de jatos e a usar o Me 262 como interceptador. Baur disse que realmente gostaria de pilotar um jato, mas teria que pedir a permissão do Führer. Hitler foi inflexível na recusa, afirmando que era muito arriscado e que precisava demais de Baur para correr o risco de perdê-lo.

Hitler falou pouco sobre os bombardeios aéreos sobre Berlim e outras cidades alemãs. O bombardeio intensivo da Inglaterra, em 1940-41, e os ataques com as bombas V alemãs, em 1944-45, não destruíram o moral inglês como alguns esperavam. Ao contrário, há evidências de que os ataques aéreos a alvos civis reforçaram a vontade dos ingleses de resistir, de lutar até a vitória. O mesmo pode ser dito da resposta dos civis alemães, que continuaram a viver e a trabalhar, sob a maciça ofensiva aérea dos Aliados contra o Reich.

O bombardeio teve um efeito adverso sobre a produção de guerra, não apenas em razão dos danos evidentes às fábricas e ao transporte, mas em consequência da deterioração da eficiência dos trabalhadores. O estresse, a falta de sono por longos períodos e as dificuldades do dia a dia, incluindo escassez de alimentos, moradia e transporte, afetaram a produção. Porém, apesar do terror, da miséria e da perda de vidas humanas, não houve revolta, tumulto ou greve, e a moral alemão não

58. Baur (esquerda) e seu engenheiro de voo, Max Zintl, na cabina do Condor Fw 200 de Hitler verificando o mapa antes de um voo de volta a Rastenburg.

esmoreceu. Isso diz muito da coragem e resistência das pessoas comuns que sobrevivem às condições mais extraordinárias.

Baur logo sentiu os ataques aéreos aliados nas suas visitas ocasionais a Berlim e Munique. Os bombardeios tornaram-se mais frequentes; as formações cada vez maiores de bombardeiros americanos passavam de dia e de bombardeiros ingleses, à noite. Embora as grandes cidades fossem o alvo principal, nenhum lugar estava a salvo. Muitos moradores de cidades alemãs reforçaram o porão de suas casas e se transferiram com mobília, água e alimentos para se proteger dos ataques e conseguir dormir um pouco durante as longas horas de espera, até que tudo passasse.

Há muito tempo, a capital do Terceiro Reich se havia transformado num dos principais alvos dos ataques aliados, não apenas por sua importância política como sede do governo, mas porque muitas fábricas importantes estavam localizadas na cidade ou em seus arredores.

Durante uma breve visita em setembro, Baur estava se preparando para deixar seu apartamento na Kanonierstrasse, quando as sirenes que alertavam para os ataques aéreos começaram a tocar. O trânsito parou e as pessoas correram para encontrar abrigo. Baur foi rapidamente para a Chancelaria do Reich, mas parou na entrada para ouvir, ignorando o chamado dos guardas da SS para entrar e se proteger. Foi um grande ataque, envolvendo algo como mil bombardeiros, e ele ficou ouvindo o barulho dos motores e da artilharia antiaérea alemã. Dessa vez o ataque atingiu alvos nos subúrbios, mas o estrondo das bombas sacudiu a terra e estilhaçou as janelas dos edifícios a muitos quilômetros do cenário de destruição. Goebbels costumava andar pelas áreas destruídas, para oferecer simpatia e encorajamento aos sobreviventes, mas Hitler nunca visitou as vítimas da ofensiva aérea contra o coração do Reich.

Enquanto isso, no front oriental, a ofensiva soviética de verão tinha obtido vitória significativa sobre a Wehrmacht e o avanço do Exército Vermelho continuou durante o outono. Batalhas selvagens causaram grandes baixas em ambos os lados, enchendo os hospitais de campo com sua terrível colheita de feridos e mutilados. Ao contrário das campanhas anteriores, os alemães perceberam que logo estariam lutando para defender sua terra e seu povo dos invasores estrangeiros. Para ajudar na defesa da Prússia Oriental, Hitler ordenou ao Gauleiter Erich Koch que preparasse um amplo sistema de trincheiras, obstáculos com tanques e fortificações de campo, usando a nova *Volkssturm* (Milícia Nacional) e milhares de civis. Koch cumpriu as ordens com sua costumeira e brutal eficiência, mas não demorou para o front recuar, a cem metros de Rastenburg.

Os voos soviéticos de reconhecimento tornaram-se mais frequentes, e Baur esperava um ataque ao seu aeroporto, a qualquer momento. Afinal, uma pista de pouso não era fácil de esconder. Baur dividiu as aeronaves e suprimentos essenciais entre o aeroporto principal e outro nas proximidades, mas o ataque nunca aconteceu.

Depois de três anos na Prússia Oriental, Baur e seus homens tinham aprendido a amar o ar tranquilo do campo, com lagos e florestas. Com muito pesar, ele aguardava o momento em que teriam de deixar aquela terra, embora soubesse que seria inevitável. Antecipando-se à partida em algumas semanas, ele havia localizado um grande depósito num aeroporto em Pocking, entre Braunau e Passau, na Baviera, que poderia usar como nova base para seu esquadrão. Em dezembro, cinquenta de seus homens, com ferramentas, peças de reposição, motores e equipamentos necessários, haviam embarcado num trem com destino à Baviera. Ao atravessar a Polônia, o trem chocou-se com outro trem. Dezessete membros do F.d.F. morreram no acidente e muitos outros ficaram feridos. Essa foi a maior perda de pessoal sofrida por sua unidade; eram homens habilidosos e dedicados que não podiam ser substituídos facilmente.

As novas instalações em Pocking acabaram sendo montadas enquanto pequenos destacamentos com aeronaves eram posicionados em campos camuflados fora de Berlim, incluindo Schoenwalde, Rangsdorf, Rechlin e Finsterwalde. Os principais aeroportos em Berlim não podiam ser usados regularmente, em razão dos frequentes ataques aliados. Mas com consertos constantes, podiam ser usados para voos eventuais. Baur levou um Condor armado Fw 200C-4/U1, matrícula 0240, TK+CV, para um aeroporto perto de Berlim, onde foi mantido em condições de uso permanente para o Führer.

Hitler finalmente concordou em deixar o Wolfsschanze em 20 de novembro, para coordenar a ofensiva das Ardenas no ocidente. Baur disse que levou Hitler para Berlim, mas outras fontes dizem que o Führer viajou de trem.[200] Pouco depois da chegada à Chancelaria do Reich, Hitler teve que extrair um pequeno pólipo das cordas vocais. O pólipo foi removido pelo professor Dr. Karl von Eicken e o pequeno descanso parecia ter operado maravilhas no exausto ditador.

Baur voltou para Rastenbrug para supervisionar a mudança de seu esquadrão. Todos os voos tiveram que ser feitos à noite e cuidadosamente coordenados com a Luftwaffe, para evitar a chegada a Berlim durante um ataque aéreo. Quando o dia da partida finalmente chegou, Baur deixou seu escritório no aeroporto de Rastenburg, respirou profundamente o frio ar de dezembro e observou o sol avermelhado que se erguia no horizonte, como um lembrete sinistro do avanço inexorável do Exército Vermelho.

---

[200] Toland, 831.

No dia 22 de dezembro, os últimos membros do Estado-Maior deixaram o Wolfsschanze, que foi então demolido por explosivos, assim como outros quartéis-generais da área, por uma unidade especial da construtora Todt. Trabalho difícil, já que algumas das casamatas tinham paredes de concreto com até sete metros de espessura. Os aeroportos e estações ferroviárias foram os últimos a serem destruídos, ficando pouca coisa de valor para trás.

Dezenas de milhares de refugiados alemães assustados, com frio e com fome, estavam fugindo da Prússia Oriental em direção ao oeste, de trem e pelas estradas. Entre os refugiados estavam não apenas camponeses pobres, levando seus miseráveis pertences, mas também aristocráticos Junkers, famílias ricas que residiam há séculos em grandes propriedades na Prússia. Até mesmo o corpo do presidente Hindenburg foi retirado do túmulo em Tannenberg e levado para um local secreto na Alemanha Ocidental. O imenso Monumento Tannenberg foi explodido posteriormente.

Enquanto prosseguia a guerra, a escassez de alimentos se tornava mais grave. A Alemanha não só havia perdido os suprimentos que vinham da Ucrânia e de outras regiões produtoras de alimentos, como tinha problemas para seu transporte e distribuição, em consequência de ataques dos Aliados a estações de trem, a pontes e ao material circulante. Na primavera de 1944, caças americanos de longo alcance, como o Mustang P-51, estavam atacando qualquer coisa que se mexesse.

O tráfego nas estradas, canais e ferrovias e até os camponeses arando os campos estavam sujeitos ao bombardeio. Os caças-bombardeiros, voando em alta velocidade na altura da copa das árvores, tinham segundos para distinguir um civil correndo para se proteger de um soldado correndo para disparar uma metralhadora antiaérea.[201]

---

[201] Uma carta antes classificada como altamente secreta do general de divisão Carl Spaatz, CO, U.S. Strategic Air Forces na Europa, para o general do exército Barney M. Giles, CofS, QG USAAF, Washington, D.C., de 18 de abril de 1944, discute a "Operation Jackpot I". Essa operação visava principalmente destruir a Força Aérea alemã em terra e desmoralizar seu pessoal. Afirma no parágrafo dois: "Enquanto os pilotos (da FFA) são instruídos para atirar em qualquer alvo móvel na Alemanha, de 750 a 1.000 caças mergulhando na Alemanha é uma evidência para o povo alemão da fraqueza da Força Aérea Alemã e não há propaganda que consiga combater essa impressão". Cópia da carta obtida no U.S. Air Force Office of History, Bolling AFB, Washington, D.C., 21 de maio de 1996.

59. A casamata de Hitler no Wolfsschanze, em agosto de 1999.

Um alimento que continuou a ter oferta razoável foi o macarrão. Os bávaros gostam de massas, mas os alemães do norte preferem batatas. Eles costumavam chamar o macarrão de *Mussolini Spargel* (aspargos de Mussolini), referência maliciosa a uma das iguarias favoritas dos alemães — os aspargos frescos, brancos, colhidos no início da primavera, logo que emergem no solo.

Berlim, a capital do Terceiro Reich, estava agora recebendo o que muitos no ocidente consideravam retribuição divina. A situação da cidade, no inverno de 1944-45, espelhava as condições terríveis e perigosas das grandes cidades alemãs nos últimos três anos de guerra. Apesar dos ataques devastadores, o governo lutava para continuar funcionando normalmente, em atitude contrária à realidade da guerra total e do caos crescente.

Os ataques diários e ininterruptos foram transformando em escombros grandes áreas de Berlim. Uma camada de fumaça cobria a cidade, e nem mesmo a neve conseguia encobrir as ruínas. As pessoas saíam de abrigos frios e superlotados para enfrentar o fato desolador de que suas casas e os edifícios públicos tinham sido destruídos ou danificados.

Quando soavam as sirenes e os corpos das últimas vítimas eram levados para longe, o verdadeiro horror da guerra, vivido por inúmeras pessoas em toda a Europa, alcançava os cidadãos de Berlim em termos inequívocos. E além do trabalho em meio ao bombardeio, havia o conhecimento terrível de que hordas vingativas do Exército Vermelho estavam se reunindo pouco além da fronteira oriental.

O senso de humor afiado dos berlinenses ajudou-os a lidar com as privações sofridas na última parte da guerra. Com sua espirituosidade seca, davam de ombros e diziam: *Besser ein Ami am Kopf als ein Russe am Bauch* ("Melhor um americano na cabeça do que um russo na barriga"). Mas até o humor podia ser perigoso. Uma lei de 1934, contra a "calúnia insidiosa", proibia críticas ao regime ou ao Führer, mesmo como anedota, prevendo punição por "blasfêmia criminosa". Principalmente durante a guerra, as pessoas precisavam tomar cuidado, não só em relação ao que conversavam e com quem falavam, mas também de quem faziam piada. Certas coisas não podiam ser ditas às pessoas erradas, pois poderiam levar à prisão ou à perseguição, como o comentário que correu na época em que Hitler tirou o pólipo de suas cordas vocais: "O médico retirou a única parte não maligna de seu corpo maligno".

As pessoas de língua ferina não eram as únicas que corriam o risco de receber visita dos agentes da Gestapo à meia-noite. Outros que incorriam na ira dos *Parteibonzen* (maiorais do partido) eram os *Feindhoerer* (pessoas que ouviam a BBC ou outras transmissões inimigas). Desde o começo da guerra, ouvir e repassar notícias das forças aliadas ou expressar sentimentos derrotistas eram atos punidos com severidade, até mesmo com a morte. *Scheiber* (comerciantes do mercado negro) e *Meckerer* (críticos) também eram punidos. Mesmo assim, havia quem tivesse coragem de escrever nos muros para proclamar *Nider mit Hitler* ("Abaixo Hitler") ou *Hitler nieder — Frieden wieder* ("Abaixo Hitler — Paz novamente"). Mas enquanto o inverno envolvia a cidade com seu abraço gelado, a guerra continuava.

60. A defesa aérea tornou-se prioridade na Alemanha, em 1944, e até colegiais foram recrutados para ajudar os homens que manejavam artilharia antiaérea, radares e holofotes de busca. Sentado no banco da K1 está o Luftwaffenhelfer (LwH) (Auxiliar da Aeronáutica) Günther Wolters; atrás dele, com um pente de munição 40 mm está o LwH Peter Dietze e, à direita, está o LwH Klaus J. Knepscher, de 17 anos, ajudando a servir a Bofors sueca de 4 cm. Eles faziam parte da Terceira Bateria, 979º Destacamento de Artilharia Antiaérea Leve, estacionado nos arredores de Berlim.

Em novembro, a notável capacidade de improvisação do exército alemão e a incapacidade de ingleses e americanos, em virtude de questões logísticas, de manter o ritmo do seu avanço, resultou na estabilização do front ocidental. No leste, os exércitos soviéticos estavam a menos de 480 quilômetros de Berlim e, como os Aliados no oeste, ficavam mais fortes a cada dia. Segundo um estudo do pós-guerra feito pelo marechal inglês Lorde Carver, estava claro para os generais alemães, embora Keitel e Jodl não admitissem, que já não havia razão para prolongar a guerra. Embora os generais alemães acreditassem que deveriam ser feitas todas as tentativas para acabar com a guerra, de preferência com um acordo com os anglo-americanos, não tinham poder para isso. Hitler agora alternava momentos de otimismo e de pessimismo. Seu lado otimista fingia acreditar que uma contraofensiva no ocidente poderia dividir os Aliados e empurrá-los de volta para o mar; depois disso as novas armas iriam reequilibrar as coisas a seu favor. O lado pessimista via com bons olhos o sacrifício supremo, a *Goetterdaemmerung* (crepúsculo dos deuses) em que ele, o partido, a Wehrmacht e o povo alemão marchariam juntos, de encontro ao seu destino.[202]

A busca de Hitler por um ponto fraco dos Aliados concentrou-se nas Ardenas, a região acidentada e montanhosa da Bélgica e Luxemburgo, que havia tido destaque na bem-sucedida invasão da França em 1940. Suas densas florestas e estradas estreitas fizeram os Aliados concluírem que, apesar da história passada, era um lugar pouco provável para uma ofensiva alemã. Contrariando conselhos de seus generais, Hitler decidiu explorar as esparsas defesas aliadas nas Ardenas e lançar finalmente uma grande contraofensiva no ocidente. Seu plano ambicioso era um golpe surpresa avançando até Antuérpia e cortando as tropas Aliadas na Bélgica e Países Baixos, ganhando tempo e permitindo que se reunissem recursos para uma ofensiva, no leste, que deteria a invasão soviética. Nem o marechal Walter Model, que havia sido escolhido por Hitler para comandar a ofensiva, nem o general Rundstedt,

---

[202] Marechal-de-campo Lord Carver, *Twentieth-Century Warriors* (Nova York, Weidenfeld & Nicolson, 1987), 1-64-65.

comandante em chefe no front ocidental, acreditavam que o plano pudesse dar certo. Eles argumentaram que uma ofensiva nessas proporções, mesmo se bem-sucedida, acabaria com as últimas reservas da Wehrmacht em armas, homens e combustível.

Na noite de 11 de dezembro de 1944, Hitler e os membros mais importantes de seu Estado-Maior deixaram Berlim de trem, e seguiram para uma pequena cidade na retaguarda do front ocidental. Keitel, Jodl e Bormann estavam, é claro, entre os que acompanharam Hitler. O grupo continuou num comboio armado por uma estrada estreita até um quartel-general perto de Ziegenberg, chamado de *Adlerhorst* (ninho de águia), de onde Hitler dirigiria a ofensiva das Ardenas. Hitler, sua comitiva, e o Estado-Maior do OKW e do OKH foram acomodados em abrigos subterrâneos bem camuflados.

Movimentando-se à noite, com tempo ruim, três exércitos alemães foram reunidos para a ofensiva. Foi um grande feito de logística. O general Hasso von Manteuffel estava no comando da poderosa 5ª Divisão Panzer e a outra força bem equipada, a 6ª Divisão Panzer, era comandada pelo velho camarada de Hitler, o general da SS Josef "Sepp" Dietrich. O Coronel Otto Skorzeny, então conhecido como o homem mais perigoso da Europa, por causa de suas ações no corpo de comandos, organizou uma força-tarefa especial para a *Fall Greif* (Operação Grifo), um plano ousado para ajudar a ofensiva. O plano de Skorzeny era audacioso, exatamente o tipo de esquema que Hitler apreciava. Consistia em infiltrar um pequeno número de soldados alemães com conhecimento de inglês, por trás das linhas americanas, usando uniformes do exército americano e dirigindo veículos capturados. Embora os resultados tenham sido exagerados pelos noticiosos, a farsa causou considerável confusão, antes que os soldados fossem capturados e alguns executados.

Em meados de dezembro, as forças alemãs estavam em posição. A neve e as nuvens encobriram a organização final e prometiam, pelo menos no início, evitar que os Aliados usassem seu poder aéreo para conter o ataque blindado. Hitler estava prestes a fazer sua última aposta.

11
ASAS DO ARMAGEDOM:
1945

Às cinco horas e trinta minutos da manhã fria e escura do dia 16 de dezembro de 1944, o silêncio foi quebrado pelo ronco dos motores, quando os pelotões de frente de três exércitos alemães atacaram em meio à neblina, pegando as tropas americanas de surpresa. Os grupos da frente estavam equipados com os tanques mais modernos, canhões motorizados e transportes blindados, uma força formidável, em missão de vida ou morte. O ataque maciço caiu sobre unidades inexperientes do exército dos Estados Unidos, que guardavam a região das Ardenas com forças mínimas. Os soldados alemães se deliciaram com o fato de estar atacando novamente e obtiveram ganhos iniciais significativos. Era agradável a visão incomum de centenas de americanos capturados a arrastar-se pelas estradas congeladas em direção ao leste.

Uma batalha épica teve lugar na cidade de Bastogne, importante centro rodoferroviário, onde tropas americanas conseguiram deter os ataques alemães. Quando o comandante do XLVII Corpo Panzer, general Heinrich von Luettwitz, exigiu a rendição, o general Anthony C.

McAuliffe, que comandava a 101ª Divisão Aerotransportada do exército americano, respondeu: "Nuts!"(Bolas!)[203]

Assim que clareou o tempo, a força aérea americana entregou munição e suprimentos necessários às tropas e começou a bombardear os alemães para brecar seu avanço. Ao mesmo tempo, forças terrestres reforçavam o front. Com sempre, quando os alemães quebravam o silêncio do rádio, os comandantes aliados recebiam informações valiosas sobre a movimentação alemã fornecidas pelos interceptadores da Ultra, que monitoravam a comunicação entre o Alto Comando da Wehrmacht e as unidades de combate.

No dia 16 de janeiro de 1945, os Aliados lançaram sua contraofensiva para reduzir a saliência alemã no que ficou conhecida como a Batalha do Bolsão. Em pouco tempo, a falta de combustível comprometeu a capacidade das forças blindadas alemãs de manobrar ou recuar, e 21.000 soldados ficaram isolados. O marechal Rundstedt pediu permissão a Hitler para retroceder, mas seu pedido foi recusado. Acontecimentos nefastos no front oriental exigiam atenção imediata e Hitler voltou com seu pessoal para Berlim em 10 de janeiro. No entanto, só no dia 22, ele se resignou a abandonar a malfadada operação das Ardenas.

Hitler ordenou, então, o retorno das divisões Panzer da Waffen-SS para o front oriental, para enfrentar nova ofensiva soviética, onde não apenas elas, mas os 600 veículos blindados e 130.000 homens que tinham sido perdidos na fracassada ofensiva no oeste eram desesperadamente necessários. As combalidas formações alemãs recuaram sob o assédio das aeronaves aliadas e da artilharia americana. Foi uma terrível provação para as tropas alemãs e aliadas, assim como para os infelizes surpreendidos no meio da luta. Poucos dos sobreviventes da Wehrmacht, arrastando-se pela neve e pelo vento, acreditavam agora que ainda havia alguma esperança na vitória alemã.

Nas semanas que se seguiram, os Aliados atravessaram as fortificações que compunham a Linha Siegfried, encontrando muita dificuldade

---

[203] Hugh M. Cole, *The Ardennes: Battle of the Bulge* (Washington, D.C., Office fo Chief of Military History, 1965), 468.

em alguns pontos, como os "dentes do dragão" (obstáculos antitanques de concreto reforçado), e menos do que esperavam, em outros. O otimismo e o moral dos Aliados melhoravam enquanto atravessavam a fronteira alemã e avançavam em direção ao lendário rio Reno.

Depois que Hitler e seu Estado-Maior deixaram Berlim para a rápida estadia em Ziegenberg, durante a ofensiva das Ardenas, Baur recebeu licença para ir a sua casa, na Baviera. Não se tratava de uma folga qualquer: a esposa de Baur, Maria, estava esperando um bebê para os próximos dias. Sua filha Monika nasceu numa clínica em Seefeld, perto de Munique, no dia 30 de dezembro, e Baur e Maria aproveitaram alguns dias de tranquilidade com a filha, tentando não pensar no que viria com o novo ano. De casa, Baur podia ver as formações de bombardeiros e caças americanos cruzando o céu para levar morte e destruição a outra cidade alemã, estação ferroviária ou complexo industrial. A Baur só restava tentar acalmar sua esposa. Ele chegou trazendo presentes de Natal e quase tudo do apartamento em Berlim, incluindo pinturas, fotografias e condecorações estrangeiras, que poderia precisar.

Baur visitou seus pais e alguns parentes e amigos na região, e aproveitou um Natal aconchegante com a família na tranquilidade do campo.

Antes de deixar sua casa, em meados de janeiro, Baur sentou-se com sua esposa diante da lareira na última noite, observando o fogo arder, enquanto tentava explicar o que poderia acontecer nos próximos meses. Embora o futuro da Alemanha parecesse sombrio, o dever exigia que assumisse a responsabilidade, nesse momento crucial, e que voltasse a Berlim para ajudar o Führer nessa hora de necessidade. Os homens de seu esquadrão também precisavam de sua liderança e ele tinha que estar preparado para uma eventualidade. Foi uma despedida realmente triste, pois todos sentiam emoções conflitantes.

No leste, os soviéticos começaram a grande campanha de inverno, no dia 12 de janeiro, em Baranow, com um assalto em escala e ferocidade

61. Enquanto a Alemanha caminhava para a inevitável derrota, Hitler ainda contava com jovens corajosos e patriotas dispostos a lutar e morrer por sua pátria. Esta foto mostra seis dos principais pilotos alemães que haviam sido convocados ao quartel-general supremo para serem condecorados pelo próprio Führer.

Aqui Hitler cumprimenta Walter Krupinski, que terminou a guerra como Major Aviador, com 197 vitórias em combate. (Da esquerda para a direita) Major Aviador Johannes Wiese, 133 vitórias; Major Aviador Reinhard Seiler, 109 vitórias; Capitão Aviador Dieter Lukesch, piloto do bombardeiro a jato Arado AR-234B-2, em 1945; Krupinski; Tenente Aviador Erich Hartman, o maior ás dos caças, com 352 vitórias em combate, e um sargento não identificado.

sem precedentes. Varsóvia finalmente caiu no dia 17, depois da destruição sistemática da antiga capital polonesa por tropas da SS, sob as ordens de Hitler. O Exército Vermelho chegara aos arredores da cidade no dia 1º de agosto de 1944, mas parou do outro lado do rio Vístula, enquanto o exército polonês travava uma luta sangrenta com os alemães. Durante os 66 dias de luta encarniçada, as tropas soviéticas esperaram deliberadamente, cumprindo as ordens cínicas de Stalin, enquanto a SS eliminava a patriótica resistência polonesa.

No final de janeiro, o exército russo estava a 116 km de Berlim. Hitler mais uma vez rejeitou o conselho de seus generais, que queriam criar uma linha de defesa mais curta e reforçar o front oriental com tropas trazidas da Itália.

As semanas finais foram de muito sofrimento e morte para a população civil da região da Silésia e da Alemanha Oriental, atacadas com terrível brutalidade. Os soldados soviéticos atacaram casas de fazendas e invadiram cidades, pilhando, violando e matando à vontade, muitas vezes com alegria vingativa. Inúmeros civis foram mortos, baleados, esfaqueados ou tiveram a garganta cortada enquanto o Exército Vermelho avançava inexoravelmente para oeste. Os soviéticos agiram por vingança e para forçar o êxodo das populações germânicas daquilo que viria a ser o Estado-satélite soviético da Polônia.

Baur voltou para Berlim numa pequena aeronave do F.d.F., antes do amanhecer do dia 15 de janeiro, num voo cheio e perigoso que precisou ser cuidadosamente coordenado pelo sistema de defesa aéreo da Luftwaffe. Um ataque com 1000 aviões da USAAF atrasou a apresentação pontual a Hitler, na Chancelaria do Reich, no centro de Berlim. Hitler tinha acabado de voltar de Ziegenberg e estava tentando lidar com a ofensiva soviética iniciada em 12 de janeiro. Por causa dos ataques aéreos frequentes e dos danos sofridos pelo edifício da chancelaria, ele se mudou para o abrigo subterrâneo à prova de bombas, o Führerbunker, em 17 de janeiro. Esse seria o último Führerhauptquartier (Quartel General do Führer). Quem quisesse ir ao Bunker de Hitler e a outros quartéis-generais precisava driblar os ataques quase diários dos bombardeiros aliados, agora limitados apenas pelas condições meteorológicas, que estavam reduzindo a cidade a ruínas.

No Bunker subterrâneo, Hitler e seu Estado-Maior pessoal dependiam de uma pequena central telefônica, operada por uma única pessoa, semelhante à que existia em Obersalzberg.

O operador do serviço normalmente era um sargento da SS chamado Rochus Misch. Também foram instalados um teletipo e um rádio de médio e longo alcance, mas não um rádio de ondas curtas. A antena acima da chancelaria foi derrubada duas vezes por fogos de artilharia, durante a batalha por Berlim e o fio até a central telefônica foi cortado no dia 27 de abril. Quando o centro de comunicações em Zossen foi capturado pelos russos, o comando e o controle dos remanescentes da Wehrmacht ficaram ainda mais difíceis. Durante o cerco, foi preciso usar correios militares, tarefa perigosa, mas vital. É irônico que, em

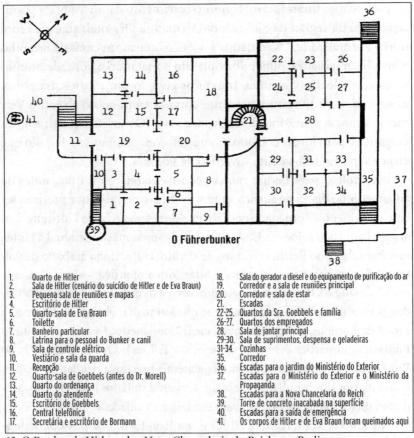

62. O Bunker de Hitler sob a Nova Chancelaria do Reich, em Berlim

seus últimos dias, Hitler tenha sido obrigado a receber as notícias do mundo exterior através das transmissões da BBC, editadas por Hans Baur, que não tinha muito que fazer nesse período. O Führer soube da iniciativa de rendição de Himmler por uma dessas transmissões.[204]

Baur observou que durante seus ataques de raiva, que haviam se tornado mais frequentes, Hitler batia os pés, gritava e xingava. Seu comporta-

---

[204] James P. O'Donnell, *The Bunker: The History of the Reich Chancellery Group* (Boston, Houghton Mifflin, 1978), 47.

mento ficava ainda mais violento quando pensava que suas ordens tinham sido desobedecidas. As notícias de novos desastres e reveses chegavam constantemente e quando as informações de uma determinada catástrofe ou evento o tocavam profundamente, Hitler apertava as mãos com força nas costas, erguia o queixo e caminhava aceleradamente pela sala até relaxar a tensão e seu rosto voltar ao normal. Hitler continuava, então, a conversar como se nada tivesse acontecido.

Baur disse que nunca viu Hitler se atirar ao chão e mastigar a ponta do tapete, como afirmaram escritores ocidentais. Baur e outros membros do Estado-Maior concordavam que Hitler envelhecera dez anos nos seis meses que se seguiram ao atentado de 20 de julho. A mão direita tremia e as costas estavam visivelmente encurvadas. Hitler agora dormia pouco, e o Dr. Morell, que ainda o atendia, não conseguia encontrar outro remédio para ajudá-lo. Enquanto observava tudo isso, Baur ainda nutria admiração por Hitler e ficava impressionado com sua capacidade para enfrentar tremenda responsabilidade, preocupação e estresse.[205]

Hitler criticava Goering severamente em particular, culpando-o pelo fracasso da Luftwaffe. Durante uma de suas visitas ao Bunker, o Reichsmarschall admitiu para Baur que não conseguia mais acompanhar as novidades técnicas. Baur se lembrou de que Goering parecia gostar de voar no começo dos anos 1930 e que se orgulhava de seus aviões, Junkers Ju 52/3m equipados com elegância, todos chamados *Manfred von Richthofen*. Seu piloto pessoal, o capitão Hucke, era um experiente veterano da Lufthansa, mas Goering acabou perdendo o gosto pelas viagens aéreas, talvez por causa dos incidentes perigosos decorrentes do tempo ruim e da ameaça de ataques aliados, depois do início da guerra. Amante do luxo, o Reichsmarschall preferia viajar confortavelmente em seu trem particular sempre que possível. Durante anos as pessoas diziam, às escondidas, que o *Der Dicke* (o gordo) deveria ter sido nomeado ministro das estradas de ferro em vez da aviação. Hitler, antes, também gostava de viajar de trem pela Alemanha.

A vida sob a chancelaria durante o inverno de 1944-45 era bizarra, para dizer o mínimo. Antes da volta de Hitler, uma parte do espaço era usada à

---

[205] Baur, 259.

noite como abrigo antibombas para crianças pequenas e, com a piora das condições, um consultório infantil também se estabelecera ali. Posteriormente, crianças e mulheres foram evacuadas, e o consultório foi transformado em hospital militar. Em abril, mais 1000 soldados do Leibstandarte SS foram trazidos e alojados nos abrigos ao redor do Bunker.

Quando regressou a Berlim, Baur voltou para o pequeno apartamento da Kanonierstrasse que alugara durante anos. Como membro do Estado-Maior pessoal de Hitler e de seu círculo íntimo, Baur continuou à disposição na chancelaria, em seu esquadrão ou no apartamento, durante as 24 horas do dia, pronto para obedecer a qualquer ordem. Baur e seu copiloto de longa data e ajudante, o *SS-Standartenführer* Georg Betz, tinham muito que fazer, especialmente depois da dispersão das aeronaves e do pessoal do F.d.F., em decorrência dos ataques aliados. Os voos ainda eram feitos principalmente à noite, apesar da escassez de combustível e da atividade aérea do inimigo. A manutenção e as operações de rotina estavam agora nas mãos de subordinados, que mantinham Baur informado por telefone e teletipo, entre uma visita e outra. Um avião para uso pessoal do Führer, um Fw 200C-4/U1, matrícula nº 0240, prefixo TK+CV, permanecia pronto num campo escondido nos arredores de Berlim e poderia ser usado como avião de fuga. Baur não sabia, mas havia transportado Hitler pela última vez — o Führer estava em Berlim para ficar.

Na manhã do dia 30 de janeiro, ao chegar à chancelaria, Baur foi informado por um ajudante que sua presença era solicitada na reunião de situação, do meio-dia, no Führerbunker. Baur imaginou que Hitler deveria ter alguma missão especial para ele. Baur chegou à sala de reuniões pouco antes do meio-dia, depois de passar pela última revista da segurança. Baur reparou que Keitel, Jodl e seus auxiliares tinham feito os preparativos de sempre, mas que naquele dia também estavam presentes o Reichsführer-SS Heinrich Himmler e vários oficiais de alta patente da Waffen-SS e de outros setores das Forças Armadas, que raramente participavam de reuniões de rotina.

Um ajudante gritou *Achtung!*, chamando a atenção do grupo. Todos saudaram o Führer, que entrou lentamente e ocupou seu lugar à mesa de reuniões. A primeira ordem do dia, ele anunciou repentinamente, era a lista de promoções. Keitel leu a relação de nomes e entre eles estava o de Hans Baur, agora promovido a *SS-Gruppenführer und Generalleutnant der Polizei* (general de brigada da SS e general de brigada da polícia), a partir de 24 de fevereiro de 1945.[206]

Hitler cumprimentou pessoalmente todos que receberam promoção ou medalha. Quando chegou a vez de Baur, ele o cumprimentou com ambas as mãos, sorriu e agradeceu sinceramente pelos muitos anos de serviço leal e valoroso. Himmler, então, cumprimentou Baur e lhe entregou as novas insígnias.

Baur não precisou ficar para o restante da deprimente reunião militar, que tratou da situação na guerra. Estava ansioso para encontrar um telefone e dar as boas notícias à sua esposa, na Baviera. Enquanto esperava que a ligação fosse completada, Baur reparou no aviso afixado em cada telefone de cada escritório militar ou governamental, em cada estação de trem ou de ônibus: *Achtung, Feind hoert mit!* ("Atenção, o inimigo está ouvindo!"). Mas com a Ultra e os muitos espiões que ainda estavam operando no Reich, os esforços para manter segredo eram quase perda de tempo.

Naquela noite, Hitler proferiu um discurso de dezesseis minutos à nação, um dos poucos desde 1941, e o último para o povo alemão. Ele convocou todos os alemães a "cumprirem seu dever até o fim". Hitler mencionou o atentado à bomba contra sua vida no dia 20 de julho como "prova de que a Providência quer que eu continue... Minha vida hoje é inteiramente determinada pelo dever que me foi imposto — trabalhar e lutar pelo meu povo. Somente Ele, que me impôs isso, pode me liberar".

Um Junkers Ju 290A-7 para ser usado como novo avião pessoal do Führer fora finalmente recebido pelo F.d.F. no outono de 1944 e as modificações foram concluídas em fevereiro de 1945. O trabalho foi realizado por técnicos e mecânicos da base do F.d.F. em Pocking, na Baviera. Seu número de matrícula era 0192 e a nova identificação para

---

[206] Essa informação é mostrada no registro de serviço oficial de Baur na SS (Befoerderungs Datum: 24.2.45). Uma cópia em microfilme encontra-se no U. S. National Archives de College Park, Maryland.

os serviços junto ao F.d.F. era KR+LW. A preparação do avião fortemente armado foi prioridade para Baur, que provavelmente acreditava que o avião seria usado para levar Hitler, Eva Braun e algumas pessoas próximas para um país amigo ou neutro, caso fosse necessário. Isso não aconteceria. Hitler nunca embarcou nesse avião e preferiu ficar em Berlim até o fim.

Assim como no Condor Fw 200, foi instalado um paraquedas para uso de Hitler em caso de emergência, quando sairia pela abertura do avião e abriria o paraquedas manualmente. Esses mecanismos foram testados várias vezes, com o uso de bonecos. O avião tinha oxigênio e outros equipamentos semelhantes aos do Condor.

Na manhã do dia 24 de março, Baur levou o Ju 290A-7 para o aeroporto de Munique-Riem em missão especial e, ao aterrissar, soube que havia soado o alarme de ataque aéreo. Rapidamente escondeu o avião num hangar e foi de carro para a cidade, onde foi parado por outro alarme de ataque aéreo. Virando para o sul, pegou o caminho de casa em alta velocidade, ouvindo atrás de si o barulho de bombas explodindo. Ao chegar em casa, foi informado, por telefone, que o aeroporto tinha ficado bastante danificado e o Ju 290A-7 tinha sido destruído. Entre os mortos estavam um engenheiro da Junkers que o acompanhara no voo, dois guardas da SS e dois mecânicos da Lufthansa. Baur despediu-se da família e foi imediatamente para o aeroporto, onde viu, desgostoso, os restos fumegantes do avião no hangar destruído. Então, ele entrou em contato com sua unidade e naquela noite vieram buscá-lo e o levaram para Berlim.

Em abril, as defesas alemãs no ocidente começaram a se desintegrar. Todo o Grupo de Exércitos B do marechal Walter Model caiu numa armadilha no Ruhr, culminando com uma feroz batalha de tanques no centro de treinamento blindado alemão, em Paderborn. Mais de 325 mil dos seus homens foram capturados — uma perda maior do que a sofrida em Stalingrado. Model não estava entre os prisioneiros; preferiu se suicidar, em vez de se render ou enfrentar a fúria do Führer. A maioria das unidades da Luftwaffe ainda em operação não podia voar por falta de combustível e estavam todas sendo destruídas no solo. Muitas tropas alemãs continuavam a resistir, conscientes de que seu país estava sendo sistematicamente reduzido a escombros, com grande perigo para lares e famílias. As tropas aliadas invadiram o sul e o centro da Alemanha, trazendo todos os prisioneiros feitos no ocidente desde o Dia D, que chegavam a quase três milhões.

Nuremberg, cidade consagrada pela fé partidária, foi tomada pelos americanos no dia do aniversário de Hitler, 20 de abril, enquanto os tanques do general Patton estavam atravessando a antiga fronteira com a Tchecoslováquia. Milhares de desterrados e trabalhadores estrangeiros foram libertados, e saíram perambulando em busca de comida e do que conseguissem pegar. O trabalho escravo havia sido usado não apenas nas fábricas subterrâneas dos mísseis V-2 e de outras armas, mas em fábricas não subterrâneas, como a de veículos da Volkswagen, em Wolfsburg.

Embora a antes todo-poderosa Wehrmacht tivesse conseguido retardar um pouco o avanço no front oriental, o rolo compressor soviético ocupou Viena no dia 13 de abril, depois de uma batalha sangrenta. Cada ataque era precedido pela costumeira barragem de artilharia pesada, seguida por ondas de tanques e infantaria. A primeira onda normalmente era composta por batalhões de soldados condenados, que seriam massacrados pelas defesas alemãs. Isso enfraquecia o inimigo e reduzia sua reserva de munição antes do ataque das unidades regulares do Exército Vermelho. Quando os russos atravessaram o rio Vístula, parte de suas forças avançou para o norte e capturou a cidade de Danzig, em 30 de março, isolando e cercando cerca de 20 a 25 divisões alemãs só na Prússia oriental. O restante dos exércitos soviéticos se dividiu pela Pomerânia e Alta Silésia, alcançando os rios Oder e Neisse.[207]

A única grande força alemã que ainda resistia à ofensiva soviética no front do Oder era o Grupo de Exércitos Vístula. O general Gotthard Heinrici encontrou um comando composto por dois exércitos sem

---
[207] Cornelius Ryan, *The Last Battle* (Nova York, Simon & Schuster, 1966), 83.

forças e mal equipados: o Terceiro Panzer, sob o comando do general Hasso von Manteuffel, e o 9º Exército, sob o comando do general Theodor Busse. Durante várias semanas, Hitler não se convencera de que a batalha decisiva seria em Berlim e não ordenara preparativos elaborados ou mesmo um plano coerente para a defesa da cidade, caso falhassem as defesas nos rios a leste. Hitler estava determinado a lutar por Berlim no front do 9º Exército, ao longo do Oder, e deu ao general Heinrici permissão para usar todas as tropas que conseguisse tirar da defesa de Berlim.[208]

Diante da situação crítica, a polícia da SS e a Polícia Militar do exército operaram por trás do front, tentando manter a ordem e lidando brutalmente com os desertores. A polícia militar era muito temida pelo rigor com que mantinha a ordem. Era chamada de *Kettenhunde* (cães acorrentados) pelos soldados, por causa do distintivo especial: um escudo de metal numa corrente em volta do pescoço, trazendo a águia e a suástica, e o nome *Feld Gendarmerie* (Polícia Militar) pintado de forma a brilhar no escuro. Os corpos de muitos soldados executados sumariamente por deserção ficaram pendurados nos postes de luz durante esses dias sombrios.

As forças soviéticas disponíveis para a grande ofensiva final contra Berlim incluíam três "fronts" soviéticos completos, reunindo dois milhões e meio de homens, agora totalmente equipados e com suprimentos, munição e combustível.

Em Berlim, uma atmosfera surreal cercava aqueles que se mantinham fiéis a Hitler em sua persistente existência troglodita, nas entranhas da chancelaria. Quando o presidente Franklin D. Roosevelt morreu subitamente no dia 12 de abril, Hitler, Goebbels e Himmler acreditaram que fosse um sinal positivo dos deuses nórdicos, mas um milagre ou a esperada divisão ou desunião dos Aliados nunca se materializou. Numa ordem do dia de 14 de abril, Hitler, obviamente sem contato com a realidade, declarou que "desta vez os bolcheviques também

---

[208] Earl F. Ziemke, *Stalingrad to Berlin: the German Defeat in the East* (Washington, D.C., U.S. Government Printing Office, 1968), 475.

sofrerão o velho destino da Ásia e sangrarão até a morte diante da capital alemã". Ele fez uma convocação para a defesa "não do conceito vazio de uma pátria-mãe, mas dos seus lares, das suas mulheres, suas crianças e, por isso, do seu futuro".

Eva Braun, a devotada amante de Hitler durante doze anos, mudou-se para o Führerbunker no dia 15 de abril. Ela tinha vindo de Obersalzberg para Berlim em meados de março e estava vivendo num confortável apartamento, na chancelaria, que não tinha sido atingido. Ficou evidente para os que restavam que o Führer e Eva não viajariam para a Baviera ou para qualquer outro lugar. Ela insistiu em ficar e compartilhar o destino de Hitler, declarando que "uma Alemanha sem Adolf Hitler não seria um bom lugar para viver".

O capítulo final da Batalha de Berlim começou no dia 16 de abril, quando Josef Stalin lançou seus exércitos contra as defesas do rio Oder. Era uma força esmagadora de dois exércitos gigantescos sob o comando dos marechais Georgi Zhukov e Ivan Koniev.

A trovoada da enorme barragem da artilharia soviética sinalizou o início do ataque selvagem, a menos de 65 quilômetros a leste de Berlim. Ao mesmo tempo, grupos avançados do 9º Exército americano, a 72 quilômetros a oeste, estavam voltando por ordem do general Eisenhower: decisão fortemente contestada pelos ingleses e pela maioria dos comandantes americanos. Essa decisão teria grave impacto sobre a história do pós-guerra em Berlim e na Europa.

Os alemães lutaram ferozmente contra todas as probabilidades. O 9º Exército de Busse suportou o peso do ataque e, durante algum tempo, conseguiu segurar a invasão. Indiferentes às baixas, os soviéticos forçaram as pontas de lança pelo Oder e, depois, onda após onda, os tanques e tropas avançaram sobre os alemães. Os exércitos de Koniev, em contrapartida, fizeram algum progresso e, pouco depois do meio-dia do dia 21 de abril, os soviéticos chegaram aos subúrbios de Berlim. As primeiras descargas de artilharia pesada começaram a cair sobre a cidade, enquanto o Exército Vermelho cercava Berlim e começava a

63. Soldados da Waffen-SS lutaram obstinadamente até o amargo fim, juntamente com tropas do exército, numa vã tentativa de impedir que a força soviética ocupasse Berlim. O sargento da SS à esquerda, de jaqueta camuflada, está armado com um rifle Karabiner 98k 7.9 mm. À direita, um soldado da SS aponta uma Schnellfeuerpistole Mauser 7.63 mm com cartucho de 20 tiros. Essa pistola leve, com carregador destacável de madeira, tinha capacidade para tiro totalmente automático.

desmontar as frágeis defesas mantidas pelos remanescentes combalidos das unidades do exército. Enquanto isso, no sul, no dia 25, os russos deram as mãos aos americanos em Torgau, ao norte de Leipzig. Isso cortou o Reich ao meio. Embora a luta selvagem continuasse em Berlim por vários dias, não haveria um cerco prolongado como acontecera em Stalingrado e Leningrado — o destino da capital e do Terceiro Reich estava selado.

Na capital, o general Hellmuth Reymann recebeu a incumbência nada invejável de defender a cidade. Um plano foi preparado às pressas, reunindo as forças em arcos concêntricos em torno do setor Z — de *Zitadelle* (cidadela) — onde ficavam a Chancelaria do Reich e a sede do governo.

O general Heinrici, depois de se reunir com Albert Speer, propôs que não se lutasse na cidade e que ela fosse salva pelo recuo em ambos os lados.[209] Isso não aconteceria porque o Führer, supremo senhor da guerra, em sua grande sabedoria, declarou num acesso de raiva que todos ao seu redor eram ou traidores ou incompetentes, e que ele ficaria e lutaria em Berlim e que preferia a morte à rendição. Ele assumiu a responsabilidade de comandante de Berlim e ordenou esforço defensivo total. Suas últimas esperanças tinham sido depositadas no recém--formado 12º Exército, comandado pelo general das tropas blindadas Walter Wenck, e no *Kampfgruppe* (Grupo de Batalha) *Steiner*, comandado pelo general da Waffen-SS Felix Steiner, que receberam ordens para avançar e levantar o cerco da cidade. A incapacidade dessas duas formações para realizar tal ação e a perda do quartel-general do exército em Zossen, com seus principais centros de comunicação, tornou impossível o comando e o controle do que restava da Wehrmacht. Quando Hitler falou seriamente em suicídio pela primeira vez, Keitel, Jodl, Bormann, Baur e alguns outros tentaram dissuadi-lo, mas ele afirmou enfaticamente que, se as defesas falhassem, não haveria outra escolha. Ele não seria capturado com vida.

Outro perigo surgira recentemente quando enxames de aviões soviéticos, poucas vezes vistos antes, começaram a voar baixo sobre a cidade, sem aviso, atingindo tudo e todos pelas ruas. A situação caminhava rapidamente para o desastre, e os civis que ainda se encontravam na cidade entraram em pânico. Já havia algum tempo que mulheres e crianças vinham deixando Berlim, com a maioria dos oficiais do governo e do pessoal da chancelaria, indo para o sul ou para oeste, para longe do Exército Vermelho. Com o nó apertando a cada dia, os civis que continuavam em Berlim pouco podiam fazer além de se esconder nos porões e rezar por suas vidas. Hitler certamente não se preocupou com o bem-estar dos berlinenses, mas a vida seguiu seu curso quase normalmente, até a chegada do Exército Vermelho.

Os ônibus tinham parado de circular em janeiro por causa dos bombardeios e da escassez de combustível, mas o metrô continuou funcionando durante quase todo o mês de abril. Os telefones também

---
[209] Ibid, 472.

funcionavam e até as bibliotecas permaneciam abertas. A correspondência continuava a ser entregue às pessoas, que agora viviam no porão de suas casas destruídas. Mas, à medida que a situação se tornava crítica, os civis começaram a se preparar, da melhor forma que podiam, contra a tempestade que se aproximava. Pessoas famintas atiravam-se sobre a carcaça de cavalos mortos pelos ataques aéreos, arrancando a carne com facas e machadinhas. Muitas mulheres guardavam água e comida e tentavam criar barricadas para se proteger dos soldados soviéticos. Os velhos que não haviam sido engajados pelo Volkssturm agora trabalhavam noite e dia, enchendo sacos de areia e ajudando em outras medidas defensivas.

Depois de atravessar a cidade de carro, Baur ficou espantado com as poucas medidas de segurança efetivamente colocadas em prática. Não haveria qualquer chance de resistência aos soviéticos como acontecera em Breslau e Koenigsberg, que sustentaram um cerco de dois meses e meio. As barricadas estavam sendo montadas às pressas nas ruas, com restos de bondes e carros, e algumas minas e sacos de areia reforçavam posições-chave em cruzamentos e edifícios importantes. Havia algumas peças de artilharia antiaérea, membros da juventude hitlerista ajudavam, e velhos em uniformes improvisados treinavam com o *Panzerfaust* (foguete antitanque que lembrava a bazuca americana).

Havia também algumas unidades de combate da Waffen-SS, mas nenhuma guarnição forte e bem organizada. Em vez de um sistema de fortificações e abrigos, havia apenas estandartes amarrados às ruínas, com os dizeres: *Unsere Mauern brechen, unsere Herzen nicht!* ("Nossas paredes quebram, mas não os nossos corações!"), *Wir kapitulieren nie!* ("Jamais nos renderemos!"), *Sieg oder Sibirien* ("Vitória ou Sibéria") e *Sieg oder Bolsohewistisches Chaos* ("Vitória ou o caos bolchevique"). Porém, os esforços de Goebbels pouco poderiam fazer para manter o moral nesta etapa final e desesperada da guerra.

Baur estava em constante movimento, organizando voos para colocar em segurança os oficiais importantes que tinham permissão para partir. Ao sair da garagem da chancelaria, ele podia ver os estragos causados pelas bombas, enquanto no seu interior, pedaços de granito, de mármore e fragmentos de candelabros de cristal se espalhavam pelas salas enormes. Tapeçarias valiosas sacudiam em frangalhos com o vento que atravessava as janelas quebradas. A neve e a chuva passavam pelos buracos nas paredes e no teto, encharcando móveis e pisos.

No momento em que o apartamento de Baur, na Kanonierstrasse, fora bombardeado algumas semanas antes, ele estava no Führerbunker e perdeu apenas seus pertences pessoais. Baur então passou a ocupar um quarto na Embaixada da Iugoslávia, que ficava próxima da chancelaria. Certa manhã, quando estava fazendo a barba, a janela de seu quarto estourou. Ele foi verificar o que tinha acontecido e descobriu que a explosão não tinha sido causada por um ataque aéreo e nem era o efeito retardado de uma bomba. As tropas soviéticas agora estavam atirando contra a cidade com artilharia de longo alcance e haviam atingido uma *Flakturm* (torre com metralhadora antiaérea) que ficava a 200 metros do edifício. Ao chegar ao Führerbunker, Baur comentou o fato com Hitler, que ficou surpreso por saber que ele ainda estava vivendo longe da chancelaria. Ele ordenou que Baur se mudasse para o Bunker subterrâneo imediatamente, onde ele passou a dividir o quarto com seu ajudante e copiloto, o *SS-Standartenführer* Georg Betz; o *SS--Brigadeführer und General-Major der Waffen-SS*, Hans Rattenhuber; um policial chamado Hoegl; e o rabugento Martin Bormann.

Nas câmaras que ficavam sob a chancelaria, tudo parecia irreal. Os porões estavam cheios de refugiados civis e feridos e soldados iam e vinham em meio à confusão geral. O Führerbunker era o Bunker mais profundo, construído em 1944, para servir como abrigo antibombas e jamais como centro de comando da nação. Ficava mais embaixo e era separado dos outros abrigos e das áreas do porão. O Führerbunker era área restrita; na verdade ficava embaixo do jardim da chancelaria, sob uma camada de quase cinco metros de concreto e quase dois metros de terra. A segurança era rígida, e todos os visitantes, independentemente da patente, tinham que passar por três postos de revista bem guardados, na Chancelaria do Reich. Conforme foi aumentando o número de pessoas ali abrigadas, a vida foi ficando mais difícil. Mangueiras de água e cabos de força do gerador a diesel ficavam nos corredores, as luzes queimavam constantemente e havia atividade noite e dia, pois Hitler continuava a dirigir a defesa de Berlim e a manobrar exércitos "fantasmas" que, em muitos casos, tinham deixado de existir como unidades operacionais.

Para Baur, a atmosfera era opressiva e desconfortável. O cheiro de concreto úmido piorava a sensação de estar preso numa tumba. Quando paravam de soar os alarmes de ataques aéreos, Baur subia as escadas e ia até o antigo jardim para tomar um pouco de ar. Dali ficava observando a construção apressada de pontos de tiro e de resistência. Berlim, apesar de ser uma cidade grande, era conhecida pelo bom ar, havia sempre uma brisa soprando das planícies da Prússia com o sugestivo nome de Berliner Luft, mas, nessa ocasião, o ar estava contaminado com o cheiro dos edifícios em chamas, enquanto a fumaça e a poeira subiam formando grandes nuvens, que só aumentavam a sensação de desespero e de castigo iminente que tomava conta da outrora linda cidade.

O aniversário de Hitler, no dia 20 de abril, há anos tinha se transformado em feriado nacional e era motivo de grandes celebrações, incluindo desfiles. Mas desta vez não houve festividades. Um ato melancólico foi realizado no local habitual, o *Ehrenhof* (salão de honra), dentro da chancelaria. Hitler, o semblante pálido, as mãos trêmulas, os ombros caídos, cumprimentou seus subordinados e companheiros leais que foram parabenizá-lo. Apesar de tudo o que havia acontecido, o Führer ainda inspirava medo e respeito.

Os convidados da pequena reunião incluíam Eva Braun e algumas secretárias, Keitel, Jodl, Bormann, Goering, Himmler, Goebbels, Ribbentrop, Baur, o almirante Karl Doenitz e, estranhamente, o almirante Erich Raeder, que havia sido comandante em chefe da marinha, de 1928 até 30 de janeiro de 1943, quando insistiu em se aposentar em razão de diferenças irreconciliáveis com Hitler em relação à condução da guerra e à decisão do Führer de descomissionar os grandes navios de guerra. Raeder decidiu permanecer em Berlim e, junto com a esposa, foi capturado pelos russos alguns dias depois. Sentenciado à prisão perpétua em Nuremberg em 1946, foi solto em 1955.

Doenitz, nacional-socialista devotado, tinha sucedido Raeder como comandante supremo da marinha e, logo depois dessa reunião, partiu para o norte a Alemanha, onde se tornou *Reichspresident* (presidente do Reich); na verdade o último *Führer* após a morte de Hitler. Foi sentenciado a 10 anos de prisão, apesar da simpatia de muitos oficiais navais aliados. Doenitz cumpriu pena na Prisão de Spandau, perto da cela de Rudolf Hess, e foi solto em 1956. Hess, que ficara preso na Torre de Londres depois de seu voo para a Escócia em 1941, foi condenado à prisão perpétua por crimes de guerra pelo Tribunal Militar Internacional de Nuremberg. Depois de 1966, tornou-se o único preso remanescente na Prisão de Spandau. Os russos se recusaram a concordar que fosse solto, e ele teria se enforcado em 1987, depois de 41 anos de confinamento.

Baur fez vários voos para fora da cidade, nessas últimas semanas, levando fugitivos para Munique e outros locais no sul. Com o aeroporto de Tempelhof prestes a ser tomado pelos russos, Baur levou 10 aviões para o aeroporto de Gatow, no dia 21 de abril, para a evacuação final do pessoal selecionado. Isso foi chamado de *Geheimoperation Serail* (Operação Secreta Harém, também chamada Seraglio). Baur foi de carro até Gatow e descobriu que os tanques soviéticos estavam prestes a chegar e cercar o aeroporto. Um avião já tinha sido danificado pelo fogo da artilharia, e era preciso agir rapidamente. Os fugitivos estavam esperando com a bagagem há horas e a situação era bastante tensa. Os aviões saíram um a um, depois que escureceu, para Reichlin e para o sul da Alemanha, com os últimos saindo à meia-noite. Baur despediu-se dos últimos membros da chancelaria antes de partirem, entre eles o almirante Karl-Jesko von Puttkammer, antigo auxiliar naval de Hitler, e de outros membros da equipe, como Johanna Wolf e Christa Schroeder, duas das secretárias de Hitler.

Um dos aviões, o Junkers Ju 352, matrícula nº 100003, KT+VC, pilotado pelo Major Friedrich Gundelfinger, atrasou a decolagem e, aparentemente, foi abatido na rota para o sul. Isso foi confirmado depois da guerra: o avião caiu e pegou fogo perto de Boernersdorf, na Saxônia, matando todos os membros da tripulação, exceto um. Baur esperou nervosamente, durante horas, tentando descobrir o que havia acontecido com o avião. Quando relutantemente comunicou a Hitler a perda do avião, este ficou extremamente contrariado. Levantou-se da cadeira e declarou que tinha enviado um dos ajudantes de maior confiança, o sargento Arndt, naquele voo, levando documentos extremamente importantes para explicar suas ações à posteridade. Hitler lamentou essa perda até o fim. Caminhando pela sala, disse: "Está vendo, Baur, não há nada mais para nós aí. Vá embora. Deixe seus homens trazerem os *Panzerfaeuste* (foguetes antitanques) e outros materiais que possam ser necessários aqui". Acrescentou que decidira mandar Keitel e Jodl para o sul para dirigir a resistência, e o almirante Doenitz para Schleswig-Holstein, ao norte.

Como Baur tinha permissão de Hitler para deixar a cidade, deve ter sido uma grande tentação para ele partir imediatamente e voltar para junto de sua família, em Munique. Mas Baur preferiu ficar. Depois de 13 anos, sentia forte lealdade a Hitler, assim como a seus camaradas, e levava responsabilidades e obrigações oficiais muito a sério. Baur sentiu que seria injusto ir embora nessa hora crítica, e sempre havia a possibilidade de Hitler mudar de ideia e permitir que ele o levasse, com Eva Braun, para Berchtesgaden ou para fora do país. Ele também queria garantir a evacuação do pessoal de Berlim e realizar outras tarefas de última hora, durante o cerco da cidade.

Baur sempre foi autoconfiante e otimista. Talvez acreditasse que, se Hitler cumprisse a promessa de cometer suicídio no Führerbunker, ainda poderia escapar da cidade com os últimos membros da equipe. Afinal, nas semanas anteriores tinha feito vários voos para fora da cidade e Speer e outros tinham conseguido entrar e sair em segurança, nos últimos dias. Mesmo sem o Führer, a defesa da capital continuaria. Baur liberou Georg Betz, seu ajudante e segundo no comando, mas ele também decidiu ficar e foi morto tentando fugir da cidade. O Tenente-Coronel Werner Baumbach, piloto da Luftwaffe condecorado inúmeras vezes, foi encarregado do comando do que restava do F.d.F. e que fora reunido em Flensburg, em Schleswig-Holstein.

A lealdade de Baur ao Führer continuava inabalável, e afirmou a ele em várias ocasiões, inclusive no último dia de vida de Hitler, que poderia levá-lo sem escalas para qualquer lugar que desejasse ir, até mesmo Manchukuo, controlada pelos japoneses, na Ásia.[210] Com os aeroportos ameaçados ou já em poder dos russos, Hitler encarregou Baur de preparar uma pista de emergência improvisada no Ost-West--Achse, em Berlim, entre o Portão de Brandemburgo e o Monumento da Vitória, da guerra de 1870-71.

Para fazer a avenida larga o bastante para um Ju 52/3m, árvores antigas tiveram que ser derrubadas. No dia 24 de abril, o *Reichsminister* Albert Speer aproximou-se do Portão de Brandemburgo, depois de sua última visita a Hitler, para partir num Fieseler Fi 156 Storch. Speer e Baur começaram a discutir quando Speer se colocou contra a derrubada das árvores e Baur insistiu que era necessário naquela situação de emergência. As árvores foram cortadas, mas, ironicamente, as que sobreviveram foram cortadas depois para servir de lenha durante o terrível inverno de 1945-46. Posteriormente, outras seriam replantadas. Speer acabou embarcando no Storch e partiu em segurança, mas depois da guerra afirmou: "Como algumas outras pessoas do Bunker, Baur é tão cabeça-dura que não aprendeu nada, nem esqueceu nada da experiência com Hitler e a catástrofe nacional alemã. Ele se recusa a aprender, é um 'guardião da chama'".[211]

Enquanto o mundo de Hitler chegava ao fim em Berlim, Herman Goering estava em casa, em Obersalzberg, na Baviera, com alguns membros de sua equipe. Pouco depois de sua chegada, ele discutiu a grave situação política e militar com o chefe do Estado-Maior da Luftwaffe, o general da aviação Karl Koller, que havia transferido seu quartel--general de Berlim para Munique, no dia 23 de abril, com uma frota de quinze Ju 52/3m. Koller disse a Goering que Hitler havia sofrido um colapso nervoso e se transformara num suicida. Goering tinha recebido uma mensagem secreta de Bormann afirmando o mesmo, mas não confiava em Bormann. Koller pediu a Goering que agisse imediatamente e este finalmente telegrafou a Hitler oferecendo-se para assumir o

---

[210] O'Donnell, 308-309.
[211] Ibid, 379-80.

comando das Forças Armadas e da nação. O insidioso Bormann, conspirando até o fim, convenceu Hitler de que isso era traição, um golpe de estado; e Bormann, agindo em nome do enraivecido Führer, ordenou que a SS prendesse seu fiel paladino. Goering foi despojado de suas honrarias e expulso do partido, ato que seria registrado no testamento de Hitler.

Protegido por tropas leais da Luftwaffe, Goering escapou à prisão da SS. Ao ser capturado pelo exército americano, no dia 9 de maio, Goering carregava 16 malas exatamente iguais, incluindo duas com 20.000 comprimidos de Paracodeína. Goering, depois, seria julgado com outros líderes militares e membros do partido no Tribunal Militar Internacional de Nuremberg e condenado por crimes de guerra. No dia 15 de outubro de 1946, duas horas antes de ser enforcado, suicidou-se em circunstâncias misteriosas. Goering engoliu uma cápsula de cianeto de potássio, que escondeu durante todo o tempo em que ficou preso. Suas cinzas foram atiradas no último incinerador do nefasto campo de concentração de Dachau.[212]

Hitler contou com fidelidade e obediência incríveis, mesmo que tolas, até o amargo fim. No dia 24 de abril enviou uma mensagem ao Coronel-General Robert Ritter von Greim, comandante da *Luftflotte VI* (Sexta Frota Aérea), em Neubiberg, perto de Munique, ordenando que se apresentasse imediatamente à Chancelaria do Reich.

Isso precipitou uma jornada notável, tão corajosa e dramática quanto absurda. Enquanto procurava uma aeronave rápida, Greim pediu à sua amiga, a capitã aviadora Hanna Reitsch, que o acompanhasse. *Fraeulein* Reitsch era corajosa e habilidosa como piloto de teste e também uma devotada admiradora do Führer. Eles voaram naquela noite até a base de Rechlin, a 100 km de Berlim. A história diz que pretendiam ir até o jardim da chancelaria num *Hubsschrauber* (helicóptero), que Reitsch sabia pilotar, mas que estava avariado. No entanto, os

---

[212] Uma matéria da United Press International afirmou que o general Erich von dem Bach-Zelewski, da Waffen-SS, sentenciado à prisão perpétua pelo Tribunal de Crimes de Guerra dos Aliados, em Nuremberg, disse a um repórter, em 1951, que passou para Goering uma cápsula com veneno num pedaço de sabonete e que Goering o usou para cometer suicídio.

64. General da Luftwaffe Robert Ritter von Greim (esquerda), comandante da Sexta Frota Aérea, ocupando a posição de copiloto de um bombardeiro Heinkel He 111H. Greim foi convocado a Berlim, por Hitler, nos últimos dias do Terceiro Reich, promovido a general de exército no dia 26 de abril de 1945 e nomeado último comandante em chefe da Luftwaffe, no lugar de Hermann Goering. O desespero com a derrota da Alemanha levou Greim a cometer suicídio no dia 24 de maio de 1945.

registros de produção e uso dos helicópteros Focke-Achgelis Fa 223 Drache e Flettner Fl 282 Kolibri revelam que não havia nenhum em Rechlin naquele momento.[213] Greim ordenou a um sargento experiente que os levasse em seu Focke-Wulf Fw 190A-3/U1 (S-8), versão de treinamento do caça de dois lugares, e com Greim sentado atrás do piloto e a minúscula Reitsch apertada no pequeno espaço traseiro da carlinga, voaram baixo, com escolta de um caça, até o aeroporto de Gatow. A dupla decidiu continuar até o centro de Berlim num Fieseler Fi 156 Storch, que podia pousar e decolar em distâncias muito curtas.

Ao sobrevoarem a cidade sitiada, foram atingidos pelos russos em terra e Greim foi ferido na perna. Reitsch, que estava sentada atrás, as-

---

[213] O'Donnell, 152-53. A informação foi recebida de Klaus J. Knepscher, em carta ao autor, 25 de maio de 1997.

sumiu os controles por cima de seus ombros e conseguiu pousar o avião, minutos depois, no Ost-West-Achse, perto do Portão de Brandenburgo, onde o avião foi escondido embaixo das árvores do parque. Baur levou-os imediatamente para a chancelaria, que havia se transformado em alvo da artilharia. Esquivando-se dos tiros, conseguiram chegar e se apresentar no Führerbunker, onde foram calorosamente recebidos por Hitler. Enquanto cuidavam de seu ferimento, Greim foi promovido por Hitler a general marechal-de-campo e novo comandante em chefe da virtualmente defunta Luftwaffe, substituindo o deposto Hermann Goering, ex-Reichsmarschall, que Hitler chamou de traidor. A promoção de Greim poderia ter sido feita pelo teletipo e é outro exemplo do comportamento cada vez mais irracional de Hitler. Baur aproveitou para conversar com Greim, lembrando o tempo de pilotos de combate na 1ª Guerra Mundial. Greim e Reitsch esperavam continuar no Führerbunker, mas Hitler ordenou que partissem assim que o novo marechal-de-campo estivesse em melhores condições. Hitler queria que ele reunisse as forças que restavam da Luftwaffe, talvez para a defesa de Berlim.

Greim e Reitsch fizeram um perigoso voo noturno ao saírem da cidade em chamas, em 29 de abril, enfrentando intenso fogo antiaéreo num avião de treinamento Arado Ar 96, trazido pelo mesmo bravo sargento. Foram para o quartel-general do grande almirante Doenitz, em Ploen, em Schleswig-Holstein, onde Greim informou a Himmler que o Führer o havia destituído de seus postos. A dupla, então, partiu para a Baviera em outro perigoso voo noturno.

Hitler tinha assumido pessoalmente a responsabilidade pela defesa de Berlim, mas no dia 22 de abril colocou a defesa da Zitadelle, área central do governo, incluindo a Chancelaria do Reich, nas mãos do *SS--Brigadeführer* (Brigadeiro-General da SS) Wilhelm Mohnke, último comandante do Leibstandarte SS. Ironicamente, muitos dos últimos defensores da capital do estado nacional-socialista eram voluntários estrangeiros na Waffen-SS. Esses soldados sentiam que tinham pouco a perder, pois embora tivessem lutado principalmente contra o comunismo, tinham medo do que aconteceria se voltassem aos seus países, ou se caíssem nas mãos dos soviéticos. Também estavam presentes unidades da 1ª Divisão Panzer da SS, a Leibstandarte SS Adolf Hitler, uma das guardas tradicionais de Hitler, uma miscelânea de unidades, a Juventude Hitlerista armada, Volkssturm, tropas da Luftwaffe e pessoal dos quartéis, a quem os soldados de combate chamavam de *Etappenhengste* (garanhões dos escalões da retaguarda — soldados encarregados do seguro e confortável trabalho de escritório, atrás das linhas).

Como se a suposta deslealdade de Goering não fosse o bastante, até Heinrich Himmler parecia estar abandonando o Führer na hora em que este mais precisava. Em abril, Himmler fez tentativas canhestras para negociar uma paz secreta através do conde Folke-Bernadotte, da Suécia, oferecendo a libertação dos presos nos campos de concentração e a rendição negociada. Quando Hitler recebeu a notícia, explodiu no Führerbunker e ordenou que Himmler fosse imediatamente preso e destituído de seus postos. Himmler, que estava em Flensburg com o governo Doenitz, sobreviveu à capitulação. Seu Condor estava à sua disposição, o Fw 200C-4/U1 (Umbausatz 1), mas ele sabia que não havia lugar seguro para ir.

Himmler tentou escapar da justiça Aliada fazendo-se passar por sargento de polícia, mas no dia 21 de maio foi preso perto de Bremen, durante uma revista de rotina da polícia militar inglesa. No dia 23, quando estava sendo interrogado, o nefasto Reichsführer-SS engoliu uma cápsula contendo cianeto de potássio que tinha escondido na boca e morreu quase instantaneamente.[214] Himmler, responsável pela morte de milhões de pessoas, tinha mandado dezenas de milhares de jovens soldados da SS para a morte, dizendo que eram a elite do Reich, mas não demonstrou a honra e dignidade para terminar sua vida lutando no front, mesmo que fosse em missão suicida.

As notícias ruins atormentaram os últimos dias de Hitler. Em 28 de abril, chegou a notícia de que guerrilheiros comunistas italianos haviam capturado Benito Mussolini, sua amante Clara Petacci e outros líderes fascistas, quando tentavam escapar para a Suíça. Todos foram prontamente executados e seus corpos pendurados de cabeça para baixo

---

[214] Peter Padfield, *Himmler* (Nova York, Henry Holt, 1990), 608-609.

numa praça pública de Milão. Hitler havia dito que tinha medo de ser capturado vivo e ser exibido num zoológico de Moscou; e o destino de Mussolini, sem dúvida, reforçou sua intenção de cometer suicídio e de ter o corpo cremado. Certa ocasião comentou com Baur que estava preocupado com a possibilidade dos russos usarem gás para capturá-lo vivo no Bunker e de acordar como preso soviético.

Sob chuva de bombas e disparos de artilharia, os tanques soviéticos abriam caminho pelos subúrbios de Berlim, com tropas lutando corpo a corpo com alemães desesperados. Considerando que alguns combatentes alemães tinham pouca ou nenhuma experiência, a defesa foi consideravelmente resoluta. As unidades do Exército Vermelho, que já haviam ultrapassado pontos importantes para cercar a cidade, trouxeram artilharia pesada para acabar com as ilhas de resistência. Foguetes de fósforo iniciavam grandes incêndios, armas de assédio disparavam foguetes para destruir as posições alemãs nos prédios maciços de tijolo e pedra, soterrando muitos soldados. Os atiradores ficavam a postos, fazendo sua parte contra os homens em movimento.

O combate corpo a corpo se espalhava em meio à fumaça, pelos edifícios destruídos, desde o alto até os porões, pelos túneis do metrô, passando por civis aterrorizados escondidos em condições infernais. O número de feridos civis e militares era enorme, como consequência do incessante ataque de bombas, artilharia e pequenas armas de fogo. Muitas pessoas eram queimadas vivas por lança-chamas e garrafas com gasolina. O marechal Zhukov declarou: "Ai do país dos assassinos, nada irá nos deter". Ele pretendia que seu comando tomasse Berlim antes das outras forças russas ou dos Aliados ocidentais.

Rua por rua, casa por casa, o Exército Vermelho avançou atrás dos tanques T-34. Eles lutaram no edifício destruído do Reichstag, no Tiergarten e na Wilhelmstrasse, aproximando-se cada vez mais do setor governamental no centro da cidade. As noites escuras eram iluminadas por edifícios em chamas. Os soviéticos não tinham certeza da localização do Führerbunker ou de Hitler, mas, na busca, destruíram a chancelaria e outros edifícios do governo. Berlim tinha se transformado num inferno dantesco.

É difícil imaginar Hitler tendo compaixão por alguém, mas no dia 28 de abril decidiu satisfazer o desejo mais caro de sua amante de tantos anos, Eva Braun, e se casaram nessa noite, numa cerimônia pequena e informal, no Führerbunker. O registro foi feito pelo *Gauamtsleiter* (diretor distrital) Walter Wagner, do Estado-Maior de Goebbels, que tinha sido alocado para o Volkssturm para a defesa de Berlim, mas que fora trazido para a cerimônia. Entre os papéis que assinaram havia uma declaração de que ambos eram de ascendência ariana e que não eram portadores de doenças hereditárias. Foi uma cerimônia civil, sem aspecto religioso. Depois de cumprimentarem os poucos convidados, que incluíam Baur, compartilharam o modesto café da manhã nupcial. Os convidados tomaram champanhe, mas não houve brinde à saúde ou boa sorte.

Hitler falou calmamente sobre tempos mais felizes; depois se retirou para seu escritório, a fim de ditar seu testamento político, e última vontade, para sua secretária, Frau Gertrud Junge. Depois, numa entrevista com o capitão Michael D. Musmanno, da Inteligência Naval americana, em Munique, Frau Junge disse ter visto Hitler chorar apenas em duas ocasiões: uma, quando Eva disse que pretendia ficar com ele no Bunker até o fim e outra depois da cerimônia de casamento.[215] Eva conseguiu manter a compostura nos últimos dias no Bunker, e sorriu para os convidados depois da cerimônia.

Hitler sabia que o fim estava próximo e planejou seu suicídio e o de Eva cuidadosamente. Ele obteve ampolas de cianeto com a ajuda de Himmler, mas queria que fossem testadas, porque não confiava mais nele. Por isso pediu ao seu médico, o professor Dr. Werner Haase, que desse o veneno à sua cadela, Blondi. Os cachorros do Bunker — além da cadela de Hitler, havia a de Gerda Christian — eram mantidos na latrina. O Dr. Haase pediu ajuda a um sargento da SS, que segurou a boca do cachorro aberta, enquanto ele quebrava a ampola. O veneno agiu rapidamente. Poucos minutos depois, Hitler apareceu, olhou para a fiel cadela sem mostrar emoção e voltou lentamente para seu escritório.

---

[215] Glenn B. Infield, *Eva and Adolf* (Nova York, Grosset and Dunlap, 1974), 271.

A Wilhelmstrasse e a Vossstrasse, palcos de tantos desfiles, concertos e discursos, transformaram-se em campo de batalha. O barulho dos tanques e da artilharia estava cada vez mais próximo da chancelaria. Baur e Georg Betz reuniram-se com Hitler no dia 30 de abril, em seu pequeno escritório no Bunker. Hitler segurou a mão de Baur com suas duas mãos e disse com voz emocionada: "Meus generais me traíram e me venderam, meus soldados não querem mais continuar e eu não posso mais continuar!".

Baur tentou convencer Hitler, mais uma vez, de que poderia ir para a Argentina, ou para o Japão, ou para os países árabes. Mas Hitler balançou a cabeça e disse que se fosse para Berchtesgaden, ou se fosse ao encontro de Doenitz, em Flensburg, estaria na mesma situação em duas semanas. Segundo Baur, Hitler disse: "Ficarei em pé ou cairei com Berlim. É preciso ter coragem para sofrer as consequências dos próprios atos. Pretendo tirar minha vida ainda hoje!"[216]

Hitler agradeceu a Baur por todos os anos de serviço e lhe deu de presente seu retrato favorito, o de Frederico o Grande, de autoria de Anton Graf. Era a pintura que Baur havia levado de um quartel-general a outro durante a guerra. Hitler incumbiu-o de mais duas tarefas. Baur seria responsável pela cremação dos dois corpos: o dele e o de Eva Braun; além disso faria com que Bormann chegasse a Doenitz, levando documentos importantes. Hitler apertou mais uma vez a mão de Baur; ele e Betz se despediram pela última vez. A cena foi menos emotiva do que Baur esperava.

Depois de deixar o Führerbunker, Baur e Detz concordaram que deveriam planejar sua partida imediatamente. Sabiam que os soviéticos logo estariam no centro da cidade e invadiriam a chancelaria e que a única chance de escapar seria a pé, através das linhas russas. A fuga seria difícil se estivessem usando seus casacos ou uniformes de oficiais da SS, por isso Baur pediu ao professor Haase, que estava trabalhando no hospital subterrâneo, duas jaquetas *Tarnjacken* (camufladas) e duas mochilas que não seriam mais usadas por soldados feridos. O médico

---

[216] Baur, 278-79. Ver também: Toland, 888, e Infield, 248-49.

conseguiu as jaquetas, mas não as mochilas. Baur ofereceu suas roupas para os feridos e voltou para seu quarto. Conseguiu uma mochila sem tiras e, por isso, pegou as tiras de couro das malas de Martin Bormann para prendê-la ao corpo. Baur e Betz decidiram levar pouca coisa: apenas uma ração de emergência, uma pistola e alguns objetos pessoais. Então, queimaram seus documentos e papéis de identificação. Baur levava uma boa quantia em dinheiro em sua *Brustbeutel*, carteira de couro pendurada no pescoço por baixo da camisa. Ele tinha dúvidas em relação ao valor do *Reichsmarks* depois da queda do governo alemão.

Baur sentou-se no beliche por alguns minutos, pensando na terrível situação da Alemanha e em sua condição. Depois de todos os anos de luta, de tremendos sacrifícios feitos pelo povo alemão, estavam diante do desastre iminente. Adolf Hitler, o "maior comandante de todos os tempos", como fora chamado em 1940, ex-senhor da Europa, o homem que havia controlado as vidas e o destino de milhões, e comandado um dos mais poderosos exércitos da história, estava agora se preparando para o suicídio, diante da derrota ignominiosa. Mas com Hitler morto, Baur e os outros estariam liberados de suas responsabilidades e do juramento de lealdade e estariam livres para deixar Berlim — se isso fosse possível.

A última refeição de Hitler começou por volta de duas e meia da tarde do dia 30 de abril. Ele e Eva foram acompanhados por suas secretárias, Gerda Christian e Gertrud Junge, e por Constanze Manzialy, a cozinheira austríaca. Como sempre, Hitler não comeu carne, que não considerava alimento saudável. Ele comeu um prato de espaguete com molho leve, enquanto Eva tomou apenas uma xícara de chá. Desta vez, Hitler tinha pouca coisa a dizer. Fez comentários sobre criação de cães e depois falou do método francês de produzir batons. As mulheres tentaram falar de amenidades, mas houve longos períodos de um silêncio estranho, durante os quais o barulho da louça parecia extremamente alto. Todos pareceram aliviados quando a refeição terminou; uma verdadeira *Henkersmahlzeit* (refeição do enforcado, a última refeição antes da execução).

Por volta das três e meia, o Major da SS, Otto Guensche, ajudante de Hitler, anunciou a todos do Bunker que o Führer desejava dizer adeus e que estaria no corredor em alguns minutos. Baur não compareceu, porque já havia se despedido dele, em particular. Hitler, visivelmente trêmulo, e Eva logo apareceram de braços dados. Ela tinha lavado o cabelo e usava um vestido preto, o favorito de Hitler. O Führer estava solene, mas Eva estava calma e sorria, apesar do medo. Despediram-se calmamente do pequeno grupo, depois entraram no escritório e fecharam a pesada porta de ferro. Não houve uma declaração final ou memorável.

O Estado-Maior se dispersou, e Guensche se postou diante da porta, segurando uma submetralhadora MP 40. Dois retardatários chegaram e insistiram em falar com Hitler. Guensche bateu à porta, e Magda Goebbels recebeu permissão para entrar, mas ele disse apenas adeus, sem conversar com ela. A porta se fechou e Artur Axmann, o último líder da Juventude Hitlerista, foi dispensado por Guensche.

Em poucos minutos ouviu-se um único tiro e depois silêncio total. Quando a porta finalmente foi aberta, o cheiro forte de cianeto, misturado com o cheiro de pólvora, foi instantaneamente percebido. O sangue escorria do rosto de Hitler pelo ferimento do único disparo de sua Walther 7.65 mm, segundos depois de engolir o veneno. Eva estava sentada no outro lado do sofá, um frasco vazio de cianeto aos seus pés. Estava morta, mas ainda sorria.[217]

Bormann entrou na sala com um pequeno grupo para ver a cena sombria. Entre eles estavam Guensche, Goebbels, Axmann, Heinz Linge e, provavelmente, Erich Kempka. Ficaram olhando por uns dois segundos sem falar, abalados e ao mesmo tempo fascinados com o fim macabro, mas dramático, da vida de seu Führer — acontecimento histórico que seria bem recebido por milhões de pessoas. Nenhum deles demonstrou tristeza. O Dr. Ludwig Stumpfegger entrou na sala e confirmou a morte dos dois. Os corpos, envoltos em cobertores, foram carregados pelas escadas do jardim da chancelaria, onde foram colocados numa vala rasa. Eva sempre detestara Bormann e quando ele tentou

---

[217] Infield, 250.

carregar seu corpo, foi afastado por Kempka, que levou Eva até o jardim, com a ajuda de Guensche. Vários galões de gasolina foram despejados sobre os corpos. Estavam presentes ao último ato teatral: Goebbels, Bormann, Hewel, Axmann, Rattenhuber, Stumpfegger, Linge, Guensche, Kempka e, possivelmente, o general Burgdorf.

Nesse momento, a chancelaria voltou a ser alvo do fogo da artilharia, o que retardou a cremação nos corpos. Não houve funeral, discursos e certamente nenhuma oração, mas quando os corpos foram envoltos pelas chamas, os observadores deixaram a entrada e fizeram a saudação a Hitler, em silêncio.[218] Mais gasolina foi jogada no fogo, e as cinzas foram recolhidas e enterradas por soldados da SS num buraco de um metro e meio no jardim, sem qualquer cerimônia e sem qualquer supervisão de uma autoridade.[219]

Enquanto isso, Baur e Betz, que estiveram fora por cerca de uma hora e meia, voltaram pelo túnel estreito, por baixo da chancelaria até o Führerbunker. Antes de chegar, sentiram o cheiro de tabaco, algo nunca permitido na presença do Führer. Segundo Baur, quando chegaram, encontraram o doutor Goebbels, Bormann, Rattenhuber, o general Heinrich Mueller, chefe da Gestapo e pelo menos uma dúzia de soldados da SS conversando em pé e gesticulando freneticamente. Baur perguntou se estava tudo acabado e Goebbels confirmou, dizendo que Hitler havia sido cremado.

Baur protestou e disse que Hitler o havia instruído a supervisionar essa importante tarefa. Goebbels disse-lhe que o Führer havia dado essa ordem a todas as pessoas de quem se despedira nas últimas horas. Baur perguntou se Hitler havia dado um tiro em si mesmo, e Goebbels respondeu: "Sim, deu um tiro na própria têmpora e caiu no chão. Eva tomou o veneno e ficou sentada no sofá, como se dormisse". Baur foi informado de que os corpos de Hitler e de Eva tinham sido queimados

---

[218] O'Donnell, 238. Ver também: Toland, 889-90. Observe que os relatos sobre o suicídio de Hitler e os acontecimentos dos últimos dias, lembrados por pessoas que estavam no Führerbunker, têm diferenças mínimas. Acredita-se que Hitler tenha tomado um frasco de cianeto enquanto puxava o gatilho de sua pistola.
[219] O'Donnell, 240-42.

no jardim da chancelaria. Rattenhuber complementou o relato descrevendo como o corpo de Eva se erguera no meio das chamas, ficando sentado, enquanto o de Hitler foi encolhendo no meio da fogueira. Baur deduziu que todas as providências tinham sido tomadas e não subiu as escadas para verificar. Ele depois se arrependeria ao saber que a cremação não havia consumido completamente o corpo de Hitler, e que restos importantes foram encontrados pelos russos.[220]

Agora a morte ocupava a mente de todos. Vários oficiais, temendo a vingança dos soviéticos, decidiram pelo suicídio e pediram a Baur que atirasse neles, naquela noite. Baur recusou-se pedindo que tentassem escapar. O general Wilhelm Burgdorf, um dos ajudantes de Hitler que tinha substituído Schmundt e que participara do suicídio forçado de Erwin Rommel, em 14 de outubro de 1944, pediu-lhe como amigo, mas Baur se recusou. Burgdorf finalmente se matou, assim como o general Hans Krebs, juntamente com vários outros que preferiram a morte à tortura, execução ou prisão soviética.

Mueller, o infame chefe da Gestapo, disse a Baur que não queria correr o risco de ser capturado pelos russos. Falou que conhecia muito bem os métodos soviéticos de interrogatório e que não queria sofrer a tortura e o espancamento a que, certamente, seria submetido antes de ser executado. Mueller supostamente cometeu suicídio, mas quando exumaram o que deveria ser seu corpo, não pôde ser identificado. Relatos posteriores de que ele estaria na América do Sul nunca foram confirmados, e houve boatos, pouco convincentes, de que teria feito contato com agentes soviéticos e que teria desertado ao fim da guerra. Muitos homens e mulheres decidiram morrer pelas próprias mãos, e não demorou para que Baur se arrependesse de não ter feito o mesmo.

Embora Josef Goebbels agora fosse considerado o chanceler do Reich pelos membros que restavam do grupo da Chancelaria do Reich, Martin Bormann, assim como Reichsleiter, assumiu o comando nominal e discutiu os planos de fuga com o general Weidling. Baur estava pronto para partir e ouviu quando Bormann explicou a situação geral

---

[220] Baur, 281-82, e entrevista com Frau Centa Baur.

para aqueles que estavam reunidos no Bunker. A batalha prosseguia e sua fuga do complexo da chancelaria agora dependia das informações do general Josef Rauch, que estava liderando a defesa de Charlottenburg. As histórias da selvageria russa só aumentavam a ansiedade dos presentes. As tropas soviéticas estavam estuprando as mulheres que encontravam, incluindo enfermeiras e doentes terminais em hospitais de Weissensee. As enfermeiras do hospital que ficava sob a chancelaria estavam tão assustadas que suplicaram por veneno.

Muitos dos feridos, especialmente os membros da Waffen-SS, também estavam desesperados, acreditando que seriam assassinados ou pior. Goebbels pediu ao general Krebs, que falava russo, que fizesse contato com o comandante soviético para tentar negociar uma rendição que poupasse as mulheres, as crianças e os feridos. Krebs, levando uma bandeira branca, tentou, mas fracassou, aumentando a sensação de desesperança.

Quando o general Rauch chegou, às onze horas da noite, informou que a ponte do Havel continuava a ser defendida pela Juventude Hitlerista, e que a fuga da chancelaria deveria ser adiada para noite seguinte. O sono era impossível, por isso Baur retirou o retrato de Frederico o Grande da moldura, enrolou-o, guardou-o em sua mochila e ficou esperando, juntamente com o general Hans Rattenhuber, Frau Goebbels e o embaixador Walter Hewel. A verdade é que só havia duas possibilidades: passar pelas linhas russas ou cometer suicídio.

Ao amanhecer do dia 1º de maio, o general Rauch tentou reunir suas tropas, mas voltou poucas horas depois para dizer que não conseguira chegar até suas unidades, porque agora os russos haviam cercado a cidade completamente. Depois descobririam que a informação não era exata e que ainda seria possível fugir. Mas as notícias da batalha eram confusas e o general Weidling recomendou que partissem às nove e meia daquela noite, seguindo pela ponte Weidendamn e por Oranienburg, para tentar alcançar o grupo do general Steiner no norte da cidade.

Todos estavam muito tensos; mesmo na profundidade do Bunker, era possível ouvir os estrondos da artilharia sobre a chancelaria. Havia muitos boatos, inclusive de que uma bomba-relógio tinha sido plantada ali, e que destruiria todo o Führerbunker à meia-noite. O sargento da SS Rochus Misch, que se mantinha cuidando fielmente da central telefônica, disse que isso não era verdade. Um soldado que viera do zoológico de Tiergarten disse que os animais, assim como muitos soldados russos e alemães, haviam morrido na batalha. Contou que havia um hipopótamo flutuando no lago, com uma bomba, que não explodira, grudada na lateral de seu corpo. Talvez porque todos estivessem com os nervos abalados, a história do hipopótamo pareceu engraçada, e muitos riram até que as lágrimas escorressem pelo rosto. Baur procurou Goebbels para se despedir e o encontrou com a esposa, em seu quarto no Bunker. Pareciam calmos e lhe desejaram sorte, dizendo: "Berlim está completamente cercada, será difícil sair da cidade... Bormann vai levar papéis importantes para Doenitz. Diga a ele que não só sabíamos como viver e lutar, mas que também sabemos morrer".[221] Com um aperto de mão silencioso, Baur deixou a cena triste. Naquele dia os seis filhos dos Goebbels receberam injeções de morfina, e Frau Goebbels colocou na boca de cada uma das crianças uma cápsula de cianeto, inclusive na boca da mais velha, que resistiu. Naquela noite, Josef Goebbels e sua esposa Magda disseram boa noite, calmamente, e subiram as escadas até as ruínas do jardim da chancelaria. Um atendente da SS atirou neles, cumprindo ordens recebidas, e ateou fogo nos corpos, com gasolina. O corpo de Goebbels seria depois facilmente identificado pelos russos que tomaram a chancelaria.

Nesse momento, havia cerca de 800 alemães fisicamente capazes, na Chancelaria do Reich e nos abrigos, sendo 700 soldados de combate do Leibstandarte SS Adolf Hitler, e cerca de 80 homens do *Führerbegleitkommando*, unidade especial do Führer, e outros homens da segurança comandados pelo general Rattenhuber. Havia apenas 20 membros do círculo íntimo de Hitler e pelo menos três deles cometeram suicídio. Estavam todos cansados e desesperados, incluindo Martin Bormann, que como Reichsleiter era o que tinha patente mais alta, mas não exercia mais qualquer autoridade. A disciplina e o moral estavam baixos, e alguns dos oficiais mais graduados, inclusive Bormann, estavam se embriagando.

---

[221] Ibid., 285. Ver também: O'Donnell, 298.

Na noite do dia 1º de maio, a rádio alemã, ainda operando no norte da Alemanha e retransmitindo de Hamburgo, fez um anúncio oficial precedido do dramático rufar dos tambores. O povo alemão foi informado da morte de Hitler "lutando até o último suspiro contra o bolchevismo, em seu posto de comando na Chancelaria do Reich". O grande almirante Karl Doenitz, agora líder de fato da Alemanha, fez uma declaração em seu quartel-general em Schleswig-Holstein: 'Nosso Führer, Adolf Hitler, caiu. Com a mais profunda dor e respeito o povo alemão curva-se... diante de sua morte heroica na capital do Reich' ".[222] Poucas pessoas nos abrigos da chancelaria tiveram tempo para se preocupar com a morte de Hitler — fugir do navio que afundava era a grande preocupação na cabeça de todos.

O plano final para a fuga foi determinado pelo *SS-Brigadeführer und Generalmajor der Waffen-SS* (Líder de Brigada da SS e Major-General da Waffen-SS) Wilhelm Mohnke, comandante do Leibstandarte SS e membros do seu Estado-Maior, baseado nas últimas informações disponíveis. Foram formados 10 grupos de vários tamanhos para a fuga pelas linhas russas, e cada grupo partiria naquela noite, 1º de maio, a intervalos de aproximadamente 20 minutos. Baur e Bormann estavam no terceiro grupo, chefiado pelo Dr. Werner Naumann. Secretário de Estado de Goebbels, general de brigada da SS, mas essencialmente civil, ele era considerado um indivíduo competente, que deveria saber como se movimentar em Berlim.

Ninguém sabia qual era a situação no U-Bahn, o metrô de Berlim, mas os túneis subterrâneos pareciam ser a única chance de sair da cidade. Não havia luz e nem notícia de inundação. O plano era que cada grupo, encoberto pela escuridão, corresse o mais rapidamente possível pela garagem subterrânea da chancelaria, que atravessava a Wilhelmplatz, e chegasse até a estação Kaiserhof. Depois deveriam seguir para leste, pelo túnel do metrô, até Stadtmitte, virando para o norte pelo túnel sob a Friedrichstrasse, seguindo então até a estação de metrô Friedrichstrasse. Dali, os grupos deveriam continuar sob o rio Spree até chegar à estação

---

[222] O'Donnell, 363.

Stettiner Bahnhof, no subúrbio de Wedding, no norte de Berlim. Fora do círculo do cerco soviético, poderiam continuar por terra para o noroeste e talvez encontrar tropas alemãs dispersas, juntar-se a elas, e conseguir chegar ao quartel-general do grande almirante Doenitz, em Schleswig--Holstein. Alguns só queriam tentar chegar em casa.

O primeiro grupo, liderado pelo general Mohnke, deveria sair às onze da noite, e os fugitivos de cada grupo seriam acompanhados por soldados armados, sem dúvida felizes por saírem do Bunker condenado de Hitler. Os membros de cada grupo que não tinham armas receberam pistolas. No grupo de Mohnke estavam: o embaixador Walter Hewel; o vice-almirante Erich Voss; as duas secretárias de Hitler, Gerda Christian e Gertrud Junge; sua cozinheira, Constanze Manzialy; e a secretária de Bormann, Else Krueger.

Na hora de partir, Mohnke, arma na mão, saiu furtivamente e observou a Wilhelmplatz. Estava enfumaçada, coberta por entulho de alvenaria e veículos destruídos, e iluminada por disparos, ao longe. Podia-se ouvir o ruído da batalha, mas não havia russos à vista. A um sinal de Mohnke, o grupo dividiu-se em grupos menores, de três ou quatro, e atravessou os 120 metros até a entrada, em ruínas, da estação Kaiserhof, entrando em segurança no escuro de seus recessos. Na plataforma, eles encontraram civis alemães, aterrorizados e aliviados ao perceberem que não eram "Ivans". Ninguém parou para dar qualquer conselho aos civis e o grupo de Mohnke entrou pelo túnel do metrô para a longa viagem rumo à segurança. Quando estavam em segurança, no sistema do metrô, as coisas começaram a dar errado. O grupo separou-se, e as secretárias Christian e Junge conseguiram sair de Berlim, mas foram encontradas na floresta ao norte da cidade e violentadas por soldados soviéticos. Elas finalmente conseguiram encontrar o caminho para o oeste, mas a cozinheira Manzialy separou-se delas e desapareceu. Ela pode ter escapado sozinha ou ter encontrado abrigo, mas há informes de que foi vista pela última vez sendo levada para uma casa, por soldados russos. O general Mohnke foi capturado, sobreviveu aos rigores do interrogatório soviético e à prisão, e voltou para casa na Alemanha Ocidental, 10 anos depois.

O general Rattenhuber partiu com o segundo grupo, cinco ou seis de cada vez, por volta das onze horas e vinte minutos. Tiveram que desviar do tiroteio aleatório enquanto corriam, mas chegaram ao metrô sem incidentes. Como Mohnke, Rattenhuber também acabou sendo capturado, mas sobreviveu à tortura e à prisão dos soviéticos.

Chegou a hora de Baur e dos 15 homens do terceiro grupo tentarem escapar. Ele não conseguia parar de olhar para o relógio de pulso enquanto esperava ansiosamente; o tempo parecia se arrastar. No grupo de Baur estavam: Werner Naumaun, Martin Bormann, o Dr. Ludwig Stumpfgegger, Erich Kempka e Georg Betz. Os outros eram jovens combatentes da Waffen-SS, passando os dedos nervosos pelas armas. Baur não gostava do conspirador Bormann, mas Hitler lhe havia dito para "fazer" com que Bormann chegasse até o almirante Doenitz com papéis muito importantes, por isso pretendia ficar próximo e ajudá-lo na fuga.

Baur e os outros se esconderam entre os carros na garagem enfumaçada, iluminada apenas pela luz misteriosa das tochas flamejantes, e observou os membros dos dois primeiros grupos fugirem. Ele notou que Mohnke e Rattenhuber estavam usando roupas sem identificação, mas os dois ainda usavam *Offizier Schaftstiefel*, as botas pretas de cano alto dos oficiais, que revelavam que não eram soldados comuns. Baur estava usando calças civis por fora das botas, para que elas não aparecessem. Em vista do barulho dos disparos e da questão do tempo, Baur e seus companheiros decidiram sair pela entrada principal na Vossstrasse, em vez de saírem pela garagem. Partiram em grupo e correram juntos até a estação Kaiserhof. Baur viu que Bormann cambaleava por causa da intoxicação da fumaça e pegou-o pelo braço para ajudá-lo a atravessar no escuro.

Enquanto esperava do lado de dentro das grandes portas, apertou as tiras de sua mochila, que continha o valioso quadro de Frederico o Grande, verificou sua pistola P-38 de 9 mm, respirou profundamente e esperou, nervosamente, pelo sinal para sair da segurança relativa da chancelaria e seguir rumo ao desconhecido.

12
ASAS QUEBRADAS: 1945-1993

Quando foi dado o sinal, às onze horas e quarenta minutos do dia 1º de maio de 1945, Hans Baur e os outros 14 membros do terceiro grupo de fugitivos correram pela porta da Chancelaria do Reich, na Vossstrasse, desceram pelos degraus e foram até a entrada da estação Kaiserhof do metrô. O medo deu asas aos seus pés, e até o gorducho Martin Bormann, que estava bêbado, conseguiu chegar aos escombros da entrada do metrô, em menos de dois minutos. Sem parar para retomar fôlego, desceram as escadas em ruínas até a plataforma, ocupada por um grupo de refugiados alemães, assustados. Sem tempo a perder, o grupo entrou pela escuridão do túnel, ainda mais tenebroso porque poucos homens tinham lanternas e ninguém sabia se os russos ou outros perigos os aguardavam do outro lado. Foi uma travessia lenta e o único barulho que se ouvia era a respiração pesada, o barulho do cascalho sob as botas e um xingamento quando alguém tropeçava em alguma coisa. Depois de algum tempo, perceberam que, no escuro, tinham perdido uma saída importante em direção ao norte e resolveram sair da linha do metrô na estação Stadtmitte.

Espiando da entrada, viram as ruas em chamas, mas caminhando em fila única, tendo soldados bem armados, na frente e atrás do grupo,

65. O terror está estampado no rosto dos milicianos do Volkssturm, capturados pelos soviéticos nos últimos dias do cerco a Berlim. Até mesmo velhos septuagenários e meninos de até 12 anos da Juventude Hitlerista foram armados e obrigados a servir e defender a capital.

eles seguiram rapidamente para o norte, pela Friedrichstrasse. Depois de atravessar a Avenida Unter den Linden, eles se aproximaram da ponte em Weidendamm, ocupada por uma barricada e sob fogo soviético. Veículos em chamas iluminavam a cena, corpos de soldados e de civis estavam espalhados em posições grotescas.

Eles encontraram membros de outros grupos escondidos no meio dos escombros, assustados, sem coragem para prosseguir. Enquanto analisava a cena, Baur cobriu o nariz com um lenço porque o cheiro da carne queimando era nauseante.

Nesse momento, os detalhes da fuga de Baur e Bormann começam a ficar confusos e precisam ser reconstruídos a partir de várias fontes. Sabemos que Baur procurou desesperadamente por uma forma de sair daquele impasse, enquanto Bormann, ainda bêbado, esperava impacientemente e exigia que Baur ficasse com ele. Abrigando-se nas ruínas de um hotel, eles observaram os soldados russos que se aproximavam atirando em tudo que se mexesse. Uma explosão, provavelmente causada por um projétil que acertou o prédio, derramou uma chuva de poeira e fumaça ao redor deles. Estavam perdendo um tempo precioso, e Baur insistiu para que continuassem, mesmo com o perigo nas ruas. Ouviu-se um estrondo quando vários tanques Tiger, provavelmente da Divisão Nordland da Waffen-SS, atravessaram a ponte bloqueada. Isso permitiu que os alemães que estavam fugindo corressem sob uma cobertura da fumaça.

No meio da confusão, os companheiros de Baur, incluindo Betz e os soldados, espalharam-se, mas Baur encontrou Bormann sentado a alguns degraus, atrás do corpo de um soldado russo. Enquanto Baur recuperava o fôlego, Naumann e Stumpfegger apareceram. A rua estava sob fogo inimigo, e depois de tentar sem sucesso encontrar uma saída em meio às ruínas, o pequeno grupo começou a seguir cautelosamente pela Schiffbauerdamm, ao longo do rio Spree. Eram duas e meia da manhã e eles concordaram que, caso se separassem, voltariam a se encontrar na estação Lehrter do metrô, perto da estação ferroviária.

De repente, no meio da noite, um tanque de batalha surgiu entre os tanques alemães e soviéticos. Um Tiger gigantesco disparou seu canhão de 88 mm exatamente na frente de Baur, jogando-o ao chão e causando queimaduras de pólvora em seu rosto. Dois tanques soviéticos foram atingidos numa sucessão rápida e a explosão de combustível e de munição transformou aquilo num inferno, com barulho ensurdecedor. Outro Tiger foi atingido na traseira por um tanque soviético T-34, explodindo com um rugido poderoso. Na claridade, foi possível ver o rosto de Baur coberto de estilhaços de Zimmerit, substância usada nos blindados alemães para evitar que minas magnéticas pudessem ser fixadas neles por soldados inimigos.

Apesar da confusão, Baur conseguiu juntar-se a Bormann e aos outros, e abrigaram-se nas ruínas de um edifício. Assim que os combates diminuíram de intensidade, continuaram ao longo do rio até se depararem com fogo novamente e, então, encontraram abrigo num buraco atrás de um aterro da linha de ferro. Ali, vários dos fugitivos se refugiaram, como Baur, Bormann, Stumpfegger e Artur Axmann. Eles logo saíram correndo em meio à escuridão e à fumaça, na direção da estação Lehrter. Então, se separaram; essa foi a última vez que Baur viu Bormann e seus companheiros.

Quando surgiu a primeira luz do dia, foi preciso correr para ter chance de escapar. Baur passou pelo Hospital Charité e se esquivou dos tiros de pequenas armas de fogo enquanto se dirigia à estação. Atravessou a ponte sobre o Humboldt *Hafen* (porto) de quatro, depois ficou em pé e correu até a entrada da estação. Nos últimos anos, Baur havia tido muita sorte, tanto no ar quanto em terra, mas a boa sorte estava acabando. Ele foi atingido por uma descarga de metralhadora, que atingiu suas pernas e o atirou ao chão.

O pesadelo de uma década estava começando.

As balas ricocheteavam no concreto, e Baur descobriu que não conseguia se levantar. Tentou arrastar-se com os cotovelos para um lugar seguro, e alguém o puxou para dentro de um edifício ocupado por outros feridos. Passado o choque, ele percebeu que o prédio estava pegando fogo e, à medida que o chão foi ficando mais quente, preparou-se para disparar a pistola contra si mesmo, pois preferia morrer com um tiro a arder até a morte.

Felizmente, as chamas diminuíram, evitando o perigo imediato. Apoiando-se num dos ombros, viu que uma de suas pernas estava despedaçada e a outra tinha apenas uma ferida superficial. Também tinha ferimentos menores no rosto e no peito. Alguém colocou uma tala em sua perna, com pedaços de madeira e fez curativos nos outros ferimentos para interromper o sangramento. A luz do dia tomou conta do lugar, mas ninguém apareceu para ajudar.

Baur sentia muita dor, como os outros feridos. Finalmente, depois de quatro horas, seus gemidos despertaram a curiosidade de um soldado russo que entrou no local, acompanhado por três prisioneiros alemães que apresentavam ferimentos leves, e começou a gritar "Uri-Uri!" (relógios). O russo começou a revistar os feridos à procura de coisas de valor e adorou juntar o relógio de Baur aos outros que já tinha nos braços. Também confiscou sua pistola Walther, o que deve tê-lo agradado, pois mandou que os alemães carregassem Baur para outro edifício,

66. Depois da queda de Berlim, um oficial russo com uma câmera é visto saindo da entrada do jardim da Chancelaria do Reich, que levava ao Bunker de Hitler no subsolo.

usado como ponto de reunião dos alemães feridos. Não se sabe o que aconteceu com a carteira de dinheiro e a mochila que continha a pintura de Frederico o Grande.

Dezenas de soldados alemães estavam sendo identificados. Ao entrar para o serviço, cada membro da Wehrmacht recebia um *Erkennungsmarke*, um disco de metal oval usado numa corrente no pescoço. O disco era dividido ao meio por pequenos furos e tinha inscrito, em ambos os lados, o nome da unidade do soldado e o *Stammrollnummer*, número de inspeção da unidade. (Os soldados alemães não recebiam um número de série geral, como os americanos). O disco de identidade tinha esses furos para poder ser quebrado na metade, caso o soldado fosse morto. Metade era colocada em sua boca, e a outra metade era levada para ser contabilizada e, normalmente, era entregue à família, com o *Wehrpass*, registro oficial do serviço prestado.

Além do disco de identificação, cada soldado alemão carregava um *Soldbuch*, um pequeno caderno com informações sobre seus pagamentos, além de uma foto e outras informações, como patente, promoções, condecorações e a unidade a que estava ligado. Baur havia destruído tudo antes de deixar a chancelaria.

Quando lhe perguntaram nome e patente, disse que era general de brigada, e essa informação foi imediatamente transmitida ao Coronel russo. Baur admitiu que era o piloto pessoal de Adolf Hitler.[223] Por que Baur se identificou tão depressa, é uma incógnita. Vestindo uma jaqueta rasgada de camuflagem, com o rosto coberto por curativos e enegrecido pela explosão, sem qualquer identificação, seria pouco provável que pudesse ser reconhecido entre os milhares de prisioneiros encurralados pelo Exército Vermelho. Poucos alemães, e certamente nenhum soldado russo, na Berlim devastada pela guerra, teriam conseguido identificá-lo se ele tivesse fornecido nome e patente falsos. Sabemos que estava sofrendo em decorrência dos ferimentos, e que estava enfraquecido pela perda de sangue; por isso, talvez acreditasse que fosse morrer se não recebesse cuidados médicos imediatamente. Naquela circunstância, é provável que tenha acreditado que um general recebesse ajuda diferenciada daquela oferecida ao soldado comum.

Por outro lado, Baur devia estar ciente da ordem de Hitler, de 13 de maio de 1941, que determinava a execução de comissários políticos soviéticos capturados. Como oficial da SS, ele tinha motivos para temer a retaliação dos captores soviéticos a crimes cometidos pela SS na União Soviética. Qualquer que fosse o motivo, Baur era prisioneiro das regras soviéticas para oficiais, líderes do partido e criminosos de guerra alemães.

Mas, e quanto ao infame Reichsleiter Martin Bormann e os outros companheiros de fuga de Baur? O Major da SS Erich Kempka, principal motorista de Hitler, declarou numa entrevista do pós-guerra que na hora da feroz batalha de tanques, por volta das duas e meia da manhã, viu Bormann "explodir".[224] Esse relato foi desacreditado por muitos investigadores que tentaram determinar o destino de Bormann, o seguidor de Hitler de patente mais alta a desaparecer nos últimos dias do Terceiro Reich.

---

[223] Baur, 289. Informações importantes sobre o período em que Baur permaneceu como prisioneiro foram fornecidas por Centa Baur, em entrevistas a Klaus J. Knepscher em 1995.
[224] O'Donnell, 301.

Nas semanas que se seguiram à rendição incondicional da Wehrmacht pelo general Jodl, comunicada em cerimônia no quartel-general de Eisenhower em Reims, na França, no dia 7 de maio, e em Berlim no dia 8, pelo marechal de campo Keitel ao marechal Georgi Zhukov, quase todos os principais líderes do partido, generais e personalidades do Terceiro Reich estavam presos ou mortos.[225] Martin Bormann era exceção: tinha desaparecido sem deixar vestígios, e as declarações de seus colegas sobreviventes eram conflitantes.

Muitas perguntas e dúvidas persistiram durante décadas, após o fim da guerra, em relação à morte de Bormann, e mesmo de Hitler. Horário, detalhes e circunstâncias citadas pelos diretamente envolvidos levaram a muitas teorias e hipóteses, resultando numa longa caçada humana. Algumas das pessoas capazes de resolver o enigma, como Baur, estavam nas mãos dos soviéticos e não tinham permissão para falar com autoridades ocidentais. Consequentemente, começaram a circular rumores de que Bormann havia fugido de Berlim e chegara à América do Sul através da Itália.

Com o correr dos anos, houve muitos relatos, não confirmados, de que ele fora visto no Paraguai e em muitos outros países; essas notícias ganharam credibilidade quando outros criminosos de guerra nazistas, como Adolf Eichmann, foram localizados, presos e voltaram para serem julgados.

O relato mais confiável sobre o que aconteceu com Bormann foi feito pelo *Reichsjugendführer* (Líder da Juventude do Reich) Artur Axmann, um dos fugitivos da chancelaria que conseguiu escapar de Berlim em segurança.[226] Na fuga, acompanhado pelo *Oberbannführer* (Major) Günther Weltzin, seu ajudante na Juventude Hitlerista, conseguiu chegar à ponte Invalidenstrasse; ali viu os corpos de Martin Bormann e do

---

[225] O general Wilhelm Keitel e o general Alfred Jodl foram condenados por crimes de guerra pelo Tribunal Militar Internacional de Nuremberg e foram executados junto com outros líderes importantes do Terceiro Reich. Goering conseguiu se suicidar, três líderes importantes foram sentenciados à prisão perpétua e quatro outros a períodos menores. Albert Speer cumpriu pena na prisão de Spandau por 20 anos e foi libertado em 1966.

[226] O'Donnell, 304-307. Ver também: Jochen von Lang, *The Secretary: Martin Bormann, The Man Who Manipulated Hitler* (Nova York, Random House, 1979).

Dr. Ludwig Stumpfegger. Eles reconheceram o gorducho Bormann e o extremamente alto Stumpfegger sem dificuldade. Não havia sinal de que tivessem sido atingidos por bala ou bomba. Axmann acreditava que haviam tomado veneno quando viram que seriam capturados pelos soldados russos.

O mito de que o Reichsleiter havia escapado da justiça dos Aliados e estava vivendo secretamente na América do Sul continuou até 1972, quando um acaso resolveu o enigma Bormann. Trabalhadores de uma construção próxima à velha ponte Invalidenstrasse desenterraram dois esqueletos. A descoberta de restos de corpos enterrados às pressas era comum no período de reconstrução do pós-guerra, mas encontrar esqueletos depois de 27 anos era inusitado. A polícia foi chamada, e descobriu que os ossos pertenciam a dois homens, um baixo e outro alto. Não havia identificação, mas era evidente que não eram vítimas de crime recente. A curiosidade aumentou quando um exame revelou que ambos tinham pequenos fragmentos do que parecia ser uma cápsula de cianeto presa na mandíbula. Especialistas foram chamados e a identificação positiva de Bormann e de Stumpfegger acabou sendo feita por meio dos registros dentários encontrados no National Archives, em Washington, D.C. A confirmação final foi anunciada em maio de 1998, quando especialistas alemães em Frankfurt informaram que testes de DNA comprovaram que os ossos encontrados em 1972 eram, de fato, de Bormann.[227]

A única preocupação de Baur, naquela manhã de 2 de maio de 1945, era conseguir atendimento médico. Os soldados do Exército Vermelho o entregaram aos membros da NKVD, polícia de segurança soviética, que logo o levaram a uma sala para o primeiro dos inúmeros interrogatórios

---

[227] O'Donnell, 307-308. Ver também: Revista *Newsweek*, de 22 de Janeiro de 1973. O Dr. Hansjuergen Spengler, especialista forense de Berlim Ocidental, realizou uma análise detalhada do esqueleto de Bormann, que revelou uma fratura exatamente no mesmo lugar em que Bormann uma vez fraturara a clavícula. Esse relatório e muito mais se encontra em Jochen von Lang, 447-49. Resultados de testes de DNA mostrados no *Washington Post*, de 4 de maio de 1998.

que teria de suportar durante muitos anos de cativeiro. Uma vez confirmada a identidade de Baur, ele foi imediatamente interrogado sobre o paradeiro de Hitler. Perguntaram-lhe se Hitler estava morto, como, quando e onde havia morrido e se seu corpo tinha sido escondido, enterrado ou cremado. Foi acusado de mentir para encobrir o fato de que havia ajudado Hitler a fugir e estava escondendo o local para onde teria ido. As mesmas perguntas e acusações seriam repetidas inúmeras vezes durante uma interminável sequência de interrogatórios. Na verdade, o Alto Comando soviético soube da morte de Hitler no dia 1º de maio, quando o general Hans Krebs visitou o posto de comando do general Vasily Chikov, portando uma bandeira branca, na vã tentativa de negociar um cessar-fogo.

Apesar de seriamente ferido, Baur foi carregado e jogado na traseira de um caminhão para uma viagem de duas horas, através das ruas de Berlim. Os guardas ignoraram seus gritos de dor quando passavam nos buracos das ruas ou sobre montes de escombros. Milhares de soldados exaustos estavam se rendendo e marchando, em longas colunas, pelas ruínas enfumaçadas da cidade destruída. Bandeiras brancas pendiam das janelas, e os cadáveres se espalhavam insepultos. Era exatamente o oposto dos orgulhosos desfiles vistos alguns anos antes, pois nesse momento acontecia o desfile pesaroso da derrota e da humilhação. Foi então que Baur soube que as forças alemãs na cidade se haviam rendido, e que haviam cessado a inútil carnificina e destruição.

Baur foi deixado num edifício para mais interrogatório da NKVD, e tendo ferimentos ainda por tratar, teve que suportar mais uma viagem naquela noite, até um ponto no subúrbio onde estavam reunidos os oficiais. Ali ele se juntou ao general Helmuth Weidling, último comandante de Berlim, o homem que havia assinado a rendição pouco depois do amanhecer do dia 2 de maio e que estava esperando para ser interrogado com vários outros generais alemães.

Em viagens pela cidade, Baur pôde ver o tamanho do desastre na capital alemã. Cerca de 100.000 civis haviam morrido na batalha pela cidade, por volta de 100.000 a 150.000 mil soldados soviéticos tinham sido mortos, e muitos mais foram feridos na conquista de

67. Ruínas do edifício da velha Chancelaria do Reich no final de maio de 1945. A famosa sacada de onde Hitler saudou a multidão de partidários devotos e viu tantas demonstrações entusiásticas, continuava na fachada do edifício destruído.

Berlim. Ninguém sabe quantos soldados e auxiliares alemães morreram, além dos milhares de soldados e civis mortos ou feridos durante os muitos bombardeios.

Com o fim das hostilidades, a disciplina do Exército Vermelho desmoronou num frenesi de barbaridades. O cheiro de morte permeava a atmosfera, enquanto milhares de soldados bêbados e alegres percorriam as ruas cheias de escombros à procura de bebida, de mulheres e do espólio. A pilhagem continuou durante dias, ignorando-se gritos, lágrimas e súplicas dos infelizes civis, até que um silêncio horripilante tomou conta da cidade. Os oficiais soviéticos também pilharam o que restava de máquinas, arte, mobília e outros itens de valor.

Quando a ordem parecia ter sido restaurada, os velhos e crianças que haviam sobrevivido deixaram os porões e saíram para um mundo destruído e governado pelos soviéticos, e acabaram por juntar-se às forças de ocupação inglesas, francesas e americanas na cidade dividida. O setor soviético continuou a ser um lugar perigoso, pois os estupros continuavam.

Entre um interrogatório e outro, Baur alternava perda e recuperação da consciência. Quando pediu para que atirassem nele e acabassem com seu sofrimento, os russos o jogaram num caminhão e o levaram para um hospital de campo. Baur foi anestesiado e, ao acordar, viu que suas duas pernas estavam engessadas.

Depois da rendição, a maioria dos generais alemães capturados pelos soviéticos foi colocada em aviões e levada para Moscou. A condição de Baur o impedia de viajar, e depois de dois dias no hospital de campo do Exército Vermelho, foi levado para um campo de prisioneiros, perto de Posen, e internado num hospital superlotado com milhares de alemães feridos. Remédios e equipamentos médicos eram escassos, pois os russos haviam confiscado e destruído tudo que não podiam carregar. O sofrimento era grande e os soviéticos provavelmente achavam que os alemães o mereciam, pois sabiam como haviam sido tratados os prisioneiros soviéticos. Os médicos alemães não podiam fazer muito para aliviar a dor ou cuidar adequadamente dos doentes e feridos. As condições sanitárias também eram precárias, pois faltavam itens básicos, como sabonetes e bandagens. Havia um cheiro terrível por toda a área.

Depois de retirar o gesso da perna esquerda de Baur, o médico lhe disse que a operação tinha sido malfeita, pois ainda havia uma bala alojada em seu joelho. Sem medicamentos, a perna havia infeccionado e o ferimento colocava sua vida em risco. Era preciso submetê-lo a outra cirurgia, mas não havia instrumentos disponíveis e, por isso, parte de sua perna foi amputada com um canivete.

As condições continuaram primitivas; depois da operação, Baur foi colocado numa tenda, que desabou depois de uma tempestade; então, foi levado a um edifício que poderia oferecer condições melhores do que as anteriores, se não estivesse infestado de parasitas. Sua recuperação foi lenta, pois ele estava traumatizado pela perda da perna e enfraquecido por causa da alimentação pobre, um mingau aguado. A má nutrição e as doenças ligadas a ela tornaram-se a triste realidade do campo de prisioneiros e o número de mortos aumentou. Alguns feridos foram libertados, mas, em relação a Baur, isso não era sequer cogitado. No entanto, ele conseguiu enviar várias cartas e foi assim que Frau Baur soube que seu marido estava vivo e que era prisioneiro num campo de concentração.

Nessa época, o principal passatempo de Baur era matar piolhos e insetos em sua cama. Era difícil afastar a preocupação com o bem-estar de sua família, que vivia os mesmos problemas de milhões de pessoas em toda a Europa, alguns em piores condições, sem comida nem casa. Ele sabia que sua família ao menos tinha uma casa, parentes e amigos para ajudar nesse momento de preocupação e privações.

Outros membros do esquadrão de Baur tiveram o mesmo destino dos homens das Forças Armadas alemãs. Nos últimos dias da guerra, o Estado-Maior e os pilotos do F.d.F. se espalharam, mas a maioria tinha ido para Schleswig, no norte da Alemanha. Os membros da Deutsche Lufthansa que serviam no F.d.F. foram classificados como civis pelos Aliados Ocidentais, enquanto o pessoal da Luftwaffe foi feito prisioneiro de guerra e, eventualmente, liberado para voltar para casa. Os oficiais e membros da SS foram confinados em campos de prisioneiros especiais e os que caíram nas mãos dos soviéticos receberam tratamento especialmente duro. Nos últimos dias da guerra, membros da Luftwaffe que ainda tinham aeronaves e combustível passaram para a Alemanha Ocidental e se renderam aos americanos ou ingleses, enquanto outros escaparam para a neutra Suécia. Lá, pelo menos um Ju 52/3m pousou em segurança, com dois pilotos e suas famílias.[228]

Quanto a Baur, depois de vários meses de tédio e desconforto, sem nada para ler ou fazer, ele viu entrar na barraca uma figura familiar. Era o ex-operador da central telefônica e ordenança do Führer, o sargento da SS Rochus Misch. Ao contrário dos outros membros do grupo de Hitler, Baur sempre tratara o sargento Misch e os outros soldados com respeito e consideração. Afinal, ele também havia sido um simples soldado. Baur ficou feliz em vê-lo e agradeceu os préstimos oferecidos pelo bondoso Misch. Baur agora conseguia andar de muletas, e foi informado por uma médica russa de que logo estaria bem o bastante para ser transferido para um hospital em Moscou, onde receberia melhor alimentação e tratamento adequado. Baur perguntou a Misch, que também havia sido capturado em Berlim durante a tentativa de fuga, se poderia acompanhá-lo, como seu ordenança e assistente. Misch concordou e, surpreendentemente, o médico russo aprovou a solicitação.

Nessa época, nem Baur nem Misch suspeitaram de nada. O jovem Misch talvez quisesse ajudar Baur, que ainda estava fraco e incapacitado, mas, provavelmente, também pensava na autopreservação.

Apesar de ter trabalhado no quartel-general de Hitler, incluindo o Führerbunker, Misch certamente não se via como um *Kriegsverbrecher* (criminoso de guerra). Ele sabia que milhares de prisioneiros alemães eram enviados para a União Soviética para executarem trabalhados forçados; e talvez pensasse que pudesse receber tratamento mais humano, tendo sido auxiliar de um general, do que receberia como ex-sargento da SS num campo de trabalho escravo. Misch não demoraria a lamentar seu raciocínio, pois se passariam 10 longos e terríveis anos antes que fosse finalmente libertado, e pudesse voltar a ver a esposa e a filha, em sua casa em Berlin-Rudow.

---

[228] Bo Widfeldt, *The Luftwaffe in Sweden, 1939-1945* (Boylston, Mass., Monogram Aviation Publications, 1983), 4-5.

68. O Junkers Ju 52/3mgl4eU-1, DP+FJ, com a insígnia da águia do F.d.F. no nariz. Dois irmãos, ambos Majores da Luftwaffe e pilotos do esquadrão de Hans Baur, escaparam nesse avião, de Schleswig, na Alemanha, para a neutra Suécia, levando a tripulação e membros de suas famílias, no dia 2 de maio de 1945.

Num dia frio e sombrio do final de novembro de 1945, Baur e Misch foram levados na ponta da baioneta até um trem de carga, e começou a longa jornada em direção ao leste, até a União Soviética. O trem levava muitos outros prisioneiros, deitados sobre o feno dos vagões de madeira. Havia vagões cheios de máquinas, móveis, peças de encanamentos e outros tipos de mercadorias, inclusive animais de fazenda. Os fogões a lenha dos vagões mantinham homens e animais aquecidos, impedindo que morressem de frio à medida que se aproximavam do inverno soviético. É preciso lembrar que durante a retirada da Wehrmacht, através da Rússia, em 1943-44, os alemães também transportaram alimentos, cavalos e equipamentos, despachando-os para o Reich. Então, queimavam e destruíam o que não podiam levar. Repetiam uma prática da política russa, durante o recuo de 1941-42, a fim de privar o inimigo que avançava, de alimentos, abrigo e suprimentos. Isso retardava a ofensiva, e causava um terrível sofrimento para a população civil.

Depois de uma viagem congelante, com pouca comida, chegaram ao destino. Um veículo levou Baur e Misch a um grande edifício, que não era um hospital, mas uma prisão de Moscou, chamada Butyrka. Ao se fecharem atrás deles, as pesadas portas lembraram os portões do inferno. Eles perceberam que estavam no aterrorizante e labiríntico sistema penal soviético.

Baur e Misch, no princípio, ficaram confinados numa cela minúscula e gelada e, pelos sussurros, souberam que havia muitos outros oficiais alemães presos naquela seção, inclusive o general Weidling e o general da SS Rattenhuber. Apesar de miserável e inadequada, a comida nessa prisão soviética era melhor do que a do campo de prisioneiros, em Posen. Baur reparou que os poços das escadas da prisão tinham redes, para evitar o suicídio. A barba era feita com cortadores de cabelo, e os prisioneiros macilentos sofriam pela falta de exercício e da luz do sol.

Logo começaram os interrogatórios a Baur, sempre à noite, inicialmente formais e corretos. Aos poucos, sua duração e intensidade aumentavam e se faziam sempre as mesmas perguntas: onde estava Hitler, como ele tinha fugido e quais eram as obrigações de Baur? Suas explicações repetidas não satisfaziam os interrogadores, que se tornaram impacientes e irritados. Também exigiam informações sobre assuntos de Estado, decisões e segredos militares, mas Baur insistia em dizer que tinha sido apenas o piloto principal, que não sabia de segredos militares, nem se envolvia na política ou nos planos de guerra. Os interrogadores xingavam e gritavam, dizendo que um simples piloto não poderia ter a patente de general de brigada.

De alguma forma, os russos descobriram que Misch também trabalhara na Chancelaria do Reich. Ele foi interrogado e torturado durante dois anos, antes de ser enviado para um campo de prisioneiros de guerra.

Baur passou por interrogatórios noturnos durante dois meses, repetindo sempre as mesmas informações em relação à morte de Hitler e aos acontecimentos finais no Führerbunker. Foi então levado para Lubianka, a temida prisão do NKVD. Ali também estavam presos o almirante Raeder e sua esposa, que haviam permanecido em Berlim. Outro que acabara de chegar era o marechal-de-campo Ferdinand

69. Uma rara fotografia do pátio interno da Prisão Butyrka, em Moscou. Os grandes muros normalmente escondem as dependências da prisão, que se tornariam muito familiares para Baur. Embora esta foto tenha sido tirada antes da Revolução Russa, o que é evidenciado pela torre do sino, no centro, ela se manteve muito parecida até 2006, quando ainda era usada como prisão.

Schoerner, que foi entregue aos soviéticos pelo exército americano, para ser julgado como criminoso de guerra. Baur foi levado para uma cela de interrogatório no último andar do prédio e recebeu ordens para preparar um relatório dos acontecimentos ocorridos na Chancelaria do Reich, com todos os detalhes, o que o manteve ocupado por vários dias. O comissário leu apenas uma parte do seu volumoso relato e depois o rasgou com raiva. Baur protestou dizendo que havia registrado tudo o que conseguia lembrar, mas a partir daí passou a receber tratamento mais severo.

Foi submetido a uma dieta de fome e espancado seguidamente. A dor era sua companheira constante. Ele sabia que, para sobreviver, precisava suportá-la e não se deixar quebrar. Disse que resistiu ao desejo de inventar fatos para satisfazer carcereiros ou de pôr fim ao tormento. No entanto, as informações da "Pasta do Mito", que tratam do que aconteceu com

Hitler, preparadas pelo NKVD, declaram que Baur "não era testemunha confiável", que mudava sua história de acordo com a ocasião.

Sem dúvida os generais alemães e outros oficiais do Terceiro Reich tiveram bastante tempo para contemplar a ironia de estar sob custódia soviética, atormentados por um sistema tão bárbaro quanto o da Gestapo, organização que eles tinham, ao menos tacitamente, aceitado.

Baur finalmente foi enviado de volta para Butyrka para mais interrogatórios com outros ex-integrantes do grupo da chancelaria, como o general Rattenhuber, o almirante Voss, Guensche, Misch e até Heinz Linge, ordança de Hitler. Famintos, exaustos, feridos e vestindo farrapos, eles foram interrogados durante três semanas, da meia-noite até o amanhecer, e ao voltarem para suas celas, eram impedidos de dormir. Os interrogadores estavam determinados a quebrá-los, física e mentalmente e tentavam enganá-los com detalhes conflitantes, jogando a história de um contra o outro. Os tradutores russos tinham que conhecer muito bem alemão, porque era difícil entender o que dizia um homem que estava sendo torturado.

Nesse período, a tensão foi quase insuportável. Baur se lembrou de ter ficado esperando, à noite, pelos passos do carcereiro que vinha abrir sua cela para levá-lo a outro impiedoso interrogatório. Foi acusado de ter levado Hitler para a Espanha ou outro país, e recebeu a promessa de que seria libertado e recompensado, se admitisse que Hitler estava vivo e dissesse onde estava escondido. Baur lhes disse que, a essa altura, cada centímetro da chancelaria já teria sido vasculhado e os restos de Hitler e de Eva Braun, descobertos no jardim (o que de fato acontecera). Depois de terem interrogado tantas pessoas do grupo da Chancelaria do Reich, eles deviam saber que Hitler estava morto. Mas não era isso que os russos queriam ouvir. Baur e os outros achavam difícil acreditar que um ano após o suicídio de Hitler, Stalin ainda acreditasse que ele estava vivo. Os oficiais do NKVD recebiam ordens e estavam determinados a fazer Baur confessar; assim, o tratamento brutal continuou, até ele ficar tão fraco que precisava ser arrastado da cela para a sala de interrogatório.

Então, os carrascos de Baur começaram a usar uma nova e terrível tática. Anunciaram que, se Baur não falasse, sua esposa e filhas seriam sequestradas na Baviera e trazidas a Moscou, onde seriam torturadas, violadas na sua presença e atiradas num bordel do Exército Vermelho. Baur ficou arrasado com essa possibilidade, porque acreditava que eles poderiam e fariam isso. Ele jurou que havia contado tudo, mas eles insistiam na tese de que Hitler estava vivo. Anos depois, Baur soube, por parentes, que sua esposa e sua sogra haviam sido abordadas por um homem que lhes disse que Baur estava na Tchecoslováquia e que sua liberdade poderia ser obtida pelo valor de dois mil marcos. Frau Baur chegou a acompanhar o homem até a fronteira com a Tchecoslováquia, onde o plano desandou, provavelmente por causa da possibilidade de que a polícia da fronteira chegasse; o homem desapareceu, e ela pode ter sido salva de sequestro por agentes soviéticos.[229]

Mais tarde, Baur foi jogado numa solitária, onde só lhe restava a agonia da preocupação com a segurança de sua esposa. A angústia e a frustração dessas poucas semanas foram ainda piores do que os espancamentos periódicos.

Os soviéticos eram capazes de fazer surpresas estranhas e aparentemente insondáveis. Um dia, no verão de 1946, Baur e os outros homens do grupo da chancelaria foram levados de trem para Berlim, mantidos em confinamento solitário durante um mês, e depois devolvidos à prisão de Butyrka, em Moscou.

As condições eram sempre as piores possíveis. Uma noite Baur foi acordado por um rato faminto que mastigava as pontas dos dedos de seu único pé. Tentou matá-lo com o balde de comida, mas o barulho atraiu um carcereiro, que entrou na cela e bateu em Baur com um cassetete, em razão do barulho. Semanas se transformaram em meses e Baur teve muito tempo para pensar por que teriam sido levados para Berlim. A mente soviética era difícil de entender, especialmente sua obsessão com a suspeita de que Hitler continuava vivo. Ele ainda não sabia que os outros prisioneiros tinham sido levados de volta a Berlim para reconstruírem o último dia de Hitler no Führerbunker, para um documentário soviético que estava sendo produzido pelo Exército

---
[229] Baur, 296-97.

Vermelho. Aparentemente ficou decidido que Baur, de muletas, não seria necessário durante as filmagens e os interrogatórios correspondentes. Como a chancelaria ficava na zona ocupada pelos soviéticos, autoridades e repórteres ocidentais foram excluídos, e seu questionamento ignorado.

Um ano depois, um de seus interrogadores o acordou, levou-o para uma sala e jogou-o numa cadeira. Depois de tanto tempo, Baur pensou que o interrogatório a respeito de Hitler estivesse encerrado, mas ficou surpreso quando um general russo entrou e perguntou se ele estava pronto para falar. Quando Baur tentou responder com as mesmas velhas informações sobre Hitler, foi informado veementemente que permaneceria preso até contar o que eles queriam saber, mesmo que isso levasse 10 anos.

Baur não poderia saber que o próprio Stalin o tinha escolhido para um interrogatório especialmente intenso. O paranoico ditador ainda não estava convencido de que Hitler estava morto e concluíra que, se ele tinha fugido para a Espanha ou para outro lugar, teria sido levado por Baur. Stalin deu ordem para que fizessem Baur falar e assim os interrogatórios, a intimidação e os espancamentos continuaram.[230]

Muitos homens, quando sujeitados a tratamento menos severo, quebraram-se sob o estresse e a tensão. Alguns sofreram colapso nervoso e enlouqueceram. Outros morreram em decorrência de derrame, doença, má nutrição, tortura ou exposição e excesso de trabalho nos campos. Baur era forte, mas havia chegado ao limite da exaustão física e mental. Ainda estava extremamente preocupado com o possível sequestro de sua esposa e filhas e mergulhou em profunda depressão. Decidiu que o suicídio era a única maneira de acabar com sua miséria e de evitar que sua esposa caísse nas garras do insidioso sistema de inteligência soviético.

---

[230] O'Donnell, 375-76. Observe que em 1946 a polícia secreta NKVD foi renomeada MVD — Ministério dos Negócios Interiores — na reorganização do governo soviético. De 1949 a 1953, o Ministério da Segurança do Estado, ou MGB, havia assumido todas as funções importantes do MVD. A KGB foi formada em 1954 como organização policial do Estado. Para maiores informações, ver: Eugene K. Keefe et. al., *Area Handbook for the Soviet Union* (Washington, D.C., U.S. Government Printing Office, 1971).

Mas não era fácil acabar com tudo numa prisão soviética, e Baur tinha pouca opção. Estava muito magro e pensou que se parasse de comer não permaneceria vivo por muito tempo. A comida da prisão era suficiente para manter uma pessoa viva, mas não nutrida. A ração diária incluía pão preto e o que os russos chamavam de Rybnaya Pokhlebka (sopa de peixe), mas nunca havia carne no meio do líquido nebuloso, nem mesmo um pedaço de cabeça de peixe. Na verdade era a água do cozimento do peixe que compunha a lavagem servida aos porcos.

Quando os soviéticos perceberam que Baur não estava comendo, disseram-lhe que a greve de fome não era permitida e que ele seria punido severamente. Baur respondeu que não comeria, a menos que fosse libertado. Seus carcereiros sabiam que precisavam mantê-lo vivo enquanto as autoridades assim quisessem, por isso informaram-lhe que seria alimentado à força. Como Baur continuasse se recusando, os guardas o seguraram enquanto uma enfermeira o alimentou com soro, pelo nariz. O tubo era muito largo e teve que ser enfiado à força em suas narinas, para diversão dos guardas. A dor era lancinante, e Baur gritou e desmaiou, e depois acordou no chão da cela com o nariz machucado e ensanguentado.

No dia seguinte, Baur se recusou a comer de novo, e o processo agonizante se repetiu, assim como no dia seguinte. Nenhum esforço foi feito para minimizar a dor, usando um tubo mais fino. Baur ficou desesperado. Ele havia afiado um pedaço de metal raspando-o na pedra da parede da cela e estava decidido a cortar as veias dos pulsos. Só precisava esperar uma oportunidade para tirá-lo do colarinho do casaco. Sabendo que Baur era agora um suicida, os guardas mantinham-no sob vigilância cerrada. No último minuto, um guarda percebeu a atitude suspeita de Baur através do orifício na porta da cela. Ele foi, então, despido, e a cela revistada. Os guardas encontraram o pedaço de metal e ficaram aliviados, pois seriam seriamente punidos, caso a tentativa de suicídio fosse bem-sucedida.

A situação era insuportável. Baur não aguentava mais ser alimentado à força, e seus carcereiros tinham-lhe tirado a última chance de suicídio. Desesperado, concordou em voltar a comer. Os esforços de nada lhe valeram, e ele levou semanas até conseguir voltar a respirar adequadamente pelo nariz. Talvez suas ações desesperadas tenham impressionado as autoridades ou talvez fosse apenas questão de rotina da burocracia soviética, mas poucos dias depois, Baur foi tirado da prisão e enviado de trem para um campo de trabalho de prisioneiros de guerra alemães, localizado nas minas de carvão, ao sul de Moscou.

Suas perspectivas como ex-oficial da SS num campo de prisioneiros de guerra soviético eram sombrias, mas para Baur era uma situação muito melhor. Não havia interrogatório sobre Hitler no meio da noite, havia mais comida, e ele pôde tomar um banho de verdade, barbear-se e ver árvores e grama, outra vez. Entre seus colegas de prisão, trabalhando nas minas, em condições terríveis, havia homens que ele conhecia e aos poucos conseguiu se misturar, e conversar com outros prisioneiros alemães. Depois de quase quatro anos atrás dos muros de uma prisão, boa parte deles na solitária, era uma experiência maravilhosa. Mas o melhor era poder escrever para casa e um dos cartões chegou às mãos de sua esposa. Ele descobriu que os cartões que ela lhe enviara tinham sido confiscados por razões desconhecidas, mas um deles acabou chegando. Após reclamar muito, teve permissão para receber outros cartões de Frau Baur. Outro grande prazer era poder ler. Mesmo assim, nem Baur nem qualquer prisioneiro sabiam o que realmente estava acontecendo na Alemanha ou no mundo, porque só podiam ler os jornais da Alemanha Oriental comunista.

Os camaradas compadecidos se juntaram a velhos conhecidos e fizeram uma perna de pau para Baur. Era desconfortável, mas era bom poder andar de novo sem as muletas, usando apenas uma bengala. A preocupação para consigo era algo que ele não tinha há anos; foi muito tocante. Quando seus colegas de prisão fizeram uma pequena festa de aniversário para ele, juntando suas parcas posses, ele ficou com lágrimas nos olhos. Finalmente se sentiu um ser humano de novo.

No final de 1949, muitos prisioneiros alemães foram libertados e enviados para casa e até mesmo Baur foi levado para um hospital, onde lhe colocaram uma perna artificial. Até então, ele não havia sido julgado por nenhum crime e começou a ter esperança de ser repatriado em breve. Um dia, um oficial soviético disse a Baur para empacotar suas coisas, deu-lhe roupas novas e disse que ele seria enviado para casa. Baur e outros prisioneiros antigos pegaram um trem e foram para Moscou. Eles ficaram animados apesar da desconfiança permanente em relação às promessas soviéticas. Ao chegarem, Baur foi levado em um veículo fechado através da cidade, mas não para uma outra estação de trem ou hospedagem temporária. Ele voltou para a infame prisão Butyrka.

Dessa vez, Baur ficou confinado numa seção da prisão reservada aos que aguardavam a punição e nas idas ao banheiro descobriu que havia mais de 50 generais alemães presos ali. Teria sido enviado para lá por engano? Sua volta para Butyrka foi um grande golpe e foi preciso muita paciência para esperar, dia após dia, imaginando qual seria seu destino. Após dois meses de suspense, finalmente foi informado por um oficial MVD que, por causa do seu trabalho com Hitler e Mussolini, seria acusado de ter ajudado a planejar a guerra contra a União Soviética. Em maio de 1950, Baur foi levado a um edifício em Moscou e percebeu que estava sendo julgado em processo sumário conduzido por um general. Ele não tinha advogado de defesa, mas quando permitiram que falasse, protestou afirmando, mais uma vez, que era apenas um piloto e que não teve absolutamente nada a ver com o planejamento da guerra. O veredito e a sentença, sem dúvida, já haviam sido decididos antes: Hans Baur foi considerado culpado de assessorar os crimes cometidos contra o povo soviético e contra os prisioneiros de guerra e sentenciado a 25 anos de prisão num campo de trabalho.

Baur foi colocado numa cela grande na Butyrka, com outros generais alemães que também haviam sido sentenciados em simulacros de julgamento, com base em culpa coletiva. Ele enviou uma apelação por escrito, insistindo que havia servido apenas como piloto e comandante do esquadrão de transporte aéreo do quartel-general, mas a sentença foi confirmada. Os condenados foram enviados para vários campos, incluindo o dos Urais e o de Stalingrado. Baur acabou num campo desolado em Borovitschi, entre Leningrado e Moscou.

No verão de 1951, Baur e outros prisioneiros foram levados para outro campo de prisioneiros de guerra alemães, em Pervouralsk, na

Rússia ocidental, perto de Iekaterinburgo. A viagem foi feita em vagões fechados para o transporte de gado, sob vigilância de guardas, que aproveitaram todas as oportunidades para chutar e bater nos prisioneiros. O calor era terrível e tudo era pouco: comida, água e ar, e não havia banheiro. De vez em quando, um guarda abria a porta e atirava-lhes alguns pedaços de pão bolorento junto com xingamentos. Os miseráveis prisioneiros eram tratados como animais e, se não se mantivessem em pé, caíam no chão imundo, infestado de vermes. Desgrenhados, imundos e com a barba por fazer, os homens mal conseguiam se mexer, quando finalmente chegaram ao *gulag*. Foi um grande alívio chegar vivo ao campo e saber que seriam instalados em barracas de madeira, novas, construídas por prisioneiros alemães. Essas foram as primeiras acomodações em que Baur não encontrou piolhos, mas esse seria um dos poucos prazeres de que ele e seus colegas desfrutariam.

O comandante do campo era um oficial soviético brutal; ele exigia que mesmo os velhos, aleijados e doentes trabalhassem, independentemente de sua condição. Baur foi colocado num trabalho considerado leve, mas com a perna artificial era impossível serrar ou cortar pedaços de madeira. Foi então incumbido de confeccionar luvas e fez um ótimo trabalho, produzindo centenas de pares nos meses seguintes. Para sua surpresa, um dia foi acusado de não trabalhar com empenho suficiente e jogado na detenção por cinco dias numa pequena cela de concreto com outros prisioneiros que haviam sido castigados pelo mesmo motivo. É possível que, durante esse período, Baur e os outros alemães tenham refletido sobre o fato de que o Terceiro Reich havia usado aproximadamente sete milhões de trabalhadores forçados durante a guerra. Também havia muitos civis de outros países que se apresentaram para trabalhar como voluntários na Alemanha, de 1940 a 1945 e que preferiram ficar na Alemanha quando terminou o conflito, em vez de voltar para sua terra natal.

A ração de comida do campo mal dava para manter vivos os prisioneiros. Mas agora podiam receber pacotes de casa, o que não apenas lhes dava mais sustento, como também melhorava o moral. O tabaco, principalmente, era um bom material para o comércio entre prisioneiros e guardas. Além disso, o fato de saberem que não tinham sido esquecidos pelos entes queridos e pelas organizações cívicas e estatais dava-lhes grande prazer, embora essa prática confundisse guardas e censores soviéticos. A propaganda oficial dizia que as pessoas estavam vivendo em pobreza abjeta, fora das zonas de ocupação na Alemanha Oriental, então como poderiam enviar milhares de pacotes com mercadorias de luxo que as pessoas comuns da União Soviética nunca tinham visto? O partido explicava que os pacotes eram enviados pelos imperialistas americanos para seus amigos, os criminosos de guerra. Isso dava às autoridades uma desculpa para roubar muitos pacotes e destruir livros e material impresso.

Nem todos os funcionários dos campos eram brutais e insensíveis. Muitos dos guardas mais jovens estavam tão infelizes por terem sido enviados para os distantes campos de trabalho quanto os prisioneiros. Nessa época, a vida dos soldados soviéticos, assim como a dos civis, era difícil em toda parte, e a Rússia europeia ainda estava sob ruínas da guerra. Mas é da natureza humana o prazer sentido pelos guardas. Os alemães chamam de *Schadenfreude,* o prazer pelo infortúnio dos outros.

Manter-se vivo era uma luta. Com pouca comida, trabalho pesado, e quase nenhum cuidado médico, muitos prisioneiros foram enfraquecendo, e ou morreram, ou terminaram com problemas mentais. No inverno era pior, porque a pequena quantidade de carvão ou madeira destinada ao aquecimento nos pequenos fogões de ferro tinha que ser usada, com cuidado, para durar toda a noite. Se o fogo apagasse, os prisioneiros poderiam morrer congelados. Mesmo assim o gelo se formava no interior das paredes, enquanto o vento castigava as barracas e a neve acumulava do lado de fora.

Baur caminhava pouco, mas depois de alguns anos o sapato que usava no único pé não tinha mais conserto, por isso lhe deram o sapato de um prisioneiro morto. Não havia meias, mas isso não era problema, porque ele havia aprendido a enrolar os pés com tecidos já na 1ª Guerra Mundial, hábito comum entre soldados russos, alemães e de outras nacionalidades.

Baur conheceu alguns russos que tinham sido prisioneiros do temido sistema de *gulags* soviéticos. A enormidade desse sistema permaneceu encoberta durante décadas e ainda não é totalmente conhecida no ocidente. Houve milhões de mortes em razão de maus tratos, excesso de trabalho, doença, fome. A maioria dessas pessoas era inocente. Os *gulags*, como os campos de concentração nazistas, estão entre os capítulos mais negros da história da humanidade.

O confinamento por 25 anos, num campo de trabalho soviético, equivalia à sentença de morte para muitos prisioneiros. Depois de quase dois anos de embotamento, Baur e alguns dos outros prisioneiros foram subitamente transferidos para um campo menor, nas vizinhanças. Parecia uma ação deliberada para evitar que criassem laços de amizade, ou familiaridade, com os guardas. Era uma atitude incompreensível, pois a fuga de campos tão isolados era impossível. Também ali, Baur encontrou velhos amigos e conhecidos. Com sua dificuldade para andar, foi incumbido de tarefas pequenas, e acabou assumindo o entalhe de madeira. Apesar de não ter experiência, Baur parecia ter talento para esse trabalho agradável e chegou a ser remunerado, mensalmente, pelas figuras de xadrez que produzia.

A vida no campo, sob um comandante menos exigente, era mais tolerável. Os prisioneiros alemães liam atentamente os jornais da Alemanha Oriental e percebiam que as autoridades da Alemanha comunista estavam negociando com o governo soviético a libertação de mais prisioneiros de guerra. Em 1953, milhares foram embarcados em trens e mandados para casa, mas não Baur. Sua decepção se transformou em choque, dor e angústia, quando soube que sua esposa havia morrido. Somente a preocupação com as filhas o manteve vivo nesse período de sofrimento.

O ditador soviético Josef Stalin morreu no dia 5 de março de 1953 e a notícia correu pelo campo, semeando preocupação e confusão entre guardas e funcionários. Mas os prisioneiros alemães ficaram felizes ao saber que o odiado tirano estava morto, porque lhes deu esperança de que um novo líder soviético procurasse ter relações mais amistosas com os países vizinhos, incluindo a Alemanha, e isso poderia levar à libertação de mais prisioneiros de guerra. Na verdade, os herdeiros de Stalin, Nikita Kruschchov e Gueórgui Malenkov, com seu processo de desestalinização, libertaram muitos cidadãos russos dos *gulags* soviéticos.[231]

No ano seguinte, a maioria dos oficiais alemães ainda confinados, inclusive Baur, foi levada para um campo em Woikova, no leste de Moscou. Ninguém sabia a razão, o que provocou uma série de boatos. Havia perto de 186 oficiais alemães com patente de general, e alguns oficiais húngaros e japoneses. Todos eram obrigados a trabalhar, qualquer que fosse a patente e Baur ficou encarregado de descascar batatas no refeitório. Isso não visava humilhar os ex-oficiais alemães, mas fazia parte da rotina do campo, onde as condições eram muito melhores e a administração do diretor russo, relativamente moderada. Havia legumes e até flores cultivadas pelos prisioneiros, e Baur só precisava trabalhar quatro horas, pela manhã. Mas, à medida que passavam os meses e aumentava a monotonia, mesmo o homem mais otimista perdia a esperança de voltar para casa algum dia. Isso mudou dramaticamente, no dia 25 de janeiro de 1955, quando a URSS decretou o fim do estado de guerra com a Alemanha. Finalmente havia chance de repatriação para os prisioneiros de guerra.

Em setembro, um novo e surpreendente anúncio chegou a Baur e seus colegas de prisão. O chanceler Konrad Adenauer, da Alemanha Ocidental, havia convidado Moscou para uma conferência. A Alemanha Ocidental não era mais zona de ocupação, mas uma nação independente, membro da OTAN, que estava se reconstruindo rapidamente, após a devastação da guerra, e desfrutando de um notável "milagre econômico". Não poderia mais ser ignorada pelo Kremlin, e os soviéticos pretendiam estabelecer relações com a República Federal da Alemanha, criada nas zonas antes ocupadas por ingleses, franceses e americanos, e que se transformava rapidamente em potência europeia, com forças armadas vinculadas à OTAN.

As negociações entre o governo soviético e a delegação alemã prosseguiram, enquanto rumores corriam os campos de prisioneiros. As

---

[231] Basil Dmytryshyn, *A History of Russia* (Englewood Cliffs, H.J., Prentice Hall, 1977), 579-84.

relações diplomáticas foram oficialmente estabelecidas em 1955 e não fazia mais sentido manter prisioneiros os antigos soldados alemães. Finalmente, em outubro de 1955, os prisioneiros do campo de Baur foram reunidos e informados de que seriam repatriados.

Depois de tantos anos, os alemães desconfiaram das promessas dos soviéticos. Mas, dessa vez, era verdade. Eles receberam roupas civis e foram informados de que iriam partir de trem, em vários grupos. O grupo de Baur pegou um trem de passageiros para Moscou e fez um passeio turístico pela cidade enquanto aguardava a partida em direção ao ocidente. A alegria tomou conta de todos, quando o trem atravessou a Alemanha Oriental, em direção a Berlim, chegando finalmente à fronteira da República Federal Alemã.

Baur e os outros prisioneiros esperaram impacientemente pela liberação de seus documentos, mas foram finalmente entregues a autoridades da Alemanha Ocidental, pelos oficiais soviéticos, e puderam cruzar a fronteira e ir para casa. Baur deu uma última olhada para os soldados russos e depois olhou para frente e para a alegria de voltar a se reunir com sua família, após tantos anos. Mas antes participou de uma recepção animada, em solo alemão. Apesar da escuridão do meio da noite, uma multidão os aguardava, gritando nomes, rindo e chorando. Os membros da Cruz Vermelha alemã, representantes de associações de veteranos e funcionários do governo estavam lá para recebê-los. Baur e alguns outros foram entrevistados por repórteres alemãs e emissoras de TV. Depois de uma recepção com comida e cerveja, foram até o Campo de Friedland para mais entrevistas. Uma multidão se alinhou ao longo das estradas, oferecendo presentes, segurando crianças com velas nas mãos e cantando. Lágrimas de alegria corriam pelo rosto dos que voltavam, mas havia também os rostos tristes dos familiares que tinham esperado, em vão, por entes queridos que não estavam entre os libertados.

Baur queria ir para sua casa, na Baviera, mas precisava cumprir formalidades e participar de um banquete com várias autoridades. Ele pôde expressar sua gratidão e a de seus companheiros de prisão pela ajuda que receberam e pelo apoio de tantas pessoas. Deu mais entrevistas para

70. Baur (segundo a partir da direita) é entrevistado por repórteres no Campo de Friedland, em outubro de 1955, pouco depois de chegar à Alemanha Ocidental, após deixar a prisão na União Soviética.

repórteres de jornais, revistas e televisão, que lhe fizeram perguntas sobre Hitler, Bormann, e os acontecimentos na Chancelaria do Reich, perguntas que Baur respondeu cuidadosa e rapidamente.

Por fim, diminuiu a excitação e a atenção sobre Baur e seus companheiros voltou-se para outro grupo de repatriados que chegaria em breve. Foi um alívio saber que não havia acusações por crimes de guerra, nem de outra natureza, contra ele, no ocidente. Com a documentação em ordem, Baur recebeu uma passagem e pegou o primeiro trem para Munique, onde teve um encontro emocionado com suas filhas e parentes, inclusive com sua mãe, de 80 anos. Seus velhos amigos o receberam com flores, e sua alegria por voltar para casa só não foi maior porque sua esposa Maria, que havia morrido dois anos antes, não estava lá para recebê-lo.

Para Baur, a guerra finalmente terminara. Uma vez em casa, pôde descansar bastante, cuidar de sua reabilitação e receber cada novo dia como um presente do Todo-Poderoso. Os cuidados médicos e a atenção

71. De volta à Baviera, Baur reencontra sua mãe, de 80 anos de idade, em outubro de 1955.

72. Esta é a casa de Hans e Centa Baur, em Herrsching, na Baviera, onde passou seus últimos anos, confortavelmente aposentado.

de sua família restauraram-lhe a saúde e, é claro, ele substituiu a perna provisória por uma prótese moderna. Baur logo se readaptou ao estilo de vida civilizado, apreciando os pequenos prazeres da vida, como uma cama confortável e um bom copo de cerveja. Os tranquilos e verdejantes campos da Baviera, com suas belas florestas, colinas onduladas e vales profundos, eram um bálsamo para sua alma.

Depois do que ele havia sido obrigado a suportar na década anterior, sua recuperação foi notável. Ele sobreviveu a ferimentos e a 10 anos de castigos soviéticos, graças à sua forte constituição física e à vontade de viver.

Baur casou-se novamente em 1956 e viveu feliz com sua terceira esposa, Centa, diminutivo de Crescentia, em sua casa perto de Herrsching.[232] A vida de aposentado combinava com ele, que se manteve bastante ocupado, escrevendo suas memórias e aproveitando o luxo de uma casa confortável, boa comida e, acima de tudo, privacidade, tranquilidade e

---
[232] Ver no Epílogo: a entrevista de Frau Centa Baur a Klaus J. Knepscher em 1995.

73. Hans Baur por volta de 1970.

liberdade, que lhe haviam sido negadas por tanto tempo, no confinamento soviético. Baur se impressionou com o progresso e a prosperidade alcançados pelos cidadãos da nova República Federal Alemã, mas se recusou a denunciar Hitler como um tirano maléfico nas várias entrevistas. Na verdade, sempre falou bem de Hitler e de seus programas. No entanto, Baur foi classificado, pelo governo democrata da Alemanha Ocidental, como veterano de guerra ferido, com direito à pensão vitalícia.

Depois da libertação, Baur recebeu inúmeras solicitações de repórteres, historiadores e outros profissionais para que descrevesse os últimos dias no *Führerbunker* em Berlim e para que contasse os detalhes da morte de Hitler. Ele mudou certas partes da história várias vezes, e essa inconsistência foi registrada em vários livros e artigos de revistas.

> EINLADUNG zum
> ## 90. Geburtstag
> von
> Flugkapitän und Generalleutnant a. D.
> ## *HANS BAUR*
>
> Um Zu- oder Absage auf Antwortkarte
> wird bis zum 15. Mai 1987 gebeten.

74. Convite para a festa de aniversário dos 90 anos de Baur, realizada no restaurante Zum Praelat, em Munique, em 20 de junho de 1987.

A causa disso não é clara. Baur, evidentemente, não tinha diário nem fazia anotações para refrescar a memória. Talvez tenha ficado confuso, ou tenha tido lapsos de memória, especialmente durante as entrevistas realizadas nos primeiros meses de recuperação, depois de 10 anos de maus-tratos e privações no cativeiro soviético.

75. Baur e sua terceira esposa, Centa Baur, pouco antes de sua morte, em 17 de fevereiro de 1993, aos 95 anos.

Nos últimos anos de vida, ele ficou quase cego, mas permaneceu ativo e lúcido. Hans Baur morreu pacificamente no dia 17 de fevereiro de 1993, aos 95 anos. Assim terminou a vida notável de um indivíduo memorável, um homem cujo verdadeiro caráter talvez permaneça para sempre um enigma.

EPÍLOGO

> *Uma grande guerra deixa o país com três
> exércitos — um exército de aleijados,
> um exército de enlutados e
> um exército de ladrões.*
> Provérbio alemão

Ainda é difícil acreditar que um demagogo como Adolf Hitler, por mais persuasivo que fosse, tenha conseguido hipnotizar um povo instruído como o alemão e que o tenha dobrado à sua vontade. Hans Baur talvez personifique a resposta de muitos alemães, pelo menos até o início da guerra. Mas, no caso de Baur, ele continuou completamente dominado pelo feitiço de Hitler mesmo depois do Führer ter cometido suicídio, em meios às ruínas flamejantes do Reich. Obviamente, jamais ocorreu a Baur, mesmo nos terríveis meses do fim da guerra, acabar com Hitler e encerrar aquele banho de sangue inútil.

Se rejeitarmos a ideia da maldade inerente no caráter nacional, então, temos de admitir o sucesso de Hitler e de seus acólitos na imposição de sua vontade sobre o povo alemão durante 12 longos anos. Apesar de toda a pesquisa feita no último meio século, talvez nunca saibamos as respostas em relação a Hitler. Teria o Dr. Theodor Morell, principal médico de Hitler, comprometido sua saúde e causado danos à sua mente com suas charlatanices e medicamentos controvertidos? Teria sua capacidade de julgamento ficado comprometida em consequência das doenças progressivas, tais como a sífilis, como alegam alguns?

O próprio livro de Hitler, *Mein Kampf*, escrito nos anos 1920, fornece uma visão perturbadora do seu caráter e psicologia. Infelizmente, *Mein Kampf* era tão tedioso e difícil de ler que poucos no Ocidente o levaram a sério e realmente o leram antes que fosse tarde demais. Se tivessem lido esse livro profético, haveria muito menos surpresas desagradáveis.

Hans Baur, junto com milhões de compatriotas, acreditou que a utopia prometida por Hitler resolveria todos os seus problemas sociais, econômicos e internacionais. As vitórias diplomáticas sem sangue reforçaram a reputação de Hitler como líder arrojado e decidido. A postura conciliadora e fraca do Ocidente em Munique, em 1938, encorajou Hitler a prosseguir com seus planos grandiosos. No auge do poder, Hitler contou com a devoção de milhões, que estavam completamente convencidos do fenômeno Hitler. O nacional-socialismo se transformou em algo muito maior do que ideologia política; para muitos, tornou-se um modo de vida. A propaganda eficiente, o controle policial estatal, o sucesso nos negócios exteriores e o cumprimento das promessas de emprego e melhoria econômica reforçaram a crença na infalibilidade de Hitler. Essas ações, cuidadosamente orquestradas, cegaram a maioria dos cidadãos em relação aos seus planos sinistros de agressão, de dominação da Europa e, por fim, de genocídio.

Hitler chegou à cena nacional num momento difícil da história alemã. Suas soluções simplistas para os inúmeros problemas vexatórios que assolavam o Estado alemão encontraram eco num povo que havia perdido a fé no processo democrático. O colapso do governo alemão imperial e a abdicação da monarquia no final de 1ª Guerra Mundial, assim como as ações posteriores dos Aliados, resultaram em humilhação, agitação, inflação, pobreza e desilusão generalizada, criando um clima fértil para a política de Adolf Hitler. Ele pode ter conquistado primeiro um público e depois seguidores entre os ex-soldados insatisfeitos e outros alienados da sociedade em consequência da guerra, mas em pouco tempo muitos membros da ex-classe média, que haviam perdido tudo em função da guerra e da inflação, também se voltaram para a filosofia nacional-socialista como a esperança de um futuro. Milhões viam o homem que seria seu líder como um gênio e um sábio que iria restaurar a glória da terra pátria.

O povo alemão valorizava a obediência, a lealdade e o patriotismo; sempre depositara sua fidelidade e confiança em imperadores e reis onipotentes. A democracia era algo novo e estranho. Hitler, com suas promessas audaciosas, suprema autoconfiança e fervor revolucionário, era extremamente convincente. A valiosa máquina de propaganda de Josef Goebbels endeusou o Führer. Comparado com seus adversários políticos apagados e indecisos, esse radical apaixonado despertava emoções, esperanças e aspirações num povo que sofria inúmeros problemas no rescaldo de sua humilhante derrota na 1ª Guerra Mundial.

No Terceiro Reich, a maioria das ações governamentais era mantida em segredo até que a notícia fosse divulgada oficialmente ao público. Em muitos casos, a informação jamais foi fornecida e, com a mídia cuidadosamente controlada, os alemães ficavam absolutamente desinformados a respeito da posição das outras nações sobre os acontecimentos domésticos ou internacionais. Por exemplo, no final dos anos 1930, o alemão médio não sabia por que os povos de outros países poderiam não sentir o mesmo que eles em relação às ações na Áustria, na Tchecoslováquia e às exigências pela volta do Corredor Polonês, separando a Prússia Oriental do resto na nação. O sigilo foi ainda mais pronunciado durante o período de guerra. Até mesmo Baur, que era íntimo de Hitler, alegava que não ouvira nada a respeito de genocídio até depois da guerra e, mesmo então, não acreditou.

As piores características pessoais de Hitler se tornaram mais pronunciadas com o avanço da guerra: sua crueldade, sede de sangue, deslealdade e estranhas obsessões e, acima de tudo, sua megalomania. Baur, como muitos outros, parecia ignorar isso. Baur aceitou a liderança totalitária e não questionou as decisões de Hitler e de outros líderes nazistas. Para a maioria, Hitler era um líder onipotente, um homem predestinado, e poucos perceberam que seu Führer na verdade era uma criação da propaganda. O verdadeiro mistério consiste em saber como ele conseguiu manter a lealdade e a obediência inquestionável de seus colaboradores mais próximos, incluindo alguns poucos homens decentes e inteligentes como Baur, que tinham contato diário com ele. Hans Baur e o povo alemão cometeram um erro desastroso ao confiarem todo o poder a um único homem. Como Sir J. E. E. Dalberg escreveu em 1904: "O poder tende a corromper e o poder absoluto corrompe absolutamente". É óbvio que as consequências da lealdade cega a um homem passam uma mensagem nefasta.

Mas, e quanto a Hans Baur, que realmente acreditava e que conseguiu sobreviver à 2ª Guerra Mundial e aos dez anos de cativeiro na União Soviética? Baur foi, talvez, emblemático dos alemães de sua geração, que viam a ideologia radical de Hitler como uma nova fé. Ao considerar o papel de Baur como ajudante e confidente de Hitler, devemos lembrar que ele havia sido um piloto de combate corajoso e bem-sucedido na 1ª Guerra Mundial, e que também contribuiu definitivamente para o desenvolvimento da aviação comercial durante seus anos de formação na década de 1920. Apesar de seu apoio incondicional a Hitler, Baur era um homem decente e jamais foi acusado de crimes de guerra pelos Aliados ocidentais ou pelo governo da Alemanha Ocidental.

Baur foi entrevistado em sua casa, em 1984, por um jovem alemão chamado Frank Brandenburg, que estava fazendo uma pesquisa para o livro *Quest: Searching for Germany's Nazi Past*, escrito em parceria com Ib Melchior, e publicado em 1990. Brandenburg descreveu Baur como "um homem afável, parecido com um avô, não o que eu esperava". Baur se dispôs a falar dos dias como piloto de Hitler e seu companheiro de longa data. Ele se referiu a Hitler como "um homem realmente notável, gentil e atencioso."(!) Evidentemente, nem a derrota catastrófica da Alemanha, nem a revelação convincente dos crimes cometidos pelo regime, ou mesmo o castigo soviético, foram capazes de mudar o pensamento de Baur. Ele reconheceu que houve campos de concentração, mas sempre afirmou enfaticamente que as histórias de horror sobre o Holocausto eram mentiras, fabricadas pelos Aliados depois da guerra.

A descrição de Baur de sua fuga da Chancelaria do Reich mudou um pouco, mas foi basicamente a mesma história que ele contara tantas vezes. Durante os dez anos em que esteve preso na União Soviética, ele foi interrogado e torturado para que dissesse que havia levado Hitler para um lugar seguro. Baur disse que lamentou muitas vezes não ter compartilhado o destino do Führer, mas seus carcereiros soviéticos não permitiram que se suicidasse. Declarou inequivocamente que "Hitler era um grande homem, um dos maiores que o mundo já conheceu. Se a história não tivesse sido escrita por inimigos do Reich, 'der Chef' teria entrado para a história como um gigante entre os homens".

Klaus J. Knepscher, executivo aposentado da Lufthansa e historiador da aviação, entrevistou a viúva de Baur, Centa Baur, em 1995, em nome deste autor. Depois de chegar à bela casa de Baur, típica da Baviera, Knepscher, que estava acompanhado por sua esposa, descreveu assim sua primeira visita:

> Fomos recebidos com cordialidade pela Sra. Baur, que estava nos esperando. Depois de entrarmos pelo corredor bem pequeno com uma escada, vimos alguns pôsteres nas paredes mostrando Hans Baur em tempos mais felizes. Na sala não havia estatuetas, bustos ou qualquer modelo de avião e nenhuma foto, exceto um retrato de Hitler, assinado, com moldura de couro. O troféu de águia que a Lufthansa deu a Baur em 1931 estava à vista e na parede havia uma grande pintura de Claus Bergen, mostrando o Condor FW 200 de Hitler, pilotado por Baur, voando sobre Smolensk. Também havia muitos álbuns de fotografias de pessoas de alta patente que Baur conheceu na Chancelaria do Reich, nos vários quartéis-generais ou em seus aviões.
>
> A mobília tinha o estilo tipicamente pequeno-burguês *(Kleinbuergerlich)* da década de 1930: não era elegante, nem extravagante e não estava mais na moda. Como a casa não foi atingida por ataques aéreos nem

saqueada pelas forças de ocupação, parecia estar nas mesmas condições em que Baur a encontrava nas suas rápidas visitas antes do fim da guerra e em que viveu depois de voltar da União Soviética.

Frau Baur nos ofereceu bolo e café, segundo o velho costume alemão, mas mostrou-se um pouco reservada no início, talvez por causa de experiências duvidosas com repórteres em busca de uma história sensacional. Ela tinha apenas respostas positivas quando perguntada sobre como Baur descrevia Hitler. "Sempre muito charmoso e atencioso. Não é de surpreender que tenha tratado seu piloto pessoal 'mit Samthandschuhen' (com luvas de pelica), porque confiou sua vida a Baur muitas vezes".

Knepscher perguntou a Frau Baur se Hans, ao voltar depois de 10 anos nos campos de prisioneiros soviéticos, percebendo o quanto a Alemanha e o mundo haviam sofrido com as ações de Hitler, questionou a decisão tomada em abril de 1945, quando decidiu ficar no Bunker em vez de voltar para a família enquanto ainda era possível. Frau Baur respondeu: "Ele jamais fez isso. Pelo contrário, sempre disse que faria tudo novamente, ele sacrificaria a outra perna pelo Führer, se fosse necessário". Como outros nazistas impenitentes, Baur continuou a negar as terríveis maldades cometidas por Hitler. Muitos jogavam a culpa dos "excessos" nos subordinados de Hitler, dizendo *"Wenn das der Führer wuesste"* ("Se o Führer soubesse").

Knepscher observou que:

> Baur dedicou sua vida para servir seu líder e Hitler o recompensou muito mal por sua devoção. Apesar de ter promovido Baur a uma patente extremamente alta, equivalente a general de divisão, nos últimos dias de abril de 1945, ele ignorou a situação pessoal de Baur. Se Hitler fosse realmente seu amigo e grato pelos anos de serviço leal que recebeu de Baur — um homem de família com um bebê de quatro meses —, teria ordenado firmemente que ele fosse embora para Munique, ou qualquer outro lugar. Baur não teria alternativa senão obedecer. Em vez disso, Hitler aceitou a decisão de Baur de permanecer no Bunker, onde era inútil, sabendo que ele (Hitler) logo colocaria fim à sua vida,

deixando o fiel Baur para trás, tendo que enfrentar os russos. Baur realmente não tinha o que temer dos Aliados ocidentais e, no final, se viu abandonado pelo homem em quem confiou, pagando o alto preço de 10 terríveis anos nas prisões soviéticas.

Hans Baur foi um paradoxo, mas não diferente de tantos outros alemães durante o Terceiro Reich. Por um lado, foi um homem de família corajoso, patriótico, habilidoso, trabalhador, aparentemente possuidor de muitas qualidades admiráveis. Por outro lado, também foi um homem disposto a dedicar toda sua vida, e energia, até o amargo fim para apoiar um tirano demoníaco e um sistema totalitário que trouxe miséria e destruição aos seus compatriotas e a milhões de pessoas em toda a Europa. Parece que a crença de Baur nos princípios fundamentais do nacional-socialismo não foi alterada ou diminuída por seus anos no confinamento soviético, ou por sua vida posterior, na sociedade livre da Alemanha Ocidental.

Só podemos nos perguntar: de quantos segredos terríveis Baur teve conhecimento durante a 2ª Guerra Mundial? Hitler sempre dizia que os judeus precisavam ser eliminados, removidos ou, no mínimo, expulsos da Europa. Himmler falou da destruição dos judeus num discurso para líderes de grupos da SS, em Poznan, em outubro de 1943, mas os detalhes nunca foram divulgados nem circularam amplamente pelo governo.[233] Mas no círculo íntimo de Hitler, quanto se conversava? Albert Speer disse que não sabia e evitava informações a respeito de coisas como trabalhos forçados, deixando esses assuntos para seu subordinado, Fritz Sauckel. Baur disse que nada sabia a respeito da "Solução Final" e que era uma invenção da propaganda dos Aliados.

Uma escola de pensamento alega que Baur e outros nacional-socialistas impenitentes simplesmente não conseguem admitir que estavam errados. Alguns podem ainda não acreditar que estavam errados. Baur acreditou em Hitler e em seu programa desde antes de se juntar ao partido, em 1926, um período de aproximadamente 20 anos. Apesar de

---

[233] Wistrich, 141. Ver também Taylor e Shaw, 157

todas as evidências, admitir que havia reverenciado um tirano e que o ajudara a realizar seus projetos malignos, seria devastador para Baur. Por esse motivo, Baur e outros homens orgulhosos tinham que rejeitar qualquer admissão de culpa para eles e para o regime de Hitler.

Ao contrário de Baur, houve muitos alemães que reconheceram em Hitler uma ameaça à paz e, depois de 1939, a certeza da total destruição na guerra. Entre os que obedeceram ao que dizia sua consciência, estavam os oficiais do exército e funcionários do *Auswaertiges Amt*, o Ministério do Exterior, a *Abwehr*, Inteligência Militar, e o serviço de contrainteligência. Foram os únicos que tiveram uma chance de resistência significativa, mas houve muitos outros alemães anti-Hitler, incluindo religiosos, estudantes, empresários, fazendeiros e trabalhadores. Um dos grupos antinazistas mais ativos, antes de 1933, foram os comunistas. Poucos sobreviveram. Para depor um tirano como Hitler, mesmo que reconhecidamente *Geisteskrank* (doente da mente e do espírito), era uma tarefa das mais difíceis e perigosas e, na época da guerra, exigia muita convicção. Infelizmente, a falta de habilidade dos conspiradores para forjar uma aliança com os inimigos de Hitler fora do Reich enfraqueceu seus esforços para eliminar Hitler e seus acólitos, enquanto a Alemanha descia a estrada em direção ao Armagedom.

Ao contrário do comunismo soviético, que acabou cometendo suicídio, o nacional-socialismo teve que ser liquidado pelos esforços combinados da Rússia e das nações do mundo livre. Apesar da grande "lavagem cerebral" para incutir apoio e devoção à causa nazista, não houve resistência à ocupação aliada e ao programa de desnazificação. Quando Hitler morreu e o conflito sangrento finalmente acabou, com a destruição do Terceiro Reich, o mesmo ocorreu com o nacional-socialismo. Nos anos do pós-guerra, as frágeis tentativas dos radicais de direita e da chamada Juventude Neonazista, para incitar o apoio político antidemocrático e o ódio racial, não conseguiram vingar na República Federal da Alemanha.

Embora Adolf Hitler e seu movimento continuem a ser um dos grandes enigmas do século 20, é de se esperar que um melhor entendimento dos acontecimentos que moldaram a vida de Hans Baur e do povo alemão sirva de aviso para todas as pessoas de todos os lugares neste novo milênio.

TABELA DE EQUIVALÊNCIA DE PATENTES

SS[1]	NSDAP[2]	LUFTWAFFE	USAAF	RAF	BRASIL
Reichsführer-SS	Nenhuma	Generalfeldmarschall	General of the Army	Marshal of the RAF	Marechal do Ar
SS-Oberstgruppenführer	Reichsleiter; Hauptbefehlsleiter	Generaloberst	General	Air Chief Marshal	Tenente-Brigadeiro
SS-Obergruppenführer	Gauleiter, Oberbefehlsleiter	General der Flieger ou Flakartillerie, Fallschirmtruppen, Luftnachrichtentruppen	Lieutenant General	Air Marshal	Major-Brigadeiro
SS-Gruppenführer	Gauleiter ou Stellvertretender; Gauleiter, Befehlsleiter	Generalleutnant	Major General	Air Vice Marshal	Brigadeiro
SS-Brigadeführer	Gauleiter ou Stellvertretender; Gauleiter, Hauptdienstleiter	Generalmajor	Brigadier General	Air Commodore	General-Brigadeiro
SS-Oberführer	Gauleiter ou Stellvertretender; Gauleiter, Oberdienstleiter	Nenhuma	Nenhuma	Nenhuma	Nenhuma
SS-Standartenführer	Gauleiter ou Stellvertretender; Gauleiter, Oberdienstleiter	Oberst	Colonel	Group Captain	Coronel
SS-OberSturmbannführer	Kreisleiter, Dienstleiter	Oberstleutnant	Lieutenant Colonel	Wing Commander	Tenente-Coronel
SS-Sturmbannführer	Kriesleiter ou Ortsgruppenleiter, Oberbereichsleiter	Major	Major	Squadron Leader	Major
SS-Hauptsturmführer	Ortsgruppenleiter ou Zellenleiter, Abschnittsleiter	Hauptmann	Captain	Flight Lieutenant	Capitão
SS-Obersturmführer	Zellenleiter ou Blockleiter; Gemeinschaftsleiter	Oberleutenant	First Lieutenant	Flying Officer	1° Tenente
SS-Untersturmführer	Blockleiter, Obereinsatzleiter	Lieutenant	Second Lieutenant	Pilot Officer	2° Tenente
SS-Sturmscharführer	Hauptbereitschaftsleiter	Stabsfeldwebel[3] ou Stabswachtmeister	Sergeant Major ou Master Sergeant	Warrant Officer	Suboficial

CONTINUA »

SS[1]	NSDAP[2]	LUFTWAFFE	USAAF	RAF	BRASIL
SS-Stabsscharführer	Nenhuma	Hauptfeldwebel4 ou Hauptwachtmeister	First Sergeant ou Master Sergeant	Nenhuma	Sargento
SS-Hauptscharführer	Oberbereitsschaftsleiter	Oberfeldwebel ou Oberwachtmeister	Master Sergeant	Flight Sergeant	2° Sargento
SS-Oberscharführer	Nenhuma	Feldwebel ou Wachtmeister	Technical Sergeant	Sergeant	3° Sargento
SS-Scharführer	Bereitschaftsleiter	Unterfeldwebel	Staff Sergeant	Nenhuma	1° Cabo
SS-Unterscharführer	Hauptarbeitsleiter	Unteroffizier	Sergeant	Corporal	2° Cabo
SS-Stabsrottenführer	Nenhuma	Nenhuma	Nenhuma	Nenhuma	Nenhuma
SS-Rottenführer	Oberarbeitsleiter	Hauptgefreiter5	Nenhuma	Nenhuma	Nenhuma
SS-Sturmmann	Arbeitsleiter	Obergefreiter	Corporal	Leading Aircraftman	Nenhuma
SS-Oberschuetze	Oberhelfer	Gefreiter	Private First Class	Aircraftman First Class	Soldado 1ª Classe
SS-Schuetze, SS-Mann	Helfer	Flieger, Funker, Kanonier	Private Second Class	Aircraftman Second Class	Soldado 2ª Classe

1. A Waffen-SS era o braço armado, militar, da SS (Schutzstaffeln). As SS-Verfuegungstruppe, ou VT, tropas à disposição do Führer, eram as formações militarizadas originais de período integral da SS e foram renomeadas Waffen-SS no inverno de 1939-40.
Os oficiais da Waffen-SS com a patente de general usavam títulos similares aos do exército e da Luftwaffe; por exemplo, Generaloberst der Waffen-SS.
Muitos oficiais da SS, incluindo Hans Baur, eram membros da Allgemeine SS (SS Geral) e não da Waffen-SS. Eles usavam patentes da Allgemeine SS, como SS-Gruppenführer, por exemplo.
Muitos oficiais da SS e da Waffen-SS também eram membros da polícia e alguns mantinham a patente no exército de reserva ou na lista de aposentados do exército.
Segundo a Dienstalterliste der Schutzstaffel der NSDAP, alguns oficiais da SS não eram membros do NSDAP e, estranhamente, alguns oficiais da Waffen-SS não eram membros da Allgemeine SS ou do NSDAP. Normalmente, eram ex-oficiais do exército ou da marinha.
Um SS-Oberführer era, mais ou menos, equivalente a um Coronel.
2. Para os oficiais não uniformizados do NSDAP, os Politische Leiter (líderes políticos), a primeira entrada para Blockleiter mostra uma função, escritório ou nível de comando, e a segunda entrada mostra a patente propriamente dita.
Um Gauleiter era o principal líder partidário de um distrito do partido — o Gau.
Um Stellvertretender Gauleiter era um Gauleiter adjunto ou substituto.
3. A Kreisleiter era o principal líder partidário de um Kreis, subdivisão administrativa do Gau, e assim por diante.
A maioria das patentes da SA (Tropa de Assalto) era similar às da SS.
A maioria das patentes da polícia era similar às do exército.
A maioria das patentes do exército era similar às da Luftwaffe.
Os dois níveis de Suboficiais mais importantes da Luftwaffe (NCO) podem ser considerados aproximadamente equivalentes aos de Suboficiais do exército americano ou Tenente da USAAF da 2ª Guerra Mundial.
4. Um Hauptfeldwebel ou Hauptwachtmeister (apelido "Spiess") não era uma patente (Dienstrang), mas uma "Dienstellung" (cargo ou posição), equivalente a um sargento do exército americano. Tanto um Feldwebel, ou normalmente um Oberfeldwebel, poderia servir na função de Hauptfeldwebel. Ele era o assistente do comandante para a rotina diária. Um Hauptfeldwebel poderia ser reconhecido pelos dois anéis de prata bordados na manga do casaco e um caderno, que ele carregava entre os dois botões de cima (um aberto) do seu Dienstbluse (casaco de serviço). Segundo o assistente de um adido da embaixada britânica em Washington, não existe tal posição na Real Força Aérea.
5. Depois de 12 de maio de 1944, a patente de Hauptgefreiter deixou de existir e foi substituída pela nova designação, Stabsgefreiter.

ÍNDICE ONOMÁSTICO

A
Adenauer, Chanceler Konrad, 404
Adlerhorst (Ninho da Águia) QG, 340
A.E.G. Avião Tipo-C, 23
A.E.G. J I, 23, 24, *25*
África do Norte, 264, 266, 278, 289, 298, 305
Águia, Troféu da Lufthansa, 52, 98, 109, 145, 162, 168, 174, 234, 340, 352, *392*, 417
Albânia, 160, 206
Albatros, avião, 22, 41
Amarela *(Gelb)*, Operação, 183
Americana, Força Aérea, 10, 258, 342
Anfíbio, carro, K166 Le Pkw, 245, 276
Anschluss (União com a Áustria), 144, 145, 146
Antonescu, marechal Ion, 244, 268, 270, 315, 321

Ardenas (*ver também* Batalha do Bolsão) 194, 195, 196, 331, 334, 339, 340, 341, 342, 343
Áustria *(Ostmark)* 42, 48, 56, 90, 92, 97, 102, 110, 127, 128, 136, 144, 145, 146, 147, 164, 209, 210, 415
Axmann, Artur (Líder da Juventude do Reich) 370, 371, 381, 385, 386
Azul *(Blau)* Operação, 270, 273, 303

B
Balbo, marechal Ítalo, 51, 73, 74, 76
Barbarossa, Operação, 213, 217, 218, 224, 233, *240*, 270, 284
Batalha de Berlim, 353
Batalha do Bolsão, 331, 342
Batalha da Inglaterra, 113, 203, 294
Baur, Hans, 9, 10, 13, 14, 15, 16, *17*, 19, *25*, 37, 47, 49, 52, 55, 60, 61, 62, 67, *68*, 72, *75*, 80, 81, 82, 91, 93,

423

100, 101, 103, 106, *109*, *114*,116, 120, 132, 137, *153*, 161, 175, 200, 215, *243*, *252*, *312*, 319, 325, 346, 349, 379, *392*, 400, *409*, 411, 413, 414, 416, 417, 419, 420
Baur, Heidi, 190
Baur, Helga, 151
Baur, Ingeborg, 43, 87, 120, 139
Bávara, Real Força Aérea *(Koeniglich Bayerischen Fliegertruppen)*, 21
Bayerischer Luft-Lloyd (Companhia Aérea Bávara), 41
BDM *(Bund Deutscher Maedel)*, 120
Beck, general Ludwig, 142, 322
Bélgica, 20, 118, 160, 184, 189, 191, 192, 194, 201, 330, 339
Below, coronel Nikolaus von, 166, 193
Berchtesgaden, ver Berghof, 76, 106, *107,* 109, 110, 111, 132, 145, 171, 187, 232, 315, 320, 360, 368
Berger, Dr. Heinrich, 325
Berghof, 76, 77, 78, 80, 87, *107,* 108, *109,* 111, 132, 154, 170, 201, 203, 216, 253, 268, 288, 302, 313, 315, 318, 319
Berlim-Tempelhof, Aeroporto, 63, 73, 91, 100, 117, 122, 137, 140, 163, 166, 175, 186, 200, 216, 234, 259, 287, 359
Betz, coronel-SS Georg, 348, 357, 360, 368, 369, 371, 377
Bismarck, Chanceler Otto von, 152
Blaskowitz, general Johannes, 180
Blitzkrieg, 9, 174, 177, 181, 182, 183, 194, *195*, 196, 204, 208, 210, 228
Blomberg, marechal Werner von, 134, 142

Bock, marechal Fedor von, 202, 224, 258, *285*
Bodenschatz, general Karl, 241
Boris III, rei da Bulgária, 187, 206, 305
Borman, general-NSKK Albert, *161*
Bormann, Reichsleiter Martin, 233, 384
Brandt, general Heinz, 325,
Brauchitsch, marechal Walter von, 142, 163, 171
Braun, Eva, 11, 79, 87, 88, 106, 108, 170, 277, 302, 315, 346, 350, 353, 358, 360, 367, 368, 395
Breitenbuch, capitão Eberhard von, 313
Brueckner, general-SS Wilhelm, *62, 63, 68,* 158, 240
Bruening, Chanceler Heinrich, 62, 69
Buehne, Wehrmacht (espetáculos para as tropas), 279
Buegerbraeu Keller, 59, 186, 251, 288
Bulgária, 44, 187, 206, 207, 208, 210, 213, 305
Burgdorf, general Wilhelm, 371, 372
Busch, marechal Ernst, 313, 314
Busse, general Theodor, 352
Butyrka, Prisão Soviética de, 393, *394*, 395, 396, 400

C

Canaris, almirante Wilhelm, 154
Carver, marechal Lord, 339
Casablanca, Conferência de, 298
Cervejaria, Putsch da (1923), 44, 59, 84, 185, 251, 287, 311
Chamberlain, primeiro-ministro Neville, 151, 153, 198

Chancelaria do Reich, 70, 72, 78, 79,80, 81, 91, 96, 102, 117, 135, 138, 140, 146, 149, 156, *157, 158, 161*, 177, 182, 184, 200, 214, 276, 298, 331, 333, 334, 345, *346*, 354, 357, 362, 364, 372, 374, 375, 379, *383, 388*, 393, 394, 395, 406, 417
Choltitz, general Dietrich von, 330
Christian, Frau Gerda, 367, 369, 376
Churchill, Sir Winston, 153, 191, 198
Cidadela, Operação, 303
Combustível sintético, 162
Creta, Ilha de, 211
Cruz de Ferro, *35*, 36, 56, *75*, 180, 182, *185*, 197, 202, *269*, 271

D

Daladier, premier Edouard, 151
De Gaulle, general Charles, 198
Delag Co. (Aerolíneas Zeppelin), 47
Deutscher Lufthansa AG, ver Lufthansa AG, 13
Deutsche Luft Reederei (companhia aérea), 47
Deutscher Aero Lloyd AG (companhia aérea), 47
DFS 230, planador, 212
Dietrich, Dr. Otto, 80, 236, 255
Dietrich, general-SS Josef "Sepp", 340
Dinamarca, 189, 190
DLK *(Deutschen Luftstreitkraefte*, 1912--1920*)*, ver Forças Aéreas do Exército alemão, 34
DLV (*Deutscher Luftsport Verband* – Federação Esportiva Aérea alemã), 69, 74, 96
Dollfuss, chanceler Engelbert, 144

Dornier Do 11, aeronave, 50, 115
Dunquerque, 197, 211

E

Eckart, Dietrich, 82
Eicke, general-SS Theodor, 84, 97
Eisenhower, general Dwight D., 314, 315, 330, 353
Elser, Georg, 186
Emanuel III, Rei Vitório, 147
Enigma, *ver* Ultra 192
Epp, general Frans Ritter von, 38, 39
Espanha, 120, 126, 127, 128, 129, 150, 160, 188, 206, 395, 397
Espanhola, Guerra Civil, 120, 126, 129, 150
Esser, Hermann, *68*, 82
Estados Unidos, 29, 105, 113, 120, 130, 154, 162, 164, 192, 214, 255, 256, 258, 267, 270, 272, 280, 305, 306, 307, 310, 321, 341
Exército Alemão *(Das Heer)*, 20, 26, 34, 37, 39, 94, 106, 112, 145, 177, 182, 188, 190, 209, 210, 211, 239, 242, 254, 287, 290, 295, 297, 300, 304, 330, 339
Exército Vermelho, *ver* Soviético, 183, 220, 221, 224, 227, 245, 254, 257, 267, 270, 288, 294, 295, 297, 303, 305, 310, 311, 321, 322, 330, 331, 333, 334, 337, 344, 345, 351, 353, 355, 366, 384, 386, 389, 396
Exército 20, 21, *26*, 28, 34, *35*, 36, 37, 39, 41, 56, 58, 68, 69, 93, 94, 96, 102, 103, 105, 106, 108, 112, 113, 118, 128, 134, 141, 142, 143, 144, 145, 149, 154, 158, 171, 172, *173*,

174, 175, *176*, 177, 178, *179*, 180, *181*, 182, 183, 184, 188, 190, 193, 194, 196, 197, 199, 201, 204, 206, 207, 209, 210, 211, 214, 217, 219, 220, 221, 224, 225, 227, 234, 236, 237, 238, 239, 242, 245, 246, 247, 249, 250, 253, 254, 256, 257, 258, 265, 267, 268, 270, 273, 277, 279, 280, 282, 283, 284, *285*, 287, 288, 290, 291, 292, 294, 295, 296, 297, 300, 301, 303, 304, 305, 306, 310, 311, 313, 320, 321, 322, 323, 326, 330, 331, 333, 334, 337, 339, 340, 341, 342, 344, 345, 351, 352, 353, *354*, 355, 362, *363*, 366, 384, 386, 389, 394, 396, 413, 420

F

Falkenhorst, general Nikolaus, 189
Fascismo, XV, 16, 37, 125
F.d.F. *(Fliegerstaffel des Führers)*, 90, 100, 165, 166, 168, *179*, 196, 234, 244, 246, 258, 259, *260*, *261*, 262, 275, 276, *281*, 287, 289, 290, 299, 300, 309, 310, 311, 327, 329, 334, 345, 348, 349, 350, 360, 390, *392*
Fegelein, general Waffen-SS Hermann, 325
Felsennest (Ninho no Penhasco), QG, 193, *195*, 196
Fieseler, Fl 156 Storch, 178, *179*, 361, 363
Finlândia, 183, 220, 244, 270, *271*, 286, 301, 330
Flettner Fl 282 Kolibri, 363
Fliegerabteilung 1B, 21
Fliegerabteilung (A), 30
Focke-Achgelis Fa 223 Drache, 363

Focke-Wulf Flugzeugbau AG, 164
Focke-Wulf Fw 58 Weihe, 328
Focke-Wulf Fw 190, 307, 363
Focke-Wulf Fw 200 Condor, 110, *161*, 162, 164, *165*, 233, 234, 258, *328*, *332*, 350, 417
Fokker D VII, *38*
Força Aérea Alemã *(Die Luftwaffe)*, 10, 47, 65, 74, 101, 113, 115, 203
França, 19, 20, 21, *25*, *27*, 29, 34, 85, 112, 117, 118, 128, 141, 143, 151, 153, 154, 156, 159, 160, 169, 172, *173*, 174, 183, 188, 189, 190, 191, 196, 198, 199, 200, 201, 203, 206, 219, 282, 288, 306, 314, 322, 330, 339, 385
Franco, general Francisco, 120, 126, 150, 206
Freikorps, 37
Freud, Dr. Sigmund, 146
Frick, Dr. Wilhelm, *153*, 158
Fritsch, general Werner von, 142, 143, 185
Führerbegleitbataillon, 175, 178
Führerbunker, em Wolfsschanze, 229, *240*, 249, 255, 319, 323, 345, 348, 353, 357, 360, 364, 365, 366, 367, 368, 371, 373, 391, 393, 396, 409
Führerhauptquartier, 175, 199, 209, 227, 298, 345
Führerprinzip, 99, 200
Führersessel, *161*, 167, 186, 244, 259, *260*, *261*, 262
Führerzug, ver Hitler, o trem de 177, 209

G

Galland, general Adolf, 10, 127, 307, 308, 309

Gestapo, 76, 85, 97, 99, 108, 123, 142, 146, 149, 213, 225, 251, 322, 326, 337, 371, 372, 395
Goebbels, Dr. Josef, 60, 71, 73, 81, 82, 84, 89, 91, 94, 95, 96, 98, 100, 105, 115, 155, 156, 169, 200, 214, 217, 298, 313, 314, 322, 329, 333, , 352, 356, 358, 367, 370, 371, 372, 373, 374, 375, 415
Goebbels, Frau Magda, 370, 374
Goering, Reichsmarschall Hermann, 15, 58, 59, 67, 73, 74, 76, 77, 82, 94, 96, 97, 103, 109, 113, 115, 126, 134, 135, 143, 149, 155, 157, 172, 177, 197, 198, 200, 201, 202, 204, 209, 212, 216, 218, 229, 241, 262, 272, 274, 278, 288, 292, *293*, 307, 309, 310, 325, 326, 327, 347, 358, 361, 362, *363*, 364, 365
Grã-Bretanha, *173*, 174, 188, 190, 192, 198, 201, 203, 215, 219, 233, 305
Grécia, 160, 206, 207, 208, 209, 210, 211
Greim, marechal Robert Ritter von, 362, *363*, 364
Guderian, general Heinz, 195, 238, 253, 257
Guensche, major-SS Otto, 370, 371, 395
Guernica, bombardeio de, 127, 128
Gundelfinger, major Friedrich, 359

H

Hacha, presidente Emil, 156, 157, 159
Halder, general Franz, 177, 238, 250, 270, 278, 280, 282, 284

Hanfstaengl, Dr. Putzi, *62*
Hannover CL IIIa, *30, 33*
Hartmann, coronel Erich, *344*
Haase, Prof. Dr. Werner, 367
Hasselbach, Dr. Hans Karl von, 324
Haus Wachenfeld, 76, 77, 106, *107*
Heinkel He 51, 115
Henrici, general Gotthard 351
Hengl, Georg Ritter von, 19, 24, 25, 29, 30, 31, 32, *33*, 34, 36, 302
Henlein, Conrad, 147
Hess, Rudolf, 49, 58, 59, 73, 82, 101, *109*, 134, *153*, 161, 198, 215, 216, 217, 359
Heusinger, general Adolf, 323
Hewel, embaixador Otto, 81, *232*, 371, 373, 376
Heydrich, general-SS Reinhard, 123, 155, 174, 264
Himmler, Reichsführer-SS Heinrich, *68*, 70, 78, 82, 83, 94, 96, 97, 99, 123, 130, 143, 155, 174, 177, 186, 229, *232*, 246, 248, 262, 264, 268, 277, 313, 325, 329, 331, 346, 348, 349, 352, 358, 364, 365, 367, 419
Hindenburg, Dirigível, 130
Hindenburg, presidente Paul von, 61, 64, 69, 70, 77, 98, 100, 103, 143, 335
Hitler, Adolf *(Der Führer)*, xiv, xv, 9, 13, 14, 16, 34, 39, 44, 50, 55, 56, *57*, 61, 71, 72, 101, 111, 121, 125, *173*, 175, 221, 224, 247, 298, 353, 365, 369, 374, 375, 384, 413, 415, 420
Hitler, Frau Klara Poelzl, 218
Hitler, aviões de, Ju 52/3m, 10, 13, 45, 66, 74, 85, 93, 94, 100, 110, 115, 127,

137, 138, 140, 166, 175, 178, 179, 187, 194, 197, 201, 212, 215, 233, 239, 262, 290, 329, 347, 361, 391
Hitler, o trem de, *(Der Führerzeug)*, 209, 210
Hitler-Stalin, Pacto, (Pacto Nazi-Soviético), 171
HJ (Juventude Hitlerista), 95, 356, 365, 370, 373, *380*, 385
Hoffmann, Heinrich, xii, 11, *62*, 79, 87, 88, 146, 149, 152, 160, 171, *232*, 236
Holanda, 160, 191, 192, 194, 201
Horthy, almirante Miklos (Nikolaus) 213, 244, 315
Hossbach Protokoll, 136
Hube, general Hans, 290, 291
Hungria, 20, 29, 45, 207, 208, 213, 239, 244, 315

I
Immelmann, 1º ten, Max, 89
Immelmann I e II, Ju 52/3m, *ver* Hitler, 90
Immelmann III, *ver* Hitler, 90, *167*, 168, *185*, 186, 206, 213, 237, 242, *243*, 251, 256, 259, 260, 327
Inglaterra, *ver* Grã-Bretanha, 49, 85, 113, 115, 117, 118, 128, 141, 151, 153, 154, 159, 160, 169, 184, 188, 189, 198, 201, 202, 204, 205, 206, 214, 216, 217, 218, 256, 258, 294, 306, 314, 319, 330, 331
Itália, 50, 51, *53*, 92, 117, 118, 120, 125, 126, 134, 135, 136, 147, 149, 162, 188, 198, 206, 207, 208, 288, 306, 322, 330, 344, 385

Iugoslávia, 208, 209, 210, 211, 286, 299, 300, 357

J
Japão, 135, 136, 206, 255, 256, 298, 368
Jodl, general Alfred, 144, 177, 189, 209, 210, 232, *240*, 255, 265, 266, *275*, 278, 284, 301, 302, 313, 317, 318, 319, 323, 339, 340, 348, 355, 358, 360, 385
Judeus, 15, 56, 99, 112, 117, 123, 124, 146, 155, 156, 264, 267, 419
Julho, Complô de (*ver também* Resistência), 142, 326
Junge, Frau Gertrud, 367, 369, 376
Junkers Flugzeugbau AG, 42
Junkers Luftverkehr (companhia aérea), 42, 45, 46, 47
Junkers **F 13**, 42, *43*, 64, 65
Junkers **G 24**, 45, *46*, 49
Junkers **G 31**, 65
Junkers Ju 52 (monomotor), 95, 289
Junkers Ju 52/3m, xiii, 10, 13, 74, 93, 94, 100, 110, 137, 138, 140, 166, 175, 178, 179, 194, 197, 212, 329, 347
Junkers Ju 87 Stuka, 182

K
Kaiser Wilhelm II, 21
Keitel, marechal Wilhelm, 143, 144, 148, 158, 171, 172, 173, 189, 197, 198, 199, 200, 202, 205, 209, 210, 217, 237, 239, *240, 241*, 242, 255, 266, 270, *275*, 277, 278, 279, 284, *285*, 298, 302, 304, 313, 318, 323,

324, 329, 339, 340, 348, 349, 355, 358, 360, 385
Kempka, major-SS Erich, 101, 370, 371, 377, 384
Kesselring, marechal Albert, 172, *176*, 177, 202
Kleist, marechal Ewald von, 193, 210, 236
Kluge, marechal Guenther von, 202, 236, 238, 286, 303, 313
Knepscher, Klaus J., xi, xii, 9, 10, *338*, 417, 418
Koch, Gauleiter Erich, 333
Koestring, general Ernst, 171
Koller, general Karl, 361
Koniev, marechal Ivan 353
Korten, general Guenther, 307, 325
Krancke, vice-almirante Theodor, 276
Krebs, general Hans, 372 373, 387
Kriegsmarine, Die, ver Marinha Alemã 115
Kristallnacht (A Noite dos Cristais), 155, 156
Krupinski, major Walter, *344*
Kruschchov, Nikita, 404
Kuechler, marechal Georg von, *176*, 236
Kursk, Batalha de, 303, 304

L

Lammers, Hans, 102, 298
Leciejewski, Paul "Lecy", 63, *68,* 73, 101, 138, 140
Leeb, marechal Wilhelm Ritter von, 193, 202, 225, 236, 250, 253
Legião Condor, 126, 127, 128, 129, 150, 160

Lehmann, capitão Ernst A, 130
Leibstandarte-SS "Adolf Hitler" (LAH), 101
Lei de Empréstimos e Arrendamento, 266
Lewald, Prêmio, 52
Ley, Dr. Robert, 81, 225
Liga das Nações, 37, 85, 112, 117, 118, 135, 136
Lindbergh, Charles A., 105
Linge, capitão-SS Heinz, 324, 370, 371, 395
List, marechal Wilhelm, 202, 210, 284
Loehr, general Alexander, 182
Loerzer, general Bruno, 103, 182, 292
Lubyanka, Prisão Soviética de, 372, 393, 398
Ludendorff, general Erich, 59
Luettwitz, general Heinrich von, 341
Lufthansa AG, 13
Luftwaffe, Die, ver Força Aérea Alemã 10, 47, 65, 74, 101, 113, 115, 203
Lukesch, capitão Dieter, *344*
Lutze, Chefe de Staff da SA Victor, 97, *114, 153*

M

Maginot, Linha, 154, 184, 188, 193, 194, 198, 200
Malenkov, Gueórgui, 404
Mannerheim, marechal Carl von, 270, *271,* 301
Manstein, marechal Erich von, 193
Manteuffel, general Hasso von 340, 352
Manzialy, Fraeulein Constanze, 369, 376

Marinha Alemã *(Die Kriegsmarine)*, 115
Marinha Real, Britânica, 188, 189, 192, 206
Marita, Operação, 207, 208
McAuliffe, general Anthony C., EUA, 342
Mein Kampf, 59, 99, 107, 111, 141, 218, 414
Mercedes Benz, 91, 133, *271*, 272
Mercúrio (Merkur), Operação, 212
Messerschmitt, Willy, 307
Messerschmitt **Bf 109**, 176, 180, 182, 184, 204, 242, 307
Messerschmitt **Bf 110**, 115, 184, 204, 215
Messerschmitt **Me 163**, 308
Messerschmitt **Me 262**, 308, 331
Messerschmitt **Me 323**, 297
Metralhadoras **LMG 08/15**, 23, 30
Milch, marechal Erhard, 48, 67, 73, 103, 115, 202, 216, 254, 289, 307
Misch, sargento-SS Rochus, 345, 374, 391, 392, 393, 395
Model, marechal Walter, 339, 350
Mohnke, general Waffen-SS Wilhelm, 364, 375, 376, 377
Molotov, Vyacheslav M., 170, 171, 183
Morell, Dr. Theodor, 81, 83, 84, 157, 237, 248, 302, 305, 324, 327, 347, 414
Motores: Argus **As III**, 30
Benz Bz IV, 23
BMW IV, 42, 49
BMW Va, *48*, 63
BMW 66, 89
Junkers L2a, 45, *46*
Mercedes D III, *30*

Pratt &Whitney, 66, 89
Walter HWK 308
Mueller, general-SS Heinrich, 123, 371, 372
Musmanno, capitão Michael D. USN, 367
Mussolini, Benito (Il Duce), 37, 50, 92, 93, 134, 135, 144, 147, 148, 149, 152, 160, 198, 206, 209, 238, 239, *240*, *241*, 242, *243*, 244, 288, 306, 325, 336, 365, 366, 400
MVD, Forças de Segurança Soviéticas, 400

N

Naujocks, major-SS Alfred, 174
Naumann, Dr. Werner, 375, 381
Nazista, Partido (NSDAP), 57, 132
Neurath, barão Konstantin von, 93
Niemoeller, pastor Martin, 186
NKVD, Polícia Soviética, 171, 386, 387, 393, 395
Noruega, 166, 189, 190, 191, 193, 203, 206, 330
NSDAP, ver Nazista, Partido 39, 44, 57, 58, 59, 60, 61, 62, 64, 65, 67, 68, 69, 72, 76, 84, *86*, 89, 91, 93, 94, 95, 99, 118, 120, 124, 147, 168, 174, 215, 251, *269*, 311, 329, *421*

O

Obersalzberg, 76, 77, 78, 102, 106, *107*, 108, 109, 151, 170, 302, 313, 317, 345, 353, 361
OKH, *Oberkommando des Heeres,* ver Exército Alemão 177, 184, 209, 229, 234, 239, 266, 274, 284, 340

OKW, *Oberkommando der Wehrmacht*, 144, 158, 160, 171, 172, 177, 196, 200, 205, 209, 210, 213, 219, 226, 227, 228, 229, 234, 236, 239, *240*, 266, 270, 274, 277, 302, 311, 313, 317, 340

Oxigênio, equipamento, Ahrend & Heylandt, suplementar, 28

P

Papa Pio XII, *43*, 172
Papen, Franz von, 69, 70, 97
Paraquedas Heinecke, F.d.F. 26
Patton, general George, EUA, 351
Paulus, marechal Friedrich, 282, 288, 294, 295
Pearl Harbor, ataque a, 255
Pétain, marechal Philippe, 198, 206
Pocking, Baviera, Base do F.d.F., 334, 349
Polícia alemã, 78, 123, 186
Polonês Corredor, 159, 169, 172, 415
Polônia, 44, 155, 159, 160, 162, 166, 168, 169, 170, 172, *173*, 174, 175, *176*, 177, 179, 180, 182, 183, 184, 188, 192, 242, 264, 305, 334, 345
Porsche, Dr. Ferdinand, 245, 286
Prien, comandante Guenther, 184, *185*
Pruss, capitão Max, 130
Puttkamer, almirante Karl Jesko, 150

Q

Quisling, Vidkun, 190

R

Raeder, almirante Erich, 134, 148, 163, 177, 358

RAF, Real Força Aérea Britânica, 184, 188, 197, 204, 207, 211, 225, 258, 421, 422

Rastenburg, Aeroporto de, 233, 234, 259, 264, 287, 334
Rattenhuber, general da Waffen-SS, 357, 374, 377, 393, 395
Raubal, Geli, 88
Rauch, general Josef, 373
Regierungsstaffel, ver F.d.F., 90, 100, 165
Reichenau, general Walther von, 181, 247, 258
Reichstag, 61, 65, 67, 71, 72, 73, 110, *173*, 202, 203, 256, 366
Reichswehr, 113
Reitsch, capitã Hanna, 362
Renânia, Reocupação da, 118
Reymann, general Hellmuth, 354
Ribbentrop, Joachim von, 81, 82, 101, 109, 131, 144, 157, 169, 170, 171, 172, 177, 183, 208, 209, 231, 237, 239, 242, 256, 274, 358
Richthofen, marechal Wolfram von, 211
Riefenstahl, Leni, 105, 121
RLM, *Reichsluftfahrtministerium*, 100, 131, 164
Roehm, Chefe de staff da SA Ernst, 39, 68, 82, 83, 84, 88, 93, 94, 95, 96, 97, 98, 102, 116, 142
Roehm, O Expurgo de, 94, 102, 116, 142
Rohrbach Ro VIII "Roland I", *48*
Rohrbach Ro VIII "Roland II", *57*, 63
Romênia, 160, 207, 208, 238, 244, 268, 270, 315, 321, 330

Ver também: Antonescu
Rommel, marechal Erwin, 175, 176, 177, 196, 207, 266, 267, 280, 287, 315, 318, 319, 326, 372
Roosevelt, presidente Franklin D., 113, 156, 172, 198, 253, 298, 352
Rosenberg, Reichsminister Alfred, 146
Rumpler CI, 38, 41
Rundstedt, marechal Gerd von, 177, 193, 194, 195, 202, 220, 224, 236, 238, 242, 243, 247, 250, 251, 317, 319, 339, 342
Rússia, *ver*: Soviética, União

S

SA *(Sturmabteilung)*, 58, 60, 68
Sarre, 102, 112, 187
Sauckel, Fritz, 266, 419
Schaub, general-SS Julius, *62*, 106, 177, *232*, 233, 249, *271*, 304, 324
Schleicher, general Kurt von, 69, 97
Schmundt, general Rudolf, 196, 247, 325
Schoerner, marechal Ferdinand, 394
Schreck, Julius, 101
Schroeder, Christa, 359
Schuschnigg, chanceler Kurt von, 144
Schutzstaffel, ver SS,
Schwarz, Franz Xaver, *68*
SD *(Reichssicherheitsdienst)*, 132, 311
Secretas, armas, 307, 313, 314, 320
Seeloewe (Leão Marinho), Operação, 201
Seiler, major Reinhard, *344*
Seldte, Franz, *153*

Serail (Harém), Operação, 359
Seyss-Inquart, Dr. Arthur, 144
Siebel Fh 104A, 262, 329
Siegfried, Linha *ver*: *Westwall*, 154, 193, 342
Sitzkrieg (Guerra de Mentira), 183
Skorzeny, coronel Waffen-SS Otto, 306
Soviética, Força Aérea, 220, 234
Soviética, União, 50, 115, 120, 126, 141, 151, 154, 160, 168, 169, 170, 183, 188, 205, 206, 207, 208, 213, 218, 220, 225, 227, 228, 238, 239, 244, 257, 264, 265, 266, 271, 275, 290, 296, 305, 307, 384, 391, 392, 400, 402, *406*, 416, 417, 418
Soviético, Exército, 172
Spad, perseguição, 31, 32, *33*
Speer, Reichsminister Albert, 361
Sperrle, marechal Hugo, 126, 202
Spitfire, caça da RAF, 204
SS, 15, *17*, 58, 60, *62*, 68, 76, 77, 78, 80, 84, 85, 94, 95, 97, 99, 101, 102, 103, 105, 106, *107*, 108, 113, 116, 118, *119*, 120, 123, 124, 131, *132*, 140, 143, 145, 149, 155, *161*, 163, 174, 177, 178, 180, 186, 210, 213, 229, *232*, 234, 246, 247, *252*, 264, 268, *271*, 274, 277, *293*, 299, 300, 306, 311, *312*, 313, 314, 319, 320, 322, 324, 325, 326, 329, 330, 333, 342, 344, 345, 348, 349, 350, 352, *354*, 355, 356, 357, 362, 364, 365, 367, 368, 370, 371, 373, 374, 375, 384, 390, 391, 393, 399, 419, 421, 422
Stalin, Josef, 169, 224, 353, 403

Starre Verteidigung (Estratégia do não recuo), 256
Stauffenberg, coronel Claus Schenk, 322
von, Steiner, general Waffen-SS Felix, 355, 373
Stoer, capitão Willy, 215
Streicher, Julius, 58, 82, 110
Student, general Kurt, 212
Stumpfegger, Dr. Ludwig, 370, 377, 386
Sudetos, 146, 147, 151, 152, 153, 154
Ver também: Tchecoslováquia

T

Tank, engenheiro Kurt, *48*, 164, 307
Tannenberg, QG, 20, 200, 335
Tchecoslováquia, 128, 136, 147, 151, 154, 156, 157, 158, 305, 351, 396, 415
Tito, marechal Josef Broz, 300
Tchecoslováquia, 82, 88, 96, 99, 100, 103, 104, 105, 251, 303
Todt, Fritz, 266
Tratado de Versalhes, 36, 37, 39, 42, 112, 113, 118, 126, 130, 134, 151, 159
Tresckow, general Henning von, 300, 326
Tropas de Assalto, *ver*: AS, 34, 59, 60, 65, 69, 70, 93, 94, 97, 99, 124

U

Udet, general Ernst, 103
Ultra, 192, 306, 342, 349

V

V-1 (FZG 76), bomba, 314, 320
V-2 (A-4), foguete, 314, 352
Volksturm (Milícia Nacional), 320, 333
Vinnytsia, Ucrânia, *ver*: QG Wehrwolf, 242, 273, 274, *275*, 277, *278*, 279, *281*, 286, 287, 299
Voss, vice-almirante Erich, 376

W

Waffen-SS (SS Armada), 102, 113, 268, 274, 277, 306, 319, 325, 326, 330, 342, 348, *354*, 355, 356, 357, 364, 373, 375, 377, 381, 422
Warlimont, general Walter, 317
Weber, Christian, 82
Weichs, general Maximilian von, 210
Weidling, general Helmuth, 387
Weizsäcker, barão Ernst von, 149
Wenck, general Walter, 355
Wehrwolf, QG, Vinnytsia, 242, 273, 274, *275*, 277, *281*, 286, 299
Weseruebung, Operação, 190
Westphal, coronel Siegfried, 266
Westwall (Linha Siegfried), 154, 193, 342
Wiedemann, capitão Fritz, 80
Wiese, major Johannes, *344*
Witzleben, marechal Erwin von, 154, 202
Wolf, Johanna, 359
Wolff, general Waffen-SS Karl, *232*, *312*,
Wolfsschanze, QG, Rastenburg, 228, 233, 234, *235*, 235, 237, 244, 247, 248, *252*, 259, 264, 266, 275, 287, 288, 290, 299, 300, 301, 313, 321, 329, 331, *332*, 333, 334

Z

Zeitzler, general Kurt, 278
Zhukov, marechal Georgi, 250, 288, 353, 366, 385
Zindel, engenheiro Ernst, 65
Zintl, Max, 63, 73, 81, 101, *132*, 138, 140, 240, 242, 264, 288, 290, 319, 332

CRÉDITOS DAS ILUSTRAÇÕES

Página 17, foto da Revista Der Adler, 17 de dezembro de 1940

1. Exército Americano
2. Coleção do autor
3. Coleção do autor
4. Força aérea americana
5. Nation Europa Verlag
6. Nation Europa Verlag
7. Nation Europa Verlag
8. Nation Europa Verlag
9. Sra. Centa Baur
10. Nation Europa Verlag
11. Foto de Klaus J. Knepscher, cortesia da Sra. Centa Baur
12. Nation Europa Verlag
13. Nation Europa Verlag
14. Nation Europa Verlag
15. Arquivo Nacional
16. Coleção do autor
17. Sra. Centa Baur

18. Arquivo Nacional
19. Arquivo Nacional
20. Arquivo Nacional
21. Arquivo Nacional
22. Carta do Arquivo Nacional
23. Nation Europa Verlag
24. Jornal Das Schwartze Korps, 10 de dezembro de 1936
25. Ich Kämpfe (Munique, Editora do NSDAP, 1942)
26. Do folheto A Ascensão da Alemanha desde 1933 (Berlim, Reichsbahnzentrale fuer den Deutschen Reiseverkehr, 1939)
27. "Die Reichskanzlei von Adolf Hitler", Die Kunst im Deutschen Reich, setembro 1939
28. Illustrierter Beobachter, 26 de abril de 1939
29. Klaus J. Knepscher
30. Arquivo Nacional
31. So Siegte Grossdeutschland, Martin Bochow (Berlim, 1940)
32. Revista Der Adler, 18 de setembro de 1939
33. Der Grosse Deutsche Feldzug gegen Polen (Viena, 1939)
34. Luftwelt, 21 de setembro de 1939
35. Nation Europa Verlag
36. Arquivo Nacional
37. Coleção do autor
38. Diagrama feito pelo autor
39. Arquivo Nacional
40. Klaus J. Knepscher
41. Arquivo Nacional
42. Der Adler, 2 de setembro de 1941
43. Arquivo Nacional
44. Sra. Centa Baur
45. Arquivo Nacional

46. Arquivo Nacional
47. Arquivo Nacional
48. Foto de oficial alemão, da coleção do autor
49. Arquivo Nacional
50. Arquivo Nacional
51. Andrew Mollo
52. Arquivo Nacional
53. Coleção do autor
54. Berliner Illustrierte Zeitung, 16 de outubro de 1943
55. Arquivo Nacional
56. Biblioteca do Congresso
57. Nation Europa Verlag
58. Nation Europa Verlag
59. Fred Graboske
60. Klaus J. Knepscher
61. Coronel Raymond F. Tolliver
62. Diagrama feito pelo autor
63. Coleção do autor
64. Arquivo Nacional
65. Stars and Stripes
66. Arquivo Nacional
67. Arquivo Nacional
68. Bo Windfeldt
69. Dmitry Sobolev
70. Nation Europa Verlag
71. Nation Europa Verlag
72. Klaus J. Knepscher
73. Sra. Centa Baur
74. Sra. Centa Baur
75. Sra. Centa Baur

SOBRE O AUTOR

Glen Sweeting, natural da Califórnia, nos Estados Unidos, especializou-se em história da aviação do exército americano e do exterior ao longo de 50 anos. Considerado uma autoridade em história militar alemã, reuniu uma das maiores e mais completas coleções de uniformes militares alemães, pequenas armas, equipamentos e objetos do período 1870-1945. Essa coleção única foi adquirida pelo Imperial War Museum, de Londres, em 1978, e boa parte dela está em exibição atualmente no museu principal, em Lambeth. Seus dois livros sobre a história dos uniformes e equipamentos para os aviadores foram reconhecidos como referência definitiva no assunto.

Durante sua carreira na força aérea americana, participou do Air Force Historical Program, criando e sendo curador do Air Defense Command Museum, no quartel-general de ADC, em Colorado Springs. Ele também serviu como curador do Air Force Space Museum, em Cabo Canaveral, na Flórida. Sweeting passou a integrar a diretoria do National Air and Space Museum da Smithsonian Institution em 1970, e foi curador do Flight Matériel por 15 anos.

O autor e sua esposa Joyce têm dois filhos e moram em Clinton, Maryland.

INFORMAÇÕES SOBRE A
Geração Editorial

Para saber mais sobre os títulos e autores
da **Geração Editorial**,
visite o *site* www.geracaoeditorial.com.br
e curta as nossas redes sociais.

Além de informações sobre os próximos lançamentos,
você terá acesso a conteúdos exclusivos
e poderá participar de promoções e sorteios.

- geracaoeditorial.com.br
- /geracaoeditorial
- @geracaobooks
- @geracaoeditorial

Se quiser receber informações por *e-mail*,
basta se cadastrar diretamente no nosso *site*
ou enviar uma mensagem para
imprensa@geracaoeditorial.com.br

Geração Editorial

Rua João Pereira, 81 – Lapa
CEP: 05074-070 – São Paulo – SP
Telefone: (+ 55 11) 3256-4444
E-mail: geracaoeditorial@geracaoeditorial.com.br